"十二五"普通高等教育本科国家级规划教材

新编21世纪中国语言文学系列教材

中国民间文学概论

第四版·数字教材版

黄涛 著

An Introduction to Chinese Folk Literature

中国人民大学出版社
·北京·

内容简介

"中国民间文学概论"是学习民间文学基本理论并鉴赏民间文学代表作品的一门课程。本教材的特点可概括为"三个结合"：第一，理论与作品相结合。本教材既讲述民间文学理论，也选录和分析民间文学作品。第二，古代与现代相结合。民间文学的理论与作品主要是现代的，但本教材也讲述中国古代民间文学史，收录古代经典作品。第三，理论、文本与现实相结合。民间文学既是文学作品，更是一种在日常生活中自然展演的口头文学和文化现象。学习民间文学，就要善于将民间文学与社会现实相结合，学会并勤于做田野调查，按照科学规范从民众生活中采录民间文学素材和搜集相关研究资料。

本教材入选普通高等教育"十一五"国家级规划教材、"十二五"普通高等教育本科国家级规划教材，近年来被全国各地不同层次的院校选为教材，师生普遍反映好用好读。新的一版增补了最新研究成果和相关资料，并在网上配备教学课件、教学资源库，向读者提供相关图片、视频等资料，可使读者更直观地感受民间文学的表演性。

作者简介

黄涛　法学（民俗学专业）博士，教授。1987年开始在中国人民大学任教20余年。1999年在北京师范大学获博士学位，师从钟敬文教授。2008年被引进到温州大学，受聘为民俗学学科带头人。现任温州大学瓯江特聘教授、浙江省非物质文化遗产研究基地主任。河北大学文学院外聘博导，《民间文化论坛》期刊主编，《中国民间文学大系》出版工程编纂出版工作委员会副主任、特聘专家，中国民间文艺家协会中国节日文化研究中心副主任，国际亚细亚民俗学会中国分会副会长，中国人类学民俗学研究会民族文化遗产专委会副主任，中国民俗学会常务理事，浙江省民俗文化促进会副会长。主要研究领域为民间文学、民间语言、传统节日、非物质文化遗产保护，著作有《语言民俗与中国文化》《中国民俗通志·民间语言志》《中秋》《作为非物质文化遗产的刘伯温传说》等十余种，发表论文120余篇。曾获中国文联第五届中国民间文艺山花奖·第二届学术著作奖一等奖、第九届中国文联文艺评论奖文章类一等奖、中国人民大学优秀科研成果奖、浙江省哲学社会科学优秀成果奖二等奖、温州市哲学社会科学优秀成果奖一等奖等奖项。

黄涛同志的《中国民间文学概论》的出版，恰逢其时。

近年来，包括民间文学在内的民间传统文化越来越受到举国上下各族人民的热情关注。扩大一点说，在整个世界范围内也是如此。这股热情的高涨，我想不是联合国教科文组织自2001年始开展了公布世界非物质文化遗产代表作名录这样一项活动可以解释得了的。相反的倒是，正是包括中国在内的世界各国广大民众有了高涨的热情和强烈的要求，才促成了这样一项举措的诞生。

什么是"非物质文化遗产"？就是指各社区、各族群或个体世代相承的，尤其是口传心授的各种文化表达、民俗生活、本土知识和传统技能以及与之相关的器具、技艺、象征、手工制品和文化空间。这种文化遗产，对于维系社区传统、凝聚民族认同、促进族际文化交流具有不可替代的作用，既是中华民族宝贵的精神财富，又是世界文化多样性和人类创造力的组成部分。

"非物质文化遗产"大致包括以下七个方面的内容：

（1）口头传统以及作为文化表达手段的语言；

（2）民俗生活、仪式礼仪、节日庆典；

（3）本土智慧、民间记忆及其象征形式；

（4）表演艺术；

（5）有关自然界和宇宙的民间传统知识和实践；

（6）传统的手工技艺和诀窍；

（7）与上述表达形式相关的文化空间。

对包括民间文学在内的民间传统文化的热情关注，自有它的时空背景和它的历史必然性。这与20世纪80年代以来的文化热是一脉相承的，也可以看成它的扩展、深入和继续。

——长期以来，对于传统的漠视，不分青红皂白地否定传统，使我们吃了不少苦头。想凭空地从虚无中创造一个新的文化天地的企图，没有结出理想的果实。今天的这种全民的反思和觉醒是用相当的代价换来的。痛定思痛，我们开始以前所未有的热情和理性，重新审视和辨析我们的传统的民族文化遗产。

——在探索社会主义建设和发展道路的过程中，我们逐渐地明确了全面、科学和可持续发展的建设方向。对于文化问题的关注成为题中应有之义。在精神文明建设的过程中，我们逐渐认识到发扬优秀的传统文化的意义。

——在全球化和经济一体化、社会生活现代化的大潮中，我们的民族文化受到外来文化的强势撞击。强势的外来文化会被一些人视为时尚，而时尚久而久之会改变越来越多的人的价值观。面对这种趋向单一的文化模式，我们感到极有必要挖掘和发扬中华民族文化的优秀传统。

——近20年来，世界各国，特别是发展中国家，对于民族文化传统，特别是非物质文化遗产的关注和珍爱，已经成为一种世界性的时代潮流。这在相当程度上，从外部影响到我们对于民族文化和非物质文化遗产的重视态度。

如果从民族文化和外来文化两者关系的视角来看我们对待自己民族文化遗产的态度，就会发现，我们正在经历着一次具有本质意义的立场转变。中国经历了几次中外文化交融的繁盛时期，但应该说，在相当长的时间里，大体保持着大一统的文化格局。明清以来，先有耶稣会士的传教和某些西方科学技术的输入，后有帝国主义列强坚船利炮的攻击，改变了中国原有的文化格局。这期间，人们针对外来文化提出了种种主张，什么全盘西化，什么"中体西用"，什么全面复古，不论哪一种态度，总括起来说，都是从民族的立场出发，将民族文化与外来文化相对立。

在长期的大一统体制的理念约束下，我们并不强烈地感到中国以外的世界的存在，我们所面对的世界仅仅是中国，这种"天下观"不可能使我们的民族立场充分地显现出来。只有当国门被情愿或不情愿地打开之后，面临沦为殖民地的危机，为了解决民族的存亡问题，我们的民族自觉意识才苏醒了。

当我们今天提出非物质文化遗产的保护问题的时候，我们正对自己既往的立场进行着深刻的反思。当我们意识到地球是整个人类的家园的时候，我们就不再狭隘地认为保护自己的优秀文化传统仅仅是单纯地涉及我们民族命运的重要问题，而是把这一问题提升到一个新的高度，即建设全人类的文化，使人类文化具有多样性的发展基础和前景。我们越来越多地认识到，民族的立场和全人类的立场，或者说民族主义立场和世界主义立场，并不是截然对立的。应该说，民族主义的立场针对曾经喧嚣一时的"欧洲文化中心论"以及"欧洲文化唯一论"等论调，肯定是具有现实和进步意义的。它在今天的现实世界里，在人类文化多样性发展的长期过程中，仍然具有非常重要的和积极的意义。以前，当人们喋喋不休地争论是全盘西化，还是全面复古，或者是"中体西用"的时候，实际上在他们的心灵深处都自觉或不自觉地隐含着一种狭隘的民族自我中心主义的立场，总是把西方文化作为与"我们"相对立的、非此即彼的、不能相融相济共同繁荣的"他们"来看待。今天，在新的历史条件下，面对世界经济一体化的现实，面对人类文化多样性发展的新课题，这种立场的转变就非常重要了，它会使我们在对非物质文化遗产的认识、方针和措施等方面，都有很大程度的观念更新和态度转换。

据统计，世界现存的生物物种约为3 000万种，但是，人类社会的生活方式仅存几千种，而每一种民族文化、每一种生活方式当中的许多因素正趋于消失。如果说生物界这些和那些物种的消失引起了我们深深的忧虑，那么，民族文化传统当中的这些和那些因素消失的速度比生物界还要快，对此，并不是所有的人在所有的时候都有很强烈的危机感。

或许有人会提出这样的问题，人类文化为什么一定要走多样性发展的道路呢？这里还隐含着另外一个连带的问题，就是为什么一定要保护宝贵的但正在濒危的民族文化遗产呢？实际上，我们要回答这样的问题就不能不涉及文化的，或者具体地说是非物质文化遗产的功能问题。

——文化是为了满足人类各个时代的各种物质的和精神的需要而创造出来的。这里包括生存的需要、生理的需要、情感的需要、相互交往的需要等等。

——文化是人类对于客观世界和人的自身的认知的结晶，它同时还是进一步认知的基础和出发点。

——非物质文化也是一种规范。人都在一定的文化环境中生存，它协调人们之间的关系。人在这样的规范中成长，为这种规范所塑造。

——正因为如此，我们才把处于相同文化环境、在同一文化体系下生活的人看成"我们"，把相异文化的人看成"他们"。于是，文化便显示出它的强大的凝聚力。

——人借助文化来调整自己的精神世界，协调家庭关系、族群关系、社会群体关系、人同自然的关系等等。

人们是否对于文化的享用可以不加分辨，只采取某种简单的功利主义的态度，不加区别地对待呢？事实证明，我们在对待各种不同的文化事象时，从来都不是混淆在一起、以同等价值对待的。在我们对文化的享用中，可能要区分两种情况。一种是消费的文化。有许多文化事象不论来历如何、性质如何，都可以被我们利用和运用，因为有了这种利用和运用的显而易见的实际功效，我们才吸纳一切于我们有利的文化事象。另外一种就是认同的文化。有许多文化事象不仅具有利用的价值，还可以联系"我们"彼此的情感，密切"我们"之间的关系。也可以说，它们具有丰富的价值内涵，具有丰富的情感的附加值。举例来说，从1912年开始，由孙中山先生首倡，我们改用了公历，把我们的"年"改称"春节"，把所谓旧历年的大年初一的"元旦"，移来称谓公历的1月1日。这项规定实施至今已近百年，然而，成效并不显著。我们说起"过年"，仍然指的是过春节，春节在人们心目中的地位要高得多，它的含义也深刻得多，浓重得多。它不仅是像新年一样的节日，同时还有一个感情的附加值，即认同的内涵。它成为我们中华民族所有子民彼此认同的一种标志。区分消费的文化和认同的文化，对于我们保护民族文化遗产具有重要的意义。

文化传统的这种认同价值，对于生活于这种文化中的人来说，就像水对于鱼儿、空气对于鸟儿一样，是自然而然、习焉不察的，只有当一个民族面临异文化的冲击，或者当一个人置身于另外的文化系统中时，才会挖掘和体验这种潜在的价值，产生强烈的认同感。中华民族的子民，无论身处何方，即便是天涯海角，也"每逢佳节倍思亲"。到了中秋节，到了春节，耳边响起自幼稔熟的民歌，回忆起儿时听到的神话、传说、故事，心灵深处一定会升腾起爱国之情、恋乡之情，体验作为中华子民的一种情结和民族的认同感。

黄涛同志的这部《中国民间文学概论》所阐发的，正是具有重要民族认同价值、体现中国优秀人文传统丰富性和历史连续性、为世界文化多样性和人类创造力的发展提供强大助力的珍贵的中国民间文学宝藏及其文化内涵。

作为教材，这部著作还有如下两个特点：

第一，内容完备，使用方便。它将讲解与作品选读合编为一本书，对于使用者来讲，既方便又经济。民间文学实际上是一门容量很大的课程，既要讲理论、发展史，又要讲作品。作品既有古代的，又有现代的；既有汉族的，又有兄弟民族的。但按相沿成习的高校中文系教学体系，该课一般只占用一学期，每周3至4学时，甚至在有的高校只有可怜的每周2学时。民间文学课程就不能像作家文学课程那样分化为文学原理、文学史、文选等，而必须压缩为一门课程。这部教材就是为适应这种状况而编写的。据我所知，目前已出版的民间文学概论教材，大都是不收录作品的，使用起来颇为不便，另外去买一套作品选本，就得让学生多掏腰包了。黄涛的这本教材将作品选按体裁分别附在各章后，用起来极为方便，这也是该教材在编排上的一个创新。此外，这部教材还在各章增设了关键概念和思考题，相信这些内容能促使学生更充分地把握教材的内容。这部教材的完备性还表现为重点章节阐述详尽，引证资料相当丰富。作者有意增加了少数民族民间文学资料的引用和记述，也是应予以肯定的。同时，该教材的后面几章文字较为简约，一般来说，这应该是由于课时所限，这几章内容在课堂上是不讲的。作品选读部分也注意了各种体裁及其类型在数量分布上的均衡，同时也突出了代表作品的分量。

第二，融会精粹，别有新意。教材注意吸收了近年来民间文学研究的新成果，有些章节体现出作者的新见解。在"绪论"中，作者着重阐述了他对民间文学双重属性的看法，即民间文学不仅是一种文学现象，同时又是一种民俗文化现象，并进而强调民间文学的表演性特点。这种观点是民俗学界近年来看待民间文学的受到较多推崇的新视角。自觉地把这种视角引入民间文学教材，无疑是有新意的。作者在大部分章节里都加强了有关民间文学的民俗文化属性或表演性的内容含量，这种探索是有价值的、值得赞誉的。作者在不少地方都联系了民间文学在当代社会的传承状况，并收录了若干当代社会包括互联网上流传的作品，令人颇有耳目一新的感觉。作者较多地汲取了同行们在某些专题上的重要成果，如"传说"一章中注意引用了程蔷关于传说特征的见解和贺学君关于四大传说的分析。作者还使用了一些亲身调查来的资料，加进了一些自己在某领域如民间语言研究方面的成果。

这部著作语言明顺，风格质朴，极像作者的为人：率真而富有情感，讲求实际，不故作惊人之语。

总之，我认为这是一部值得推荐的好教材。谨此为序。

刘魁立

2004 年 6 月 12 日

　　"中国民间文学概论"是学习民间文学基本理论并鉴赏民间文学代表作品的一门课程。我们在学习民间文学的过程中，不仅能学到令人耳目一新的理论知识，而且可以领略许多优美的民间文学作品的独特魅力，获得艺术享受，使我们的文学素养更为全面和丰厚。而且，学好民间文学，也有利于学习作家文学作品，帮助我们更透彻地把握作家文学的特点和发展规律。同时，由于正在流行的生动活泼的民间文学是民众生活的组成部分，是民众生存的一种方式和手段，因此，学习民间文学，有助于我们更好地了解民众生活和社会文化，从一个别致而深刻的角度把握时代、社会的脉搏。

　　说到民间文学，许多人首先会想到小时候听到的故事、传唱的儿歌。这是因为民间文学对我们幼时的成长起了很大的作用，并且给我们留下了终生难忘的美好印象。实际上，民间文学有着更为丰富和宽广的内涵，它不仅是儿童重要的精神食粮，也是成人生活中不可缺少的调味品；不仅有可以捧在手上阅读的书面作品形式，而且有更生动的口头讲述形式；不仅有现代各地区、各民族流传的无数活态作品，而且有在悠久的历史长河中保存下来的大量优秀的固态艺术精品；不仅在平原、山区、海边的乡村流传，而且在热闹繁华的都市传播。它的样式不仅有故事、儿歌，还有神话、史诗、传说、长诗、谚语、歇后语、相声、快板、小戏等多种。所以，民间文学是一个内涵很丰富的概念。

　　民间文学与民众生活密不可分，实际上它就是民众生活的一部分，只不过它是一种以口头表达艺术为主的身体展演性的生活方式。在各种日常生活场合，比如在劳动、休闲、节日、祭祀、婚恋、丧葬、待客、竞技等场合，民众都用歌谣、故事、曲艺等民间文学形式表达自己的思想情感、审美情趣。民间文学在不同的场合起到了协调节奏、组织活动、娱乐身心、抚慰精神、相互交际等实际作用。恩格斯在《德国民间故事书》中写道："民间故事书的使命是使农民在一天繁重的劳动之余，傍晚疲惫地回到家里时消遣解闷，恢复精神，得到欢娱，使他忘却劳累，把他那块贫瘠的田地变成芳香馥郁的玫瑰园；它的使命是把工匠的作坊和饱受折磨的徒工的简陋阁楼变幻成诗的世界和金碧辉煌的宫殿，把他那身体粗壮的情人变成体态优美的公主。"[1] 这是他对民间故事在民众生活中所起到的缓解疲劳、慰藉精神的作用的生动描绘。比

―――――――――

①　恩格斯．德国民间故事书//马克思，恩格斯．马克思恩格斯全集：第2卷．2版．北京：人民出版社，2005：84.

如中国经典童话毛衣女的故事、田螺姑娘的故事、青蛙王子的故事、画中人的故事等，千百年来为传统社会的广大民众所津津乐道，就具有这样的显著功效。对民间文学在民众生活中的实际功能，钟敬文先生阐释说："民间文艺往往和民众最要紧的物质生活手段（狩猎、鱼捞、耕种等）密切地联结着，甚至它已成了这种生活手段的一部分。换言之，它在这里，是民众维持生存的一种卑近而重要的工具。它和一般所谓高级的精神的表现物或慰藉物是很不相同的。"①

列夫·托尔斯泰在谈到作家文学与民间文学的差异时，这样赞誉民间文学："人民有自己的文学——这是优美绝伦的；它可不是赝制品，它就是人民里边唱出来的。并不需要高级文学，也没有高级文学。"② 民间文学是民众在生活情境中，伴随着其他生活行为，借助民间传承的口头程式，自然便利地表达自己心声的文学活动，因而具有直接的或者说与生俱来的人民性③。关于文艺的人民性问题，习近平总书记做了充分阐述。在文艺工作座谈会上的讲话中，他反复强调文艺工作者要做到两条："深入群众、深入生活。"④ 他说："文艺只有植根现实生活、紧跟时代潮流，才能发展繁荣；只有顺应人民意愿、反映人民关切，才能充满活力。"⑤ "文艺创作方法有一百条、一千条，但最根本、最关键、最牢靠的办法是扎根人民、扎根生活。"⑥ 作家要使自己的作品容易为大众所理解、所认同，就要深入群众，熟悉百姓生活及其表达方式。对此，老舍曾深有感触地说："在学习写作民间文艺的过程中，我觉得最困难的是我们不了解老百姓的生活，于是也就把握不到他们的感情，不明白他们如何想象；我们不懂。我有很多的文艺界友人，可是没见过任何一位，会写出一个足以使识字的与不识字的人听了都发笑的笑话。笑话的创造几乎是被老百姓包办了的。许多热心旧戏曲改革的朋友也因此而气闷，他们因为不了解老百姓，所以就不明白老百姓为何接受这个，而拒绝那个。哼，民间的玩意儿很够我们学习多少年呢。"⑦ 而民间文学的表述与展演本来就是民众日常生活的一部分，直接表达着民众的生活需求和生活意愿，为民众所创作，也为民众所欣赏和传播，因而其人民性是最为直接和与生俱来的。习近平在文艺工作座谈会上的讲话列举了具有人民性的代表作品，首先列举的是一系列民间文学作品，然后是屈原、杜甫、李绅、郑板桥的反映人民心声的佳句。他说："我国久传不息的名篇佳作都充满着对人民命运的悲悯、对人民悲欢的关切，以精湛的艺术彰显了深厚的人民情怀。《古诗源》收集的反映远古狩猎活动的《弹歌》，《诗经》中反映农夫艰辛劳作的《七月》、反映士兵征战生活的《采薇》、反映青年爱情生活的《关雎》，探索宇宙奥秘的《天问》，反映游牧生活的《敕勒歌》，歌颂女性英姿的《木兰诗》等，都是从人民生活中产生的。"⑧ 上述作品除了《天问》⑨ 是个人创作的诗歌，其余都是民间歌谣。这些

① 钟敬文. 民间文艺学的建设//钟敬文. 钟敬文学术论著自选集. 北京：首都师范大学出版社，1994：6.
② 托尔斯泰. 托尔斯泰日记选//古典文艺理论译丛编辑委员会. 古典文艺理论译丛：第1册. 北京：人民文学出版社，1964：191.
③ 万建中. "人民性"：民间文艺的核心所在——对习近平总书记关于文艺重要论述的理解. 民族文学研究，2018（6）.
④ 习近平. 习近平谈治国理政：第2卷. 北京：外文出版社，2017：318.
⑤ 同④317.
⑥ 同④319.
⑦ 老舍. 老百姓的创造力是惊人的：在本会成立大会上的讲话//中国民间文艺研究会. 民间文艺集刊：第1册. 北京：新华书店，1950：10.
⑧ 同④316-317.
⑨ 屈原的《天问》虽是个人作品，但里面就天文、地理、历史等方面所提的150多个问题中，包含着大量的神话、传说，充满了民间文学素材和民间知识。

例子说明，文艺的人民性，不仅指向作家文艺，而且涵盖民间文艺。现在，我国文艺工作特别强调坚持以人民为中心的创作导向，就应更加重视民间文学的传承、保护与发展，社会有关方面尤其是民间文艺工作者包括民俗学者理应投入更多精力做好民间文学的搜集、整理、研究、教学和推广等工作。

中国民间文学是中国文学宝库中的重要组成部分，其文学价值和艺术魅力是足以与作家文学相提并论、相媲美的。当然，民间文学与作家文学各有特色，各有其长，具有不同的美。鲁迅曾就一首民间歌谣的精辟而感叹说："乡民的本领并不亚于大文豪。"① 这是对经过口口相传、千锤百炼的民间歌谣精品的由衷感慨。郭沫若则通过比较中国文学发展史上民间文学与贵族文学的历史流传价值，对民间文学的整体价值做了高度评价："如果回想一下中国文学的历史，就可以发现中国文学遗产中最基本、最生动、最丰富的就是民间文艺或是经过加工的民间文艺的作品……一部诗经，只有国风是来自民间的，雅、颂都是贵族文学、宫廷文学。但是比较起来，国风的价值远超过雅、颂。也就是说民间文学的价值远超过贵族化的宗庙文学、宫廷文学……国风、《楚辞》、乐府、六朝的民歌、元曲、明清的小说，这些才是中国文学真正的正统。以前认为是正统的那些，事实上有许多是走入了斜道的，在今日已经毫无价值的东西。"② 其中，《楚辞》、元曲、明清小说等，他认为是利用民间文艺，在民间文艺的基础上进行加工而发展出来的文学形式。他把这些文学形式和民间文艺放在一起，做出了这样的高度评价，现在看来并不为过。对于民间文学在中国文学发展史上的重要地位和对作家文学的重大影响，他还做过这样的阐述："中国文艺发展史告诉我们，历次文学创作的高潮都和民间文学有深刻的渊源关系。楚辞同国风，建安文学同两汉乐府，唐代诗歌同六朝歌谣，元代杂剧同五代以来的词曲，明清小说同两宋以来的说唱，相互之间都存在这种关系。"③ 当代诗人艾青谈了自己从看不起民间文艺到喜爱、珍重、学习民间文艺的过程，以及民间文艺对其创作风格的重要影响。他以陕北信天游、定县秧歌、内蒙古民歌为例评价民间文学说："这些作品，纯真、朴素，充满了生命力，而所有这些正是一切伟大的文学作品所应该具备的品质。这正是我们民族的文学遗产中最珍贵的一个部分。"④

习近平总书记在两次重要讲话中对我国三大英雄史诗《格萨尔王传》《玛纳斯》《江格尔》做出了高度评价。在文艺工作座谈会上的讲话中，他指出："从诗经、楚辞到汉赋、唐诗、宋词、元曲以及明清小说，从《格萨尔王传》、《玛纳斯》到《江格尔》史诗，从五四时期新文化运动、新中国成立到改革开放的今天，产生了灿若星辰的文艺大师，留下了浩如烟海的文艺精品，不仅为中华民族提供了丰厚滋养，而且为世界文明贡献了华彩篇章。"⑤ 在第十三届全国人民代表大会第一次会议上的讲话（2018 年 3 月 20 日）中，习近平列举了我国历史上的代表性文明成果，又一次举出了三大史诗："中国人民是具有伟大创造精神的人民。在几千年历史长河中，中国人民始终辛勤劳作、发明创造，我国产生了老子、孔子、庄子、孟子、墨子、孙子、韩非子等闻名于世的伟大思想巨匠，发明了造纸术、火药、印刷术、指南针等深刻影响人

①　鲁迅．准风月谈·偶成//鲁迅全集：第 5 卷．北京：人民文学出版社，1981：199.
②　郭沫若．我们研究民间文学的目的：在本会成立大会上的讲话//中国民间文艺研究会．民间文艺集刊：第 1 册．北京：新华书店，1950：7-8.
③　郭沫若，周扬．红旗歌谣·编者的话．北京：红旗杂志社，1959.
④　艾青．谈大众化和旧形式//艾青．诗论．北京：人民文学出版社，1956：46.
⑤　习近平．在文艺工作座谈会上的讲话．北京：人民出版社，2015：4.

类文明进程的伟大科技成果，创作了诗经、楚辞、汉赋、唐诗、宋词、元曲、明清小说等伟大文艺作品，传承了格萨尔王、玛纳斯、江格尔等震撼人心的伟大史诗，建设了万里长城、都江堰、大运河、故宫、布达拉宫等气势恢弘的伟大工程。"①

　　民间文学既是传统文化的一部分，也是其他传统文化的重要载体。千百年来，中国民间文学用通俗易懂、生动活泼的形式传承着中华民族的道德观、价值观、生活经验、历史知识、礼仪规范、审美情趣等。《中国民协向民间文学前贤致敬书》中说："中国民间文学与中华文化相伴而来。古人云'以文化人'，自中华大地上各民族四方孕育发展开来，民间文学便承担着化育民众、启迪智慧、醇化道德、陶冶情感的作用，并忠实地记载着民众的日常生活，历 5 000 多年，日用而不觉，滋养着中华民族的精神和心灵，成为中华民族伦理观、宗教观、自然观、价值观和美学观的厚重载体，成为中华民族醒目的文化标志。"② 在现代社会，虽然民间文学口头传播的场合有所减少，但其仍然是传承传统文化的重要途径。比如，长辈给幼儿讲故事、唱歌谣仍然是必不可少的，这对儿童世界观的形成有着很大影响。德国文艺批评家、哲学家瓦尔特·本雅明（Walter Benjamin）说："民间故事和童话因为曾经是人类的第一位导师，所以直至今日依旧是孩子们的第一位导师。无论何时，民间故事和童话总能给我们提供好的忠告；无论在何种情况下，民间故事和童话的忠告都是极有助益的。"③ 如果长辈只会给孩子们唱流行歌曲，那我国传统文化就失去了一个重要的传承途径。

　　民间文学是生活之树上开出的绚丽花朵。世界瞬息万变，而生活之树常在常青，民间文学之花生生不息，永远争奇斗艳。在过去的农耕社会，民众识字程度不高，口耳相传是民间文学的主要传承方式；在现代社会，民众普遍识字了，口头创作和传播民间文学的机会减少了，但文字创作和书刊传播民间文学成为重要的传承方式，并出现了新故事等以文字为媒介的新兴民间文学样式；到了互联网和移动网络成为重要社交平台的"屏传时代"，网络短视频又成为新时代民众喜闻乐见的主流民间文学样式④。民间文学的形式与内容随着社会生活的变迁而不断更新，民间文学搜集者与研究者的关注对象、学术观念也应随之不断调整和创新。

---

　　① 习近平. 在第十三届全国人民代表大会第一次会议上的讲话. 北京：人民出版社，2018：3.

　　② 载于中国民间文艺家协会编《通讯》，2018年第6期，13页，内部刊物。在2018年7月25日召开的《中国民间文学大系》出版工程学术委员会第一次会议上，中国民协分党组书记、驻会副主席、大系出版工程领导小组办公室常务副主任邱运华宣读该文。

　　③ 本雅明. 讲故事的人//陈永国，马海良. 本雅明文选. 北京：中国社会科学出版社，1999：309.

　　④ 白旭旻将民间文学发展史分为三个阶段："民间文学1.0——指'口传'的传统民间文学，对应农牧文明时期，其存在形式为传统民间文学诸体裁；民间文学2.0——指'字传'的现代民间文学，对应现代工业文明时代，其存在形式为新故事和多源故事；民间文学3.0——指'屏传'的当代民间文学，对应信息时代或称为新时代，其存在形式为基于数字媒介的全行为模式和多媒介形式的民间文学诸形态。在当代社会，民间文学的三种主要形式即'口传'形式、'字传'形式、'屏传'形式同生、伴生存在，迭代发生、共同发展。"参见：白旭旻. 中国民间文学2.0论纲：以新故事和多源故事为表象的故事文化现象. 民间文化论坛，2020（6）.

目录

绪　论

绪论的重点问题是怎样理解民间文学的双重属性，即它既是一种文艺现象，同时又是一种民俗文化现象。搞清这一问题，是正确看待民间文学的特征、功能、运行等各方面问题的关键。如果仅把民间文学看作文字形式的文学作品，会导致对民间文学的简单理解乃至误解，比如认为民间文学简单浅薄等，更不能真正领略民间文学的魅力。

本部分是课程的开篇，虽然知识点较少，但很重要，是学习本课程的最基础的内容。其中最重要的是民间文学的概念与性质。必须掌握什么是民间文学，它包括哪些体裁；重点掌握民间文学的属性，明白它不仅是一种文艺现象，而且是一种民俗文化现象。

一、民间文学的定义

从整体上来看，民间文学是和作家文学并行的一种文学形式，二者既各自独立，又相互影响。这样说，就意味着民间文学是与作家文学不同的文学品种。事实上，作为文学宝库的两大组成部分之一，同作家文学相比，民间文学在各方面都有着自己独特的、鲜明的特色，甚至在很多方面与作家文学有着截然相反的表现。那么，怎样界定民间文学呢？

概括地说，民间文学就是广大民众集体创作、口头流传、现场展演的文学样式。对于该定义，可从以下几个方面来理解。

首先，民间文学是一种文学作品，是一种有特色的文艺现象。我们应该对民间文学的"文学性"或艺术性有正确和充分的理解。总体而言，民间文学是一种单纯朴素的文学样式，这主要是由于它用口头方式反映大众的生活和思想感情，表现大众的审美观念和艺术情趣，但这并不意味着它就是一种简单粗劣的艺术形式。"单纯朴素"并不能与"简单粗劣"画等号。实际上，一篇作品要在较广的范围内流传，在思想性和艺术性上必定要经受许多人的加工琢磨，它能够流传开来，说明它已经经受了大众的检验。我们所见到或听说的民间文学作品都是经过大众的锤炼和检验的，怎么会简单粗劣呢？比如在现代社会的城市和农村都很活跃的民谣，几乎都有着思想精辟、技巧高超的特点。例如这首广为流传的民谣："说你行你就行，不行也行；说你不行你就不行，行也不行。"它讽刺某些领导干部的官僚主义、家长作风，非常尖锐、透彻，同时在艺术上也堪称精品，短短二十余字浓缩了丰富的内容，语言精练，并运用了对比、对偶、反复等修辞手法。如果不是经过众人的集体锤炼，那么这样精美的短章是难以创作出来的。再比如情歌，民间情歌在表达爱情上虽然不如作家文学那样细腻风雅，但在感情的热烈深切和丰富婉转上并不逊色。请看这首民间情歌：

> 想你想你真想你，请个画匠来画你。
> 把你画在眼珠上，看到哪里都有你。

其中有热辣真挚的爱情、大胆奇特的想象，在表达上既直率又讲究技巧。它不直接讲对情人的爱恋达到怎样的程度，而是通过艺术的构思来表达：请画匠来画她（他），使自己能随时看到自己的意中人，已经传达出自己的情感之深；接下来把意中人画在眼珠上的奇妙构想，不落俗套地表达出自己对情人的爱恋程度。民间文学不仅在表达上讲究艺术技巧，而且有些作品取得了很高的艺术成就，汉族的四大传说（即牛郎织女传说、孟姜女传说、白蛇传说、梁祝传说）、藏族史诗《格萨尔》等，无论是在内容的丰厚性、人物的丰满性，还是在结构的宏伟性、艺术感染力、影响的深远程度等方面，都不比作家文学的名篇巨著逊色。所以鲁迅说"乡民的本领并不亚于大文豪"①，此话绝非虚言。当然，民众群体中的一般个人与作家个人相比，在文学才能和成就方面不如后者，但是民间文学并非个人的创作，而是群体千锤百炼的艺术精品，它所体现的民众群体性作者的本领确实不容轻视。鲁迅所说"乡民的本领"也应是指乡民群体的本领，不是指阿Q、闰土或祥林嫂等个别乡民的本领。

更为关键的问题是，民间文学的原貌是在生活情境中现场展演的，文字形式的民间文学作品只是对其文本部分内容加以记录的结果，其更为生动的体现形态和完整的文学价值存在于生活现场。

其次，民间文学是民众的创作。这里要理解"民间""民众"或"民"的含义。它们是一组意思相近、用法上稍有区别的术语。在20世纪后半期的中国学界，谈民间文学的创作主体时，一般用"人民"或"群众"的字眼，这两个词当时都有特定的政治含义，所指的人群或阶层有特定的界限，与现在学界所界定的创作主体有一定差距，所以现在一般使用指向更广泛的"民众"一词，有时根据语境的要求，也使用"民间""民"的说法。

什么是"民间"，也就是什么是民俗学之"民"的问题，是近年来被中外民俗学者普遍关注，并引起广泛讨论的问题。另外，在中国现当代文学研究领域，有学者从民俗学领域引入"民间"概念，得到现当代文学研究者的认同，"民间"也成为近年来的一个关键词。所以，搞清这一概念还是很有必要的。

在西方民俗学史上，随着人类文明的演进和社会生活的变迁，作为民俗学研究对象的"民"的概念在外延上经历了一个由窄到广的演变过程。1846年，英国考古学家、民俗学研究的先驱威廉·约翰·汤姆斯（William John Thoms）在给《雅典娜论坛》的一封信中首次使用"folklore"一词，指"大众古俗"（popular antiquities），包括"旧时的行为举止、风俗、仪式庆典、迷信、叙事歌、谚语等"，他所说的"民"是以承载着"大众古俗"的乡民为主的"民众"（the people）。随着西方强国在世界范围内建立、拓展其殖民地，许多人类学家将他们的研究视野投注于欧洲之外的一些欠发达部族的所谓"野蛮人"身上，这样在人类学派的民俗学家那里，"民"意味着乡民（country folk）和野蛮人。到现代社会，在发达国家，随着城乡差别的显著缩小，承载着传统"古俗"的乡民或农民群体逐步减少以至于趋于消失，于是一些国家的民俗学家的研究视野也逐渐包括乃至转向城市生活和城市人，美国印第安纳大学的理查德·多尔逊（Richard M. Dorson）认为"民"是趋向传统的匿名群众（anonymous masses），包括乡下人和部分城市人，后者指流入城里的乡下人和他们的后代，这样"民"的范围扩展到了城

---

① 鲁迅.准风月谈·偶成//鲁迅.鲁迅全集：第5卷.北京：人民文学出版社，1981：199.

市人，但还是很有限制的。美国加利福尼亚大学的阿兰·邓迪斯（Alan Dundes）则将"民"的范围无限扩大，认为"民"可以是任何人组成的任何群体，只要这个群体至少有一个共同点并有自己的传统，例如工人、教友、军人、教师、学生、科学家等群体。① 按他的定义，政府官员群体也应属于"民"之列（虽然他并没有举出这样的例子）。他对"民"的界定显然更适用于现代社会，但是如果不从某个角度加以限定，按这种对"民"的理解去研究民俗，就不仅会使"俗"的概念与传统概念有质的差异，也可能使民俗学的研究对象变得模糊不清，或与其他学科混淆。而事实上他的关于民俗现象的清单，所列举的基本都是传统形式的"俗"。

在我国，"民"的内涵也经历了一个逐渐演变的过程。民俗学运动的"五四"北大时期与中山大学时期，"民"指与贵族、圣贤相对的"平民"或"民众"，重点指下层平民。新中国成立以后的一段时期，"民"按严格的阶级观点，指"人民"或"劳动人民"，是与"反动统治者""剥削阶级"相对的一个群体，是以农民、工人等直接生产者为主的并富于革命性的阶级群体。在新时期，"民"的内涵又悄然变迁，一般民俗学者逐渐用"民众"的说法取代了"劳动人民"，如钟敬文先生认为："从数量上说，民众究竟是国家人口的多数，实质上民俗的创造者和传承者，也大都是广大民众，这一点是肯定的。可是，如果因此就认为上层社会没有民俗，或者认为它完全没有和广大民众共同的民俗，这似乎就不好讲了。中国过去有许多'岁时记'，讲述岁时风俗。许多年节风俗，从农村到朝廷差不多都要奉行，尽管活动的具体情况不一样。这就是说，一个国家里大部分风俗是民族的（全民共有的）。当然，民族里面又包含一定的阶级内容。同样的过年，喜儿、杨白劳的和黄家地主的就很不一样。但是他们都要在同一天里过年，这也是事实。所以重要的民俗，在一个民族里具有广泛的共同性，它不仅限于哪一个阶级。"② 这番论述打破了很长时期以来的关于"民"的阶级论，甚至说皇帝、地主也在"民"之列。他在另一处讲到，高级知识分子身上也有民俗③。这种说法是实事求是的。

这样，民俗之"民"的范围就很宽泛了，它渐有包容任何种类的人群的倾向。可以说，在当代中国社会，所有人都是可以传承民俗和民间文学的"民众"的一员。当然，这种倾向适合现代社会人们之间文化程度差异、阶层差异趋于缩小的实际情况，但是，民俗学的学科特点决定了它必然有明确符合自己学科属性的研究对象，不可能不加选择、不加限定地研究一切人群的一切行为。"民间"有其相对的一面，这就是"官方"。"官方"一般指政府，这里可以将之扩大，指所有正规的、郑重的公务场合，如政府的办公场合、公司的公务场合、企业的公务场合等。在这些场合里，讲话、做事一般要符合公务规范，比较随意的民间习惯是不适宜的。而官员、职员等走出公务场合，也就回到了生活场合之中，一般也就遵从民间习俗，进入"民间"。

"民间文学"就是民众在日常生活（与官方或公务场合相对而言）中创造和传播的口头文学。

最后，民间文学是集体创作、口头流传的艺术形式。集体创作、口头流传是民间文学的两个最重要的特征，它们决定了民间文学在思想内容和艺术形式上的基本面貌和特色，也是民间文学与作家文学的本质区别的重要内容。这两个特征在第一章有详细叙述，此处从略。

---

① 高丙中.民俗文化与民俗生活.北京：中国社会科学出版社，1994：10-27.
② 钟敬文.民俗学的历史、问题和今后的工作//钟敬文.钟敬文文集·民俗学卷.合肥：安徽教育出版社，1999：71.
③ 钟敬文.话说民间文化.北京：人民日报出版社，1990：161.

二、民间文学的范围

民间文学的范围是指它包含哪些品种。在体裁上，民间文学可分为三大类：

第一类，民间散文作品，包括神话、传说、民间故事（含生活故事、寓言、童话、笑话）、歇后语等。这里的"散文"一词是个宽泛的概念，指散说的非韵文的作品。

第二类，民间韵文作品，包括民歌、民谣、民间长诗、谚语、谜语、绕口令等。

第三类，民间说唱作品，包括民间曲艺和民间小戏。曲艺又有评书、鼓词、弹词、快板、相声、快书等。

如果作品的体裁在上述范围内，又符合民间文学的基本特征，特别是具有匿名性的特点，就是民间文学。其中，民间曲艺与其他种类相比，有一定的特殊性：其艺人通常是职业性的，作品常由个别艺人进行较大程度的加工，并在小范围内传承，带有一定的个人色彩。在这种情况下，我们把传统的不署名的曲目归为民间文学，而把署名的曲目归为个人创作。

在上古时期，民间文学作为全民性的口头文学，主要体裁有劳动号子、祝词、神话、史诗等。在作家文学从口头文学里分离出来以后，民间文学在漫长的历史时期中不断丰富，品种渐多。到现代社会，在农村，民间文学的大多数样式仍然在流传，特别是在一些偏远的乡村，民间文学还很兴盛。在城市里，笑话与民谣最为活跃，说唱、传说、故事、谚语、谜语、歇后语等形式也都在市民生活里占有一席之地。

三、民间文学的性质

这里，民间文学的性质指它的根本属性，就是怎样理解和看待民间文学。从根本上说，民间文学既是一种文艺现象，又是一种民俗文化现象。这就是它的双重属性。

（一）民间文学的文艺属性

民间文学首先是一种文艺现象，它是以语言为主要载体的、形象化地反映客观现实的艺术，是区别于作家文学的一种独特的文学样式。其文艺属性的主要内容就是文学性。民间文学具有文学的美学特点，同时又具有表演性，这一点我们已在上文谈到。

从文艺属性着眼研究民间文学，就是一种文艺学的研究。文艺学是研究各种文艺现象的科学。完整的文艺学，应该包括作家文学与民间文学两大部分。这两大部分既有共同的属性和联系，又各有特点，自成体系。

研究民间文学的学问就是民间文艺学。但是"民间文艺学"这个术语到目前为止还很少被使用，而通常被称作"民间文学"。"民间文学"这个说法有两种含义：一种含义是指民间文学作品，比如一首民歌、一个笑话、一段相声，都是民间文学；另一种含义是指研究民间文学的学问，也就是"民间文学学"或"民间文学之学"。我们说民间文学作为一门学科，是第二种含义，即"民间文学之学"，也就是民间文艺学。

　　作为一门学科，民间文艺学的主要研究任务包括：（1）对中国古代民间文学作品的发掘、考释与整理；（2）对中国现代民间文学作品的搜集、记录与整理；（3）对中国民间文学作品的文本、民间文学创作者与传承人情况以及相关的民俗文化的研究；（4）对民间文学一般理论的研究，如对民间文学的基本特征、社会功能、传承规律等的研究；（5）外国相关理论和民间文学作品的翻译、介绍与研究。

　　由于民间文学并不是一种单纯的文艺现象，因此民间文艺学也不是单纯的文艺学研究，它在研究对象、研究方法、理论体系等方面也有特殊性，带有民间文化学的特点，或者说，也属于民间文化学即民俗学的一部分。就是说，民间文学在学科归属上也有两重性：它既是民俗学的一部分，也是文艺学的一部分。学科归属的两重性是由民间文学性质上的双重属性决定的。

（二）民间文学的民俗文化属性

　　民间文学的民俗文化属性，指民间文学是一种民俗文化现象。对此，主要从两方面来理解。

　　第一，从民间文学的实际产生和存活状态来看，民间文学比作家文学同生活有更加密不可分的关系，以至于口头创作与表演本身就是生活的一部分。这点在同作家创作情形的比较中看得更清楚。作家创作是专门化的活动，作家在获得了生活体验之后，就离开一般的日常活动，离开人群，关起门来，独自在较为封闭、安静的环境下写作。这种写作的成果是个人性的，能够获得名誉、稿费等利益。而民众的口头创作与运用一般都是在生活的自然状态下发生的，是出于劳动、娱乐的需要或内心感受的自然抒发，而不是脱离日常生活轨道的专门创作，许多时候民众也不把这种事情当作艺术创作。比如民歌，有为表达爱情向异性唱的，有为协调劳动节奏、增加劳动时的兴致而唱的，有在祭祀、巫术仪式中为交通神灵或施行法术而唱的，有在节日、庆典活动中出于欢庆或礼俗的需要而唱的，等等。这些民歌都是在生活中出于生存活动的需要而产生和传承的，既有实际的用途，也不脱离相关的活动，而且一般就是相关活动的一部分。在中国许多少数民族，唱民歌是青年男女间表达爱情的必需手段。云南德昂族男女青年在社交婚恋的各环节都要唱民歌。在野外山林间，男女要交往，可先用民歌开场。这时所唱的叫"隔山调"，曲调高亢，歌词即兴而编。可男女二人单独对唱，也可集体对唱。唱时男女各站一边，男方先唱：

> 在这宁静的山林里，
> 一个伙伴也没有找到。
> 只有我孤单单的一个人，
> 在山林里生活。

姑娘听到后，答唱：

> 你若找不到伙伴，
> 可以来我家竹楼找我，
> 若你有了伙伴，
> 就干脆不要来。

> 如果你不嫌我丑，
> 你就过来让我看看你的嘴脸。

未婚男青年到姑娘家去与姑娘交往，叫作"串姑娘"。夜深人静之时，小伙子携带芦笙或竹笛，来到姑娘居住的竹楼旁，边吹芦笙边低声吟唱：

> 起来！起来！
> 美丽俊俏的小姑娘，
> 请你不要怕，
> 我是个丑陋的小伙子，
> 今晚和你唱一曲。
> 起来！起来！
> 聪明伶俐的小姑娘，
> 请你不要怕，
> 我这个贫穷的乞丐，
> 今晚为你奏一曲……

姑娘听到歌声，就会起床烧火，准备茶水、草烟、芦子。姑娘的父母等亲属认为有男子来访是件光荣的事，就主动躲开或早点睡觉，以方便女儿接待来访者。但姑娘并不急于让小伙子进门，她要在楼上听一会儿，考察小伙子的真情。她搭腔时先唱："我要睡觉，你再吹我也不会醒。"看小伙子还不走，就下楼开门，两人到竹楼上对唱。唱的中途若小伙子无词以对，就只好羞惭地离去。若对答如流，就一直唱下去，一直唱到鸡叫三遍或天空放亮。[①]

有些民间文学形式通常是在休闲时传播的，如讲故事、说快板、演小戏等，虽然脱离了生产、宗教、礼俗等活动，有程度不同的专门性，但它们是民众休闲、娱乐生活的一部分，并不脱离日常生活，一般也不是为获取某种利益而专门进行的活动。谈民间文学的民俗文化属性，就是强调将文本放到它产生和传播的生活环境中去，在它存活的自然状态中来看待它，联系民众的生活进行立体性的考察。当然，民间文学作品文本的思想内容、艺术形式也有鲜明的民间特色，也能在一定程度上体现其民俗文化属性。

第二，从民间文学的学科归属来看，民间文学是民俗学的一部分。民俗即民间风俗，是一个国家或民族的民众集体创造、共同享用和传承的生活文化。它包括物质民俗、社会民俗、精神民俗、语言民俗四大部分。其中语言民俗是个广义的概念，指以语言为载体的民俗文化，包括民间语言与民间文学。狭义的语言民俗仅指民间语言，包括俗语、称谓语、流行语、吉祥语、暗语、咒语等短小、不成篇的语言成分。[②] 谚语、歇后语、谜语、绕口令等既可以被看作民间语言，也可以被看作民间文学。虽然民间文学在民俗学体系中只是一个比较小的组成部分，但是它在传统上比其他部分受到更多的关注和研究，甚至某些时期在声势上俨然是一个独立的学科，几乎和民俗学相提并论。近年来，民俗学其他部分的研究发展很快，民间文学的研究也越来越注重它的民俗文化属性，研究方法也更注重采用民俗学的常规方法，如田野调查法等。

---

① 云南省编辑组. 德昂族社会历史调查. 昆明：云南民族出版社，1987：135，147.
② 钟敬文. 民俗学概论. 上海：上海文艺出版社，1998：1，5.

四、民间文学的社会功能

同作家文学相比，民间文学的社会功能更具有多样性。

第一，民间文学是民众表达思想、感情和愿望的一种方式，满足民众的表达需要和创作欲望，也是民众交流思想感情的一种艺术化的手段。这是民间文学最基本的一项功能。民众在生活中的感受、思考和经验，民众的喜怒哀乐等情绪，民众的愿望和理想，都可以通过民间文学来表达。《毛诗序》中说："诗者，志之所之也。在心为志，发言为诗。情动于中而形于言。言之不足，故嗟叹之；嗟叹之不足，故永歌之；永歌之不足，不知手之舞之足之蹈之也。"这段话讲，诗歌是心志的产物。心中有了感受、想法，可以用语言表达出来，但是仅凭一般的说话还不足以表达，就会大声地感叹；感叹还不足以表达，就会歌唱；歌唱还不足以表达，就开始手舞足蹈了。这种情形是诗歌也是民歌的产生和演唱的过程，最初诗、歌、舞是一体的，都是民间艺术。现代社会这种情形仍然常见，许多民族的人们在饮宴、欢庆等场合，兴致高昂时，就纵情歌唱，并手舞足蹈。何休注《公羊传》曰："男女有所怨恨，相从而歌，饥者歌其食，劳者歌其事。"这也是讲民歌在生活中有感而发，所表达的情感与其生活密切相关。关于民歌的抒情功能，客家山歌唱道：

> 唱歌不是贪风流，唱歌本为解忧愁，
> 唱到忧愁随水去，唱到云开见日头……

民间诗歌长于表达人们的情绪、情感，而谚语、故事、神话、传说等叙述体的民间文学则长于表达人们的思想、经验、理想等。用民间文学形式来表达和一般的说话不同的是，它不是平淡、直白甚至啰唆烦人的表达，而是艺术的表达，或者形象生动，或者幽默有趣，或者含蓄婉转，或者简洁精警，都能使人获得艺术美的享受。

通过民间文学形式来表达思想感情，从表演者自身角度而言是一种自我表达，而从所处群体的相互关系而言就是一种交流方式、交际手段了。有些民族在欢迎客人时唱迎宾歌，在喝酒时唱劝酒歌，就是民歌用于社交的典型例子。在有些民族，唱情歌还是结交情人或配偶重要的甚至是必需的手段。藏族民歌唱道：

> 蜜蜂和野花相爱，春风就是媒人。
> 小伙和姑娘相爱，山歌就是媒人。

湖南民歌唱道：

> 唱得好来唱得乖，唱得莲花朵朵开，
> 唱得青山团团转，唱得小妹挨拢来。

这两首民歌形容情歌在当地青年恋爱活动中的作用，用了起兴、比喻、比拟、夸张等修辞手法，形象生动，富于情趣。

在社交场合讲故事、说笑话、诵民谣，也能起到融洽气氛、密切人际关系的作用。在一些村落、居住小区，聚众表演曲艺、小戏等，还能起到增强社区成员凝聚力的作用。

民间文学也可以被民众用来传达自己的政治见解。在这方面，时政民谣的作用最为突出。

各个历史时期都流传着大量关于当时政治和社会风气等的民谣，有些民谣表现了民众的强烈不平，对政府、官员或社会的尖锐抨击。社会上还常流行一些政治笑话，特别是在有较大政治事件发生的时候，政治笑话的传播还很兴盛。谶谣，是小儿传唱的对社会局势、政治事件的走向、政治人物的命运等进行评价和预言的带有神秘色彩的歌谣。它们往往由怀着政治预谋的成人编造出来，再教给街头的小儿传唱。由于小儿天真无邪，而他们所唱的内容却是关于社会、政局的评判或预言，因此就被人们认为是"天意"，从而起到引导民心、影响舆论、制造声势的作用。据《元史·五行志》，元顺帝至正十五年（1355），各地义军突起，朝政摇摇欲坠。这时在大都（今北京）的街头，一些小儿传唱：

> 一阵黄风一阵沙，千里万里无人家，
> 回头雪消不堪看，三眼和尚弄瞎马。

"三眼和尚"指朱元璋，"瞎马"指大势已去的当时的蒙古人（常被称为"马上民族"）。历代农民起义也常利用谶谣来号召、聚拢民众，如秦末陈胜、吴广起义提出"大楚兴，陈胜王"，东汉末年张角率领的黄巾起义提出"苍天已死，黄天当立，岁在甲子，天下大吉"。这些谶谣也是起义的口号，当时宣传得很响亮，有很大的政治影响力。这些例子说明，有些民间文学形式在某些时期可以被当作政治斗争的工具、利器。

第二，民间文学可以使民众在日常生活中获得娱乐和放松。民间文学的大多数作品都有娱乐功能。长期以来，中国绝大多数民众过着贫穷的生活，劳作繁重，生计艰辛，经常在劳作之中或休闲之时，用民间文学的形式来排遣内心的忧苦，在生动有趣的情节中获得暂时的愉悦。有些地方擅长用民歌抒发情怀，甘肃、青海一些地区的民众爱唱"花儿"，他们说："饭一天不吃，肚子饿了挨住哩；花儿一忽儿不唱，是心慌哩。""花儿是阿哥的护心油，不唱时阿哥们咋过哩！"说明在经济条件不好的情况下，唱民歌是一种重要的心理安慰，甚至是"苦中作乐"的一种重要方式，不唱就难以忍受。很多地方的民众不擅长民歌，但长于讲故事，在劳作之余，众人围聚在一起，沉迷于妙趣横生的故事。也有一些地方的民众喜欢曲艺、小戏等节目。

民众能够从民间文学中获得的乐趣还在于，有些作品体现了人们的生活理想。民众在现实中不能实现的愿望，在故事情节里得到了满足，这使民众感到快慰。在传统的民间故事里，有不少类型都是讲穷苦的男子怎样娶到仙女做媳妇的，如天鹅处女型故事、田螺姑娘型故事、画中人故事；有些故事类型讲穷人得到宝物，生活变得富足，如狗耕田故事、神奇宝物型故事、问活佛故事等；有些故事类型讲久婚不育的夫妻由于得到神的恩赐而生下奇异的孩子，如怪孩子型故事。这些脍炙人口的经典故事反映了传统社会下层民众特别是农民的几个最基本的也是最迫切的愿望：富足、娶妻、传宗接代。

有些民间文学样式可以在劳动过程中表演，以协调劳动节奏、增加劳动兴致。这种功能突出地表现在劳动歌上。劳动歌就是民众为指挥、配合、协助体力劳动而唱的歌，如建筑劳动中的打夯号子、采石号子，农业生产中的薅秧号子、车水号子、打粮号子，搬运劳动中的装卸号子、扁担号子、板车号子，水上劳动中的行船号子、捕鱼号子，等等。它们大都用于比较繁重而又单调的体力劳动，一方面协调大家的动作，另一方面消除劳动中的枯燥感。除了这些形式单纯的号子之外，一般内容的民歌也能在劳动中演唱，虽不能协调动作，但能增加兴致。比如《诗经·国风》的首篇《关雎》便是一首在采摘荇菜的活动中所唱的情歌（左侧是原诗，右侧是余冠英先生的译诗）：

关关雎鸠，	鱼鹰儿关关和唱，
在河之洲。	在河心小小洲上。
窈窕淑女，	好姑娘苗苗条条，
君子好逑。	哥儿想和她成双。
参差荇菜，	水荇菜长短不齐，
左右流之。	采荇菜左右东西。
窈窕淑女，	好姑娘苗苗条条，
寤寐求之。	追求她直到梦里。
求之不得，	追求她成了空想，
寤寐思服。	睁眼想闭眼也想。
悠哉悠哉，	夜长长相思不断，
辗转反侧。	尽翻身直到天光。
参差荇菜，	长和短水边荇菜，
左右采之。	采荇人左采右采。
窈窕淑女，	好姑娘苗苗条条，
琴瑟友之。	弹琴瑟迎她过来。
参差荇菜，	水荇菜长长短短，
左右芼之。	采荇人左拣右拣。
窈窕淑女，	好姑娘苗苗条条，
钟鼓乐之。	娶她来钟鼓喧喧。

这首诗的主要内容是小伙子歌唱他爱恋和追求心上人的过程，但以水上的景色起兴、做比，唱到水鸟、河水、小洲、荇菜和采摘荇菜的活动，可知这首民歌是男子在河上采摘荇菜的劳动中见景生情而作。采摘荇菜是一种比较轻的体力劳动，所以哼唱这种格调轻松的情歌，可以使劳动充满情趣。

比较轻松的劳动中也可以用讲故事、唱小戏等形式来使身心愉悦。

近年来，中国民众的生活水平与文化水平均有了较大提高，获得娱乐的渠道也丰富多了，民间文学的娱乐功能有所减弱。但是也要看到，在大多数农村地区和边远地区，人们的生活还没有达到小康水平，传媒仍然不发达，民间文学这种传统的娱乐方式还保持着其原有的基本功能。比如很多农民仍然把致富、娶妻、生子作为最主要的奋斗目标，这种生活内容与许多传统民间故事的主题还是契合的。即使在城市里，人们的生活较为富裕，传媒也较发达，但是某些民间文学样式如民谣、笑话等也仍然发挥着不可替代的娱乐作用。

第三，民间文学是民众传授知识、实施教育的一种有效工具。民间文学是民众口传知识体系的主要载体，而口传的知识体系是人类知识体系的重要组成部分。由于口传的知识不需要在学校里专门学习，其重要价值容易被人忽略，但是实际上，这些知识对于社会的正常良好的运行起着不容低估的作用。比如社会群体的生活常识、道德观念、礼仪规范等知识，大都是口传的，而这些是民族文化的根基；如果这些知识在某个时期遭到严重破坏、发生混乱，就会导致整个社会文化体系的紊乱，影响社会的良好运行。中国20世纪后半期的前20多年，由于进行过"左"的文化改造，因此传统文化遭到严重破坏，很多人的道德观念发生混乱，必要的礼仪规范也被当作封建文化批判和抛弃。这样，到改革开放时期，旧的文化体系支离破碎，新的文化体系难以短期内确立，一般人又受到西方文化的冲击和金钱观念、急功近利思想的侵蚀，导致了许多较严重的社会问题，对社会运行产生了较大的负面影响。

民间文学的各体裁对民众口传知识都有程度不同的记载，或者传承着不同阶段和方面的知识。神话盛行于人类社会的初期，它在今天看来主要是一种文学艺术，而在当时则主要是初民在缺乏科学知识的情况下对客观世界的解释，可以说神话就是当时的"学术"或"学说"，只不过这些"知识"不是科学探求所得，而是幻想出来的。到战国时代，屈原就对这一套"知识体系"表示了怀疑，他在《天问》里提了 100 多个问题，主要是对神话的质疑，比如他在开篇发问："遂古之初，谁传道之？上下未形，何由考之？"意思是，远古时期世界形成之初的情况，是谁传说下来的呢？说当初天地不分，一片混沌，怎样验证这种情形的存在呢？尽管神话内容不科学，但它毕竟是人类早期对世界的一种认识，也体现了人类对真理的探求精神，后来的科学知识就是在这里起步的。史诗则记载着许多符合客观情况的历史、地理、军事、医学、天文、习俗等各方面的知识，被称为"一个民族的特殊的知识总汇"或"各民族人民早期生活的百科全书"[1]。传说、故事、民歌等也在某种程度上记载着各方面的知识。谚语就是人们概括自己的人生智慧、生活经验、科学认识等的一种体裁，在传承知识方面的功能更为突出。

民间文学还是民众实施教育的一种重要、有效的工具。广义的教育不仅指学校教育，还包括学校以外的多种教育形式。确实，人的各种知识的获得，人的世界观的形成，有多种渠道，受到多方面因素的影响，学校教育只是其中一个方面。而通过民间文学形式进行的民俗教育是多种教育渠道中不容忽视的一种。被称为"中国民俗学之父"的钟敬文先生强调社会整体教育的思想，他在多篇文章里谈到民间文艺对民众的教育功能。他说："民间文学，在今天我们的眼里看来，不过是一种艺术作品。但是，在人类的初期或现在的野蛮人和文化国里的下层民众（后者例如我国的大部分的农民），它差不多是他们立身处世一切行为所取则的经典！一则神话，可以坚固团体的协同心；一首歌谣，能唤起大部分人的美感；一句谚语，能阻止许多成员的犯罪行为。在文化未开或半开的民众当中，民间文学所尽的社会教育的功能，说来是使人惊异的。"[2] 他指出，这种教育的施教者是社会全体，特别是其中一部分富于经验的老人。这一时期他主要谈论民间文艺的教育作用，也谈到其他风俗习惯如礼仪、习俗、禁忌等的教育作用。在现代社会，民间文学的教育功能仍然值得重视。比如近年来一些农村地区孝道不兴，敬老、养老问题很突出。造成这种结果的原因很多，其中之一就是在极左时期，国家舆论一度将"孝道"一概作为封建伦理来批判，使民间这方面的传统伦理、礼俗趋于衰退。但是，1998 年夏，笔者在河北景县农村儿童的口中仍然录到这样的歌谣：

> 小板凳，四条腿儿，我给奶奶嗑瓜子儿。
> 奶奶嫌我嗑得慢，我给奶奶下挂面。
> 奶奶嫌我下得稠，我给奶奶倒香油。
> 奶奶嫌我倒得香，我给奶奶切块姜。
> 奶奶嫌我切得辣，我给奶奶算个卦。

---

① 钟敬文. 民间文学概论. 上海：上海文艺出版社，1980：284，285.
② 钟敬文. 民间文学和民众教育. 民众教育，1933，2（1）.

奶奶嫌我算得灵，我给奶奶打个绳。

打的绳，挺好的，家南来个卖枣的。

卖的枣，挺甜的，家南来个磨镰的。

磨的镰，挺快的，家南来个卖菜的。

卖的菜，打高的，家南来个补筲的。

补的筲，不漏水，打你奶奶个胡子嘴。

这首童谣，当地很多孩子都能欢快地念诵。它的内容，无疑能够起到教育孩子孝敬老人的作用。这种内容的传统教育方式，多年来在当地仍然以旺盛的生命力存活着，顽强地发挥着其朴素的教育功能。如果利用这种民间形式，再配以其他方面的教育，就肯定能收到很好的效果。

第四，民间文学是了解民情民风的有效途径和进行相关研究的参考资料。

民间文学表现了民众的思想、感情，传承着对客观世界的认识和经验，也记载着民众生活的历史。这些资料往往是文献记载中所没有的，所以是值得许多学科开发和利用的宝贵资料。

民间文学是"口传的历史"，其中的许多历史资料特别是史前资料，以及各个时期的部分民众生活文化资料，是文献记载所缺少的，对历史学有重要的借鉴价值。远古时期的历史没有文字记载，司马迁在记述五帝（黄帝、颛顼、帝喾、尧、舜）的情况时就主要依据神话传说资料，在《史记·五帝本纪》中把神话中不"雅驯"的内容去掉，取其"合理"的内容，作为历史资料。一些少数民族较晚时期才有文字，了解此前的历史也在很大程度上依赖当地民众口传的民间文学资料。西藏地区的珞巴族在新中国成立以前，没有本民族的文字，且只有少数人通晓藏语，能认藏文和汉文的就更少，故绝大部分珞巴人靠刻木、结绳记事。而其民间文学则比较发达，其中有不少可供借鉴的历史资料。比如珞巴族与藏族的关系，在民间传说里就有记述。据珞巴族民间传说，珞巴族与藏族的祖先本是同胞兄弟。老大叫阿巴达洛，是藏族的祖先。老二叫阿巴达尼，是珞巴族的祖先。"老大有文化，懂的事情多，占的地方大，他的后代就成为藏族。老二喜欢在山林里活动，没有一定的居址，头戴熊皮帽，耳吊竹环，背上披一件蓑衣，左肩背着箭筒，右肩背着弓箭，腰配大刀、小刀，怀中装有火镰、针线筒，脖子上挂着很多珠串……这就是珞巴族的祖先。"① 对于这个传说，我们不能确定其产生的年代，它所讲的也不是确凿的历史事实，但是它至少能说明在历史上珞巴族与藏族一直有着密切的关系，也能从一个侧面证明，珞巴族聚居的珞瑜地区很早以来就是中国神圣领土西藏的一部分。

民间文学反映着民众世代积累的经验性知识，既有对自然现象的认识和对自然规律的归纳，也有对自己的劳动技术、生存技能的总结，这种内容的民间文学作品不仅可使我们获取许多珍贵的民众生活经验，也是研究自然科学史的学者的重要资料。

民间文学也记载着民众的思想感情和风俗习惯，有助于政府官员和各个人文学科的学者了解民众的文化史和民众文化的动态。

民间文学以语言为载体，是口头语言的真实体现，故民间文学作品是音韵学、方言学等语言学科的重要资料。

① 西藏自治区编辑组. 珞巴族社会历史调查（一）. 拉萨：西藏人民出版社，1987：2.

五、作为非物质文化遗产的民间文学

20 世纪末期以来，非物质文化遗产（可简称"非遗"）保护成为国际社会规模浩大、影响广泛的一项文化工程，近年来也已成为我国的一个社会热点，相关工作正在大张旗鼓地展开。作为优秀传统文化的民间文学无疑是一种重要的非物质文化遗产。在此背景下进行民间文学的教学、研究和学习，也应通晓非物质文化遗产保护的相关知识，能够从"非遗"保护的角度理解、对待民间文学。

20 世纪下半叶，伴随着现代化进程而来的全球化趋势给世界带来了比此前更为显著的文化一体化、单一性的威胁。鉴于此种严峻的形势，联合国教科文组织将人类文化多样性的保护和开发放在工作的极其重要的甚至是首要的位置上，主张各具特性的文化系统相互理解、尊重、宽容，在共同发展的基础上构建丰富多彩的人类文化。以此为目标，联合国教科文组织自 1972 年在巴黎通过《保护世界文化和自然遗产公约》以后，又出台了一系列关于保护非物质文化遗产的文件，并且逐渐明确了非物质文化遗产的保护是发展人类文化多样性工程的更为主要的工作。2002 年 9 月，第三届文化部长圆桌会议通过的《伊斯坦布尔宣言》指出："无形文化遗产的多种表现形式从主要方面体现了各民族和社会的文化特性，无形文化遗产是全人类的共同财富。"联合国教科文组织 2003 年发布的《保护非物质文化遗产公约》说："它是文化多样性的熔炉，又是可持续发展的保证。"可见非物质文化遗产的保护对维持人类文化多样性具有至关重要的作用。

联合国教科文组织在《保护非物质文化遗产公约》中对"非物质文化遗产"的界定是："指被各社区、群体，有时是个人，视为其文化遗产组成部分的各种社会实践、观念表述、表现形式、知识、技能以及相关的工具、实物、手工艺品和文化场所。这种非物质文化遗产世代相传，在各社区和群体适应周围环境以及与自然和历史的互动中，被不断地再创造，为这些社区和群体提供认同感和持续感，从而增强对文化多样性和人类创造力的尊重。"按照该公约的说法，非物质文化遗产包括以下方面："（1）口头传统和表现形式，包括作为非物质文化遗产媒介的语言；（2）表演艺术；（3）社会实践、仪式、节庆活动；（4）有关自然界和宇宙的知识和实践；（5）传统手工艺。"该公约又接着限定说："在本公约中，只考虑符合现有的国际人权文件，各社区、群体和个人之间相互尊重的需要和顺应可持续发展的非物质文化遗产。"① 以上列出的第一项"口头传统和表现形式"，即主要指民间文学。

非物质文化遗产的英文术语"intangible cultural heritage"，直译就是"无形文化遗产"。联合国教科文组织 1989 年提出"传统和民间文化"，1993 年提出"人类活财富"，后来又有"人类口头遗产""人类口头和非物质遗产"的提法，直到确定为"无形文化遗产"，我国通行的译法为"非物质文化遗产"。这个过程并非只是名称的变化，内涵也有所不同，结合相关条款可看出，保护范围逐渐扩大了，保护力度也加大了，对非物质文化遗产价值的评价也不断提高。我国长期以来一直使用"民族民间文化"的说法，与"非物质文化遗产"概念有所不同，现在采用后者，按照国际惯例进行保护。

---

① 国家文物局，等. 国际文化遗产保护文件汇编. 北京：文物出版社，2007：229.

如果将全球文化看作人类文化共同体，则各民族国家的文化就是既相互影响又相对独立、各具特性的子系统，而非物质文化遗产就是在各子系统中发生、延续和存活的特色文化财富。中国的非物质文化遗产则是在中华民族文化的熔炉中形成的。对此，文化部于 2005 年 4 月 26 日发布的《我国非物质文化遗产保护工作的基本情况》做了很好的表述："我国是一个统一的多民族国家，56 个民族在长期生产生活实践中创造的丰富多彩的文化遗产，是中华民族智慧与文明的结晶，是联结民族情感的纽带和维系国家统一的基础。我国非物质文化遗产所蕴含的中华民族特有的精神价值、思维方式、想象力和文化意识，是维护我国文化身份和文化主权的基本依据。""统一的多民族国家"，这是中国每一种非物质文化遗产项目的大环境。作为一个历史悠久、民族众多的国家，中国是一个非物质文化遗产非常丰富的国度，它们代表着中国文化的基本特质和风貌，既是中华民族的重要文化财富，也是全人类文化宝库的必要组成部分。①

我国政府和学界非常重视对非物质文化遗产的保护，2000 年联合国教科文组织启动"人类口头和非物质遗产代表作"项目之后，我国的昆曲艺术、古琴艺术先后在 2001 年、2003 年被列入前两批代表作名录。到 2005 年 11 月，我国申报的"中国新疆维吾尔木卡姆艺术"和中国、蒙古国联合申报的"蒙古族长调民歌"又进入第三批"人类口头和非物质遗产代表作"项目。2002 年，文化部、财政部启动了"中国民族民间文化保护工程"，中国民间文艺家协会发起了"中国民间文化遗产抢救工程"。2004 年 8 月，我国正式加入了联合国教科文组织于 2003 年 10 月启动的《保护非物质文化遗产公约》。2005 年 3 月，国务院办公厅发布了《关于加强我国非物质文化遗产保护工作的意见》，确定了"保护为主、抢救第一、合理利用、传承发展"的工作指导方针和"政府主导、社会参与，明确职责、形成合力；长远规划、分步实施，点面结合、讲求实效"的工作原则，并对保护工作进行了比较具体的部署。2009 年 9 月 30 日，联合国教科文组织保护非物质文化遗产政府间委员会第四次会议审议并批准了列入《人类非物质文化遗产代表作名录》的 76 个项目，其中有 22 个项目是中国申报的，包括贵州侗族大歌、广东粤剧、《格萨尔》史诗、藏戏、新疆《玛纳斯》、甘肃花儿这 6 个民间文学项目。2011 年 2 月，我国公布了《中华人民共和国非物质文化遗产法》。这项巨大的文化工程正在全面铺开、郑重实施。

民间文学是非物质文化遗产的重要组成部分，占有不容忽视的位置。它不仅有自成一体的存在形态，而且常贯穿在其他门类的非物质文化遗产之中，如节日、民间信仰、手工艺、游戏竞技等活动中大都有民间文学的讲述参与。

在 2006 年 5 月国务院公布的第一批国家级非物质文化遗产名录中，共有非物质文化遗产项目 10 类 518 项：民间文学（共计 31 项）、民间音乐（共计 72 项）、民间舞蹈（共计 41 项）、传统戏剧（共计 92 项）、曲艺（共计 46 项）、杂技与竞技（共计 17 项）、民间美术（共计 51 项）、传统手工技艺（共计 89 项）、传统医药（共计 9 项）、民俗（共计 70 项）。

虽然名列"民间文学"类目下的只有 31 项，但是其他类目下的许多项目实际上也在民间文学的范围之内，如"民间音乐"类目下有 33 项是各地民歌，"传统戏剧"类目下有 34 项是民间小戏，"曲艺"类目下的 46 项也可被归为民间文学。这样属于民间文学的项目就有 144 项，是该名录中最多的一类内容。由此可见，民间文学在非物质文化遗产体系中所占位置之显要。

---

①　黄涛．论非物质文化遗产的情境保护．中国人民大学学报，2006（5）.

在 2008 年 6 月公布的第二批国家级"非遗"名录、2011 年 5 月公布的第三批国家级"非遗"名录、2014 年 7 月公布的第四批国家级"非遗"名录、2020 年 12 月公布的第五批国家级"非遗"名录中，可归属于民间文学的项目所占份额也存在类似情况。

民间文学主要是口传文学，如果不有意收集、保存，就极易消弭。许多作品是在传承人不掌握文字或者传媒很不发达的情况下才在口头进行创作、传播的，当口头文学的传承社区中人人识字，且有了现代传媒之后，原来的口头文学就会衰弱，某些重要的口头文学品种就容易失去传承人，如一些重要史诗作品就是在民间诗人的口头保存的，目前面临失传的危险。从近年来社会总体情况看，民间文学衰微的趋势是很明显的，所以进行民间文学的抢救与保护是必要的。我国进行民间文学搜集记录的历史是很悠久的，但是按国际准则在"非物质文化遗产保护"的名目下开展工作还刚刚开始，所以在此意义上的民间文学保护工作怎样进行还在探索之中。目前，除了传统的做法之外，最引人注目的工作就是由政府组织各地申报非物质文化遗产名录项目，或给各地的项目冠名、挂牌，宣传表彰，并予以拨款资助、行政支持、调查研究等。能确立为非物质文化遗产保护项目的都是内容丰富、影响较大、仍在民间传承的民间文学品种。

民间文学保护的基本原则可初步概括为以下四点：

第一，民间文学的保护应与社会发展相协调，不能为保护民间文学遗产而试图阻止其所在社区的现代化进程。这就要对民间文学区别对待，既要对适应现代生活的项目进行活态保护，也要对不适应现代社会而行将衰亡的项目进行存档式保护。

第二，进行整体保护。应保护民间文学项目的整体，而非只保护民间文学展演活动及其文本形式。民间文学的整体结构由五个部分组成：（1）特定社区的传承主体和发生背景，也就是民间文学项目传承地的民众及其生活、文化和思想感情，这是民间文学产生、传播的土壤，了解、研究、保护民间文学非物质文化遗产必须首先熟悉这方面的内容；（2）民间文学的各种形式的讲述行为或表演活动；（3）民间文学的各种文本，包括口头、戏曲、视频、小说、动漫、游戏等多种表达形式的文本，对民间文学文本的研究，可以关注文本的情节类型、文本的形成过程、文本表达的思想感情及其与社区民众思想观念的关系等方面；（4）相关文化场所，如相关遗迹、戏台、民居、寺庙、墓地、碑刻、展示场馆等；（5）相关的生活习俗，如相关的民间信仰、祭祀仪式、节日习俗、饮食习俗、婚丧习俗、民间舞蹈、民间音乐等，民间文学往往是这些习俗得以传承的重要动力，同时这些相关习俗也是以仪式或行为方式在讲述和传播着这种民间文学。①

第三，注重保护民间文学的传承主体，以人为本，尊重民间文学传承人的意愿和现实需求。

第四，强调对民间文学表演性的保护，而非仅仅传承和记录其文本形态。

此处仅以梁祝传说的立项保护情况为例进行说明。

梁祝传说是我国历史较长、影响广泛的民间文学品种，其形态构成也很丰富。过去我们没有从非物质文化遗产的角度看待它，关注的主要是其故事情节、思想内涵、历史渊源等；现在把它当作非物质文化遗产保护的国家级项目，更加关注其存活形态和传承空间。作为非物质文化遗产项目，梁祝传说的主要内容包括：第一，传说的文本，有口头讲述故事、戏剧表演、曲

---

①　黄涛．刘伯温传说的文化形态与现代价值．温州大学学报（社会科学版），2018，31（5）．

艺、音乐、小说等多种表达形式；第二，主要传承区域，重点工作是确定和支持其发源地或传承最兴盛的地方；第三，传承主体，即主要传承地的民众、相关艺人；第四，传承地有保护价值的文化场所，如英台读书处、陵墓、碑刻、寺庙等；第五，相关的习俗，如传承地的双蝶节、祝家与马家不通婚习俗等。

在一般人的印象中，梁山伯与祝英台的形象有一身江南学子装束，应是江浙一带人。但在2006年公布的第一批国家级非物质文化遗产名录中，梁祝传说项目是由四省六地联合申报的，它们是：浙江省宁波市、杭州市、上虞市（现为上虞区），江苏省宜兴市，山东省济宁市，河南省汝南县。在此之前，曾有过多次关于梁祝传说发源地究竟在哪里的争论。

2003年，国家邮政局举办《民间传说——梁山伯与祝英台》特种邮票的首发式时，上述四省六地就起了"梁祝之乡"之争。四省都有古迹和相关风俗证明梁祝传说的发源地在自己这里，分别来看似乎依据都较充分。最后，国家邮政局准予四省六地同时赢得首发权。后经多次磋商，四省六地于2004年6月达成了约定联合申遗的"宁波共识"。2005年12月，中国文学文艺界联合会和中国民间文艺家协会授予河南省汝南县为"中国梁祝之乡"，再次引起一场争议。

梁祝传说最早的形成时间一般上溯到晋代。此时民歌《华山畿》及其题记中的故事情节与梁祝传说相近，而其发生地在今江苏镇江之南。较详细地记载该传说的晚唐张读的《宣室志》则说祝英台是上虞人，梁山伯是会稽人，都在浙江；梁山伯为鄞县令，并葬于该地，鄞县在今宁波市的鄞州区。这一记载对后来梁祝传说的传播影响很大。但直到现在，山东济宁、河南汝南也还有很丰富的相关传说和习俗。

关于梁祝传说在历史上是否确有其事以及发源地在何处，目前仍没有各方都认可的确切说法。对此我们可做如下分析和评议：第一，各地梁祝传说都源于共同的中华民族文化背景和社会生活，各地都有发生这种事迹的可能性，也可能这个特定的故事在各地都没有真实的史事依据。第二，如果历史上实有其事，则该传说在各地都有相关古迹和风俗的情况，有可能是人口迁移造成的。梁、祝、马几姓人口迁到各地，为了纪念先人事迹，有可能造墓修碑以纪念。第三，按民间文学原理，传说里的细节本来就是不能信以为真的，梁祝传说里的地点很有可能是当地人的附会，即在讲述故事时为了增加"可信性"和吸引力，就说故事发生在某地。这样故事依此流传，若恰好当地有梁、祝、马的姓氏，就有可能被后人信以为是前人事迹，而造墓修碑纪念，并影响到婚俗等。不管怎样，四省都不必为此过多争执。传说最初的发源地在哪里并不是最重要的，最重要的是它在各地的深刻影响和相关的文化遗产。即使能够确定某地不是该传说的发源地，如果该传说在该地影响很大并有很多的相关古迹和风俗，也可以确认该地为"梁祝之乡"。目前，相关政府管理部门及学界的主流意见，都认为梁祝传说是四省六地的共同财富，不要独家垄断所有权。梁祝传说既是中华民族的，也是世界的非物质文化遗产。

六、学习民间文学概论课程的主要任务与要求

（一）民间文学概论课程的主要内容或学习任务

（1）学习民间文学的基本知识和基本理论，既包括民间文学的基本特征、民间文学的地位

和价值、民间文学与作家文学的关系、如何搜集和整理民间文学等总论性的知识，也包括神话、传说、故事、民歌、史诗、长诗、曲艺、小戏等各种民间文学体裁的知识。

（2）阅读和熟悉民间文学的重要作品。本课程并不是只学习抽象的理论知识，还要学习和欣赏各种体裁的民间文学作品，领略民众在文学创作和表演方面的智慧和才能。

（3）初步掌握进行民间文学田野作业的方法，培养深入民间采集、整理民间文学作品的能力，能够初步进行民间文学作品的科学研究，并开展到民间进行调查和记录的实践活动，不仅了解、收集当代民间文学作品，而且以此为线索，深入了解民众生活和民俗文化。

（二）学习本课程的要求

（1）切实掌握民间文学的基本理论和独特规律，对民间文学有正确的认识，并注意学会研究民间文学的特有方法。

（2）熟悉民间文学各种体裁的代表作品，掌握鉴赏、分析民间文学作品的视角和方法。

（3）具备到社会上调查、采集、整理民间文学作品的能力，能够运用所学知识来考察自己家乡和工作环境中的活态的民间文学，并能利用亲身调查的资料来领会、说明本课程所学的理论问题。

（4）认真听讲，精读教材，浏览相关的参考书目，独立完成作业。

七、民间文学的研究方法

研究民间文学使用的方法主要有以下几种。

（一）田野调查法

田野调查法（field work）是民俗学领域最重要也最有特色的方法。就是指民俗学工作者包括民间文学工作者深入民间，特别是深入农村、山区、少数民族地区，通过参与式体验、观察、访谈等方式，获取第一手资料。它是社会调查的一种。与社会学注重分发表格、进行数量统计不同，民俗学的田野调查更注重在较长的时间（如几个月、几年）里居住到调查点，以观察、访谈等方式获得更深入的资料；也有一种时间很短的调查活动，就是用一天到几天的时间到民间去采集民间文学作品，称为"采风"。

（二）历时追溯法

就是在研究现代的民间文学现象时，通过文献资料的考证，追溯它在历史上的演变过程，以获得对这种现象的更全面的认识。"历时"（diachronic）与"共时"（synchronic）是瑞士语言学家费尔迪南·德·索绪尔（Ferdinand De Saussure）提出的一对概念，前者指不同阶段和时期的演化状况，后者指特定时期或阶段的静态状况。从这种观点出发，眼前确定的静态的事物都隐含着演化的过程。任何时间和地域的研究对象，都是当下的状态和过去的状态相交融的产物，而且，它的内在规律还预示未来的发展趋向。共时态只有一个视域或"展望"，历时态却有两个视域或"展望"："一个是顺时间的潮流而下的前瞻的展望，一个是逆时间的潮流而上的回顾的展望。"① 也就是说，对民间文学现象的共时的研究，是考察它在特定时期的状况，既可以是一个地域的状况，也可以是分布在数个地域的不同状况。历时的研究，有两种视角：一个是前瞻，分析它将来的演变趋向；一个是回顾或追溯，考察它的历史状况。在历时研究中，回顾或追溯的方法更为常用。还有一种与此相关的研究方法是通过现存的文化现象追索、解释古代的原始状态，其研究目标不是今天的文化现象，而是古代的文化现象，也就是"以今证古"的方法。

（三）共时比较法

就是在研究某个地方的一种民间文学现象时，将它与别的地方的同类型作品进行比较，以更好地分析该作品的主要特征、传承规律、演变情况等。这种共时比较所选择的研究对象所处的时间情境，一般是研究工作的当时、当代，这样便于按照研究工作的需要搜集尽量详备的资料。就是说，共时比较法是选择研究对象在同一个时期的不同空间的几种状态进行比较。民间故事的研究，就常采用共时比较法，分析同一类型的故事在不同地域发生的变异。与之相对的另一种共时研究，是只描述研究对象在特定时期的一个特定空间内的状态，详尽地描述一个点的状况，而没有几个点的比较，属于个案研究性质。

除以上方法外，在研究某种具体体裁时，还有适用于特定体裁的观点性或学说性的方法，如辩证唯物主义的分析法，功能学派、传播学派、人类学派、结构主义学派等各学派的分析法等。在研究中，通常是根据具体情况的需要而多种方法并用的。

【关键概念】

民间文学	民间文艺学	民俗	语言民俗
民间	田野调查	采风	历时追溯法
共时比较法	非物质文化遗产		

【思考题】

1. 怎样理解民间文学的双重属性？
2. "民间"概念在中外民俗学史上经历了怎样的演变过程？
3. 怎样看待民间文学的文学价值？
4. 为什么说民间文学是民俗文化的一部分？
5. 民间文学有什么社会功能？
6. 怎样学好民间文学概论课程？
7. 为什么要保护非物质文化遗产？
8. 民间文学非物质文化遗产的整体结构由哪些部分构成？

---

① 索绪尔.普通语言学教程.北京：商务印书馆，1985：119.

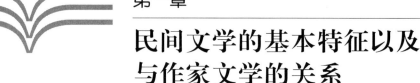

第一章

民间文学的基本特征以及与作家文学的关系

本章学习民间文学的两个基本理论问题。其中，民间文学的基本特征问题是民间文学基本理论中的核心问题，对正确看待和把握民间文学有重要作用，对后面各章学习具体体裁有切实的理论指导意义，须重点掌握，对每一个特征，都要进行完整、透彻的理解。民间文学与作家文学的关系问题，是学习本课程者一般都会提出的问题，也是一个重要的理论问题，关系到正确理解民间文学在文学王国里的位置与作用，要能够联系中国文学发展史上的实例来说明。

第一节
民间文学的基本特征

与作家文学相比较，民间文学有五个显著的基本特征：口头性、群体性、传承性、变异性和表演性。

一、口头性

口头性是民间文学最显著的外部特征，人们有时甚至就把民间文学称为"民众口头创作""口头文学""口承文艺"等。把握口头性是理解民间文学艺术特色的一把钥匙。所谓口头性，指民间文学是一种口头创作、口头传承并有相应的表达方式和语体风格的文学形式。

一般来讲，民间文学都是在口头创作和传播的。我们作为民间文学的一般的接受者和传播者，通常不了解所听到的民间文学作品是谁、是怎样创作出来的。这也与民间文学的特性有关。民间文学本来就是在自然生活状态下进行的一种不经意的创作，创作者即兴而发，丝毫不要求他的作品带上个人的标签。创作者在劳动、休息或进行其他活动的同时，心中有了一种感受，就用语言艺术的形式表达出来，使自己获得抒发的愉悦，也使他人获得艺术享受。如果他的作品很精彩，就被别人传播开去，并被别人加工和再创作，形成大家口口相传的一件民间文学作品。在另一些情形下，我们可以当场看到民间文学作品是怎样被创作出来的，比如少数民族的对歌，经常是即兴作词，那些歌词就是演唱者的创作。但是这种民歌从总体上讲并不是个人的作品，因为这种民歌的歌头、曲调、结构等是当地人集体传承的，演唱者也无意将自己的即兴歌词视作个人化作品并享有其版权。民间文学的创作就是这样在大家口头的传播中形成较为成熟和稳定的形式，又流传开去，流传中又发生变异。如果没有人加以文字的记录，一般民间文学作品就在人们的口头上产生、存活。当人们失去对它的兴趣时，它就会从人们的口头消失，时间久了就会被人们遗忘。所以就有"采风"的必要。"风"就是"民风"，其字面上包含着民间文学口耳相传、来去如风、容易消失的意思。

民间文学的口头性在与作家文学的书面性相比较的情形下可以看得更分明。作家的创作一般以独自在书斋里用纸笔书写文字或电脑键盘打字的形式进行，虽然他使用的语言和民间创作者的语言都是同一种语言，但是书面的表达方式和口头的表达方式是有很大差别的。即使作家用口语风格写作，由于创作和传播过程有很大差异，作家的口语化作品也和民间文学的口头作品不同，作家用文字书写出来的口语和民众在生活中使用的口语必定有较大的差异。而且作家作品一旦发表，其形式就是固定的，不允许在传播中由别人随意加工。它的传播媒介是文字，而不是口头。民间文学在创作和传播过程中可以根据现场情境和听者的反应编造、修改其内容和说法，他人也可以加入创作和修改，作家文学就不能这样做。

民间文学口头性的显著标志是用口头语言包括方言土语来进行创作和传播。这里我们来看一则流传于河北景县一带的民间故事《傻小子的故事》，由当地一位老年妇女讲述：

> 这么一家啊，有个傻小子，傻小子什么也不干。他娘说："你出去学个话去，到外边看看人家说话，你跟人家学学。"傻小子这一天就出去咧，到外头一个劁猪脬的："劁猪脬——劁猪脬——""等会儿走等会儿走，你说的嘛？""俺说劁猪脬。""噢，劁猪脬。"学会咧。赶回来，一会儿学会咧回来咧。他娘做熟了一锅饭。他来到家弄一锅饭就给他娘倾到地下咧。倾到地下咧——他娘到回来呢一进门一家伙子滑个跟头，骑着他娘："劁猪脬——劁猪脬——"他娘把他打一顿。

> 还有一个傻小子。傻小子他娘就给他说："你整天价在家嘛也干不了，你出去做点好事，有娶媳妇的你给人家道个喜儿，人家有死人的你给人家吊个纸儿，人家有个打架的你给人家劝劝架。"这一天傻小子说："噢。"他出去咧。到外边人家一个娶媳妇的，向前抬着轿走着。"等会儿走等会儿走，我给你吊纸儿咧吊纸儿咧。"叫人家打一顿哭着回来咧。人家说："你哭嘛？"他说："有个娶媳妇的，我给他吊纸儿呢他打我。"说"娶媳妇你不给人家道喜儿，你给人家吊纸儿人家不打你啊？你这个行啊？""噢。"到这一回又出去咧。又出去咧——人家一个出殡的，抬着棺材走着。"等会儿走等会儿走，给你道喜咧道喜咧。"人家又站下把他打一顿。打一顿又哭着回来咧。他娘说："哭嘛？""有个死人的我给人家道喜呢他打我。""不是人家有死人的你给人家吊个纸儿啊，你给人家道喜人家不打你啊？""噢。"这一天又出去咧。出去咧到外头一伙子到远处，出去一伙子看见两个牛打架，他就给人家劝架去咧。到那儿两个大牛正打上劲儿咧，到那儿劝架一家伙子叫两个牛给拱死那儿咧。

以上故事是根据录音资料整理的。其叙述语言完全是当地口语，其中有许多当地方言词，叙述方式上虽然有些重复的句子，但简洁明快的特点仍然很突出。这是文字资料的口头性特点。若是现场听她讲述，则会对故事的口头性体会得更全面：该故事讲述人的表情、手势、腔调等是在文字材料上体现不出的，而这些在讲述现场也是该故事的重要组成因素。这个故事是笔者调查记录下来的，故笔者对该故事口头性的感受就比单纯见到文字资料的读者丰富得多，当时的所见所闻至今仍历历在目。

民间文学口头性的形成原因主要在于两个方面：第一，在中国长期的传统社会里，普通民众文化程度低，有很大比例的劳动者是不识字的，这样他们就很少或没有机会接触书本，也不能用书面形式来表达其创作，正如劳动者自己所言："叫我唱歌我就唱，叫我写字我不行。"同时，其他信息传播媒体相比于今天也很单调和贫乏，这些因素造成口头创作的发达局面。现代社会民众的文化程度普遍提高，信息传播媒体也越来越丰富和先进，这使民间文学的数量减少，民间文学的口头性减弱，但民间文学仍然在某些地区繁荣着、在某些场合活跃着，口头性仍不失为民间文学的显著特征。第二，民间文学具有口头性还在于，它的创作和传播是民众生活的组成部分，是民众的一种日常活动，伴随着其他的活动自然而然地进行，这样自然不能把正在进行的事情停下来，拿起笔去创作。而作家创作却是脱离普通民众的生活轨道而专事写作。民间文学的口头性与其表演性密切相关，口头的表达借助表情、动作、音乐、舞蹈等因素使作品呈现出立体性。

民间文学的艺术特色在很大程度上是由其口头性造成的，至少与其口头性密切相关。因为讲述者要使作品便于口传，并且使现场的听者入耳后易懂易记，就必然选择适合口头讲述的内容和格调，采用相应的表达方式，从而形成一定的文体特色。这些特色主要有：思想感情朴实直率，语言通俗晓畅、活泼上口，结构单纯连贯，多用比兴、夸张、谐音、复沓等修辞手法，等等。比如下面这首湖南情歌：

> 小妹生得白又白，情哥生得黑又黑。
> 黑字写在白纸上，你看合色不合色？

这首情歌对爱情的表述率真质朴，但又很巧妙。它由男子演唱，用浅白的语言赞美所爱女子皮肤洁白，同时谦虚地表示自己的肤色有缺点，来陪衬对方；巧妙的是下一句将女子的白皮肤比作白纸，将自己的黑皮肤比作黑字，那么按照常理，这是一种很合适的搭配和结合。"合色"与"合适"在当地方言里有谐音关系。这就巧妙而俏皮地表达了对女方的感情。整首情歌篇幅简洁而含义丰富，风格明快而生动。它的这些特色是与以社交为目的的现场演唱分不开的。如果拿它和文人的情诗相比较，那么可以看出两者在表述方式上的显著差别。与生活融为一体的口头创作方式便于民众根据现场情景进行措辞和修改，加之民众非常熟悉其生活环境中的事物，创作时很自然地将之采撷到自己的作品中，这使民间文学的内容带有浓郁的生活气息和显著的环境印迹。比如一首情歌形容女子长得美：

> 情妹生得好风采，好似莲花带露开。
> 走到山前鸟起舞，走到江边鱼游来。

这首情歌频繁运用修辞手法，使表述形象优美。这种文风的形成绝不是因为民间歌手有意堆砌辞藻、卖弄文采，而是由于他借用身边的事物来表意抒情实在很方便、容易和自然。而作家常坐书斋，又对书本知识很熟悉，创作就容易引经据典。

有些作品虽然出自无名群众之手，但不具备口头性，就难以在群众中口头传播；它们既然没有经过众口传承和加工，就证明没有获得民众的认可，就只不过是遗失了作者姓名的个人作品，不能被看作民间文学。而一些民间文学作品被记录为书面的文字形式，仍旧没有改变其口头性，虽作为文献留存千年，但仍然是民间文学，如《诗经》的"国风"、汉代的乐府民歌。

虽然口头性是民间文学的一个根本性特征，但也不能把它绝对化，即民间文学的流传并非绝对不能有文字形式的参与。实际上，有些民间文学作品的传播和表演是有文字底本作为依托和辅助的，如有些评书、相声等曲艺作品常有底本；有些盛行唱民歌的地方，人们大都有写有歌词的手抄本；有些少数民族的史诗也有手抄本。古代的许多民间文学作品也都是靠文字记载流传下来的。

在现代社会，由于人们的文化程度普遍提高，传播媒介日渐丰富和发达，因此，一方面口头作品的功能减弱，另一方面口头性的形式也发生了若干变异，比较典型和重要的表现是网络民间文学的生成与传播。网络是电子时代一种不容忽视的社交场合。网络是从20世纪90年代开始进入中国城市民众的生活的。在1998年以前，中国的网民人数还很少，上网的人大多是从事电脑、金融等相关行业的职员。1998年以后，上网成为一种时尚，网民的队伍迅速扩大；到世纪之交，没上过网的城市青年人已不多。有人开玩笑说，现在的见面问候语已从"吃了吗"改为"上网了吗"。网络已成为人们特别是青少年进行社会交往的重要渠道。上网是现代人尤其是所谓新人类的生活内容之一。网络上的社交场合主要有聊天室、电子邮件（email，俗称"伊妹儿"）、网上论坛（BBS）、博客以及一些网上寻呼方式（ICQ、QQ、微信等）。这些网络交流途径是进入数字时代的现代社会产生新民俗的一种重要场所，也可以说是一种崭新的民俗情境。而其中最主要的方式之一是聊天室。在网上参加聊天的人大多是青少年，他们在紧张的学习、工作之余进入聊天室，以轻松愉快、洒脱无羁的心境与别人交流思想，结交朋友，在电脑前度过他们的休闲时光。在网上的交际中，就有一些民间文学样式产生和流传，如故事（特别是笑话）、传说、民谣等。这些网上流传的民间文学作品和口语中的并没有根本的区别，只不过在传播方式上有差别。网上传播有其特殊性：传播者是不见面的，因而惯常的见面交际时辅助口头语言的表情、姿势等都派不上用场，网上交际全靠敲击键盘上的字母与数字、阅读显示器屏幕上的文字，还有一些表示表情的视觉符号。由于其传达方式的特殊性，网络语言就有了特色，也有了特殊用语，比如网络流行语，像常用词语"大虾""美眉""青蛙""恐龙"，还有一些数字语"5211314（我爱你一生一世）""55555（呜呜呜呜呜）""7878（去吧去吧）"等，都是主要用于网上的特色语言。网上曾经流传这样一封用网络语言写的"情书"：

亲爱的MM：

深知你"扫描"得不快，所以我用"286"的速度打字。自从上次断线后没能与你"链接"上，我真想顺着电话线这个"通道"，再用"986"时速爬过来看你。我仍记得我们在聊天室里第一次相遇时的情景，彼此之间的感情"传输系统"和"接收系统"都飞快地运行起来，从未出现过"死机"。从那时起，我们的爱情"程序"就"启动"了，别人都说我们很"兼容"，属于"超级链接"。特别是我们见面的那几天，感情很快"升级"了。你对我"发送"的那些"信息"，表明你很愿意让我打开你的"文件"。MM，你知我有多爱你吗？我有一个永远为你"超频"为你"奔腾"的"芯"，我可以为你更改我的"程序"……你的父母很反对我们之间"联网"实现"资源共享"，说我们的"配置"不当，总是有意无意向我们发出"警告"，特别是你妈这个"黑客"，老嫌我"内存"（存款）

太少，又没有"硬件"（房子），哎，看来你家人真是个难以突破的"瓶颈"。

不管怎么样，584（我发誓），51211314（我要爱你一生一世）！

这是一篇模仿网上语言的游戏之作，其中使用了"网虫"常用的许多词语，其中加引号的都是电脑业的行话，而"MM""584""51211314"是当时网络流行语。

尽管网络交际与日常生活场合的语音交际有很大差异，但是在聊天室使用的靠敲击字母和数字产生的、以文字方式显示的语言无疑也是一种交际语言。网上所使用的语言的大部分与日常口语是相同的，只不过它是一种特殊的口语，其传达不是通过口腔的发音与听觉器官的接收，而是通过敲击键盘、阅读显示器屏幕。它的传播方式还包括复制和粘贴，这就使民间文学的变异性减弱了。比如2003年就在网上流传的"世上最恐怖的十个鬼故事"（见本书第五章作品选读），到2010年还在网上流传，而其文本所用文字基本没变。2009年在中央电视台春节联欢晚会上走红的小沈阳在同年北京电视台的"春晚"上那段著名的"说口"，借用了其中一个鬼故事的情节（即在坟地遇到鬼出来凿改刻有自己名字石碑的情节），使该故事在社会上的传播范围更广。大概在2006年，网上流传"十个鬼故事的最新版本"中第一个故事是这样的：

你相信谁？

有一年登山社去登山，其中有一对感情很好的情侣在一起。

当他们到山下准备攻峰时，天气突然转坏了，但是他们还是要执意地上山去，于是就留下那个女的看营地，可过了三天都没有看见他们回来。

那个女的有点担心了，心想可能是因为天气的原因吧。

等呀等呀，到了第七天，终于大家回来了，可是唯独她的男友没有回来。

大家告诉她，在攻峰的第一天，她的男友就不幸死了！

他们赶在头七回来，心想他可能会回来找她的。

于是大家围成一个圈，把她放在中间，到了快十二点时，突然她的男友出现了还浑身是血地一把抓住她就往外跑。他女朋友吓得哇哇大叫，极力挣扎，这时她男友告诉她：在攻峰的第一天就发生了山难！全部的人都死了只有他还活着……

你相信谁？

到2010年时，这两个版本的"十大鬼故事"都在网上流传，也会在其他场合被人们口头讲述。在口头传播时，这些故事也像其他民间故事一样发生变异。但是作为其基础依据的底本则挂在网上，基本不发生变化，这也会导致这些故事的口头传播变异性减弱。至于网上专门汇集民间文学作品的一些网站或栏目，是用来供人阅读的，和收集民间文学作品的书刊并无本质的不同。网络可被看作民间文学创作和传播的一种特殊场合，对它的口头性特征也应持变通的眼光来看。怎样看待网上传承的民间文学，它对民间文学理论有何影响，还是一个崭新的课题，值得认真考察和讨论。

需要说明，口头性特征主要适用于传统农耕社会民众在普遍识字程度不高的情况下创作和传播的民间文学。到了现代社会，民众受教育程度普遍提高，几乎人人识字了，民间文学除了口传形式以外，文字创作与传播也成为重要方式；而到了网络时代，网上传播、短视频形式的民间文学也占有重要位置甚至是主要位置。故不能把是否具备口头性作为判断现代社会的文学作品是否为民间文学的绝对标准。

二、群体性

群体性又叫"集体性"，既是民间文学相对于作家文学而言最具区别性的特征，也是民间文学最重要的本质特征。所谓群体性，指民间文学是群体创作、群体流传的，并具有群体性的思想感情和为群体所喜闻乐见的艺术形式。这与作家文学强调创作的个体性、作品的个人化风格形成鲜明的对比。

首先，民间文学的群体性体现在它是群体创作、群体流传的。民间文学作品的形成方式有几种情况：第一种情况是在集体活动的场合，你一句我一句地完成创作，如一些劳动歌谣、仪式歌谣等的创作就是这样进行的。这种情况也包括在一些民歌对唱的场合，作品是在现场双方的对答中完成的，那种集体对歌的热烈气氛和竞技状态、两人对歌的情感交流和相互配合，都对作品有重要的促成作用。第二种情况是先由个人完成作品的"初坯"或雏形，其后在流传中由众人加工和再创作。这样形成的民间文学作品应占大多数。先出"初坯"的个人并不是享有著作权的个人，而是特定群体的代表，他在创作中表现出的思想感情和艺术趣味与他所在的群体是一致的，正因为如此，他的创作才会获得群体的认同和欣赏，才会迅速流传；他所完成的也绝不是定稿，在流传中大家必定很自然地加以改动和琢磨，逐渐达到脍炙人口的程度。第三种情况是有些民间文学作品先由个人完成并有明确的传承线索，主要指民间艺人的创作情况。在许多地方都有一些才能出众的民间歌手、民间故事家或民间曲艺家，它们是民众群体创作者的杰出代表，同时也有一些作品主要由这些艺人完成，带有一定的个人特色，甚至有些职业、半职业的民间艺人，因为要靠演出获得主要的或一部分收入，所以他们演唱或讲述的作品有较为固定的传承线索。对这种情况的群体性怎么看？应该承认这样的作品有一定的个人色彩，但是与作家文学的个人创作还是有本质的不同。这些艺人所演唱的作品大多是民间已经流传的，只不过加上了个人的修改，在表演上特别是在讲述或演唱的嗓音、韵味、技巧等方面有个人的特色；民间艺人所演唱的作品，开始是很草率的，在表演中根据听众的反应不断加以修改、丰富，听众的喝彩或叫倒好都对艺人加工作品有重要影响，这意味着听众也在一定程度上参加了创作，艺人演唱的作品也永无定稿，总是在根据不同的听众、不同的演唱情境和听众的反响做着改动；艺人演唱的作品并不用做书面形式的发表，当然也不要求对这些作品拥有著作权。有些作品是从前人那里继承下来的，或是来自师祖师父的传承关系，或是来自作家创作的文学名著。这些作品最初也大多是根据民间已流传的作品创作而成的。像为说书业广泛传承的《岳飞传》《武松打虎》《杨家将》《隋唐演义》等评书作品，一般先有民间传说，再有作家在民间传说基础上创作的个人作品，然后艺人又在个人作品的基础上加工成演唱的作品。所以这种来自个人作品的民间文学仍然具有本质上的群体性。而民间也会出现一些以书面形式创作和发表作品的作者，他们的作品的创作、传播形式与一般艺人的表演是不同的，这样发表的作品是以个人的名义在书面传播的，就不再是民间文学，这些作者也就是十分接近民众的业余作者或业余作家。

从以上几种形成方式看，民间文学作品的创作过程和流传过程往往交融在一起。群体流传的过程就是民间文学群体创作、修改和成熟的过程。另外，群体流传的过程也是作品保存的主要形式。当不再流传时，一般民间文学作品只能保存在部分年长人们的记忆中，而时间长了，当时的人们不在了，早已不流传的作品就容易消失得无迹可寻。有心人或研究者将之记为文字，短期流传的作品方得以长期保存。但一般情况下能被人以文字记载下来的作品只是很小的一部分，大量的作品在人们的口头自然逸失了。

其次，民间文学的群体性表现在其内容上，反映着特定群体的生活、思想、感情、观念等。民间文学在长期的流传演变过程中，经过千百人之口，代表了群体的意愿，融会了大众化的生活内容。从这个角度来看，民间文学在思想内容上具有大众化或民间化的特点，它虽然不带有个性化的思想感情，但也不是没有独立见解，很多作品带有不同于官方或知识分子思想体系的朴素而可贵的观点。河北耿村有一个"状元杀和尚"的故事，讲从前有一个年轻妇女，在丈夫不幸早逝后，一个人带着独子过日子。久而久之，她与河对岸庙里的和尚有了私情，常蹚水过河同和尚幽会。这事她的儿子是知道的。儿子长大后进京赶考，中了状元。他回家探亲时，到父亲坟上烧了纸，就请娘进京享福。但他的娘恋着和尚，不愿跟他进京。他就为娘修了桥，以方便娘过河与和尚相会。后来寡妇去世了。儿子回家为娘办了丧事，就把和尚杀了，并写了一副对联："修小桥为母行孝，杀和尚替父雪耻。"这个故事所体现出的思想观念是复杂的，其中有儒家的孝道节义思想，又有民众朴素实际的观念。故事讲述儿子为父母尽孝，寡妇应该守节，都体现了儒家礼教思想对民间文化的渗透；但是儿子行孝的方式却是别出心裁甚至可以说是惊世骇俗的。在受到儒家思想熏陶的儿子的观念中，为母行孝与为父行孝及寡妇应该守节的教条发生了冲突，但他以民众认为圆满的方式解决了这种冲突，前后修桥与杀和尚的两种行为结合在一起，既为母行了孝，也为父行了孝，还表达了对偷情行为的否定和惩罚。这种行孝方式与儒家严格的正统思想是不相容的，即按儒家苛刻的道德观，儿子不应该同情母亲的偷情行为，更不能为母亲修桥。这个故事既表现了儒家思想对民间的影响，也表现了民间思想的朴实性和独立性，可以说体现了一种民间的理想主义思路。一般的民间文学都具有区别于主流文化的较为独立的思想体系。因而，由民间文学作品可以体察民众生活和思想的实况。

最后，民间文学集中体现特定群体喜闻乐见的艺术形式，是众人智慧和才艺的结晶。由于是群体的创作并在群体中口头流传，民间文学在艺术形式上必然是大众化的、通俗易懂的、传统的，同时它也很讲究艺术形式的精粹，以便于广泛流传。民间文学并不是没有艺术性，也不是艺术性弱，而是没有个人创作那样的个性化的艺术风格和前卫性的艺术创新。

由于是群体创作，民间文学都是无名氏的作品，署名的作品就不是民间文学了。民间文学群体性的最显著的表现就是作品的匿名性：口头流传的作品固然是无名氏的，经过记录、整理而发表的作品也是没有作者的。民间文学是民众的集体财富，不属个人所有，不要求个人著作权或版权。这也是区分民间文学与个人创作的一个简便易行的标准。不管一个人的作品多么通俗易懂、多么大众趣味，只要是有作者名的，就是个人作品。但也要注意，并非所有不署名的作品都是民间文学，因为文学史上有些个人作品是因种种原因失逸了作者姓名，而并非没有作者。

需要说明，跟口头性特征一样，群体性或集体性特征也主要适用于传统社会的口头民间文学。群体性特征是以口头性特征为基础的。因为在传统社会，民间文学是口头创作和传播的，作者名字不能流传下来，所以成了无名氏的作品，但单个民间文学作品最早应是某个人先创作出了原初版本，后来又在口口相传中经过集体加工、集体创作，我们所接触的就都是群体性作品了。到了现代社会，除了口头创作和传播以外，文字创作与视频创作、书刊传播与网络传播等，也成为民间文学的重要传承方式。这样，最早的作者的姓名也随之保留了下来，使这些民间文学作品有了个人署名或个人创作印记。注重表演性的民间文学调查研究也很关注个人讲唱活动及个人特色、个人生活史等。所以，也不能把是否具备群体性作为判断现代社会的文学作品是否是民间文学的绝对标准。

在《谚语的起源》一文中，美国谚语学家沃尔夫冈·米德（Wolfgang Mieder）对谚语是集体智慧而非个人创作的习惯说法予以质疑和否定。他引用了约翰·罗素（John Russell）、雷蒙德·弗斯（Raymond Firth）、巴莱特·怀廷（Bartlett Whiting）等人关于谚语源于个人创作的观点，认为谚语不可能一开始就是由一群人一起创作的，而一定是在某个人创作之后才流传开来的，只不过在流传的过程中丢失了原作者名字，但是也有很多谚语是可以追溯到原作者的。最后，他下结论说："总之，是的，谚语是由个人创作的。……如果回顾几个世纪以来的谚语创作，可以看出，通常需要几年、几十年，甚至是几个世纪的时间才能让一条谚语被接受并获得一定的流行度和传统性。今天，在计算机和互联网的时代，一个人可能即兴创作一句类似谚语的话并在几秒钟内就传播到全国甚至全世界。"[1] 他关于谚语最早源自个人的说法是合乎情理的，而且这种说法适用于一般民间文学作品。关于民俗的个人与集体的关系、民俗研究应该重视个人，高丙中说："民俗学的集体主义方法论必须创新，给予个人应有的位置，以适应这个时代的价值转向。民俗学从来都认为，民俗之为民俗，就在于它属于作为集体概念的'民'。民俗不是个人性的，而是社群性的，但是社群不能淹没个人，我们在观察、思考'民'的时候，给予个人足够的重视，视个人为社群的起点、基点和落脚点，这仍然是可为的。"[2] 这些阐述可以作为对群体性特征的补充说明和看待现代社会民间文学群体性的必要参考。

三、传承性

民间文学的传承性指民间文学作品在思想内容和艺术形式上有些根本性因素或传统模式，在流传、演变过程中积淀下来并具有较强的稳定性，使作品以其固有的基本面目在不同时代或不同地域的群体中沿袭、存活。

首先，民间文学在内容上的传承性，指一些群体性的观念和意识是在长期的历史过程中形成的，代表着民族文化的传统特色，往往根深蒂固，相对稳定，代代相传。一个民族的伦理观念、价值标准、审美情趣、宗教信仰等，都有其主流倾向和较强的稳定性，不会骤然发生根本、彻底的变化，即使在剧烈变革的时代也会以种种方式渗透到新的社会文化中去。比如惩恶扬善、轮回报应、多子多福、郎才女貌、鬼神信仰、祖先崇拜等传统观念，在民众深层心理结构中是根深蒂固的，不断地在民间叙事中以各种形式表现出来，不会轻易消失，在现代社会中就与新的生活内容相结合。这些传统意识既有其质朴、健康、优秀的部分，也有一些落后愚昧甚至庸俗市侩的东西。这使民间文学有一些常见的传统的主题、情节和人物类型。

其次，民间文学的传承性表现在它长期以来有其惯用的艺术形式，包括结构、语言、讲唱方式等方面，都有相对稳定的传统形式，这些形式由于为民众所喜闻乐见，得以代代相传，成

---

① 米德.谚语的起源//张举文.谚语的民俗学研究：沃尔夫冈·米德文集：未刊本.2014：17-28.该文为《谚语学导论》中的第二章。

② 高丙中.世界社会的民俗协商：民俗学理论与方法的新生命.民俗研究，2020（3）.

为民间文学的艺术特色。这些惯用或稳定的艺术形式的传承和运用，使民众在讲唱时有熟悉的套路可循，同时也保证了作品有一定的艺术水准。这点在民歌体裁中体现更为突出。

各地的民歌都有特定的程式和技法，有固定的章法、句式、韵律等表达手段。如西北高原的花儿，有几种体裁类型，其中流传最广的一种是河湟花儿，其艺术形式是每首四句，每句七到十一个字，每句三顿，逐句押韵，一韵到底，演唱的曲调也是基本固定的。如下面这场甘肃地区男女对歌中的片段：

> 男：西山起云是天变了，
> 　　那一次会场叫赶散了①，
> 　　唱山没有个陪伴了，
> 　　一根肠子扯断了。
>
> 女：提起那次我泪淌呢，
> 　　你走了（是）我想呢，
> 　　河里的鱼儿水养呢，
> 　　我的精神你长呢。
>
> 男：天没亮（是）鸡叫了，
> 　　"四人帮"倒（是）才好了，
> 　　咱们在一搭里唱馋了，
> 　　不吃不喝的也饱了。
>
> 女：柏木改了木板了，
> 　　花儿唱（着）欢展了，
> 　　天下刀子不管了，
> 　　心上的疙瘩甜散了。②

现成的形式让对歌的两人可以便利地即兴作词，叙事抒情，而章法、押韵、曲调等形式的限制又使二人的交流沿着艺术的轨道进行。歌词还采用了歌谣惯用的起兴和比喻的表达方式，如"西山起云是天变了""河里的鱼儿水养呢"等句子大都是起兴兼比喻的说法，借生活环境里常见的自然景物来抒情，语言自然、朴实而优美。各地的民歌曲式还有很多，不同地方的民歌曲式都有不同的名称，如内蒙古西部和晋陕北部的爬山歌、陕北的信天游、安徽的凤阳花鼓、山东的沂蒙山小调、华北的小放牛等，不同的名称都代表着不同的曲调、章句等形式类型。中国各少数民族也各有其歌谣曲式，如云南白族、彝族、拉祜族等民族流行的打歌，广西壮族流行的山歌，瑶族的香哩歌等，构造、唱法均各有特色。同时，韵文体的史诗、叙事诗等也有一定的程式。

民间散文叙事文体神话、传说、故事、评书等在艺术形式上也有显著的传承性特征，如情节曲折奇异、结构单纯连贯、语言通俗生动等。拿民间故事来说。同一个故事在不同时期或各个地方流传时，从语言到情节都会发生很多变化，但是其基本的情节框架却是稳定的，这种稳定的情节要素就是母题。从母题角度对民间故事的研究是民间文学研究的一个重要领域。民间

---

① "叫赶散了"即"被驱散了"。指"文化大革命"时期曾禁止当地群众唱花儿，故一年一度的莲花山花儿会被驱散，两个正对歌的相互中意的男女也被迫离散。

② 董森. 民间情歌. 北京：中国民间文艺出版社，1981：211.

故事的结构方式有一些惯用的套路：一般故事是单线索展开的；有许多故事的情节是"三段式"的结构，如"三道难题""三次考验""三次历险"等；有的是"环环相扣式"，一段情节的结尾引出另一段情节；等等。民间故事的语言除了通俗易懂、简洁生动的特点外，还有一些常用的套语，如表示时间的"从前哪""老时候""很早很早以前"等，表示地点的"有个地方""有个村里""山那边""一个很远的地方""在海边"等，表示人物的"张三""李四""有个老头儿""有这么一家人"等。

民间文学的传承方式分为群体传承和个体传承两种情况。群体传承是自然的、自发的，就是在广大民众群体中一般的口口相传，这是民间文学传承的主要方式。个体传承就是艺人传承，指一些职业或半职业的民间艺人的传承方式。这些艺人对某些民间文学作品的讲唱有独到的心得或出众的记忆，并有一定的个人特色，深受大家的喜爱，而且讲唱能给他们带来一定的经济收入。个体传承就是将作品的讲唱作为一种谋生技艺来教习，并有固定的传承线索，或者传给子女，或者传给徒弟。艺人的传承方式在民间文学的调查研究中也是值得注意的。

四、变异性

民间文学的变异性，指在流传过程中民间文学作品从形式到内容的各个方面，包括语言、情节、人物甚至主题，都会发生变化。同作家文学相比，变异性也是民间文学的一个显著特征。作家的作品是以书面文字的形式发表的，并以固定的书面形式流传，自然能保持原有的面貌；而且作家拥有作品的著作权，别人除了阅读之外，未经授权不仅不能随意印发、改编或以其他形式利用作品，也不能随便改动作品的内容和语言。所以，如果不出差错，那么作家作品即使流传千古或远播世界也一字不变。民间文学完全不同，它在口头传播，没有固定的版本；作者是大众，任何个人都不拥有其著作权，谁都可以任意改动，故其流传的过程也就是变异的过程。

民间文学的变异性首先体现为作品语言的变异。即使在同一个方言区，不同的人讲述同一个故事所用的语言肯定也有很大差异，因为不同的人有不同的思路、兴趣和说话风格，即使内容完全相同，表述语言也不会相同，更何况口头的讲述会使作品内容发生一些变化；即使是同一个人，他在不同的时间和不同的场合，面对不同身份和情绪的听众，讲述同一个故事所用的语言也会有较大的差异。在不同的方言区，由于方言的差异，同一作品的语言变异更为显著。在各种民间文学体裁中，神话、传说、故事、评书等散文叙事体裁的语言变异更大，民歌、谚语、谜语、史诗、叙事诗等韵文作品由于语言有一定的凝固性，其变异性稍弱，但也很明显。

除了语言总是发生较大的变异外，民间文学作品的情节、人物和主题等也会发生或大或小的变异。一些比较成熟的作品，会保持其基本框架不变，内容上的变异是局部的。比如各地普遍流传的狼外婆故事，都有这样的基本情节：一个女性长辈在走亲戚的路上被野兽吃了，该野兽扮作这位女性的样子去只有几个孩子留守的家里，骗开房门，晚上同几个孩子睡在一个炕上，它在吃其中一个孩子时被其他孩子发觉，这几个孩子用计逃脱并杀死了野兽。各地流传的该故事在保持这些基本内容的情况下，有各种变异：在故事的角色上，女性长辈有的是母亲，有的是祖母或外婆；几个孩子的数量和性别各有不同，有的是一个儿子、一个女儿，有的是两个儿子、一个女儿，有的是三个女儿、一个儿子，等等；野兽也不同，分别有狼、豹、老虎、狐狸、熊、马猴子、妖精等。在故事的细节上也有一些变异，如结尾讲孩子们杀死动物的方式，有的说，孩子们逃到树上，然后骗野兽上树，野兽上不去，就用绳拴上它，拉它到半截把它摔下去，掉在下面的油锅里；有的故事讲，孩子在灶王和土地爷的帮助下杀死了野兽；有的故事讲，孩子们逃到了楼上，然后向野兽扔东西或烫伤它。①

一些作品从产生雏形到较为成熟经历了一个较长时期的发展过程，它的前后内容一般就有很大的变异。以我国著名的孟姜女传说为例。一般认为，该传说的原型是《左传·襄公二十三年》关于杞梁妻拒绝齐侯郊吊的简单记载。杞梁是齐国的将军，战死后，齐侯在郊外碰到杞梁妻，就要在郊外向她吊唁，杞梁妻认为应到她家里吊唁，齐侯只得照办。该故事只是讲杞梁妻懂得礼法的事情。到了汉代，增加了杞梁妻善哭以至于哭倒城墙的情节。到了北齐时，成为杞梁服苦役修长城，被杀后尸体筑于城墙内，孟姜女万里寻夫哭倒长城的故事。到此时该传说基本成熟，后来又逐步丰富。到唐代《琱玉集》转载的《同贤记》，已有了该传说的较完整、生动的记述。将最初的简单故事与后来的成熟故事相比较，可以看出传说在人物、情节上有很大的变化，主题也发生了本质的转变：由赞扬女子懂礼的主题变为反暴政、反徭役的主题。

民间文学发生变异的原因，首先在于民间文学的存活方式是口传心记，没有固定的文字形式，它所经过的每一个人都既是传播者，也是再创作者，这使作品必然处于不断变化之中。其次，作品所处的文化背景（主要是时代、地域、民族等因素）的不同，会使作品有显著的差异，造成作品的时代性、地域性、民族性。最后，作品在某一社群的流传过程中，传播者的个人因素和在场听众的反应也会造成表述语言、情节构成等方面的变异。

五、表演性

与作家通过书面作品来表现自己的文学才华不同，民众是通过声音、表情、动作等在日常生活现场来"表演"民间文学的②。这里所说的"表演"与职业演员的正式表演相比较，在"通过自己的言谈举止来艺术地表现某种思想感情"的基本意义上，二者是有相通之处的。但此处的"表演"是民俗学领域中的一个专业术语，与作为现代汉语基本词语的"表演"有很大差异。美国民俗学家、表演理论代表人物理查德·鲍曼（Richard Bauman）谈到，在民俗学与人类学领域里，关于表演有两种最重要的看法："第一种是把表演看成一种特殊的、艺术的交流方式；第二种是把表演看成一种特殊的显著的事件。"③

归结来说，民间文学的表演性主要有三个方面的含义：第一，民间文学是一种活态的、立体性的文艺现象④。单纯的文字形式的民间文学只是原汁原味的民间文学的副产品，是失去了其鲜活的原生态和生动性的干枯的标本，完整的民间文学原貌总是与现场情境（context），与

---

① 艾伯华.中国民间故事类型.王燕生，周祖生，译.北京：商务印书馆，1999：21-33.
② "表演"一词来自美国表演理论的英文术语"performance"，也可译为"展演"或"演述"，而"表演"译法已为国内学界所习用。参见：鲍曼.作为表演的口头艺术.杨利慧，安德明，译.桂林：广西师范大学出版社，2008.
③ 鲍曼.作为表演的口头艺术.杨利慧，安德明，译.桂林：广西师范大学出版社，2008：197.
④ "立体性"是段宝林先生在《中国民间文学概要》（北京：北京大学出版社，1998）中提出的民间文学基本特征之一，其含义与表演性有相通之处，但也有理论背景、侧重点、研究方法等方面的差异。

民众的声音、表情、肢体动作等密不可分的，单纯地将民间文学的文字形态与作家的书面作品加以比较而评判二者艺术性的高下，对民间文学而言是不公平的。第二，在沿袭某种程度的固定模式的基础上，民间文学的"演述"及其文本会受到语境的影响。生活形态的民间文学表现为一次次的表演事件，特定场次表演事件的最终文本是在特定语境中、在表演者与表演对象及其他参与者的互动过程中形成的。第三，民间文学是与特定环境中的民众生活融合在一起的文艺现象，其意义往往并不限于作品本身所能展示的那些内容，而是有更为丰富的或不同于其文字表层意义的内涵及功能。从表演的角度来看待民间文学，就将作品与其发生时的现场处境与社会环境联系起来了，而不是孤立地看待文字形式的作品本身。这样就会看到，由于民间文学是在特定时空和特定文化环境生活中自然发生的，或者说是民众生活的一部分，因此其完整的思想内容和艺术特质也与特定的生活处境交融在一起，许多民间文学作品的完整内涵是由民众生活来补足的，其艺术价值也只有在特定的生活环境中才能被充分认识。

表演性特征的理论基础是表演理论（performance theory）。该学说在 20 世纪 60 年代末 70 年代初兴起于美国，其代表人物主要有理查德·鲍曼、戴尔·海姆斯（Dell Hymes）等。该学说以"表演"为理论中心，关注民间文学文本在特定情境中的动态形成过程，把民间叙事当作特定情境中的交流事件。鲍曼所说的"表演"，是交流实践的一种模式，是在别人面前对自己的技巧和能力的一种展示。也就是说，表演只是交流模式的一种，是构成各种社会关系、各种社会生活的一种方式。归结起来，表演理论的主张与分析方法有以下方面：（1）认为民间叙事是一种表演事件，表演是一种艺术性的展示与交流；（2）注重民间叙事发生的情境；（3）考察叙事交流的具体情形和文本的动态而复杂的形成过程；（4）从讲述人、听众和参与者之间的互动交流考察表演的即时性和创造性；（5）强调对社区的民族志考察和对个人表演特色的关注。①

表演理论在民俗学、人类学、语言学、文学批评、传播学等许多领域发挥了广泛影响，它的一些核心观念已经作为基本理念渗入许多文化研究领域。在中国民俗学界，表演理论近年来是最受重视的国外理论之一，正在发生重大影响，改变着民俗研究的观念与方法。表演理论在对民间文学具有很强解释力的同时，也有其局限性，如有学者指出，表演理论注重对表演过程进行精细的记录和微观的分析，有太过琐细之嫌；重视表演的即时性和创造性，但容易夸大互动细节的重要性，好像一切都是别有深意的；重视文本的动态形成过程，但对传统的类型与母题的研究有所忽略。②

这里我们试用一则谚语讲述的例子来体会民间文学的表演性。在河北省景县，有一个为成人所皆知的谚语："休前妻，毁稚苗，后悔到老。"它的基本意思是劝男人要珍视与结发妻子建立的家庭，不要轻易闹离婚，否则会后悔一辈子。夫妻如果感情不和，那么凑合着过日子也不要离婚。这种观念的形成既与长期以来传统文化重视家庭传宗接代的功能而忽视夫妻爱情有关，也与农民经济条件不好，难以支付再婚的经济费用有关。这两方面的内容都既是该谚语传播的背景和环境因素，也是构成它在特定情境中的内涵的组成部分——有了这些因素，谚语才有那样大的说服力。这种意思的表述借助了当地农民熟知的"毁稚苗"的耕作经验。"毁稚苗"就是将头茬未长齐的庄稼幼苗毁掉，重新播种。发生这种情况的庄稼主要是豆子、谷子、棉

① 杨利慧. 表演理论与民间叙事研究. 民俗研究，2004（1）.
② 周福岩. 表演理论与民间故事研究. 鞍山师范学院学报，2001（1）.

花。最常见的是豆子。因为豆芽开始就是双瓣的，它破土较为困难，如果刚下过雨，地表结起硬皮，豆芽就难以出土，或者顶起一块硬皮，但无力将它完全顶开。农民用手替它揭开硬皮，又往往将豆芽也连带拽下来。豆种耩得太深了，豆芽也钻不出来。这样就造成苗不齐的情况。一般在播种五六天时，能钻出的豆芽就大部分出土了，到十来天时，见该出土的已出来了，未出土的已无希望了，只得在未长出豆芽处补种，再过五六天，如补种的豆子仍然出土得太少，眼见这一茬豆子总体上出土情况不理想，农民就把这茬豆子全部毁掉，重新播种。但如由于播种的时机已误了近二十天，或由于与前次类似的原因，重播后长出的豆苗与前次差不多甚至还不如前次，农民就十分后悔将头茬庄稼也就是稚苗毁掉：既浪费了豆种，又白费了力气。这种深切的后悔之情是每一个农民都有切身体会的，而用毁稚苗而生的后悔心情，来比喻休妻另娶而后妻尚不如前妻，由此产生的后悔心情，十分贴切，是构成该谚语的训诫力量的重要因素。老人用这句世代流传的谚语来规劝要休妻另娶的后生，其说服力远胜于一般的说辞。在年轻人闹离婚时，老人用此谚语来规劝他，乃常有之事，而每次年轻人总能从这则谚语里感受到巨大的压力。

我们再看该谚语被运用的事例：该县某村有一位 24 岁的黄姓男子，经人介绍与邻村女子结婚后，夫妻感情不睦，且婆媳不和。头胎生女孩后，家庭关系更加恶化，于是小伙子便做离婚打算，这时邻居来劝和。一位 60 岁的高辈分妇女劝他说："休前妻，毁稚苗，后悔到老。差不多就算了，又有孩子了，凑合着过吧！"他受到压力，但离婚之志已决，就诚恳地跟她解释："大奶奶，不是我不想好好过日子，实在是过不下去。""大奶奶"见他不听，就生气地讽刺他以后不会娶到媳妇了。虽然他没有听从"大奶奶"的劝解，但"大奶奶"的话给他带来了很大的心理压力。1998 年笔者在该地调查时，是在 6 年以后，他已和后妻有了一个 4 岁的女儿，当笔者夸奖他的后妻漂亮懂礼时，他表现出成功后的自足并告诉笔者现有家庭的来之不易；他诉说当时他闹离婚时遭受的巨大压力，就举了那位"大奶奶"先以"毁稚苗"谚语劝诫他的事。这件 6 年前的事至今仍让他耿耿于怀。

这样，我们就了解了关于该谚语的较完整的知识。如果只从文字形式来看待这则谚语，对它的思想内容、社会功能和艺术价值就难以认识充分。作为该生活环境之外的"他者"，我们很难体会到老人在使用此谚语时的郑重之情，和年轻人感受到的谚语带来的巨大压力。而谚语的基本含义加上这些使用情境方面的内容，才体现出其完整的内涵。笔者是于 1998 年在当地进行田野调查时接触到这则谚语的。当笔者从村民那里弄清它的含义和用法后，就曾为它说理的生动、贴切和有力所深深打动。从表演的角度来看待这则谚语，就自然将它置于民众生活的土壤之中；联系到它被使用的场合、功能，以及它借以产生的文化背景、生活环境等内容，我们对于它的文学性就有了完整的立体性的把握。不过由于这则谚语很简短又有韵律，因此有很强的凝固性，在演述过程中其文本一般不会发生变异。

值得一提的是，鲍曼学术思想的形成曾受到一篇对谚语展开出色分析的文章的很大影响。这篇文章是肯尼恩·伯克（Kenneth Burke）的《文学是一种生存必需品》，文中把谚语称作"对周期性发生的社会困境的概括"，是一种"生存的必需品"，其中传达着对人生境遇的态度和策略。[①] 该文对谚语的分析与我们这里对谚语的分析应该是相近的。

篇幅简短的谚语可以这样从表演的角度看待，其他篇幅较长的民间文学作品从这个角度来

---

① 杨利慧，安德明. 理查德·鲍曼及其表演理论：鲍曼教授访谈录. 民俗研究，2003（1）.

看待更加容易些。比如故事的讲述、民歌的演唱，其作品的展示由于篇幅较长而在民众现场活动中占的位置更显著，表演的成分也更多些。民众在生活中活灵活现地讲述的故事或者声情并茂地演唱的民歌，其文学性显然比文字记载来得更强更生动。而生活中自然上演的民间文学才是其本相，故其文学性也应从它在生活中的本相来看。

辽宁大学的江帆教授多年来进行民间故事的调查研究，并发现、推出了故事家谭震山。她对辽宁的一些故事讲述活动进行了细致的表演分析：同一个故事往往由于讲述者不同而发生变化，产生各种异文；讲述者很少是墨守成规的"纯传承型"，多为"创造型"，但发挥和创造也有章可循，可以看出基本类型和母题与异文的关系；谭震山把讲故事当作个人才艺和学问的展示方式；听众的反应和鼓励也影响着讲述者；调查者出现在讲述现场，是特殊的听众，也影响着讲述者的表演。[1]

兰州大学的柯杨教授对甘肃东南部洮河流域在汉、藏、回三个民族中流传的"洮岷花儿"民歌进行了长期的调查。这种民歌的基本歌词形式有三句一首的单套子和六句一首的双套子，每句七字、三顿，但在演唱中歌手常打破这种程式限制，其歌词、内容常为即兴创作。柯杨有意运用表演理论，对这里的花儿会上的民歌对唱进行了生动的分析，指出，"民间诗人、歌手们的即兴创作和演唱，总要受到多种因素的影响。这些因素包括：长期以来形成的传统演唱程式（包括禁忌）的制约；对唱者相互问答的激发作用；现场听众的反应和参与程度；赞助者对歌手的奖励和权威者的态度"[2]。

现有关于民间文学特征的理论一般认为民间文学有四大基本特征——口头性、集体性、传承性、变异性，确实概括了民间文学的最重要的区别性特征（与作家文学相比）。由学界对四大特征的阐释可以知道，它们的主要内涵没有包括表演理论所关注的方面。口头性和集体性主要针对民间文学的传播方式和文本特点，传承性和变异性也主要针对民间文学的文本而言。虽然变异性与表演理论所关注的文本在表演过程中的即时性和创造性有联系，但是传统的变异性理论并不关注变异发生的表演现场的细微情境因素，而一般概略分析因为时代、地域、民族等大环境的变化而造成的变异，跟表演理论所考察的变异情况是不同的，分析方法也不同。表演性特征的提出，有助于我们调整民间文学的研究视角，更好地把握民间文学的特性，并更加密切地联系社会现实，这也是把表演理论本土化的一种努力。但这毕竟是对民间文学基本特征理论的一种新的探索和初步尝试，还不成熟，仅供参考。

第二节
民间文学与作家文学的关系

民间文学与作家文学既有显著的差别，又有密切的联系。了解这种关系对于认识文学的发

---

[1]　江帆. 口承故事的"表演"空间分析. 民俗研究，2001（2）.
[2]　柯杨. 听众的参与和民间歌手的才能. 民俗研究，2001（2）.

展规律有着重要意义。

一、民间文学与作家文学的区别

民间文学与作家文学在内容和形式上有着显著的差异，使得它们成为各自相对独立的品种。正如中国民俗学泰斗钟敬文先生所说："民间文学和一般作家文学，是两株树上开出来的形状和色香各异的花朵。"①

二者差别形成的基础在于民间文学所具有的四大基本特征，区别主要有四点：第一，作者的差异。民间文学是广大民众的群体创作，作者主体是中下层民众，他们是直接从事生产劳动和各种经营的人，与官员阶层、作家群体在生活方式上有很大的差别。作者的这些差别与各自作品在创作方式、思想内容和艺术特色上的差别息息相关。作者差别的最显著标志是：民间文学具有群体性特征，是匿名的；作家文学是个人创作，作者有名有姓。第二，民间文学是口传的文艺，主要以口头语言为载体，作品是朴素的、变异的；而作家文学以文字作为记载和传播的手段，风格较典雅，有书面化特点，而且作品发表后即固定不变。第三，民间文学是民众生活的直接反映，或者说是民众生活的组成部分，直接体现民众的生活、思想、感情和艺术特长；而作家文学是"一般所谓高级的精神的表现物或慰藉物"②，即使很同情和理解民众，与民众自己反映自己生活的作品相比，也仍有一定差距。第四，二者在功能上有差异。民间文学有很强的实用性，往往产生和作用于生产、婚恋、祭祀等生存活动，并成为一种生活手段；作家文学虽然也有社会功利性，也可以间接地作用于社会生活，但是它的绝大部分作品毕竟不能直接运用于社会生活，而要通过培育人的精神、陶冶人的情操来实现其干预社会生活的功能。

二、民间文学对作家文学的影响

民间文学与作家文学的关系主要表现为二者的相互影响。首先来看民间文学对作家文学的影响。

远古时期，在以书面语言创作为标志的作家文学出现以前，文学的形式只有群体性的口头创作即民间文学。也就是说，从文学的演进过程上讲，民间文学本是作家文学的源头或母体。作家文学在产生、壮大以后，仍然不断地从民间文学那里摄取养分和动力，以促进自身的成长与革新。无论是作家个人受益于民间文学而取得卓越成就的例子，还是一个时代的文学得益于借鉴民间文学而创出高潮的例子，都是不胜枚举的。可以说，在文学史上，民间文学对作家文学的发展与繁荣始终起着重要作用，古今中外几乎所有的大作家都受过民间文学的哺育，历代的文学高潮都同民间文学有渊源关系，许多文学名著都取材或脱胎于民间文学。民间文学对作家文学的主要影响可从以下四个方面来谈。

---

① 钟敬文．把我国民间文艺学提高到新的水平（1979）//钟敬文．钟敬文学术论著自选集．北京：首都师范大学出版社，1994：25.

② 钟敬文．民间文学的建设（1935）//钟敬文．钟敬文学术论著自选集．北京：首都师范大学出版社，1994：6.

(一) 民间文学在题材和思想内容上对作家文学的影响

作家固然可以直接从社会生活出发建构其作品的题材和思想，但是在内容上显然取材于民间文学的作家作品也有很多，而且，后者通常比前者更接近生活、更易于在民众中流传。

比如中国第一个大诗人屈原的创作在体裁和内容等方面就受到民间文学的很大影响。他的代表作《离骚》有一些文字涉及神话内容，其中对抒情主人公驱鸟兽驾车、上天等情形的描写显然受到神话情节的影响。屈原的《九歌》《天问》受民间文学的影响更大。《九歌》差不多就是对楚地民歌的整理和再创作。东汉王逸的《楚辞章句》记载了屈原创作《九歌》的源起：楚国南郢沅湘流域素有信鬼神而好祭祀的习俗，祭祀时一定要唱歌、跳舞并击鼓奏乐来取悦诸神。当初屈原被放逐到这一带，"窜伏其域，忧怀苦毒，愁思沸郁，出见俗人祭祀之礼，歌舞之乐，其词鄙陋，因为作《九歌》之曲"。就是说，《九歌》是屈原见到当地民歌用词太鄙陋才在此基础上而作的。朱熹在《楚辞集注》中则更明确地指出，屈原的诗是"见而感之，故颇为更定其词，去其太甚，而又因彼事神之心，以寄吾忠君爱国眷恋不忘之意"。即屈原更改确定了民歌的词语，去掉了其中过于粗俗的成分。现代民俗学者林河长期深入南郢沅湘流域，考察了这一带尚存的祭祀、歌舞等习俗，以令人信服的翔实资料论证了《九歌》与沅湘民俗的密切联系。沅湘地区在现在的湖北、四川、贵州、广西与湖南诸省的交界处，土家族、苗族、侗族、瑶族等民族居住在那里，至今仍保存着信鬼好巫的习俗，很多祭祀活动和祭祀歌曲富于原始古朴气息。林河发现当地一些民歌与《九歌》惊人地相似。楚地侗族有一首民歌的侗语发音是 ga jiu（声调大略皆为去声），译成汉语就是《九歌》。"九"是当地侗人信仰中最大的神灵或鬼，又有"情人"的意思。其歌中有这样的词句：

> 九兮，九呀，九呀九！
> 今天与九兮，多恩爱嘛，
> 可惜明天兮，要分开。
> 九呀，九兮，苏苏哩！

这段歌词酷似《九歌·少司命》中的诗句"悲莫悲兮生别离，乐莫乐兮新相知"。《九歌》虽然去掉了当地民歌中过分野性的内容，但是仍然保留了大量"蛮越"文化中富于朴素美的内容。《九歌》里不少诗篇写祭祀者歌舞娱神，女巫以色相诱神，与神相恋；神也贪吃好色，显示出当地文化中神与人比较接近，与人差不多是一种平等的关系。这与中原地区以庄严虔敬的态度祭祀神灵的习俗有显著差别。而现代沅湘地区瑶族也有类似的民歌："急急唱，急急唱个神要行，神屋有哥又无嫂，小娘有酒望郎斟。"其中祭神者把神当作情郎，与他调情。当地有一首送神歌，女子唱道："解神意，歌妹解得神忧愁；解了神愁神归去，大神归去世无愁。"林河这种取田野资料并以今证古的方法，使我们对屈原《九歌》与楚地民歌的密切关系看得更清晰。[①] 屈原的《天问》主要针对神话、传说的内容提出疑问，全诗有 370 多句，提了 100 多个问题。

汉代大文学家、史学家司马迁也善于借鉴民间文学。他曾几次远游，几乎跑遍了当时的中

---

① 林河.《九歌》与沅湘民俗. 北京：三联书店，1997：2.

国，到处采集传闻逸事。他对中国五帝时代的记述主要取自神话、传说，将口传的故事合理化。他常用民间传说来塑造人物，如在写陈胜吴广起义、刘邦项羽争霸、廉颇蔺相如等故事时，都大量使用了民间传说的故事素材。

陶渊明有以刑天、夸父、精卫等神话为题材的诗篇。他的诗句有时还化用民歌的句子，如《归园田居·其一》中"狗吠深巷中，鸡鸣桑树颠"，是化用了古乐府中的句子"鸡鸣高树巅，狗吠深宫中"。

汉魏六朝乐府民歌是中国古代现实主义文学继《诗经》之后的又一个高峰，对建安文学和唐诗产生了重要影响。在题材和思想内容上，汉魏六朝民歌有的表现下层民众衣食无着的穷困生活，有的写战争和徭役给人民带来的流离失所、家园荒芜的灾难，有的直率抒发热烈坚贞的爱情，有的写封建礼教和宗法制度对爱情的压抑和破坏，等等。乐府民歌在表现这些内容时取得了很高的艺术成就。其中，汉乐府民歌善于对现实生活进行朴素真实的刻画，其真实感极强的细节描写往往有着很高的典型性，是经过提炼磨洗的，其描写很多都感人至深，或令人生出切肤之痛，如《病妇行》《十五从军征》《孤儿行》等。汉乐府民歌的这些杰出作品在题材和艺术手法上对后世诗人的创作影响显著。三国争战时期的曹氏父子和建安七子等身处乱世，生活动荡，能够深切体察民间疾苦，用乐府民歌体写下了很多现实性很强的作品。如曹操《蒿里行》、陈琳《饮马长城窟行》写战争给社会带来的巨大毁坏和苦难，在思想内容和艺术效果上与《十五从军征》等有相同之处。曹丕的《上留田行》、曹植的《泰山梁甫行》、王粲的《七哀诗》等也是这样的诗篇。"诗仙"李白能写出那么多华丽多姿又自然流畅、宛如天成的诗篇，跟他善于向民歌学习有很大关系。他仅用乐府古题所作的诗就有六卷，在他流传下来的900多首诗中占了六分之一。他尝试过用几乎所有的乐府古题来作诗。他的《丁都护歌》和《战城南》等反映民间疾苦，深得汉乐府之精髓。杜甫、白居易的创作与民间文学的密切关系也很明显。杜甫的名作"三吏""三别"，《兵车行》《丽人行》等，白居易的《卖炭翁》《新丰折臂翁》《杜陵叟》等都有古乐府之风。

唐传奇是文人根据民间传说创作的。元杂剧大家关汉卿的《窦娥冤》也是在民间传说的基础上创作的。明清小说家冯梦龙、罗贯中、施耐庵、吴承恩的著作也都在很大程度上采用了民间传说和评书的内容。蒲松龄更以善采民间故事闻名，他的《聊斋志异》里的鬼怪故事就是受民间故事的启发创作出来的，有许多情节采自民间故事。曹雪芹的《红楼梦》虽是一部不易为一般下层民众接受的文人小说，但也有明显的借鉴民间文学的痕迹，如开篇即借用了女娲补天的神话。

民间文学对中国现当代作家也有重要影响。20世纪初，先驱者们对中国现代文学的开创与探索所借鉴的资源主要有三个：中国古典文学、中国民间文学与外国文学。如现代诗人为探求中国新诗的作法就曾借鉴民歌，当时北大歌谣运动的发起就有这方面的目的。许多作家的创作与民间文学关系密切。鲁迅从小就喜欢民间文学，曾受过民间文学的大量教育和熏陶。鲁迅曾回忆他小时听祖母、母亲或保姆讲故事，看《山海经》等图画书，以及看赛会、看社戏的事情。这些经历对他的成长影响很大，以至于他成年后常回想起来，或在文章中提到，或引述这些作品中的内容或句子，如《阿Q正传》里的"我手执钢鞭将你打"等。他的《故事新编》中的《铸剑》等篇就是改作自民间传说或民间故事。他还关心支持民间文学的搜集研究，自己也进行过这方面的研究和资料考证，并有不少精辟的论述。老舍、赵树理也都十分熟悉民间文艺，这方面的素养是他们取得艺术成就的重要因素之一。特别是赵树理，我们可以把他看成作家借鉴民间文学的典范。他对民间文艺不仅仅是熟悉，他本人简直可以被称作"万宝全"式的民间文艺家。他本来是一个精通各种庄稼活的农民，会演戏、说书、变戏法，还会各种乐器如拉弦、拉胡琴、打梆子、打鼓板等。他的作品在审美趣味、表现手法、语言等许多方面与民间文学很接近。20 世纪 40 年代毛泽东《在延安文艺座谈会上的讲话》发表后，许多作家自觉地向民间文学学习，涌现了以歌剧《白毛女》为代表的大批取材于民间文学的作品。当代作家中也有很多借鉴民间文学的例子，而一些在民间传说基础上创作的电视剧如《武松传》《戏说乾隆》《宰相刘罗锅》等还产生了广泛的社会影响。

(二) 民间文学为作家文学提供典型形象的素材

古典文学名著《水浒传》《西游记》等中的不少人物都直接脱胎于民间版本。在作为作家名著的长篇小说问世以前，同一种素材的民间文艺已经流传了几百年，经过民间传说、说书、戏剧等几种文艺形式的积累，作家在此基础上进行了再创作。

水浒故事最早是口头上流传的关于北宋末年宋江起义的一些传说，后来有了宋元间的讲史话本《大宋宣和遗事》，这就是施耐庵《水浒传》的蓝本，小说中有 44 回素材来自话本，话本已有宋江等 36 员将领。元杂剧中有水浒剧目 31 种，其中水浒英雄已发展为一百单八将。特别是李逵、鲁智深的戏最多，形象也最鲜明。

吴承恩的《西游记》是由唐代高僧玄奘去印度取经的故事演化而来的。后来该故事进入说书活动，在宋末元初有了话本《大唐三藏取经诗话》，这是《西游记》的蓝本，已有了孙悟空的原型猴行者和沙和尚的原型深沙神。但猴行者与后来神通广大的孙悟空在形象上还有很大差距：此时的猴行者还是个白衣秀士，虽智慧博学，但并不像孙悟空那样敢作敢为，如他偷取仙桃的行为竟是在唐僧的鼓动下干的。后来该故事又经过民间文学长期的流传改造，到元杂剧中孙悟空的斗争性格变得突出，又加入了猪八戒的形象。元代话本《唐三藏西游记》中已有了吴本《西游记》的基本情节。这些都为吴承恩在其巨著中塑造出孙悟空和猪八戒的典型形象奠定了基础。当作家在民间传说的基础上创作出更为丰满生动的形象后，作品在社会上广泛流传，又回到民间，出现了由小说改编的民间戏剧、曲艺等形式，后来的作家也在小说、民间传说基础上创作戏剧、电影剧本、电视剧本等。

罗贯中的《三国演义》也是在民间文学的基础上创作的，其主要人物形象也都经历了较长时期的塑造过程。这样的例子还有很多，如民间长期以来盛传的包公、八仙、牛郎和织女、梁山伯与祝英台等形象，也都为后来的作家创作各种形式的作品提供了形象素材。

(三) 民间文学在文学体裁和艺术手法上对作家文学有很大影响

在文学体裁上，民间文学对作家文学有着根本性的影响。在中国古典诗歌方面，诗歌的主要形式四言诗、五言诗、七言诗都起源于民间。拿五言诗来说，现存最早的文人所作的五言诗是班固作于东汉初年的《咏史》，被钟嵘《诗品》评为"质木无文"，属文人对民间诗的拟作，技巧还不很高。但民间歌谣中五言诗早就有了，秦始皇时代就有了优秀之作："生男慎勿举，生女哺用脯，不见长城下，尸骸相支柱。"西汉时民间五言歌谣已经流行开来，东汉时的五言歌谣已经有了许多成熟而自然流利的作品，如《陌上桑》《孔雀东南飞》等。到东汉中期，文人作五言诗的开始多起来，五言诗逐渐取代了四言诗。关于民间韵文对作家韵文的影响，胡适在 1936 年北大《歌谣》杂志复刊词中说："我们的韵文史上一切新的花样都是从民间来的。"①

词、曲、戏剧、小说等，也都起源于民间文学。如小说，是由民间的口头讲故事发展而来的。最早的小说集——晋代干宝的《搜神记》，实际上是对民间故事和传说的记录整理。再往后，出现了许多文人的笔记小说集，也以记录民间文学为主。到唐传奇，文人在民间传说的基础上讲故事，个人创作的色彩才明显增强。宋元话本对小说又有较大贡献，对明清出现成熟的白话小说起了重要作用。从文学发展史上看，民间文学对作家文学发展的贡献不仅仅是提供了若干体裁形式，更为关键的是通过文学样式的转换，民间文学多次为作家文学出现新的高潮提供契机。鲁迅在《且介亭杂文·门外文谈》中说："旧文学衰颓时，因为摄取民间文学或外国文学而起一个新的转变，这例子是常见于文学史上的。不识字的作家虽然不及文人的细腻，但他却刚健，清新。"②

在艺术手法方面，民间文学对作家文学的影响也是很广泛的。比如民间惯用的赋、比、兴、双关等修辞技巧为诗人的诗歌创作所借鉴，讲故事、说书等民间文艺的叙述技巧为小说家所借鉴，等等。

（四）在语言上，作家创作也常借鉴民间口语

民间口语是一个蕴藏丰富的宝库。民众口语不仅浅显易懂，而且在长期的语言表述活动中，提炼、积累了很多包含着丰厚的文化内涵或高超的艺术性的词语、说法。常见的民间口语有称谓语、礼俗语、吉祥语、委婉语、咒语、暗语、流行语、骂詈语、俗词、俗短语、惯用语、俗成语、谚语、歇后语、谜语等。将这些词语适当采用到个人的作品中，会使文章增添文采、活力或特定的生活气息与文化氛围。我们这里举一个浅显的例子。一些外国留学生在学习汉语时对俗语有浓厚的兴趣。有一位留学生特意在一篇作文中比较集中地运用了俗语：

> 我，叫施吉利，加拿大人，很喜欢汉语。我买了许多书，特别是汉语辞典、北方方言辞典、成语辞典等。我发现成语、谚语、方言很好，准确、生动、幽默、风趣。有一天，很热，我到楼下散步，看见卖西瓜的，是个体户。我说："你的西瓜好不好？"他说："震了。"我说："什么叫震了？"他说："震了就是没治了！"我说："什么叫没治了？"他说："没治了就是好极了，您看我的西瓜好不好？"这时，我用了两句成语，刚学的，我说："没有调查就没有发言权，你不是王婆卖瓜，自卖自夸？"他说："是骡子是马拉出来遛遛，我的瓜皮儿薄，籽小，瓤儿甜，咬一口，牙掉啦。""咔嚓"一声，切开一个，我一吃，皮儿是厚的，籽是白的，瓤儿是酸的。我又说了两句成语："你要实事求是，不要弄虚作假。"他的脸"唰"红到脖子根儿。我说没有关系，买卖不成仁义在。他一听急眼了："这个不算。""嚓"地又切开一个，我一看，皮儿倍儿薄，籽倍儿黑，瓤儿倍儿甜，我狼吞虎咽起来。他说："好吃不好吃？"我一伸大拇哥，说："盖了帽了。"③

其中，"震了""没治了""是骡子是马拉出来遛遛""盖了帽"是俗短语，"王婆卖瓜，自

① 胡适．歌谣周刊·复刊词．歌谣周刊，1936，2（1）.
② 鲁迅．鲁迅全集：第 6 卷．北京：人民文学出版社，1981：95.
③ 施吉利．外国教授的一篇作文．读者文摘，1987（12）.

卖自夸"是歇后语，"买卖不成仁义在"是谚语，还有方言词"皮儿""瓤儿""倍儿"等。由于一篇很短的文字引用了这么多俗语，再加上一些成语和格言，就使得文章特别生动。

古今许多作家都注意采集民间口语运用到自己的作品中。屈原在《九歌·湘夫人》中有诗句："沅有芷兮澧有兰，思公子兮未敢言。"而公元前 5 世纪的民歌《越人歌》中已有"山有木兮木有枝，心悦君兮君不知"。可见屈原诗句是化用古人的诗句。李白有脍炙人口的名篇《静夜思》："床前明月光，疑是地上霜。举头望明月，低头思故乡。"而早在南朝，已有民歌《子夜歌》："秋风入窗里，罗帐起飘扬。仰头望明月，寄情千里光。"这两诗在意境上有相通之处，"举头望明月"一句更与"仰头望明月"近似。

曹雪芹的《红楼梦》多处采用民间土语、谚语、歇后语、谜语等，如形容王熙凤的"嘴甜心苦""上头笑着，脚底下就使绊子""明是一盆火，暗是一把刀"，贫苦人说大户人家是"瘦死的骆驼比马大"等。鲁迅也很注意采用民间口语。他说："方言土语里，很有些意味深长的话，我们那里叫'炼话'，用起来很有意思的，恰如文言的用典，听者也觉得趣味津津。"[1] 所以他常"从活人的嘴上，采取有生命力的词汇"[2]。他说自己采取民间口语的方法是："采说书而去其油滑，听闲谈而去其散漫，博取民众的口语而存其比较的大家能懂的字句。"[3]

三、作家文学对民间文学的影响

民间文学与作家文学的联系的另一方面，是作家文学对民间文学的影响。这种影响主要有积极的和消极的两个方面。

(一) 作家、文人对民间文学的保存、提炼和再创作

我国历史上保存下来相当丰富的民间文学资料，这些资料大部分是经过作家、文人的采录、整理才得以保存和流传的，所以作家、文人在这方面起了重要的作用。许多优秀作家善于对民间文学的素材进行加工和再创作，有效地增强了民间文学的影响力。作家、文人搜集、记录和加工民间文学的成绩、历史将在下一章详细阐述，此处从略。

作家保存、提炼和借用民间文学所得的成果可分为两种：一种是作家按民间文学的原貌或接近于原貌而记录、整理的；一种是作家对民间文学进行加工、提炼和再创作的。前一种成果使民间文学本身得以保存和流传，如《诗经·国风》、乐府民歌等；后一种成果则以作家个人成果的面目得以流传，如屈原《九歌》、罗贯中《三国演义》、施耐庵《水浒传》、吴承恩《西游记》等。作家对民间文学素材进行再创作，写出了一些文学名著或优秀作品，这些作品由于取自民间的素材，经过改作之后，仍然很容易为民众接受，在民间广泛流传。而且，由于这些成功的再创作比民间文学原作艺术性更高，或思想性、趣味性更强，因此同一素材的内容、故事、人物等在社会上影响更大，流传更为久远，《三国演义》《水浒传》《西游记》都是这样。现在民

---

① 鲁迅 . 鲁迅全集：第 6 卷 . 北京：人民文学出版社，1981：97.
② 同①297.
③ 鲁迅 . 鲁迅全集：第 4 卷 . 北京：人民文学出版社，1981：384.

间流传的关于这三种题材的故事、戏剧、曲艺作品等都是以这三部名著为蓝本、依据的。

（二）作家、文人对民间文学的损害和歪曲

作家、文人在记录、整理民间文学时，除了现在按照严格的学术标准进行的以外，常对民间文学进行程度不同的变动。有一些只是进行幅度较小的文字调整，或者说"润色"，这虽使保存下来的民间文学失去了一些原貌，但是还称不上"损害"。对民间文学的改作，有些是成功的，使民间文学的艺术性或思想性得以提高，但也有一些改作是对民间文学的损害和歪曲。

在封建社会里，一些文人为配合统治阶级的舆论宣传、道德教化的需要，对民间文学作品的主题、人物、情节等进行篡改和歪曲。作为中国四大传说之一的梁祝传说，本来是赞美祝英台为打破传统枷锁对妇女的束缚而女扮男装，大胆追求自己的爱情并为爱情而献身的。故事优美，思想自由，格调健康；作为配角的梁山伯也是忠于同祝英台的爱情的。但是到了宋徽宗大观年间李茂诚所改作的《义忠王（梁山伯）庙记》，就按照统治者的思想把故事歪曲了。它以梁山伯为主角，把民间传说中的梁山伯忠于爱情、反对封建的情节改为一心追求功名富贵、为封侯立庙宁可抛弃爱情。当他听说祝英台要嫁往马家时，竟然说："生当封侯，死当庙食，区区何足论也。"作品写梁山伯死后还帮助官府"平寇"，其鬼魂托梦给太尉刘裕，帮他讨伐农民起义军。由于他帮助"平寇"有功，而被封为"义忠王"，得以立庙受祀。作品将祝英台抗拒包办婚姻、以死殉情改为遵守妇德、宁死不嫁二夫的节烈行为。这样的改作就把一个浪漫、优美、思想健康的口头杰作糟蹋成一个充满说教意味、腐朽气息的平庸之作。白蛇传说也曾遭到类似的改作。清代乾隆年间蕉窗居士（黄图珌）所作《雷峰塔传奇》，把白娘子写成害人的妖精，把法海写成降妖救许仙的英雄和尚，这与民间传说的原意大相径庭，二者立意之高下一目了然。针对这类情况，鲁迅曾说："士大夫是常要夺取民间的东西的，将竹枝词改成文言，将'小家碧玉'作为姨太太，但一沾着他们的手，这东西也就跟着他们灭亡。"[1]

新中国成立以后，中国搜集整理民间文学的工作取得了很大成就，但在特定时期，由于受社会政治环境的影响，也出现过一些偏差，并走过一段弯路。20 世纪 50 年代，云南省圭山工作组搜集整理彝族撒尼人的口头叙事诗《阿诗玛》，成绩突出，影响很大，但也有一些不足。比如，在原记录材料中，财主热布巴拉家派媒人哥敌海热到阿诗玛家说媒，阿诗玛的父亲开始不同意，媒人来说了三次，在媒人金银、财富及甜言蜜语诱惑下，再加上当地婚姻传统习俗的一些压力，阿诗玛的父母格路日明夫妇最后同意了这门婚事。这是符合当地社会"恋爱自由，婚姻不自由"的真实情况的，反映了传统婚俗对人身自由的束缚和格路日明夫妇身上的一些世俗观念、习惯意识，这是造成阿诗玛人生悲剧的重要因素。但是，在整理本中，格路日明夫妇变成观念开明的人，没有包办阿诗玛的婚姻，并对阿诗玛说："你高兴嫁给谁，都随你的意。"这种修改，可能是从阶级观念出发的，认为格路日明夫妇作为穷苦阶级，应该跟财主划清界限，也不应有落后的封建家长观念，不应把阿诗玛许配给财主家。但这种修改是不符合社会和人性的实际情况的，在情节结构上也是不必要的，是对原作内容的损害。[2] 在传统民间故事蛇

---

① 鲁迅. 鲁迅全集：第 5 卷. 北京：人民文学出版社，1981：579.

② 孙剑冰.《阿诗玛》试论//中国民间文艺研究会上海分会. 中国民间文学论文选（1949—1979）. 上海：上海文艺出版社，1980：426.

郎故事中，姐姐贪图富贵，把妹妹推到水里淹死，冒充妹妹嫁给蛇郎；在刘三姐传说的某个异文中，刘三姐的哥哥为逼刘三姐嫁给财主，把她捆在悬崖上，并把她推下山崖。这种情节在当时一些人看来，是不符合阶级分析观点的，因为他们认为被压迫阶级内部不会骨肉相残，只有统治阶级或剥削阶级内部才会这样，就像曹植在曹丕迫害下写《七步诗》那样，因而主张把这些情节都改换掉。其实这也是不符合实际情况和实事求是的原则的。事实上，被压迫阶级里也有各种人，一些人也有各种落后思想，部分人也会出于功利思想对同一阶级的人甚至自己的骨肉做出残忍的事。到"文化大革命"时期，一些文人在极左思潮、阶级斗争理论的影响下，对民间文学作品进行了更多更严重的不适当的修改和删削。

【关键概念】

民间文学的口头性　　　　　民间文学的群体性
采风　　　　　　　　　　　民间文学的传承性
民间文学的变异性　　　　　民间文学的表演性
表演理论

【思考题】

1. 简述民间文学的口头性特征的含义及其形成原因。
2. 简述民间文学的传承性与变异性特征。
3. 论述民间文学的基本特征。
4. 民间文学与作家文学的区别是什么？
5. 民间文学对作家文学有什么影响？
6. 论述民间文学与作家文学的关系。
7. 常见的轻视民间文学的观点有哪些？其产生原因是什么？这些观点正确吗？为什么？
8. 怎样理解民间文学的表演性？

第二章

民间文学的搜集、记录与整理

由于民间文学的存活方式主要是民众的口头流传，作品来去如风，所以要使之长久保存、便于查询，就必须重视民间文学的搜集、记录与整理工作。这也是民间文学研究的一项极重要的内容。本章首先概要讲述在中国文学史的各个阶段，历代文人搜集、整理民间文学作品的主要成就，包括各个阶段分别有哪些民间文学体裁较发达、有哪些相关的记载资料等；然后讲述搜集、记录和整理民间文学的主要原则与方法。通过学习，要掌握历代搜集、整理民间文学作品的主要情况，记住民间文学作品资料有哪些重要文献，并对中国民间文艺学史有一个大致的了解；认真领会、掌握现代搜集、记录与整理民间文学的主要原则和方法，并能够运用这些知识于调查实践之中。

第一节
搜集、记录与保存民间文学的历史概况

中国搜集、记录与保存民间文学的历史可分为古代与现代两个大的阶段。

一、中国古代搜集、记录与保存民间文学的历史

中国古代的民间文艺学对民间文学没有专门的理论研究，只是在一些典籍中有一些零散的论述，但整体来看也能构成一个大致的理论系统。其中占较重要位置的是"实用风俗观"，即采集、研究民间风俗包括民间文学是为了"观风俗，知得失"（《汉书·艺文志》），改良风俗，以及出于改善上层社会的礼仪、娱乐的需要等；另外，对民间文学的局部问题也有一些精当的论述，较著名的论断如出于《毛传》的"曲合乐曰歌，徒歌曰谣"、南宋朱熹对赋比兴等民歌表达手法的阐述、明代冯梦龙所说"但有假诗文，无假山歌"等。而对民间文学的记录与保存则有丰硕的成果，也可以说，这方面的内容是中国古代民间文艺学史的主脉。

中国古代搜集整理民间文学的历史可以分为五个阶段：先秦时期、两汉时期、魏晋南北朝时期、唐宋时期、元明清时期[①]。

（一）先秦时期

民间文学的最早发生一定很古远，它应该是随语言的产生而出现的。但在没有文字的时候，除了口头上流传下来的以外，大量的作品在口头消失了，直至先秦时期才开始有了文字记载。这一时期文字记载中较发达的体裁是神话、歌谣和寓言。早期的神话资料尤为宝贵，见于《山海经》《楚辞》《穆天子传》等著作；歌谣资料很丰富，从古朴的《弹歌》《周易》"卦爻辞"，到《诗经·国风》和《楚辞》，载录了上古的民间谣谚和民歌；民间寓言则大量出现在诸子散文里。

1. 神话

神话是兴盛于人类社会早期的一种文学体裁，所以它在先秦文献中出现较多，在以后的文献里就很少见了。神话资料在不少先秦典籍中都有记载，如《尚书》《国语》《左传》《庄子》《韩非子》《吕氏春秋》等古籍里都有零散的神话故事；但更集中地反映在《山海经》《楚辞》《穆天子传》这几部典籍中。

在各种文献里，《山海经》中的神话资料最为丰富，而且情节原始而完整。其成书非在一时，作者也非一人，大约是从战国初年开始到汉代初年由多人逐渐合编在一起的。其内容很广泛，记述了古代中国许多地方的天文、地理、物产、巫术、神话、医药等方面的情况，可说是一部上古社会的百科全书。其中记载的著名神话有：后羿射日、鲧禹治水、黄帝战蚩尤、刑天舞干戚、精卫填海、夸父逐日、西王母神话、女娲神话等。

《楚辞》本是屈原、宋玉等人的诗歌作品集，其中大部分作品是屈原在南方楚地民间文学的基础上加以创造性提高的成果。它记载了战国时代楚国等地方流传的一些神话。其中《离骚》《九歌》《天问》等诗歌都有涉及神话的内容。而《天问》的记载最集中，它共有 370 多句，以提问的形式组成诗篇，共提了 100 多个问题，涉及几十则神话，关于天体的构成、鲧禹治水、共工怒触不周山、后羿射日等神话都在其中，而女娲造人的神话则是该神话最早出现的文字资料。屈原在《天问》中所提的问题很多是对当时流传的神话内容也就是当时知识体系的重要一部分的质疑，包括天地的开辟、昼夜的交替、日月星辰的陈列出没、天地的安置、地形的高低、气候的寒暖等一类问题。比如他这样发问：都说天有九重，这是谁规划的？这样大的工程是谁营建的？人们说天像大锅一样扣在地面上，那它们的交接之处在哪里呢？日月星辰是怎样排列在天上的？老天总是反复无常，它究竟要惩罚谁、保佑谁？虽然它的描述很简略，仅是疑问性的内容，但这也是关于早期神话的珍贵资料，可以和《山海经》等文献相印证。从《楚辞》的记载内容可知，在屈原所处的战国时代，神话仍然在民间广泛流传，但是如屈原这样的士人已经清楚地发现了神话内容的离奇荒诞性，对此产生了疑问、抵触，而不能科学地解释神话现象。

《穆天子传》又名《周穆王游行记》或《周王传》，约于战国时期成书，是西晋武帝太康二年（280）汲郡（今河南卫辉西南）盗墓乡民在战国时期魏王墓中发现的竹书之一。书有古本、今本之分。古本先经荀勖校分为五篇，东晋郭璞为此书作注时，加入《周穆王盛姬死事》一

---

① 刘守华，巫瑞书.民间文学导论.2 版.武汉：长江文艺出版社，1997：158-172.

篇，成为六卷，南宋所存的版本为8 514字。今本乃宋人编修，至元代残损为6 662字。该书记述周穆王姬满西巡史事以及率军征战四方的盛况。书中记载，周穆王于当朝十三年至十七年（约公元前9世纪）进行了一次西征昆仑山的远行，行程九万里，见到了西王母。据学者考证，此行自洛阳渡黄河，出雁门关，过贺兰山，穿越鄂尔图斯沙漠，经凉州到达天山东麓的巴里坤湖，又经过天山南路到了新疆和田河、叶尔羌河一带。然后向北一千余公里，最远达"飞鸟之所解羽"的"西北大旷原"，就是中亚地区，又从天山北路返回。此行堪称旅行探险史上的壮举，也是我国文字记载中最早的一次远行探险。周穆王西游的事在《春秋左氏传》《竹书纪年》《史记》中均有记载，《穆天子传》基本事迹应为实有，但在叙述中加入了许多神话传说。书中也记述了周穆王一行与西方部族的物品交换等交往情况，沿途所见异域他乡的风俗、地理、奇花异草及珍禽怪兽等。

2. 歌谣

先秦古籍中的歌谣资料也是比较丰富的，除《诗经·国风》里有集中的体现外，还散见于其他文献。

上古的一些简短古朴的歌谣侥幸地在一些文献中得以保存。《礼记·郊特牲》记载了一首相传出自上古伊耆氏时代的《蜡辞》："土反其宅，水归其壑，昆虫毋作，草木归其泽。"它实际上是先人在施行巫术仪式时所唱的法术歌，内容为直接对水土、昆虫、草木等发布各安其位的命令，也就是祝愿来年风调雨顺、获得丰收。《尚书·汤誓》则记载了传说为夏代末年流行的民谣："时日曷丧，予及汝偕亡！"这则民谣表达了人们对夏桀暴政的强烈愤恨和反抗情绪。《孟子·梁惠王》也记载了这首诅咒夏桀的民谣。其他如《孟子·离娄上》载有《孺子歌》："沧浪之水清兮，可以濯我缨；沧浪之水浊兮，可以濯我足。"

《易经》中也记载了一些上古歌谣，如《归妹》："女承筐，无实；士刲羊，无血。"意思是女子捧着筐，但筐中无物；男子刺羊，但无血。它应该是一首先人在剪羊毛时所唱的劳动歌，也有人把它当作有文字记记的最早的谜语歌。还有几首歌唱上古男方骑马抢婚习俗的歌谣："贲如，皤如，白马翰如，匪寇，婚媾。"（贲六四）"屯如，邅如，乘马班如，匪寇，婚媾。"（屯六二）"乘马班如，泣血涟如。"（屯上六）

还有一些相传为上古的歌谣见于后世的文献。成书于东汉的《吴越春秋·勾践阴谋外传》记载了相传为黄帝时期的《弹歌》："断竹，续竹，飞土，逐宍。"虽准确年代难考，但可以肯定它是上古的一首较原始的歌谣。它两字一拍，构成四个短句，描写古人截竹木制造弹弓，以之弹出土丸，逐击鸟兽的狩猎过程。再如晋代学者皇甫谧所著《帝王世纪》记载了相传为帝尧时代的《击壤歌》："日出而作，日入而息，凿井而饮，耕田而食，帝力于我何有哉！"这首歌谣内容、格调很古朴，可能是文字经过后人加工的上古歌谣。再如《卿云歌》："卿云烂兮，纠缦缦兮，日月光华，旦复旦兮！"（《尚书大传》卷一）这首短诗，有内容，有辞采，句式整齐，技巧娴熟，虞舜时代的口头创作很难达到这样的造诣，显然经过了后人润色；而它的内容，表达了歌颂日月、崇拜自然的朴素感情，保存了古代思想习俗的影子。西汉刘向所著《说苑》记载了相传出自公元前5世纪战国时期的《越人歌》：

> 今夕何夕兮，搴舟中流？
> 今日何日兮，得与王子同舟？
> 蒙羞被好兮，不訾诟耻。

心几烦而不绝兮，得知王子。

山有木兮木有枝，心悦君兮君不知。

这首歌清丽婉转，非常动听。据记载，它是从少数民族语言翻译过来的，为越人歌手在划船时对楚国的鄂君子晳所唱，反映了古代南方少数民族的对唱习俗。

《诗经·国风》是先秦采集民间歌谣的优秀成果，已成为中国文学宝库中的经典文献，对后世的文学发展产生了重大影响。它是由当时统治者组织人手大规模采集而成的。《汉书·艺文志》讲到当时采集的目的："古有采诗之官，王者所以观民风，知得失，自考正也。"《汉书·食货志》则记载了春秋时期采集民歌的具体情况：每年十月到来年正月的农闲时间，官府征用没有子女、生活无着的老年男女，供给他们衣食，让他们到民间搜求歌谣。他们将采集的成果报到乡官，再由乡转到邑，由邑转到诸侯国，由诸侯国转报给天子。于是，"王者不出牖户，尽知天下所苦"。《国风》中的歌谣内容广泛，格调纯朴，从不同方面反映了当时民众的生活和思想感情，也比较突出地体现了民间文学的艺术特色。其中有很多优秀作品，最有代表性的诗歌是情歌和劳动歌。

《诗经·国风》可以被看作先秦时期以黄河流域为中心的北方地区民歌的代表，而《楚辞》则在一定程度上反映了大约三四百年后的长江流域一带的南部楚地民歌的风貌。与《国风》诗歌不同的是，《楚辞》中的诗歌都署了个人的名字，以个人作品的形式出现，即经过了作家的加工和雅化，不是民歌的原貌了，所以我们只是说它们在一定程度上反映了当地民歌的风貌。

3. 寓言

古希腊、印度、中国被称为世界上寓言的三大发祥地，而先秦时期正是我国寓言文学兴盛的黄金时代。这些精辟的寓言故事在先秦古籍中被大量地保存下来。

这一时期，诸侯争霸，社会动荡，而思想活跃，百家争鸣，出现了许多学术流派，是中国原创性哲学思想取得突出成就的时期，为后世所不及。士人和诸子百家在宣扬自己的学说、见解，或在相互争辩之时，喜欢引用民间寓言来说明道理，从而在其著作中记载了很多寓言。除了《论语》和《老子》是文字简要的语录体，没有运用寓言外，其他诸子作品都喜用寓言。保存寓言较多的著作有《庄子》《韩非子》《列子》《吕氏春秋》《孟子》《墨子》《晏子春秋》《战国策》等。《庄子》有寓言近 200 则，《韩非子》有寓言 300 多则，《吕氏春秋》有寓言 200 多则，《战国策》有寓言 50 余则。先秦流传下来的寓言有 1 000 余则，其数量之多，在世界寓言史上也是罕见的（《伊索寓言》中的寓言总数只有 300 多则）。我国最有影响的寓言大多出现于这个时期，如"揠苗助长""五十步笑百步""守株待兔""画蛇添足""自相矛盾"等，而且很多作为成语、谚语，经常活跃在人们的口头。

除了以上三种民间文学体裁以外，先秦古籍中也保存了其他类别的民间文学作品，比如谚语等。

（二）两汉时期

1. 歌谣

两汉民间文学体裁中最有成就的是民歌，记载和流传下来的篇章也比较多。这一时期在搜集记录民间文学方面，引人注目的事情是朝廷设立的乐府机构在搜集民间歌谣俗曲和创制新歌乐方面有很大成绩。

乐府的设立并不是汉代首创的，该机构在秦代就有了。秦代的乐府是搜集各地的独特精彩歌舞为皇帝提供精神享受的机构，它从属于少府。少府是搜罗全国各地物品供皇帝享乐的官府机构。所以汉代的乐府是承袭秦代的制度。但是乐府到了汉武帝时才受到特别的重视，并兴旺起来。据《汉书·艺文志》："自孝武立乐府而采歌谣，于是有代赵之讴，秦楚之风。""代赵之讴，秦楚之风"大致相当于今天的河北、河南、陕西、山西、安徽、江苏、湖北、湖南等地区的民歌。当然，当时所收民歌并不限于这些。民歌收集上来以后，再请文人在此基础上作新诗，请乐师作新声乐曲，再配上丝竹类乐器伴奏。当时的文豪司马相如就做过这项工作，而著名的乐师是协律都尉李延年。他善于作曲，也擅长改作新曲，人们称他改作的乐曲为"新声""新声曲""新变声"。乐府机构收集上来的歌谣被称为"乐府民歌"或"汉乐府"。到公元前 7 年，乐府机构被取消，但是后来仍然有职能类似的机构。由于汉乐府影响很大，因此后世把文人所创作的与汉代乐府诗风格相近的诗歌也称为"乐府"或"乐府诗"。

可惜乐府所搜集和改作的民歌与新声曲大多逸失，流传至今的只有 40 首左右。这些民歌大都直接反映社会下层的生活，思想感情深切质朴，且采用现实主义叙事手法，富于真实感极强的细节描写，尤其是对民众苦难的描写令人有切肤之痛，今日读来仍处处震撼人心。很多作品可与《诗经·国风》中的优秀之作相媲美，如《东门行》《病妇行》《孤儿行》《十五从军征》《战城南》《上邪》《陌上桑》等。这一时期还出现了中国古代第一首长篇叙事诗杰作——《孔雀东南飞》（又称《焦仲卿妻》）。

汉代也流传下来一些精辟的民谣。如讽刺封建官场黑暗的《顺帝末京都童谣》："直如弦，死道边；曲如钩，反封侯。"这首民谣的内容是有所指的。据《后汉书·五行志》，"死道边"指李固，"反封侯"指胡广等人。而该谣比喻精当，机锋犀利，有很强的典型性。讽刺社会风气败坏、选官任贤体制腐败的汉桓、灵帝时童谣"举秀才，不知书。察孝廉，父别居。寒素清白浊如泥，高第良将怯如鸡"语言也非常尖锐。再如反映战争给社会造成破坏和苦难的东汉桓帝时的《小麦童谣》："小麦青青大麦枯，谁当获者妇与姑。丈夫何在西击胡。吏买马，君具车，请为诸君鼓咙胡。"

2. 神话与传说

神话本是原始社会初民的虚幻的"知识体系"。到春秋战国时期，孔子、屈原等哲人、学者虽然尚不能对神话现象予以科学的解释，但已经对其内容的可信性发出质疑或予以否定。到了汉代，在《史记》等纪实性文献中，文人对神话予以合理化、历史化的解释已是主流性的做法，而这种做法在客观上起到了一定程度的资料保存作用。而在宣扬黄老之学的说理性文献《淮南子》中，前代流传下来的零散的神话资料被大量地引用，从而被较为完整地记录和保存下来。

《淮南子》又名《淮南鸿烈》，是西汉淮南王刘安及其门客集体编著的一部书，它以道家思想为主导，博采除儒家之外的百家之言，试图探求、掌握自然、社会、人生的一贯准则，为统治者提供可参照的安邦治国之策。它顺应汉初上层社会对黄老之学的崇奉，而与当时幼主刘彻所推崇的、正在初步兴起的儒学相抗衡。其内容十分广泛，从天文、地理、历史、军事，到个人处世保身之道、访仙问卜之术等，包罗万象，并引用了很多神话、传说、寓言等民间文学的说法。它虽然对神话做了一些加工，但记述的神话资料较为丰富、完整，而且收录了一些散佚的资料，是记录神话最多的古籍之一。它记录了女娲、神农、共工等重要神话，对后羿射日、嫦娥奔月神话的记载在流传下来的资料中是最早的。

《史记》本是旨在记述历史事实的，但上古历史的很长一段时期没有文字记载资料，只有口传的或后来的文献追记的神话或传说，作者司马迁在写这段历史时，只好将这些看似荒诞不经的神话、传说加以整理、考辨，尽量合理化。上古神话经过他的加工以后，绝大部分已经转化为仍有一定神奇内容的传说。如《史记·周本纪》写周的始祖后稷的出生过程：其母姜嫄在野外见到巨人足迹，心生欣悦之情而去踩踏，踏后怀孕。生下一子后认为不吉祥，丢弃在狭窄的小巷，马牛经过时都避开他；丢弃在冰上，飞鸟用翅膀来覆盖他。姜嫄觉得孩子神异，就收回、养大了他。因当初要丢弃他，就取名叫"弃"。《史记》写商的始祖契的出生也很神奇，是其母亲吞食了玄鸟的卵而怀孕。这种内容就是司马迁把感生神话改造成传说而成。司马迁在写后世历史特别是塑造人物形象时，也引用了许多传说。所以《史记》中所包含的传说是很多的。

东汉应劭《风俗通义》在记载、解释各种风俗习惯时也引用了很多传说，也有一部分神话。如该书记载了牛郎织女鹊桥相会的故事，其内容是为人所熟知的。再如关于古时为什么有除夕在门上挂桃符、画虎习俗的传说：上古时，有神荼与郁垒兄弟二人，擅长捉鬼。在度朔山上桃树下，有百鬼祸害于人，神荼、郁垒就在那里把恶鬼用苇索捆起来，喂给老虎。后来人们就在腊月除夕日，在门上摆上桃人的装饰和苇索，画上老虎，以避凶邪。这种对习俗的解释就属于习俗传说。

东汉班固在《汉书·艺文志》中举出一类"小说家"："小说家者流，盖出于稗官，街谈巷语，道听涂说者之所造也。"并且，举出小说十五家，即十五种文献。他所说的"小说"，还不是今天的小说文体，而是指民间口头传讲的故事，也就是神话、传说、民间故事等，当时主要是传说。记录这些民间传言的人能在此书"诸子略"中单成一类，说明其时这种记载文献已较多。①"稗官"就是官府派到民间去探访、记录各种街谈巷议、传说逸事的差人或小官。

3. 寓言

汉代寓言承接先秦寓言的余绪，虽在题材、表现方法等方面没有超越先秦，但也有一定成就，出现了一些说理精辟的寓言，如"对牛弹琴""塞翁失马""杯弓蛇影""螳螂捕蝉，黄雀在后"等，这些说法后来皆成为脍炙人口的成语。记载寓言的主要资料有西汉经学家、目录学家、文学家刘向的散文集《说苑》《新序》及刘安主编的《淮南子》等。

（三）魏晋南北朝时期

这一时期民间文学出现了新局面，叙事文体中民间故事异军突起，并出现了第一部笑话专集；韵文体裁中民歌保存下来的也比较多。

1. 传说与民间故事

魏晋时期被冠以"小说"之名而实为小说雏形的作品具有较大的规模，有逸事小说与志怪

① 杨荫深.从《汉书·艺文志》小说家中试探西汉的民间传说故事//中国民间文艺研究会研究部.民间文学论丛.北京：中国民间文艺出版社，1981：214.

小说两种。逸事小说记载文人、贵族等上层社会里的趣闻逸事，志怪小说记载下层民间社会里流传的奇闻怪事。这一时期的两种小说类型虽然都被称作"小说"，但实际上跟后来的小说文体有较大的差距。它们在叙事上还很粗疏，除对话以外，基本上没有细节描写，而细节描写是小说体裁的根本特征。这时的逸事小说与志怪小说在题材与叙事方式上接近于人们的口头故事，实际上主要是作家对于民间传言的记述。特别是志怪小说，由于其内容主要是下层民众的传闻，因此被当作民间文学的重要文献。

志怪小说的数量较多，流传至今的有 30 多种。从内容上讲，可将这些志怪小说分为三类：第一类是以讲述鬼神怪异故事为主的，如干宝的《搜神记》、托名陶渊明的《搜神后记》、颜之推的《冤魂志》、吴均的《续齐谐记》、任昉的《述异记》、刘义庆的《幽明录》、托名曹丕的《列异传》等。第二类是以讲述不见于正史的历史故事为主的，如王嘉的《拾遗记》、托名班固的《汉武帝内传》《汉武故事》。第三类是记述各地的地理风物及相关故事的，如张华的《博物志》、托名东方朔的《神异经》等。其中，《列异传》中的《三王冢》讲述干将、莫邪之子捐头为父报仇的故事，就是鲁迅历史小说《铸剑》的原型。《述异记》中的《王质》就是观棋烂柯型故事的较早记载。《搜神后记》中的《白水素女》是后来广泛传播的田螺姑娘型故事的最早记载。《桃花源记》更成为千古传诵的散文名篇。

最早出现的也是最优秀的志怪小说集是晋代干宝的《搜神记》。该书共 20 卷，其内容有的来自前代文献，有的来自当时的社会传闻，其中有大量的民间传说与民间故事。正如该书原序所说："虽考先志于载籍，收遗逸于当时，盖非一耳一目之所亲闻睹也，又安敢谓无失实者哉。……群言百家，不可胜览；耳目所受，不可胜载。"它叙事的语气一般是某时某地据说发生了什么奇异的事，值得作为趣闻谈资，好像有纪实性，但又不是可考可证的事实资料，不过传闻而已。这种叙事态度其实正符合传说的艺术特征。书中也记述了许多古代神话中的内容，但大多将人物与事件加上了些历史化印迹，以"讲史述古"的口气来说，也就是将神话"传说化"了。书中记述了许多完整、生动的故事，如《韩凭妻》《李寄斩蛇》《东海孝妇》《紫玉》《宋定伯》等，其中有些故事凄婉动人。书中还有一篇在民间故事史上非常重要的文献《豫章新喻县男子》，是世界著名的天鹅处女型故事或称羽毛衣故事的最早记载。《董永》记述了孝子董永得织女之助并结亲的故事，是牛郎织女传说的部分内容的前身。

南朝梁代宗懔的《荆楚岁时记》，是一部主要记录岁时节日习俗的重要的民俗学文献，其中也记载了一些民间传说，牛郎织女传说在其中有较完整的记载。

三国时期魏国的书法家、文学家邯郸淳撰录了一部《笑林》，是中国第一部笑话专集，对后世的笑话辑录类书籍有很大影响。原书已不存，其所记笑话尚存 20 余则。

2. 民歌

这一时期的民歌创作也有较大成就，保存下来的主要是南北朝民歌。南朝民歌大部分保存在宋代郭茂倩所编《乐府诗集·清商曲辞》里。其中收集的民歌按产生地区不同主要有吴歌和西曲两类，吴歌共 326 首，西曲共 142 首；另外还有 18 首神弦歌，是民间用于祭祀仪式的歌曲。除了《清商曲辞》所收，还有一些南朝民歌被收录在《杂曲歌辞》和《杂歌谣辞》中。这样，《乐府诗集》中所收南朝民歌总共近 500 首。

南朝民歌绝大多数是清丽柔婉的情歌，而且大多以女子的口吻演唱，代表作是收于《乐府诗集·杂曲歌辞》中的《西洲曲》，抒发了一个女子在四季对心上人的思念之情，其中歌词如：

"采莲南塘秋，莲花过人头。低头弄莲子，莲子清如水……海水梦悠悠，君愁我亦愁。南风知我意，吹梦到西洲。"这些情歌的词句与曲调都很动听，情感细腻，表达婉转，善用双关。但是总体看来题材较为狭窄。造成这种状况的主要原因，一方面跟以长江中下游为中心的南方地区的风土环境、文化风尚有关，另一方面跟统治者搜求民间歌曲主要为满足声色之需有关。正如《乐府诗集》卷六十一引《宋书·乐志》所说："自晋迁江左，下逮隋、唐，德泽浸微，风化不竞，去圣逾远，繁音日滋。艳曲兴于南朝，胡音生于北俗。哀淫靡曼之辞，迭作并起，流而忘反，以至陵夷。原其所由，盖不能制雅乐以相变，大抵多溺于郑、卫，由是新声炽而雅音废矣。"

北朝民歌共 70 余首，大部分收于《乐府诗集·横吹曲辞》的《梁鼓角横吹曲》，也有一小部分收于《杂曲歌辞》和《杂歌谣辞》。关于"鼓角横吹曲"的含义，《乐府诗集》卷二十一解释说："横吹曲，其始亦谓之鼓吹，马上奏之，盖军中之乐也。北狄诸国，皆马上作乐，故自汉以来，北狄乐总归鼓吹署。其后分为二部，有箫笳者为鼓吹，用之朝会、道路，亦以给赐。汉武帝时，南越七郡，皆给鼓吹是也。有鼓角者为横吹，用之军中，马上所奏者是也。"即这一名称原指军中乐曲，乐器有鼓有角，演唱的方式常是马上横吹。后来这种歌曲名成为北朝歌曲的代表性名称。这一名称的含义也正好能表露出北朝民歌在内容和格调上的阳刚之风。北朝民歌的代表作是杰出的长篇叙事诗《木兰辞》和脍炙人口的短歌《敕勒歌》。

相对于南朝民歌，北朝民歌虽然数量不多，但是题材丰富、内容广泛，对社会现实和民众思想的反映也更为深刻。这些民歌，有的唱颠沛流离或壮阔激昂的战争生活及其给社会带来的深重灾难，有的唱下层民众辛劳苦难的生活，有的唱北国苍凉辽阔的风光，有的唱爱情婚姻的甜蜜或辛酸，等等。不管什么题材，北朝民歌大都具有刚健质朴、豪迈直爽的风格。《敕勒歌》的歌词是这种风格的典型代表："敕勒川，阴山下，天似穹庐，笼盖四野。天苍苍，野茫茫，风吹草低见牛羊。"差不多同样豪放爽口的句子如："放马大泽中，草好马着膘"（《企喻歌辞》）；"男儿欲作健，结伴不须多"（《企喻歌辞》）；"健儿须快马，快马须健儿"（《折杨柳歌辞》）；等等。就是以女子口吻歌唱的作品也充满豪迈之气，《木兰辞》写女子女扮男装、代父从军、驰骋疆场："雄兔脚扑朔，雌兔眼迷离。双兔傍地走，安能辨我是雄雌？"《折杨柳枝歌》："门前一株枣，岁岁不知老。阿婆不嫁女，那得孙儿抱。"其直率、爽朗、豪迈，可谓巾帼不让须眉，与南方女子情歌的浅吟低唱、妩媚旖旎迥然不同。北朝民歌风格的形成主要在于北方辽阔苍凉的自然环境和战乱频仍的社会生活，也跟一些北方民族的马上游牧生活与剽悍尚武的民风有密切关系。

原来北朝民歌大都是一些北方少数民族用自己的语言所唱，较多的是原以鲜卑语演唱、后来翻译成汉语的歌，《敕勒歌》就是。另有一部分则是北方少数民族直接用汉语唱的，也有少数作品是一些北方汉族人演唱的。

魏晋南北朝时期也有其他民间文学体裁的记载，如三国时东吴的徐整在《三五历纪》《五运历年记》中有关于盘古神话的重要记载。

（四）唐宋时期

唐宋时期是中国古代史上经济、文化达到一个高峰的阶段，文学尤其繁荣，民间文学也有很大成就，而且民间文学的体裁发展最为全面，比较显著的有歌谣、民间词、民间故事与传说、说唱文学、民间戏剧等形式。

1. 歌谣

如果把民间歌谣分作民歌和民谣两种体裁来讲，唐宋时期流传下来的歌谣资料主要是民谣，民歌资料至今仍然罕见。这一时期，文人创作的唐诗宋词成就达到了中国古代文学的顶峰，但是民歌为什么没有记载、流传下来呢？其原因尚难得出定论。也许是唐诗宋词的辉煌成就掩盖了民歌的光彩，使得大多数文人只注意文人诗词创作，没有足够多的文人来注意、搜集和记录民歌；也许是这一时期民间说唱的兴起在许多地区较大程度地取代了民歌的功能；也许是较少的记录资料遗失了。但这一时期民歌肯定也存在和活跃着。诗人白居易在谪居浔阳地区时，就接触到民间歌曲。他在《琵琶行》中说："岂无山歌与村笛？呕哑嘲哳难为听。"这里明确地说明了当时是有民歌和民乐的，只不过他觉得太粗鄙难听了，也许这代表了当时许多文人对民歌的看法。不过他当时所用的"山歌"一词，到今天还是一个较重要的民间文学术语。

唐宋时期的民谣流传下来的较多。大部分是时政民谣，也有一些谶谣，这些民谣主要见于一些史书和谣谚集。如在《新唐书·五行志二》中，专设"诗妖"一节，记载了近30首民谣，其中主要是谶谣，如一则记载说："窦建德未败时，有谣曰：'豆入牛口，势不得久。'"该民谣说的是隋末农民起义领袖窦建德在620年对李世民的虎牢关（今河南荥阳西北）之战，窦在此战中兵溃，受伤被俘，后被杀于长安。另一则记载说："乾符六年，童谣曰：'八月无霜塞草青，将军骑马出空城。汉家天子西巡狩，犹向江东更索兵。'"这是唐朝僖宗年间发生黄巢大起义时，长安小儿口中流传的一首谶谣。到该谣流传的第二年，黄巢军就打下洛阳、挺入长安门户——潼关。消息传来，长安朝中一片惶恐，宰相服毒自杀，僖宗皇帝仓皇逃向西南方的成都。有史家认为，这一结果已包含在谶谣中："八月无霜塞草青，将军骑马出空城"，就是说草还没黄，但过些时间草会变黄，暗示黄巢还没来，但很快就来，劝僖宗快逃出长安；"汉家天子西巡狩，犹向江东更索兵"，就是预言僖宗将逃向成都，并派人到江东搬救兵。南宋朱弁的《曲洧旧闻》记载了这样的民谣："三千索，直秘阁；五百贯，擢通判。"它讥刺了北宋贪官蔡京等人划定价码卖官鬻爵。其中还记载了民谣："翻了筒（童贯），泼了菜（蔡京），便是人间好世界。"该民谣巧妙地用"筒"与"童"、"菜"与"蔡"的谐音关系来痛骂两个奸臣。

2. 民间词

这阶段出现了一种新的民间文学形式：唐五代的民间词。这一时期的词开始都是无名氏的作品。民间艺人出于在娱乐场合配乐器演唱的需要，创作出句式长短相错、形式自由但合辙押韵、能用乐器伴奏的韵文作品，就是词。这在诗歌的艺术形式上是一种很重要的创新，当时应该是一种很时兴的文艺活动，出现的词作品也较多。可惜由于晚唐五代时期战乱不息，这些作品到宋初大都亡佚了，所以在宋代以后很长的历史时期内不见人提及。

直到清朝光绪年间，在敦煌石窟中发掘出许多佛经讲唱文本，一些文本的背面抄写着曲子词，这才使埋没近千年的唐五代民间词重新面世。其中最重要的是唐五代时流行的曲子词集《云谣集》，其中收词30首。但不幸的是，这些珍贵文物后来被英国人斯坦因和法国人伯希和等据为己有，并带到国外，国内存留下来的极少。到20世纪初，王国维、董康先后辗转从国外的斯坦因处得其所录残本共18首，罗振玉、刘复先后从法国的伯希和处得其所录残本共14首，并先后整理发表出来。后来朱祖谋将两方的残本合并，除了两首重叠，正好得30首之数，其足本在 1933 年出版。1950 年，商务印书馆出版了王重民整理、编定的《敦煌曲子词集》。该书共收词 162 首，分三卷：上卷是"长短句曲子词"，共 108 首；中卷是"云谣集杂曲子"，共 30 首；下卷为"大曲词"，共 24 首。这是一部收录较多、会聚了几十年敦煌曲子词整理成果的重要文献。1955 年，任二北出版了《敦煌曲校录》，收录 545 首作品，对王重民本做了很大补充。他又于 1984 年完成《敦煌歌辞总编》，共收 1 221 首词。这是收录敦煌曲子词最多的词集（其中有少量作品不是唐曲子词）。

从敦煌曲子词来看，唐五代的民间词题材广泛，内容丰富，既有写男女之情的作品，也有反映船夫、游子、文士、医生等多种人生活的作品，正如王重民在词集前言中所说："边客游子之呻吟，忠臣义士之壮语，隐君子之怡情悦志，少年学子之热望与失望，以及佛子之赞颂，医生之歌诀，莫不入调……言闺情及花柳者，尚不及半。"这与后来的文人词在很长时期内主要写男女之情是不同的。而在情感表达方式上，民间词延续了民歌率真、自然、朴实的风格。

其一 菩萨蛮·枕前发尽千般愿

枕前发尽千般愿，要休且待青山烂。水面上秤锤浮，直待黄河彻底枯。白日参辰现，北斗回南面。休即未能休，且待三更见日头。

其二 鹊踏枝·叵耐灵鹊多谩语

叵耐灵鹊多谩语，送喜何曾有凭据？几度飞来活捉取，锁上金笼休共语。 比拟好心来送喜，谁知锁我在金笼里。欲他征夫早归来，腾身却放我向青云里。

后来，民间词这一艺术形式为文人所借用并发扬光大，方成就了宋词的辉煌。

3. 民间故事与传说

唐代民间故事与传说在一些文人笔记体作品中得以保存。最著名的唐代笔记小说是段成式的《酉阳杂俎》。此书分前集 20 卷，续集 10 卷，记载内容广泛博杂，有社会风俗、各地珍异物品、奇闻逸事等，其中有一些民间故事与传说。鲁迅在《中国小说史略》中评此书："或录秘书，或叙异事，仙佛人鬼以至动植，弥不毕载，以类相聚，有如类书。虽源或出于张华《博物志》，而在唐时，则犹之独创之作矣。"[1] 其体例按仙佛、人事、丧葬、道术、动物、植物、酒食、寺塔等题材分类编排，有些章节所用题目颇为生僻，如记述怪异之事的篇目为《诺皋记》，抄录佛书的叫《贝编》，记道术的称《壶史》，等等。"酉阳"本是地名，即小酉山（在今湖南沅陵）。传说此山下有一石洞，藏了很多书，秦代时曾有人躲避世间战乱在此读书。段成式为今山东淄博人，出身官宦之家（其父曾贵为宰相），家中藏书甚丰，本人也以"博学强记，多奇篇秘籍"（《新唐书·段成式传》）自得，故将此书命名为《酉阳杂俎》，是广取典籍、记录博杂的意思。该书中的《叶限》为灰姑娘型故事，《旁㲦》为两兄弟型故事，《鲁班作木鸢》为木鸟型传说，这几篇都是世界上同类型故事最早见于文字记载的珍贵资料。

其他记录了较多民间故事和传说的笔记还有唐代牛僧孺《玄怪录》（宋代因避赵匡胤始祖玄朗之讳而改名《幽怪录》）、唐代李复言《续玄怪录》（宋代改名《续幽怪录》）等。

---

① 鲁迅.鲁迅全集：第 9 卷.北京：人民文学出版社，1981：93.

4. 说唱文学

唐朝时随着城市的逐渐繁荣，市民文化生活的活跃，民间说唱文学开始兴盛起来。这时的说唱文艺活动主要有两类：说话和俗讲。变文是此时说唱文艺活动的文字记载形式之一，是受到重视的民间文学资料。

（1）说话。说话也就是后来的说书，是一种特殊的、技艺性和表演性更强的讲故事方式。这种民间娱乐活动的源起可追溯到更早的历史时期，也早已有了若干记载。据四川成都天回镇出土的"说书俑"，中国早在汉代就有了说书艺人的活动。一些文献中记载的战国时期以来优孟、优旃、东方朔等人的滑稽言谈，也跟后来的"说诨话"活动有密切关系。到隋唐时期，"说话"已是人们惯用的一个词语。据《太平广记》，一次隋朝开国大臣杨素让侯白给他的儿子"说一个好话"，侯白就讲了一个老虎找食物吃的故事。侯白不仅机敏善辩，好作滑稽言谈，而且著有《启颜录》，书中记载了很多讲述滑稽言谈的故事，如其中一段讲天的姓氏问题，大意为：

> 北齐高祖曾召集众儒生讨论儒家经典。石动筩问在场的一个博士官："先生，天姓什么？"博士官答："天姓高。"石动筩说："因为皇上姓高，你就说天也姓高，你这说法，不算新鲜。经书上记载着天的姓，你可以引经据典，不须袭用陈言。"博士官问："不知哪部经书上记载着天的姓氏？"石动筩说："看来先生根本不读经书，《孝经》看过吗？上边说天本来姓'也'。"那人说："何以见得？"石动筩说："先生难道没见到《孝经》上说'父子之道，天性也'？这不是在说天的姓氏吗？"

到了唐代，说话已达到一定规模，不仅受到一般市民的欢迎，也成为文人士大夫一时消遣的节目。唐代段成式在《酉阳杂俎》中记载了大和末年其弟过生日时请人做"杂戏"表演之事，其中有一种是"市人小说"，也就是民间的说话。唐代诗人元稹在《酬翰林白学士代书一百韵》中，在"光阴听话移"一句之下自注说："尝于新昌宅说《一枝花话》，自寅至巳，犹未毕词。"这《一枝花话》就是传奇《李娃传》所讲的故事。《高力士外传》记有唐玄宗退位后常与高力士一起听说话等民间娱乐节目的事情，说明说话艺术当时已成为宫廷娱乐活动的一种。种种迹象表明，唐代时说话已经成为一种比较兴盛的活动，可惜当时所说的"话"没有留下底本或比较忠实于讲述语言的故事。但这时的说话在一定程度上影响了唐传奇的创作，后者的题材或故事情节有不少是从市井中的说话借鉴来的。

（2）俗讲。俗讲是唐朝时在寺院中举行的，由僧人、法师等以通俗易懂的形式向俗众讲解教义佛法的一种活动。在南北朝佛教传入的初期，寺院内的讲经即"斋讲"主要有三种形式：转读（即咏经）、梵呗（即歌赞）和唱导。唱导比前两种形式后起一些。唱导是"说唱教导"的意思，就是以有说有唱、比较易懂的方式向一般俗众宣讲经文。后来唱导演变为俗讲。俗讲的形式与名称约出现于唐代初期，盛行于唐文宗时期（827—840）。五代以后，俗讲即不流行，到北宋时遭到朝廷禁止，但并未完全灭绝，到南宋时期尚有余脉。俗讲的中心地区在长安。

初期的俗讲举行庄严的仪式，内容以讲解经文为主，有时还奉敕举行，甚至还有皇帝亲临寺庙观看俗讲的时候。宝历二年（826），唐敬宗就曾到兴福寺听俗讲。后来为了使讲解更易于接受，以吸引更多的听众，在讲述佛经故事的同时，也讲唱历史故事、民间传说等。到唐代后期，有些地方的俗讲差不多成为一种百戏杂陈的民间文艺会演活动，很多民间艺人也到寺庙来演出。

根据敦煌石窟所发掘出的文献，俗讲所依据的底本分为三类：押座文、讲经文、变文。"押座"也就是"压座"，即开讲之前以梵呗之声压住全场的噪声，使听众安静下来听讲，相当于俗讲的入话、引子部分。押座文如《维摩经押座文》《温室经讲唱押座文》，句式大多为七言或八言的韵文，篇幅较短。结尾有"某某某某唱将来"一句。讲经文是俗讲的正宗形式，内容主要是讲说经文，如《金刚般若波罗蜜经讲经文》《佛说阿弥陀经讲经文》，很少讲故事。文体形式可分为散文与韵语两部分，结尾以一句"某某某某唱将来"收束。变文是有讲有唱的俗讲底本，最易于为俗众所接受。开始只有讲经文，后来有了其他两种形式。在这三类底本中，变文形式在民间文学史上更为重要。

（3）变文。变文就是有说有唱的文本，一般指俗讲底本的一种，也可指当时流传下来的民间说唱活动的底本，如《降魔变文》《孟姜女变文》《董永变文》《大目乾连冥间救母变文》《舜子变》等。"变文"或"变"原是敦煌文献保存的唐朝俗讲底本的题目中所有的。郑振铎据此提出"变文"术语，得到学界的认可，一直沿用。"变"的字面意思，就是"变化""改变"之"变"。当时，变文是在专门的"变场"配合图画展示进行的，人们边听说唱边看图画演示。这种图画当时被叫作"变相"，也就是"变换为图相"的意思。这种说唱加图相演示的活动不只是寺庙的俗讲才有，俗世的娱乐场所也有变文演出，如晚唐诗人吉师老的《看蜀女转昭君变》一诗，记载的是唐代末年民间女艺人讲唱昭君故事的变文，就应该是在寺庙以外的娱乐场所进行的。俗讲的变文形式，本是吸取民间讲唱艺术的做法。在敦煌文卷所存俗讲底本中，非佛经的俗世故事几乎占了一半，说明虽然变文在俗讲活动中的地位比不上讲经文那样正宗，但是由于更易于为人们所接受，僧人为了吸引听众、取悦施主，讲唱变文还是较多的。① 由于它流行地域广泛，存在时间长，社会影响也大，又反过来影响和促进了民间说唱艺术的发展和繁荣。宋代以后的说话、宝卷、弹词、诸宫调等民间艺术形式，都受到俗讲或唱经的直接影响；曲艺中的莲花落、三棒鼓等形式本源于唱经中的"散花乐"；唱经所用的法鼓、响钹等击节乐器，也为后世的曲艺所采用。一些长期做俗讲的僧人，如著名俗讲僧人文溆，演唱技艺有很深的造诣，在演唱的技巧和曲调上都对后来的曲艺有一定影响。

宋代说唱文学在唐代基础上发展，出现了繁荣局面。这时已有许多专业说唱艺人，曲种也较丰富，其中最发达的是说话。在汴梁、临安等大城市，市民已将听说书作为一种重要的娱乐，有不少职业说书家，而且这些说书家各有所长，到南宋时分为说经、讲史、说铁骑儿、小说（又叫银字儿）四种家数，其中小说是"说话"中影响最大的一家。这时的说书在文学史上影响大的一个重要因素是：这时说书人的底本使用当时的白话来记述，造就了著名的话本文学，不仅留下了一些有较高艺术性的话本如《碾玉观音》《错斩崔宁》《志诚张主管》《快嘴李翠莲》等，而且开了白话小说的先河，为明清白话小说的繁荣奠定了基础。话本的篇目本来是很多的，据《醉翁谈录》记载，宋代仅"小说"的篇目就有115种，但流传到现在的宋代话本只有将近30篇，包括《京本通俗小说》的全部、《清平山堂话本》的大部分和"三言"中的小部分。

宋代较为兴盛的说唱文学还有"鼓子词""诸宫调"等形式。鼓子词是一种用鼓等乐器伴

① 吴同瑞，王文宝，段宝林. 中国俗文学概论. 北京：北京大学出版社，1997：180.

奏以说唱故事的曲艺形式。它一般由三人合作表演，其中一人说唱，另外二人用鼓和管弦乐器伴奏并和唱。表演时唱与说交替进行，唱一段再接着说一段，转唱之前大多说一句套语："奉劳歌伴，再和前声。"就用前边一直使用的某种曲调演唱，唱词既交代情节，也有一定的抒情性。北宋赵令畤《侯鲭录》卷五收录的《元微之崔莺莺商调蝶恋花词》，就是一篇讲唱张生和崔莺莺的爱情故事的鼓子词。它把唐代元稹的《莺莺传》改编成了鼓子词，为金代董解元《西厢记诸宫调》以及演唱西厢记内容的杂剧和南戏的产生做了一定的准备。诸宫调又称"诸般宫调"，是一种使用不同宫调的多重乐曲，可以讲述长篇故事的说唱艺术。它也是有说有唱，而以唱为主。它与鼓子词的不同之处，在于鼓子词只使用一个宫调的一个曲调反复歌唱，只能演唱较简短的故事。诸宫调大致产生于北宋时期，到宋、金对峙时期趋于成熟。金代董解元的《西厢记诸宫调》（通称为《董西厢》）是完整流传下来的最早的作品，也是这个时期的代表性作品，已具有很高的艺术水平。

5. 民间戏剧

唐代兴起了一种在戏曲史上很有意义的民间小戏——参军戏。参军戏是在俳优滑稽表演基础上发展起来的。该戏有两个角色：一个戴着幞头、穿着绿衣服，比较愚笨迟钝，总被讽刺抢白，叫作"参军"；另一个伶俐机敏，叫作"苍鹘"。两个角色展开滑稽问答、戏弄讽刺，也加有歌唱和管弦伴奏。"参军"一角色，大致相当于后来戏曲中的净角，"苍鹘"则相当于后来的丑角。从相声史上看，一般认为，参军戏是相声的前身，参军与苍鹘就相当于对口相声里的捧哏的和逗哏的。

宋代兴起的民间杂剧和南戏。宋杂剧是在唐代参军戏和歌舞技艺的基础上发展而成的。"杂剧"之"杂"，原为"杂多"之义，到宋代"杂剧"成为一种小戏的专称，它杂含对白、歌舞、音乐、杂技等表演方式，演出一般分为三段：第一段称为"艳段"，内容为较热闹的生活熟事，是开场部分；第二段是正段，表演故事或较复杂的内容；第三段叫散段，以滑稽表演、调笑来引人发笑，有时演杂技。宋杂剧的角色已有四五个，源于参军、苍鹘的角色叫"副净""副末"，一个女角叫"装旦"，一个专演官员的角色叫"孤"。还有"末泥""引戏"的角色，起组织演出的作用。

南戏就是南方的杂剧，"南戏"之称是与北方的杂剧相对而言的。它是使用南方的民间曲调和语言演唱的一种戏曲，产生于南宋宣和年间的永嘉（即温州），所以又被称作"永嘉杂剧"或"永嘉戏曲"（后来叫"温州杂剧"）。由于它采用里巷歌谣，并有浓厚的地方情调，曾长期受到文人的鄙视和忽略，其早期剧目没有得到较完整的记载和流传。南戏的早期代表作是《赵贞女》和《王魁》等剧目，讲述读书人科考发迹之后结交权贵、背弃原配的故事，但原剧本已失传。徐渭在《南词叙录》里说：

> 南戏始于宋光宗朝，永嘉人所作《赵贞女》《王魁》二种实首之。故刘后村有"死后是非谁管得，满村听唱蔡中郎"之句。或云："宣和间已滥觞，其盛行则自南渡，号曰'永嘉杂剧'，又曰'鹘伶声嗽'。"其曲，则宋人词而益以里巷歌谣，不叶宫调，故士夫罕有留意者。

南戏在温州地区形成之后，又向其他地区如临安等地流传。到元代，南戏在艺术形式上趋于成熟，影响较为久远。

（五）元明清时期

1. 民间戏剧

元明清时期的文学高峰之一是元杂剧。元杂剧是在宋金杂剧和诸宫调的基础上融合了各种表演艺术形式而形成的一种新型杂剧。它融表演、念白、歌舞、音乐于一体，在题材、内容、篇幅、表现手段等方面都比以前的戏剧形式有很大的扩展和改进，成为元代最受人喜爱的艺术形式之一，并展开了中国戏曲史上最辉煌的一页。在元杂剧形成的初期，它还主要是民间艺人创作和表演的形式，剧目也比较多，像已在民间流传很久的"西游记""水浒""三国"等故事，许多都由杂剧来演唱。而由于元代初期民族矛盾、阶级矛盾尖锐，以及没有恢复科举制度，文人地位低下、缺少出路等原因，文人与普通民众生活极其接近。这使文人有更多的机会接触、熟悉和参与民间艺术活动。这样，文人很快参加了杂剧创作，使这种艺术形式的面貌发生了根本改变。最后，以关汉卿、王实甫为代表的众多杰出作家创作的杂剧名作掩盖了民间杂剧的光辉。

到明代，文人杂剧走向衰落，人们又注意起民间戏曲。各种民间小戏开始萌发、成长。到明末清初，中国民间戏曲进入大崛起时期，出现了大量的民间小戏剧种，如潮州戏形成于明代中叶，浙江的松阳高腔形成于明末，湖南祁阳戏、湖北清戏、山东淄博的八仙戏等形成于明末清初。但明代小戏由于在文人中影响不大，其作品没有被记载下来。清代民间小戏更是出现了繁荣局面，各种地方戏发展成熟，一些地方戏发展成为地方大戏。由于民间小戏的演出影响很大，且在思想内容上自由活泼，被统治者和一些文人认定为伤风败俗、海淫海盗，清末官府出台了不少禁止演出小戏的文告。但禁令并未阻遏小戏蓬勃发展的势头。晚清和辛亥革命前后也是民间小戏发展的一个重要时期，该阶段兴起了花鼓戏、采茶戏、道情戏等小戏的重要品种，华东一带也出现了许多小剧种。①

2. 民歌

明清时期民歌的搜集记录有较大的成绩。明末出现了搜集记录民间文学的大家冯梦龙（1574—1646，江苏长洲人），他一生科举不顺，57 岁才补为贡生，61 岁方任福建寿宁知县。他把一生的大部分精力都花在了搜集整理民间文学和创作通俗文学作品上，在搜集整理民歌、笑话、话本等方面都有突出贡献。在民歌方面，他搜集、整理了《挂枝儿》《山歌》两种民歌集，收录明代民歌 700 余首。他还有一些关于民间文学的独到见解和精辟议论，如他说民间文学是"民间性情之响""天地间自然之文"；在《序山歌》中，他提出"但有假诗文，无假山歌"，要"借男女之真情，发名教之伪药"，等等。清代李调元编纂了收录广西几个少数民族情歌的专集《粤风》，这在搜集记录少数民族民间文学方面是一个创举，因为过去这方面的资料只有零星的记载。

明清出现了许多收录民谣、谚语的集子，如明代杨慎的《古今风谣》《古今谚》，清代杜文澜的《古谣谚》、华广生的《白雪遗音》、范寅的《越谚》等。

---

① 张紫晨.中国民间小戏.2 版.杭州：浙江教育出版社，1995：45-54.

3. 笑话

明清的笑话文体出现了繁荣局面，作品颇丰，并有大量的笑话集子流传下来。明代笑话集有冯梦龙的《笑府》《广笑府》《古今谭概》，江盈科的《雪涛谐史》，徐渭的《谐史》，浮白斋主人的《笑林》《雅谑》等。清代的笑话集有程世爵的《笑林广记》、游戏主人的《笑林广记》、陈皋谟的《笑倒》等。

二、中国现代民间文艺学的历史与搜集、记录民间文学的概况

20世纪初，民间文学的搜集与整理作为新文化运动的一个组成部分拉开了现代民间文艺学和民俗学研究的序幕，从此，作为民俗学一部分的民间文艺学成为一门现代科学意义上的学科。民俗学运动的先驱者们借鉴西方人类学和民俗学的理论、方法，很快树立了与世界接轨的现代民俗学学科意识，有了较多的专业化研究人员，形成了在现代学术之林占有一席之地的民俗学学科。在现当代时期，民间文学的搜集与整理作为民俗学研究的一个重要部分有了大规模的符合专业规范的展开。各阶段搜集整理的宗旨、视角、方式、成绩也与当时民间文艺学的总体格局密切相关。

中国现代民间文艺学的发展历程可分为五个阶段。

（一）发源、开创时期（1918—1926）

这一时期的民间文艺学以在北京大学发起的歌谣学运动为中心。

1918年2月，北京大学教授刘半农、沈尹默、周作人等主持成立了一个歌谣征集处，他们在《北京大学日刊》上发表了《北京大学征集全国近世歌谣简章》，该简章被《新青年》及各地报纸转载，开始了在全国范围内征集歌谣的活动。简章说明了搜集歌谣的较严格的要求："歌辞文俗，一仍其真，不可加以润饰；俗字俗语，亦不可改为官话。""歌谣通行于某社会时代当注明之。""歌谣中有关历史地理或地方风物之辞句，当注明其所以。"从1918年5月20日起，《北京大学日刊》开设了"歌谣选"专栏，每天刊登一则歌谣，由刘半农编选并做考订说明，前后共刊出148则。

1920年12月，北京大学成立了歌谣研究会，由沈兼士、周作人任主任。1922年，北大研究所国学门成立后，歌谣研究会归入该所的国学门。1922年12月17日，《歌谣》周刊创刊。由周作人起草的周刊《发刊词》说明了搜集歌谣的两个目的：

> 本会搜集歌谣的目的共有两种：一是学术的，一是文艺的。我们相信民俗学的研究在现今的中国确是很重要的一件事业……歌谣是民俗学的一种重要资料，我们要把它辑录起来，以备专门的研究：这是第一个目的。因此我们希望投稿者不必自己先加甄别，尽量的录寄，因为在学术上是无所谓卑猥或粗鄙的。从这学术的资料之中，再由文艺批评的眼光加以选择，编成一部国民心声的选集。……所以这种工作不仅是在表彰现在隐藏着的光辉，还在引起将来的民族的诗的发展：这是第二个目的。

该刊物先由刘半农、沈尹默任编辑，后由周作人、常惠任编辑。当时，鲁迅、李大钊、顾颉刚、刘半农等著名作家、学者都有自己采集的歌谣发表，鲁迅还为《歌谣》周刊纪念增刊绘制了精美的封面。从1923年1月开始，《歌谣》周刊扩大了范围，除歌谣外，还收集神话、传说、民间故事、方言、习俗等资料，并发表相关研究文章。到1925年6月，该刊共出版96期，增刊1期，搜集歌谣13 908首，发表了2 226首。其后，该会所组织的稿件并入1925年10月至1927年11月出版的《北京大学研究所国学门周刊》（1926年10月24日改为《北京大学研究所国学门月刊》）。歌谣研究会还出版了个人搜集的作品集，如顾颉刚的《吴歌甲集》《孟姜女故事的歌曲甲集》，董作宾的《看见她》等。

1923年5月，"北京大学风俗调查会"成立。1925年4月30日至5月2日，顾颉刚、容庚、容肇祖、孙伏园等赴妙峰山香会进行调查，其后在《京报副刊》出了6个《妙峰山进香专号》。北京《京报》还在鲁迅支持下开办副刊《民众文艺》周刊，自1924年2月9日至1925年11月20日，共出版47号，登载了许多歌谣、民间故事等。

（二）奠基时期（1927—1930）

1927—1930年，民俗学运动的中心转移到广州的中山大学。

1927年11月，顾颉刚、容肇祖、董作宾、钟敬文等发起成立了中山大学民俗学会，从属于中山大学语言历史学研究所，1928年，民俗学会推举容肇祖担任主席。同年11月创办了《民间文艺》周刊，由董作宾、钟敬文任编辑，出了12期后，于1928年3月改为《民俗》周刊，由钟敬文、容肇祖、刘万章相继担任编辑。顾颉刚在《民俗》发刊辞里说："我们要站在民众的立场上来认识民众！我们要探检各种民众的生活，民众的欲求，来认识整个的社会！……我们要把几千年埋没的民众艺术，民众信仰，民众习惯，一层一层地发掘出来！我们要打破以圣贤为中心的历史，建设全民众的历史！"这一方面表明了刊物遵循民俗学研究民众生活的学术宗旨，一方面也继承了五四新文化运动的民主、科学精神。到1933年6月停刊，《民俗》共出版了123期，在将近6年的时间里发表了大量搜集调查来的民间文学作品和学术研究文章。后来该刊曾在1936年9月复刊，改为16开大型《民俗》季刊（实为不定期刊），由杨成志主编，但因战争影响只出版了8期，到1943年12月由钟敬文主编了最后一期两卷合订本后停刊。

中山大学民俗学会成立不久就开始在顾颉刚主持下出版民俗学丛书，从1928年到1930年共出版37种39册，约有一半出版于1928年。丛书发表了学者们在歌谣、故事、传说、谜语以及民间信仰等风俗方面的调查材料，也有一部分研究性著作，以顾颉刚的《孟姜女故事研究》（1～3册）、《妙峰山》为代表，前者从历史传承和地域传播的角度研究孟姜女传说的流传和演变，被钟敬文先生誉为"民俗学的《论语》"；后者则是中国民俗学第一部运用实地考察资料写成的专著。值得一提的是，后来一生从事民俗学事业、终被誉为"中国民俗学之父"的钟敬文，当时因编辑丛书中王翼之的《吴歌乙集》而被中山大学辞退。该书本是顾颉刚向其同乡王翼之组稿，由钟敬文经手编辑印行。因民间歌谣有表达爱情的率真直露言辞，被一些观念保守、不了解民俗学的教授和校方看作淫秽的"性爱"内容。1928年6月21日，校方在《国立中山大学日报》发出题为《大学院训令禁止生徒购阅淫猥书报》的通告，并于7月4日突然辞退了钟敬文。

中山大学民俗学会在 1928 年 4 月 23 日至 6 月 10 日开办了"民俗学传习班"，授课教师与课程有顾颉刚的"整理传说的方法"、容肇祖的"北大歌谣研究会及风俗调查会的经过"、钟敬文的"歌谣概论"、何思敬的"民俗学概论"等，有 22 名学生参加了学习。民俗学会还开设了"风俗物品陈列室"，举办了民俗物品展览。

在中山大学民俗学会影响下，福建、广东、浙江一些地方也涌现了一些民俗学会或民间文学研究团体，它们自办刊物或在报纸上开设副刊、专栏，在搜集、记载民间文学作品等方面也做了不少工作。

（三）扩布时期（1930—1936）

1928 年秋，钟敬文到杭州，在国立浙江大学文理学院任教，他和同仁们在这里积极开展民俗学活动。1930 年夏，钟敬文、娄子匡、钱南扬、江绍原等发起，联合南京、汕头、福州、厦门、漳州、徽州、宁波、杭州等地的民俗团体，创立了杭州中国民俗学会，大力搜集、研究各地各民族的传说、故事、歌谣、谚语等民间文学作品以及风俗习惯。从此杭州成为 20 世纪 30 年代中国民俗学活动的中心。

杭州的民俗学者们在创办民俗学出版物方面很活跃，并有显著成绩。1929 年 5 月，钟敬文、钱南扬、娄子匡等在《民国日报》创办副刊《民俗》周刊，出到 60 期时休刊，后来又复刊。1930 年 5 月开始，娄子匡个人在宁波鄞县（现为鄞州区）以"民俗学会"的名义出版了《民俗旬刊》五册，《歌谣谜语故事周刊》十几期，丛书《宁波歌谣》一辑。1931 年，他们在《南京民报》创办《民俗》附刊。1931 年 7 月，钟敬文、娄子匡主持将南京《开展月刊》第十期、十一期合刊出了"民俗学专号"；到 1932 年 8 月出版署有"中国民俗学会发行"的《民俗学集镌》第二辑（把此前的专号算作中国民俗学会主办的《民俗学集镌》第一辑）。1932 年 10 月，中国民俗学会将绍兴原有的《民间》刊物，改为学会的月刊，由陶茂康、钟敬文、娄子匡编辑，到 1934 年 4 月出第十、十一期合刊为止。此外，他们还在一些刊物、报纸上开办民间文艺或民俗学方面的专号、专栏，共出版了民俗学丛书 26 种。

在此期间，其他一些地方，特别是南方的一些城市和北京的民俗学者们也开展了许多活动，有些城市还成立了中国民俗学会分会。1935 年，北京大学歌谣研究会恢复，聘请胡适、魏建功、顾颉刚等人为歌谣研究会委员。1935 年 5 月，胡适、周作人、顾颉刚等在北平发起组建了风谣学会。1936 年 4 月《歌谣》周刊在胡适支持下复刊，到 1937 年 6 月，共出版 53 期。

（四）调整时期（1937—1949）

在抗日战争时期，敌占区的民间文学调查与研究基本停顿了。而在国统区和解放区，民间文学的调查、研究仍有进展，并出现了新局面。

抗战时期，北京、天津、上海等大城市的高等学校迁到云南、贵州、四川一带，造成学者云集西南的局面，使这里的学术气氛活跃了起来。学者们在西南地区进行了较多的风俗调查。在华北的高等学校向后方撤离、步行约两个月的行程中，闻一多就带领几个学生沿途调查民间习俗和歌谣等，后来在昆明由他的学生刘兆吉整理出版，名为《西南采风录》。一些学者在云南、贵州等地进行了少数民族的民间文学、语言、风俗等的调查研究，也取得了一定成绩。

解放区则出现了崭新的局面。中国共产党的文艺政策重视文学对革命工作的宣传、促进作用，工作人员注意搜集、运用在底层民众中流传的歌谣、故事等来发动群众或鼓舞革命斗志。1942年，毛泽东发表了《在延安文艺座谈会上的讲话》，指出文艺主要是为工农兵服务的，文艺工作者要向工农兵学习，并且明确提出了文艺工作者要喜爱工农兵的"萌芽状态的文艺（墙报、壁画、民歌、民间故事等）"。这使民间文艺工作受到空前的重视，也促使民间文学的搜集整理大规模地展开，比如在晋绥根据地，政府就曾发动乡村干部、小学教师等广泛搜集民间文学作品，在《晋绥大众报》登载。虽然主要不是出于学术研究的目的，但是当时的搜集整理工作也多遵循较严格的原则，并有一定成绩。何其芳在《从搜集到写定》一文中说："根本的是要有一种尊重老百姓的态度"，"要有一种尊敬老师与耐心向学的精神，对于他们的作品也要尊重"。这说明当时搜集者与民众的关系发生了一定变化，不再是纯粹的调查者与被调查者的关系，而是带有一定程度的学习者与老师的关系。何其芳还说明了调查时要忠实记录的原则："首先要忠实地记录"，"在写定民歌时，字句不应随便改动增删"。其时，搜集整理的代表性成果有何其芳等人编的《陕北民歌选》、李季编的《顺天游》、苗培时辑录的《歌谣丛集》等民歌集，东北合江鲁艺文工团编辑的《民间故事》以及马烽、束为等搜集整理的民间故事集等。[①]

由于提倡作家要向大众学习，因此解放区的作家文学受民间文学的影响很大。1945年，由贺敬之、丁毅执笔，延安鲁迅艺术学院集体创作的五幕歌剧《白毛女》就是以民间传说为蓝本的。他们所依据的，是同年西北战地服务团从晋察冀前方带回延安的40年代初流行于河北阜平一带"白毛仙姑"传说的记录本。1945—1946年，他们又在演出多场后，根据群众的意见对剧本做了重要的修改。该剧在配乐上主要采取北方民间音乐的曲调，并且在唱腔上成功借用了民歌的调子：用河北民歌《青阳传》的欢快曲调谱写了"北风吹，雪花飘"的一段脍炙人口的唱腔，来表现喜儿的天真和期待；用河北民歌《小白菜》的曲调来表现喜儿在黄家受黄母欺压时的怨苦之情；用高亢激越的山西梆子音乐表现喜儿的不屈不挠和复仇渴望；用深沉、低昂的山西民歌《拣麦根》的曲调来塑造杨白劳的音乐形象。后来该剧又改编成电影、舞剧、京剧等形式，在全国产生了很大影响。赵树理的小说创作、李季的诗歌创作也是成功学习和借鉴民间文学艺术形式的典型。

（五）探索与发展时期（1950—　）

如果把新中国成立后的民间文艺学的曲折历程看作一个大的阶段，那么这个阶段又可分为三个时期："十七年"时期、"文化大革命"时期和新时期。

从1950年到1966年，是新中国成立之初的"十七年"时期。这一阶段的民间文艺学，从总体上说，是20世纪40年代解放区民间文艺学格局的延伸和发展。一方面，受到以毛泽东《在延安文艺座谈会上的讲话》为代表的文艺政策的影响，民间文学被看作富于"人民性"的文学、被压迫者的艺术，受到极大的重视。郭沫若曾在他的一段讲话里清楚地说明这一点：

说实话我过去是看不起民间文艺的，认为民间文艺是低级的、庸俗的。直到1943年

---

① 钟敬文. 民间文学概论. 上海：上海文艺出版社，1980：147-148.

读了毛主席《在延安文艺座谈会上的讲话》，这才启了蒙，了解到对群众文学、群众艺术采取轻视的态度是错误的。在这以后渐渐重视和宝贵民间文艺。[①]

这种认识转变虽然是受当时文艺政策的影响才发生的，但今天从学术意义上来看也是正确的、有价值的。在这种情况下，虽然有时的大力倡导有过头的地方，但是民间文学的搜集整理和研究还是有显著成就的，是呈现出大发展的局面的。另外，这一时期，与民间文学密不可分的民俗学被看作资产阶级的学问，没有进行，使得五四新文化运动时期从民俗学角度来看待、研究民间艺术的传统有所中断。所以，这一时期对民间文学的研究在今天来看是不够全面的。虽然当时也有人指出这一问题，比如1964年主管意识形态的胡乔木在听取贾芝的汇报后，曾发表了一个关于民间文学工作的谈话，提出：民间文学的调查应结合民俗，应该继承北大歌谣研究会的传统。但是这种意见在当时的形势下没有得到足够的重视和实行。

1950年，中国民间文艺研究会成立，郭沫若任理事长，老舍、钟敬文任副理事长。该会本是一个独立的学术团体，1954年并入中国文联，成为中国文联下属的协会之一（1987年更名为"中国民间文艺家协会"，协会历任主席为郭沫若、周扬、钟敬文、冯元蔚、冯骥才）。在该协会的组织和带动下，学术界开始在全国范围内展开搜集和整理民间文学的工作。1955年4月，协会创办了《民间文学》月刊，发表民间文学作品；10月刊行了《民间文艺集刊》（共出3期），发表研究文章。从20世纪50年代初开始，很多高校开设了"人民口头创作"课程（即后来的民间文学概论课）。1958年，全国民间文学工作者第一次代表大会召开，会上确定了"全面搜集、重点整理、大力推广、加强研究"的工作方针。同年，经过毛泽东的倡导，在全国范围内兴起了一场声势浩大的搜集民歌的运动。1958年4月14日，《人民日报》还发了《大规模地搜集全国民歌》的社论。这一运动的标志性成果是1959年出版的由郭沫若、周扬主编的《红旗歌谣》，主要收录了新民歌。在"大跃进"年代进行的这种运动性的搜集和创作，当然受到较大的负面影响，出现了不少浮夸性的"豪言壮语"式的歌谣，但也促进采录了很多优秀作品。

新中国成立初期少数民族民间文学的采录整理工作有较大成绩，特别是发掘出很多长篇叙事诗和抒情诗，彝族叙事诗《阿诗玛》的搜集整理是这方面工作的代表性成果。50年代，国家组织进行了大规模的少数民族社会历史调查和语言文字调查，其成果就是70年代末开始陆续推出的国家民委民族问题5种丛书：《中国少数民族》、《中国少数民族简史丛书》（55本）、《中国少数民族语言简志丛书》（57本）、《中国少数民族自治地方概况丛书》（140本）、《中国少数民族社会历史调查资料丛书》（148本）等，总计400多本。这些书，特别是《中国少数民族社会历史调查资料丛书》记录了各少数民族的民俗和民间文学方面的许多珍贵资料。

1966—1976年的"文化大革命"时期，民间文艺学的研究与教学基本上处于停滞状态，高校里这方面的课程大都停开，相关教师一般去改教其他课程。

"文化大革命"结束后，民间文艺学在新时期步入蓬勃发展的阶段。1978年秋，钟敬文、顾颉刚、白寿彝、容肇祖、杨堃、杨成志、罗致平这7位教授联名向中国社科院递交了《建立民俗学及有关研究机构的倡议书》，并在1979年12期《民间文学》上发表。其他民俗学家也积极呼吁，促使民俗学的研究与教学很快走上正轨。1979年，在"文化大革命"期间被迫停

---

① 郭沫若.我们研究民间文艺的目的：在中国民间文艺研究会成立大会上的讲话//中国民间文艺研究会上海分会.中国民间文学论文选（1949—1979）.上海：上海文艺出版社，1980：14.

止活动的中国民间文艺研究会恢复工作，聚集了一批民俗学者。1981—1982 年，辽宁省民俗学会、吉林省民俗学会、浙江民俗学会相继成立。1983 年 5 月，以钟敬文为理事长的中国民俗学会成立，到 20 世纪末，除了海南、重庆、香港以外，各省、自治区、直辖市都成立了民俗学会或类似组织，北京、上海、辽宁、湖北、山东、浙江等地的民俗学活动尤为活跃。中国民间文艺研究会在已有的刊物《民间文学》之外，又于 1982 年 5 月创办了《民间文学论坛》（2000 年改为《民间文化》），1988 年 7 月创办了《民俗》。许多省市的相关学术组织也创办了民间文学或民俗学刊物，如上海的《中国民间文化》《采风》，山东的《民俗研究》，广东的《神州民俗》（原《广东民俗》）、《文化遗产》（原《民俗学刊》），广西的《民族艺术》，台湾的《民俗曲艺》，吉林的《文化学刊》《民俗报》，黑龙江的《黑龙江民间文学》，天津的《天津民风》，福建的《海峡民风》，西藏的《西藏民俗》，贵州的《南风》，云南的《山茶》，湖南的《楚风》，等等。

新时期民间文学与民俗学的教学与科研也逐渐活跃。许多高校开设了民间文学和民俗学方面的课程，并设立硕士点。从新中国成立以来，以钟敬文教授为核心的北京师范大学民间文化研究所一直是培养民间文学和民俗学领域教学科研人才的中心基地，1986 年开始又设立了博士点。21 世纪初，中国社会科学院、北京大学、中央民族大学、中山大学、山东大学、复旦大学、华东师范大学、新疆大学等高校都设立了民俗学专业博士点或在相关专业博士点招收民俗学博士生。近年来出现了一批活跃的民俗学网站，如"中国民俗学网""民间文化青年论坛""中国民间文艺家协会""中国民俗网""中国非物质文化遗产网""福客民俗网"等。特别值得提到的是，2003 年北大教师陈泳超联合海峡两岸的青年民俗学者创办的"民间文化青年论坛"成为本专业的青年学者和在校学生们广泛参与的热门网站，并且每年召开一次主要由青年学者和研究生参与的学术会议，大大活跃了本专业的学术氛围。2008 年年底，中国民俗学会主持、巴莫曲布嫫设计改版的"中国民俗学网"开设了"民俗学博客"和系列开放式论坛，功能齐备，人气旺盛，很快成为民俗学专业人士频繁光顾的学术交流平台。近年来，民间文学的学术研究已呈现出初步繁荣局面，发表了很多有价值的论著。同时，民间文学的研究视角也有所调整。新中国成立初期，受苏联强调研究人民口头文学的影响，大陆学者主要从文艺学角度研究民间文学，这使五四新文化运动时期从民众文化角度研究民间文学的传统有所中断。新时期，学者们提倡将民间文学看作民众生活文化的一部分，将民间文学研究放到民俗学整体框架中进行，视野更加开阔，并与本领域的世界学术潮流接轨。与国外民俗学者的交流逐渐增多，很多国外的民俗学理论也被介绍、翻译过来。而从民间文学、民俗学的自身内涵和国外情况来看，就在人文学科应占的位置而言，该专业到目前为止还没有受到足够的重视，还有很大的发展空间。

新时期，民间文学的调查记录工作有很大成绩。1984 年，中国民间文艺研究会提议并会同文化部、国家民委共同发起，在全国范围内展开民间故事、民间歌谣、民间谚语的大普查、大采录，并出版了三套大型丛书：《中国民间故事集成》《中国歌谣集成》及《中国谚语集成》，简称"三套集成"。周扬担任集成总主编，钟敬文、贾芝、马学良分别担任各套集成的主编。这是一个浩大的文化工程，三套集成均按当时的行政区划立卷，分别出版"三套集成"的国家卷、省卷、市卷、县卷，计划全国共编辑出版 93 卷。同年 5 月 28 日，三家主办单位联合签发了《关于编辑出版〈中国民间故事集成〉〈中国歌谣集成〉〈中国谚语集成〉的通知》和《关于编辑出版民间文学三套集成的意见》，并以文民字〔84〕第 808 号文件，向各省、自治区、直辖市的文化厅（局）、民委、民研会分会等单位发布。工程由民研会直接组织实施。同年，中国民间文学三套集成由全国艺术科学领导小组批准，被列入全国艺术科学重点科研项目。这个工程需要动用巨大的人力、物力。相关单位召开多次会议研究布置，在全国组织了大批工作人员，并举行了各种层次的培训班，培训进行调查、记录工作的业务骨干。仅1985—1987年就动员了上百万人次普查。到1987年，全国多数省、自治区、直辖市已基本完成了普查采录和县卷本的编选。据民间文学集成总编委会办公室不完全统计，1984—1990年间，全国各地共搜集民间故事184万篇，歌谣302万首，谚语478万条，总字数已超过40亿。各地从中选编的县、地、市卷资料本3 000余种。在普查中，还在全国各地发现了一批民间故事家和民歌手：能讲50个故事以上的民间故事家9 901人，民间歌手14 556人。还发现了一批故事家社群，如河北的耿村、湖北的伍家沟、重庆的走马镇等。到1999年10月，各省、自治区、直辖市卷已通过全国总编委会初审的有57卷，终审的有42卷，已出版的有26卷。其中，《中国民间故事集成》已出版的有：北京卷、辽宁卷、吉林卷、浙江卷、福建卷、四川卷、陕西卷、宁夏卷；《中国歌谣集成》已出版的有：浙江卷、江苏卷、广西卷、海南卷、宁夏卷、西藏卷、甘肃卷、湖南卷；《中国谚语集成》已出版的有：山西卷、河北卷、江苏卷、湖南卷、湖北卷、广东卷、贵州卷、浙江卷、宁夏卷、陕西卷。到2009年10月，包括"三套集成"在内的集中了全国各地10万余专家学者编纂而成的《中国民族民间十部文艺集成志书》全部出齐，"十套集成"共298卷，400册，4.5亿多字，其中"三套集成"1.1亿余字。2009年10月11日，"'十部文艺集成志书'全部出版总结表彰大会"在人民大会堂召开。

除了"三套集成"工程以外，还有各种学术组织、许多学者个人进行了调查和采录工作，发表出来的成果在此难以较全面地列举。最突出的采录成果有三大史诗《格萨尔》《玛纳斯》《江格尔》等。

2018年1月23日，《中国民间文学大系》出版工程正式启动。它是中共中央办公厅、国务院办公厅2017年1月24日发布的《关于实施中华优秀传统文化传承发展工程的意见》中列出的重大文化工程。该工程成立了由中国文联牵头，由中宣部、文化部、财政部等部门人员组成的领导小组，由中国民间文艺家协会组织全国民俗学者和民间文艺工作者具体承担①。大系出版工程按照科学性、广泛性、地域性、代表性的"四性"原则搜集、编选民间文学作品及理论研究成果，按照神话、史诗、传说、故事、歌谣、长诗、说唱、小戏、谚语、谜语、俗语、理论12个门类分卷编纂，计划到2025年出版大型文库1 000卷，每卷100万字，共10亿字；并建成"中国口头文学遗产数据库"，开展一系列以宣传、普及中国民间文学为主体内容的社会活动，促进全社会共同参与民间文学的发掘、传播、保护与发展。《中国民间文学大系·总序》说："大系既是有史以来记录民间文学数量最多、内容最丰富、种类最齐全、形式最多样、最具活态性的文库，也是在民间文学搜集整理领域开展的新时代综合性成果总结、示范性的本土文化实践活动。"该工程以编选、汇集五四以来已有的我国民间文学搜集整理成果为主，也出版新搜集的民间文学作品，如其中的俗语卷、谚语卷、谜语卷以新搜集作品为主。该工程注重吸收当代民间文学研究的新成果、新理念，要求在作品文本后注明讲唱者、采录者、采录时

---

① 中国民协党组书记、驻会副主席、大系出版工程领导小组办公室常务副主任邱运华总体负责大系编纂出版各项工作的组织、落实。本书作者深度参与了该工程的编纂工作，担任《中国民间文学大系》出版工程编纂出版工作委员会副主任、学术委员会委员、特聘专家、俗语组副组长，并于2018年7月1日至2019年6月30日期间担任以大系编纂工作为主的中国民间文艺家协会挂职副秘书长。

间、采录地点等要素，并提倡用"附记"的形式说明作品的展演过程、相关民俗生活、传承人情况、文本源流等，以求尽量多地体现民间文学的语境要素、表演特征、生活功能等。

第二节
搜集、记录和整理民间文学的原则与方法

谈论搜集、记录和整理民间文学的原则和方法，实际上就是比较全面地谈论怎样采录民间文学作品的问题。

上一节简要回顾了中国自古以来民间文艺学的历史，提供了比较丰富的采录民间文学的事例，从中可以总结出许多经验，也能看出一些不足。本节所谈的就是在总结历史经验的基础上，怎样更好地进行民间文学的采录工作。

1958 年，在全国民间文学工作者第一次代表大会上，曾提出"全面搜集、重点整理、大力推广、加强研究"的工作方针。这是在特定社会形势下提出的方针，其中"重点整理、大力推广"的提法，旨在发挥一些民间文学作品的思想教育功能，在对这些作品进行程度不同的加工改造的基础上，向社会宣传、推广。在这种原则指导下，在搜集、整理民间文学时难免出现一些选择视野收窄、加工改造过头等倾向。在 20 世纪 80 年代后的新时期，民间文学工作者主要从学术角度出发，对上述工作方针进行调整，普遍认同和遵循"全面搜集，忠实记录，慎重整理"的原则与方法。①

一、全面搜集

(一) 全面搜集的含义

全面搜集是采录民间文学的重要原则之一，主要有两个方面的含义。

首先，搜集的品种要全面。(1) 在内容上优劣、新旧兼收，不轻易断定某些作品是次品或糟粕而舍弃它们。一方面，搜集作品是为研究采录资料或做别的用途，而各种内容的作品都反映了民众文化的某个方面，都有其研究价值。有些作品存在落后、陈旧或不健康的内容，也许不值得推广、提倡，但是能反映民众思想的一些侧面，可以作为研究的资料。另一方面，搜集作品时对作品内容的评价应采取研究者的眼光，而不应加以社会流行的道德性或政治性的评判，并进而影响对搜集对象的取舍。一些作品涉及鬼神巫怪内容或其他古老的风俗习惯，也不应认为这种作品宣传了封建迷信、陈规陋习，而应将其看作传统文化在民间文学中的自然遗存。(2) 在作品的"版本"上，要注意收集同一种作品的不同异文，并兼顾口头和书面两种形

---

① 钟敬文. 民间文学概论. 上海：上海文艺出版社，1980：150 - 164.

式的作品。民间文学在流传过程中具有变异性，有些变异造成了具有代表性的不同异文，多种异文有相互参照或补充的价值。有些作品还有手抄本或底本流传，这些书面的形式也是重要的资料，应与其口头形式一并收集。(3) 在体裁上，各种民间文学作品都应收集。如果对某一地区的民间文学状况进行全面的调查，就应熟悉民间文学的体裁知识，考察民间散文、民间韵文、民间说唱三大类十几种体裁在特定地区存在哪些形式，把它们都纳入收集的范围。也有些专题的调查，如目的只是调查民歌或故事，就不一定收集其他体裁。

其次，全面搜集的含义还在于，调查采集的对象不仅是语言形式的作品本身，还包括与作品有关的风土人情、方言土语、流传范围和影响、讲述者情况，以及与作品配合的音乐、舞蹈、表演等方面的内容。从根本属性上说，民间文学不仅是一种文学现象，而且是一种文化现象。所以，如果只注意作品的语言表述，就忽视了民间文学的另一大属性。这样采集的作品形式只是文本，就显得很单薄，不利于全面了解该作品的全貌，更不利于对它的研究。调查时不仅应该记录讲述者情况、讲述地点和时间，了解讲述所用的方言土语，而且应该调查与作品相关的民众生活风习，作品的形成原因、社会功能等情况。同时，民间文学是综合性、表演性的艺术，在调查时还应尽量记录下作品在表演时的音乐、舞蹈、姿态、演唱技法、现场反应等情况。所以，有些调查请相关的专业人员参加。1953 年，为调查彝族撒尼人长篇叙事诗《阿诗玛》，云南文工团组织的圭山工作组就包括文学、音乐、舞蹈和资料等各方面的专业人员。

(二) 搜集调查民间文学的方式与方法

1. 搜集调查的方式

民间文学搜集调查的方式主要有两种：个体搜集与团队式搜集。

(1) 个体搜集。

个体搜集就是个人单独进行搜集调查。一般是到调查点居住一段时间，以某种方式深入当地民众生活，多方面了解民间文学的状况。这种调查既可以对一个地方多次进行调查，也可以进行较严格的追踪调查。如果调查者就在自己长期定居的地方进行调查，由于对当地的情况熟悉，就能获得更丰富和准确的资料。调查者从工作地点回到自己的家乡进行调查，也有利于快速融入当地社会。还有一种方式是个人方便调查，就是利用业余时间和方便的机会，不安排专门时间的调查，而是随时随地留心和记录生活环境中流传的民间文学。

(2) 团队式搜集。

团队式搜集就是组织由专业人员构成的调查团或采风队到事先选定的地区进行搜集调查。这种调查一般在调查点停留时间较短，最短者一两天，较长者几个星期或数月。但如果时间很短，那么应事先了解清楚该地和调查对象（作品）的资料，制订切实有效的目标和计划，使调查确有收获；也可分作多次进行，不然只是走马观花、浮光掠影地搞一搞，就成了观光旅游性质的活动。成功的团队式搜集一般需要较长的时间在当地居住，或分作多次进行。

2. 搜集调查的方法

要顺利有效地展开搜集调查工作，应该注意以下几个方面。

（1）做好走向田野之前的准备工作。

若想使田野调查顺利展开，并取得圆满成果，做好出发之前的准备工作是很重要的。不然，当处于田野之中面对原生态的民众生活时会茫然失措，甚至铩羽而归。准备工作一般包括这样几个方面。

其一，明确搜集目标，选好调查点或受访者。

进行搜集调查，首先要明确搜集哪些或哪种作品，搜集的最终目的是什么，采录成果要达到什么样的标准，等等。搜集作品的不同目标决定了调查项目、做法、深入程度的不同。如果搜集的目的是获得以作品文本为主的资料，或将作品整理之后发表，那么工作的重点一般放在作品的文本上，并围绕文本采录相关的方言、风俗等情况；如果搜集的目的是对作品进行学术研究、写论文，则工作的重点应放在作品的存活环境、表演过程、社会功能、历史源流、传承方式等方面，当然文本也是要准确记录的。

如果调查地点是在自己生活的地方或自己的出生地，则会使调查在各方面都很方便，而且节省了熟悉环境、了解文化背景的时间，对作品也更容易有透彻的理解，所以"家乡民俗学"受到提倡。但是民间文学的调查比一般民俗调查更需要选择适宜的地点，因为并非所有的地方都是发达的民间文学传承点，特定体裁、特定作品只流传于特定的地区，而要搜集的作品有固定的目标，这时就要根据相关资料选择代表性强的地点。有时特别典型的调查点或采访对象是很难发现的，调查者要做有心人，善于发现线索，关注相关信息，有时甚至需要机缘巧合。那些故事村、民歌村等典型的民间文学传承点的发现与开发也是对民俗学事业的一种贡献。湖北民间文艺家、原六里坪文化站站长李征康就是这方面的一个有心人，并做出了突出贡献。他在20世纪80年代参加"三套集成"工作时，曾经在湖北十堰市丹江口市的一个偏僻山区发现并开发了伍家沟故事村；90年代末又在武当山南麓发现了深山阻隔之中的吕家河民歌村，这两个地方都成为全国闻名的民间文化景点。有代表性的民间艺人的发现也是很有价值的。裴永镇成功发现了民间故事讲述家金德顺，并在上海文艺出版社出版了《朝鲜族民间故事讲述家金德顺故事集》，受到了民间文学同行的关注。他发现这位故事家的过程有一定的偶然性：1981年，他到沈阳市朝鲜族聚居的苏家屯区采集民间故事，采集对象是他哥哥的岳母。后者谈到有些故事是几年前从人称"故事篓子"的老人金德顺那里听来的。裴永镇就抓住这一线索找到了金德顺。①

其二，调查者必须掌握与课题相关的专业知识和方法论。

从事民间文学调查的人一般是专业人员。如果是学生或临时参加的非专业人员，则需要经过程度不同的专业培训。调查者应该具备民间文学和民俗学的基础理论知识，熟悉所调查民间文学作品的体裁知识和研究状况，并掌握民间文学调查的方法。如果是为研究而做的调查，则需要有更为全面和深切的学术积累，并在该课题上做一定程度的探索和思考，最好带着问题进入田野，这样能够较快地发现解决问题的途径，采录到更为全面和有用的资料。有时需要制定出具体的调查表或列出需要调查的问题。

其三，了解调查点的基本情况，做好联系工作。

在奔赴调查点之前，还要了解调查点的地理、人口、经济、文化等方面的基本情况，对可能出现的各种问题有较充分的估计，并做好准备。一般要同调查点的有关人员事先联系好，确

---

①　裴永镇. 故事家故事的搜集方法浅论. 民间文学论坛，1985（3）.

定进入调查社区的恰当身份和方式，取得当地组织或居民的配合、帮助。

其四，准备好需要携带的资料、工具等物品。

（2）善于选取采访时机，处理好与采访对象的关系，并创造自然活跃的讲唱环境。

完全自然状态下的民间文学是在一定场合下出现的，并非可随时展现在调查者面前。所以，调查者应了解民间文学讲唱的场合，选取调查的时机。有些地方有歌节、演唱会、故事会等，无疑是采集民间文学的好时机。民间在节日庆典、婚丧嫁娶、建房搬迁、请神施巫等重大活动中，也常伴有民间文学的讲唱活动。在这些场合，民间文学都是自然发生的，将之采录下来，可获得很有价值的立体性的资料。

但是民间文学的讲唱活动比较集中的场合往往是有限的。很多时候调查者要对讲唱者专门采访，请之为调查而讲唱。这时就要注意获得受访者的配合，并使之处于尽量自然的状态，以获得尽可能接近自然发生状态的民间文学。采访的时间应在讲唱者方便时，比如在讲唱者休闲时。如果在农忙时间，那么调查者也可加入当地人们的生产劳动等活动中去，以缩短与当地人、受访者的距离。采访时应尊重讲唱者，使讲唱者愿意、乐于讲唱。如果采访时跟受访者交流不当，就会没有收获或收获甚小。裴永镇在文章中谈道：

> 据金德顺本人讲，前几年，有两位听故事的人，拎着录音机慕名去找过她。这俩人找到金德顺开口就说："听说您老人家很能讲故事，我们是来听故事的，请您给讲两段故事吧！"金德顺告诉我说："我知道他们是谁？我该他们的呀！我打心里烦他们，只讲了两段故事就把他们打发走了。"就这样，那两个专程去采故事的人，找到了故事家，却又轻率地放弃了。

这两位采访者虽然说话比较客气，但是交流方式过于简单直率，脾气急躁，缺乏跟受访者培养感情、营造融洽自然的讲唱氛围的过程，讲唱者处于一种被动、受强制的状态，碍于情面讲述一点也是被"挤压"出来的。所以，这样的采访者只能获得浅尝辄止的一点收获。裴永镇采访她时，开始也碰了钉子：她一口回绝，说没什么好讲的。后来，裴先生不急于让她讲故事，而是与她唠家常，耐心解释自己所做工作的价值，获得了老人的理解。老人一气给他讲了20多则优美的故事，然后就说知道的故事就这些了，再没什么可讲的了。在这种情况下，裴先生根据老人"故事篓子"的名声，断定她还有很多故事，就把老人接到自己家中居住，给她做可口的饭菜，像伺候亲祖母一样对待老人，用近10天的时间，从老人口中采集到150余则故事，成功地发掘出一位民间故事家。①

有时，为了引发受访者讲唱的兴致、情绪，创造活跃的气氛，调查者可以采用"以故事引故事""以歌引歌"的方法，自己先讲几个故事，唱几首歌，说几条谜语、谚语等。有些讲唱者习惯在黑夜里讲述，或在熟悉的人们倾听下讲述，调查者也应该尊重讲唱者的习惯，并帮助创造这样的条件。

（3）尽量采取访谈与记录同步进行的方法。

这就是在采访的同时现场做好记录。这样做的好处是能尽量多地保持作品的原貌和完整性。如果当时记录不全，那么可以继续访谈补充。当然记录应采取适当的方式，既不要造成讲唱者的紧张感，也不要中途打断讲唱。如使用现代采录设备如录音机、摄像机等，再以笔录为

---

① 裴永镇.故事家故事的搜集方法浅论.民间文学论坛，1985（3）.

补充，这样记录效果更好。

二、忠实记录

忠实记录是保证搜集工作质量的一个重要原则。所谓忠实记录，就是以忠实的态度尽可能多地记录下民间文学发生的原貌。记录稿与整理稿是性质不同的资料，记录稿要求照本来的面目记录，即使有混乱、错误等也要照原样记录，因为这些不足之处也是真实情况的组成部分，调查者不必做任何修改、调整。如果有根据后续询问或再次访谈增加的补充性内容，那么可以据实说明。

首先，忠实记录作品发生的全貌。民间文学发生的核心部分是文本，记录时应忠实于作品内容和艺术形式的各个方面，其中最关键的是忠实于作品的语言，这是忠实于其他方面的基本保证。如果语言变化了，那么即使其主要内容不变，其思想感情的格调、艺术特色等也很容易发生变化，故忠实于原讲唱的语言是极其重要的。如果只记录故事情节或大致内容，不记录原话，到整理时，只能用自己的语言来表述，可能会充满知识分子腔调，就失去了原作的韵味。所以必须现场做好记录，不能事后补记。除了文本部分以外，还要根据课题的要求，记录讲唱者的表演过程、现场反应、伴随发生的其他表演成分（如音乐、舞蹈等）；如果为研究搜集资料，那么还要记录相关的与作品密切相关的文化背景、社会功能等内容。

其次，配备录音机或摄像机等工具并掌握相关使用技术，配合耳听手记。先进设备和技术是提高忠实程度的手段和保证。如果掌握标音、记谱等技能，就会使记录更为准确、全面。

最后，每一次采录都应记录讲唱者的基本情况、采录时间和地点、调查者和记录者等情况。

三、慎重整理

所谓整理，就是将原始记录稿加以适当的调整、梳理，使之成为可以利用的作品。慎重整理，就是指在整理时要严格遵守忠实原作的原则，除了若干必要的修订外，不可随意变动原作。

整理可分为两种：一种是资料性整理，一种是普及性整理。这两种整理的性质不同，处理原始记录的做法也不同，必须区别对待。

（一）资料性整理

资料性整理，指搜集整理的目的是获得学术研究或有其他参考价值的文化资料。进行这种整理，主要是将记录稿梳理出来，原则上对记录稿的内容和形式不做变动，只做若干有限的处理。这些处理措施包括：调整讲唱时由记忆失误、思路混乱、口误等造成的重复、错乱、啰唆之处；根据几次访谈记录或后续询问的记录来整合、补充原讲述文本残缺不全的部分；解决现场记录因时间仓促而悬而未决的问题，或纠正明显的记录失误；对方言词或读者不易明白的内容作注释；在作品之外作相关的附记、说明；等等。这种整理成果在便于理解、利用的前提下，其原始色彩越强，就越有利用价值、越珍贵。

（二）普及性整理

　　普及性整理，就是将记录稿整理成文学读物，在发表、出版后供社会上广大读者阅读。这种整理成果，因为读者面宽，社会影响大，所以要考虑便于一般读者理解、接受，并考虑在思想感情、艺术趣味等方面应有积极影响。故整理时的调整、变动可比资料性整理大一些，但也要在全面搜集、忠实记录的基础上，在尊重讲唱者口头创作的前提下进行，遵守慎重整理原则。

　　进行普及性整理，首先要对采录来的民间文学作品进行筛选，选择那些内容精彩、格调健康又有较高艺术价值的作品。其他没有普及价值的作品就只作为研究资料保存。

　　普及性整理也要尽量保持口头作品的原貌，不能随意改动，不能有意添加整理者的个人思想或文笔成分。整理者为增加作品的文采而"润色"是不可取的。鲁迅就不赞成对民间文学的"润色"，他在《且介亭杂文·门外文谈（七）》中说："东晋到齐陈的《子夜歌》和《读曲歌》之类，唐朝的《竹枝词》和《柳枝词》之类，原都是无名氏的创作，经文人的采录和润色之后，流传下来的。这一润色，流传固然是流传了，但可惜的是一定失去了许多本来面目。"[1]流传下来的古代民歌在今天看来，显然是本色的更为可贵。鲁迅还在《且介亭杂文·门外文谈（五）》中谈到一首民谣的两种版本："最明显的例子是汉民间的《淮南王歌》，同一地方的同一首歌，《汉书》和《前汉纪》记的就两样。"前者记的是"一尺布，尚可缝；一斗粟，尚可舂。兄弟二人，不能相容"。后者记的是"一尺布，暖童童；一斗粟，饱蓬蓬。兄弟二人不相容"。这两首民谣显然是同一首民谣的两种异文，但是说法不同，意思也有一定差别。看起来，后者更口语化些，意思也更合理。鲁迅说："比较起来，好像后者是本来面目，但已经删掉了一些也说不定的。"[2] 从这些例子，也可看出尽量保存民间文学本色的重要性。

　　进行普及性整理，在尽量忠实于原作的同时，可做如下适当改动：第一，可以删除有害的封建迷信思想、色情描写等庸俗内容。但应注意，一些体现原始文化的神奇幻想性情节以及一些属于宗教习俗的情节，并非有害的封建迷信内容；一些表现爱情的内容，只要不伤风化，也可以保留。第二，可改动本来属于客观存在而无害的内容却被官方和文人篡改的部分，恢复作品原貌。民间文学中的一些情节表现了部分民众的一些落后思想或道德沦丧甚至违背人性的行为，这是对社会和人性阴暗面的正常表现，民间文学一般也是对此否定、鞭挞的，其思想倾向对社会有益无害。但"文化大革命"时期用阶级分析观点来看待这类情节，认为劳动人民身上没有这类毛病，只有剥削阶级才会有这种思想和行为，故予以修改或删除，是不顾真实情况的极左处理。第三，可以改动由讲唱者失误而造成的不合逻辑或啰唆的地方，补充残缺不全之处。第四，可以用口语风格的词语更换过于冷僻的方言土语。

　　普及性整理有单项整理和综合整理两种方式。单项整理是在一篇记录稿的基础上进行整理。这种做法适合于记录稿质量较高又比较定型的民间故事，以及篇幅短小的歌谣、谚语、谜

---

① 鲁迅. 鲁迅全集：第6卷. 北京：人民文学出版社，1981：94.
② 同①91.

语等。综合整理是在有多种异文的记录稿的情况下，以一两篇基础最好的记录稿为主，再用其他记录稿加以补充完善，以获得一篇优秀的作品。这种整理法对记录稿的改动较大，应慎重采用。如果各篇都较为完整，而且差距较大，那么可分别整理，不必合为一篇。

从事民间文学的搜集整理工作，必须将整理与改编、再创作区分开来。这是三种性质不同的工作。整理要求尽量保持民间文学的原貌，以此发表的作品不是个人的创作，而是经过个人整理的民众创作。改编是对民间文学进行一定程度的加工，在主题思想、艺术形式上能体现较多个人意图，改编者对发表的作品享有一定著作权。再创作是以民间文学为素材，进行个人创作，不仅思想内容、艺术风格、表现手法可以随再创作者的意图而改变，作品的体裁也可以改变；并且以个人创作的名义发表，可以不注明素材来源。[1]

【关键概念】

乐府民歌　　　　歌谣学运动　　　　《歌谣》周刊　　　　三套集成
全面搜集　　　　忠实记录

【思考题】

1. 简述中国古代搜集记录民间文学的主要成绩。
2. 简述中国现代民俗学史上搜集整理民间文学的主要成绩。
3. 怎样进行民间文学的田野调查工作？
4. 怎样才能做到忠实记录民间文学作品？
5. 如何做好民间文学作品的整理工作？

---

[1]　钟敬文．民间文学概论．上海：上海文艺出版社，1980：158－164．

第三章

神　话

　　本章讲述神话这一重要文学体裁的基本理论知识，分析神话的本质、思想内容、艺术特征、主要价值等，并熟悉神话的主要类型、代表作品。其中，神话的本质是对神话性质的比较透彻的解释，其思想内容和艺术特征等都要在此基础上来理解，所以要重点掌握。按照神话类型的线索熟悉代表性神话作品，也是本章的重点内容之一。对于这一古老的文学体裁和文化现象，不仅要从文学的角度来体察其艺术特性，还要从文化学的角度来审视神话现象，思考神话与民族文化的许多重要现象的密切关系；不仅要看到神话在文化史上的解释意义，还要认识神话在现代社会文化体系中的位置。

第一节
神话的含义与本质

一、神话的含义

　　神话是一种经典性的、重要的文学体裁。它兴盛于各个民族的远古时期、童年时代，至今仍然在一些地区作为一种口头文学体裁存活着。它不仅具有独特鲜明的艺术特征，而且能够代表人类历史上一个大的阶段的主要文化，并且对所有民族的文化演进都产生了深远的影响。这种影响直到现代社会还绵延不绝，在有些地方和社群还很显著。它历来受到各个人文学科的学者们的高度关注，对它的解释和研究形成了很多著名的学说和学派。那么，什么是神话呢？

　　作为一种文学体裁，神话就是人类在远古时期所创造的反映自然现象和社会生活的高度幻想性的故事。或者说，神话是以原始思维为基础的关于神的行为的故事。这种定义，着眼于神话的文学特质。如果将神话作为一种特定语境中发生的文化现象来全面地看待，那么神话就不仅仅是一种文学体裁或语言艺术，它还有着更为丰富的内涵。它不仅是一种融文学、音乐、舞蹈等为一体的综合性的艺术形式，而且是上古初民的世界观和信仰的主要表述形式。神话的创作和讲述则是人类在蒙昧时期试图探索世界、解释世界、征服世界的一种社会活动或民俗生活。

"神话"（myth）一词，在西方最早来自希腊语的"mythos"一词，其含义是与传奇、故事、寓言混同的。19世纪以来，在学术领域，"神话"成为一个有明确内涵和外延的术语，指以神格为中心、以原始信仰为思想基础的故事。我国民俗学领域的神话概念是从西方引进的。但在现代汉语中，社会上运用"神话"一词的范围更广，除了以上狭义的含义外，还指"荒诞的无稽之谈""离奇的谎言"或"人间奇迹"。当人们说某件事情荒唐、不可信时，爱用"那简直是在说神话"之类的说法；当赞扬别人得到了不可思议的好成绩时，也爱用"创造了某某方面的神话"这样的表达方式。这种宽泛的"神话"语义虽然与本教材所讲述的神话体裁大相径庭，但在语源上和词义的某一侧面也有密切联系，是由神话的本义派生而来的。

神话虽然是一种活跃于远古时期的体裁，但在现代的文学批评中，"神话"一词仍然是一个经常被使用的术语，英国学者华莱士·W. 道格拉斯在20世纪中期发表的《现代批评中"神话"的不同含义》一文中指出，"的确，'神话'曾一度成了现代批评中最重要、最包罗万象的词语：杂志上刊出一篇篇论文来诠释它，英语研究所召开讨论会探讨它的种种方面"①。"神话"作为一个常被引用的文学批评术语，鲜明地体现了文学思维的几个根本特征，差不多指称和象征着文学创作的人文理想追寻的最高目标和完美的艺术境界。归纳起来，文学批评家口中的"神话"有两方面的意思：一方面是指神话"体现了为普遍信念所肯定的真理或价值的虚构形式"。在文学批评家看来，神话文体具有这样的美学特征：它在内容上是虔诚地追寻神圣真理、崇高信仰、美好理想的，而其表述是虚构性的、想象的、富于吸引力的。基于此，神话可被称为"讲述真理的谎言"。理想的文学创作也应该具有神话这种富于艺术性地追求"神圣""崇高"的特点。莎士比亚作品对爱情、宗教等主题的探寻，就常被人形容为"神话的"。就"神话"术语的这层意思来看，文学在文学批评家那里，被赋予了改变当前时代的精神迷失和混乱的状态、拯救在他们看来令人绝望的现代人类的职责。另一方面是指文学批评家用神话的结构方式、美学特点来指称文学的一些根本特征：情绪的、诗性的、直觉的，甚至荒诞、梦境、无意识、初始记忆、原始神秘等。从这个角度来说，"神话性"是与理性、科学性相对的。② 在现代社会，科学精神、理性主义大行其道，而文学创作所需的思维方式的直感性、情绪化、想象、荒诞甚至混乱等状态则受到抑制。批评家对"神话性"的强调，主要针对这种情况而做，试图以对"神话"的提倡来解放人们受到抑制的文学天赋和艺术细胞。从这个角度而言，认真考察、搞清神话的美学特性对理解文学批评理论也是很有益处的。

二、神话的本质

怎样正确、透辟地认识和把握神话？马克思关于神话的论述，解释了神话的本质："任何神话都是用想象和借助想象以征服自然力，支配自然力，把自然力加以形象化……是已经通过人民的幻想用一种不自觉的艺术方式加工过的自然和社会形式本身。"③ 这些论述科学而精辟，

---

① 维克雷. 神话与文学. 上海：上海文艺出版社，1995：33.
② 道格拉斯. 现代批评中"神话"的不同含义//维克雷. 神话与文学. 上海：上海文艺出版社，1995：34-37.
③ 马克思.《政治经济学批判》导言//马克思. 马克思恩格斯选集：第2卷. 2版. 北京：人民出版社，1995：29.

从根本上阐明了神话的起源、内容实质、艺术特征等问题。据此，可将神话的本质概括为三个方面。

第一，就神话产生的原动力和其内容实质而言，神话的产生源于原始人类解释自然和征服自然的愿望，其内容是对当时自然界和社会生活的变形反映。

从根本上来说，神话这种体裁是属于特定的文明史阶段的，它在科学较为发达的社会无法兴盛。那么，在远古洪荒时代，神话的产生和盛行就必然跟当时人们的思维方式和生活方式等因素有关。那时的情况到底是怎样的，我们现在已经无法知道得很详细和确切，因为在神话盛行的大部分时期还没有文字等记录手段，后来出现的相关文字资料也比较简略。但是根据这些文字资料，加上考古资料，并根据对现存的一些神话仍在流行的社群的考察，基本上可以构拟当时人们的思维方式与生活状况，并据此对当时神话产生的根源做出可信的解释。

几万年前的原始人类缺乏基本的科学知识，他们对客观世界的一切变化都感到惊诧和好奇，对无法控制、难以适应的自然力感到敬畏，对人的生老病死也不理解，自然要迫切地解释这一切。鲁迅在《中国小说史略》中说："昔者初民，见天地万物，变异不常，其诸现象，又出于人力所能以上，则自造众说以解释之：凡所解释，今谓之神话。"① 那么，原始人是怎样解释客观世界的呢？一方面，因为文明程度极其有限，远古初民作为"万物灵长"的地位还不确立，自身跟自然界的区分还不清楚，以为自然万物也有跟自己一样或相似的生命和意识，于是就"同化"或"人化"自然界，将万物想象成与自己一样能感知、思想和行动，这样，想象出来的自然物的活动便呈现出人间生活的图景，自然物之间的关系在故事里也变成人与人的关系，它们也有喜怒哀乐，也要言行坐卧，也有夫妻、父子、母子等亲属关系。同时，也有一些神话里的角色是半人半兽或人兽一体，如伏羲女娲被想象成人面蛇身，西王母"虎尾豹齿而善啸"，炎帝是人首牛身，祝融是人面兽身，共工是九首蛇身，鲧死后变成龙投入羽渊，禹可化为大熊通山引水，这种情节就是由于当时人还没有把自己跟自然界的动物区分清楚。另一方面，自然界表现出人所不能左右的巨大威力，并且常给人造成灾难和威胁。人在自然伟力面前感到渺小，就生出对自然力的敬畏和崇拜，并进而把自然力人格化、偶像化，以为有各种本领超常的神灵掌握着各种自然现象，并想象出神灵在活动的神奇情节：太阳的运行是太阳神骑着乌鸦在天上穿行，大旱时就是十日并出；巨大的雷声是雷神发出怒吼，或用槌子敲着他的肚皮；刮风是风神张开了她装满了大风的口袋；地震是由于驮着大地的鳌鱼要换肩；天上绚丽的彩虹、云霞是女娲用彩石补天造成的……这些都是人类出于好奇和敬畏而对自然界的解释。

尽管不掌握科学知识的原始人类认可和敬畏自然的伟力，但是人类在童年时期并不是一味地在自然力面前俯首称臣的。虽然能力弱小，本领低微，而初民的精神王国里不仅有神奇瑰丽的想象，而且有不屈不挠、征服强力的精神。人类从一开始就表现出作为万物灵长的本色，不会总是屈服和被动地适应自然界，而是有强烈的征服和支配自然界的愿望和追求。这也是人类文明能够不断进化的重要原因。人类一边在生活中艰难地适应、改造自然界，一边在神话中表现着自己同自然搏斗的生活，并幻想着自己具有更大的征服自然甚至超出神灵的威力。自然力给原始人的威胁和灾害是巨大的。在女娲神话中，原始人用夸张的情节对此做了充分的表述：

---

① 鲁迅.鲁迅全集：第9卷.北京：人民文学出版社，1981：17.

天塌了，地陷裂倾斜了，洪水泛滥，山火肆虐，猛兽恶鸟也出来吃人。但是人类在这样的灾难面前并不是惧怕的，而是幻想出救世的女英雄女娲，她炼五色石来补天，砍下巨鳌的四条腿来撑住天空，杀死黑龙保护人们的生命，积聚芦草的灰来阻塞洪水，使天下重归太平。女娲的形象就不仅突出地表现了人类征服自然的愿望，也显示出原始人对于自己的勇气、智慧和能力的理想与信心。虽然原始人崇拜太阳，但在遭遇干旱时，他们对其认为造成旱灾的太阳并不是屈服的态度，而是在神话里塑造了两个光芒四射的向太阳抗争的英雄形象。一个是夸父，这位巨人竟然要与太阳比试快慢高下，追逐它，渴了就饮黄河、渭河的水，这两条河的水还不够喝，又去饮大泽之水，仍然是途中渴死，死时抛下的手杖化为桃林。虽然没有战胜太阳就死去了，但是夸父巨大的形体、好胜豪迈的行为，显示出原始人不屈服于自然力的顽强意志和伟岸气魄。另一个"抗日"英雄是神射手后羿，他射下造成旱灾的九个太阳，杀死害人的猛兽，这也是原始人幻想着征服自然的典型情节。对于洪涝灾害，原始人创造出鲧禹治水的神话。这些本领超常的英雄、神人固然能代表初民与自然抗争的愿望和信心，而身体弱小却天天口衔木石填塞东海的精卫更能反映初民的不屈意志和顽强毅力。

原始社会的主要矛盾是人与自然力的矛盾，原始人所从事的主要活动是在极困难的情况下创造、获得生存下去的机会和条件。所以神话的内容以解释自然和征服自然为主。当然这种解释是不科学的，今天看来是一种不自觉的艺术创作；神话里征服自然的内容，除了反映出原始人在生活中实际进行的艰难微效的努力之外，在很大程度上是一种表现愿望和意志的幻想。原始人所崇敬的英雄除了勇力超群、技艺卓越的人物，还有自称并被相信具有超自然力的巫师。而现实中的人不管勇力技艺如何不凡，在当时缺乏科学知识的情况下，改造自然界的作用都很微小。于是，原始人在无能为力的情况下更多地求助于虚拟的力量，就是巫术，所以巫师受到更多的崇敬，也往往是氏族或其他群体的首领。具有不凡的勇力技艺的人物出现在神话中必然被加上拥有超自然能力的情节；巫师也被人们传说有种种神奇的事迹，于是巫师在故事中成为神一样的人物，这些故事传播久远了就成了神话。神话对自然界和社会生活的所谓"变形反映"，就主要指神话反映了原始人在缺乏科学知识的情况下，以幻想方式对自然界所做的解释，以及用超自然的神奇行为方式向自然界所做的抗争。

除了解释自然征服自然的内容以外，神话也有一些反映社会生活的其他内容，如部落之间的征伐、文化发明、氏族制度、婚姻习俗等。关于黄帝的神话比较系统，讲述了黄帝先后同炎帝、蚩尤、刑天等发生的战争。人类在生活实践中的各种发明，如用火、制陶、种植、盖房、结网、捕鱼、写字等，都有神话来表现。广泛流传的洪水神话中有兄妹结婚的情节，是上古时期群婚生活的反映。原始人讲述这些内容，也采用变形反映的方式，把这些社会生活都说成是神的活动或由神主导的人类行为：战争神话主要是有超自然本领的神灵之间的搏斗、厮杀，发明神话将一切发明都归功为神的创造和教诲，洪水神话的兄妹婚也是遵循神灵的授意。

第二，就神话艺术构思的方式而言，原始人类是在一种充满神奇幻想的天地里，用人格化的方法去同化自然力。

幻想和人格化是神话展开艺术创作的两个途径。原始人在没有科学知识的情况下，又有着对客观世界的强烈的好奇心和征服欲，就只有借助幻想的方式来满足自己的愿望。他们展开幻想的内容主要是用自身的特点和生活来同化自然界，即将后者人格化。相对于现代人的思维方式而言，原始人由于缺乏现代人所具有的一般科学常识，他们的幻想显得无所羁绊、自由自在，那时在人们脑中随意生发的故事，在今天的人看来就显得荒诞离奇或神奇瑰丽。其实，神话的幻想方式本来就是一种比较简单的联想，就是把自己的生活方式套到自然物上。他们看到太阳从东海升起，觉得这情形与生活中给婴儿洗澡的情形很像，就想象出母亲羲和生了十个太阳，每天在甘渊给太阳洗澡（《山海经·大荒南经》），或者说汤谷是十个太阳洗浴的地方，它们不洗澡时就住在水中的扶桑树上；他们认为一些掌管气象的大神如日神、雷神、风神等都住在高处或天上，就认为高山、大树是与神灵接近的事物，因为它们与天空更接近，有些神话就说神灵住在山上、树上，后来一些著名的高山如泰山、昆仑山常被当作祭祀天神的最适当的地方；他们还把只有时间先后关系、本无内在联系的两种现象幻想成因果关系，比如在许多关于巫术和神迹的神话里，巫师先施了法术，或者遇到苦难的人先祷告神灵，假如碰巧出现了预期的效果，原始人就认为是巫术或神灵起了作用，由此再夸大渲染，就形成许多讲述巫师、神灵法力无边的故事。

第三，就神话创作状态的特点而言，神话是人类童年时期的产物，是一种"不自觉的艺术方式"。

18 世纪的意大利学者、西方神话哲学创始人维柯（Vico）认为，每个民族都经历了三个发展阶段——神的时代、英雄的时代、人的时代，分别对应着人类文明史的童年、青年与成年，神话就是人类童年时期的产物。他还说："神话故事在起源时都是些真实而严肃的叙述，因此，Myth（英语词，神话）的定义就是'真实的叙述'。"[①] 维柯的这些论述显示出神话创作状态的两个特点：一个是出现于特定的文明阶段，一个是在原始人那里，神话是"真实"、严肃的叙述。

神话体裁产生和兴盛于特定的历史阶段，它的内容和艺术特征与特定的人类文明程度和社会情境密切相关。在远古时期，神话创作并不是作为一种有意为之的文学事业存在的。原始人在创作、讲述这些艺术氛围浓郁的故事时，并没有意识到他们在从事文学艺术活动，也没有想到他们的故事是对现实生活的"艺术加工"，或是在进行幻想。他们就是在认识自然、征服自然的愿望的促使下，在讲述他们对世界的看法和对各种无法控制的自然现象的解释，表述改善自己处境的愿望。他们虔诚地相信，世界本来就是他们所幻想的那个样子。这一点，可以和作家创作的情形相比较。作家的创作也离不开想象或幻想。但是，作家的想象是一种有意识的、自觉的艺术思维活动，作家和读者都明白这种创作活动所产生的作品是合理想象的结果，如小说、故事等文学体裁主要包括虚构的情节。这点和神话创作的状态形成了鲜明的对比。

神话之所以具有这种"不自觉"的创作特点，从理论上来说，就是由于神话的创作和传播是以"自然崇拜"（nature worship）和"万物有灵观"（animism）为思想基础的。所谓自然崇拜，指在人类社会早期和科学不发达的社会团体中，人们由于既不能征服和支配自然力，也不能科学地认识自然现象，而产生的对自然物和自然力的原始崇拜。该种信仰认为某些自然物和自然现象具有生命、意志和神奇的能力，因而将自然物本身如太阳、大地、石头等作为崇拜的对象，祈求它们的保佑和关照。它是原始宗教的基本形式。所谓万物有灵观，指原始人或科学不发达的社会群体所持有的对灵魂或精灵的信仰。该信仰认为人、动物、植物等客观事物都有一种不依赖于物体、可以脱离物体而独立存在的东西，即灵魂。灵魂既可以暂时离开人体，也

---

① 维柯.新科学.朱光潜，译.北京：商务印书馆，1989：454.

可以永远离开人体而独立存在。灵魂或精灵左右着客观世界的进程，是持有原始信仰者的崇拜对象。这种观念的进一步发展导致鬼神观念的产生。后来人们相信人死后的灵魂居住在天堂或冥界，并有祭祀去世的亲人等习俗，这可以被看作在万物有灵观的基础上发展而来的观念或做法。万物有灵观最早由德国化学家和生理学家施塔尔（G. E. Georg Ernst Stahl）提出和使用，18 世纪英国唯物主义哲学家普利斯特列（Joseph Priestley）奠定了该学说的理论基础。而万物有灵观在人类学中确立其地位，则要归功于 19 世纪英国人类学家爱德华·泰勒（Edward Tylor）在《原始文化》中的详细阐述。泰勒还认为万物有灵观是宗教信仰的最早、最简单的形式，这种观念导致了宗教的产生。泰勒关于万物有灵观的阐述在人类文化史研究上产生了很大影响，但大多数学者不同意万物有灵观是最早的宗教信仰形式的观点，而是认为人类最原始的信仰是自然崇拜，然后再产生对灵魂或精灵的崇拜。后来神灵崇拜在各地的宗教信仰中占了主导位置，但自然崇拜在不同社区仍然不同程度地存活着，并且二者常常混合在一起，到现代社会依然如此。

三、历史上的主要神话学派及其对神话的解释

由于在人类文化史上具有重要地位和经典价值，长期以来神话成为文学、人类学、民俗学、宗教学、哲学、历史学、心理学等多种社会人文学科的热门研究课题，形成了一门学说众多、底蕴丰厚的较为独立的学问——神话学。所谓神话学，就是研究神话的科学，对神话的发生、性质、形态、分类、功能、影响等进行研究。中外神话学史上出现了多种流派，从不同角度对神话进行了阐释。

以上我们介绍了马克思主义学派对神话本质的精辟分析。除了马克思主义学派以外，还有不少其他学派，从各自的角度出发，对神话做出了某一个侧面的解释。虽然这些解释也许对神话本质的把握有偏颇，但是有些学派在某些侧面从特别角度所做的探讨也自有其价值，给我们以别样的启发，与马克思主义学派并不矛盾，并且可对后者起补充作用；也有一些学派的说法牵强附会，不是科学的理论，不值得作为据以展开研究的准则，但是我们可以把它们当作神话学史知识来了解，知道在过去曾经有这么一种解释神话的学说。其中影响比较大的神话学派主要有以下几种。

（一）隐喻学派

该学派的代表人物主要是古希腊的一些学者。古希腊拥有灿烂的古代文明，流传下来的很多神话成为有世界性影响的宝贵文学遗产。这里很早就有了对神话的论述，可以说开欧洲神话研究之先河。但是他们并没有正确理解神话的本质，而是把文明时代的观念和思维方式强加于神话，由此对神话做出的解释主要有两种：一种是隐喻学派，一种是历史学派。隐喻学派的代表人物是古希腊哲学家色诺芬尼（Xenophanes），他认为神话是"古人的寓言"，是古代智者为寄寓、隐喻某种道理、深意而编造的故事。这一解释显然没有认识到神话产生的客观条件和原始人的思维方式，是不科学的。

（二）历史学派

古代一些学者不能科学地认识神话，认为神话的神奇想象内容是怪诞离奇、不可接受的，就对神话做出与文明时代思维方式相契合的"合理化"解释，试图把神话情节曲折地解释为历史事实的传奇性描述，故这类解释被称为"历史化"理论或历史学派。

古希腊历史学派的代表人物是公元前 400 年的学者攸痕麦拉斯（Euhemerus），他将神话历史化，认为神话实际上是历史的"传奇描述"。就是说，他认为神话情节是以历史上的真实事件为基础的，只不过神话做了夸张的添油加醋和渲染。而神话里的角色也是以真实的人物为蓝本的：从历史上根究起来，所有的神都是历史人物。由于对神话不理解，古希腊的不少学者对神话持排斥、批评态度，柏拉图就曾宣称要把具有神话内容的荷马史诗的作者荷马（传说中的作者，现在学界倾向于认为他是民间创作的记录者）等逐出其理想国，亚里士多德也认为荷马史诗只不过是"把谎话说得圆而已"。

除古希腊学者以外，还有不少国家的学者持有类似说法。中国古代的主流学者对神话的见解也可归结为历史学派，代表人物是孔子和司马迁。孔子是个极重现实的哲学家和教育家，他对神话不理解，就采取回避的态度，宣称"不语怪、力、乱、神"，就是不谈论怪诞、暴力、战乱和神魔。当有人向他请教古籍中记载的神话文字时，他就把神话的怪诞内容加以合理化或历史化的解释，这实际上是一种曲解。《吕氏春秋·察传》有"夔一足"的记载。夔在中国古代神话中是个独足怪兽。据有关资料，鲁哀公曾请教孔子："我听说夔只有一只脚，真的吗？"孔子回答："夔，是人。为什么一只脚呢？那个人没什么特别的，就是通晓音乐。尧说：'有夔一个人就足够了（夔一足矣），让他做乐正吧。'所以君子说：'夔有一，足。'不是说一只脚。"这里孔子用重新断句的方法，试图把神话的怪异情节解释得合乎常理，是一种巧妙的附会。又据记载，子贡曾经请教孔子："古代的黄帝有四张脸（黄帝四面），真的吗？"孔子解答："黄帝选取了能很好地配合自己的人，让他们治理四方，不用商议就能想到一块儿去，不用约定就能办成事情，这就叫'四面'。"在这里，孔子把神话里的黄帝有四张脸的神异情节解释为有 4 个帮他治理四方的大臣，也是将神话历史化的典型做法。汉代史学家、文学家司马迁也采取相似的态度和做法，他在《史记·五帝本纪》中说："百家言黄帝，其文不雅驯，荐绅先生难言之。"他认为别人传言的关于黄帝的事迹不文雅、不妥当，有学问、有身份的人是不应该这样说的。他又在《大宛列传》中说："至《禹本纪》、《山海经》所有怪物，余不敢言之也。"由于远古的历史没有留下其余的可靠文字记载，因此他也只好有选择地利用神话传说资料。他在《五帝本纪》记述黄帝、颛顼、喾、尧、舜这最早的 5 个帝王时，就主要是依靠神话传说资料，只不过他把神话中的神奇内容都舍弃或"合理化"了。

（三）语言学派

有一些学者既是语言学家又是民俗学家，他们以语言为线索或者以语言学方法来研究神话，形成语言学派。代表人物是德国的格林兄弟和英国的缪勒。

格林兄弟是二人的合称，即雅各布·格林（J. Grimm）和威廉·格林（W. Grimm）。他们二人是语言学家，有《德语语法》《德语史》《德语词典》等著作；同时又是民俗学家，并以

《儿童与家庭故事集》（即《格林童话集》）闻名于世。他们认为语言是神话的载体，主张从语言入手来研究神话；并且试图像语言学家构拟某些语言的"原始共同语"那样，运用语言学的历史比较研究法来发掘雅利安民族的"原始共同神话"。他们还认为，神话是每一个民族的文化源头，一切民间文化都源自神话；要深入一个民族的文化，就要从该民族的神话入手。由于他们非常重视神话在文化研究中的地位，因此他们又被称为民俗学派中的神话学派。

出生于德国，25 岁后定居英国的英国语言学家马科斯·缪勒（Max Müller）是"语言疾病说"的创立者。他在其代表作《比较神话学》中提出"神话是语言的疾病"的著名论断，认为一切神话都源于"语言的毛病"，就像"珍珠是蚌壳的毛病"一样。他认为，原始语言是不完善、不稳定的，或者笨拙啰唆而形象化，或者存在过多的一词多义和多词同义现象，开始语义所指是明确的，但是随着时间的推移和语言的变化，人们不了解一些说法的原意，就根据这些说法的表面意思来推测原来的意思，对古代语言发生误解，这就是语言得了疾病，再加上一些注释，就创造出一些离奇的故事，就是神话。假如古人将日出现象称作"太阳爱着朝霞，并且拥抱了朝霞"，这个说法流传到后来，后人不了解该说法的原意，从字面加以猜测，就有可能创造出太阳神与朝霞女神相爱的神话；就一词多义现象而言，假如一个词有"手"和"光"两种意义，原始人说的意为"闪着金光的太阳"的说法流传到后世，后人不知道该词原来还有表示"光"的意义，就可能将这说法理解为"长着金手的太阳"，于是就会创造出另一段关于太阳神的故事。也就是说，缪勒认为神话源于语言演化过程中人们对意义本来平常的古代语言的曲解。这种解释方法也许能够从这个看起来很别致的角度来正确考证和解释少量神话的来源，但是如用来对所有神话做出解释，肯定是行不通的，因为这种学说并不是从原始人的生活条件、文明程度等来科学考察神话的起源。缪勒长于印欧比较语言学的研究，也把历史比较法用于神话研究，探寻印欧语系的"原始共同神话"。

还有其他的一些学者有类似的做法，如以历史比较法对神话的神名做词源分析，借此恢复神话的本来面目，或者解释神话的意义。这些做法同样有很大的局限性。[①]

（四）人类学派

该学派以达尔文进化论为理论基础，认为人类文明是由低级向高级呈阶梯式发展的；各民族文化都会经历相似的发展过程，不管各民族的文化现象如何古朴和特异，都可按一定原理从其精神、习俗适应客观生存需要的方式等角度来理解和解释，其深层心理、信仰机制都有共同性；现存各民族文化在开化程度上参差不齐，分别处于人类文明进程的不同阶段，可用未开化民族的文化状况来构拟文明程度较高民族的古代文化状况。各民族神话的发生原理和内容实质也有根本的同一性，可通过考察较不发达民族的现存神话及其存活状况来推论其他民族远祖时期的神话，并据此建构远古人类文明及其进化轨迹。该学派代表人物是英国学者爱德华·泰勒、安德鲁·朗（Andrew Lang）和詹姆斯·弗雷泽（James Frazer）。

泰勒的代表作是《原始文化》。他创造性地阐发了"万物有灵观"的基本原理，并用它来解释原始社会神话的起源、创作及其信仰基础。他还创用了"文化遗留物"研究法。对"遗留

---

① 钟敬文. 民俗学概论. 上海：上海文艺出版社，1998：474 - 476.

物"概念和这种研究法，钟敬文先生曾做过明确的概括：

> 所谓"遗留物"（survivals）是这一学派的惯用语，指的是在文化比较发展的社会里，一部分或大部分的人的观念和行为，跟同一社会里那些文化已经提高了的人所想和所做的大不相同，它往往显得是怪异、不可理解的。那些学者们，认为这种现象，原来是那社会还在幼年时期所产生、流行的心理和行动；社会发展了，但是那一部分人仍然保存着这种远祖时期的文化遗产。这就是"遗留物"，或称"文化遗留物"。要证明这点，最好是用现在地球上晚熟民族里那些活的社会风俗、制度和种种心理状态去加以比较。[①]

这种研究法也可概括为"取今以证古"，就是用现代文化晚熟民族的生活习俗和信仰来考证初民社会的神话。该研究法在我国民俗学界曾经发生过并且还在发生着重要影响。安德鲁·朗也用同样的方法，从信仰、习俗角度来解释神话，其考察范围有所扩大。弗雷泽在其名著《金枝》中博取世界上许多较不发达民族现存的原始信仰和生活习俗资料，也用"取今以证古"的方式来解释古代神话和习俗，并且创立了巫术的基本原理、阐述了神话与巫术的关系。

人类学派的理论对世界范围内的人类学和民俗学研究都产生了巨大影响。在 20 世纪二三十年代，该理论被介绍到中国，对中国学界早期的神话研究产生了积极影响，茅盾、闻一多、郑振铎、钟敬文等人在神话研究中都程度不同地借鉴了这种理论和研究法，并多有建树。

（五）心理学派（也称精神分析学派）

代表人物是奥地利心理学家西格蒙德·弗洛伊德（Sigmund Freud）及其学生卡尔·古斯塔夫·荣格（Carl Gustav Jung）。

弗洛伊德通过丰富的临床试验建立了心理分析学说，着重从人的潜意识角度来分析人的行为和社会文化，认为人的所有活动都出自本能的性欲冲动（"利比多"）；由于社会规范体系的压抑，这种冲动被迫处于潜意识层面，但这种久受压抑的冲动在内心深处积蓄成一种"情结"，对人的行为构成难以觉察的驱动力，社会文化就是潜意识的驱动力与社会规范要求之间的冲突和妥协的结果。用心理分析学说来分析神话，就是强调人的潜意识在神话形成上的作用，并用性本能冲动来解释神话故事的角色行为，如希腊神话中俄狄浦斯王的弑父娶母的行为就是典型的潜意识情结的推动作用，弗氏并就此创用"俄狄浦斯情结"术语。

弗氏的学生、瑞士心理学家荣格在弗洛伊德"个体无意识"学说的基础上加以延伸，提出"集体无意识"学说。其代表作为《无意识心理学》。他认为无意识不仅由个人性压抑经验构成，而且包含着大量的群体性"祖先经验思维"的遗传因素，这就是"集体无意识"。神话是人类发展最初阶段的群体心理经验的产物，是由集体无意识沉淀而成的艺术品，在荣格看来，神话是前意识心理的最初显现，是对无意识的心理事件的不自觉的陈述。这种集体无意识深深根植于民族每个成员的内心，并反复出现在集体传承的一些意象、作品之中，成为代代相传的

---

① 钟敬文．民俗学与民间文学//中国民间文艺研究会研究部．民间文学论丛．北京：中国民间文艺出版社，1981：3.

"种族记忆"或群体同类经验的心理积淀物，即"原型"。荣格过多强调了集体无意识的先在性和精神因素，对神话借以形成的客观条件关注较少，这使他的理论带有一定程度的神秘色彩。后来，"神话-原型"理论在这一理论的基础上发展出来，并在欧美文学批评领域得到了广泛运用。该理论的集大成者、加拿大文艺理论家诺思洛普弗莱（Northrop Frye）认为，神话是一种"具有原型意义的叙述程式"，"神话就是原型"。神话原型在后世各类文学作品中反复出现，成为一种文学传统。弗莱的代表作为《神话原型批评》。①

(六) 功能学派

代表人物是英国的马林诺夫斯基（B. Malinnowski）。他在《文化论》《巫术科学宗教与神话》等著作中提出，文化都是为适应社会需要而存在的，每种文化规定都有其社会功能。神话作为一种文化现象，是出于初民生存的需要而发生和传承的。初民在缺乏科学知识、对自己所遇困难无能为力的情况下，就把巫术作为一种解决难题、有助生存的技能或者说当作他们的"科学"，也把神灵崇拜当作可以借助的超自然力资源。神话就是原始人试图控制客观世界进程而施行巫术、神灵崇拜的伴生物，它本身就是初民社会生活的组成部分，有辅助巫术与宗教"解决"困难、慰藉初民精神的实用功能。马林诺夫斯基继承了弗雷泽关于巫术、宗教与神话的基本理论的精髓，而更强调神话发生的社会条件和实用功能。他的理论注重客观社会因素对神话的影响，倡导通过扎实的田野调查收集第一手资料来进行实证研究的方法，有较强的科学性，对社会人文神话有很强的解释力，但很少涉及自然神话。

(七) 结构学派

代表人物是法国的列维-斯特劳斯（C. Lévi-Strauss）。他创造性地把语言学领域的结构主义思想和方法借用于人类文化和神话的研究，取得了显著成就，并有较大影响。他用结构主义方法研究巴西印第安人的神话和习俗，把神话及其传播的社区生活看作一个相对封闭的结构体，着重分析结构体内部各要素之间的关系，很少联系外部的和历时的因素来进行文化实质的分析。这种做法的长处是能够细致、透彻地进行个案的共时性分析，但也有考察范围和研究视野上的局限性；他认为人类各民族具有普遍共同的深层心理结构，所有神话也都有其普遍意义的心灵结构或预定框架——"神话直接体现了心灵结构"，他所重点关注的"不是那些具体的社会现象，而是那些普遍性的东西，即构成各种文化现象的内在的稳定的因素——心灵结构"。这种旨在寻求普遍心灵结构的做法虽然有一定的启发意义，但容易忽视各民族文化和神话现象的丰富差异性，并且有一定的神秘和玄虚色彩。

以上介绍了神话研究的主要学派及其理论。我们看到，各家的学说各有其研究视角，除个别学说出于对神话的根本性误解之外，大都对神话有程度不同的解释力，值得借鉴，但也各有其局限。不管怎样，这些学说在神话研究史上都发挥了较大影响，是关于神话研究的重要知识。同时，以上绝大多数学派的理论和方法并不局限于神话研究，也适用于其他民间文艺形式或文化现象。这些神话学派也基本上是民俗学整体领域的主要学派。

① 李慧芳. 中国民间文学. 武汉：武汉大学出版社，1996：82-85.

第二节
神话的种类及其代表作品

　　神话分类的角度有多种：第一，按民族或地域划分，可分为希腊神话、北欧神话、巴比伦神话、埃及神话、印度神话、中国神话、大洋洲神话、美洲印第安人神话等。中国神话又可按民族来划分，有彝族神话、壮族神话、纳西族神话、藏族神话等。也可按地域划分，茅盾在 1928 年所著《中国神话 ABC》中将中国神话分为三种：北方神话，以《山海经》为代表；中部楚地神话，以楚辞为代表；南部岭南神话，以盘古神话为代表。

　　第二，按文体形式划分，可分为韵文体神话、散文体神话、韵散兼行体神话。中国现存神话以韵文体神话最为丰富。

　　第三，按神话的内容来划分，可分为两大类：自然神话与社会生活神话。自然神话是关于天地万物的形成及人与自然关系的神话。社会生活神话是反映远古时期社会生活的神话。本章即按此分类。每一大类下又分若干小类。社会生活神话下分为：文化发明神话、部落战争神话、民族族源神话。

一、自然神话

　　自然神话可分为：天地开辟神话、人类起源神话、洪水再生神话、自然万物神话。

（一）天地开辟神话

　　天地开辟神话就是原始人所想象的关于客观生活环境如何形成的神话，一般包括天地的形成、万物的创造等内容。

　　原始人对天地、万物的由来有着可贵的好奇心，并充分展开想象，创作出情节奇特而又气魄宏伟的天地开辟神话。世界各地都流传着这类神话，并且很多民族的天地开辟神话有其基本情节的相似性。

　　汉族的天地开辟神话是盘古神话，首见于三国时期东吴徐整的《三五历纪》和《五运历年纪》。虽然它出现于文字记载的时间不算很古，但它应该是早已在口头流传的作品。盘古神话的基本内容可概括为：（1）天地混沌，昼夜不分；（2）巨神出世，天地开辟；（3）垂死化身，生成万物。《三五历纪》记载的一段文字讲天地是如何形成的，这段文字值得注意的有两点：一是"天地混沌如鸡子，盘古生其中"，即天地开辟以前的状态是一片混沌，而且是基本呈圆形的（准确说是卵形的），盘古在其中自然生长。这种情节的形成应该是初民受日常生活中鸡蛋孵出小鸡情形的启发而生出的想象。二是天地的开辟与盘古的长大是同时进行的，盘古生长到一定长度，鸡子型的混沌宇宙便自然开裂，阳清的物质升为天，阴浊的物质降为地，天与地分开了，世界初步形成；但天和地并不是一下子形成不变的，它们也有生长的过程：随着盘古的长高，天越来越高，地越来越厚。《五运历年纪》主要记述万物的形成，但在这段文字的开始，也讲到天地的开辟与盘古的出现。这里所记的与《三五历纪》稍有不同。这段说，开始先有"鸿蒙"的元气，再分开天地，然后才孕育出人，第一个人是盘古。而《三五历纪》所记的是天地人"三才并生"。鲁迅指出《三五历纪》中天地人同时出现和生长的内容有缺点："设想较高，而初民之本色不可见。"但是如果不做这样细致的区分，则可看到两段记述有根本上的一致性：《三五历纪》中天地未分时的宇宙是自然界，《五运历年纪》的"元气"也是自然界，二者都是讲自然孕育了人。盘古这位第一个化生的巨人，他死后的身体又变化为自然界中的万物，是人相对于自然界的主动性和创造性的体现。

盘古神话的文化意蕴主要有两点：（1）表现了原始人对于人与自然相生相依的和谐关系的认识，原始人首先是崇拜自然的伟力，认为人是自然孕育出来的。但人也不是被动地适应自然界，而是有无穷的创造力：盘古死后化为万物，就表现了人创造世界、控制自然的愿望和气魄。（2）天地开辟神话中的垂死化身情节，体现了原始人灵魂不死的原始观念和积极旷达的生死观。古人认为人的灵魂可以脱离肉身而存活，又认为人死后可以转生为其他生物。盘古的死并不是生命的终结，他的生命可以通过转化为其他物质的方式延续：死了一个，化生许多；前种形式的终结，宣告着另一种形式的新生。这种灵魂观念和生死观在现代人的习俗上也有表现。四川、云南交界处的凉山彝族，在老人死后举行沉痛哀悼的葬礼和隆重的火化仪式，仪式的最后却是欢乐的舞蹈，披着牦牛尾的男青年边跳边唱着《送魂歌》：

> 头发已燃烧，头发变青草。
> 骨头已烧化，骨头变石头。
> 肉已被焚化，血已变成气，
> 肉化变成地，血融变成雨。
> 剩下无影魂，随烟飘离地……

这些歌词与盘古化生万物的文字在实质上是相同的。哈尼族的叶车人为老年死者举行"莫搓搓"葬礼。葬礼期间，青年男女常聚集到死人的房屋周围，欢乐地跳"莫搓搓"舞，既热热闹闹地送别死者，也可以谈情说爱。这意味着当地人也有死即再生的观念，所以能如此旷达地对待老人的死亡。这种葬俗即可被看作一种"文化遗留物"，它生动地体现了古代灵魂转生的观念，可以印证初民创造和传承盘古神话的内在精神。

中国少数民族也多有天地开辟的神话，许多神话的内容有相似之处：天地开辟之前一片混沌，巨人或大神的尸身化作万物，等等。阿昌族神话史诗《遮帕麻与遮米麻》说：

> 在远古的时候既没有天，也没有地，只有"混沌"，混沌中无明无暗，无上无下，无依无托，无边无际，虚无缥缈。记不得是哪年哪月，混沌中忽然闪出一道白光。有了白光，也就有了黑暗；有了明暗，也就有了阴阳，阴阳相生诞生了天公遮帕麻和地母遮米麻。

然后遮帕麻造天空、日月、风雨、白云、彩虹等天上的事物，遮米麻用汗毛织造四面的大地，脸上流下的鲜血成为大海。两人又结婚生育人类。[①] 许多少数民族神话也说天地是盘古所造，或万物由盘古化生。如广西瑶族《盘古书》："盘古造天又造地"，白族《创世记》中说：

---

① 赵安贤. 遮帕麻与遮米麻. 智克, 整理. 杨叶生, 译. 山茶, 1981 (2).

洪水过后一切皆毁，盘古变为天，盘生变为地。

当然，各民族的天地开辟神话在情节和角色上也有很多差异，如《苗族古歌》讲，天地开辟以前，先生下来一批巨人，再生下天地，但天地是叠在一起的，这时一个巨人用斧头将天地劈开；云南楚雄彝族神话讲，先有大神盘古（也叫黑埃罗波赛），盘古生了一个蛋，蛋分三层，蛋壳变成天，蛋白变成日月星宿，蛋黄变成地；四川若尔盖县藏族神话讲，天地还没有形成的时候，宇宙像一个圆圆的盖得很严实的酥油盒子，一只蚂蚁把盒子钻出一个洞来，灌进空气，盒子开始膨胀、开裂，又出世了一只"穷青"鸟，展翅把盒盖推上去成为天，蚂蚁创造并化身为万物。

（二）人类起源神话

人类起源神话是关于人类最初怎样生成、来自何处的神话。这种神话内容常与天地开辟神话结合在一起，即同一篇神话先讲天地怎样形成，紧接着讲人类怎样出现，所以人类起源神话也可归到天地开辟神话之中。但人类起源是一个重要的神话主题，关系到人类对自身的认识，并且有许多神话是专门讲述这一主题的，故可单立一类。

在人类的来源问题上，各民族神话有多种说法，表现出民众绚丽多彩的想象。归结起来，主要有两大类说法，一类是自然生人说，一类是大神生人说。

属于自然生人说的神话，认为人类始祖来自然物如元气、天地、石头、动物、植物等。如汉族盘古神话说混沌元气孕育了巨人盘古；苗族古歌说，枫树生出一对姐妹，她们是人、兽、神的共同祖先，二人又与水泡沫结合，生了十二个蛋，这些蛋又生出人和其他生物；佤族神话说人是从石洞或地洞里出来的；台湾高山族雅美部落神话说，一个男神人由岩石爆裂而来，另一个男神人由大竹树开裂而来，二男神人并枕而卧，膝头相擦，一神右膝里生男孩，一神左膝里生女孩，男女后来结合繁殖人类；独龙族神话里说，从树杈巴里走出一个男人，又与天神的女儿结合，才生出更多的人；云南镇沅县拉祜族苦聪人神话讲，混沌年代到处空荡荡，一团仙火飞来，燃烧了这个世界，火烟上升变成天，烟灰落地变成地，慢慢有了植物鸟兽，树叶上的露水珠一颗颗掉到地里，就从树根上长出一个个人；西藏地区的门巴族神话讲，猴子受到神的启示变成人……在有些民族，自然生人的说法与该民族的图腾崇拜联系在一起。一方面，一些民族关于本族人来自某种植物或某种动物（包括人与动物交配而繁衍更多人类）的神话传说广为流传；另一方面，在习俗上有对该植物或动物的崇拜，这种植物或动物就是该族的图腾。著名的盘瓠神话讲龙犬与一个女子结合，成为瑶族的祖先，就是瑶族以狗为图腾的体现。贵州苗族有枫树图腾崇拜，该族神话讲人是由枫树生出来的。白族勒墨人的各氏族分别以一种动物为图腾，称作熊氏族、虎氏族、蛇氏族、鼠氏族和毛虫氏族，而该族神话里讲，这些氏族是洪水之后，兄妹结婚所生的五个女儿分别嫁给五种动物而繁衍下来的。古代商民族以燕鸟为图腾，哈萨克族以白天鹅为图腾，古代突厥族以狼为图腾，这些民族都有关于相应的动物是该族始祖的神话，如商民族神话在《诗经·商颂》里就有记载："天命玄鸟，降而生商。"这些与图腾崇拜结合在一起的神话可被称为图腾神话。在图腾崇拜与图腾神话的形成原因上，有的民族是图腾崇拜造就了图腾神话的产生，神话是来解释为什么有这种崇拜的；有的是讲述某种动物或植物生人的神话造成了图腾崇拜习俗。

人类起源神话的自然生人说，表现了原始人在生存能力低下的状况下对自然力的崇拜，也表现出初民在意识上还没有很清楚地把自己同自然界区分开来，以为人与自然物是一体的或是可以互相转生的。而自然生人的具体情节，则表现出神话内容与现实生活的密切联系，原始人都是在现实生活的基础上展开想象的，生人的自然物以及生人的细节一般都是当地人根据自己在生活环境中所见到的事物或景象创作出来的。

属于大神生人说的神话，讲人类是大神用某种方式创造出来的。汉族的女娲神话，就讲天地开辟以后，没有人类，她就捏泥土来造人，由于这样造人太慢，后来又把绳子拖到泥里，再将绳子甩出泥点来造人。捏泥造的人就是富贵者，甩泥造的人则是贫贱者。这种情节是早期人类已经运用制陶术的反映。至于区分富贵者与贫贱者的情节，则是在神话流传过程中，到社会有了阶级分化之后加进去的内容。云南澜沧江地区的拉祜族神话《牡帕密帕》讲，混沌宇宙中先诞生了大神厄沙，厄沙先造天地与万物，又种下葫芦，从葫芦里出来人类的始祖——兄妹扎迪和娜迪，二人结婚后繁衍人类。内蒙古呼伦贝尔市的鄂温克族有大神用泥土捏造人和万物的神话。云南独龙山地区的独龙族神话说，洪荒时代，地上没有人，天上的大神嘎美和嘎沙来到这个地方造人，二神各用泥巴捏出一人，先捏成的是男人，后捏成的是女人，不过女人比男人更为聪明和能干，因为捏她的时候在肋巴骨上多放了些泥土。这样二神分别捏出的二人没有兄妹关系，不费周折就可以结婚繁衍。云南苗族神话《造人烟的传说》讲，远古时天上大神生老见地上没有人烟，太冷清，就派男神敖古和女神敖玉下到凡间成亲。敖玉长得如花似玉，敖古却极丑陋，敖玉不愿和他成亲。敖古在生老授意下追得敖玉在天空中到处跑，二神的身影投射到地面上，投射到哪里，哪里就出现男人和女人。

大神造人的神话反映了民众的神灵崇拜观念。在创造和传播神话的民众看来，大神是无条件存在的，在世界或万物存在以前，大神就已经存在了。至于大神是如何出现的，民众不去设想，他们想当然地认为大神是无所不能、无所不在的，没有什么力量能超过大神，所以不用考虑大神的起源。从文化史的角度看，神灵崇拜习俗比自然崇拜习俗要出现得晚一些，这样，历史上大神造人神话最早出现的时间应该晚于自然生人神话。但具体到特定的神话作品，就不能断定大神造人神话一定晚出于自然生人神话，因为神灵崇拜出现以后，自然崇拜仍然存活，也还能在较晚的时期出现自然生人神话，并且在人类社会早期文字记载较为零散的情况下流传下来的神话，很难确定其最早出现的时间。

虽然这两类造人神话的区分有明确的标准，但是有些神话作品在内容上兼有两种特点，比如有不少神话讲，先是自然界以某种方式孕育出一个或几个巨人神，或者特异的人，或者神，然后再由他或她或他们造出更多的人。先造出的巨人神或特异的人有人的属性，但又不是一般的人，而是有神异本领的半人半神，如汉族盘古神话中的盘古，明确说他是第一个出现的人，但他是极高的巨人，不是凡人，可称为巨人神；有的神话明确说是先出现了神，但神是自然界孕育出的。这样一来，这些神话作品就不单纯地属于一种类别，而是以一种类别的特点为主，或兼属两种类别。

在各民族人类起源神话中，自然生人和大神造人的具体方式多种多样，是各地民众根据自己的生活环境并在当地文化思维特点的影响下想象出来的。归结起来，在各地的人类起源神话中出现较多的生人或造人方式有如下几种：（1）卵生。汉族的盘古神话有"天地混沌如鸡子，盘古生其中"的记载，可归入此类。苗族古歌、侗族神话《龟婆孵蛋》也有此说法。（2）泥土造人说。汉族古籍中有女娲抟土造人的说法。独龙族《创世纪》、彝族《天地的来源》、瑶族《密洛陀》等少数民族神话都说人由神用泥土做成。（3）岩石爆人说。高山族、彝族、独龙族等民族都有人从岩石、树杈、竹子等自然物中爆裂出来的说法。（4）猴子变人说。

藏族、珞巴族等民族神话中有此说。（5）石洞、葫芦出人说。佤族、德昂族、苗族、壮族、傈僳族、布朗族、拉祜族等民族的神话中都有人从石洞、葫芦里出来的说法。① 其他方式还有很多，如云南白族神话说人是一个太阳撞碎后飞出的肉核变成的，云南拉祜族苦聪人既有树上落下的露珠变人的神话，又有兄妹刻木造人的神话，等等。

（三）洪水再生神话

洪水再生神话讲述人类在遭受洪水灾害的毁灭性打击之后重新繁衍生息的故事。这类故事也有怎样创造人类的内容，但不是讲人类最早的起源，而是讲人类在遭遇特大洪水灾害后濒于灭绝的情况下怎样再造人类的故事。

洪水再生神话是一个具有广泛世界性的神话。著名的"诺亚方舟"的故事就是一则流传于古希伯来的洪水再生神话。在古代的希腊、埃及、巴比伦、印度等地区都有这类神话，只不过有些细节如洪灾遗民的身份、借以逃生的工具等有所不同。在中国少数民族神话里，洪水再生神话也是最多见的神话故事之一。

各地流传的洪水再生神话的基本情节是：特大洪水毁灭了世界，人类只有几个人因为对某个神灵有善心并帮助了他而得到神灵的报答或恩惠，从而留存下来；他们又在神灵的帮助下成婚、繁衍人类。而在中国，除了以上基本情节以外，最常见的部分情节是，洪水之后留存下来的人是兄妹俩，他们借以逃生的工具是葫芦，延续人种的方式是兄妹结婚。

江西南昌一带流传的洪水再生神话可作为汉族此类神话的代表，其基本情节为：兄妹之父与雷公斗法，雷公被捉住；雷公得兄妹之助而脱逃，走时拔下一颗门牙赠给兄妹；雷公为报仇而发洪水，人类几乎灭绝，唯兄妹坐那颗门牙长成的葫芦瓜得救；为繁衍人类，兄妹结婚。有些地方说兄妹俩就是伏羲、女娲。唐代李冗在《独异志》卷下《丛书集成》中这样记载：

> 昔宇宙初开之时，只有女娲兄妹二人在昆仑山，而天下未有人民。议以为夫妻，又自羞耻。兄即与其妹上昆仑山，咒曰："天若遣我兄妹二人为夫妻，而烟悉合；若不，使烟散。"于烟即合，其妹即来就兄。乃结草为扇，以障其面。今时人取妇执扇，象其事也。

少数民族的洪水再生神话也大都有坐葫芦瓜逃生和兄妹结婚的情节。云南白族神话说，从前怒江猛涨，涨到离天三尺三。天上掉下一个大葫芦。有一对兄妹躲进葫芦里获救，其余人都淹死了。兄妹俩为繁衍人类，就以射箭的方式探测天意：如果三箭都射中一个中间有小孔的贝壳，两人就结婚。结果箭箭射中，二人便遵天意结了婚。婚后生下九男九女，又再一轮兄妹结婚，使人种传递下来。

洪水再生神话对洪水灾害及其起因的叙说，是原始社会民众生活状况和自然崇拜的反映。大概那时洪水泛滥经常给人类造成灾难，就有洪水几乎灭绝人类的故事；也有学者认为这种神话形成于上古冰河时期，那时冰川溶解曾给人类造成普遍的灭顶之灾，故有此类神话广泛流传。神话中发大水的原因，一般是人触怒了天神遭到报复，这反映了初民对无法控制的自然力的恐惧和崇拜。

神话中的兄妹结婚情节，则是原始社会群婚阶段的社会现实的反映。据人类学者研究，人类社会的婚姻史一般经过三个大的阶段：群婚制—对偶婚制—专偶婚制。兄妹婚属于群婚制阶

---

① 陶立璠. 民族民间文学理论基础. 北京：中央民族大学出版社，1990：164-167.

段的血缘婚。群婚制的最初阶段是杂婚制，不同辈分的血亲都可以有性关系并生育子女；到血缘婚阶段，同辈的血亲可以婚配，但不同辈的血亲则不能。恩格斯曾经阐述过血缘婚制：

> ……婚姻集团是按照辈分来划分的：在家庭范围以内的所有祖父和祖母，都互为夫妻；他们的子女，即父亲和母亲，也是如此；同样，后者的子女，构成第三个共同夫妻圈子。而他们的子女，即第一个集团的曾孙子女们，又构成第四个圈子。这样，这一家庭形式中，仅仅排斥了祖先和子孙之间、双亲和子女之间互为夫妻的权利和义务（用现代的说法）。同胞兄弟姊妹、从（表）兄弟姊妹、再从（表）兄弟姊妹和血统更远一些的从（表）兄弟姊妹，都互为兄弟姊妹，**正因为如此，**也一概互为夫妻。兄弟姊妹的关系，在家庭的这一阶段上，也自然而然地包括相互的性关系。①

兄妹结婚的情节与洪水毁灭人类的情节相互结合的最早时间与具体过程，如今已无从考证。但有两点可以肯定：第一，兄妹结婚的情节是当时社会现实的反映。这一今天看来不合社会规范的事情在远古时期曾经是正常的生活方式，而不是先民的离奇想象。第二，兄妹结婚过程中以种种高难度的方式探测天意的情节，是在神话流传过程中后人加入的对兄妹婚的"合理化"解释。

在实行血缘婚制的古代社会，兄妹结婚是自然的事，断不会如洪水再生神话里所讲的那样为难。但后来血缘婚已经成为禁忌，而故事中兄妹结婚的情节还在流传。后世的人们对此感到不理解和难堪，就用发洪水的神话来解释它：当时人类快灭绝了，兄妹结婚是为了传递人种，出于万不得已。仅此还不够，为此结合还是让人难为情，即使兄长能想得开，妹妹出于妇道必然会害羞和躲避，这时人们就用出难题的方式来表示这是天意，不可违抗，于是兄妹结婚就有了充分的理由。各地神话中的难题各种各样。广西瑶族的一则神话说，兄长提出与妹妹结婚以生育后代时，妹妹不同意，跑开了。兄在后边追，总追不上，后来听乌龟的建议转过头来追，倒追上了。但妹妹还是不同意，又要求滚石磨：两人各拿一个石磨从山顶滚下，看石磨能不能合在一起。结果石磨合在了一起，于是两人结婚了。其他地方或民族的洪水神话中的难题还有：从两个地方滚簸箕和筛子，如果二者合在一起就结婚；从两个山头或河两岸抛掷针线，如一边的线能穿进另一边的针眼里，就结婚；从相隔较远的地方分别烧火或烧香，如果两处冒出的烟合在一起，就结婚；将一棵竹子劈断，若还能合拢如初就结婚；等等。还有的神话讲，在通过难题测试之后，结婚时妹妹还是害羞，就文面或戴上盖头以遮羞，并说这两种习俗就是这样来的。许多神话还将这种思路延续到婚后生育的事情上：兄妹两个所生的是一个怪胎，或者是一个无头无脚的肉团，将之劈开，肉块飞撒到各处，变成各种姓氏的人；或者生下一块大石头，将石头劈开，里面现出几个或十几个人，他们就是当地几个或十几个民族的祖先。这种生出怪胎又变成更多人的情节，一方面是民众出于血缘婚禁忌观念而创作的故事，告诉人们兄妹结婚会导致生怪胎的后果；另一方面也借此情节说明各姓氏或各民族本是同根生，应该团结互爱。

大部分神话讲洪水遗民是从葫芦里逃生的。这与我国古代广泛存在的葫芦崇拜有关。葫芦的外形是圆的，特别是中间部分圆鼓鼓的，像怀孕女子的腹部，所以在古人观念里葫芦主母性，是繁殖女神。所以洪水神话说人从葫芦里逃生，也就是从葫芦里出来，与古代葫芦生人的神话有关。同时，曾有一种葫芦也确实是理想的避水工具。据《蛮书》卷二记载，唐代滇西出产大葫芦："瓠长丈余，冬瓜亦然，皆三尺围。"即使是现在一般大小的葫芦，由于存在葫芦崇

---

① 马克思，恩格斯. 马克思恩格斯选集：第 4 卷. 2 版. 北京：人民出版社，1995：33.

拜，人们也可以在想象中把它放大，使之成为人类再生的一个重要凭依。

也有不少民族的洪水再生神话与以上所讲的情节有较大差异，在发动洪灾的神灵名称、洪水遗民的人数和性别、逃生工具、成婚与生育的过程等方面都有些不同之处。云南楚雄彝族自治州武定县彝族流传的神话《洪水淹天下》讲，有一家三兄弟遇到一个妨碍他们开荒种地的"白胡子老倌"，老大老二都很凶恶地对待他，只有老三对老倌友善。白胡子老倌是个神仙，告诉三兄弟玉皇大帝将要发大水，但只告诉老三正确的逃生方法，其逃生工具是蜂桶。后来只有老三存活下来。老倌又告诉老三怎样找来天上的仙女与她为伴，并将其留下来成为夫妻。他们的儿女又兄妹结婚，繁衍人类。① 该神话虽然在一些细节上与此类神话的典型情节有差异，但是在神话的主题和基本情节上还是一致的。

（四）自然万物神话

自然万物神话指原始人按照自己的理解和幻想，对天地间的各种自然现象和万物的成因与来历做出解释。这种类型的神话最为丰富，举凡日月星辰、春夏秋冬、风雨雷电、山川河海、花草树木、鸟兽虫鱼等自然界的一切现象，在神话中几乎都有解释。这些神话可归为几个主要的类别：日月神话、雷电神话、四季神话、动植物神话等。

1. 日月神话

日月神话在自然万物神话中最为壮观。

太阳神话在自然万物神话中占据着重要的地位。有些社群如古埃及人将太阳神当作神界的主神。英国语言学家、神话学家马科斯·缪勒则提出太阳中心说。他认为，在古人的观念中，世界随着昼夜的交替分为两半，一半是黑暗的、冰冷的，一半是光明的、温暖的，两部分世界的更迭取决于太阳的出没，所以一切自然神话都分属于这两种世界，实际上都是太阳神话，其余在自然神话基础上产生的大量神话也可归为太阳神话。这种观点有失偏颇，因为在有些民族神话中，太阳神居于核心的位置；而在另外一些民族中，太阳神尽管占据重要位置，但不一定占核心位置。虽然月亮对自然界的作用不如太阳，但它在夜空中占据着中心位置，是黑夜中自然光亮的主要提供者和最显著的自然景观，所以月亮神话在自然神话中也引人注目。

中国的日月神话是比较丰富的。汉族古代的日月神话见于《山海经》《淮南子》《楚辞》等文献。而在许多少数民族中，日月神话至今仍在流传。这些神话对太阳和月亮的形态、运行及其与人类生活的关系等都以瑰丽的想象、神奇的情节予以解释。在日月神话中，民众赋予日月的活动以人间的生活图景，说日月也有人的性别、感情、家庭关系和生活关系等，在细节上既有生活化的亲切意味又有自由幻想的神奇色彩。

汉族古代神话说，太阳的母亲叫羲和，她生活在东南海之外、甘水之间的羲和国，是天帝俊的妻子，生了十个太阳儿子，经常在甘渊里给儿子们洗澡（《山海经·大荒南经》）。这十个太阳儿子长大之后，居住在汤谷之上的扶桑树上，九个太阳住在下面的树枝上，一个太阳住在上边的树枝上，洗浴就在树下的汤谷中（《山海经·海外东经》）。他们轮流值日，一个太阳巡行回来，另一个太阳就接着出去。他们在天上巡行时是骑着乌鸦的（《山海经·大荒东经》）。

---

① 云南省编辑组. 云南少数民族社会历史调查资料汇编（一）. 昆明：云南人民出版社，1986：242-244.

后来十日皆出，造成旱灾，便有后羿射日的故事（《淮南子·本经训》）。

汉族的月亮神话是很优美的，带有很浓的浪漫抒情色彩。这客观上是由于月亮虽然没有太阳那样大的能量贡献给人类，但也不像太阳那样热辣时给人酷暑、少雨时加重旱灾，它总是恬淡的、柔和的，在黑夜里给人照明，并以朦胧润泽的外表引发人们美好绮丽的想象。在人们代代相承的传说中，月亮是一个清冷但晶莹剔透的宫殿（即"月宫"），那团隐约可见的黑影则是一棵桂树。树下的一点黑影则是一只蟾蜍。这样清丽的境地如果没有人就不够灵动，但也不能配上一群闹嚷嚷的醉夫俗汉。民众的实际选择是最佳的：那里有一个苗条美丽、长袖飘飘的仙女嫦娥，那只蟾蜍就是嫦娥的化身。这个故事记录在《淮南子·览冥训》里：嫦娥的丈夫后羿向西王母讨来不死之药，嫦娥偷服了药，就轻飘飘地飞升到月宫，变成月精蟾蜍。后来，在人们的传说中，蟾蜍变成了玉兔，而且也不是嫦娥以兔子的形象在月宫里走动，而是轻歌曼舞而寂寞沉静的美女嫦娥身边陪伴着一只玉兔。至于蟾蜍为什么变成了玉兔，闻一多先生解释说，是由于蟾蜍原来叫顾菟，如屈原《天问》里就有"顾菟在腹"（月神肚子里有一只蟾蜍）的句子，"菟"与"兔"同音（其实"蜍"也与"兔"音近）。这样因为谐音的关系，神话中的蟾蜍就被玉兔取代。其实从形象角度来看，民众用可爱的玉兔来代替丑陋的蟾蜍也在情理之中。

在中国少数民族神话里，围绕日月的故事情节多姿多彩，而且日月的角色有很大的不同。

一般来说，汉族的太阳神话与月亮神话是各自独立的。虽然人们习惯上把太阳看作阳性，把月亮看作阴性，但二者在古代神话里并没有夫妻关系或其他交往关系。而在一些少数民族神话中，太阳、月亮是一对夫妻，而且把星星看作他们的孩子，这样编出的故事很有情趣，解释日、月、星在天空出现的先后关系也很巧妙。我们看一则壮族日月神话对日月星关系的描述：

相传太阳、月亮和星星是一家人。太阳是父亲，月亮是母亲，星星是孩子。

太阳很残忍，每天清早起来，总要吃掉许多生命。他吃掉的不是别人，而是自己的孩子——星星。

被太阳吃掉的星星流出很多很多的鲜血。每天清早，我们看到天边红彤彤的，那就是被太阳吃掉的星星流出来的鲜血啊！这时，没有被太阳吃掉的星星，就都赶忙躲起来了。所以，当太阳起来了以后，我们就看不到天上有一颗星星了。

尽管太阳每天都要吃掉许多许多的星星，但是星星总是吃不完的。你看，每天晚上，还有那么多的星星在闪烁呐！这是因为月亮每个月有十多天生孩子（即星星）。我们看到月亮浑圆浑圆时，就是她怀孕的时期；我们看到月亮扁弯扁弯时，就是她生完了孩子啦。

月亮是个很慈善的妈妈，在明朗的晚上，她总是带着自己的孩子在天空里漫游。所以，每当明媚的夜晚，我们就看见月亮周围有满天的星斗，他们在月亮身边欢欢乐乐地游玩，调皮地闪动着蓝色的眼光。

星星在晚上虽然很快乐，跟着妈妈，绕在妈妈身旁游玩。可是，他们一想到白天就要被太阳吃掉，就忍不住悲哀起来，有时想一阵，哭一阵，洒下许多许多伤心的泪水。每天早晨，我们看到树叶上和草地上，有一颗颗亮晶晶的水珠，那就是星星掉下的眼泪啊！①

如果不是从科学角度看待这则神话，而是从文学鉴赏的角度来看，那么我们不能不感叹：民众的艺术想象力是多么神奇啊！短短的一篇文字叙述了这样一个富于亲情又哀婉动人的故

① 罗苏英，韦建真，等.太阳、月亮和星星.游华显，记录.依易天，整理.山茶，1982（5）.

事，同时用艺术思维把眼见的天体现象解释得如此圆满。

青海省撒拉族神话《太阳和月亮》也有异曲同工之妙。它也把日月星说成一家人，太阳是一个喜怒无常、残酷无情、傲慢无理的父亲，最后能痛改前非；月亮和星星则是慈悲心肠，同情人间疾苦。最后月亮和星星们远离了暴虐的太阳，虽然太阳总在追赶他们，但总是追不上。这则神话里的太阳形象一方面体现出能量巨大的太阳在天神中的中心地位，一方面也表现出人们对暴虐无常的太阳在崇奉的同时又有一种恐惧、憎恨的态度。

关于太阳和月亮的性别，汉族习惯了将太阳看作阳性，将月亮看作阴性，但在一些少数民族神话里，却对二者的性别有相反的观念。云南芒市（旧称为潞西市）德昂族神话说，天空里住着三个兄妹，长子是天狗，次子是月亮，女儿是太阳。太阳姑娘还每天做饭、忙家务呢，农忙时也和月亮哥哥一起去种庄稼。[①] 云南独龙族神话《独龙人创世》说，天空有两个太阳，一个男太阳，一个女太阳，一个猎人射落了男太阳，男太阳瞎了眼就变成了月亮。黎族神话说太阳和月亮是亲生姐妹，太阳能干而不美，月亮美而懒，她俩都与大地相爱，最后大地选太阳做了妻子。布朗族神话说太阳是九姊妹，月亮是十兄弟。壮族神话也说太阳是女性，月亮是男性。[②]

有的神话也解释了日食和月食现象。蒙古族神话《蜘蛛吃日月》说，一只蜘蛛偷喝了神人的符水而升天，神人追赶蜘蛛并惩罚了它。因为太阳和月亮向神人透露了蜘蛛的去向，蜘蛛报复日月，三年吃一次太阳，一年吃一次月亮，就造成了日食和月食。[③] 蒙古族的另一则神话《日食和月食》与之情节相似，但吞食日月的不是蜘蛛而是魔王嘎拉珠。

由于人类普遍遭受烈日和旱灾带来的磨难，各民族大都有射日神话，许多民族同时有射月神话。这种神话一般说数个太阳或加上数个月亮一同出现在天空，使地面上的人热不可耐并对庄稼等造成严重危害，这时就有神射手射落多个太阳和月亮，只留下一个太阳和一个月亮。这种神话表现了人类试图战胜自然力的愿望和气魄。

2. 雷电神话

在古人看来，雷电能够带来大雨，而且声震寰宇、光耀大地，具有无上的威严。在古希腊神话中，最高天神宙斯也掌管雷电。据现存的文字资料，中国古代很早就有了专职的雷神。《山海经·海内东经》记载："雷泽中有雷神，龙身而人头，鼓其腹。在吴西。"说它"人头"，就是把雷人格化了，说它"龙身"，应该跟闪电的形状有关，同时龙在古代神话中也是能呼风唤雨的。"鼓其腹"，就是说它把肚子当成大鼓，敲击起来发出巨大的雷声。至于书中所说雷神居住的地方，据清代学者吴承志考证，雷泽就是震泽，也就是现在浙江与江苏省之间的太湖，它正好在古吴都（即今苏州市）之西。另外，《山海经·大荒东经》记载说，在东海中七千里远的流波山上，有一只其名为"夔"的独足兽，它"状如牛，苍身而无角，一足，出入水则必风雨，其光如日月，其声如雷"。虽然这里没说夔是雷神，但是从它能带来风雨、发强光和巨声的特征来看，它很像雷神。到后来，由于婚姻制度专偶化，人们喜欢给神灵配对，就把司雷和司电的神灵分开，有"雷公""电母"之说。又由于雷有时能轰劈地面上的东西或人，令人恐惧，人们认为做了坏事才"五雷轰顶""遭雷劈"，雷神在人们的观念中又有掌管正义、惩罚

① 杨毓骧．潞西县邦外德昂族文化调查//云南省编辑组．德昂族社会历史调查．北京：民族出版社，2009：38.
② 陶立璠．民族民间文学理论基础．北京：中央民族大学出版社，1990：172－173.
③ 那木吉拉，姚宝瑄．蜘蛛吃日月//马昌仪．中国神话故事．北京：中国广播电视出版社，1996：46－48.

恶人的职能。侗族神话《捉雷公》中讲，谁要是有过失，或是糟蹋五谷，天王老子就派雷公下到人间来惩罚他。只是四兄弟的母亲得重病需要吃雷公胆，他们才故意糟蹋糯米饭引雷公下来好捉住他。畲族神话《雷公雷婆》中讲，雷公本是人间的一个小伙子，跟了两个法主辛勤学艺，才练成一身力气和武艺，后来偶遇比他还武艺高强的雷婆，比武成亲，一起到了天庭。雷公和雷婆一人使铁凿，一人拖舂臼槌，一样性情刚直，爱打抱不平，看见人间有不平事，就"哇啦啦"大喊，要打坏人，或者雷公禁不住一眨眼，就是一次闪电。

虽然雷公威力慑人，但是也有不少神话讲人不怕雷公，并且凭计谋和武艺、力量战胜雷公。流传广泛的洪水再生神话，就是讲雷公被人间的英雄捉住了，后来被兄妹放了，又来报复人。彝族《英雄支格阿龙的传说》就是讲支格阿龙打败了雷公，逼迫雷公答应以后只打树，不打人。

3. 四季神话

春夏秋冬的更替也是一个重要的自然现象，因而先民幻想出一个掌管四季的神灵。《山海经·海外北经》记载，钟山之上有一个神灵名叫烛阴（即烛龙），它人面蛇身，身长千里，赤色。它不饮不食。它睁开眼，人间就是白天，闭眼睡觉时，黑夜就降临了。它吹气的时候人间是冬天，吸气的时候人间是夏天。

四川大竹县汉族神话《神农制四季节令》说，四季的区分是神农发明的。从前种庄稼的人不知道四时节气，不分四季地乱种。碰巧节气对的，就有收成；节气不对的，就没收成。没收获粮食的人就到处乱抢，导致纠纷不断。神农看到这情况，就制定春夏秋冬四季为一年，一季三个月，一年有二十四节气。

4. 动植物神话

原始人用天真的富于神奇幻想的眼光来看待一切事物，对某些动植物也产生了神秘的体验、情感和想象，围绕这些动植物编出生动离奇的故事，并在故事的代代传承中形成对某些动植物的崇拜习俗。这些故事就是动植物神话。比较重要的动植物神话有龙神话、凤神话、鱼神话、蛙神话、葫芦神话等。

龙是中华民族最重要的崇拜物之一，以至于至今中国人仍然喜欢称自己是"龙的传人"。龙在几千年的历史长河中由开始的神奇动物变为具有丰厚的文化内涵和隐喻功能的象征物，龙文化也成为中国传统文化的一个引人注意的部分。

作为一种基本上是想象出来的动物，龙的外形集合了几种动物的特征：它有马的头、鬣和尾巴，有鹿的角，有蛇的身子和鱼的鳞、须，有狗的爪子和兽类的四足。它神通广大，是一个海陆空三栖动物，能在水中翻滚，能在陆地行走，能在高空飞行。而其主要习性还是水中动物，它居于深渊，但也常在空中兴风作浪。这样一种神奇的动物是怎样构想出来的？或者说它的形象更像哪一种动物？围绕这一问题，学界展开了很多争论。概而言之，主要有四种说法：一种说法认为，龙的形象是以蛇为主干构想出来的，融合了爬行类、哺乳类、鸟类、两栖类、鱼类等动物的特征。闻一多先生持此说，他在《伏羲考》中说：龙的基调还是蛇。钟敬文先生也持此说①。一种说法认为龙的形象主要来自鳄鱼。一种说法认为龙的形象是根据蜥蜴创造的。一种说法认为龙的形象是根据马的样子创造的。这四种说法各有道理，而以赞同第一种说法的人为

---

① 钟敬文．马王堆帛画的神话史意义．中华文史论丛，1979（2）.

多。民间将十二属相中的"蛇"称为"小龙"，将龙称为"大龙"，也是倾向于龙更像是蛇的神化。

与龙文化可以相提并论的是凤文化。在人们的话语中，龙常与凤对，龙主阳性，凤主阴性。"龙飞凤舞"是汉文化里一个经典的吉祥意象。凤开始也是自然神话中的一种神奇动物，不过它的形象较为单纯，属于鸟类或禽类。《山海经·南山经》记载："有鸟焉，其状如鸡，五采而文，名曰凤皇。"关于凤的形象的来源，也有不少争论，人们认为凤来自四种动物之一：孔雀、鸵鸟、鸡、鹰。

中国古代有比较发达的鱼崇拜习俗。20世纪的考古学发现了很多以鱼纹为装饰的出土文物。文献中关于鱼的神异情节也很多，《山海经》中有40余条此类记载。据考证，神话中华夏民族上古帝王鲧本来是一条大鱼，他的父亲颛顼也可以变形为鱼。古时人们祭拜鱼神主要是求雨求子。闻一多先生曾指出，鱼在古典诗歌和民歌中象征着爱情、性与配偶，又象征着吉庆、丰收有余。虽然古代汉族文献没有记载下来故事情节完整的鱼神话，但是鱼崇拜对中国文化的影响是清晰可见的。直到现在，鱼都是民间表示多子、吉庆、丰收有余的重要象征手段之一，胖娃娃骑着鲤鱼的年画在农村普遍张贴。关于好心人救下金鱼、鱼向人献宝的故事也流传很广泛。有的少数民族还流传着鱼神话。傈僳族有一则神话说，发动大洪水的神灵路帕有一个长得很美的独生女，她一身金红色的鳞，腰上一圈水藻，大大的眼睛像星星一样明亮，方方的嘴有血红的唇，黑黑的牙齿像刚嚼过的槟榔。她对人很有同情心，主动帮助穷人，把鱼扔上岸，又帮人建造房屋。有一对夫妻西沙和勒沙很喜欢她。妻子勒沙对她说："相爱之情不应有完结的日子，请你留下吧！"路帕姑娘就留下同他们一起生活。

中国古代也有青蛙崇拜，有蛙神话。考古学发现的带蛙纹的彩陶出土文物有很多。学者认为，蛙文化的出现时期略晚于鱼文化，在新石器时代曾占重要地位。古人崇拜青蛙在根本上是一种生殖崇拜。因为青蛙有鼓鼓的肚子，与孕妇的鼓肚有些像。古人由此生发联想而将青蛙当作生殖神，进而将之与创造人类的女娲联系起来。有学者认为女娲就是青蛙的人格化神灵，有文字学资料为证："蛙"的古字为"黽"。《广雅》解释该字说："黽，始也。"《说文解字》解释说："始，女之初也。"这样，"蛙"就与"始"字相通，也就是"人类之始"，可间接证明古人认为青蛙是人类的始祖，是神话中女娲的原型。后来青蛙在月亮神话中又成为嫦娥的化身。现在，广西西部壮族人还有崇拜青蛙的习俗。每逢正月，这里都要举行请蛙、唱蛙、祭蛙的活动，主要是向被认为是雷神之子的青蛙祈雨，请它保佑当年风调雨顺。许多民族还广泛流传着"青蛙骑手"的故事，这一故事可以被看作青蛙神话的变体。

葫芦神话的流行也是由于人们把它当作生殖神崇拜。这种崇拜形成的直接原因也是葫芦的外形特点，跟青蛙崇拜类似。

二、社会生活神话

社会生活神话是原始人解释自己的社会生活、文化现象的神话，其内容很广泛，比较突出的主要有三类：文化发明神话、部落战争神话、民族族源神话。

（一）文化发明神话

文化发明神话是原始人关于自己生活中所使用的重要物品或技术的发明过程的神话。先民在经验积累的基础上,在耕种、狩猎、捕鱼、医药、音乐、文字、衣食住行等方面都有一些发明创造。这些发明创造无疑都是先民在漫长的生活实践中慢慢摸索并代代传承下来的。但是他们在不能征服自然界的情况下,对人类自身的能力信心不足(虽然有时也表现出战胜自然的愿望和胆魄),而崇拜神灵,就将所有的发明创造都归于神的功劳,如燧人氏教人钻木取火,伏羲作八卦、琴瑟并教人结网捕鱼,神农教人播种并发明医药,嫘祖教人养蚕织布,等等。《吕氏春秋·君守》就记载说:"奚仲作车,仓颉作书,后稷作稼,皋陶作刑,昆吾作陶,夏鲧作城,此六人者所作当矣。"

有些古代文献记载了传说中一些神人是如何做出那些发明的。如关于神农的神话。《淮南子·修务训》记载,古时人们吃生草、生水、野果和生肉,经常生病中毒。于是神农就教人播种五谷来吃,并亲尝百草的味道、各处河水泉水的甘苦,让人们知道应该避开哪些东西。而神农在神话中绝不是凡人,据《春秋元命苞》记载,他生下来三个时辰就能说话,五天就能走路,七天就长好牙齿,三岁就懂得种庄稼的知识了。这样一个神人有那些发明创造,在古人的神话里,就不是靠个人的艰难摸索而得,而是出于神的恩惠和启示。这就是把一些能工巧匠或智慧超群者给神化了。再看仓颉造字的神话。在古人看来,那么多文字的发明,也是个奇迹,肯定是神灵所为。《淮南子·本经训》就说:"昔者仓颉作书,而天雨粟,鬼夜哭。"这样就把造字之功归于仓颉一人,而且是他在某一天造的。他造字的时候出现了神异的现象,就是说他造字不是人间的普通劳作,而是有神灵参与的。后来人们把很多发明归到黄帝身上,就是神话的历史化,把仓颉也说成是黄帝的史官。今天看来,仓颉一个人造字是不可能的,顶多是仓颉这个人在记录、整理文字方面做出了较大贡献。《荀子·解蔽》说得有道理:"好书者众矣,而仓颉独传者,壹也。"

现代还有一些文化发明神话在流传,其情节比古代传下来的文字记载要细致、生动得多,如四川流传的《伏羲,伏羲,教人打鱼》、浙江流传的关于神农为发明医药而尝百草的《茶与断肠草》等。

中国少数民族流传的一些文化发明神话很有特色。如关于火的发明,贵州回族地区有《阿当寻火种》的神话,讲小伙子阿当千辛万苦地到西方去寻火种,他走了很多地方,并战胜了恶龙,终于在恶龙的帮助下带回了火种。台湾布农人则有《神鸟传火》的神话,说火种是由阿里山上一种很受当地人尊重和喜爱的"嘿必土"鸟衔来的:

> 这是一只非常美丽的小鸟!它的一对翅膀像闪光的黑缎子,它的一双脚儿像透明的红珊瑚,它的嘴里衔着一颗圆圆的东西,通红通红的,还会发光,发射出来的金红金红的光芒,把它旁边的白云映得像一朵朵红牡丹,好看极了。
>
> 这只神奇的小鸟飞呀,飞呀,飞到了阿里山上,在森林的上空盘旋着。一圈两圈,转到第三圈时,它向那些欢呼着的布农人扇了扇翅膀,便俯冲到他们的面前,把口中那颗红灿灿的东西吐了出来,四周立刻一片红光闪闪。
>
> "噢——噢——"几个布农人喜得狂呼乱叫,都争着扑上前去抢那东西。不料,一个个的手刚碰到它,就"嗷"的一声连忙缩了回来,再也不敢去动它一下。为什么,原来这红灿灿的东西会烫手,谁抓住它,就会被它烧得火辣辣地发痛。[1]

---

① 竹山定.神鸟传火//马昌仪.中国神话故事.北京:中国广播电视出版社,1996:350.

这段描述非常生动逼真，表现了布农人丰富的想象力。哈尼族的神话《阿扎》说，火种是魔怪头上的一盏眉心灯，阿扎历尽艰险，战胜魔怪，才取回火种，但他自己却为此献出了生命。该故事中的阿扎很像古希腊神话中的盗火英雄普罗米修斯。

（二）部落战争神话

在原始社会中后期，各部落之间为抢夺物品和地盘，相互之间的争斗和厮杀应该是很频繁和惨烈的，只不过中国当时的部落战争留下来的文字记载很少。尽管如此，将分散各处的文字资料加以归纳，仍然可以看出当时部落战争的大致轮廓。古籍中记载的著名战争有炎帝对黄帝的阪泉之战，黄帝对蚩尤的涿鹿之战，以及刑天舞干戚的故事。

先看阪泉之战。传说黄帝（原称轩辕）是我国中原黄河流域部落联盟的首领，炎帝是相邻部落的首领，二帝各率其部落在阪泉一带进行了一场大战。阪泉的位置，过去学界大多认为在今河北省涿鹿的东南部，近年来更倾向于认为在北京郊区延庆区，这里有阪山，有一泉水名叫阪泉，还有上阪泉村、下阪泉村。司马迁在《史记·五帝本纪》中记载这场战争时说："轩辕乃修德振兵……教熊罴貔貅貙虎，以与炎帝战于阪泉之野。三战然后得其志。"《列子·黄帝》中说："黄帝与炎帝战于阪泉之野，帅熊、罴、狼、豹、貙、虎为前驱，雕、鹖、鹰、鸢为旗帜。"在《大戴礼记·五帝德》和《论衡·率性》中也提到了这场战争。战争结果是黄帝获胜，炎帝部落并入黄帝部落。在以上记载中，部落之战成为两个首领各率一群动物进行的厮杀。这是由于早期人类惯于原始思维、神奇幻象，在当时的口传描述中，很自然地将人类各部族之间的战争神化了，人与人的战争过程就成了神灵、神兽之间的斗法。还有一种说法认为，二帝所率各种动物实际上是各部族的图腾，在兵戎相见时，先民都戴上各自图腾的面具或其他装饰，扮成动物图腾的样子投入战斗，以为这样可以获得图腾神灵的佑护。于是在后人的描述中，人与人的杀伐成为这些动物之间的事。

另一场大规模的部落战争是黄帝对蚩尤的涿鹿之战。据学者考证，蚩尤是九黎族首领，九黎族原居于南方或东部，后来向中原一带发展，于是同黄帝部落发生冲突，双方在河北涿鹿一带郊野展开厮杀。也有学者认为，蚩尤是炎帝的后裔，他向黄帝进攻是为炎帝复仇。据《山海经·大荒北经》，蚩尤首先兴兵讨伐黄帝。黄帝就命令应龙迎战。应龙用"蓄水"之术阻挡蚩尤。蚩尤请风伯刮起大风，请雨师下起大雨，来攻击应龙的军队。应龙抵挡不住，黄帝又派天女、旱神"魃"来作战，刹住风雨，战胜了蚩尤，并把蚩尤杀死。另有文献对作战过程做出不同的描述：蚩尤作起大雾，三天不散，黄帝的军队都被迷惑。黄帝就命令风后作指南车，辨别四方，才擒住了蚩尤（《太平御览》卷十五，引虞喜《志林》）。尽管细节不同，但对作战基本形势的交代是共同的：开始蚩尤占上风，后来黄帝取得胜利，抓住了蚩尤。经过这次战争，黄帝初步奠定了统领中原各部落的基础。

后来又有一个部落首领刑天与黄帝争夺统领地位。黄帝打败了他，斩了他的首级，葬在了常羊山。刑天被斩首后，仍然不屈服，以双乳为眼睛，以肚脐为嘴，不停地舞动着斧头，表示他的反抗意志（《山海经·海外西经》）。

（三）民族族源神话

民族族源神话是各民族讲述自己的民族或部落的始祖、来源以及民族迁徙的神话。

在一些人类起源神话和洪水再生神话中也讲到民族或部落的来源和迁徙的内容。西藏的珞巴族博嘎尔部落神话说，远古时天地之间空空荡荡，什么也没有，天与地就结了婚，第一次怀孕的孩子没生下来就死了，流出的血水变成雨，雨浇到地上长出了植物，又出现了动物；第二次怀孕生下一个儿子，名叫金东，他就是藏族和珞巴族的共同祖先。金东的两个孙子叫达尼和达洛。达尼是哥哥，即是珞巴人的祖先，被珞巴人尊称为"阿巴达尼"，意为"达尼老祖"；达洛是弟弟，即藏族的祖先。这个故事讲到这里，应该归为人类起源神话，但也是当地人对他们民族起源的解释。该故事接下去所讲的就是民族迁徙的故事：珞巴人传说中的达尼老祖从工布迁到米林村，在这里居住了一段时期，生了三个儿子，后来这三个儿子各自率领其家庭分三路迁往珞瑜地区，迁去后生活在珞瑜地区的不同地方，现在分布在珞瑜各处的珞巴人就是这样来的。[①] 这个故事从整体上讲可以算作神话，但是后半部分已经基本没有超自然的神奇化情节，这一部分严格来说应该归为传说。由于该民族没有关于民族迁徙的历史资料，虽然这一传说的内容不是信史，但是需要了解该民族迁徙情况时，也只有从这些"口传的历史"入手。其他许多少数民族的迁徙资料也是如此。凉山彝族关于本族起源的神话则与洪水再生神话结合在一起。该神话说，天神发大洪水时，有一个叫曲木乌乌的小伙子受神仙的指点，坐在一个木柜里逃生。他与天神的第三个女儿结婚，生了三个儿子。这三个儿子分别就是汉族、藏族和彝族的始祖。该故事的最后实际是讲三个民族的始祖原本是亲兄弟。后来这三个儿子分开定居，各占界境，彝族搬迁到山区居住。彝族人和研究彝族文化的学者在谈论或探讨彝族的古史时，都要涉及这个神话故事。[②]

我们这里所说的民族族源神话主要指专门讲述民族或部落起源及迁徙问题的神话。

在民族族源神话中，最有名的是盘瓠神话。该神话见诸记载的时间较早。《山海经·海内北经》中提到"犬封国"，晋代郭璞认为该国名称即盘瓠神话的产物："昔盘瓠杀戎王，高辛以美女妻之，不可以训，乃浮之会稽东海中，得三百里地封之，生男为狗，女为美人，是为狗封之国也。"较为完整、详细的记载见于晋代干宝《搜神记》。盘瓠是一条神犬，由一位老妇人耳中的一条顶虫变化而来。因发生变身时顶虫被放在瓠薮（葫芦瓢）之中，上面盖了盘子，就得了"盘瓠"之名。当时强盛的戎吴国多次进犯边境，本国国王高辛氏悬赏征募能献上戎吴将军首级的勇士。盘瓠衔来了戎吴将军的脑袋，高辛氏只好不情愿地按悬赏约定把公主许配给盘瓠。盘瓠带着公主来到南山定居，生下六男六女，又自相婚配，其后代即为西南"蛮夷"各部族。至今苗族、瑶族、畲族仍有犬图腾崇拜习俗，并且广泛流传着盘瓠神话，其大致情节相同，而细节有异。

满族和哈萨克族都有本民族来源于天鹅仙女的故事。满族神话《天鹅仙女》说，天上三位美貌仙女厌倦了天上的生活，就变成天鹅飞到人间。她们在长白山上的天池里洗澡时，被三个猎人看到了。他们是三兄弟。他们拿走了三个女子的衣服，并分别与她们结为夫妻。在各生下一子后，三位仙女返回天界。在天上过了九百九十九天，也就是地上的人们过了九百九十九年时，她们又回到人间探望。这时她们留下的人种已不知传了多少代，但是相互间仇恨争斗。三位仙女再次到天池洗澡时，三仙女因吃了喜鹊吐在其衣服上的红果而怀了孕。她生下的儿子几天就长得和十七八岁的小伙子一样高大、英俊，起名叫"爱新觉罗·布库里雍顺"。后来他被拥戴为部落酋长，统领人民过上了安定的日子。他被尊奉为满族的祖先，关于他的故事一直流

---

① 西藏自治区编辑组. 珞巴族社会历史调查（一）. 拉萨：西藏人民出版社，1987：19-20. 但米林县南伊乡珞巴族传说："藏族的祖先名叫阿巴达洛是老大，珞巴族的祖先名叫阿巴达尼是老二。"（见本书第11页）两种说法的不同，是由于两地人们口头传说的异文差异造成的。

② 云南省编辑组. 四川、贵州彝族社会历史调查. 昆明：云南人民出版社，1987：2.

传到今天。《哈萨克族源的传说》中讲，古时有一位将军带兵在沙漠里行军，当因饥渴和疲劳而濒临死亡时，被一只白天鹅所救，又与这只白天鹅变成的姑娘结了婚，生下一个儿子叫"喀子阿克"，后来读音转化为"哈萨克"。哈萨克的三个儿子就是哈萨克族三个部落的始祖。[①]蒙古族杜尔伯特部落也流传着一个猎人与洗浴天女结合的类似的族源神话。

柯尔克孜族广泛流传着本族源于"四十个姑娘"的神话故事。相传从前有一对兄妹幼年失去双亲，兄妹俩相依为命生活在一起。后来有人诬称他俩有乱伦关系，阿訇听信谣传，将此情况报告给专制的国王。兄妹俩被施以酷刑审讯，仍坚决否认，后被处以绞刑，临死时连声喊冤。死后被烧成灰抛进河里，骨灰随着水上的泡沫漂到另一个国王的水池里。恰好国王的 40 个姑娘正在水池边乘凉，听见水里传来的喊冤声和哭泣声，就挤到池边观看，但没见有什么东西，于是每个人尝了一下池里的水，随后都怀了孕。国王发现后，就把她们都驱逐出去。这 40 个姑娘的后代就是柯尔克孜人。其中 30 个姑娘逃往山区，过游牧生活，其后人即"斯尔特克勒克"，就是柯尔克孜族的外部或称左部；10 个姑娘逃往平原地区，过农业定居生活，称为"依其克勒克"，即柯尔克孜族的里部或右部。据《元史》记载，该故事早在元代就流传于柯尔克孜族当时生活的叶尼塞河地区。[②]

这些族源神话一方面有着神奇的幻想色彩，另一方面也有较多的社会生活内容和一定的现实思维特点，其神奇色彩比前述其他类型的神话要弱得多，有些地方接近于传说体裁了。

第三节
神话的思想内容、艺术特征与文化价值

一、神话的思想内容

在第二节谈神话的主要类型和代表作品时，对神话的内容已经做了较具体的阐述。所以这里只是再做一个简要的归纳。总的来说，神话的思想内容可以归结为三个方面。

第一，对于自然现象的解释。这种内容的神话占了神话作品数量的大部分。这是由于原始社会的主要矛盾就是人与自然界的矛盾。原始社会生产力低下，人们在生存上极大地受自然规律的左右，又缺乏科学知识，对大自然既畏惧又好奇，就充分发挥自己的幻想对各种自然现象做出天真绮丽的解释。从天地的形成，人类和万物的起源，到各种自然现象运行和变化的原因，原始人都在其自然崇拜和万物有灵观的思想基础上，用神奇幻想的方式做出解释。他们把自然物人格化，把自然现象想象成人间的生活图景，从而编出一段段情节离奇的故事。这就造就了大量的异彩纷呈的自然神话。

第二，征服自然的愿望与追求。虽然原始人在强大的自然力面前基本上无能为力、被动生

---

① 蒙加尼. 哈萨克族源的传说//马昌仪. 中国神话故事. 北京：中国广播电视出版社，1996：275.

② 新疆维吾尔自治区编辑组. 柯尔克孜族社会历史调查. 乌鲁木齐：新疆人民出版社，1987：6.

存，但是他们并不是在精神上屈服无争的，而是有强烈的征服自然的愿望，也做出了许多努力。女娲补天、羿射九日、鲧禹治水、精卫填海、夸父逐日等著名神话故事就表现了这方面的内容。一般的自然现象既有供给人类生存条件、便利人类的一面，也会有暴虐的、危害人类生存的时候，典型的如太阳和雨水：太阳提供热量和光明，雨水滋润万物，但是烈日和洪水在原始人的生活中也造成频繁的巨大灾害。对于自然现象的危害，初民必然在神话中表示他们厌憎和仇恨的感情，同时幻想着征服自然，免于危害，在恶劣条件下顽强地存活。神话中的这类情节大都有着宏伟的气魄，其中的人物一般都有无畏的胆魄、顽强的意志、创造性与诗性的行为方式，许多人物拥有巨大的身体形象。如面对高高在上、暴虐无常的太阳，后羿以其神奇的臂力和精湛的射技，竟然一口气射下来九个；夸父这位巨人，竟然生出和太阳赛跑的奇思怪想，而且毫不犹豫地付诸行动，遇到困难也不退缩，一直抗争到力竭而死。从他渴了能饮尽黄河与渭水之水、扔下的手杖化为桃林来看，夸父有着非常高大的形体，其奔跑的速度也应极快，如不是由于饥渴导致能量不足，最后他未必会输给太阳。这些人物的行事所体现出的人类的胆量、创意、气魄和风姿，让后世的读者无限景仰。虽然终归是幻想，但是这种神话表现出人类作为万物灵长的卓越素质和高贵精神。这也是人之所以为人、不同于动物的最宝贵的地方。正是这种不屈服于自然的淫威、迫切地想要征服自然力的意志和愿望，促使人类不断总结与自然抗争的经验、教训，不断探索客观世界的奥秘，不断做出各种发明创造，终于彻底从动物界中分离出来，掌握适应、利用自然界的科学技术。

第三，对社会生活的反映。神话除了讲述关于自然界的主题以外，也有一部分反映了当时的社会生活状况。自然神话固然以解释自然和试图征服自然为主要内容，但也或多或少地折射出社会生活的影子。如女娲神话以女性为造人大神，就跟早期社会的母系制度有关系。洪水再生神话反映出洪水给人带来的危害，其中兄妹婚情节则反映了远古曾有的血缘婚制。也有一部分神话是以社会生活为主题的，作品数量较多的有三类：文化发明神话、部落战争神话、民族族源神话。文化发明和部落战争是当时初民社会生活中最有影响的事情，前者实际上是关于早期人类如何改善自己的生活处境的，也就是以带有一定幻想色彩的方式表现人类文明的早期进程的，也是征服自然的实际活动及其效果；部落战争也是原始社会特别是其中后期阶段的重要内容，无论是战胜还是落败，都对他们的生活有重大影响。民族族源神话也是常见的神话种类，只是它出现的时期较晚，虽然讲述的事情是很古的时期发生的，但是故事里人物生活的方式以及创作故事的艺术思维方式带有较多的晚近时期的特点。其他方面的社会生活也有神话来表现，只是数量少一些。如云南永宁地区纳西族摩梭人的神话《黑底干木》讲述了女山神的故事，故事里对于女神的崇拜和女神自由结交男山神的情节，就反映了该地纳西族的母系家族制度和"阿注"式婚恋生活。①

二、神话的艺术特征

神话既是一种社会文化现象，也是一种综合性的艺术形式，其艺术特征是多方面的。而作为一种文学样式来说，其艺术特征主要体现在两个方面。

第一，庄严虔诚的虚构。神话文体虽然讲述虚假的内容，但却有神圣、崇高的风格，这是

---

① 钟敬文. 民间文学概论. 上海：上海文艺出版社，1980：171－177.

它的一个重要特征。神话对于客观世界的反映显然是虚幻的、歪曲的，但是这种不合实际的情节是被原始人虔诚信仰的，这种信仰就是自然崇拜和万物有灵观。神话的讲述也是以庄严的方式进行的，现代还有一些民族保存着在郑重的祭典上由老人讲述关于祖先的神话与历史的习俗。本来，虚构就是编造不真实的故事。如果有意识地虚构，那么虽然可以是一种艺术思维活动，但难以做到庄严与虔诚。神话作为在人类文明的特定阶段产生的经典艺术形式，其最可贵之处之一就是它的情节是虚构的，而创作者和传播者却自然地拥有庄严与虔诚的态度。这也是现代人不能创作神话的主要原因。

第二，奇丽荒诞的幻想。幻想是神话营造情节的主要方式。在原始人眼里无限神秘的自然界和变化无常的自然现象，转化为神话中的有灵世界，就靠自然、天真而大胆的幻想。神话的幻想并不是凭空而发、无所凭依的，而是从自己亲历的生活方式和所见的事物出发，进行联想。联想的方式主要有相似联想、接近联想、对比联想、因果联想等。这些联想都由现实中的现象生发出来，并遵循一定的渠道，有规律可循，因而从发生过程来看，神话情节并不是神秘难测和不可思议的。从神话创作的不自觉状态来看，神话的幻想是自然本真的。但是，缺乏科学知识的原始人在解释自然界时，将自然力人格化，把人间的生活图景想象到自然物身上，而且由于对自然力的崇拜，很多情况下对自然力的描述是夸大的，这样就导致了神奇的效果，使故事的情节在今天的人看来显得奇丽荒诞而且奔放壮美。作为一种最富于幻想的文学体裁，神话也因此具有极高的审美和借鉴的艺术价值。

三、神话的文化价值

作为人类童年时期极其重大的社会文化现象和永久性经典的文学体裁，神话的文化价值是多方面的，较为突出的是以下三个方面。

第一，神话展示了人类在童年时期拥有的不懈求知、探索和创造的宝贵精神，和改造世界的顽强意志、无畏胆魄。神话里对于自然界知识的好奇、思索，对于自然物之间关系和自然物活动的创造性的想象，表现了人类的强烈求知欲和无穷创新能力。虽然人类在现实中经常遭遇挫折，在自然力面前无能为力，但是在许多神话里人类都做出了征服自然的宏伟构想，虽力量低微而在意志上不畏惧、不屈服，虽无可奈何而不失自信，虽受挫败而愈挫愈勇，体现出人类的刚强精神和宏伟气魄。神话里展示出的人类的优秀品质和宝贵精神，正是人类文明不断进步的原动力。因而，长期以来神话的传播发挥着激励、教育人们的作用。

第二，神话是后世浪漫主义文学创作的源头。虽然神话在原始人那里是一种自然本真的思维活动，但是这种思维的方式和内容在无意于浪漫的同时却达到了浪漫的极致。它的幻想是那样丰富、神奇、无拘无束，它的思想、情感是那样昂扬向上、热情奔放，它无论是在思想资源、题材资源还是在艺术形式资源方面都是为后世浪漫主义文学创作提供蓝本和借鉴的永远的宝库。中国文学史上重要的浪漫主义作家如屈原、陶渊明、李白、李贺、李商隐、郭沫若等，都曾借用神话中的题材、形象，借鉴神话的浪漫主义手法，从神话资源吸取了很多营养。当然，神话对后世文学的影响不仅限于浪漫主义文学，它也是整个中国文学的源头，对许多不以浪漫主义创作著称的作家也有很大影响。

第三，对民族的文化心理结构有模塑作用。虽然神话的各种内容和思维方式是在远古时期完整存留的，在科学越来越昌明的后世社会里神话逐渐失去存活的基础和空间，但是神话作为一种曾在历史上占主导位置的文化，它不可能在某个时期一下子从社会上消失。虽然作为一种文学体裁，它在古代的较早阶段就不再成规模地产生，但是作为一种文化思维方式，它有其自身固有的延续性和传承规律；作为一种丰厚的文化资源，其影响更是历久不竭。在浩瀚的历史长河中，神话思维方式和某些神话意象作为文化因子代代传承，到现代社会仍然不同程度地存活于人们的文化心理结构的深处，在某些社群中还有着显著的影响。神话文化作为传统文化的一种，在现代社会文化体系中还占有一席之地。

除以上几点以外，神话还有其他方面的价值，如对历史学、文化学等学科的资料价值，对宗教、舞蹈、绘画等领域的借鉴价值，等等。

【关键概念】

神话	自然崇拜	万物有灵观
自然神话	社会生活神话	日月神话
天地开辟神话	洪水再生神话	文化发明神话
部落战争神话	民族族源神话	

【思考题】

1. 怎样理解神话的本质？
2. 自然崇拜与万物有灵观的联系与区别是什么？二者对神话创作的作用是怎样的？
3. 神话学史上有哪些主要的学派？请说明其代表人物及其主要观点。
4. 神话有哪些种类？
5. 什么是洪水再生神话？试分析洪水再生神话的文化内涵。
6. 简述汉族古代部落战争神话的主要内容。
7. 举例说明神话的主要思想内容。
8. 举例说明神话的艺术特征。
9. 神话的主要文化价值有哪些？
10. 学习神话有什么现实意义？

【作品选读】

盘 古

（一）

天地混沌如鸡子，盘古生其中，万八千岁，天地开辟，阳清为天，阴浊为地。盘古在其中，一日九变，神于天，圣于地。天日高一丈，地日厚一丈，盘古日长（zhǎng）一丈，如此万八千岁，天数极高，地数极深，盘古极长，后乃有三皇。

（《绎史》卷一引《三五历纪》）

（二）

元气蒙鸿，萌芽兹始，遂分天地。肇立乾坤。启阴感阳，分布元气，乃孕中和，是为人也。首生盘古，垂死化身，气成风云，声为雷霆，左眼为日，右眼为月，四肢五体为四极五岳，血液为江河，筋脉为地里，肌肉为田土，发髭为星辰，皮毛为草木，齿骨为金石，精髓为珠玉，汗流为雨泽，身之诸虫，因风所感，化为黎甿。

（《绎史》卷一引《五运历年记》）

女　娲

（一）

往古之时，四极废，九州裂，天不兼覆，地不周载。火爁焱而不灭，水浩洋而不息，猛兽食颛民，鸷鸟攫老弱。于是女娲炼五色石以补苍天，断鳌足以立四极，杀黑龙以济冀州，积芦灰以止淫水。苍天补，四极正，淫水涸，冀州平，狡虫死，颛民生。

（《淮南子·览冥训》）

（二）

俗说天地开辟，未有人民，女娲抟黄土作人，剧务力不暇供，乃引绳絙于泥中，举以为人，故富贵者，黄土人也，贫贱凡庸者，絙人也。

（《太平御览》卷七八引《风俗通》）

（三）

昔宇宙初开之时，只有女娲兄妹二人，而天下未有人民。议以为夫妻，又自羞耻。兄即与其妹上昆仑山，咒曰："天若遣我兄妹二人为夫妻，而烟悉合！若不，使烟散。"于烟即合，其妹即来就兄，乃结草为扇，以障其面。今时人取妇执扇，象其事也。

［（唐）李冗：《独异志》卷下《丛书集成》］

（四）

相传女娲娘娘造万物，先造六畜后造人。

一开始，天是一团混沌，地是一堆泥巴，女娲娘娘掺水盘泥巴玩：

> 天泡，地泡，
> 哪个不要？

第一天，女娲娘娘把泥巴摔来摔去，摔出一只鸡子：

> 一只船，两头翘，
> 只屙屎，不屙尿。

鸡子一叫，天门开了，日月星辰齐出来。第二天，女娲娘娘把泥巴摔来摔去，摔出一只狗子：

> 瓜子脸，尖巴颏，
> 走路梅花脚。

狗子一跑，地门开了，东南西北定四方。第三天，女娲娘娘拿泥巴摔出一只猪子：

　　走路扭啊扭，

　　嘴里吹笛笃。

猪为家中宝，无豕不成家。第四天，女娲娘娘又用泥巴摔出一只羊子：

　　一竿扬叉，

　　白胡子拉撒。

用羊子祭天神，天神才赐福气，吉祥如意。第五天，女娲娘娘又用泥巴摔出一只牛：

　　四个铜锤，两把铁钻，

　　一人扫地，两人赶扇。

　　第六天，女娲娘娘又摔出马来。这样，马牛羊，豕犬鸡，合为六畜。六畜六畜，关六天就喂家了。造出六畜，但无人管理，鸡乱飞，狗乱跳，尤其是蛮牛力气大，光触角打架：

　　触山山崩，触水水混，

　　触石头冒火星，触土巴冒草根。

　　为了照管六畜，女娲又造人，由人做主，所以叫主人。叫鸡司晨，狗守门，牛耕田，马拉车，羊上山，猪满圈，六畜兴旺，五谷丰登。人是第七天用泥巴拌水捏出来的。捏成后，女娲娘娘又用唾沫吹口气，所以人就有了灵气，称为万物之灵。为了纪念，每年正月初七，家家户户要吃一顿湖面羹。糊泥巴田埂，不钻黄鳝。

　　女娲娘娘在七天造出了人和六畜，第八天就要酬谢土地神，万物土中生嘛。所以每年正月初八，地方风俗做案道会，敬土地佬。给泥巴菩萨洗澡，到土地庙敬奉猪首，还要扮演"触牯牛"给土地佬看，求土地老爷保佑，六畜兴旺。

〔讲述人：杨明春。流传地区：湖北孝感地区。载中国民间文艺研究会湖北分会编：《湖北民间故事传说集》，1982 (11)〕

神　农

　　古者，民茹草饮水，采树木之实，食蠃蜯（luǒ máng）之肉，时多疾病毒伤之害。于是神农乃始教民播种五谷，相土地宜燥湿肥墝（qiāo）高下；尝百草之滋味，水泉之甘苦，令民知所辟就。当此之时，一日而遇七十毒。

（《淮南子·修务训》）

嫦　娥

　　嫦娥，羿妻也，窃西王母不死药服之，奔月。将往，枚占于有黄，有黄占之，曰："吉。翩翩归妹，独将西行，逢天晦芒，毋惊毋恐，后且大吉。"嫦娥遂托身于月，是为蟾蜍。

（《全上古三代秦汉三国六朝文·灵宪》）

西王母

　　……玉山。是西王母所居也。西王母其状如人，豹尾虎齿而善啸，蓬发戴胜，是司天之厉及五残。

（《山海经·西次三经》）

共　工

共工氏与颛顼争为帝，怒而触不周之山，折天柱，绝地维。故天倾西北，日月星辰就焉；地不满东南，故百川水潦归焉。

（《列子·汤问》）

扶桑浴日

（一）

汤谷上有扶桑，十日所浴，在黑齿北。居水中，有大木，九日居下枝，一日居上枝。

（《山海经·海外东经》）

（二）

汤谷上有扶木，一日方至，一日方出，皆载于乌。

（《山海经·大荒东经》）

（三）

东南海之外，甘水之间，有羲和之国，有女子名曰羲和，方日浴于甘渊。羲和者，帝俊之妻，是生十日。

（《山海经·大荒南经》）

鲧禹治水

（一）

洪水滔天，鲧窃帝之息壤以堙洪水，不待帝命。帝令祝融杀鲧于羽郊。鲧复（腹）生禹，帝乃命禹卒布土以定九州。

（《山海经·海内经》）

（二）

禹治洪水，通轩辕山，化为熊。谓涂山氏曰："欲饷，闻鼓声乃来。"禹跳石，误中鼓。涂山氏往，见禹方作熊，惭而去，至嵩高山下化为石，方生启。禹曰："归我子！"石破北方而启生。

（《汉书·五帝本纪》颜师古注引《淮南子》）

黄帝战蚩尤

（一）

蚩尤作兵伐黄帝。黄帝乃令应龙攻之冀州之野。应龙蓄水，蚩尤请风伯、雨师纵大风雨。黄帝乃下天女曰魃，雨止，遂杀蚩尤。

（《山海经·大荒北经》）

（二）

黄帝与蚩尤战于涿鹿之野，蚩尤作大雾，弥三日，军人皆惑。黄帝乃令风后法斗机作指南车，以别四方，遂擒蚩尤焉。

（《太平御览》卷十五引虞喜《志林》）

刑 天

奇肱之国……刑天与帝至此争神，帝断其首，葬之常羊之山，乃以乳为目，以脐为口，操干戚以舞。

（《山海经·海外西经》）

盘瓠子孙

高辛氏有老妇人，居于王宫。得耳疾历时，医为挑治，出顶虫，大如茧。妇人去后，盛以瓠蓠，覆之以盘。俄尔顶虫乃化为犬，其文五色，因名"盘瓠"，遂畜之。

时戎吴盛强，数侵边境，遣将征讨，不能擒胜。乃募天下有能得戎吴将军首者，购金千斤，封邑万户，又赐以少女。后盘瓠衔得一头，将造王阙。王诊视之，即是戎吴。"为之奈何？"群臣皆曰："盘瓠是畜，不可官秩，又不可妻，虽有功，无施也。"少女闻之，启王曰："大王既以我许天下矣，盘瓠衔首而来，为国除害，此天命使然，岂狗之智力哉！王者重言，霸者重信，不可以子女微躯，而负明约于天下，国之祸也。"王惧而从之，令少女随盘瓠。

盘瓠将女上南山，山草木茂盛，无人行迹。于是女解去上衣，为仆鉴之结，着独力之衣，随盘瓠升山入谷，止于石室之中。王悲思之，遣往视觅，天辄风雨，岭震云晦，往者莫至。盖经三年，产六男六女。盘瓠死后，自相配偶，因为夫妻。织绩木皮，染以草实。好五色衣服，裁制着用，皆有尾形。经后母归，以语王。王遣追之男女，天不复雨。衣服褊裢，言语侏离，饮食蹲踞，好山恶都。王顺其意，有诏赐以名山广泽，号曰"蛮夷"。

蛮夷者，外痴内黠，安土重旧。以其受异气于天命，故待以不常之律。田作贾贩，无关缥符传、租税之赋。有邑君长，皆赐印绶。冠用獭皮，取其游食于水。今即梁、汉、巴、蜀、武陵、长沙、庐江群夷是也。用糁杂鱼肉，叩槽而号，以祭盘瓠，其俗至今。故世称"赤髀横裙，盘瓠子孙"。

（《搜神记》卷二四）

太阳和月亮（撒拉族）

很早很早以前，天上只生活着两个人，一个叫月亮，一个叫太阳。

月亮是个大姑娘，她长得很美丽，圆圆的脸儿像一面镜子，把大地照得亮亮堂堂。太阳是个大男子汉，他的脸像个大金盘子，红光满面，把大地照得暖暖和和。

有一天，太阳对月亮说："尊贵的大姐，我向你求爱。如果我俩结合，有儿有女，快快乐乐该多好呀！我恳求你，我们马上就结婚吧！"月亮喜欢太阳行为大方，性格耿直，心像一团火，当即同意了。他们是一对好夫妻，日日夜夜形影不离。他们一起生活了一万年，他们生了十万八千个孩子。每个孩子的小脸就像一朵小小的金花花撒满天空。太阳和月亮有了这么多孩子，多得已记不清他们的名字。就干脆把他们全叫星星。

　　有一年夏天，大地上发了洪水，把花草和田苗全淹在水里，地上的人们烧香磕头，求天神保佑。月亮闻到了香味，对太阳说："太阳公公，地上遭了水涝，请你想法搭救搭救他们吧。"太阳傲慢地说："这——我知道了，有本事你自己去搭救，用不着朝着我穷叨叨。"

　　月亮放出全部光亮，想把地上的水晒干，但是不行。因为她只有光，没有热。太阳看了好笑，又对星星说："你们谁有本事谁就去搭救吧。"星星们施展出各种本领，但还是不行。地上的水越积越多，到处横流，泛滥成灾。

　　地上的香烟不断飘来，悲惨的呼救声不断传来。月亮再次请求太阳说："太阳公公，我的丈夫，难道你就这么残酷无情，见死不救吗？"太阳说："我想看看你们有多大本事。"月亮和星星齐声说："我们没有办法，才来求你，你有本领解救众人，我们全给你跪下。"说着，大家一起跪在太阳面前求情。

　　在大家的请求下，太阳面朝大地，放出了全身的光和热。不一会儿，大地就像点着了干柴，烧成了大火球，地面上的水像开了锅一样，蒸腾的水汽遮住了天空。过了三天三夜，地上的水全蒸发干了。花草田禾得救了，受苦的人们高兴极了，大家感谢太阳的恩德，太阳看见地上有无数的人给他叩头，就问月亮："你看，我是不是救世主？"月亮说："你为众人做了件大好事，见义勇为，至于救世主，谁也不是。"太阳说："岂有此理！我上能管天，下也能管地，我就是主管天上人间的救世主，你们还不承认？"月亮说："我的丈夫，天地这么大。你是管不了的。"

　　太阳气极了，脸盘涨得通红，全身烫得像刚从火海里跳出来，大家都不敢接近他。月亮知道他一发怒，地上就要遭灾，就赶快用好话劝慰："啊，尊敬的丈夫，众人心中的太阳公公。我们承认你是神力无比的英雄，你千万别把怒火施向大地，让众人遭殃！"太阳不听，还是一个劲发怒，使大地变成了火海，刚从水里得救的受苦人，又像遭了火灾，大家又烧高香，向天上求救。香烟飘到天上，月亮闻到了，她连忙劝阻太阳的无理行为。太阳说："我能救他们出深渊，我也能推他们进火坑。我要让大地上所有的人都知道我就是主宰一切的神，我就是救世主！"

　　月亮说不服太阳，心里很难过，她看到刚刚逃离水灾的人们，又承受热的蒸烤，心里很痛苦，就离开太阳远走了。星星们也不愿跟着骄横无理的父亲过日子，都跟着善良的妈妈一起走了。

　　太阳见和自己相亲相爱生活了一万年的妻子走了，十万八千个儿女一个也没留下，知道自己错了，赶快息怒，去追赶自己的亲人。但是他的妻子和子女——月亮和星星，都不愿再看到他那暴怒的面孔。当太阳露面的时刻，月亮和星星就赶快躲藏起来；当太阳从东到西，寻找他们一整天，带着疲倦和悔恨下山以后，月亮才带着她的儿女们出来，为众人送来光明。

　　虽说太阳也不亏是个聪明、勇于改过的男子汉，打那以后，他痛改前非，再也没给人间带来灾难，不断地给人间送来温暖，只因一时的糊涂，竟造成了千古大恨。从那以后，就再也不能和自己的亲人见面，更谈不上和家人团聚了。

（讲述人：须谊。采录人：王彰明。流传地区：青海省黄南循化一带。见马昌仪编：
《中国神话故事》，490～492 页，北京，中国广播电视出版社，1996）

洪水的传说（汉族）

　　很古很古的时候，天和地是由两兄弟管着的。弟弟叫雷公，管天上；哥哥叫高比，管地下。兄弟两个互相依赖，互相帮助。雷公带领天上的神，打雷下雨，给地上带来好处。高比带领地上的人，种植五谷，饲养六畜，拿斋饭供奉天神。那时候，地上人口很多，非常繁华热闹。

有一年，地上有一户人家，错把狗头当猪头，供奉雷公。雷公认为受了欺骗，非常恼怒，整整六个月不给地上下一滴雨。树木都枯了，野兽都饿死了。人们没有法子，去求雷公的哥哥高比。高比对人们说："如果三天之内还不下雨，我要那雷公跌下地来。"

过了几天，雨就来了。地上又恢复了原来的样子，河水流起来，草木长起来，人们快活得围着高比又跳又舞。

原来高比会作法念咒，他私下把天上的雨偷到地上来。这桩事可丢了雷公的面子，他又气又恨，向地上发了一个火雷，想把高比劈死。哪知正在地上作法念咒的高比，早就防备了，他顺手拿起一个鸡罩，从天上罩到地下，把雷公罩在里面。

高比有一双儿女，儿子叫作伏羲，女儿叫作女娲，两兄妹替父亲看家。这天，高比叮嘱伏羲和女娲说："我不在家的时候，千万不要给雷公喝茶喝水，好好看着他。"

高比出门去了，雷公对伏羲兄妹说："娃娃，给叔叔喝点茶水。"伏羲说："不行，爸爸出门时交代过了。"雷公没法，想了一想，又说："不给茶水，给我喝一口喂猪的潲水吧，不然，我就要干死了。"兄妹两人看得雷公可怜，便抬了一桶潲水到雷公面前，又在地上捡了一根稻秆交给雷公。雷公就从鸡罩里面用稻秆吸桶里的潲水，吸了第一口，鸡罩便动了一下；吸了第二口，鸡罩摇晃起来；吸了第三口，鸡罩破裂了，雷公便跳了出来。原来，雷公只要有了水，便力大无穷，法力无边。

雷公出来后，从口里拔出一个牙齿来，酬谢侄儿、侄女："娃儿，你两人拿这牙齿去种植，人们给禾苗壅肥，你两人去壅这个牙齿就可以了。等它长出果子，成熟了，摘下来挖去里面的心，晒干后再保存起来，日后自然有用。"说完，腾云驾雾走了。

雷公跑到天上，命令雨神日日夜夜下雨。雨下得多了，河水涨起来，淹没了平原，淹没了村落，又淹没了山岳，最后一直淹到天上。这时候，伏羲兄妹种下的那个牙齿，长出一根长藤，藤上结了一个葫芦，葫芦成熟了，摘下来，挖去心，晒干了，碰巧铺天盖地的洪水来了，兄妹两人就钻进葫芦里去，飘飘荡荡，被一阵风送到天上。嘭通一声响，碰到了天，兄妹两人就从葫芦里钻了出来。雷公看见他们两个，便问道："地上的人死光了没有？"兄妹两人说："地上的生物死光了，只有我爸爸还骑着犀斗，跟在后面来了。"雷公听了，便叫帮手，在水中把犀斗掀翻，把高比掀到洪水里。

洪水退了，世间只剩下两人——伏羲和女娲。天上的太白金星劝兄妹两人结为夫妇，再生出人类来。但是伏羲、女娲不肯，他们说："要我们结婚，除非把那洪水退后剩下的竹子，一节一节割断，又重新结起来，让它长出青枝绿叶。"

原来的竹子是没有节的，通过神仙这次一割一结，从此便成为地上有节的植物了。于是伏羲和女娲从树林里爬到仑竹山上，想在那里结成夫妻，但又觉得羞耻。于是，两人在不同的地方，各烧了一堆柴，两人祝祷说："天若要我二人结为夫妻，两股烟就合在一起，要不，两股烟各奔东西。"两股烟当真缠到一起来了。女娲便来就她的哥哥伏羲，从此便做了夫妻。

过了一年，女娲生下一个怪物——是一块磨刀石，两人非常生气，就把这块磨刀石打碎，从昆仑山顶撒到山下。这些碎石，跌到山里的，就变成了飞禽走兽；跌到村子里的，就变成了人；跌到水里的，就变成鱼虾。天下从此又有了生灵万物了。

（讲述人：周仓。采录人：稚翁。流传地区：江西南昌。见马昌仪编：
《中国神话故事》，北京，中国广播电视出版社，1996）

黑底干木（纳西族摩梭人）

（一）

在永宁狮子山上，有一位女神，人们称她为黑底干木。这位住在狮子山的岩洞里的女神，长得非常漂亮：天上的彩云是她头上戴的帕子，山上的青枫树叶是她的眉毛，绿色的松林是她的衣裳，白色的岩石是她的裙子，赤红的悬岩是她的腰带，绿油油的永宁坝子是她的坐垫。她不仅以美貌和温柔吸引了附近的所有男山神，还是众神之首，管辖着所有的男山神呢。黑底干木也有自己的"阿注"。她的第一个阿注，是哈瓦山神。当时，哈瓦神与黑底干木总是定期约会，要么到湖边游玩，要么在岸边的花丛中谈心。有时还到泸沽湖中洗个澡，再到山上采摘野菜、野果吃。后来，黑底干木又与则枝山神及其他男山神结交为"阿注"。为此，还在一些男山神之间引起了许多纷争哩。

据说，黑底干木最钟爱的"阿注"，是现今四川省境内的托波山神。这是一个英俊的小伙子。每天傍晚，托波山神总要穿上漂亮的衣裳，骑上骏马，乘上五色的云朵，到狮子山去与黑底干木欢聚。第二天一早，托波山神又匆匆返回自己的托波山去。黑底干木的美名传遍了四面八方，连远离永宁的丽江玉龙山男神，也慕名来与黑底干木结交"阿注"，二神真诚地相爱了。可是，这件事却遭到了周围众山神的反对。爱慕和嫉妒驱使大白山神不惜动武，干脆用一条银链将黑底干木拴起来，不让她走。所以人们今日仍可见到狮子山腰有一道环绕的白石岩。

相传，永宁周围的众山神都围绕着黑底干木转来转去，希望得到她的青睐。在每年的夏历七月二十五日这一天，所有的山神都要来永宁聚会娱乐，唱调子，跳锅庄舞，向黑底干木问候取悦。所以在过去，人间也要在这一天到狮子山聚会娱乐，祭祀这位女神。

（二）

在很早以前，黑底干木守护着永宁坝子。那时，坝子里人丁兴旺，五谷丰登，牲畜都长得膘肥体壮，山上到处是茂密的森林，山坡上是绿茵茵的牧场；妇女们一个个长得健康、聪明、漂亮，都能说会讲，麻利能干。黑底干木看到人们过着快乐的生活，心中也十分高兴。

可是，人们在这处优裕的生活环境中，渐渐懒惰起来，整天唱歌跳舞，饮酒作乐，不再起早贪黑地干活，也不再供祭黑底干木。黑底干木心里非常难过，她一气之下，便离开狮子山，到另外一个地方的山上去了。黑底干木一走，各种鬼怪开始作祟了，永宁坝子变得一片荒凉：草木枯萎，鲜花凋谢，瘟疫流行，庄稼受灾。人们在惶恐之中，才想起祈求女神庇护，也才知道黑底干木离开狮子山去别的地方了。于是，人们急忙挑选了几个聪明能干的女子，找到了黑底干木并向她诉说了永宁坝子发生的事情，请求女神重返狮子山。慈善的黑底干木听了，好不焦急，便返回了狮子山。女神回来后，永宁坝子又兴旺起来。

（采录人：李子贤、何真、邓启耀等。整理人：李子贤。流传地区：云南永宁。
见马昌仪编：《中国神话故事》，北京，中国广播电视出版社，1996）

天鹅仙女（满族）

传说在很久很久以前，天上住着三个美貌的仙女，她们是同胞姐妹。老大叫恩固伦，老二叫正固伦，老三叫佛库伦。三个仙女都玩够了天上的宫殿和彩云，听说地上果勒敏珊延阿林山（满语，即长白山）上有个天池，池水像镜子一样清澈透明，池周围飞禽走兽、树木花草样样都有，想到那个地方去玩。怎么才能从天上下来呢？三仙女佛库伦聪明伶俐，她用采来的白云做羽毛，用披上羽毛的胳膊当翅膀，摇身变成一只雪白的天鹅。两个姐姐也学着她的样儿，从天上飞下来，落在果勒敏珊延阿林山上的天池旁边。

三个天鹅仙女下凡来，正巧被三个猎人看到了。这三个猎人是同胞三兄弟，都能射箭，斗箭，他们整年在果勒敏珊延阿林山里钻来钻去，靠打猎为生。

兄弟仨朝天鹅落地的地方奔去，追到天池边上，见三只天鹅变成了三个美貌天仙，脱下衣服跳进了天池水里。这可把三个兄弟惊呆了：从长这么大还没见过这么漂亮的姑娘呢！老大说："让她们给咱们做媳妇该有多好啊！"老二说："就怕人家不干。"别看老三小，心眼最灵，他说："咱们把她们的衣裳偷偷拿走，她们回不去天，就得留在地上。"老大、老二觉得老三说的办法好，就一起悄悄来到天池旁边，将三个姑娘的衣服拿走了。

三个仙女在天池里洗澡，边洗边玩，边玩边乐，等到日头快落山了，大姐恩固伦说："咱们该回去了。"正固伦、佛库伦说："走吧！"可上岸一看，衣服没有了。三个仙女急得哭了起来。这时候，兄弟三个走到姐妹三个跟前，老大脱下自己的衣服，披在恩固伦身上；老二脱下自己的衣服，披在正固伦身上；老三脱下自己的衣服，披在佛库伦身上。

三个兄弟领着三个姐妹离开了天池，在大森林中架起干柴，烧烤野鹿、野牛、野猪的肉。再拿出石刀把烤熟的肉拉成小块块，请三个姐妹吃。吃完，老大扯着大姐，老二扯着二姐，老三扯着三姐，各自进了自己的小马架子。

三个姐妹过腻了天上的生活，从来没穿过这么暖和的兽皮衣服，没吃过这么香的烤肉，更没有过丈夫的恩爱。她们舍不得这人间的生活，干脆不走了。

三个姐妹在人间一年，学会了钻火、烤肉、缝皮衣，又都生了一个大胖小子。她们和丈夫相亲相爱，过得很美满。

一晃又过了两年，一天，大姐对两个妹妹说："天上一天地上一年，咱们已经出来三天了，哪天给玉帝知道了，就要受到天规惩罚。趁时间不算长，快回去吧！"

两个妹妹也觉得不回去不行了，弄不好丈夫、孩子也得受连带。三个姐妹找出了丈夫收藏起来的衣裳穿在身上，胳膊一抬，两脚起空了。地上的三个孩子，都两岁多一点，刚会答答话，见三只大鹅在头顶来回飞，一齐扎撒着小手，说："鹅，鹅！"

兄弟三人打猎回来，不见了妻子，只听孩子说："鹅，鹅飞走了！"一找衣服也没有了，知道三个仙女回天上去了，就对孩子说："那鹅，就是你们的娘，知道吗？"

传说满族人管母亲叫鹅娘，就是从这儿起始的。后来受到汉族人称呼母亲为"妈妈"的影响，才叫成了"讷讷"。

兄弟三人的妻子走后，三个孩子渐渐长大了。这三个孩子顺松花江走到与牡丹江汇合的地方，觉得那里宽敞，就在那里定居下来。后来兄弟三人的后代家口越来越多，三支人分开，各支都有自己的姓，分为三姓。因此这地方就叫作"三姓"（在近黑龙江省依兰县了）。

三个仙女回到天上，吃饭不香，喝水不甜，日夜想念人间的生活；可又不敢把真情泄露出去，只好藏在心里。就这么过了九百九十九天，正赶上王母娘娘开蟠桃会，天兵天将们把守不严，姐妹三个一合计，无论如何也得到人间看一看，就是看上一眼，也免得这样牵肠挂肚。

姐妹仨还是采天上的白云做羽毛，变成三只天鹅飞了下来，落在果勒敏珊延阿林山上。她们找丈夫、找孩子，都不见了。她们在人间时夏天住的小马架子，没有了影儿；冬天掘的避风寒的地窖子，也早已填满了泥土。姐妹仨不禁落下泪来，边哭边沿着松花江往下飞，冷丁在一处密林中看到有百十户人家聚居的部落。一打听，才知道这地方叫三姓，正是她们姐妹三人的后代。天上九百九十九天，地上九百九十九年，不但她们的丈夫早已不在人世，儿子也早就死去了，已不知传了多少代了。三姐妹见三姓人虽然像自己的丈夫一样勇敢，却不像三兄弟那样和睦相处。他们生性好斗，常常互相抢刀动棒，打得头破血流。仗越打越凶，仇越记越深。

怎么才能让他们不打仗呢？三姐妹很着急。一边往回飞，一边想，不知不觉飞到了天池边。她们脱去外衣，跳进天池里，一边想着心事，一边洗起来。

正洗着，三仙女见天边飞来一只喜鹊，飞到天池上空，将嘴里衔着的东西吐在她的衣服上。她本来已经不想在水中多待了，就游着上了岸。见衣服袖上放着一枚熟透了的红果，大得出奇，红得透亮。她在山上待过三年，还没见过这样的果子，捡起来含在嘴里，准备穿好衣服等大姐、三姐上岸给她们看。谁知红果一含进嘴里，哧溜一下从嗓子眼滑到肚子里去了。

大姐、二姐穿好衣服要回天上了，三仙女身子发沉，说什么也飞不起来。大姐、二姐知道她是误吃红果怀了孕，劝她不要着急，等生完孩子再来接她。说完后先飞走了。

三仙女留在人间，渴了喝天池水，饿了捕野兽、采野果，冷了点篝火，一过过了十二个月，生下一个浓眉大眼的孩子。这孩子生下就会说话，不一会儿就满地跑，过了不几天，竟和十七八岁的小伙子长得一般高大，一样英俊。三仙女见孩子这么快就长大了，心想这一定是天意。她知道人间最贵重的就是金子，就说："孩子，你就姓爱新觉罗（满语，金子）吧。"她又望望眼前的布库里山，说："你的名字就叫布库里雍顺吧。"她想起成天打仗的三姓人，又说："天生你，是要你停止械斗，平息战乱，统领人民过安定的日子，你懂吗？"

爱新觉罗·布库里雍顺点点头，三仙女指着松花江说："孩子，你就顺这条江下去吧！"说完，她变成一只天鹅飞走了。

爱新觉罗·布库里雍顺砍下天池旁的小树做成筏子，折下柳树枝叶盘成套圈戴在头上，然后跳上筏子，盘膝端坐上面，顺着山口进了松花江。小筏子穿过九十九道湾，闯过九十九道滩，经过九十九天的漂流，来到了三姓地方。

小筏子搁浅了，岸边一个汲水的姑娘看见他，跑回村子，告诉了村里的人们。大家争着来看他，见他头戴柳枝围成的圈，盘膝端坐在筏子上，那模样很像一尊天神，便问："你从哪儿来的？"布库里雍顺一指江上头，说："从上边来的。"大家寻思是说他从天上来的，布库里雍顺想起讷讷嘱咐的话，就势说："我是天女生的天童，来管理你们的。"大家见他英俊魁伟，确实与众不同，就相信了他的话。布库里雍顺又指着汲水的姑娘说："是她先看见我的，我就到她家去了。"大家把他让进了姑娘家，姑娘的父母听说布库里雍顺还没有成家，就把姑娘许给了他。几位穆昆达也认为这样合适，就做了主婚人，当天举行了婚礼。他们将猪在祖先前领了牲，在院子里架起火堆，全村的人都来上礼，通宵唱歌跳舞，从此以后不再打仗了。

布库里雍顺在三姓地方居住下来，劝大家和好。各家之间发生纠纷经他排解，大家都和和乐乐。大家拥戴他，推举他为部落酋长。他带领三姓地方的人们，建立了鄂多哩城。

布库里雍顺就是满族的祖先，他的传说也一直流传到今天。

［讲述人：李成明（满族）。采录人：张其卓、董明。流传地区：辽宁岫岩县。
见马昌仪编：《中国神话故事》，178 页，北京，中国广播电视出版社，1996］

柯尔克孜人的由来（柯尔克孜族）

传说夏依克满苏尔圣人有个妹妹，名叫阿纳尔。夏依克满苏尔没有娶过妻子，他的妹妹阿纳尔也一直没有出嫁。当时，有些人私下议论说："夏依克满苏尔不结婚，他的妹妹也不出嫁，可能他们的关系不正常。"有的人甚至还说："亲眼看见阿纳尔半夜里一个人外出，可能同别人通奸。"

人们的议论，渐渐传到夏依克满苏尔的耳朵里。他十分生气，同时也有些怀疑：阿纳尔真的半夜一个人常外出吗？她会到什么地方去，去干什么呢？他决定暗中察看自己妹妹的行止。

一天晚上，人们都入睡了，夏依克满苏尔果然发现妹妹一个人走出了自己的房门。他悄悄地跟在后面。一会儿，阿纳尔走进了一个大山洞，夏依克满苏尔也跟着走了进去。进洞以后，他发现洞里有四十个陌生人。这四十个陌生人见了阿纳尔，立即向她围了上来，同时热情地对她说着什么。夏依克满苏尔看了好一阵，四十个陌生人说的什么听不清楚，但从他们和阿纳尔的神情举止上看，不像是有什么见不得人的事情。夏依克满苏尔放心了，准备出去。这时，阿纳尔发现了哥哥，叫住了他，走到他跟前，说："亲爱的哥哥，我来这里是同隐居深山的四十位圣人说说话，听听他们对我的教导。你做什么来了？"

夏依克满苏尔听了妹妹的话，相信自己的妹妹是纯洁的，一句话也没说，回去了。可是，不久又传出"夏依克满苏尔和他的妹妹结婚了"的谣言。夏依克满苏尔听了谣言，觉得十分可笑，没有理睬。谁知，谣言越传越奇，越传越远，竟然传到国王的耳朵里了。国王听到后，大发雷霆，认为夏依克满苏尔兄妹做了伤风败俗的事，不容分辩，就下令把夏依克满苏尔处死。

夏依克满苏尔死后，从他的尸体里发出一个清晰的声音："阿纳尔是清白的，我也是清白的！"这个声音不仅清晰，而且传得很远，连身居王宫的国王也听得清清楚楚。国王听了这声音后，更加震怒，下令把夏依克满苏尔的尸体烧毁。谁知，夏依克满苏尔的尸体虽被烧毁了，但从他的骨灰里，依然发出"阿纳尔是清白的，我也是清白的"的声音。这个声音仍像先前一样，不仅清晰，而且传得很远，国王退到后宫，也照样能够听见。

国王又下令把夏依克满苏尔的骨灰撒到大河里。河面上立即浮起一个个亮晶晶的水泡。从水泡里又发出"阿纳尔是清白的，我也是清白的"的声音。水泡顺水漂流，这种声音也就顺水流去了。

缓缓的河水拖着水泡。经过弯弯曲曲的渠道，流进了国王的花园。这时，正好国王的四十个女儿在花园里游玩。姑娘们听见从渠水上闪亮的水泡里发出的"阿纳尔是清白的，我也是清白的"的声音，非常好奇，一个个争着把水泡掬上来喝了。

不久，国王四十个女儿的肚子一天天大了起来。国王发现了女儿们身体的变化，十分惊奇，以为得了什么怪病，忙请医生来给她们诊治。谁知道请来无数名医，都说姑娘们是有了身孕，要国王准备抱外孙。国王听说自己的女儿不婚而孕，万分恼怒，立即下令把女儿们全部绞死。幸亏王后和朝臣们苦苦哀求，国王才免去女儿们的死罪。但仍下令把她们撵进荒无人迹的深山里，不给她们衣食，由她们自生自灭。

四十个姑娘在莽莽的深山密林里，无衣无食，饿了靠采摘野果，追捕黄羊充饥，冷了靠搜捡枯枝，积攒树叶取暖。她们睡山洞、盖茅草，历尽千辛万苦，勉强活了下来。不久，四十个姑娘生下了四十个孩子。四十个孩子恰巧有二十个男孩、二十个女孩。四十个孩子长大了结成二十对夫妇，又生下许多孩子。他们的子孙，以后就繁衍成我们这个柯尔克孜族。柯尔克孜族就是四十个姑娘的意思，也就是说，我们的民族是由四十个姑娘传下来的。

〔讲述人：居鲁斯（柯尔克孜族）。采录人："马纳斯工作组"。翻译整理人：珠玛拉依、张云隆。流传地区：新疆阿合奇县。见马昌仪编：《中国神话故事》，434页，北京，中国广播电视出版社，1996〕

第四章

传　说

传说是一种古老而至今活跃的民间文学体裁。中国有数量众多、传播广泛的传说作品，它们不仅有值得重视的社会功能与文化价值，而且有令人倾倒的艺术魅力，特别是历久弥新的四大传说，可与任何作家文学名著相媲美。在本章，应透彻掌握传说的概念与艺术特征，明白它与历史、神话的联系与区别；通过学习传说的基本类型，了解中国传说的主要内容和创作概况；然后，重点赏析在中国影响深远的四大爱情传说，掌握其相关知识。

第一节
传说界说

▎一、什么是传说▎

传说是民众口头创作和传播的描述特定历史人物或历史事件、解释某种地方风物或习俗的传奇故事。这个定义从以下几个方面来把握：

第一，其创作者是没有特定作者的民众或群体，特定个人可以对民众的口头传说加以记录整理，有时记录整理者或其他文人也会根据某种需要加以修改，但改变不了其创作者是无名大众的主流。

第二，传说是散文体的口述作品。就它的文体形式而言，它是散文体的，就是以讲故事的方式说出来的，而不是唱出来的，也不是以韵文抒情的方式。就它的传播途径而言，它是口头流传的，不是用书面文字创作的。

第三，传说要有传奇性。这是它在情节上的特点。它的故事不是平淡无奇的，而是往往有离奇的情节或者"超人间"的内容。这是传说在讲述与真人真事真物有一定联系的故事时，吸引听众的一个重要因素。

第四，它的内容与两个方面的事实相联系：一是历史上的实有之人、实有之事；二是特定地方的风物或习俗。但这种与事实的联系并不是以科学的态度记录或解释，而是以艺术化的方式，如幻想、附会、夸张等。

从这四个方面可以对传说的概念有一个比较完整的理解。比如贵州晴隆地区的黎族流传着一个关于遮羞布来历的传说。黎族姑娘出嫁时，都要用一块精致的布帕盖在头上，遮住前额。为什么要这样做呢？老人们用一个生动的故事解释了其中缘由。故事说：在很久以前，有一位驻守某城的将军，四十岁了还没有婚配，一次他碰到一位算命先生，就请他测算自己的婚事。算命先生告诉他四句话："将军婚事好，东门城外找。母女卖糕粑，夫人还在小。"将军来到东门城门楼上，正好看到一个正和母亲一起卖糕粑的姑娘，她年纪约有十五六岁，穿得破破烂烂，瘦骨嶙峋、污秽不堪。将军看罢，心生不满和歹意，从城楼上抛下一块石头，打伤了女孩子的前额。母女为避祸，搬到另一个城镇居住。几年后，将军也正好到此城驻防。有几位豪绅给他提亲，介绍王员外的"年轻貌美"的女儿。成亲这天，有人拿一块精致的花帕子遮住了新娘前额上的疤印。到晚上，将军看到疤印，问是怎么来的。原来新娘就是那位被他砸伤的姑娘，后来他被王员外收养为女儿。将军听后愧悔不已。这个故事就是用一个带有巧合情节和离奇性内容的故事解释了当地真实存在的婚俗，是一个习俗传说。土家族则用另一个故事来解释他们结婚时用红布帕子遮盖新娘头的习俗。故事说：有一户人家，有一个独生子，父母视若珍宝，到十七八岁时就忙着给他成亲。可是介绍了十几家，小伙子就是不愿意。后来他父母气恼之下，就给他定下一个很丑、瞎了一只眼睛、秃头的癞子姑娘。到结婚这天，姑娘家里的人用一块红布帕子打在新娘的头上，为她遮丑。到洞房里，新郎揭开红布帕子一看，眼前是一个如花似玉、人见人爱的美人儿。据新娘说，搭上红布帕子后，她就如痴如醉，在花轿里做了一个与仙女换头的梦，醒来后，样子就变美了。从此以后，土家族人家结婚时，就都用一块红布帕子盖在出嫁女的头上，还把这块帕子叫作"梦帕"。对于同样的习俗，两个民族用不同的故事来解释，都很有趣味，但也说明，这种故事并不是科学的解释，而是出于艺术性的想象。如果从科学的角度解释这一习俗的来源、成因、功能、分布等，则是民俗学者的任务，目前已有一些学者撰文对此加以探讨，而传说一般是不考虑所讲内容的准确性和科学性的，它主要追求故事的传奇性、趣味性，并且追求"讲的跟真的一样"的效果。

二、传说与历史的联系与区别

有相当多的传说是描述历史人物或历史事件的，这就使传说与历史具有一定程度和某种方式的联系。二者的联系在于：首先，传说真实地表露和抒发了民众对历史现象、历史人物的情感和评价。虽然传说故事所讲述的情节、细节往往是虚构的，但是故事所表现的民众对历史事件、人物的褒贬态度、评价等是真实的，也往往是符合历史事件真相、人物实际情况的；而历史记载，虽然一般讲究记录史实，但是有时其褒贬态度、评价等受当时执政者的影响，也会出现偏差或违背历史真实的记载。其次，历史题材传说的讲述对象绝大多数是历史上实有的人物或事件，而且常常有"遗迹"可循。虽然历史传说的故事情节不是准确的史实，但是它所讲述的人物或事件都是历史上存在过的，而且历史人物传说的情节要符合该人物的思想、性格的逻辑，以人物的真实事迹为背景；历史事件传说的情节也大都以真实的历史大事为背景。这些故事虽然不一定真的发生过，但符合民众的历史记忆，是可能发生的。由于历史传说常以重大的事件为背景，或讲述重要的历史人物，这些事件或人物往往留下了历史遗迹或文物，故事的讲述者为了强调故事的真实性，增强表达效果，就说某历史遗迹或文化景点与他所讲的故事有密切联系。传说之被称为"口传的历史"，正是从这些联系出发。

但是传说毕竟不是信史，它与历史有着显著的差别。钟敬文先生曾经概要谈到二者的区别："有一部分传说，原来可能是有那一度发生过的事的。但是这种传说，到底是少数，而且在传述过程中，它也不断受到琢磨、装点，换一句话说，受到艺术的加工。它跟原来的事实已经不会完全一样了。从这个意义上说，传说大都跟神话和民间故事一样，是一种虚构性的作品，并不是一种真实的历史事实。它跟那些史书上记载的事件，是有显然的区别的。"① 具体来说，二者的区别主要有以下四个方面：

第一，反映社会的方法不同。传说在根据一定的历史事实反映社会生活时，经过了取舍、剪裁、虚构、夸张、渲染、幻想等艺术加工，不是严格地再现历史本身。以这些艺术加工方式反映社会，就是在一定事实的基础上来编故事。而历史记载要求对事实进行实录直书，不能为求叙述的生动性而虚构、夸张、幻想等。这就造成了传说与历史的内容真实性的差异。传说的历史真实性，不在于历史记载的准确无误，而在于真实地反映民众的历史情感和评价。

第二，历史观不同。传说是民众口传的历史，能够真实地表达民众基于历史事实所做的朴素评价，而历史记载一般要考虑当政者的观点，反映官方的正统历史观。传说的评价一般与历史记载的评价在褒贬倾向上是基本一致的，但也常会有一些差异，甚至有较大的差别，特别是对同一时代的人与事的评价更容易产生差异。

第三，取材的角度不同。传说是从艺术创作的角度取材，其内容从历史的角度看往往无关紧要，历史要选取重大事实。传说往往选取人们感兴趣的一些人物或是事件的某一侧面来讲述生动的故事。许多传说的人物作为个人都是对历史进程无足轻重的小人物，如孟姜女、梁山伯、祝英台，或一些个性鲜明的文人名士、能工巧匠等；即使讲述重要的历史人物，也不正面讲人物的生平身世、政绩事功等，而是选取一个趣味盎然的侧面，讲趣闻逸事。传说讲述历史事件也常选取某一个侧面或某一点，来虚构一个故事。而历史记载通常记载在历史进程中有重要影响的人物或事件做正面、全面的记述。

第四，历史一般是不能变更的，而传说总是在传播中发生变异。这一方面由于历史是实录直书，事实不能随意变动，而传说主要是虚构的故事，情节构成的随意性较大，可以随时调整或改动。另一方面也与二者的传播方式不同有关，历史是书面的记载，较易保持原来面目；而传说靠口传，随时处于变动和再创作之中。

三、传说与神话的联系与区别

传说与神话的联系主要有三点：第一，一部分上古时期的传说与神话交融在一起，神话是传说产生的源头之一。中华文明史源远流长，但最早的没有文字记载的远古历史是口传的，那一时期人类处于文化的童年时代或者刚刚脱离童年时代，这种口传的历史带有浓郁的原始思维色彩，有很多神话的内容，也有基于事实的传说故事。所以三皇五帝时代的历史记述，是神话与传说混在一起的。比如关于禹帝，闻一多先生曾从文字学上考证他本是一条虫，这是就禹在

---

① 钟敬文. 传说的历史性//钟敬文. 民间文艺谈薮. 长沙：湖南人民出版社，1981.

神话中的形象而言的，而上古也有大禹治水三过家门而不入的传说，就人性化了。虽然两种故事产生的时代有先后之别，但是后来会同时在人们的口头传播。而时间越往后，神话的色彩越淡，传说的成分越多。到司马迁写《史记·五帝本纪》时，就广取传说内容，并把荒诞的神话内容合理化，整理成看起来可信的上古历史。但是由于司马迁所依据的主要是神话传说资料，因此这一章的内容实质上仍然跟传说接近。第二，传说与神话都是散文体的口述故事。这是就二者的体裁特征和传播方式而言的。第三，传说的人物和情节也有一定程度的超现实因素。传说的故事追求传奇性，而许多传说的传奇性效果是靠超现实性的魔幻情节来制造的，如：杨柳青年画传说中关于画会"鼓"的故事，说画中的动物、植物会变成真的，画中的毛驴会下来给穷苦人拉磨；白蛇传中蛇能变人、会施法术，法海会变到螃蟹肚里去；等等。这些都是神异性的情节，与原始文化中的神话思维是一脉相承的，只不过这些情节在传说中是作为调料存在的，不像在神话中那样占主导位置。

传说与神话的区别是：第一，二者的故事主人公有不同的属性。神话的主人公是神，其故事以神格为中心。传说的主人公是人，而且很多是历史上有真名实姓的人，其故事比神话更接近现实生活，其超现实因素的内容是有限度的，不会占据主导地位。如中国上古黄帝与蚩尤之间的战争，在神话中，作战过程不是常人之间的厮杀，而是主人公作法术，"纵大风雨"，或"作大雾"，或者请旱神助战，或者命猛兽攻战，整个战争都是神灵之间的较量，现实性成分很少，这就是以神格为中心；而关于三国时期赤壁之战的传说故事，双方的作战过程是常人的武力和智谋的较量，其中也有孔明作法、借东风的情节，但这种情节只是局部内容，是整个故事的点缀，传说的情节整体上符合现实生活的逻辑。第二，神话与传说都有超现实的幻想，但神话的幻想符合原始思维的逻辑，虽在今天看来荒诞不经，但是在神话存活的原始部族的生活和信仰里，是具有神圣性和真实性的。就是说，神话的超现实情节是传播者信以为真的。传说的幻想只是为增强故事的传奇性而存在，并不为传播者所相信，而且幻想的内容都与特定阶段的历史事件、历史人物或地方古迹、风俗相联系。虽然讲述者努力强调故事是真实可信的，但是他自己也并不是真的相信，只是为了营造似乎真实的讲述氛围，听者也是姑妄听之，并不当真，但也不去计较或揭穿故事的可疑之处。

第二节
传说的种类与思想内容

中国的传说流传广泛，数量众多，内容也丰富多彩。从不同的角度，可对这些传说做不同的分类。这里，仅根据传说内容或题材的不同，将传说分为四大类：人物传说、史事传说、地方风物传说、习俗传说。①

① 程蔷.中国民间传说.2版.杭州：浙江教育出版社，1995：47-131.

一、人物传说

人物传说的特征是以人物为中心，叙述人物的事迹和遭遇，用生动奇异的情节刻画和渲染人物形象。人物传说主要有六种类型。

（一）神仙传说

这类传说的人物有超乎凡人的神通，大多是虚构出来的，也有少量是真实的人物，既有八仙那样的仙话人物，也有济公那样的佛家人物。其内容有的以惩恶助弱为主，如"八仙传说"。八仙即铁拐李、张果老、汉钟离（又称钟离汉）、吕洞宾、韩湘子、何仙姑、曹国舅、蓝采和，他们是道教人物，出身背景各不相同，本领、造型各异，由于在社会、江湖上助弱济贫、惩恶扬善，修炼成长生不老的仙人，其形象是人也是仙。八仙故事在我国家喻户晓，其中最著名的是"八仙过海"的故事。有的以讲述爱情故事特别是人仙婚恋为主，如四大传说。有的重在宣扬宗教观念，如道家的修炼成仙、佛家的轮回报应等。这些神仙人物大部分是历史上并不存在的想象中的人物，只有一小部分是仙化的真实人物，如东方朔；也有从神话故事演化而来的形象，如西王母。

（二）文人传说

主要讲述历代杰出文人包括诗人、画家、书法家、作家、哲学家的生活逸事。用生动有趣的故事来渲染他们在事业上的精深造诣，或讲述他们成才的艰辛刻苦，以激励后人用功。也有很多故事刻画他们的某种性格特征如机智、幽默、倔强、耿介等。经常出现在这类传说中的人物有孔丘、屈原、王羲之、李白、司马迁、陶渊明、苏轼、唐伯虎、蒲松龄、曹雪芹等。那些成就卓著而又经历曲折、个性突出或者与普通大众联系密切的文人更受传说的偏爱。

（三）巧匠名医传说

传说的内容多渲染巧匠名医技艺高超、品格高尚，且惩恶扶弱。各行各业都有出名的能工巧匠，一些名匠名医成为同行业、相近行业甚至一般劳动民众崇敬的偶像，人们编造出很多故事传扬其技艺、品行。这类传说中最发达的是鲁班传说。名医传说中常见的主人公有扁鹊、张仲景、华佗、孙思邈、李时珍等。这里，让我们看一则关于张仲景的传说：

东汉的时候，有个名医叫张仲景，因为医术高明，被人称为医圣。

张仲景在长沙做官，在晚年告老还乡的时候，正赶上冬天，寒风刺骨，雪花纷飞。在白河边上，张仲景看到很多无家可归的人面黄肌瘦，衣不遮体，耳朵都冻烂了，心里很难受。

回到家后，由于张仲景早已经闻名天下，很多人上门求医。张仲景有求必应，整天都很忙碌，可依然挂念那些冻烂耳朵的人。很快，他研制出一个可以御寒的食疗方子，叫

"祛寒娇耳汤"。

他叫徒弟在南阳东关的一个空地搭了个棚子，支上大锅，为穷人舍药治病，开张的那天正是冬至，舍的药就是"祛寒娇耳汤"。

当初祛寒娇耳汤的做法是：把羊肉、辣椒和一些祛寒的药物放在锅里煮，熟了以后捞出来切碎做馅料，用面皮包成耳朵的样子，再下锅，用原汤煮熟。

因为面皮包好后，样子像耳朵，又因为功效是为了防止耳朵冻烂，所以张仲景给它取名叫"娇耳"。

张仲景让徒弟给每个穷人一碗汤，两个"娇耳"，人们吃了"娇耳"，喝了汤，浑身发暖，两耳生热，再也没人把耳朵冻伤了。

俗话说，医生难治自己的病。张仲景也是人，不是神。

有一年，张仲景病了，他自己也知道，生命的灯油就要烧干了。

当初张仲景在长沙任职的时候，就在平时经常为老百姓看病，很受群众的爱戴。退休以后，长沙的百姓每年都派代表到张仲景的家乡去看望。在他病重这年，长沙来看望他的人说，长沙有一个风水很好的地方，想让张仲景百年之后在那里安身，可南阳的人不干了，双方就争吵起来。

张仲景说：吃过长沙水，不忘长沙父老情；生于南阳地，不忘家乡养育恩。我死以后，你们就抬着我的棺材从南阳往长沙走，灵绳在什么地方断了，就把我埋葬在哪里好了。

在那一年的冬天，张仲景驾鹤西去了。寿终的那天正好是冬至。

当送葬的队伍走到当年张仲景为大家舍"祛寒娇耳汤"的地方的时候，棺绳忽然断了。

大家按照张仲景的嘱托，就地打墓、下棺、填坟。两地的百姓你一挑、我一担，川流不息，把张仲景的坟垒得大大的，还在坟前为他修了一座庙，这就是现在的医圣祠。

张仲景是在冬至这天去世的，又是在冬至这天为大家舍"祛寒娇耳汤"的，为了纪念他，从此大家在冬至这天都要包一顿饺子吃，并且都说，冬至这天吃了饺子，冬天耳朵就不会冻了。

"祛寒娇耳汤"现在很少有人吃了，但大家在冬至这天吃饺子的习俗流传了下来，并且饺子的种类和形状也有了很大改进。①

这个故事既可以被看作关于名医的人物传说，但同时也在解释中国人为什么冬至时要吃饺子，所以从另一个角度看，也是一则习俗传说。

（四）帝王将相传说

帝王将相传说又可分为帝王传说和将相传说。帝王传说讲述帝王的神奇出生、宫廷逸事，或者讲述帝王如何残暴、贪婪、好色等的故事，如关于上古五帝、秦始皇、汉武帝、隋炀帝、李世民、武则天、朱元璋、乾隆、康熙、慈禧太后等，都有很多传说。将相传说又可分为名将传说、清官（贤相）传说和奸臣传说。名将传说讲述百姓理想中英雄式的著名将军如岳飞、杨

---

① 冬至的饺子温暖的传说．（2003－12－29）［2021－02－10］．http：//bj．sina．com．cn．引用时做了整理。

家将、戚继光、萧何等的作战故事，其中岳飞传说、杨家将传说影响最大，并在当代转化为评书形式借助现代传媒广泛传播。清官（贤相）传说讲述贤明、勤勉、疾恶如仇、不畏强权、主持正义或幽默风趣的大臣、官员的事迹，如诸葛亮、魏征、包拯、寇准、海瑞、刘墉、纪晓岚等，有很多影响巨大的传说故事。这些清官实际上是穷苦百姓在黑暗社会饱受欺凌、求告无门的情况下幻想出来的救星式的形象，穷苦百姓常常无法通过合法的途径保护自己的权利，在长期专制的社会中也不可能产生对于新制度的想象，就把希望全部寄托在清官身上。虽然少量的清官并不能解除太多的苦难和冤屈，但是这种清官传说的讲述毕竟给底层民众的生活带来一些希望和光亮。奸臣传说则揭露封建社会统治阶层中的一批奸坏腐朽官员如秦桧、潘仁美、严嵩、魏忠贤、吴三桂、和珅等的恶行。他们往往为攫取权力、聚敛财富等而结党营私、陷害忠良、受贿勒索、荒淫奢侈，并善于在皇帝或上司面前阿谀奉承、巧进谗言。在故事中，奸臣往往是名将、清官的对立面，由于他们的破坏行奸，而使正面人物的作为、成功有了很多曲折，客观上增添了故事的吸引力和生动性。

（五）起义英雄传说

起义英雄传说，是反映官逼民反的历史事实，歌颂造反起义的英雄好汉的传说。中国古代漫长的封建社会历史过程中有很多次农民起义，每次重大起义的首领都会出现在民间传说之中，如陈胜、吴广、黄巢、方腊、宋江、李自成等。封建社会的一般史书注重记载以统治者为主角的朝廷大事，对起义首领很少做正面的较详细的记载，而且通常把起义者称作"匪""贼""逆臣"等，做出否定的评价。而民间传说对这些人物的评价并不受统治者和正史的观点的左右，不管起义者最后是否成功，大都把他们当作正面人物、英雄进行传扬。这主要是由于起义者一般都出自下层民众，代表了民众的利益和愿望。

（六）政治历史人物传说

指近代以来的政治家、革命家的故事，也包括政坛上的反面人物的故事。这些人物，不仅有清末民初时期的一批著名政治家如谭嗣同、章太炎、秋瑾、蔡锷、黄兴、孙中山等，也有毛泽东、朱德、周恩来、彭德怀、贺龙、陈毅、邓小平等中国共产党的领袖人物。除了正面人物以外，也有一些传说讲述对反面人物如袁世凯、汪精卫、"四人帮"等的否定、憎恨、嘲笑等。

二、史事传说

史事传说是以历史事件为叙述中心的传说。这种传说以传奇性故事讲述历史性事件，广泛刻画各个阶层、各方面的人物动态，反映民众对历史的认识，表现人心的向归。史事传说主要有三种类型。

（一）反抗外来侵略的传说

几千年来中华民族为了维护民族独立和祖国统一，无数次抗击外侮，进行艰苦卓绝的自卫战争，涌现了许多可歌可泣的英雄故事。这方面的著名传说有岳飞抗金传说、杨家将抗击契丹的传说、郑成功的传说、戚继光抗倭的传说、义和团传说、捻军传说等。

（二）农民起义传说

在长期的封建社会中，统治阶层治国无方、政令严酷、黑暗腐败等因素，导致穷困百姓无法正常生活而一次次起义反抗。近代科技落后的中国不断遭受帝国主义国家的侵略，农民义军奋起反抗，故相关的一些传说又增加了反帝的主题。传说用生动离奇的故事叙述起义作战过程，赞颂起义英雄，中国历史上的著名起义如陈胜吴广起义、黄巢起义、梁山泊起义、李自成起义、太平天国运动、义和团运动等，都有很多传说故事流传。

（三）革命历史事件传说

这是新的史事传说，记述自孙中山领导的民主革命以来的历史事件，特别是中国共产党领导的新民主主义革命历程中的传奇故事。

除以上三种类型外，史事传说还包括很多其他历史大事。

三、地方风物传说

地方风物传说，是关于特定地方的景物、古迹、特产、动植物的由来、命名和特征的解释性传说。这类传说是对特定地方的实物或实事进行艺术性的解释，而不是讲述科学知识；故事收尾处一般归结到开头提出的事物上。其内容常表现出当地民众的世界观、价值观。主要有以下几种。

（一）山川名胜传说

山川名胜传说是解释特定地方的自然物与人工物的由来、命名与特征的传说。这类传说往往由视觉上富于美感的特点引发想象，编出趣味盎然的故事。看起来是在解说山川名胜的形成和特征，实际上表现的是当地人们对家乡景物的喜爱和生活中的各种感受、观念和愿望。这种传说使自然风光平添了人文情趣，因而更富有魅力。比如人们爱给一些风光秀丽而造型奇特的山峰编故事，解释山峰的形状是怎么形成的。在广东与广西交界的地方，有一座高山，山顶上有两块巨石，巨石之间架着一块石板，石板上还立着一块石头。远远望去，就像一个人站在一张石板凳上。当地人很喜欢这一景色，时间久了，逐渐幻想出一个故事来解释它。故事的主角是一对壮族青年男女：美丽的姑娘梅娥和勇敢的小伙子石苟。当地的恶霸财主"活阎王"看上了梅娥，派家丁们来抢婚，害死了梅娥唯一的亲人老父亲。石苟见到，救下了梅娥。二人逃到了深山中，结为夫妻。后来石苟被朝廷强征入伍，一去不回。梅娥在每月十五都要到山顶上，站在石凳上朝石苟远去的方向张望，因为总也等不来夫君回还，就变成了一块石头，永远向远方张望着。后来人们就把这座山峰叫作"望君顶"。① 类似的传说古已有之。南朝宋代刘义庆的《幽明录》中就有这样的记载：

> 武昌阳新县北山上有望夫石，状若人立。相传：昔有贞妇，其夫从役，远赴国难，妇携弱子，饯送此山，立望夫而化为立石，因以为名焉。

（二）物产传说

物产传说是关于各地、各民族的土特产品的产生、特征和名称由来的传说。由于各地物产丰富，这类传说也有很多。特别是一些久负盛名，其名称又较"怪"的特产，如天津狗不理包子、杭州东坡肉、潮州老婆饼等，其传说也很有趣，并流传广泛。

这里以狗不理包子为例。天津小吃有三绝：狗不理包子、耳朵眼炸糕、十八街麻花。其中，以狗不理包子最为著名。一般外地到天津的客人，都要去品尝一下正宗的狗不理包子。这种包子确实美味可口。其主要特色是色白面柔，底帮厚薄相同，外形美观匀称，入口咬起来流油，但又肥而不腻，味道鲜美。据有关资料，它的用料、做法等确有独到之处。该包子馅的做法是：以肥瘦 3∶7 的比例取鲜猪肉轧碎，加入定量的水、排骨汤或鸡汤，再用小磨香油、特制酱油、姜末、葱末、味精等精心调拌，这些配料的比例用秤严格定量，一斤馅里放一两五钱香油、四两鲜姜、一两葱末。包子皮的做法是：和面时水温保持在 15℃ 左右，做成半发面，揪出剂子，擀制成直径为 8.5 厘米左右、薄厚均匀的圆形皮。包馅时讲究褶花疏密一致，每个包子 18 个褶，外表呈白菊花形，将包子在屉内摆好，上大灶蒸 5 分钟即熟。前后八道工序都有特定的规矩和技法。这样好吃又好看的包子为什么取名"狗不理"呢？天津一带流传着关于狗不理包子的传说，其中心就围绕着这一奇特的名称加以演绎。尽管各版本有所不同，但这些传说都以一个从天津郊区河北乡村到天津市某包子铺当伙计的小伙子为主角，"狗不理"是他的小名或绰号。故事发生的时间在清朝光绪或道光年间。有些故事讲出具体的地点和人名：天津附近武清县（现为武清区）杨村的一个少年名叫高贵有。他的小名叫"狗不理"。还有的故事说他的脾气倔强，一次他的妈妈说他："你这种牛脾气呀，真是个'狗不理'！"意思是说他的脾气坏得连狗也不愿搭理。这样他就得了个"狗不理"的绰号。高贵有十三四岁到天津学手艺，在天津南运河边上的刘家蒸食铺做了小伙计。在这里没人叫他的大名，都叫他"狗不理"。由于他心灵手巧，很快学得一手好活计。三年满师后，他就离开这家铺子自己开了一家叫"聚德号"或"德聚号"的包子铺。他做的包子物美价廉，远近做工的人们和小商小贩都喜欢到他那里吃包子。由于人们喊惯了他的小名或绰号"狗不理"，也就把他做的包子叫作"狗不理"包子。还有一种说法，说他的小名叫狗子，由于生意兴隆，他常忙得顾不上跟食客说话，所以吃包子的人都说"狗子卖包子不理人"，时间长了都叫他"狗不理"，他做的包子也就成了"狗不理"包子。这样，"狗不理"包子铺的名声很快就传开了。有的故事还说，当年袁世凯在天津编练新军，将"狗不理"包子献给慈禧，得到她夸赞，从此"狗不理"包子的名声就更大了。

以实有人物的名字来命名的食品最著名的应是打苏东坡招牌的系列菜："东坡肉""东坡肘

① 关汉，韦轩. 广东民间故事选. 广州：花城出版社，1982.

子""东坡鱼"等。据说苏东坡不仅是个美食家，对烹饪也很有研究，曾修订过民间菜谱。他自己也爱烧菜，曾在《东坡志林》中写道："予在东坡，常亲执仓煮鱼，客未尝不称善。"他很喜欢吃猪肉。元丰三年（1080）贬官到长江边上的黄州任职时，见当地百姓不喜食猪肉，导致猪肉价格很贱，就常买回猪肉，按自己家乡眉山一代的做法烹制，还写下《猪肉颂》一诗：

> 净洗铛，少着水，柴头罨烟焰不起。
> 待他自熟莫催他，火候足时他自美。
> 黄州好猪肉，价贱如泥土。
> 贵者不肯吃，贫者不解煮。
> 早晨起来打两碗，饱得自家君莫管。

据说东坡肉就是按苏东坡的烹饪方法做的一道菜，它在浙江曾被评为杭州第一传统名菜。"东坡肉"皮薄肉嫩，色泽红亮，味醇汁浓，口感酥烂而外形不碎，味道香醇而不油腻。关于这道菜还有一个传说：苏东坡在杭州任职时，曾发动民众疏浚西湖，他见人们做工辛劳，就让家厨按自己的方法做成红烧肉，送到每个民工的家中表示慰劳，并嘱咐家厨说："连酒一起送。"但家厨没听明白，误以为让他做红烧肉时连酒一起烧，就把肉加上酒烧起来。民工们吃了这种加上酒烧制的肉，都认为是从来没尝过的美味佳肴，并把这道菜称为"东坡肉"。从此，该菜成为一道名菜流传下来。"东坡肘子"据说也是按苏东坡的手艺烹制的一道传统名菜。

在全国许多地方的饭馆里都常见到的川菜麻婆豆腐，深受大众的喜爱。其豆腐雪白细嫩，上面点缀着牛肉馅、青蒜苗节，周遭围绕着透亮的红油，口感麻、辣、烫、鲜、嫩、香、酥。

关于麻婆豆腐的来历，民间传说：在清代晚期，成都北门外万福桥头，有一家小店，店主是一对夫妻。妻子掌厨，因其面部有麻点，其夫姓陈，人们背后都称她为陈麻婆。在桥头过往的挑油脚夫常买些豆腐和牛肉，加上自己所挑的菜油，交给陈麻婆代为烹饪，并付给一定的火钱和加工费。由于陈麻婆做的豆腐美味可口，"麻婆豆腐"的名声传扬出去，夫妻俩就主营豆腐菜，并挂出了"陈麻婆豆腐饭店"招牌。清朝末年，麻婆豆腐已成为成都一带的名菜。诗人冯家吉曾在《成都竹枝词》中写道："麻婆陈氏尚传名，豆腐烘来味最精。万福桥边帘影动，合沽春酒醉先生。"作家李劼人在长篇小说《大波》中，曾记载麻婆豆腐的历史："陈麻婆饭铺开业80余年，历三代而未衰，40年代虽仍处郊野，依然是门庭若市，掌厨者为其再传弟子薛祥顺，50年代迁市内。"

（三）动植物传说

动植物传说是解释动植物的名称、习性或特征的由来的传说。这类传说围绕动植物的名称、特征等编造一个生动感人或有趣的故事，故事里往往表现出民众的道德观念和人生哲理。如为什么猫总爱吃老鼠、老鼠生来害怕猫呢？关于十二生肖来历的传说解释：当初玉皇大帝要选12种动物作为人的属相，这样人就不伤害这些动物了；选择这些动物的方法是看谁在那一天先跑到他的龙案前。猫获知这一消息后，就告诉了老鼠，二者约好那天一起去。老鼠让猫放心睡觉，早晨叫醒它。但老鼠悄悄地自己去了，并在竞赛中获得了12属相的头名。老鼠回来时猫正在洗脸准备出发，听说考核完毕老鼠已经中了头名，一气之下就把老鼠吃了。从此两种动物就结下了仇。这个故事听起来趣味盎然，同时表达了人们对老鼠不守信义的否定和嘲笑的评价。关于含羞草的传说解释了为什么含羞草一触就垂下叶子，为什么叫作"含羞草"。故事讲述了一个小伙子与荷花仙变成的女子之间的爱情故事。二人已结成夫妻，但后来小伙子见异思迁，在外出打工时与另一个妖女成了亲，后来又被妖女害死了。荷花仙把丈夫埋葬后，坟头上长出一棵草，是那小伙子的灵魂转生的。荷花仙的手指一碰它，它就并拢叶子，垂下叶柄，那就是小伙子对自己的变心行为深感羞愧的表现。从此，人们就把这种草叫"含羞草"。这个故事包含着人们的传统的爱情观：赞美荷花仙对爱情的忠贞，批评男主人公对爱情不专一、离弃原配的行为。

四、习俗传说

习俗传说是关于各地各民族的风俗习惯的形成原因的解释性传说。风俗习惯在当初产生的时候，都是当地民众出于生活的需要而采取的活动，是有利于社群的生存和发展的。当这些活动成为当地人们的行为模式和生活习惯后，就有了较强的稳定性和传承性，为一代代的后人所遵循。由于时间的推移和生活条件的变迁，这些习俗性活动在后世已不再具备当初的必要性，后人不知道为什么要做这些事，就编出种种故事来解释其合理性，就形成了习俗传说。这就是习俗传说的产生原因。

习俗传说的种类有很多，最常见的有三种：节日习俗传说、婚丧习俗传说、游艺习俗传说。

（一）节日习俗传说

节日习俗传说是解释中国各民族的节日习俗的由来的传说。这些传说一般都用生动有趣的故事解释某个节日为什么有某种习俗。

春节是汉族最隆重的节日。过年期间有贴对联、请神、放鞭炮、吃饺子、拜年、给压岁钱等习俗。对这些活动，老人们都有各种说法加以解释，有的说法较为简单，不能构成故事，有些说法则是用讲故事的方式，这些故事就是关于过年的习俗传说。贴对联的习俗，是由敬奉门神衍生而来的。最早的门神是神荼、郁垒。关于此二神的故事首见于王充《论衡·订鬼》所引《山海经》：

> 沧海之中有度朔之山，上有大桃木，其屈蟠三千里，其枝间东北曰鬼门，万鬼所出入也。上有二神人，一曰神荼，二曰郁垒，主阅领万鬼。恶害之鬼，执以苇索，而以食虎。于是黄帝乃作礼，以时驱之。立大桃人，门户画神荼，郁垒与虎，悬苇索以御凶魅。①

神荼、郁垒能捉鬼的故事传扬开来，人们都在过年时在门的两边挂上两片桃木板，上面写着二神的名字，以驱鬼避邪，这就是早期的桃符。到五代时，后蜀的孟昶在桃符上写了两句话："新年纳余庆，佳节号长春。"这是记载中最早的春联。后来人们改用红纸书写张贴，成为家家户户都遵行的习俗。关于放鞭炮，人们传说是为了用响声吓跑一个叫作"年"的怪兽。许

---

① 王充.论衡：第3册.北京：中华书局，1979：1283.但该段引文不见于今本《山海经》。

多地方有过年供斧子的习俗，吉林长白山地区的传说解释为，有一家穷人因为无意间把斧子放在祭祖的供桌上，而一年日子兴旺、庄稼丰收，于是这一带就有了过年供斧子祈福的习俗。

再如五月初五端午节有吃粽子、划龙舟等习俗。民间较通行的解释是起因于人们纪念屈原。南朝梁代吴均在《续齐谐记》中记载：屈原在五月五日投汨罗江自尽后，楚地的人很怀念他。到每年的这一天，就用竹筒装上米，投入河中祭祀屈原。汉代建武年间，在某个白天，有一个士人模样的人向一个姓曲的人现身，自称是三闾大夫，告诉曲氏，过去人们所投的食物都被蛟龙偷吃了，请将米用楝叶包起来，并用彩丝缠好，这样蛟龙就不会抢吃了，因为这两种东西都是蛟龙所害怕的。从此以后，人们在五月初五就用楝叶和五色丝包裹粽子。南朝梁代宗懔的《荆楚岁时记》则记载：五月初五龙舟竞渡的习俗也是为纪念屈原而设，人们赛龙舟是为表达救助屈原的愿望。这些传说听起来合情合理。但据闻一多先生考证，端午节的习俗起源更为古老，很可能是史前社会图腾崇拜的遗迹，他在《端午考》中说：端午节本是吴越民族举行图腾祭祀的节日，而赛龙舟便是祭仪中半宗教、半娱乐性节目。在上古社会，人们常受到蛇虫、水灾的威胁，就将幻想中神通广大的龙当作部族的图腾，也就是当作自己的祖先和保护神。将小舟造成龙形，画着龙纹，并称为"龙舟"，在端午节进行龙舟竞渡，就是龙崇拜的遗迹。这种考证是有道理的。另一个较有力的佐证是，对赛龙舟习俗的产生原因，不同地方有不同的传说：楚地的说法是为凭吊屈原，而越地的传说解释为纪念越王勾践苦练水军、打败吴军的事迹，吴地的传说则说，龙舟竞渡是为祭祀、迎请钱塘江潮神伍子胥或孝女曹娥。这说明端午节习俗源于纪念屈原的说法只是特定地方的人所做的附会性的解释。现在一般认为，端午节初步形成于战国时代，当时人们认为午月午日为恶月恶日，因而要举行仪式辟邪驱瘟，其习俗有蓄采百药、沐浴兰汤、远游等。这是对端午节起源的科学解释。[①]

各少数民族都有自己的特色节日，如傣族、阿昌族、德昂族、布朗族、佤族等的泼水节，白族、纳西族、彝族等的火把节，侗族的斗牛节，仫佬族的吃虫节等，并有关于这些习俗的传说。

泼水节一般在公历四月中旬，傣历的六月，为期三至五天，相当于汉族的春节。第一天是除夕，第二天傣语叫"腕脑"，意为"空日"，最后一天是"日子之王到来之日"，相当于汉族的大年初一。节日期间，要进行拜佛、泼水、放高升（用竹子、火药等自制的烟火）、划龙舟、赶摆、歌舞、丢包等活动。节日第一天，在佛寺举行的祭祀仪式结束后，人们涌上大街小巷，用铜钵、脸盆或水桶盛上水（当然不能用热开水），逢人便泼，互相追逐嬉戏。民间认为这是吉祥之水、祝福之水，不仅可以防病消灾，而且向对方泼水是表示亲爱和敬重之意。傣族人说："年年有个泼水节，看得起谁就泼谁。"所以人们相互尽情地泼着，不管是泼人者还是被泼者，从头到脚都湿透了，都非常兴奋。这一习俗是怎么来的呢？传说过去有一个残暴凶恶又本领高强的魔王，抢夺了十一个美女做妻子，妻子们都恨透了他，但魔王不怕任何伤害，别人无法杀死他。后来他又抢来最美丽的姑娘做十二房。这位姑娘设法诱哄魔王透露了自己的秘密：只有一个办法可以杀死他，就是拔下他的一根头发，勒住他的脖子。等魔王睡熟时，姑娘就拔下他的一根头发，勒住他的脖子。魔王脑袋滚落而死。但魔王的头颅不好处理，一落到地上就会引起大火。十二个妻子只好轮流把魔王的头抱在身上，每年轮换一次，轮换时，人们就给抱

① 陈连山.端午//民族传统节日与国家法定假日课题组.中国节典·四大传统节日.合肥：安徽教育出版社，2008：104.

头的姑娘泼水，以冲洗她身上的血污，助她消除一年的辛劳，并祝福新的一年里能免灾避难。由此形成了泼水节。

火把节是中国南方彝、白、纳西、傈僳、拉祜、哈尼等族的传统节日，时间大都在每年夏历六月二十四日前后，为期一至三天。在不同的民族和地区，火把节举行的活动不尽相同，常见的有：点火把、歌舞、赛马、斗牛、摔跤、射箭、拔河、打秋千等。火把节也是青年男女在欢聚歌舞中自由交往、选择配偶的好机会。不管怎样，火把节都少不了众人在夜晚点燃松木扎制的火把，插在村中各处，并手持火把在村中和田野中游动。民间认为耍火把可以驱邪避害，祈祷丰收。关于为什么在这个日期要到处点燃火把，不同地方流传着不同的传说。云南彝族的一则传说讲，从前天上的一个大力士来找地上的大力士摔跤，被摔死了，天菩萨发怒，就派大批蝗虫、螟蛾来吃地上的庄稼。地上的大力士在旧历六月二十四那晚，砍了许多松树来，领着人们点火把烧害虫，保护了庄稼。从此，人们把这天定为火把节。纳西族则传说，天上的大神看到人间生活得很快乐，心生嫉妒，就命一位老将到人间放火。老将不忍心伤害无辜、破坏人们的幸福生活，就告诉了一个遇到的人，在六月二十五日这一天，天神要来放火，可点燃火把竖立在门口，能避免灾难。这人赶快把这消息告诉了全寨的人。到六月二十五这天，家家户户点燃火把。那位老将就告诉天神，已将人间烧成一片火海。天神看了很满意。从此，纳西族每年到这天都要点燃火把，以祈福避害。而在路南地区彝族的传说中，点燃火把是攻克魔王的方法：由于攻打魔王时久战不胜，就改用火攻——在每只羊的双角和后腿绑上火把，以此驱赶羊群猛攻，战胜魔王。从此人们就在每年夏历六月二十四日点火把庆祝用火攻之术取得的胜利。白族传说，点火把是为了纪念一位坚贞不屈、赴火而死的妇女。据清代光绪年间《昆明县志》记载："汉之时有夷妇阿南，其夫为人所杀，南誓不从贼，即以是日（旧历六月二十四日）赴火死，国人哀之，因此为会。"

（二）婚丧习俗传说

婚丧习俗传说，就是关于婚姻和丧葬习俗的传说。这类传说大都用故事解释婚礼、葬礼上为什么要举行一些富于特色但显得颇为神秘的习俗活动。中国地域辽阔，民族众多，各地各族有很多丰富多样的婚丧习俗，有关的传说也很多。上文所举的关于新娘的盖头或遮羞布的传说就是婚俗传说。

婚姻与丧葬是民众生活中的大事，婚礼与丧礼一般是民间最隆重的典礼。按民间传统礼俗，婚丧大事有严格和烦琐的"讲究"。这些讲究大都是"老时候"流传下来的风习。很多风习让人感到莫名其妙，但还在被认真遵行着。人们就编出一些故事来解释为什么要有这些讲究。在婚俗中，关于姑娘出嫁要背出门、要坐轿子、蒙盖头，迎娶新娘要放鞭炮，新娘入洞房后要坐福，新婚之夜要闹洞房，等等，都有传说流传。汉族办婚事大都在新房里和用品上贴写双喜字。据说这一习俗的形成与北宋宰相、文学家王安石有关。故事说，王安石年轻时进京赶考，在京城对出了一家人门口的一副为选婿悬挂的对联，喜结良缘，新婚之夜，又得金榜题名的喜报，正是"洞房花烛题金榜，小登科遇大登科"。他感于喜上加喜，就在红纸上写了斗大的双喜字贴在门上。从此，该字流传下来，成为民间重大喜庆活动的一种点缀。对于坐福习俗，河北青龙一带有故事说，从前新娘来到婆家的第一天也没有坐在炕头上不动的习俗。有一个从小到大都没叫过"爹""妈"、不善应对的新娘，新婚之日坐在炕上一动不动，让娘家人和婆家人都很不满。但从此后这个女子变得灵气了，回娘家时能叫"爹""妈"，婆家日子也越来越红火。人们说，这家的好日子就是媳妇入门第一天坐福坐来的。从此传下坐福的婚俗。

一些少数民族有关于其特色婚俗的传说。纳西族摩梭人的传说将其"阿注"婚习俗归结于女山神创造的婚恋方式。景颇族盛行抢婚和新娘进新房前"过草桥"。他们说："小伙子和小姑娘成亲，双方再好也要抢进门；只有过了草桥，姑娘才能变成媳妇。"他们在传说中把这种习俗归于景颇族的祖先、创世英雄宁贯瓦的首创。傣族遵行从妻居的婚俗，男子上门，在女方家办婚礼，结婚时先在女方家住七天，再带妻子回家探望父母，三天后回妻子家居住。住满三年后，夫妻到男方家再住三年，住满三年后又可回女方家住，即"三年去，三年来"，直到夫妻有了自己的房子，才离开双方父母单独居住。傣族的一个传说解释了这种习俗：从前有一人家的养子到皇宫送信时娶了公主为妻，然后带公主回家认亲，又因父亲去世，遂妻带夫同母亲去皇宫居住，从此傣家人有了从妻居的习俗。

各族各地的丧葬习俗也有各种不同的做法和规矩，并有很多相关的传说。汉族葬俗，出丧时长子要在灵前摔盆。为什么这样做呢？一个故事解释说：从前有一个男子的前妻去世，留下一子。娶了后妻，又生一子。但后妻宠爱亲子，虐待前子。天冷时，爹见长子穿得很厚，却缩头缩脑，好像很冷，拆开棉衣，发现里面不是棉花而是芦苇缨絮。爹誓将后妻休掉，长子跪下劝阻，说如果休掉后娘，弟弟也会成为没有亲娘的孩子，还不如他一个人受苦。此话正好让后娘听到，深受感动，从此对长子比对亲子还好。她给长子准备了一个面盆，常把好吃的东西放在里面，留着给他吃。长子娶媳妇后她还这样做。后娘去世后，长子想到母亲再也不能往这盆里放好吃的东西了，就举起面盆摔到地上，号啕大哭。从此，起灵时由长子摔面盆成为一种仪式。

（三）游艺习俗传说

游艺习俗传说是关于各地、各民族的娱乐游艺活动的形成原因的传说。民间有各种传统娱乐游艺活动，如踩高跷、扭秧歌、划旱船、舞狮子、打秋千、放风筝、赛灯、猜谜、说书等，也流传着很多关于这些活动的传说。比如关于猜灯谜活动。河南社旗一代的传说讲，猜谜活动很早就有了，后来为什么兴起猜灯谜呢？从前有个财主，人称"笑面虎"，爱以衣取人。有一年春节前，有两个人跟他借钱，穿得衣帽华丽的人借到了，穿得破破烂烂的王少没借到钱。元宵节时各家各户做花灯，王少别出心裁地在花灯上题了一首诗：

> 头尖身细白如银，论秤没有半毫分。
> 眼睛长到屁股上，光认衣裳不认人。

很多人围着看。笑面虎看了说是骂他，就让家丁来抢花灯。而王少解释这首诗是个谜语，谜底是针，搞得财主很狼狈。从此有了猜灯谜的习俗。

蒙古族、鄂温克族等民族都有祭敖包或敖包会等活动。"敖包"一词是蒙古语音译，意为"堆子"，原指在游牧地区交界之处和道路上用石块或泥土堆积起来作为标记的堆子。据《清会典》记载："游牧交界之所，无山无河为志者，垒石为志，谓之敖包。"后来敖包被人们当作山神、路神、村落保护神等神灵居住的地方，成为崇拜物，受到人们的隆重祭祀，祭敖包是蒙古等族最重要的祭祀活动。后来敖包也成为游艺的场所。敖包一般建在地势较高的山丘上，也可以根据需要随意选址建造。它多用石块堆积而成，有的用柳条围筑，中填沙土，外观呈圆包状或圆顶方底形，顶上插着一些树枝、幡杆等，并挂着各色经旗或绸布条。每年五六月份水草丰美的时候，人们纷纷来到敖包前，献祭、祈祷、添加石块，祭祀完后，举行赛马、摔跤、射箭、歌舞等活动。[①] 在内蒙古、黑龙江的鄂温克族，传说有一个冤魂变的女妖常现身作恶，人们捉住了她，并按萨满的话，将女妖用草包好烧掉，然后将全部骨灰放在村边的高地上，用岩石压住，然后祭祀祷告。后来，人们怕女妖再出来，就不断地往岩石上加石头，就堆成了小山包。每年举行敖包会，祭祀之后，在敖包前进行热闹的游艺、社交活动。

第三节
传说的艺术特征、产生途径与社会价值

一、传说的艺术特征

传说主要有五个基本特征。[②]

（一）表述方式的"可信性"与主要情节的虚构性

传说有一个显著而重要的特色，就是讲述人总是摆出一副讲述真事的样子，像是在讲述一件有根有据的真事或信史，听讲人也因为传说具有若干真实的成分而增加了对故事的兴趣；但是讲者与听者双方都明白传说的真实性是有限的，故事的主体部分是虚构的，而双方都不去揭破这一点，使传说的真实性与虚构性在双方的默契中达到和谐自然的统一。这就是传说的"可信性"。可见，其"可信性"只不过是围绕真实的人、物或事讲一个虚构的有趣的故事，只是似乎可信而已。进一步地说，传说的"可信性"主要指一种表述的方式和情境，其主体内容显然并不是真实可信的，故事情节则纯属想象、虚构。讲者煞有介事，听者姑妄听之，这就是传说的传播情境。

表述方式的这种"可信性"也有内容上的部分真实因素的支持：或者故事中的主要人物是历史上或现实中实有的，其主要事迹和人品也基本属实；或者故事情节所依托的背景是历史上实有的重大事件；或者所解释的事物名称、特征等是真实的；或者讲述的景物特征可现场观看、历史故事有"遗迹"可循。

传说的可信性与主要情节的虚构性达到有机的统一，成为该文体的一种根本特征。

（二）故事情节的传奇性

故事情节的传奇性也是传说的一个显著而重要的特征。所谓传奇性，指故事情节在总体上

---

①　祭敖包．（2003－09－16）［2021－02－10］．http：//www.nmgnews.com.cn.

②　程蔷．中国民间传说．2版．杭州：浙江教育出版社，1995：132.

符合现实生活逻辑的基础上，又通过夸张、巧合、超现实的想象等虚构手段，构造奇情异事，使故事曲折离奇，高峰迭起，引人入胜。比如在关于天安门石狮子的传说中，李自成率义军攻进北京城的描述，都是真实可信的，而李自成挺枪在石狮子上扎出深坑，渲染他臂力惊人，则带有夸张成分。关于颐和园的铜牛的传说，讲康熙看到别人院中的三头牛好，就霸为己有，以及后来士兵们在水里捉神牛的描述，都是合乎现实生活的情理的，而三头牛到皇宫中能腾空飞走，以及留下的一头牛变作铜牛，则是超现实的幻想性情节，这种情节是故事的高潮所在，是让人感到惊奇和有浓厚兴味的地方。而这种情节的存在，并不影响整个故事的现实性的"可信"基调。而牛郎织女传说、白蛇传说里，由神仙变化来的人物，关键时就表现出神仙的本领，其超现实的幻想色彩更重，给故事增添了浓郁的传奇性，但故事从整体上看仍然在讲述人间生活。

传说的传奇性内容主要有两种，一种是夸张性内容，一种是超现实幻想性内容。后者是与神话思维一脉相承的，但传说的传奇性内容与神话的神奇幻想内容在故事中的地位是不同的，传说的内容总体上符合现实生活逻辑，超现实情节只是局部的某个环节的内容，起到增强故事生动性的作用，但并不为传播者所信；神话在总体上是以神格为中心的，是以传播者对超现实内容的虔诚信仰为基础的。

传说的传奇性情节一方面使内容波澜起伏，格外吸引人，使民众获得娱乐和放松；另一方面还以魔幻的形式满足民众的愿望，如孟姜女哭倒长城、杨柳青画上的驴下来为穷苦人拉磨，使在现实中冤屈难伸或穷愁不堪的民众在传说里达成了心愿，获得了情感的慰藉。

（三）解释世界的人文情趣与艺术构想

很多传说带有较强的解释世界的意味，表现出民众对于一些独特、奇异事物的求知欲、好奇心。故事的结构往往从提出问题开始，以回答问题结束，中间以虚构的故事来作为解释的过程，这在整体上就是一种推本溯源的结构形式，其线索就是提出和回答问题。比如黑龙江朝鲜族流传的关于金达莱花的传说，整个故事的结构基础就是这种花为什么叫金达莱，最后以得出答案结束。中间是一个故事：一个名叫金玉的小伙子和一个名叫达莱的姑娘相爱，后来一个财主的儿子看上达莱并求婚，达莱不从，与金玉逃入深山。财主的儿子率家丁在后追赶，没有追上，就放火烧山，山上的树木都烧光了，两人也没出来。后来山路两旁开满粉红色的鲜花。达莱的父母就说："这就是我们的金玉和达莱啊！"从此人们把每年春天首先开放的这种鲜艳的花叫作金玉、达莱，时间长了，就把两个名字合在一起，叫"金达莱"。有些传说从整体上看是描述性的，并不明确提出问题，但也常顺带解释某一事物的源起，或以解释某个问题结束。

传说、神话、科学三者对世界的解释都源于人们对世界的好奇心和求知欲，但是三者解释世界的方式有根本的不同。神话对世界的解释是人类在童年时期缺乏科学知识的情况下进行的，是荒诞而富于艺术性的，但又是为人类所虔诚信仰的，即人们相信世界就是神话所说的那样子。随着科学知识的增多，人类走出童年期，越来越相信科学对世界的解释，神话的说法和思维方式逐渐为人们所放弃。而传说对世界的解释介于神话与科学之间，它源于民众对一些未知而感到好奇的事物的求知欲，这与神话发生的动力是一致的，人们随之发挥自己的想象力，编造出一个有趣的故事，这与神话的解释方式也有共同之处。但它与神话的解释有两点不同：一是故事的内容不再以神格为中心，而是以人格为中心或者情节基本上符合现实生活的逻辑，幻想的色彩明显减弱了；二是民众对传说的解释并不是真正相信，而是怀着讲听故事、娱乐一下的心态来创造和传播它。

有些问题也许有科学的答案，有些问题本来也没有或无须做出科学的解释，比如：谷子为什么只在头部长一只谷穗？公鸡为什么天要亮时一起叫？不管哪种情况，传说都是在好奇心或求知欲的驱使下，按着人文性或艺术性的思路编一个生动的故事。听了传说，虽然并没有获得科学知识，但是好奇心在另一个方向获得了满足——或者发挥了自己的文学创作才能，或者得到了文学艺术上的欣赏和放松。传说与科学对世界的解释的不同是显而易见的。

正是由于传说的说者与听者都不真正地相信其故事对世界的解释，一方姑妄言之，一方姑妄听之，又具有适应现实社会的人文性和艺术性，因此在神话体裁失去存活的土壤时，传说仍然在民间活跃，在科学发达的现代社会，传说与科学也不冲突，得以继续流传。

（四）情节与人物形象的类型化

传说的内容有明显的类型化的倾向。所谓类型化，就是指传说不是用个性化的情节塑造立体性的人物形象，而是在编造故事上有相沿成习的模式，在塑造人物上往往集中于其品性、能力等的某一个侧面。比如不同地方山顶上的石头在外形上很像一个人，就会编出一个爱侣分离的悲剧故事，女子苦候爱人而不归，化身为石。这一传说类型在不少地方都有流传，当然都结合了当地的景物特点，发生了一些细节上的变异，如在广西有望君顶，在江苏有贤妻山，在浙江雁荡山有夫妻峰，在临安天目山、澎湖海岸、秦皇岛山海关附近等地方都有望夫石。很多传说的爱情悲剧都讲穷苦青年男女互相爱慕，但是女子又被财主看上，从而被后者以强力拆散；讲诗人、作家、书画家勤奋成才，不少传说都讲主人公研墨把一池水都变黑了。运用缺少独特性的情节或细节塑造出来的人物形象一般也是非个性化的。一般传说中的人物只具有某一两个方面的特征，或者勤劳勇敢，或者富于智谋，或者忠于爱情，或者阴险狡诈，或者贪婪残忍，等等。一些为大众所熟知的传说人物也只是在某一方面特别突出，如：工匠的祖师爷鲁班，其形象特征主要是技艺精湛，另外有少量传说表现他利用自己的手艺扶弱济贫；清官的代表包公，其形象特征主要是公正执法、明察秋毫、铁面无私、不畏权势等，个性化的因素很少，主要是"面如黑炭"一点。

由于情节缺少个性，一些典型的情节常被用于不同的人物身上，或者用以解释不同地方的风物。这样就造成了许多箭垛式人物，如鲁班、包公、徐文长等。"箭垛式"，就是指许多具有同样特征的情节都被安放到一个著名的具有这种特征的典型人物上，像很多箭射到一个目标上，使之成为聚集着很多箭，并不断有新的箭射来的垛子。但一些历史悠久、情节很丰满的传说，其人物已较为个性化。

类型化并非传说所独有的特征，神话、民间故事的情节、人物也有类型化的特点，而且民间故事的类型化特征更加突出。而传说的类型化特征与其他两种体裁不同的是，传说内容的类型化往往是以真实存在的人或事物为基础的，不断集聚或复制的类型化内容使原型的特征得到渲染和夸张。

传说内容的类型化是与民间文学整体上的朴素简明风格协调一致的。虽然这使传说在艺术性上显得简陋粗糙，但是它以民间文学特有的风格获得普通民众的喜爱，而且其程式化的方式为人们的创作、讲述提供了便利。

但是我们说传说具有类型化的特征，并不是说传说完全没有个性化的因素。有一部分传说的人物和情节是有明显个性化的倾向的：一些以历史人物为主人公的传说，故事里的人物就带有真实人物所具有的个性，如：徐文长，除一般文人的多才多艺、洒脱不羁之外，还有风流多情、爱玩恶作剧的个性特征；李白除了勤奋才高之外，还有好酒狂放的个性特征。一些长期流传、家喻户晓、形态复杂的传说也较为个性化，如四大传说、三国传说、西游记传说等，这些传说在流传中被民众长期琢磨，已经向精致化的方面发展，当然，这也跟它们在向个性化发展的过程中不断吸取文人加工创作的优长有关系。

（五）流传演变中的成长性

传说在民众的口头产生和流传，并在流传中变异、丰富、成熟。口头流传使传说随人而变，而时代、地域的变迁可以使传说发生更显著的变异，这些变异是传说保持其旺盛生命力的重要因素。特别是一些流传久远的著名传说，如四大传说，大都经历了显而易见的变迁和成长的过程，或者其情节由简单而繁复，或者其主题由浅薄而深化，或者其人物性格由粗疏而趋于个性化。

二、传说的产生途径

我国现存的传说作品数量庞大。从总体上来看，这些传说的来源有多种，其主要的产生途径有以下四种。

（一）以现实存在的事物为基点，进行自由的想象和虚构

这是传说形成的基本途径，是相对从神话、历史故事等转化而来的途径而言的。也就是说，大部分传说是民众面对客观事物直接创作的。

（二）将神话的情节和故事进行现实化和人格化加工，使神话转为传说

虽然最早的传说产生的确切时期已不可考，但是传说的起源很古老则是不争的事实。最早的一批传说兴盛的时期与神话时代相重合，但从总体上看，传说这种体裁应该在神话体裁之后。当神话不再兴盛时，传说起而代之。由于神话内容已不为后世的人们所相信，要使其内容传播下去，就必须对其进行合理化的加工，于是许多神话就转为传说，如华夏民族最早的几个帝王尧舜禹等的故事就有一个神话转为传说的过程。

（三）将历史事实传奇化

人们对某些历史人物和事件有兴趣，但是并不了解细节，或者感觉真实的具体情况缺乏足够的趣味性，就在一些基本事实的基础上自由夸张、渲染和幻想，构成传奇化的历史故事。关于历史事件和历史人物的传说大都是这样形成的，如关于陈胜吴广"揭竿而起"的传说，关于"多智而近妖"的诸葛亮如何足智多谋的传说，等等。

（四）将完全虚幻的故事黏附在真实的事物上

一些传说是从民间故事转化而来的。某些故事的内容同真实的事物有某种表面化的联系，民众为了加强故事的吸引力，就将故事同某种历史人物、历史事件或山川风物相联系，使完全虚构的故事有了历史感、真实感、地方特色，这样故事就转变为传说。箭垛式人物就是这样造成的。这也是许多风物传说大同小异的主要原因。①

三、传说的社会价值

传说的社会价值主要有四个方面。

（一）娱乐价值

作为一种民间艺术形式和民众休闲生活的方式，传说的娱乐价值是其主要价值。一方面，民众在勤苦劳作之后，可以通过传说的生动离奇的情节获得精神的放松和充实；另一方面，民众在长期的传统社会中总是处于困苦和压抑之中，那些传奇性情节实现了他们在生活中不能实现的愿望，他们从而获得精神上的解脱和慰藉。穷苦的民众在传说中获得了神仙或宝物的帮助，变得富足；或者弱小群体得到神仙的扶助，战胜了强权恶霸；等等。汉族关于端午节赛龙舟的传说，表达了民众对屈原的怀念和救助屈原的愿望。云南澜沧江一带傣族也有赛龙舟的古老习俗，是在泼水节举行的，而关于这种活动起源的传说有所不同。传说很久以前，有一个暴虐君王强迫一个穷苦青年和他赛龙船，如果青年输了，就要被杀头。而双方使用的工具优劣悬殊，君王用的是重载千斤的大船，青年用的是一叶破烂小舟。但青年很有志气，宁肯在浪涛中粉身碎骨，也要和君王一争短长。青年的志气和决心感动了天神和龙王。比赛开始时，龙王将青年划的小船变作一条大船，天神则刮起狂风为他助威。澜沧江上怒涛翻涌，把君王连人带船都吞没了。青年获胜。从此每年到这一天，人们为了庆祝青年的胜利，都会举行赛龙舟活动，这一天成为新年节日里最热闹的一天。在这个传说里，弱势的穷人获得神灵的帮助，战胜了强权、暴力，使普通民众平日的冤抑之情得到了纾解。②

---

① 程蔷. 中国民间传说. 2版. 杭州：浙江教育出版社，1995：23-46.
② 云南省编辑组. 西双版纳傣族社会综合调查. 昆明：云南民族出版社，1984：152.

（二）教育价值

传说往往寄寓着民众的世界观、道德观、社会理想等，在传播中以"可信"的讲述方式和传奇性的情节对一代代的民众起着观念培育和道德教化的作用。许多传说都传达着民间对勤奋、勇敢、机智、公正、廉明、忠诚等优秀品质和良好行为的肯定、倡导以及对懒惰、怯懦、蠢笨、贪婪、霸道、始乱终弃等不良品行的否定、禁止。这种教育是社会教育的组成部分之一，对中华民族优秀文化的养成起着重要作用。一些少数民族还定期举行郑重仪式，用传说、神话、史诗等形式对族人进行教育。广西大瑶山一带的瑶族，过去一直没有本民族的文字，学校教育也较为缺乏，他们的知识、观念的教育主要通过口头传授的方式。他们把本民族的祖先迁徙经过、历史重大事件、行为规约、道德准则等通过石牌会等特定的形式传给下一代，使后代子孙不至于忘本，并培养族人良好的品性。这种特定仪式中的讲述者一般是某位德高望重的老人，这种讲唱被称作"料话"。这种教育方式几乎各族系都采用。除了特定仪式以外，老人们在平日也常向晚辈讲唱包含这些内容的故事或歌谣。这些故事大多属于传说。

当然部分传说也会有一些消极思想具负面影响，如宿命、迷信观念，忠君、节烈思想等，也会传播一些不适宜现代社会的内容，对这些内容应该区别对待，同时这些内容也会因落后于时代而逐渐被自然地淘汰。

（三）文化资料价值

传说承载着民众思想与文化的发展史，从中可以看出民众在特定时期的历史观念、道德观念、美学观念等，可以作为相关学科研究民间文化的资料，这也是传说的主要资料价值。虽然一般的传说所讲述的主要内容都不是事实，所做的解释不是科学知识，这些内容本身不是科学可考的，但是这些故事反映的民众观念却是真实可信的，可以作为民间文化学的重要资料。传说里也包含着丰富的民众生活习俗资料，从中可以了解到民间生活方式。而对于缺乏文字记载历史的民族来说，传说则是历史学的重要资料，如中华民族上古的历史，一些没有自己文字的少数民族的历史，都在很大程度上依靠传说来填充空缺。那些山川名胜传说还有旅游开发上的资料价值，物产传说则被相关企业用作广告宣传的重要资料。另外，虽然传说讲述的不是科学技术的原理，但是关于自然科学的一些发明和各行业的传说可以作为中国科技发展史的重要资料。

（四）文学借鉴价值

传说对民间文学和作家文学都有重要的借鉴价值。一方面，传说的素材被借用到民歌、史诗等体裁中，对民间文学的其他文体而言有借鉴价值，比如四大传说被歌谣、戏曲等其他民间文学体裁借用，少数民族的史诗大都包含民族的源起、迁徙过程、部族之间的争战等以传说为基础的内容。另一方面，传说对作家文学有借鉴价值，只需对民间文学影响作家文学的历史稍加检视就可见到，许多小说、戏剧、笔记乃至诗歌等文体都借用传说的素材进行创作，并由此出现了很多杰出作品。

第四节
四大爱情传说

　　四大爱情传说指牛郎织女传说、孟姜女传说、白蛇传和梁祝传说。它们都用曲折奇妙的情节讲述着各自凄婉动人的爱情故事，故事里都有一对深受民众喜爱的情侣形象，特别是故事里的女主人公，都聪明美丽、情深似海，而且敢作敢为，更是深入人心；故事的意境也很优美，富于神奇的幻想色彩，常使生活艰辛的民众获得无限的精神享受。四大传说在中国家喻户晓，影响深远，已成为传统文化宝藏里引人注目的璀璨明珠。

一、四大爱情传说的基本故事情节与形象系列

（一）四大爱情传说的基本故事情节

　　四大爱情传说历史悠久，流传广泛，在各个时期、各个地方都有不同的故事情节，但是也有其基本的情节框架，可分别概括如下。

1. 牛郎织女传说

牛郎织女传说的比较完整的故事可以简要概括如下①：

　　　　盛夏的夜晚，仰望群星闪烁的夜空，人们能看到银河两岸有着两颗遥遥相对的亮星。著名的"0"等亮星是织女星，它旁边的四颗小星组成的形状，像是一只织布的梭子；对面的一等亮星是牛郎星，它同前后两颗小星组成 *—*—* 形，宛如一个人挑着一副担子在赶路。传说《牛郎织女》讲的就是他们之间的爱情故事。相传织女是王母的女儿（或天帝的女儿，或孙女）。她心灵手巧，善织，能用一双灵巧的手织出五彩缤纷的云朵。人间有个孤儿叫牛郎，他虽然勤劳，但一直过着贫苦的生活。后来，牛郎在老牛的指点下，取走了在湖中洗澡的织女的衣裳，织女也喜爱牛郎，两人就结成了夫妻。从此，男耕女织，生下一儿一女，过上了幸福美满的生活。谁知织女下凡在人间成亲的事让王母知道了，她大发雷霆，派天兵将织女捉回天宫。牛郎在老牛的帮助下，用箩筐装着儿女，挑着追到天上。王母见牛郎追来，就用头上的金钗在织女和牛郎之间划出一道大河，这就是银河。滔滔的银河水无情地把牛郎和织女隔在两岸，他们只得隔河痛哭相望。后来王母见他们哭得伤心，动了恻隐之心，命喜鹊传话让他们每隔七日相见一次。谁知喜鹊传错了话，说成每年七月七日相见一次。于是王母就罚喜鹊给他们搭桥。每年七月七日晚上，牛郎织女就在喜鹊搭成的桥上相会，倾诉衷肠。传说这天晚上，到了夜深人静的时候，在葡萄架下能听

---

　　① 以下四段引文均出自：贺学君.中国四大传说.2版.杭州：浙江教育出版社，1995：2-6.

到牛郎和织女的窃窃细语，天上要是落下雨点，那就是他俩伤心的眼泪。

该传说可概括为三个情节单元：（1）织女洗澡，牛郎拿去衣裳，牛郎织女相恋成婚；（2）王母将织女捉回天宫，牛郎挑担追到天上；（3）王母划出银河，牛织隔河相望，鹊桥相会。其故事融合了两兄弟型、毛衣女型、难婿型等民间故事类型。

2. 孟姜女传说

孟姜女传说的比较完整的故事可以简要概括如下：

相传有一家姓孟的人家种了一棵南瓜，在隔壁姜姓人家的房顶上开花结果。收获时，南瓜中生出一个白胖美丽的小姑娘，因为这个瓜是孟、姜两家的，所以取名孟姜女。孟姜女长大了，当时秦始皇筑长城到处抓民夫，一个叫范喜良的小伙子为躲避差役，进了孟家的花园，正好撞见孟姜女在湖边捞扇子。当时，有一种习俗，一个女子洁白的皮肤如果被某位男人看见，就必须从他为夫；而且，孟姜女也喜欢这个小伙子，于是两人就成了亲。哪知成婚才三天，范喜良就被抓走了。孟姜女思念丈夫，天天以泪洗面。随后便不顾路途艰险，历尽千辛万苦，不远万里寻夫送寒衣。当她寻到长城脚下，得知丈夫已经死了，尸体被砌进城底。这时，她悲痛欲绝，恸哭得天昏地暗，竟使长城倒塌八百多里。孟姜女滴血认骨，终于找到丈夫的尸骨。她决心背回家乡安葬。再说昏君秦始皇听说孟姜女哭倒了长城，便下令抓来问罪，但看到孟姜女长得美貌非凡，就硬逼她和自己成亲。孟姜女机智地提出三个条件：一，为范喜良造坟隆重安葬；二，秦始皇得如孝子一般披麻戴孝，在灵前跪哭；三，陪孟姜女游海三日。秦始皇一心想得到美女，便答应一一照办。孟姜女在完成祭奠自己的丈夫的心愿之后，趁游海之机，投入大海以身殉情。有的说孟姜女后来变成了银鱼（面条鱼）；也有的说她变成了一种像蚊子似的飞虫，蜇死了秦始皇。

该传说可概括为五个情节单元：（1）南瓜里长出孟姜女；（2）孟姜女与范喜良邂逅成婚；（3）范喜良远服徭役，孟姜女送寒衣；（4）得知范喜良已葬身城墙下，孟姜女哭倒长城；（5）孟姜女智斗秦始皇。

3. 梁祝传说

梁祝传说的比较完整的故事可以简要概括如下：

祝员外的女儿祝英台生得聪明伶俐，爱好诗文。在封建社会，女子是不得出门求学的，祝英台只得女扮男装，外出求学。路上，她认识了同去求学的梁山伯，两人结拜为兄弟。以后，两人以兄弟相称，同窗读书，同床而息。三年中，梁山伯处处保护、关心着"贤弟"祝英台，始终不知英台是个女子。三年后，英台回家，山伯相送。一路上，聪明的英台用巧喻暗示山伯，两人可结百年之好，而忠实憨厚的山伯一直未能解悟她的真意。英台只得托词说愿为山伯做媒，将家中同胞妹妹许嫁山伯，让山伯早日来祝家提亲。后来，山伯到祝家拜访"贤弟"，方知英台是位女子，当初由英台做媒许配的胞妹原来就是英台自己。但因山伯来迟，误了约期，英台已由父亲做主，被迫许给了马家，山伯得知实情，悔恨交加，回家后一病不起，不久就离开了人世。这边祝英台被逼无奈只得嫁给马家，成亲那日，她要求在花轿经过山伯墓时，让她扫祭一番。当她全身素装来到山伯墓前时，随着"梁兄——"一声揪心撕肝的悲号，顿时天昏地暗，风雨大作，电闪雷鸣之中，只见山伯坟墓崩裂，英台纵身投入墓穴。众人抢拦不及，只扯到一片碎裙。瞬间，山伯墓合拢如旧。这时，雨后的晴空挂着美丽的彩虹，墓地上两只硕大的彩蝶，上下飞舞，形影相随。传说，这就是生不能共枕，死也要同葬的笃情男女——梁山伯与祝英台的精魂。

该传说可概括为五个情节单元：（1）祝英台女扮男装，外出求学；（2）结识梁山伯，同窗读书；（3）英台回乡，山伯家访，始知其为女子；（4）英台他嫁，山伯病死；（5）英台祭墓，合葬化蝶。

4. 白蛇传

白蛇传的比较完整的故事可以简要概括如下：

相传，有一条在西湖里修炼了五百年的白蛇，因为抢吃了许仙口中吐出来的、仙人吕洞宾卖的小汤团，又增加了五百年的仙力。得仙的白蛇十分羡慕尘世生活，就变成一位年轻貌美的女子来到人间，取名叫白娘子。跟随她的女婢叫小青，是一条青蛇变的。白娘子爱慕许仙，就利用西湖游春之日，呼风唤雨，找到与许仙共舟而行的机会。交谈之间，许仙也爱上了美丽、多情而又善良的白娘子，于是两人成了亲。婚后，许仙和白娘子在镇江开了一爿药店。由于白娘子医术高明，又热心帮助穷人，药店名声大振，生意越来越兴隆。夫妻俩相亲相爱，日子过得十分美满。

再说，当年没有抢到那颗汤团的癞蛤蟆与白蛇结了仇，它变成了一个和尚，取名叫法海，来到人间处处与白娘子作对。他为拆散白娘子的美满家庭，唆使许仙让白娘子在端午节那日饮雄黄酒。白娘子为表达自己对丈夫的真挚爱情，仗着自己有千年仙力，饮了雄黄酒，但还是显露了原形，把许仙吓得昏死过去。为救丈夫，白娘子不顾怀有身孕，飞往昆仑山，经过奋力争斗，盗来仙草，救活了许仙。

以后，许仙去金山寺还愿，法海又强将许仙软禁起来，逼他削发出家。白娘子为维护自己的爱情，和小青一起上金山寺，水漫金山，与法海进行了一场恶战。白娘子因有孕在身，没能取胜，只得与小青一起回到西湖，准备继续修炼，等待时机再与法海交战。

许仙被关在寺内，死活不肯出家，找个机会逃了出来。回家不见了妻子和小青，又怕和尚再来寻事，也就回到杭州。在西湖断桥处遇见了即将分娩的妻子和小青，便一起寄住到许仙姐姐的家中。不久，白娘子生下一个白白胖胖的儿子，正在大家高兴地准备庆贺之时，法海和尚闯了进来，用金钵收走了白娘子，并将她压在雷峰塔下。

小青为救出白娘子，再度进山修炼，几年后赶回杭州，寻法海和尚报仇。他们交战三天三夜，小青毁掉雷峰塔，救出白娘子，又和白娘子一起将法海和尚打下西湖。法海无处躲藏，钻进了螃蟹的肚脐，小青念咒语将它定在里面，使它永远不能出来。

该传说可概括为六个情节单元：（1）白蛇成仙，带青蛇来到人间；（2）白娘子与许仙邂逅相恋成婚；（3）白娘子被法海施计而现原形，吓死许仙，盗仙草救夫；（4）许仙被禁金山寺，白娘子一斗法海，水漫金山；（5）二斗法海，白娘子被困雷峰塔；（6）三斗法海，小青毁掉雷峰塔，救出白娘子。

（二）四大爱情传说的形象系列

四大爱情传说的形象系列可分为三部分。

1. 人物形象

可分为正反两面。正面人物是追求自由幸福的一方，其中有核心人物：织女、孟姜女、祝英台、白娘子。陪衬人物：牛郎、范喜良、梁山伯、小青、许仙。反面人物是阻拦、破坏别人幸福追求的一方：王母、秦始皇、祝员外、马家、法海。

2. 自然物形象

其中有动物形象、植物形象、天体形象，它们是：牛郎织女传说中的老牛、喜鹊、牛郎星、织女星、银河，孟姜女传说中的银鱼、蚊子、南瓜（或葫芦），梁祝传说中的蝴蝶，白蛇传中的蛇、蛤蟆、仙草。

3. 人工物形象

牛郎织女传说中的簪子（或金钗）、梭子、织女的衣衫，孟姜女传说中的长城，梁祝传说中的坟墓，白蛇传中的雷峰塔、金钵。

人物形象是四大爱情传说形象系列的中心和主干。可以看出，每个传说的中心人物都是女性，她们是勇敢追求自由幸福的主动者，而且构成其性格的主要因素都集中表现于婚姻爱情方面的叛逆精神。辅助人物有两种：一种是她们的恋爱对象，这些男性都善良质朴，但都有其性格弱点，或愚钝，或软弱，或胆怯；另一种是恶势力的代表。

其他形象在故事情节中也不是被动的道具，而是作为神话色彩的角色超出了本身的自然属性，各以其魔幻性的功能推动情节的发展，如老牛可以帮助牛郎上天界寻妻，喜鹊可以搭桥让牛郎织女相会，银河将爱侣分隔，等等，这些人物以外的形象在故事进程中也起着重要的推波助澜的作用，而且使故事充满神奇的魔幻色彩。①

二、四大爱情传说的形成过程

四大爱情传说都经历了较长历史时期的形成、演变和丰富的过程。

（一）牛郎织女传说的形成过程

在先秦时期，牛郎星与织女星是神话中的形象，相互间还没有爱情关系，这种情形在《诗经·小雅·大东》中有所描述：

> 维天有汉，监亦有光。
> 跂彼织女，终日七襄。
> 虽则七襄，不成报章。
> 睆彼牵牛，不以服箱。

---

① 贺学君.中国四大传说.2版.杭州：浙江教育出版社，1995：92－111.

上述诗句可用现代汉语翻译为（余冠英译诗）：

> 天上有条银河，照人有光无影。
> 织女分开两脚，一天七次行进。
> 虽说七次行进，织布不能成纹。
> 牵牛星儿闪亮，拉车可是不成。

到东汉时期，相关记载已很明确。班固在《西都赋》里写道："临乎昆明之池，左牵牛而右织女，似云汉之无涯。"这里记载了昆明湖的两边有牛郎织女的塑像，说明关于二星的传说已流传较长的时间，并广为人知。东汉末年的《古诗十九首》中的《迢迢牵牛星》描述了牛郎织女的爱情悲剧：

> 迢迢牵牛星，皎皎河汉女。
> 纤纤擢素手，札札弄机杼。
> 终日不成章，泣涕零如雨。
> 河汉清且浅，相去复几许？
> 盈盈一水间，脉脉不得语。

在该诗中，牛郎织女已有明确的爱情关系，而且有天河相隔的结局。在三国时期以前，关于牛郎织女的所有可靠的文献记载里，两位星神都是相恋相思而不能相会的。这一阶段，牛郎织女传说是纯粹的悲剧。但到了西晋时期的文献里，牛郎织女在七月七日鹊桥相会了，这个故事就成了喜剧，虽然一年只见一次的姻缘还有点悲剧色彩，但毕竟结成佳偶了。如傅玄《拟天问》："七月七日，牵牛织女会天河。"到后世，该传说又同两兄弟型、毛衣女型、难婿型故事结合，故事情节更为丰富。

（二）孟姜女传说的形成过程

孟姜女的前身是先秦时期的齐国将领杞梁之妻，《左传·襄公二十三年》记载了杞梁战死、杞梁妻谙熟礼法而拒绝齐侯郊吊的故事：

> 齐侯还自晋，不入，遂袭莒……莒子亲鼓之，从而伐之，获杞梁，莒人，行成，齐侯归，遇杞梁之妻于郊，使吊之，辞曰，殖之有罪，何辱命焉，若免于罪，犹有先人之敝庐在，下妾不得与郊吊，齐侯吊诸其室。

从上文可知，杞梁（全名杞梁殖）是作战时被俘获杀死的。杞梁妻熟知礼节并善于辞令，她的一番话句句在理，使齐侯只得到杞梁家中吊唁。但这个记述很简略，杞梁妻的其他事迹全无记载，后来的故事是衍生出来的。

《礼记·檀公》说"其妻迎其柩于路而哭之哀"，《孟子·告子下》说杞梁妻"善哭其夫而变国俗"，增加了杞梁妻"善哭"的情节。到汉代，关于杞梁妻的传说又增加了一些内容。刘向在《说苑》中说杞梁妻"昔华舟杞梁战而死，其妻悲之，向城而哭，隅为之崩，城为之阤"（卷十一《善说》），开始有了哭倒城墙的情节，但是此处的"城"还不是长城，应该是杞梁妻哭泣的地方的城或者是杞梁战死的地方即莒城。《列女传》（作者佚名，一说为刘向）在记述了杞梁妻拒绝郊吊于是庄公改而家吊的事情后，又于卷四《贞顺传·齐杞梁妻》记载云：

> 杞梁之妻无子，内外皆无五属之亲。既无所归，乃枕其夫之尸于城下而哭，内诚动人，道路过者莫不为之挥涕，十日而城为之崩。既葬，曰："吾何归矣？夫妇人必有所倚者也。父在则倚父，夫在则倚夫，子在则倚子。今吾上则无父，中则无夫，下则无子。内无所依，以见吾诚；外无所依，以立吾节。吾岂能更二哉？亦死而已。"遂赴淄水而死。

其中描述更为细致，并增加了殉情的情节。

至此是早期的传说内容，围绕杞梁妻知礼、痴情而展开。到唐代的《同贤记》（见《琱玉集》）中，就有了秦始皇兴役筑城、孟仲姿与杞良邂逅成婚、万里寻夫、哭倒长城的主要故事框架：

> 杞良秦始皇时北筑长城，避苦逃走，因入孟起后园树上。起女仲姿浴于池中，仰见杞良而唤之，问曰：君是何人？因何在此？对曰：吾姓杞名良，是燕人也。但以从役而筑长城，不堪辛苦，遂逃于此。仲姿曰：请为君妻。良曰：娘子生于长者，处在深宫，容貌艳丽，焉为役人之匹？仲姿曰：女人之体，不得再见丈夫，君勿辞也。遂以状陈父，而父许之。夫妇礼毕，良往作所。主典怒其逃走，乃打煞之，并筑城内。起不知良死，遣仆欲往代之，闻良已死，并筑城中。仲姿既知，悲哽而往，向城中啼哭。其城当面，一时崩倒，死人白骨交横，莫知孰是。仲姿乃刺指血以滴白骨，云若是杞良骨者，血可流入。即沥血，果至良骸，血竟流入，使将归葬之也。

该记载将杞梁（良）妻故事与秦始皇修长城的事情联系起来，已具备孟姜女传说的主要内容，而且有很生动的细节描写。这是见于唐朝文献的完整记载，但据资料表明，孟姜女传说已在隋唐之前的北齐时期形成。由于北齐统治者多次强迫百姓大规模修筑长城，使千百万民工背井离乡，很多人死在工地，人们就假托秦始皇修长城的事情，把杞梁妻的故事改造成孟姜女传说，来表示对当时统治者强修长城的抗议。[①] 唐末五代时被称为"禅月大师"的贯休和尚有《杞梁妻》一诗（《全唐诗》卷八二六）：

> 秦之无道兮四海枯，筑长城兮遮北胡。
> 筑人筑土一万里，杞梁贞妇啼呜呜。
> 上无父兮中无夫，下无子兮孤复孤。
> 一号城崩塞色苦，再号杞梁骨出土。
> 疲魂饥魄相逐归，陌上少年莫相非。

该诗显然采用了《列女传》关于杞梁妻的说法，又将之与秦始皇筑城之事结合，虽在情节上没有比《同贤记》增加新的内容，但是可以被当作孟姜女传说与杞梁妻故事的关系的佐证之一。

后世的传说又增加了孟姜女与秦始皇斗争的故事。

（三）白蛇传的形成过程

关于该传说的最早文字记载为明编宋代话本《西湖三塔记》，是一个妖精迷害人并被镇压的故事，其中已有白蛇传的核心情节：白蛇爱上了人，被镇于石塔下。其余细节也与后来的传

---

① 钟敬文. 为孟姜女冤案平反. 民间文学，1979（7）.

说有相似的地方，如男主人公与蛇精的女儿在西湖相遇，最后真人将蛇精用法术镇压，等等。但差异也是很显著的，其中最主要的差异在于女主人公还是一个吃人的妖精。

明代冯梦龙的话本《白娘子永镇雷峰塔》有了完整的故事和细节，而且具备了后来的白蛇传的基本情节，从西湖同船借伞相识，到最后法海和尚用金钵将白娘子镇压在雷峰塔下，与后来传说的故事梗概很接近。白娘子形象的基调已经人格化，虽然仍然时现妖法盗取官府库银、抗拒官差，或有时露出凶相，但没有了吃人、害人的情节，在与许宣（后来改称许仙）交往时一直是以感情强烈执着的良家女子面目出现的。不过故事仍然有"妖精缠人"的痕迹，主要是二者之间的爱情不够均衡，白娘子单方面的爱情过于主动坚决执着，而许宣过于被动软弱游移，曾在官府供出白娘子，后来也不断怀疑白娘子，在得知白娘子的真实来历后，竟有意配合法海捉拿白娘子，即许宣基本上还是一个被妖精迷惑后来迷途知返的角色。小青的形象也比较模糊。

此后，白蛇与许宣的爱情故事传播趋盛，其情节在说书、戏曲等民间艺术形式中不断丰富。到清乾隆年间方成培的《雷峰塔传奇》，白娘子已由蛇妖完全转变为蛇仙，既有真诚、善良、勤劳的美好品质，又有勇敢顽强的斗争精神，成为民众理想中的妇女形象；故事情节也更为生动细致了。

到近现代，该传说突出了反封建、争自由的主题，增强了白娘子、小青同封建势力的代表法海的斗争情节，许宣虽然斗争精神不如白娘子那样突出，仍有些软弱，但也由被动游移的角色转化为追求爱情幸福、主动与法海抗争的形象。①

（四）梁祝传说的形成过程

一般认为，梁祝传说的主人公是东晋时人。而该传说故事最早何时形成，尚无确切的证据来断定，根据后来的相关文字资料，可大致推断在东晋到南北朝时期。南朝民歌《华山畿》中有这样的诗句："华山畿，君既为侬死，独生为谁施。欢若见怜时，棺木为侬开。"与后来梁祝传说的结尾相同。但南朝陈代僧人智匠所纂的《古今乐录》为该民歌所作题记，记载为另一个爱情故事：

> 《华山畿》者，宋少帝时《懊恼》一曲，亦变曲也。少帝时，南徐一士子从华山畿往云阳，见客舍有女子，年十八九，悦之无因，遂感心疾。母问其故，具以启母。母为之华山寻访，见女具说。女闻感之，因脱蔽膝，令母密置其席下，卧之当已，少日果差。忽举席，见蔽膝而抱持，遂吞食而死。气欲绝，谓母曰："葬时，车载从华山度。"母从其意。比至女门，牛不肯前，打拍不动。女曰："且待须臾。"妆点沐浴，既而出，歌曰："华山畿，君既为侬死，独活为谁施！欢若见怜时，棺木为侬开。"棺应声开，女遂入棺。家人叩打，无如之何，乃合葬，呼曰神女冢。

该记载的情节与梁祝传说相近之处较多，但没有关键的女方女扮男装外出求学的情节。即使《华山畿》所咏不是梁祝传说，其情节也与梁祝传说有密切的关系，即梁祝传说的故事情节应是受前者影响而形成的。

最早的文字记载见于初唐梁载言《十道四蕃志》，该记载十分简略，转见于宋代张津的《四明图经》："义妇冢，即梁山伯祝英台同葬之地也。在县西十里'接待院'之后，有庙存焉。

---

① 贺学君. 中国四大传说. 2 版. 杭州：浙江教育出版社，1995：28－32.

旧记谓二人少尝同学，比及三年，而梁山伯初不知英台为女也。其朴质如此。按《十道四蕃志》云：'义妇祝英台与梁山伯同冢。'即其事也。"直到晚唐张读于大中五年（851）成书的《宣室志》，才有了较具体的记述：

> 英台，上虞祝氏女。伪为男装游学，与会稽梁山伯者同肄业。山伯字处仁。祝先归，二年，山伯访之，方知其为女子，怅然如有所失。告其父母求聘，而祝已字马氏子矣。山伯后为鄞令，病死，葬鄮城西。祝适马氏，舟过墓所，风涛不能进。问，知有山伯墓。祝登号恸，地忽自裂，陷祝氏，遂并埋焉。晋丞相谢安，奏表其墓曰义妇冢。

这段记述虽简短，但梁祝传说的基本情节已具备。

宋徽宗大观年间（1107—1110），李茂诚撰写了《义忠王庙记》，描写祝英台的临终情景为："英台遂临冢奠，哀恸地裂而埋壁焉，从者惊引其裾，风裂若云，飞至董溪西屿而坠之。"其衣裙飞走的细节似乎为后来的"化蝶"做了一定准备。对梁山伯的结局则有较大改动：写梁山伯听说祝英台已许嫁马氏后，"神（指梁山伯）喟然叹曰：'生当封侯，死当庙食，区区何足论也！'后简文帝举贤良，郡以神应召，诏为鄞令。"他的死是由于"婴疾勿瘳"。到晋安帝时，梁的魂灵又托梦帮助太尉刘裕镇压孙恩起义，一举打败孙恩义军，于是刘裕表奏梁的功劳："帝以神功显雄，褒封义忠神圣王，令有司立庙焉。"这种结局是封建社会的文人按统治阶级的思路对民间传说的改造。接下来的文字资料便是上文提到的南宋乾道五年（1169）张津的《四明图经》。

梁祝化蝶的记载首见于南宋绍兴年间（1131—1162）薛季宣《游祝陵善权洞》诗："蝶舞凝山魄，花开想玉颜。"南宋咸淳年间（1266—1274）《毗陵志》也提到"昔有诗云'蝴蝶满园飞不见，碧藓空有读书坛'"。化蝶传说应该是在此时以前形成的。明清时期关于化蝶情节的记载更为明确。明代冯梦龙《情史》卷十中说："吴中有花蝴蝶，橘蠹所化，妇孺呼黄色者为梁山伯，黑色者为祝英台。俗传祝死后，其家就梁冢焚衣，衣于火中化成二蝶。盖好事者为之也。"这里说是祝英台的衣裙化为蝴蝶。也有些记载直接说是梁祝的魂魄化为蝴蝶，如明代扬州的彭大翼于万历二十三年（1595）成书的《山堂肆考》中说："俗传大蝶出必成双，乃梁山伯、祝英台之魂。"

明、清时期关于梁祝传说的记载较多，在宋代以前资料的基础上增加了不少细节。除文人笔记外，还出现了地方志如《宁波志》《鄞县志》的记述，不过地方志也是根据传言和前人笔记来记述的，并不能由此断言其所记为真事。这里我们看清代邵金彪所撰《祝英台小传》［转引自（清）俞樾《茶香室四钞》］：

> 祝英台小字九娘，上虞富家女。生无兄弟，才貌双绝。父母欲为择偶，英台曰："儿当出外游学，得贤士事之耳。"因易男装，改称九官，遇会稽梁山伯，遂偕至宜兴善权山之碧藓岩，筑庵读书，同居同宿三年，而梁不知为女子。临别梁，约曰："某月日可相访，将告父母，以妹妻君。"实则以身许之也。梁自以家贫，羞涩畏行，遂至愆期。父母以英台字马氏。后梁为鄞（即鄞）令，过祝家，询九官，家僮曰："吾家但有九娘，无九官也。"梁惊悟，以同学之谊，乞一见，英台罗扇遮面出，一揖而已。梁悔念成疾，卒，遗言葬清道山下。明年，英台将就马氏，命舟子迂道过其处，至则风涛大作，舟遂停泊。英台乃造梁墓前，失声恸哭，地忽开裂，堕入茔中，绣裙绮襦，化蝶飞去。丞相谢安闻其事于朝，封为义妇。此东晋永和时事也……山中杜鹃花发时，辄有大蝶双飞不散，俗传是两人之精魂。今称大彩蝶，尚谓"祝英台"云。

历史上的梁祝传说资料除了文人笔记与志书之外，还有各种民间戏曲的传承线索。民间艺人在小戏、曲艺等形式中在保留传说的基本情节要素的前提下，加入了很多生动的细节，故事的发展过程、梁祝生活的时间地点也与文人记载有很多不同之处。到现代戏曲，综合了历史上的各种版本，情节更完整，细节更加丰富，如增加了情节"柳荫结拜""书馆谈心""十八相送""思兄""骂媒""楼台会""哭灵"等。最为成功也是影响最大的戏曲作品是越剧《梁山伯与祝英台》。

三、四大爱情传说的结局艺术

四大爱情传说的结局方式有很高的艺术鉴赏价值。故事本来都是悲剧结果，但都经过了符合民众审美习惯的奇巧处理。

（一）牛郎织女传说：鹊桥相会

此传说的结局本是牛郎与织女被王母拆散，银河相隔，但民众觉得理想得不到满足，遂想象出鹊桥相会的情节。此情节最早见于《淮南子》："乌鹊填河成桥渡织女。"后在东汉应劭《风俗通义》、南朝梁代宗懔的《荆楚岁时记》等文献中有更细致的记述。这种结局使民众在愿望和情感上得到很大满足，又以神奇的想象为故事情节增添了瑰丽的色彩。

（二）孟姜女传说：哭倒长城

故事本是丈夫尸埋城下、妻子殉情的大悲剧，但人们不满足于这样压抑的收尾，想象出长城崩塌的情节，这种结局的哀痛绝伦令人深深感动，其想象的宏伟气势震撼人心。它不仅使民众心头压抑的愤懑得以宣泄，而且使长期处于专制重压下的穷苦人看到获胜和解脱的虚幻图景，令人感到慰藉和快乐。长城是暴政强权的象征，它的倒塌表达了弱势"草民"战胜强权的愿望以及对于帝王所谓"丰功伟业"和巍峨权势的蔑视，显示出民心的巨大力量，也给受压迫的民众以抗争的鼓励。

（三）梁祝传说：化蝶相伴

梁祝的爱情在父母包办婚姻制度和"男女授受不亲"的封建戒律的摧残下以悲剧收场，民众依据灵魂不死和转生的俗信，传说梁祝的灵魂化作蝴蝶永远相伴飞舞，通过变幻的手法使主人公获得了新生，使他们的爱情获得了另一种方式的圆满和永恒，而且意境优美，韵味绵长，堪称中国传统文学艺术殿堂中的瑰宝和顶峰作品之一。这种结局不落俗套，也不粉饰现实，而使民众的愿望得到了满足。

（四）白蛇传：法海变蟹

白蛇传结局本是白娘子被镇压在塔下，夫妻离散、母子分别的结局，但民间传说让小青联合许仙的儿子斗败法海，救出白娘子，而法海无处躲避，只得藏在蟹壳里，永远被人嘲笑和作践，表现出民众的斗争精神和幽默情怀。[①]

四、四大爱情传说与节日习俗

由于四大爱情传说历史悠久，且在民间影响巨大，导致了特定节日的产生或将节日习俗与传说情节相融合。

（一）牛郎织女传说与"乞巧节"

"乞巧节"又称"七夕""双七节""女节""香桥会"等。时间在农历七月初七，为汉族传统节日，流行于全国范围，朝鲜族、白族等族也过此节。传说七月初七为牛郎织女鹊桥相会的日子，一般是女子祭祀、观赏织女星，并在月下穿针引线或做编织类女工，向织女乞求智巧。也有男童祭祀牵牛星并祈求聪明的习俗。

（二）孟姜女传说与寒衣节

寒衣节为中国北方习俗，时间在阴历十月一日。妇女们缝制棉衣，送给出门在外的亲人，并到坟地给已去世的亲人烧纸衣并供奉食品。此习俗与孟姜女传说结合，遂有孟姜女辛苦做衣并到长城脚下送寒衣的情节。

（三）梁祝传说与双蝶节

双蝶节为江苏宜兴、浙江鄞州区等地流行的习俗，时间在阴历三月一日（传说该日为祝英台生日），因纪念梁祝爱情故事和化蝶传说而得名。宜兴祝英台读书处与鄞州区梁祝墓附近阳春三月也确实多蝶，此事实与传说结合，形成节日，人们在这一日到宜兴善卷洞的祝陵、英台读书处凭吊并观赏桃花、蝴蝶。浙江宁波一带则有游梁山伯庙和到祝英台庵喝菜汤的习俗，当地传言："梁山伯庙一到，夫妻同到老。"

（四）白蛇传与端午节

端午节又称"端阳节""龙船节""粽包节"等，是汉族传统节日，蒙古、回、藏、苗等很多少数民族也过此节。时间为农历五月初五。节日活动有赛龙舟、包粽子、挂香袋、斗百草、饮雄黄酒、吃癞蛤蟆等。过去江浙一带还流行端午节观看《白蛇传》戏文和游览雷峰塔的习俗。不少人在游塔时还要挖一块塔砖带回家，以获得白娘子的福佑，这也应该是雷峰塔在1924年倒塌的原因之一。该节日的部分习俗与关于屈原、伍子胥、勾践等的传说相结合，而

---

① 贺学君.中国四大传说.2版.杭州：浙江教育出版社，1995：112-132.

饮雄黄酒、吃癞蛤蟆等习俗则与白蛇传的一些情节有关。①

【关键概念】

传说　　　　　　　人物传说　　　　　　史事传说
地方风物传说　　　山川名胜传说　　　　物产传说
动植物传说　　　　习俗传说　　　　　　传奇性
箭垛式人物　　　　四大爱情传说　　　　牛郎织女传说
孟姜女传说　　　　梁祝传说　　　　　　白蛇传

【思考题】

1. 传说与历史的联系和区别是什么？
2. 传说与神话的联系和区别是什么？
3. 举例说明中国传说有哪些类型。
4. 论述传说的艺术特征。
5. 传说产生的途径有哪些？
6. 传说有什么社会价值？
7. 简述牛郎织女传说的形成过程。
8. 孟姜女传说经过了怎样的演变过程？
9. 简析四大爱情传说的形象系列及其特点。
10. 试述四大爱情传说的结局艺术。
11. 简述四大爱情传说与一些节日习俗的联系。

【作品选读】

苏东坡画扇

苏东坡要到杭州来做通判。这个消息一传出，衙门前面每天挤满了人。老百姓都想看看苏东坡上任的红纸告示，听听苏东坡升堂的三声号炮……可是，大家伸着头颈盼了好多天，还没盼到。

这天，忽然有两个人，吵吵闹闹地到衙门里来，把那堂鼓擂得震天响，喊着要告状。衙役出来吆喝道："新老爷还没上任哩，要打官司过两天再来吧！"

那两个人正在火头上，也不管衙役拦阻，硬要闯进衙门里去。

这辰光，衙门照壁那边转出一头小毛驴来。毛驴上骑着一条大汉，头戴方巾，身穿道袍，紫铜色的面孔上长满络腮胡子，他嘴里说："让条路，让条路！我来迟啦，我来迟啦！"

小毛驴穿过人群，一直往衙门里走。衙役赶上去，想揪住毛驴尾巴，但来不及啦，那人已经闯进大堂上去了。

大汉把毛驴拴在廊柱上，几步跨上大堂，在正中的虎皮座上坐了下来。管衙门的二爷见他

① 贺学君.中国四大传说.2版.杭州：浙江教育出版社，1995：134-145.

这副模样，还当是个疯子呢，就跑过去喊道："喂！这是老爷坐的呀，随便坐上去要杀头的哩！"

那大汉听了，哈哈大笑道："哦，有这样厉害呀！"

管衙门的二爷说："当然厉害！这座位要带金印子的人才能坐哩。"

"金印子呀，我也有一个。"那大汉从衣袋里摸出一颗亮闪闪的金印子，往案桌上一搁。管衙门的二爷见了，吓得舌头吐出三寸长，半天缩不进去。原来他就是新上任的通判苏东坡啊！

苏东坡没来得及贴告示，也没来得及放号炮，一进衙门便坐堂，叫衙役放那两个告状的人进来。他一拍惊堂木，问道："你们两个叫什么名字？谁是原告？"

两个人都跪在堂下直磕头。

一个说："我是原告，叫李小乙。"

另一个说："我叫洪阿毛。"

苏东坡问："李小乙，你告洪阿毛什么状？"

李小乙回答说："我帮工打杂积下十两银子，早两个月借给洪阿毛做本钱。我和他原是要好的邻居，讲明不收利息；但我什么时候要用，他就什么时候该还我。如今，我相中了一房媳妇，急等银子娶亲，他非但不还我银子，还打我哩！"

苏东坡转过身来问洪阿毛道："你为啥欠债不还，还要打人？"

洪阿毛急忙磕头分辩道："大老爷呀，我是赶时令做小本生意的，借他那十两银子，早在立夏前就买了扇子。想不到今年过了端午节天气还很凉，人家身上都穿夹袍，谁来买我的扇子呀！扇子放在箱里都霉坏啦。我是实在没有银子还债呀。他就骂我，揪我，我一时在火头上打了他一拳，可不是存心打他的呢！"

苏东坡听了，在堂上皱皱眉头，说道："李小乙娶亲要紧，洪阿毛应该还他十两银子。"

洪阿毛一听，在堂下叫起苦来，说道："大老爷呀，我可是实在没有银子还债呀！"

苏东坡在堂上捋捋胡须，说道："洪阿毛做生意蚀了本，也实在很为难。李小乙娶亲的银子还得另想办法啊。"

李小乙一听，在堂下叫起屈来，说道："大老爷呀，我辛辛苦苦积下这十两银子，可不容易呀！"

苏东坡笑了笑，说道："你们不用着急，现在洪阿毛马上回家去拿二十把发霉的折扇给我，这场官司就算是两清了。"

洪阿毛高兴极啦，急忙磕个头，爬起身来，一溜烟地奔回家去，赶忙抱来二十把白折扇交给苏东坡。

苏东坡将折扇一把一把打开来，摊在案桌上，磨浓墨，蘸饱笔，挑那霉印子大块的，画成假山盆景；拣那霉印子小点的，画成松竹梅"岁寒三友"，有的斑斑点点实在多的，就题上诗词，一歇歇辰光，二十把折扇全都画好了。他拿十把折扇给李小乙，对他说："你娶亲的十两银子就在这十把折扇上了。你把它拿到衙门口去，喊'苏东坡画的画，一两银子买一把'，马上就能卖掉。"

苏东坡又拿十把折扇给洪阿毛，对他说："你拿这十把折扇到衙门口去卖，卖得十两银子当本钱，去另做生意。"

两个人磕了头，道了谢，接过扇子，心里似信非信，谁知刚刚跑到衙门口，只喊了两声，二十把折扇就被一抢而空了。李小乙和洪阿毛每人捧着十两白花花的银子，欢天喜地地各自回家去了。

苏东坡"画扇判案"的事，就这样在民间传开了。

原先，杭州的纸扇只有黑纸扇和白纸扇两种，自从东坡画扇之后，人们也学起来，有的描花鸟，有的描人物，有的描山水。有的写诗词……把扇面装点得很好看。因为这种有画有字的"杭扇"，既可以取凉，又可以观赏，很受顾客的欢迎，所以从北宋一直流传到现在。

（见中国民间文艺研究会浙江分会编：《浙江风物传说》，杭州，浙江人民出版社，1981）

天安门的石狮子

北京天安门金水桥南边有两个石狮子。你要仔细看，就会发现两个石狮肚子上，都有枪扎的一道深坑，这是为什么呢？这就要说到闯王李自成进北京的故事了。

李闯王的农民起义军，从打陕西延安出发，一路上势如破竹，打下了明朝的无数关口和城市，就在崇祯十七年三月十九日那天，打到了北京城。明朝的末代皇帝崇祯，头一天晚上，就在景山的一棵槐树上，上吊自杀了。当时守城的大官，都是些太监，那又管得了什么事？李自成的兵马一打到城下，把守广安门的太监，立刻开了城门，迎进了李闯王。李闯王进了广安门，不多会儿，就来到了前门。把守城门的大将李国桢不肯开门，两下里大战一场之后，李国桢情知不敌就独自一个逃跑了。守城的明兵呢？自然是开城门，迎闯王了。李闯王一马当先，率领着起义军进了前门，过了棋盘街，又进了大明门①，老远就瞧见一座高大的、有五个大门洞的城门楼子。丞相牛金星跟闯王说："王爷您瞧，那就是明朝的'承天门'②。明朝皇帝坑害老百姓的'圣旨'，就都是打这门里发出来的！"李闯王本来恨透了明朝皇帝，听了丞相的话，更生气了。只听他鼻子里哼了一声，立刻摘下他那张铜胎铁背的硬弓，拔出一根雕翎箭来，马往前走着，看看离着承天门已不太远，都瞧得见城门楼上的"承天之门"四个大字了，闯王便举起弓来，"嚓"一声，箭就出去了，闯王同时大喊了一声："我叫你还承天！"嘿，就听弓弦响、闯王喊，李闯王的话还没落音，那箭早就射中承天门的"天"字上了。闯王的这一神箭，不但引得起义军的兵将们连声欢呼"万岁！"连明朝投降的官兵们，也都惊呆了。

闯王背上了硬弓，摘下他那杆镔铁点钢枪来，托枪催马，走向了承天门。大伙儿走近一看，原来承天门楼东面，有两个大白玉石狮子，承天门楼西面也有两个大白玉石狮子。这四个大白玉石狮子，雕刻得可好了。东边的两个石狮子，右爪都踩着一个绣球，头略向东歪，可是眼睛向西看；西边的两个石狮子，左爪都踩着一个小狮子，头略向西歪，可是眼睛向东看，仿佛紧紧地盯着中间这些石刻，忽然一个亲随头目喊起来："王爷留神，狮子动弹了！"闯王大喝一声："胡说，石头狮子会动弹？"原来，闯王也就早瞧见东面那个石狮子后面有毛病了，因此话没说完，便挺枪催马，朝那个石狮子扎去，"当"的一声，石狮子肚子上扎了一个枪坑，火星乱爆。这时，只见一个人影，直奔西面那个石狮子的后面跑去。亲兵们又喊："王爷留神，有敌人！"闯王早就打西面那个石狮子爪下，瞧见它后边藏着一个明朝的将官了。他装作不知道，只向将军招了招手，将军们明白了闯王的意思，就在闯王挺枪扎向西面那个石狮子的同时，将军们早已把那个石狮子团团围住，并从后面捉出一个明朝大将来，大伙仔细一看，原来

---

① 大明门：清朝时改名大清门，民国后又改名中华门，建在北京前门之北，现在的人民英雄纪念碑之南。中华人民共和国成立后拆掉了。

② 承天门：现在的天安门。

正是刚刚逃跑的李国祯。打这儿起，这两个石狮子就都有了一道枪坑。

闯王就是这样进了承天门。从此以后，明朝就亡了。

（整理人：金受申。流传地区：北京。见程蔷、浩宇编：
《中国地方风物传说》，北京，中国广播电视出版社，1996）

桃园三结义

（一）张飞卖肉

张飞开了一个猪肉铺，把肉系在门口一眼井里，用千斤石板盖上，石盖上写着："能举此石，割肉白吃。"

关公贩果红梁绿豆，赶着两匹小驴儿，走到张飞的肉铺门口儿，见了那石盖上写的字，走向前去，一手掀起千斤石，一手提出肉来，一声没言语就赶着驴到集上去了。可巧这时张飞没在家，张飞的太太看见关公伸手取肉，知道他的力气不小，并没有敢言语。等张飞回来了，她就一五一十地把这件事儿一一告诉。张飞一听，气得跳起来，立刻追到集上去。

张飞是一个粗中有细的人，他想自己明明写着"能举此石，割肉白吃"，要向人家理论，自己先占不住理；但是要不给他个厉害，以后他要老是白吃肉，那也不像样。他于是想定了这么个主意：他走到关公的粮食摊子上，用两个指头去碾他的粮食粒儿，碾了一个又一个，不大的工夫，把关公的一簸箩绿豆都碾成豆面儿了。关公一看，认得他是张飞，知道他是不服气自己白吃了他的肉，故意来找碴儿，就说："朋友，你要买多少绿豆，买回去再碾成面儿好不好？"不想张飞正在气头儿上，举起拳头就给他一下子。关公一见张飞动手，气得胡子都抖起来了，把外衣一脱，就去迎敌。这两人拳打脚踢，由东街又打到西街，把劝架的踩也不知道踩死了多少。只打得天昏地暗，日月无光。

这时刘备也来赶集卖草鞋。他见这两条大汉大打特打，却没有一个人去拉架，他就想去解劝。别人说："瞧你这瘦巴郎，你活腻烦了吧？你上前去，还不是一样被他们俩给踩死？"刘备不听那一套，上去就把他们俩给拉开了。一手支住一个，关羽和张飞虽然打了一顿架，可是彼此都佩服对方的力气好，经刘备一调停，两人便都成了好朋友，三人在桃园结成三义。

（二）谁是大哥

刘备、关羽、张飞在桃园结义，乌牛白马，祭告天地之后，就该排排大小了，谁应该是大哥呢？

一般人拜把子，当然是序龄，谁岁数大，谁是大哥。但是在桃园结义的三个特殊人物，却不是按年岁论大小，他们另有方法排定长幼的次序。他们面前恰好有一棵高十数丈的白杨树，身粗十围，荫大三亩。于是他们约定比赛上树，论定兄弟。

刚有这么个提议，还没拟好评判的标准，张飞性急，他早已撩衣捋袖，三八九点儿就爬到树梢，像猿猴那么矫捷。关羽也不示弱，紧跟着也去爬树。爬到树枝上，往下一望，却见刘备蹲在树根底下不动。

"你们都下来吧！咱们弟兄的大小排定了，我是大哥，关羽是二哥，张飞是三弟。"刘备说着，仰起头儿来向着树上笑。

他们听了这话，一齐爬下树来。关羽还没什么说的，张飞却忍不住了，对刘备说道："我爬得最高，我应该是大哥，关羽老二，你是老三。"

刘备说："三弟，凡事有个说解，有个道理。树木是先长上半截呢，还是先长下半截？我在树根底下，证明我是先长，你爬上树梢，证明你是后生啊！"

张飞一听，无言可答，只好认刘备做大哥。

（见老向编：《桃园三结义》，重庆，作家书屋，1948）

颐和园的铜牛

到过颐和园的人，谁都不会忘记卧在十七孔桥桥头的那只铜牛。它两角高竖，两目圆睁，浑身是劲，乌亮有光，脖子后面被孩子们骑来骑去，还露出了黄铜的颜色。

关于这只牛的来历，刻在它身上的铭文已经写明，古书上也有记载。它是乾隆皇帝为了给他妈祝寿修颐和园时铸造的。

可是老百姓却说它不是出在乾隆时，而是出在康熙朝；不是一个铜牛，而是一只真牛。

话说清朝康熙年间，京都设有一个很大的鹿苑，从各地弄来许多獐、狍、野鹿，养在里边，供皇上打猎。康熙皇帝是个好猎手，也是个打猎迷。他一没事，就骑上快马，带上弓箭，由随从护卫，进苑打猎。这天，他理完朝政，又奔这鹿苑来了。鹿苑有几十里方圆，周围有围墙围着。里边树木丛生，长着各种杂草，空旷一片。他派人先把各种野兽惊动起来。野兽们一听动静，各个东奔西窜。康熙就趁着这功夫，飞马上前，嗖嗖射箭，他爱瞧獐、狍、野鹿那个慌张劲儿，射倒几只开开心。他在马上，穿林过树，东射西杀，忙了一阵。觉得有点累了，便收了摊。

他打猎回家，路过一个村子，忽然看见一家院里有三条牛，个头一样高，全身金黄，膘肥腿壮，毛色有光。康熙一看眉飞色舞，垂涎三尺，非要给弄走不可。他的手下人，仗着皇家的势力冲进了民家，硬逼着这家主人给皇上进贡。主人哪敢言语，眼看着叫他们把三条牛给拉走了。就这样，这三条牛便成了皇家之物。康熙把它们放在后宫里，派专人饲养，每天还要亲自看几次。

这三条牛是一胎所生，两公一母，到了宫里，吃的是上等草料，长得更是滚瓜流油。不过，有一点，谁也不能近跟前，不管是谁，六亲不认。这还不说，最奇怪的是，一到半夜，就不见了。鸡叫之前，又回来了。每天如此。看牛人怕出事，就禀报了康熙皇帝。康熙开始不信，他想，哪会有这事！我这皇宫，墙高丈六，深宫大院，别说是牛，就是人也跑不出去呀。看牛人说："不信，你晚上去看看。"

康熙皇帝半信半疑，到了晚上，他就悄悄地躲在牛圈后面，睁大了眼睛，死死盯着这三头牛。看了一会，也没什么动静，这三条牛都卧在那里倒嚼呢。他也就放心了。心里说，这看牛人净瞎说，牛不是好好的吗？可是，话没落音，就听"噌、噌、噌"，那牛就像一阵清风一样飞走了，这下可着了急。这时，看牛人过来说："万岁爷放心，天亮还会回来的。"果不然，到了天亮，这三条牛又像一阵清风一样回来了。

康熙想，这倒新鲜，这三条牛莫非是神牛。明天我还得来看看。

第二天夜里，他又来了。还是那个时辰，他又睁大眼睛死死地瞧着。瞧着瞧着，就见这三条牛又站起来，后退一蹬，"噌、噌、噌"，像一阵清风又飞走了。康熙心里琢磨，这牛到底上哪儿去呢？我得闹个明白。他想了半天，想出了一个主意：明天晚上，我预备好快马，在皇宫外边再埋伏下马队，只要牛一腾空，就跟着追。

这天晚上，一切都准备好了。守候在宫外的人马，还有骑士猎手，各个竖起双耳，两目圆睁。到了三更左右，就听牛蹄子乱响。正在这时，就见"噌、噌、噌"，三条黑影，腾空而起，从西宫墙飞出，直奔西直门外。兵丁们个个吓得魂不附体，赶快报告康熙。康熙说："追！"这时，就听哒哒一阵马蹄声，追了上去。康熙也抓过马来，翻身跳上，跟着追了出去。可是这三条牛影，飞过西直门城楼，早到了昆明湖。等马队赶到，它们正在湖里洗澡呢。过了一会儿，康熙也骑马赶到，说："赶快捉！"兵丁们不容分说，各个跳下水去。可是他们哪是牛的对手，在那么大的湖面，根本挨不了边。康熙没有办法，又叫马队一齐下水。一时间，湖水翻腾，人嘶马叫，你来我往，水花飞溅。再看那牛，瞪着铜铃般的大眼，一会儿用鼻子喷着水，一会儿用尾巴掀着浪，把兵丁们扫得东倒西歪。就这样搏斗了约有两个时辰，好不容易才捉住了一条母牛，把它弄上岸来。

那两条公牛呢？早跳出湖外，向东方腾空而去。康熙怕这只母牛跑掉，再也不敢弄回宫里，就把它牢牢地锁在湖岸上了。说也奇怪，这头牛不吃不喝，没过多久，就渐渐化为一头铜牛。可是头却一直向着东方仰望，眼睛也是睁得那么圆。有人曾引用徐文长的《燕京歌》说："西北池中有斗牛，人传一挂一时收。要知不是凡麟介，只看眉潭两白毬。"至于向东方飞去的那两条牛，据说，后来一条跑到了八达岭金牛洞，在洞里拉金磨，磨金豆子。另一条跑到了金牛山，有个盗宝人还牵过这条牛，可是一牵出来，就又飞走了。

（搜集整理人：张紫晨。见张紫晨、李岳南编：《北京的传说》，
上海，上海文艺出版社，1982）

神驴叫（杨柳青年画传说）

从前，杨柳青街上有座牌楼，牌楼下有家开豆腐坊的老两口，无儿无女，都快六十岁了，每天还得四更起来做豆腐。老头子担水，推磨；老婆子烧浆子，点豆腐，累累巴巴干到大天亮，卖了豆腐，交了官税，剩下的钱只够老两口的吃穿。他们多想有头小毛驴啊！要是有头小毛驴，替老头子拉磨，老头子帮着老婆子多做些豆腐卖，那该多好啊！

那一年腊月末，老两口卖完豆腐到街上买过年的东西去，在画市看到一张年画上画着一头小毛驴，支楞楞的耳朵，白嘴，白眼窝，全身乌油油的像披着黑缎子，欢欢实实的真跟活的一样。老两口越看越爱，就买了这张年画，回到家，扫了房，高高贴在磨坊里。

第二天夜里，老两口照常四更起来做豆腐。老头子推着磨，又想起画上的那头小毛驴来，抬头朝年画上一看，愣啦：年画上的毛驴怎么不见了？他忙拿灯照照，又揉揉眼睛看看，年画成了一张白纸，小毛驴真没有了！他赶忙告诉老婆子，高兴地说：

"这回可好了！都说杨柳青年画一年'鼓'一张，不知落何方，想不到今年却落在咱豆腐坊啦！运气，咱真运气！"①

老婆子也高兴地拍着巴掌说：

"这可太好了！咱有了这张宝画，神驴替你拉磨，咱多做些豆腐卖，日子也该宽松了。等咱手头攒下钱，就买一头真的小毛驴，把年画供起来！"

"对！对！"

"可这神驴跑哪去了呢？"

---

① 画"鼓"了，是指年画上的人物车马等变成真的、活的。

"准是在外面撒欢呢！你想，它从年画上刚下来，浑身怪紧绷的，还不得打个滚儿，跑跑跳跳吗？"

老两口推开临街的大门，果然看见一头小黑驴撒着欢朝他们跑来了，站在他们面前，低下头，用嘴轻轻地在老头子的身上蹭着、蹭着，打着响鼻。老头子心爱地拍拍它的脑门，搔搔它的脖子，领进屋里。他们用麻绳、木板做了副小套，还用棉垫做个软乎乎的套包子。他们给神驴套上套，神驴梗梗脖子，就一圈一圈地拉着小磨跑起来，不到一个时辰，把准备磨的豆子都磨完了。老头子给神驴解了套，忙提来清凉凉的井水；老婆子也忙端来鼓崩崩的料豆子。可是，神驴不吃不喝，抖抖身上的汗珠子，往前一蹿，又回到画上去了。

从这以后，一到三更天，神驴就从年画上下来，站在磨道里等着。老头子给它套上套，它就"噔噔噔"地拉着小磨跑起来，不论你给准备多少豆子，不到一个时辰就磨完了。他们卖的豆腐越来越多，日子过得宽裕多了。

老头子干活轻松了，手头有了几个钱，不想着去买头真的小毛驴，却起了邪念。那天卖完豆腐，他小声跟老婆子商量：

"听说谁把宝贝献给当今皇上，谁就可以做官发财。咱把宝画揭下来献去吧，省得再干活受累了。"

"哟！那可舍不得！咱这头神驴，就是给个皇上当，咱也不换！"

"唉，老婆子，你真傻，神驴再好，咱不是还得干活嘛！"

老头子不顾老婆子反对，蹭着凳子就揭年画。他刚把年画从墙上掀开一半，忽然神驴"啊——"地叫了一声，吓得老头子从凳子上摔下来，磕青了腿，碰破了头，把年画也撕破了，神驴再也不会下来帮他们干活了。老婆子又心痛老头子，又心痛宝画，拍着大腿埋怨说：

"你呀，日子刚宽松两天，就想邪门歪道！"

老头子也后悔莫及，咂着嘴说：

"唉，我呀，真是糊涂！神驴这一叫，我也明白了：不想走正道想邪的，连神也不帮助你啊！"

[搜集整理人：张知行。载《天津民风》，1981（1）]

潮州老婆饼

广州莲香茶楼的潮州老婆饼，驰名中外。广州有名的茶楼，怎么以做潮州饼出名呢？什么饼仔都好吃，怎么会叫作老婆饼呢？这可有个故事。

原来清末年间，莲香茶楼有个点心师傅，是个潮州人。有一年他回乡探亲，带去了许多著名的美点，给老婆孩子们尝尝。谁知他老婆吃了抹抹嘴说："我道你们有名的莲香茶楼，做了什么美点，还不如我炸的冬瓜角好吃呢！"那个潮州点心师傅听了，很不乐意，说："哼！你能，那就做出来让我品一品。"

于是他老婆就熬了一锅冬瓜，熬得飞花滚烂，再加上白糖，撒进一些面粉，熬到半干不湿的，清甜嫩滑的，用来做馅，再用面粉料包裹，放在油镬里一炸，皮酥馅滑，香甜可口。那位点心师傅吃了后禁不住连声说："好吃！好吃！"到回省城的时候，他又叫老婆做了一大包冬瓜角，带回广州，给莲香楼的师傅们去品尝。

莲香楼的点心师傅们，虽然烹制过不少精美点心，但吃了潮州师傅带回来的冬瓜馅油角也都说好吃。这消息传到老板那里，老板也来尝了一只，一边吃一边点头。问起这叫什么饼，那潮州师傅一时也回答不出来，便把他回家探亲和老婆打赌做饼的事说了一遍。有个快嘴的伙计说道："那就叫潮州老婆饼吧！"

莲香楼老板仔细一想：这潮州老婆饼用料简单，制作方便，价廉物美，大大有利可图，便叫点心师傅们稍加改进，不用油锅炸，而用炉烘烤，外形也做成圆的，在表面再扫上一层鸭蛋青，还给它起了个雅号，叫作"冬茸酥"，一时成为莲香楼的独家生意，直到现在，还享有声誉。不过，人们都不喜欢叫它冬茸酥，爱叫它土里土气的潮州老婆饼。

（搜集整理人：叶春生。流传地区：广东。见程蔷、浩宇编：
《中国地方风物传说》，北京，中国广播电视出版社，1996）

冬不拉和阿肯（哈萨克族）

相传很早以前，哈萨克族人居住在一片大森林边缘上，过着放牧生活。林中有一只凶恶的瞎熊，经常出没在草原上，伤害人和牲畜，使牧民无法过上欢乐安宁的生活。国王几次派出猎人伏击都被狡猾凶残的瞎熊伤害了。这时王子冬不拉向父王提出要亲自出马为民除害，国王疼爱独生儿子，说什么也不答应。但是，第二天王子不见了。

王子带上弓箭和夹挠①，骑着骏马翻过崇山，跨过河流，插入丛林，在通往夏牧场的林中小道上，终于找到了瞎熊的足迹。他细心地将夹挠安置在瞎熊必经之路上，又巧妙地进行了伪装，就在附近隐蔽起来。

一只很大的瞎熊，顺着它习惯的道路敏捷地走来。在距夹挠大约十公尺的地方，它站住了，用鼻子在地上仔细地嗅着，走走停停，停停走走。王子紧张地屏住呼吸，眼睛紧紧地盯着雾霭中瞎熊的动向。瞎熊一步步靠近"埋伏区"，用前爪小心翼翼地将伪装拨去，又将夹挠周围的土轻轻扒开，然后找来一根大树枝朝夹挠乱捅。夹挠受到触动，"砰"的一声击发了。瞎熊又将夹挠放在大石头上，举起另一块大石狠命地砸。王子在隐蔽处拉满了弓，射出一支利箭，正中瞎熊的脖颈。瞎熊大吼一声，朝着箭飞来的方向扑去。第二箭又射中熊的前胸，瞎熊发现了王子。王子抽出第三支箭，但来不及了，瞎熊已经窜到面前，王子拔出匕首与瞎熊厮杀在一起……

国王派人四下里寻找王子，四五天过去了，音讯杳无。国王的忧愁一天天加重，他发布了命令：凡将王子活着找回来者，赏赐骏马百匹，羊千只；凡知其下落不告者，砍去双足；凡带回噩耗者杀头。

牧民们三五成群四处寻找，终于在密林深处的一条小道旁发现了王子和瞎熊扭在一起的尸体。大家把死熊剁成肉酱，将王子安葬在向阳的山坡上。可是，怎样把这个坏消息告诉国王呢？有个叫阿肯的老牧民自告奋勇地去见国王。

"你知道王子的下落？"国王问阿肯。

"尊敬的陛下，"阿肯指着一棵高大的松树，说："它知道王子的情况。"

国王哪里相信，说："它如果说不出来，我将杀死你。"

聪明的阿肯在牧民们的帮助下，砍倒大树，用松木制作了一把乐器，然后坐在草坪上，轻轻拨动琴弦，向国王倾诉王子悲壮的事迹。琴声进入雄浑低沉、扣人心弦的旋律之中：有像行人行进的步履，有像瞎熊绝望的嘶鸣。琴声慢慢地转入松涛阵阵，如泣如诉，似草原的啜泣，

---

① 夹挠：牧民猎取野兽用的一种铁夹。

似牧民的怀念……

国王听着琴声泪如雨下。琴声停了，国王仍沉浸在悲痛中。给国王带来噩耗的是松木做的乐器，国王只好重赏了阿肯。从此哈萨克族有了这种弹拨乐器，牧民们就用王子的名字把这件乐器叫作"冬不拉"，弹拨乐器的艺人或歌手叫作"阿肯"。

（搜集整理人：王群安。流传地区：新疆。见程蔷、浩宇编：
《中国地方风物传说》，北京，中国广播电视出版社，1996）

包公选师爷

包公做了开封府尹，要选一名称心如意的师爷。什么是师爷？就是在府衙帮他做文牍工作的人。

包公选师爷的告示一贴出去，四面八方的文人学士纷纷前来应试。只三四天时间，就来了上千人。考试的第一个项目是作文章，由包公出题，让应试的人去作。上千人的卷子，包公一一亲自过目，从中挑选了十个文才最高的人。考试的第二个项目是面试，包公要把这十个人一个一个单独叫进去，随口出题，当面应答。

第一个人被叫进来了。他未进门就向包公打躬施礼；进得门来，一步叩一个头，一直叩到包公面前，口中说道："小人恭听老爷训教。"包公说："这不是什么训教。你既来本府应试，就请起来入座攀话。"那人说："小人不敢。"包公说："哎！叫你起来，你尽管起来。"那人说："还是跪着听老爷训教。"包公见他这样，便不再相强，就说："你的书面文章作得不错。今天我还要对你面试一番。"那人说："请老爷出题。"包公指指自己的脸说："你看我长得怎么样？"那人说："小人不敢放肆。"包公说："这是考试，恕你无罪。"那人抬头一看包公的面容，哎呀，真是难看死了，头和脸都黑得如烟熏火燎一般，乍一看，简直就像一个黑色的坛子放在肩膀上；两只眼睛大而圆，瞪起来，白眼珠多，黑眼珠少，令人害怕。那人大吃一惊，没想到包府尹长得这么丑陋。他想：我若把他的模样如实讲出来，他一定火冒三丈，别说当师爷，不挨他的狗头铡都算好的。当官的都爱听恭维话，我何不奉承他一番，讨他个欢喜呢！于是嘻嘻一笑说："啊，老爷长得真是好看极了！方面厚耳，红润润的脸膛，浓眉虎目，格外精神。真是有福的相貌呀！"包公听了，望着他向外摆摆手说："行了，你回家去吧。"

接着第二个人被叫进来。包公一看，这人漫长脸，白面皮，两颗大眼珠没看人就滴溜溜打转，一脸小聪明。当包公又拿自己的脸进行面试时，他偷偷溜了包公一眼，不禁吸了一口凉气。包公要他随口应答，他眼珠转了几转，满面春风地说道："哎哟，老爷真是个清官呀！"包公问："你怎么知道？"他说："我看老爷长得眼如明星，眉似弯月，面色白里透红，纯粹是副清官相貌啊！"包公一听，又好气又好笑，心里话：如果照你说的那种长相是清官相，我这面如锅铁，容貌丑陋，大概就该是奸官相喽。真是一派胡言。于是，不耐烦地对那人向外摆摆手。

包公面试了九个人时，老家人包兴进来了，问："老爷，可有如意的？"包公叹了一口气摇摇头说："眼下还没选上一个。这些人为了讨得我的喜欢，他们竟然颠倒黑白，胡说八道，如果都像这样拍马溜须，专说瞎话去讨官老爷的欢心，谁去为百姓办事呀？"包兴说："忠良难找，你就将就着选一个吧。"包公说："不行。开封府如果选不着实心眼儿人，我宁愿自己多劳，也不能凑合，唤最后一个进来！"

第十个人进来了。只见他坦然地来到包公面前，施礼说："见过老爷。"包公说："免礼，坐下！"那人坐了。包公说："你的文章作得不错呀！"那人道："老爷，文章作得最好，也只不过是纸面上的东西，不值几个钱。以小人之见，要报效国家，为百姓办好事，第一是要有德，第二才是要有才。"包公一听，暗暗称是，便说："我今天当面口试，你要马上回答。"那人道："请老爷出题。"包公说："别的题也没什么意思，就说说我的脸面吧。你看看我的容貌如何？"那人向包公打量了一下，说道："老爷的容貌嘛……""怎么样啊？""脸形如坛子，面色似锅底，不但说不上俊美，实在该说是丑陋。特别是两眼一瞪，真有几分吓人呢。"包公一听，故意把脸一沉："嗯！放肆！你怎么这么说起老爷来了？难道不怕我怪罪吗？"那人说："老爷别生气。小人深信，只有实诚人才可靠。老爷的脸本来是黑的，难道我说一声'白'，它就变白了？老爷长得本来是丑的，难道我说一声'美'，就会变美了？老爷若不喜欢听老实话，今后怎能秉公断案，做个清官呢？"包公说："我听人说，容貌丑陋，其心必奸。此话当真吗？"那人说："不然。奸不奸，在心而不在貌。只要老爷有忠君爱民之心，有报效国家的愿望，就是长得最黑，也会做清官；相反，就是长得最白，也保不住不做贪官。难道老爷没见过白脸奸臣吗？"包公听完，心中大喜，说："你被选中了。"

（讲述人：杨戈。搜集整理人：刘秀森。见中国民间文艺研究会河南分会编：
《看花楼》，郑州，河南人民出版社，1981）

黑牙姑娘

古代，有个土皇十分淫荡，每天总爱骑着雕鞍骏马游乡逛寨，把美女抢到宫中寻欢作乐。

一天，土皇听说达戛有位名叫阿婷的壮家姑娘长得很漂亮，说她的睫毛一闪就能使男子昏昏欲醉，便亲自带领兵马前来观赏。土皇到了达戛，把全村男女老少赶拢来，可人人都到场了，就是不见阿婷。

此时，阿婷正在深山峡谷间蹒跚。她起誓宁可死去，绝不接受土皇的蹂躏。凤凰同情她，飞来对她歌唱；茶花同情她，在她身旁开放；乳果同情她，落到她的掌上；山雀同情她，为她铺垫软床。她走累了，便倒在软床上入睡。

就在姑娘沉睡的当儿，纤柔的青藤在她的床铺四围伸蔓添叶，织成了一笼绿色的罗帐。罗帐里还吊着一串串葡萄果似的黑子。……是少女的梦幻，还是少男的希求？是父老的心愿，还是神灵的搭救？忽然间，一个白髯苍苍的药仙来到姑娘床前，慈祥地对她说："孩子，请别为你的美丽而悲伤。天赋的美丽是无罪的，只有强占美丽的人才有罪！假如你是一个不屈的姑娘，那就勇敢地摘下你青纱帐里的黑子嚼在嘴里，让黑子把你那洁白的牙齿染黑吧！"阿婷听罢惊醒起来，药仙已经隐去了。她四下寻找药仙，苦楚地呼求："不！不啊！白皙的少女染着一排黑牙，有谁爱呀？"这时，药仙从山那边送来一声解答："傻孩子，牙齿虽黑，心地洁白，土皇当然不爱，但小伙子们要追求的正是这样的姑娘啊！"阿婷细细回味药仙的话，果然摘下几颗黑子丢进嘴里咀嚼起来。一会儿，她走到清澈的山泉边上对影察颜——啊！自己的两排牙齿黑了，黑得发亮……

达戛的村民在露天坝过了一夜，小的饿得哭嚷，老的冻得打战。那个酒足肉饱的土皇见不到阿婷就死守不走。他骑在马上高声喝道："壮民们，只要阿婷愿意拿你们的性命来换取她的美貌，我可以奉陪到底！"土皇的话音刚落，阿婷来了。她坦坦地走向土皇，在他的马前站住，对他闪动着长长的睫毛——此刻，凡是看着这位美女的兵将无不垂涎三尺。土皇更是眉飞色舞，从马上跳将下来，猥亵地说："啊！我的美人儿，笑吧！笑呀！"阿婷应请而朗声大笑，露出黑得发光的两排牙齿。"咦——黑牙精！"土皇吓了一跳，连忙踏镫上马，不要命地策马回宫。

这个故事不知已经流传多少年代了。可如今，达戛一带的壮家姑娘仍旧效仿自己的仙姐阿婷：采摘黑子染玉牙，玉牙愈黑心愈白！

（讲述人：黄世吉。整理人：瑙尼。流传地区：广西。见一苇编：
《中国民俗传说》，北京，中国广播电视出版社，1996）

过年贴福字、供斧子

乡村过春节都有贴福字、供斧子的习惯，谁都盼有个好日子。这就叫"穷汉子盼来年"。还流传下来这样一个故事呢。

很早很早以前，长白山下有一家姓王的老少三辈六口人，靠种地为生，从不搞歪门邪道，也不求拜有钱有势的人，老老实实地度春秋，日子过得紧紧巴巴，吃了上顿没下顿，过了秋天愁冬天。

一夜连双岁，五更分二年。有借钱、借物的在除夕子夜前要送还。过了除夕子夜为两年账。老王家的一把手斧子让邻居老张家借去了。张大妈让十二岁的儿子来福去送斧子。来福到了王家正赶上煮饺子，王家让来福快上炕吃饺子。来福说："我给您送斧子来了。""好啊！"老王顺手接过斧子，又顺手放在了供桌上。

年三十晚上这顿饭都在家吃，叫团圆饭。有那么一句话："谁家过年还不吃顿饺子。"来福放下斧子就回家了。

第二年老王家种啥收啥，养啥得啥，真是粮食满仓谷满囤，金鸡满架猪成群，小日子一年就红火起来了！

王家的好日子，可馋坏了游手好闲、东偷西摸、不干人事的赵清福。赵清福弄清了老王家发福的原因，暗地里把一把斧子，提前借给了来福家，让他在年三十晚上去送，还说以后给他好处。午夜刚到，赵清福就把饺子煮在锅里等来福送斧（福）。谁知来福把此事给忘了。他媳妇说："别等了，饺子都破了。"赵清福气急败坏地说："老婆（破），老婆（破），不会说话就不说……"

来福吃完了饺子，想起了给赵清福送斧子。来福刚到赵家就听赵清福急不可待地说："来福送福（斧）来了！"来福在地下搓着脚说："别送福了，踩了一脚屎！"因来福生气，说急了，把"屎"说成了"死"。赵家人气得垂头丧气，年也没过好。

第二年赵清福的父母因缺吃少穿，先后病死，赵清福因图财伤人，坐了牢，媳妇走了道，弄了个家破人亡，妻离子散。来福送福，赵清福请福（斧）的事一传十、十传百地就传开了。人们都信以为真。从那以后，一入腊月老年人就告诉小孩不说丧气话和不吉利的话，不骂人，怕说习惯了，年三十晚上说走了嘴。一直到今天，还有不少农户过春节时贴福字、供斧子，盼望一年比一年幸福。

（讲述人：张听。搜集整理人：赵赢州。流传地区：科尔沁右前旗。见一苇编：
《中国民俗传说》，北京，中国广播电视出版社，1996）

三王墓

楚干将莫邪为楚王作剑，三年乃成。王怒，欲杀之。剑有雌雄。其妻重身，当产，夫语妻曰："吾为王作剑，三年乃成，王怒；往，必杀我。汝若生子，是男，大，告之曰：'出户，望南山，松生石上，剑在其背。'"于是即将雌剑往见楚王。王大怒，使相之，剑有二：一雄，一雌，雌来，雄不来。王怒，即杀之。

莫邪子名赤，比后壮，乃问其母曰："吾父所在?"母曰："汝父为楚王作剑，三年乃成，王怒，杀之。去时嘱我：'语汝子：出户，往南山，松生石上，剑在其背。'"于是子出户，南望，不见有山，但睹堂前松柱下石砥之上，即以斧破其背，得剑。日夜思欲报楚王。

王梦见一儿，眉间广尺，言欲报仇。王即购之千金。儿闻之，亡去，入山，行歌。客有逢者，谓："子年少，何哭之甚悲耶?"曰："吾干将莫邪子也。楚王杀吾父，吾欲报之。"客曰："闻王购子头千金，将子头与剑来，为子报之。"儿曰："幸甚。"即自刎，两手捧头及剑奉之，立僵。客曰："不负子也。"于是尸乃仆。

客持头往见楚王，王大喜。客曰："此乃勇士头也。当于汤镬煮之。"王如其言。煮头三日三夕，不烂。头踔出汤中，踬目大怒。客曰："此儿头不烂，愿王自往临视之，是必烂也。"王即临之。客以剑拟王，王头随堕汤中；客亦自拟己头，头复堕汤中。三首俱烂，不可识别。乃分其汤肉葬之。故通名三王墓。今在汝南北宜春县界。

（《搜神记》卷十一）

东海孝妇

汉时，东海孝妇养姑甚谨。姑曰："妇养我勤苦，我已老，何惜余年，久累年少。"遂自缢死。其女告官云："妇杀我母。"官收系之，拷掠毒治。孝妇不堪苦楚，自诬服之。时于公为狱吏，曰："此妇养姑十余年，以孝闻彻，必不杀也。"太守不听。于公争不得理，抱其狱词哭于府而去。

自后郡中枯旱，三年不雨。后太守至，于公曰："孝妇不当死，前太守枉杀之，咎当在此。"太守即时身祭孝妇冢，因表其墓。天立雨，岁大熟。

长老传云："孝妇名周青，青将死，车载十丈竹竿，以悬五幡，立誓于众曰：'青若有罪，愿杀，血当顺下；青若枉死，血当逆流。'既行刑已，其血青黄，缘幡竹而上，极标，又缘幡而下云。"

（《搜神记》卷十一）

韩凭妻

宋康王舍人韩凭，娶妻何氏，美，康王夺之。

凭怨，王囚之，论为城旦。妻密遗凭书，缪其辞曰："其雨淫淫，河大水深，日出当心。"既而王得其书，以示左右，左右莫解其意。臣苏贺对曰："其雨淫淫，言愁且思也。河大水深，不得往来也。日出当心，心有死志也。"

俄而凭乃自杀。其妻乃阴腐其衣。王与之登台，妻遂自投台。左右揽之，衣不中手而死。遗书于带曰："王利其生，妾利其死，愿以尸骨赐凭合葬。"王怒，弗听，使里人埋之，冢相望也。王曰："尔夫妇相爱不已，若能使冢合，则吾弗阻也。"

宿昔之间，便有大梓木，生于二冢之端，旬日而大盈抱，屈体相就，根交于下，枝错于上。又有鸳鸯，雌雄各一，恒栖树上，晨夕不去，交颈悲鸣，音声感人。宋人哀之，遂号其木曰"相思树"。"相思"之名，起于此也。南人谓：此禽即韩凭夫妇之精魂。今睢阳有韩凭城，其歌谣至今犹存。

（《搜神记》卷十一）

李寄斩蛇

东越闽中，有庸岭，高数十里。其西北隙中，有大蛇，长七八丈，大十余围，土俗常惧。东治都尉及属城长吏，多有死者。祭以牛羊，故不得祸。或与人梦，或下谕巫祝，欲得啖童女年十二三者。都尉令长并共患之。然气厉不息。共请求人家生婢子，兼有罪家女养之。至八月朝祭，送蛇穴口，蛇出吞啮之。累年如此，已用九女。

尔时预复募索，未得其女。将乐县李诞家，有六女，无男。其小女名寄，应募欲行。父母不听。寄曰："父母无相，惟生六女，无有一男。虽有如无。女无缇萦济父母之功，既不能供养，徒费衣食，生无所益，不如早死；卖寄之身，可得少钱，以供父母，岂不善耶！"父母慈怜，终不听去。寄自潜行，不可禁止。

寄乃告请好剑及咋蛇犬。至八月朝，便诣庙中坐，怀剑，将犬。先将数石米糍，用蜜佯灌之，以置穴口。蛇便出。头大如囷，目如二尺镜，闻糍香气，先啖食之。寄便放犬，犬就啮咋，寄从后斫得数创。疮痛急，蛇因踊出，至庭而死。寄入视穴，得其九女髑髅，悉举出，咤言曰："汝曹怯弱，为蛇所食，甚可哀愍。"于是寄女缓步而归。

越王闻之，聘寄女为后，指其父为将乐令，母及姊皆有赏赐。自是东治无复妖邪之物。其歌谣至今存焉。

（《搜神记》卷十九）

紫　玉

吴王夫差小女，名曰紫玉，年十八，才貌俱美。童子韩重，年十九，有道术。女悦之，私交信问，许为之妻。重学于齐鲁之间，临去，属其父母使求婚。王怒，不与女。玉结气死，葬阊门之外。

三年，重归，诘其父母。父母曰："王大怒，玉结气死，已葬矣。"重哭泣哀恸，具牲币往吊于墓前。玉魂从墓出，见重流涕，谓曰："昔尔行之后，令二亲从王相求，度必克从大愿；不图别后遭命，奈何！"玉乃左顾宛颈而歌曰："南山有鸟，北山张罗；鸟既高飞，罗将奈何！意欲从君，谗言孔多。悲结生疾，没命黄垆。命之不造，冤如之何！羽族之长，名为凤凰；一日失雄，三年感伤；虽有众鸟，不为匹双。故见鄙姿，逢君辉光。身远心近，何当暂忘。"歌毕，歔欷流涕，要重还冢。重曰："死生异路，惧有尤愆，不敢承命。"玉曰："死生异路，吾亦知之；然今一别，永无后期。子将畏我为鬼而祸子乎？欲诚所奉，宁不相信。"重感其言，送之还冢。玉与之饮宴，留三日三夜，尽夫妇之礼。临出，取径寸明珠以送重曰："既毁其名，又绝其愿，复何言哉！时节自爱。若至吾家，致敬大王。"

重既出，遂诣王自说其事。王大怒曰："吾女既死，而重造讹言，以玷秽亡灵，此不过发冢取物，托以鬼神。"趣收重。重走脱，至玉墓所，诉之。玉曰："无忧。今归白王。"王妆梳，忽见玉，惊愕悲喜，问曰："尔缘何生？"玉跪而言曰："昔诸生韩重来求玉，大王不许，玉名毁，义绝，自致身亡。重从远还，闻玉已死，故赍牲币诣冢吊唁。感其笃，终辄与相见，因以珠遗之，不为发冢。愿勿推治。"夫人闻之，出而抱之。玉如烟然。

（《搜神记》卷十六）

王 质

信安郡石室山，晋时王质伐木至，见童子数人，棋而歌，质因听之。童子以一物与质，如枣核。质含之，不觉饥。俄顷，童子谓曰："何不去？"质起，视斧柯烂尽。既归，无复时人。

[（南朝梁）任昉：《述异记》卷上]

端午祭屈原

屈原五月五日投汨罗水，楚人哀之。至此日以竹筒子贮米投水以祭之。汉建武中，长沙区曲忽见一士人自云三闾大夫，谓曲曰："闻君当见祭，甚善。常年为蛟龙所窃，今若有惠，当以楝叶塞其上，以彩丝缠之。此二物，蛟龙所惮。"曲依其言，今五月五日作粽，并带楝叶、五花丝，遗风也。

[（南朝梁）吴均：《续齐谐记》]

颜回设谜借梳篦

路妇不知何处人也，孔子游行见之，头戴象牙栉。谓诸弟子曰："谁能得之？"颜渊曰："回能得之。"即往妇人前，跪而曰："吾有徘徊之山，百草生其上，有枝而无叶，万兽集其里，有饮而无食，故从妇人借罗网而捕之。"妇人取栉与之。颜回曰："夫人不问由委，乃取栉与回，何也？"妇人答曰："徘徊之山者，是君头也；百草生其上，有枝而无叶者，是君发也；万兽集其里者，是君虱也；借网捕之者，是吾栉也。以故取栉与君。何怪之有？"颜渊默然而退。孔子闻之，曰："妇人之智尚尔，况于学士者乎！"

[（唐）佚名：《雕玉集》]

刘三妹传说

新兴女子有刘三妹者，相传为始造歌之人，生唐中宗年间，年十二，淹通经史，善为歌。千里内闻歌名而来者，或一日，或二三日，卒不能酬和而去。三妹解音律，游戏得道。尝往来两粤溪峒间。诸蛮种类最繁，所过之处，咸解其言语。遇某种人，即依某种声音作歌，与之唱和，某种人奉之为式。

尝与白鹤乡一少年登山而歌，粤民及傜壮诸种人围而观之，男女数十百层，咸以为仙。七日夜歌声不绝，俱化为石。土人因祀之于阳春锦石岩。岩高三十丈许，林木丛蔚，老樟千章，蔽其半；岩口有石磴，苔花绣蚀，若鸟迹书。一石状如曲几，可容卧一人，黑润有光，三妹之遗迹也。月夕，辄闻笙鹤之声。岁丰熟，则仿佛有人登岩顶而歌。

三妹今称歌仙，凡作歌者，毋论齐民与猺、瑶、壮人、山子等类，歌成，必先供一本，祝者藏之，求歌者就而录焉，不得携出，渐积遂至数筐。兵后，今荡矣。

[（清）屈大均：《广东新语》卷八]

董 永

汉董永，千乘人。少偏孤，与父居。肆力田亩，鹿车载，自随。父亡，无以葬，乃自卖为奴，以供丧事。主人知其贤，与钱一万遣之。永行三年丧毕，欲还主人，供其奴职。道逢一妇人曰："愿为子妻。"遂与之俱。主人谓永曰："以钱与君矣。"永曰："蒙君之惠，父丧收藏，永虽小人，必欲服勤致力，以报厚德。"主曰："妇人何能？"永曰："能织。"主曰："必尔者，但令君妇为我织缣百匹。"于是永妻为主人家织，十日而毕。女出门，谓永曰："我，天之织女也。缘君至孝，天帝令我助君偿债耳。"语毕，凌空而去，不知所在。

（《搜神记》卷一）

牛郎织女

天河之东有织女，天帝之子也。年年织杼劳役，织成云锦天衣。天帝哀其独处，许配河西牵牛郎。嫁后遂废织衽。天帝怒，责令归河东，唯每年七月七日夜渡河一会。

七月七日为牵牛织女聚会之夜。是夕人家妇女，结彩缕，穿七孔针，或以金银鍮石为针，陈瓜果于庭中以乞巧，有喜子网于瓜上，则以为符应。

［（南朝梁）宗懔：《荆楚岁时记》］

赵本山"卖拐"忽悠美国老外

赵本山："天也不早了，人也不少了，你们的岁数也不小了，这智商也该考了！"

高秀敏："春节坑人不算多，去年卖拐今年卖车，这美国的日子挺不错，折腾折腾这帮傻大个儿！"

赵本山："第一号艾弗森，请听题。说你有一个私生子，今年刚6岁，以前他从没见过你，现在你和一大帮人去看他，他一下子就扑到你的怀里，叫你爸爸。这是咋回事？"

艾弗森听完一惊，心想我有私生子中国人都知道了？"因为他见过我的照片！"

赵本山："错！因为你领了一帮女的，就你一个男的！"

高秀敏："二号邓肯请听题。约翰是裁判的儿子，但他从不叫裁判爸爸，为什么？"

邓肯："因为约翰也是私生子，他叫不出口。"

赵本山："错！正确答案请现场嘉宾罗德曼回答！"

罗德曼回答："他管裁判叫妈妈。那个裁判是女的，有一年比赛她吹我技术犯规，我还摸了她的屁股……"（斯考恩忙对摄影师说："这段掐了，千万别播！"）

赵本山："三号科比请听题。说奇才战湖人，乔丹运球过人，你在下三路防守，奥尼尔主守上三路，但乔丹还是过去了！请问他是怎么过去的？"

科比哈哈一笑："想那乔丹老迈年高，有我二人防守，他怎能过得去，当然是晕过去的！"

（大屏幕上乔丹龇牙咧嘴。）

高秀敏："回答正确加十分！怪不得这么早就结婚！"

赵本山："四号马龙，请看大屏幕（大屏幕上是当年爵士战国王，马龙一肘子把韦伯抢得满脸是血）。请问：用左肘子和右肘子打脑袋，哪个疼？"

马龙一挥右胳膊："当然是右肘子疼了！"

"错！"台下韦伯吱声了，"是脑袋疼！我的脑袋疼！"

高秀敏："五号叫基德，专门开快车。说有一天你开车过一窄道，迎面也开来一辆车，眼看就要撞上了，你们俩同时刹住了车，这时候天上没有月亮，车灯、路灯都是坏的，你是怎么看见的？"

基德眨眨眼睛："因为在白天呀！天上有太阳！"

赵本山："不愧是组织后卫，这道题一答就对！咱哥俩幸会幸会，能不能给个小费？来时的飞机票你给报了吧！"

高秀敏："六号奥尼尔，请听题。赵本山有兄弟三人，老大叫大傻子，老二叫二傻子，老三叫啥？"

"三傻子呗！"奥尼尔咧嘴大笑。

赵本山："错！老三叫赵本山！我是老疙瘩！"众人大笑，只有奥尼尔还不明白，一脸迷茫的样子。

赵本山："七号王治郅。老乡见老乡，两眼泪汪汪，中国人高智商，是金子到哪儿都发光。请听题。说有两个宇航员，一个是烟鬼，一个是酒鬼，两人要到太空进行为期一年的考察，烟鬼带了十条烟，酒鬼带了十箱酒。一年后，两人走下飞船，酒鬼喝得微醉，显得很满意，而烟鬼一脸的沮丧，这是为什么？"

王治郅拍手大笑："他忘了带火儿！"

这时，奥尼尔大叫："我终于明白了老三为什么叫赵本山了！"（斯考恩忙拉起奥尼尔往外走："别在这里丢人了，以后不带你来了！"）

晚会结束后，奥尼尔一直为晚会上丢人的事闷闷不乐。回到湖人队的俱乐部，刚好碰上菲帅。奥尼尔急忙拉着菲帅的手："菲帅，我给你出一个脑筋急转弯的题。说我父亲有三个儿子，老大叫大傻子，老二叫二傻子，老三叫啥？"

菲帅："你父亲起的名字真怪，不过也挺对！想我菲帅冰雪聪明，这题岂能难得倒我！想必这老三就是奥尼尔你了！"

"不！"奥尼尔叫道，"老三叫赵本山！"

（见人民网，2003-09-18）

375 路公交车的故事

1995 年 11 月 14 日深夜，夜已经很深很冷，风也很大。

一辆公交车缓缓驶出圆明园公交总站，慢慢地停靠在圆明园南门公交车站旁边。这已经是当晚的末班车了。

车上有一位年龄偏大的司机和一名年轻的女售票员，车门打开后上来四位乘客：一对年轻夫妇和一位老迈的老太太，还有一个年轻的小伙子。他们上车后，年轻夫妇亲密地坐在司机后方的双排座上，小伙子和老太太则一前一后地坐在了右侧靠近前门的单排座上。车开动了，向着终点站香山方向开去……

夜色显得更加的沉静，耳边所能听到的只有发动机的轰鸣声，路上几乎看不到过往的车辆和行人，因为 11 月的北京深夜十分的寒冷，更何况是在那么偏僻的路段（那时的这条路段的确十分的偏僻）。

车继续前进着，大概过了两站地，刚刚过了北宫门车站也就 300 多米，大家就听到司机突然大声骂道："妈的，这个时间平时连个鬼影都看不到。今天真他妈的见鬼了，靠！还不在车站等车！"这时大家才看到，100 米远的地方有两个黑影在向车辆招手。就听售票员说："还是停一下吧！外面天气那么冷，再说我们这也是末班车了。"（那时的圆明园——香山路段也的确就这一趟公交车，而且那么晚了，出租车司机根本不会跑那么偏僻的道路。）

车停下了，又上来两个人。不，确切地说应该是三个人。因为在那两人中间还架着一个。上车后他们一句话也不说，被架着的那个人更是披头散发一直垂着头。另外两人则穿着清朝官服样子的长袍，而且脸色泛白。大家都被吓坏了，各个神情紧张，只有司机继续开着车向前行驶。这时只听女售票员说："大家都不要怕，他们可能是在附近拍古装戏的，大概都喝多了，衣服都没来得及换。"大家听她这么一说，也都恢复了平静。只有那位老太太还不断地扭头，神情严肃地看着坐在最后面的三个人。车继续前进着……

大概又过了三四站地，路上依然很静，风依旧很大，更不要提又有什么人上车了。那对年轻的夫妇在上一站已经下了车，司机和售票员有说有笑地聊着天。就在这时，那位年迈的老太太突然站起身子，并且发了疯似的对着坐在她前面的小伙子就打，口中还叫骂着，说小伙子在他们上车时偷了她的钱包。小伙子急了，站起身对着老太太就骂："你那么大的年纪了，怎么还血口喷人呢！"老太太也不说话，用两眼怒瞪小伙子，并用左手用力抓着他的上衣领子就是不放手。小伙子急得满脸通红，就是说不出话来。老太太开口却说："前面就是派出所了，我们到那里去评评理！"小伙子急说："去就去，谁怕谁啊！"

车停下了，老太太抓着小伙子就下了车。他们看着已经远去的公共汽车，老太太长出了一口气。小伙子不耐烦地说："派出所在哪里啊！"老太太却说："派什么所啊！我救了你的命啊！"小伙子不解地说："你救了我什么命啊！我怎么了，不是好好的吗？"老太太说："刚才后上车的三个人不是人，是鬼啊！"小伙子说："你是不是神经病，我才真见鬼呢！"小伙子说完扭头就要走。老太太说："你不相信也可以，让我把话说完啊！"小伙子站住身子，老太太接着说："从他们一上车我就有疑虑，所以我不断回头看他们。说来也巧，可能是因为从窗户吹进的风，让我看到了一切。风把那两个穿长袍的人下摆吹了起来，我看到他们根本就没有腿！"小伙子瞪着一双大眼吃惊地看着老太太，满脸冒汗，说不出一句话！老太太说："愣什么啊！还不赶快报警！"

第二天，公交车总站报案：昨天晚上我站的末班车和一名司机、一名女售票员失踪。警察迅速查找昨天深夜报警并被警方疑为神经病的小伙子。

两小时后，小伙子和那位老太太被找到。

当晚，《北京晚报》和《北京新闻》迅速报道了这令人震惊的新闻，并对小伙子和老太太做了现场采访。

第三天，警方在距香山100多公里的密云水库附近找到了失踪的公交车，并在公交车内发现三具已严重腐烂的尸体。

更加令人不解的疑点接踵而来。

第一，被发现的公交车不可能在跑了一天的情况下还能开出100多公里，警方更发现车油箱里面根本不是汽油，而是鲜血。

第二，更让我们不解的是，发现的尸体在不到两天的时间里已经严重腐烂，就是在夏天也不可能腐烂得这么快，经尸检证实这并不是人为的。

第三，经警方严格检查当天各个通往密云的路口监视器，什么也没发现。

这起离奇事件在当时轰动了整个北京医学界和公共安全专家部门。大家可以问一问在北京的老人，一般都会知道！

（见百度贴吧，2006-12-14）

四大爱情传说的最新版本

梁祝的故事

"如果所有的泪水都能化做翩翩蝴蝶，我们就会相爱不渝，所有的泪水都不能化做蝴蝶，所以我们注定无缘。"梁山伯在 QQ 上结识了名叫蝶舞飞扬的 MM，二人相见恨晚，几天下来就已如胶似漆。一个月后，梁山伯与蝶舞飞扬相约见面，见到了美丽的小姐祝英台，二人一见钟情，决定长相厮守。但他们的爱情却得罪了一直暗恋祝英台的版主马公子，他设计破坏了梁山伯的 QQ 信息，从此，梁祝失去了联系。梁山伯郁郁而终，祝英台痴心等候，却不知与爱人已阴阳永隔。后来，祝英台嫁给了马公子。但每年的这一天，她还是在 QQ 上发送这样的信息：梁兄，你还记得我——你的蝶舞飞扬吗？

白蛇的故事

白素贞和许仙同住在一套公寓内。白素贞是美容师，正在研制一种神奇的换肤技术，她的竞争对手法海想得到这一机密，便哄骗许仙把一只带摄像头的手机悄悄放在素贞的房间内。有一天，许仙无意中打开自己的彩信手机，拨通号码，天哪！他赫然看见一条正在蜕皮的白蛇?!许仙登时晕了过去。素贞发现以后，慌了手脚，连忙给许仙灌下一暖瓶灵芝茶。许仙终于悠悠醒来："蛇，蛇……"素贞赶紧表明那蛇是自己研究换肤技术的观察实验品，并求许仙不要声张，因为这条蛇没有户口。许仙激动地打断了她的话："这是我梦寐以求的最最最 Cool 的宠物?!"他一把抓住素贞的手："你愿意嫁给我，让我们一起宠爱这条蛇吗？"后来，许仙娶了白素贞，可是由于他对那条白蛇更好，所以素贞最后提出了离婚。后来听说绝迹千年的美女蛇在下个月将被克隆出来。

牛郎和织女的故事

织女是最早的海归者，回国开了自己的公司，很忙碌，也很累。七月七日这一天，织女公寓的水龙头坏了，物业公司派来一个修理工，叫做牛郎。牛郎来自郊区，很单纯，像以前放牛一样，他热爱自己的修理工作，能从中找到乐趣，因而很快乐。牛郎边修水龙头，边告诉织女放牛的规则和自己的快乐，织女从中领悟到了工作与生活的真谛。他们结婚的时候，织女还特意写了一本《放牛守则》，这本书成为畅销书。后来，织女又出国充电去了，牛郎成了留守先生，只在每年七月七日，对着水龙头，与织女互诉情怀。

孟姜女的故事

秦始皇修筑长城，众民工苦不堪言，范喜良欲行刺秦始皇未果，被处死。其妻孟姜发誓要为亡夫报仇。三年后，孟姜潜入王宫，伺机行刺，在不知不觉中，却被始皇的胸襟气魄所打动，更因为看到秦王强者面具后的软弱而心动。情与义，国和家，爱与恨，一己之私和天下大义……孟姜在长城前哭祭范喜良，武功锋芒所至，城墙轰然倒下。始皇追随而来，却见孟姜飘然远去。面对残墙，始皇唏嘘不已，下令修建孟姜女庙。

(见新浪论坛，2006-05-08)

第五章

民间故事

民间故事是一种历史悠久的文学体裁，同时也是现代社会最兴盛、最普及的口头文学样式之一。本章讲述民间故事的基本理论和代表作品。通过本章的学习，应掌握民间故事的基本概念、艺术特征、主要类型、研究方法等，熟悉中国民间故事的代表作品，特别是童话的经典类型。民间故事的类型化特征很显著，相关的研究与理论也较发达，应注意学习故事类型学知识和研究方法，并能够用来分析研究民间故事。

第一节
民间故事概说

一、民间故事的界定

故事的概念有广义、狭义之分。广义的故事，指民众口头创作和传播的带有虚构内容的散文叙事作品的总称，包括神话、传说、童话、生活故事、寓言、笑话等。狭义的故事，指民众口头创作的内容具有泛指性、虚构性和生活化特征的散文叙事作品，是指神话、传说以外的散文叙事作品。

民间故事与神话、传说有共同之处，即都是带有虚构性的散文叙事作品，人们有时用"故事"来统称三种文体，但它们也有本质的不同：神话的内容充满神奇荒诞的幻想，情节是超人间化的，主角是神；故事的内容是生活化的，神奇的幻想较少，情节按照现实的逻辑来构想，主角是人；传说的内容虽然也有较强的虚构性，但是都与实有的人物、事件和地方风物相联系，而故事的内容都是泛指性的。

这里我们以关于老鼠的故事为例。关于老鼠的故事，最有名的是《老鼠嫁女》。很多人都在小时候听老人讲过这个故事，在年画、剪纸上也常见到一群老鼠抬轿举旗敲锣打鼓嫁老鼠的图景。在这个故事里，老鼠像人一样说话做事，但该故事属于民间故事而不是神话。为什么呢？因为故事里的老鼠是人格化的，而不是神化的，它们所做的事都是民间日常生活中可能发生的，没有超人间的情节，老鼠的思维方式也是按照人的日常生活逻辑进行的；虽然老鼠像人一样说话做事不是真的，但这正是童话的特点：童话允许有一定的幻想色彩，或一定程度的原始思维，而整体基调是人格化的。讲故事与听故事的人头脑里也都不存在对老鼠的原始崇拜。这些都决定了《老鼠嫁女》是民间故事。但是远古时期确曾流行过老鼠崇拜。老鼠对人的生产和生活有较大的危害，人们不能有效地控制它们，对之感到敬畏，就把它们当作神仙崇拜。在这种原始信仰基础上形成的关于老鼠的故事就是神话，只不过由于老鼠崇拜早就不流行了，这样的神话流传下来的极少。而一些地方或社群仍然遗留着老鼠崇拜的习俗。过去北方的戏班子崇奉"五大仙"：老虎（或狐狸）、黄鼠狼、蛇、老鼠、兔子（或刺猬）。对这五种动物不能直言其本名（老鼠叫作"灰八爷"），逢年过节还要供奉它们。过去很多地方有"老鼠嫁女节"，有的地方在除夕晚上，有的地方在大年初一晚上，也有在正月初三或二十五晚上的。这晚一般家家户户不点灯，并为老鼠准备好吃的放在偏僻处，全家人要静悄悄的，早早上床睡觉，为不影响老鼠的婚事。青海的一些地方有"蒸瞎老鼠"的风俗。在元宵节时要供奉事先蒸好的用面做成的 12 只老鼠，向老鼠上香叩拜，乞求老鼠只吃草，不吃庄稼、粮食，保佑自家庄稼丰收、粮囤安稳。这些都是神话时代流传下来的习俗。不过虽然这些习俗性行动在进行，但一般人在信仰上已不再崇敬老鼠了。在遵行这种习俗时所讲的故事，即对这种习俗的解释，就是传说。比如大人嘱咐孩子不要吵闹、要早早睡觉时，告诉他们晚上老鼠要结婚的故事，就是在讲述传说。关于十二属相为什么没有猫的故事，是用来解释为什么猫爱吃老鼠、老鼠见了猫就害怕的，也属于传说。

二、民间故事的特点

民间故事的特点主要有三种：贴近生活、泛指性、类型化。

（一）贴近生活

民间故事这种文体产生的时代晚于神话与传说，它是人成为客观世界的主宰之后产生并长期存在的文体。故事的内容虽有不同程度的幻想成分，但都着眼于、立足于现实生活，其主题、角色与主要情节都符合故事传播时的生活逻辑。从神话、传说到变形故事、动物故事、寓言、生活故事、笑话，其内容和艺术手法的幻想性依次减弱，现实性依次增强。这一点是民间故事区别于神话的主要特征。

（二）泛指性

指故事发生的时间、地点，故事的主人公姓名往往是含糊的、不确定的。故事表述时间时，常说"从前""老时候""过去""很久很久以前"等；表述地点时，常说"有个地方""有座山上""山那边""在一个很远的地方""有个村里"等；提到主人公时，常说"有个木匠""有一户人家""张三""老大""大姐""小伙子"等。故事的叙述注重关键性情节的交代，而不做面面俱到的细节描述。故事的趣味性、吸引力也主要在情节的生动性上。这点是故事区别于传说的主要特征。传说总是尽力把情节落实到确定的人、事、物上，尽管那情节是虚构的。

（三）类型化

民间故事作为一种集体创作，在情节、主题、人物等方面有显著的类型化倾向。比如神奇宝物型故事，讲穷人得到一件宝物，能变出所有生活用品、金银财宝等，后来因使用不当而不再灵验或将宝物丢失。这一类情节在许多故事中频繁出现，而基本故事框架保持稳定，这就是特定情节的类型化。主题的类型化指许多故事表达同样的主题，如表达生活变富或弱者获胜的愿望，对于机智善辩的赞扬、对于愚蠢呆笨的讽刺等。人物的类型化指许多故事的人物属于同一种形象类型，即在品格、行为等方面的主要特征是共同的，如巧媳妇型、呆女婿型、机智人物型等。同一故事在传播过程中会生发出许多大同小异的说法，同一母题会表现为多种异文，贯穿于多种异文中的基本要素相同而又定型的故事框架称为"类型"。类型分析是故事研究的一种重要方法，以至于故事类型的研究成为一种分支学科即故事类型学，在这方面曾出现大量论著。当然，类型化不仅是民间故事的特点，神话、传说也有类型化的表现，但故事的类型化更为突出，可以说故事是类型化最强的一种叙事文体。与类型化相关的是，故事对人、事物、景物的个性化描写较为缺乏，叙事手法较为粗疏，但这点从另一个角度看就是质朴简约，与民众的审美趣味相契合，而且叙述粗疏的不足为情节的强烈趣味性所弥补，使故事成为现代民间叙事文体中影响最广泛的一种。

三、民间故事的情节类型学与 AT 分类法

故事的情节类型学指以国际通行的"AT 分类法"为基准的类型学研究。大量故事的类型不仅在一个国家的不同区域出现，而且在世界上不同国家出现，成为国际性的故事类型，因而故事的类型学研究逐渐有了国际通行的理论、方法、术语体系，其中最著名和最常用的是 AT 分类法。

1910 年，芬兰的安蒂·阿尔奈（Antti Aarne）发表《故事类型索引》一书，比较分析了芬兰和北欧其他国家以及此外的欧洲某些其他国家的民间故事，将这些故事的同一情节的不同异文归为一个类型，并写出简洁的提要，然后分类编排，统一编号。后来故事学中常用的术语"类型"一词即源于阿尔奈在该书中所提出的"type"，指贯穿于多种异文中的基本要素相同而又定型的故事框架。民间故事学家将许多故事进行比较分析，可以归纳出数量有限的故事类型。类型分析从此成为故事研究的一种重要方法。

阿尔奈的索引发表后，影响很大。1928 年，美国印第安纳州立大学的斯蒂·汤普森（Stith Thompson）出版了《民间故事类型索引》（*The Types of the Folktale*），1961 年出了第 2 版（共 6 卷）。他根据更大范围的民间故事资料对阿尔奈的体系进行了补充和修订。这二人的分类体系成为国际上通用的故事类型分析法，被合称为"阿尔奈-汤普森体系"，简称"AT 分类法"。类型、异文、母题是类型学研究的基本术语。这几个概念我们在上文解释过，这里再引用汤普森在《世界民间故事分类学》中对类型与母题的权威解释，做进一步的说明：

> 一个母题是一个故事中最小的、能够持续在传统中的成分。要如此它就必须具有某种不寻常的和动人的力量……一种类型是一个独立存在的传统故事，可以把它作为完整的叙事作品来讲述，其意义不依赖于其他任何故事。当然它也可能偶然地与另一个故事合在一起讲，但它能够单独出现这个事实，是它的独立性的证明。组成它们可以仅仅是一个母

题，也可以是多个母题。大多数动物故事、笑话和逸事是只含一个母题的类型。标准的幻想故事（如《灰姑娘》或《白雪公主》）则是包含了许多母题的类型。①

他又说明，一个类型是由"一系列顺序和组合相对固定"的母题所组成的。

"母题"是英文 motif 的音译兼意译词。考虑到其实际含义，有人主张将它改为完全的意译词"情节单元"。金荣华认为：

> "情节单元"一词，就是西方所谓的"motif"。前贤译"motif"为母题，似乎有音意兼顾之妙，但实际上并未译明其意义，因为"motif"所指是一则故事中不能再加分析的最简单情节，译作"母题"使人误会其中还有较小的"子题"。有人译作"子题"，意在表明其为最基本的情节，但是译作"子题"会使人想到其上还有较大的"母题"，而一则故事固然可能由几个"motif"组成，也可以只有一个"motif"，所以仍不妥当。②

这种主张是有道理的，目前也有学者使用"情节单元"的说法，但是一般都使用"母题"一词。"母题"已成为约定俗成的说法，至少目前还没有被"情节单元"取代的迹象。

下面我们根据汤普森《民间故事类型索引》的记述，将 AT 分类法五个部分的主要类型名称及其编号罗列如下：

Ⅰ. 动物故事（1—299）
　　野生动物（1—99）
　　野生动物和家畜（100—149）
　　人和野生动物（150—199）
　　家畜（200—219）
　　禽鸟（220—249）
　　鱼（250—274）
　　其他动物故事和物件（275—299）

Ⅱ. 普通民间故事（300—1199）
　　A. 神奇故事（300—749）
　　　　神奇的对手（300—399）
　　　　神奇的或有魔力的丈夫（妻子）或其他亲属（400—459）
　　　　神奇的难题（460—499）
　　　　神奇的助手（500—559）
　　　　神奇的物件（560—649）
　　　　神奇的力量或知识（650—699）
　　　　其他神奇故事（700—749）

　　B. 宗教故事（750—849）
　　　　神的奖赏和惩罚（750—779）
　　　　真相大白（780—789）
　　　　人在天国（800—809）

①　汤普森. 世界民间故事分类学. 郑海，等译. 上海：上海文艺出版社，1991：499.
②　金荣华. 六朝志怪小说情节单元分类索引. 台北：文化大学中文研究所，1984.

人对魔鬼的承诺（810—814）

C. 生活故事（爱情故事，850—999）

公主出嫁（850—869）

女主人公嫁给王子（870—879）

忠贞和清白（880—899）

恶妇改过（900—904）

忠告（910—915）

聪明的行为和聪明的话（920—929）

命运的故事（930—949）

强盗和凶手（950—969）

其他爱情故事（970—999）

D. 愚蠢魔鬼的故事（1000—1199）

雇佣合同（1000—1029）

人和魔鬼合作（1030—1059）

人和魔鬼比赛（1060—1114）

企图谋杀主人公（1115—1129）

吓坏了的魔鬼（1145—1154）

人把灵魂出卖给魔鬼（1170—1199）

Ⅲ. 笑话（1200—1999）

傻子的故事（1200—1349）

夫妻的故事（1350—1379）

愚蠢的妻子和她的丈夫（1380—1404）

愚蠢的男人和他的妻子（1405—1429）

愚蠢的夫妻（1430—1439）

女人（姑娘）的故事（1440—1449）

寻求未婚妻（1450—1474）

老处女的笑话（1475—1499）

其他关于女人的笑话（1500—1524）

关于男人（男孩）的故事（1525—1639）

幸运的机遇（1640—1674）

愚蠢的男人（1675—1724）

关于牧师和教会的笑话（1725—1850）

关于其他人的笑话（1851—1874）

谎话（1875—1999）

Ⅳ. 程式故事（2000—2399）

连环故事（2000—2199）

圈套故事（2200—2299）

其他的程式故事（2300—2399）

Ⅴ. 未分类的故事（2400—2499）

在上述目录中的小类之下，又有具体的故事类型名称和编号，这些编号成为各类型故事的通用代号。国外故事学论著常用这些代号代替故事类型的名称。如灰姑娘故事的编号为510，可用代号"A. T. 510"来指称灰姑娘故事类型。在每一类型下，《民间故事类型索引》列出该类型故事的情节梗概，有些条目还列出某一类型所包含的主要母题、异文和异文的出处等。该索引的局限之处主要是它收录故事的范围还不够广泛，主要是考察了欧洲、西亚地区的故事类型，没有收录一些重要国家和地区的故事，中国的故事也收录很少。尽管如此，它仍然是一部有很高的科学性和实用价值的工具书。[①]

中国民间故事的类型研究和索引编纂工作开始于20世纪20年代。1928年，钟敬文发表了《中国民谭型式》一文，归纳出中国民间故事的45个类型，并写出各类型的情节提要。1937年，美籍德国学者艾伯华（有译作爱博哈德，W. Eberhard）出版了德语版的《中国民间故事类型》，该书从近3 000篇故事中，归纳出300多个类型。它有限地参考了AT分类法，但并没有采用AT分类法的编码体系。1999年，商务印书馆出版了该书的中文译本。1978年，美籍华人学者丁乃通出版了英文版的《中国民间故事类型索引》，严格运用AT分类法及其编码体系来较系统地分析、归纳中国的民间故事，收录故事资料更为广泛，并且注意将故事与神话、传说区分开来，是研究中国民间故事类型的重要工具书。1986年，中国民间文艺出版社出版了由郑建成等翻译的该书中文本。2000年，台湾中国文化大学的金荣华出版了《中国民间故事集成类型索引》（第一册），该书在AT分类法原书和丁乃通著作的基础上加以改进而写成，并运用了《中国民间故事集成》的四川、浙江和陕西三个省卷本的作品资料，成为中国民间故事类型索引的第三部重要著作。

中国民间故事的分类除了采用AT分类法以外，还有一种常见的分类法，是按内容分为四个大的基本类型：童话（幻想故事）、生活故事、寓言、笑话。这种分类便于对故事文体进行总体的把握，在对故事进行类型学研究时主要运用AT分类法。

四、民间故事的价值

民间故事主要有四个方面的价值。

（一）娱乐价值

故事的娱乐价值是显而易见的，无论是对成年人还是对儿童来说，都如此。一方面，故事可以使成年人在劳累之余或愁苦之中获得精神上的调节、放松和安慰，讲故事是民众休闲生活的一部分；另一方面，故事是儿童的精神营养品，故事特别是童话能够极大限度地满足儿童的好奇心与求知欲。

（二）教育价值

故事的内容包含着民众的道德观、价值观等，在一定程度上起着民间舆论的作用，对人有

---

① 刘守华. 中国民间故事类型研究. 武汉：华中师范大学出版社，2002：2 - 9.

教化与劝诫的功能。比如《人心不足蛇吞相》的故事，有三种教化主题：一是为人不要过于贪婪，二是要知恩图报，三是善有善报，恶有恶报。情节的生动深刻往往令人听后唏嘘不已，感受强烈。故事虽有很强的教化功能，但让人易于接受。故事对儿童世界观的形成则有更大的模塑作用。天真烂漫的儿童听故事除了满足好奇心、获得娱乐以外，不知不觉接受了故事所包含的民众的各种基本观念，学会分辨是非善恶，知道做人要善良、勤劳、勇敢、机智等。

（三）艺术价值

民间故事具有立足于现实生活又富于幻想的艺术特色，它的简洁精练的表达方式和曲折生动的结构技巧等，都有很大的艺术欣赏价值。这些特色是民众在长期的自发创作中自然形成的，是中国传统审美习惯的典型代表。民间故事对作家创作也有借鉴意义，特别是对那些注重作品的大众化和可读性的作家有较大影响。

（四）文化资料价值

民间故事作为民众生活与思想的反映，是研究民众生活方式和思想状况及其发展历程的重要资料。特定的故事是在特定的时代和生活环境中形成的，也带有特定时代和生活状态的印迹。我们从故事里可以清晰地看到某个阶段或某个地域民众是怎样生活和思考的，而这些资料有很多在书面文献里没有得到记载或记载得不够充分、真切。对此，美国民俗学家汤普森有如下论述：

> 民间故事构成人类文化史的一个重要部分。人类学家及研究人类习俗的所有学者应该将各种故事的存活史的大量增加的材料，用之于阐释他们自己的发现。他们所真正理解的大量故事，会使得他们关于人类的整个智力的和审美的活动的观点，变得更加清晰和更加准确。①

将民间故事作为了解民众文化的资料，需要确定故事产生和传播的时代、地域，故事的传播范围，等等。而故事情节的显著变化以及民众对某类故事的接受状况的变化也能反映民间文化的变迁。

第二节
童　话

一、童话的概念与分类

童话是适合讲给儿童听、带有丰富的超自然幻想情节的故事。童话有广义、狭义之分。广

---

① 汤普森.世界民间故事分类学.郑海，等译.上海：上海文艺出版社，1991：537.

义的童话包括民间文学中的幻想故事和作家创作的童话故事。后者是一种儿童文学体裁，如19 世纪丹麦作家汉斯·克里斯蒂安·安徒生（Hans Christian Andersen）所创作的系列童话故事。作家创作的童话与民间文学中的童话有近似的内容特性和艺术特征，但因其是个人创作，不属于传统民间文学范畴，所以此处不详加介绍。本书所说的"童话"指狭义的童话。

　　狭义的童话又叫"幻想故事"，是一种用"超人间"的形式来表现人间生活，具有浓厚幻想色彩的故事，包括魔法故事与自然物故事两种，以前者为主。

　　魔法故事又叫变形故事，将现实生活内容与神魔仙妖、魔法宝物等"超自然"的内容结合在一起，以神奇变幻的手法展开情节、结构故事、塑造人物。现实内容与魔幻内容的结合以现实内容为基调，以魔幻内容为点缀或高潮，故事的情境是在平凡的日常生活中出现了神仙、妖魔、宝物等神奇因素。如天鹅处女型故事、画中人型故事、田螺姑娘型故事都是讲人间平凡的男青年生活中出现了仙女，甜蜜生活一段时间后，仙女又返回天界。故事的环境是在人间，而不是主要在天界。在民间故事诸类型中，魔法故事传承历史最为悠久，艺术价值最高，会聚着许多声名卓著的经典类型，如天鹅处女型故事、灰姑娘型故事、狗耕田型故事、蛇郎型故事、狼外婆型故事等。

　　自然物故事是以人格化的动植物或其他自然物为主人公的故事。自然物故事的典型特征是以拟人的方式来塑造角色、展开情节，并以自然物的行为表现人间生活的情理。故事的主角都是自然物，情节围绕自然物之间的关系与交往展开，这些自然物角色说着人的话，其行为、思想、情感、性格既有人格化的特点，也符合该自然物的自然特征以及它们在自然界的实际状况。自然物故事的内容是人间生活与自然物的有机结合。自然物故事所表达的事理皆浅显易懂，适合儿童接受，这一点是它和寓言的显著区别。

　　自然物故事可分为三类：动物故事、植物故事、其他自然物故事。

　　儿童普遍喜欢各种动物，容易幻想各种动物像人一样说话做事，也喜欢听大人讲动物们的故事，所以在自然物故事中，数量最多的是动物故事，如《老雕借粮》《兔子判官》《猫和老鼠》《老鼠娶亲》《三只小猪的故事》等。

　　植物故事是以植物为主角的故事，比如浙江温州市泰顺县流传的《六竹和碧荔》的故事。"六竹"是一种长得又粗又壮的竹子。"碧荔"就是榕树。这两种植物在温州一带是常见植物，但是地处浙西的泰顺由于地理和气候条件的特殊性，没有这两种植物。当地百姓用讲故事的方式给孩子们解释其缘由：六竹因为自己长得粗壮，就想到泰顺做竹王；碧荔因为自己外形高大，就想到泰顺做柴王。它们两个商量好，一起来泰顺。它们沿着一条小溪往泰顺方向走，看到水面上漂来一张箬叶。箬竹是一种大叶竹，叶子可以用来包粽子。六竹看到后被吓坏了，说："这张竹叶那么大，泰顺的竹子太大了，哪有竹王给我做，我不敢去泰顺了。"碧荔独自往前走，看到水面漂来一张桐子叶，也被吓坏了，心想，叶子都这么大，桐子树就不晓得有多大了，我到了泰顺也做不成柴王。它也赶紧回去了。所以至今泰顺没有六竹和碧荔。[①] 民间文学中的植物故事比较少见，而作家创作的童话中以植物为主角的故事较多，如安徒生童话里就有以植物为主角的《一个豆荚里的五粒豆》《荞麦》《枞树》《夏日痴》等故事，这些故事想象奇特，情节曲折，对儿童有很大吸引力。

　　其他自然物故事指以动物、植物以外的自然物为主角的故事，如以河流、石头、云彩、日月、星星、风雨等自然物为主角的故事。

---

　　① 钟金芳，李元晋．中国民间故事全书·浙江·泰顺卷．北京：知识产权出版社，2011：301.

动物角色、植物角色、其他自然物角色也常混合出现在同一个自然物故事中，所以动物故事、植物故事、其他自然物故事有交叉现象。比如，《老鼠娶亲》故事又叫《老鼠嫁女》故事，就是动物角色与其他自然物角色出现在同一故事中的范例。老鼠爸妈要把女儿嫁给本领最大的女婿，开始它们以为太阳最威风，就去找太阳。太阳说："我虽然能光照四方，但是乌云一来就把我遮住了。乌云比我本领大，你们去找乌云吧！"这样，它们依次找下去：乌云怕风，风怕墙，墙怕老鼠，老鼠怕猫，于是老鼠爸妈最后决定把女儿嫁给猫。结果是猫吃掉了鼠新娘。这个故事还有许多不同版本。因为其中老鼠是最主要的角色，所以这个故事被归类为动物故事，而与其他自然物故事交叉。再如植物故事《万年松》。话说黑龙潭里住着一只大乌龟，它与附近山里的一只老虎成了好朋友，两个常在一起亲密地玩耍。黑龙潭旁边长着一棵空心老松树，它看到乌龟与老虎这样亲密无间，就起了嫉妒之心，要拆散它们。松树先对老虎说："你是堂堂的兽中之王，怎么同乌龟成了朋友？万一它在水里暗算你，你又不通水性，岂不成了乌龟的腹中物？"后来，松树又对游出水面要到山里找老虎玩的乌龟说："你好大的胆子，你到山里去，老虎要是想吃了你，你慢吞吞的，岂能跑得掉？"过了一段时间，乌龟由于旧情难忘，邀请老虎到水府游玩，老虎盛情难却爬上龟背，进了水里。这时乌龟想起松树的话，担心老虎存心不善，就想把老虎甩掉；老虎不会游泳，死死抓住龟背，把乌龟盖子掀掉了，二者双双溺水而亡，尸体浮出水面。一个打柴的人看到后，将乌龟和老虎的尸身捞上来，支起锅煮肉，用斧头将老松树砍倒当柴烧。老松树临终长叹：劝人终有益，挑人一场空；吃了龟虎肉，杀了万年松。① 故事中的老松树是主角，所以这个故事可归为植物故事；但也出现了动物角色，所以它又是植物故事与动物故事交叉的自然物故事。

二、中国主要经典童话的情节类型

中国著名的童话故事有天鹅处女型故事、田螺姑娘型故事、灰姑娘型故事、狗耕田型故事、蛇郎型故事、狼外婆型故事、怪孩子型故事、神奇宝物型故事、画中人型故事、问活佛型故事等。

（一）天鹅处女型故事

天鹅处女型故事，最早见于晋代干宝的《搜神记》："豫章新喻县男子，见田中有六七女，皆衣毛衣。不知是鸟。匍匐往，得其一女所解毛衣，取藏之。即往就诸鸟。诸鸟各飞去，一鸟独不得去，男子取以为妇，生三女。其母后使女问父，知衣在积稻下，得之，衣而飞去。后复以迎三女，女亦得飞去。"

艾伯华著《中国民间故事类型》在"天鹅处女"题下概括此类型故事的主要情节为：

（1）一个穷青年在河边见到几个仙女。
（2）他把其中一个仙女的衣服拿走，她就成了他的妻子。

① 中国文学艺术界联合会，中国民间文艺家协会.中国民间文学大系·故事·河南卷·平顶山分卷.北京：中国文联出版社，2019：722.

（3）若干年后，她找到了她的衣服，逃回了天界。

（4）丈夫去追她。

（5）天神下令将他俩永远分开，每年只能会一次面。①

在传统社会中，娶媳妇是一个男子人生中最重要的事情之一，所谓"终身大事"，此事不仅仅关系到自身情欲需求的满足，更重要的是关系到宗族社会中男子承担的传宗接代的重任。穷苦青年娶妻难。该类型故事以及下文的田螺姑娘型、画中人型故事都以幻想的形式满足穷苦男青年完成终身大事的愿望。

（二）田螺姑娘型故事

该型故事最早见于晋代陶潜（托名）的《搜神后记·白水素女》：

谢端，晋安侯官人也。少丧父母，无有亲属，为邻人所养。至年十七八，恭谨自守，不履非法，始出作居。未有妻，乡人共悯念之，规为娶妇，未得。

端夜卧早起，躬耕力作，不舍昼夜。后于邑下得一大螺，如三升壶，以为异物，取以归，贮瓮中蓄之。十数日，端每早至野，还见其户中有饭饮汤火，盘馔甚丰，如有人为者，端谓是邻人为之惠也。数日如此，端便往谢邻人，邻人皆曰："吾初不为是，何见谢也？"端又以为邻人不喻其意。然数尔不止，后更实问，邻人笑曰："卿以自娶妇，密着室中炊爨，而言吾人为炊耶？"端默然，心疑不知其故。

后方以鸡初鸣出去，平早潜归，于篱外窃窥其家，见一少女美丽，从瓮中出，至灶下燃火。端便入门，径造瓮所视螺，但见壳。仍到灶下问之曰："新妇从何所来，而相为炊？"女人惶惑，欲还瓮中，不能得，答曰："我天汉中白水素女也。天帝哀卿少孤，恭慎自守，故使我来，权相为守舍炊烹，十年之中使卿居富得妇，自当还去。而卿今无故窃相伺掩，吾形已见，不宜复留，当相委去。虽尔，后自当少差，勤于田作，渔采治生。今留此壳去，以贮米谷，常可不乏。"端请留，终不肯。时天忽风雨，翕然而去。

端为立神座，时节祭祀。居常饶足，不致大富耳。于是乡人以女妻端。端后仕至令长云。今道中素女是也。

艾伯华著《中国民间故事类型》（64页）在"田螺姑娘"题下概括此类型故事的主要情节为：

（1）有个人见到一只田螺，他把她带回了家。

（2）田螺趁他不在家的时候变成了一个少女，她又做饭，又打扫屋子。

（3）几天后他窥见这姑娘，上前拥抱她，娶她为妻。

（4）过了若干时间，妻子拿到被丈夫藏起来的田螺壳，便离家而去。

（三）灰姑娘型故事

灰姑娘型故事是世界著名的一个故事类型。斯蒂·汤普森认为："也许全部民间故事中

---

①　艾伯华. 中国民间故事类型. 王燕生，周祖生，译. 北京：商务印书馆，1999：59.

最著名的要算灰姑娘故事了。"① 该型故事最早见于晚唐段成式《酉阳杂俎》续集《支诺皋上》，其情节与西方的灰姑娘故事很相似。这也是世界上该类型故事的最早记载。现抄录如下：

叶　限

　　南人相传，秦汉前有洞主吴氏，土人呼为吴洞。娶两妻，一妻卒。有女名叶限，少慧，善陶钧，父爱之。末岁父卒，为后母所苦，常令樵险汲深。时尝得一鳞，二寸余，赪鬐金目，遂潜养于盆水。日日长，易数器，大不能受，乃投于后池中。女所得余食，辄沉以食之。女至池，鱼必露首枕岸，他人至，不复出。其母知之，每伺之，鱼未尝见也。因诈女曰："尔无劳乎？吾为尔新其襦。"乃易其弊衣。后令汲于他泉，计里数百也。母徐衣其女衣，袖利刃，行向池呼鱼，鱼即出首，因斫杀之。鱼已长丈余，膳其肉，味倍常鱼，藏其骨于郁栖之下。逾日，女至向池，不复见鱼矣，乃哭于野。忽有人披发粗衣，自天而降，慰女曰："尔无哭，尔母杀鱼矣！骨在粪下。尔归，可取鱼骨藏于室。所须第祈之，当随尔也。"女用其言，金玑玉食，随欲而具。

　　及洞节，母往，令女守庭果。女伺母行远，亦往，衣翠纺上衣，蹑金履。母所生女认之，谓母曰："此甚似姊也。"母亦疑之。女觉，遽反，遂遗一只履，为洞人所得。母归，但见女抱庭树眠，亦不之虑。

　　其洞邻海岛，岛中有国名陀汗，兵强，王数十岛，水界数千里。洞人遂货其履于陀汗国。国主得之，命其左右履之，足小者，履减一寸，乃令一国妇人履之，竟无一称者。其轻如毛，履石无声。陀汗王意其洞人以非道得之，遂禁锢而拷掠之，竟不知所从来。乃以是履弃之于道旁，即遍历人家捕之，若有女履者，捕以告。陀汗王怪之，乃搜其室，得叶限，令履之而信。叶限因衣翠纺衣，蹑履而进，色若天人也。始具事于王，载鱼骨与叶限还国。其母及女即为飞石击死。洞人哀之，埋于石坑，命曰懊女冢。洞人以为禖祀，求女必应。陀汗王至国，以叶限为上妇。

　　一年，王贪求，祈于鱼骨，宝玉无限，逾年，不复应。王乃葬鱼骨于海岸，用珠百斛藏之，以金为际。至征卒叛，时将发以赡军。一夕，为海潮所沦。

　　成式旧家人李士元所说。士元本邕州洞中人，多记得南中怪事。

该类型故事有几个关键情节：后母虐待、神物相助、集会良缘、以鞋验婚。在保持这几个基本情节的基础上，中国的灰姑娘型故事还有很多异文。艾伯华著《中国民间故事类型》（56页）在"灰姑娘"题下概括此类型故事的主要情节为：

　　（1）一个长得漂亮的继女受到继母的虐待。
　　（2）她照料着由生身母亲变成的一头牛。
　　（3）继女把牛骨头收集保存起来。
　　（4）继母和长得很丑的妹妹去参加一个庆祝活动。
　　（5）继女从牛骨头里或者通过牛骨头得到了节日盛装。
　　（6）她也去参加庆祝活动，结识了一位秀才，跟他结了婚。

该型故事之所以在世界上流传特别广泛，是因为它的故事包含着两种大众热衷的题材：一是后母虐待非亲生子女；二是生活状况不好的女子通过与生活状况好的男子缔结婚姻改变自己的命运。而该故事的文化背景是：在男权社会中，女性地位失落，只有依附男子，按男权文化的价值观念与审美标准来塑造、改变自己的自然与社会形象，并通过取悦于男性来改善自己的境遇。[①]

（四）狗耕田型故事

或称"两兄弟型故事"。艾伯华著《中国民间故事类型》（48页）在"狗耕田"题下概括此类型故事的主要情节为：

(1) 两兄弟分家，弟弟只分得一条狗。

(2) 他用狗耕田，因此富了起来。

(3) 哥哥借狗耕田，结果失败，将狗打死。

(4) 狗坟上长出一棵树或者一枝竹子，弟弟因此又富起来。

(5) 哥哥再一次仿效他，又遭失败。

这是该故事的基本情节，实际上各地流传的异文情节更为丰富。该故事的另一分支或亚型是"长鼻子故事"，其记载最早出现于段成式《酉阳杂俎》续集《支诺皋上》，主要情节为：弟富兄穷，兄求蚕种、谷种于弟，弟竟将种子蒸熟了给兄长。兄未发觉，养蚕只得一个，但体大如牛；种谷只得一棵，而穗长尺余。一天，谷穗被一鸟衔去，兄追它到山里，半夜里见到山中有一群小儿戏耍，用一金锥在石头上敲击，可变出任何想要的东西。小儿散去时，将金锥插在石头缝里，被兄取回。兄遂变富足，并以财物赠弟。弟贪，要兄也以前法欺他，也得一蚕一谷，但都如常物。谷将熟时，也被鸟衔去，弟追入山中，却遇群鬼，被加盗金锥之罪，受到体罚，鼻子被拔得长如象鼻，回家后羞惭而死。

在宗族社会中，兄弟之间常因分家析产而起冲突，一般长子拥有更多的继承权，弟弟得到的家产较少；但有些地方也有幼子在分家中占优势的习俗。两兄弟型故事就是这种状况的反映。

（五）蛇郎型故事

艾伯华在《中国民间故事类型》（51页）中将蛇郎型故事归在第四类"动物或精灵跟男人或女人结婚"，以"蛇郎"为题归纳其情节梗概：

(1) 从前有个父亲，有好几个女儿。

(2) 他受到一条蛇精的纠缠，没有办法只好答应把一个女儿许配给蛇精。

(3) 只有最小的女儿愿意跟蛇精结婚。

(4) 她生活得非常幸福并且也很富裕。

(5) 她的一个姐姐非常妒忌，便把成为蛇郎妻子的妹妹扔到一口井里，自己取而

---

① 刘晓春.仙履奇缘："灰姑娘"故事解析//刘守华.中国民间故事类型研究.武汉：华中师范大学出版社，2002：550-557.

代之。

（6）死者变成了一只鸟，在假妻梳头时辱骂她，鸟被杀死，做成食物。丈夫吃鸟肉，鲜香可口，假妻吃鸟肉，不是滋味。

（7）死者变成了一棵树或一根竹子，假妻觉得它很讨厌，而丈夫觉得它很可爱。假妻把它砍掉。

（8）死者后来的一连串化身把假妻给折磨死了。

上述对情节的归纳是比较完整的。各地流传的异文有若干差异，如"蛇郎"角色在浙江绍兴、湖北武昌等地是蛇，在广东潮州是龙，或蛇精变的男人，浙江绍兴还有一种说法是狼，在山东临沂是马精，还有地方是螳螂。老人的女儿的数目也有一个、两个、三个、七个等的不同。在故事发展的细节上有较多差异。AT 分类法将蛇郎型故事归为 433 型"蛇王子"，下分433A、433B、433C 三个亚型。丁乃通根据中国的情况，另立了一个亚型——433D，蛇郎和两姐妹，是中国蛇郎故事中最为流行的类型。

蛇郎型故事是男权社会中女子依附于男性、自身命运取决于婚嫁的反映。两姊妹之间的纠纷故事与两兄弟之间的纠纷故事相映成趣，都是宗族文化背景下的骨肉相残，而前者的冲突严重程度超过了后者。

（六）狼外婆型故事

艾伯华在《中国民间故事类型》（19 页）中将此类故事归在第二类"动物与人"，以"老虎外婆（老虎和孩子们）"为题归纳其情节梗概：

（1）一个多子女的母亲离家看望亲戚。

（2）她关照孩子们，不要让不认识的人进家门。

（3）半路上她遇见了一个向她详细询问的女人。

（4）这是个动物妖精，它狼吞虎咽地把她吃了。

（5）这只动物得到了孩子们的允许，进了家门。

（6）为了不露尾巴，它坐在一只桶上；孩子们感到惊奇。

（7）晚上它让最小的一个孩子睡在它的身边。

（8）它把小孩子吃了。

（9）姐姐听见声音，问妈妈在吃什么东西。

（10）她看见一个小孩的手指头，发觉来者不是妈妈。

（11）她和其他孩子们假装要解手，逃出来爬到树上。

（12）那只动物也跑了出来。

（13）孩子们喊救命。

（14）动物听从孩子们的建议往身上抹油，这样就上不了树。

（15）孩子们把那只动物吊在树的半腰上。

动物角色在河南孟津、山东某地是豹；在山西灵石、安徽旌德是狼；在江苏的灌云、扬州，浙江的台州、绍兴，以及湖南、四川、广东、东北的一些地方是老虎；在江苏南通、福建厦门是狐狸；在浙江永嘉、广西柳州、四川巴南区（旧称为巴县）是熊，在广东的广州、东莞、连州是披着人皮的熊；在广东翁源、浙江嘉善、河北涿鹿是妖精；在福建韶州是猴精；在河北景县是马猴子；在甘肃、广西、广东、贵州、云南、湖南、浙江等省都有地方说成吃人妖怪。孩子的性别、数量在各地故事中也有差异。

（七）怪孩子型故事

艾伯华在《中国民间故事类型》（83 页）中将此类故事归在第四类"动物或精灵跟男人或女人结婚"，以"蛤蟆儿子"为题归纳其情节梗概：

（1）一对夫妇想要一个儿子，即使他小得像个蛤蟆也好。

（2）他们得到了一个这样的儿子。

（3）儿子打算长大后娶个漂亮的姑娘，姑娘的父母提出了苛刻的条件。

（4）蛤蟆满足了他们的条件，同姑娘结了婚。

（5）妻子听从母亲或姑妈的建议把蛤蟆的皮藏了起来，这样他就不能再变成蛤蟆了。

（6）蛤蟆儿子仍然是人。或者从此消逝。

在各地故事中，怪孩子的脱胎物除了青蛙以外，还有鸡、鸡蛋、南瓜、葫芦、冬瓜、枣核儿、豆芽、豆子、核桃、拇指等。各地方流传的许多该型故事除了怪孩子出生、成婚的情节以外，还用较大的篇幅讲述怪孩子具有超出凡俗孩子的本领，如何创造奇迹、惩罚贪官恶霸，如汉族故事《枣核儿》。

（八）神奇宝物型故事

艾伯华在《中国民间故事类型》（117 页）中将此类故事归在第五类"创世、混沌初开、最初的人"，以"神奇宝物"为题归纳其情节梗概：

（1）一个男人得到了一件神奇宝物。

（2）凡是跟这个东西接触过的东西都会用之不竭。

（3）如果滥用这个神奇宝物，它将毁掉。

这个宝物可以是各种东西：在浙江绍兴是碗、锅、磨盘，在广东潮州、山西太原、江苏南京、山东章丘等地是树枝或鞭子，还有些地方是铜钱、狗盆等。所变出的东西也不限，但一般是食物、房子等生活必需品，也有很多故事是能变出金子、银子等货币或珠宝。

该类故事流传全国，既可以是单一主题，也在很多其他类型故事中放进此类情节。

（九）画中人型故事

艾伯华在《中国民间故事类型》（66 页）中将此类故事归在第四类"动物或精灵跟男人或女人结婚"，以"画中人"为题归纳其情节梗概：

（1）一个穷人得到一张美女的画，他诚敬地供奉这幅画。

（2）有一天他回家时，饭都做好了。

（3）数天后，他暗地窥视从画上下来的美女，把她抱住，娶她为妻。

（4）过了很久，当生下几个孩子后，妻子又回到画中去了。

该类故事与田螺姑娘型故事类似，都是讲因贫穷而娶亲困难的青年农民以神奇的方式得到媳妇的故事。

（十）问活佛型故事

艾伯华在《中国民间故事类型》（208页）中将此类故事归在第九类"诸神与人"，以"问活佛"为题归纳其情节梗概：

（1）有人想解决一个棘手问题，到西天去问活佛。

（2）路上他遇见了人和动物，他们托他问自己的问题。

（3）他遇见了活佛，活佛解决了其他人的问题。

（4）他自己的问题也迎刃而解。

该故事在AT分类法中属于461型故事，讲主人公不满足于自己的命运，远程去问"最高神"，最终改变了自己的命运。他在路上遭遇三次苦难，有三个角色帮了他，有个托他代问自己的问题，他好心地问了别人的问题，没能问自己的，却因解决了别人的问题获得厚报。主人公一般问的问题是为什么自己注定贫穷，其他角色托问的问题多样，如河南流传的故事，乌龟问为什么不能成龙（答案是送出三颗宝珠），土地爷问为什么不能升天（答案是将身后埋的一罐金子送人），老头问哑女儿怎样才会说话（答案是见了丈夫才会）。该故事表现了民众的宿命思想，也包含着一些宗教思想：命运由神安排，行善有善报，不贪财物方能成正果，等等。同时该型故事也表现和肯定了人物对命运的不甘与抗争，对幸福生活的不懈追求，以及对他人利益的高度关切。[①]

三、童话的艺术特征

童话除了一般故事的特征外，还具有以下两个特征。

（一）具有浓郁的幻想色彩

童话多具有超自然的境界，充满浪漫的想象。这体现在故事里的主人公、事物、情节往往是超自然的。主人公方面，有神灵、仙女、妖怪，有法力非凡的人物，还有人兽一体的人物如蛇郎、怪孩子等。事物也往往有神奇的、超自然的属性，如各种神奇的宝物、可以像人一样说话做事的动物等。情节上也有很多变形、神异的内容，画中的美女可以走下来，田螺里可以变出姑娘，像枣核大的孩子有惊人的本领，青蛙变的英俊青年成为赛马的冠军，等等。

---

① 吴晓群.原型解读："问活佛"童话故事//王铭铭，潘忠党.象征与社会：中国民间文化的探讨.天津：天津人民出版社，1997：345.

（二）保存着较多的奇异习俗内容

童话里保留着古老的观念、信仰、习俗与制度。像人与其他事物之间的变形、人兽婚等，反映了原始人对于人与自然关系的认识。使用具有魔力的宝物，以及使用时念诵咒语，是早期盛行的巫术观念与习俗的反映。拿到主人公的衣服，如羽毛衣、青蛙皮、田螺壳等，就能控制它，这种细节源于一种"接触巫术"的观念，即对某人身体的一部分或与身体有关的东西施加影响，就能对该人本身产生实际作用。一些故事里的国王、皇帝、天帝等角色与封建社会里的皇帝不同，也要参加劳动，与百姓的生活差距不是很悬殊，反映了原始社会氏族首领、部落酋长的生活状态。故事也反映出古代的婚俗、祭祀习俗、宗族习俗等。①

第三节
生活故事

一、生活故事的含义与特征

生活故事是以民众日常生活为主要内容、情节与表现手法符合现实生活逻辑的故事，又叫作"写实故事"或"世俗故事"。生活故事又包括许多具体的类型，如巧媳妇故事、呆女婿故事、怕老婆故事、机智人物故事等。

生活故事除了具备一般故事的特点之外，相对于幻想故事而言，它的特征就是其内容符合现实生活的逻辑，基本上没有或完全没有超自然的幻想。故事中的情节是民众日常生活的艺术表现，虽然有虚构或夸张，但是没有用超现实的幻想营造神奇的形象和离奇的情节。即使是鬼故事，能够体现出一定程度的原始信仰，也不会出现鬼的形象。故事里的人物就是现实生活里常见的那些类型、那种样子，没有神仙妖魔，没有神奇得不合现实逻辑的本领。即使是塑造能工巧匠的形象，也不会以超自然的手法渲染其技艺。

二、中国民间生活故事的常见情节类型

最常见的生活故事有巧媳妇故事、呆女婿故事、怕老婆故事、机智人物故事、鬼故事、吝啬鬼故事、说大话故事、残疾人故事、懒汉故事、扒灰故事、诨故事等。下面介绍前四种故事。

---

① 钟敬文.民间文学概论.上海：上海文艺出版社，1980：205，208.

（一）巧媳妇故事

巧媳妇故事主要塑造宗族文化背景下具有机智、手巧、善辩、勇于抗争等人格特征的已婚妇女形象。巧媳妇的智巧表现多种多样，有的是巧妙解决丈夫家遇到的难题，有的是巧妙回答刁钻的问题，有的是巧妙做出很难做的饭菜或衣服，有的是巧妙说话以不触犯公公或丈夫的名讳，有的是巧计对付公婆或权势人物的刁难，有的是猜出一般人被难住的谜，有的是在比赛中获胜，等等，都突出巧媳妇的"巧"与"智"。艾伯华的《中国民间故事类型》中在以"聪明的女人"为题的故事类型中列出了 11 种故事。

赞颂女性聪明、灵巧的故事特别多，同时讲述男性呆笨的故事很多，这是中国民间故事的一个特色。丁乃通说："其实一个熟悉中国民间故事的人可以发现中国社会和国民性中有许多方面是其他学科的专家不太看得到的。例如，一般人通常认为中国旧社会传统上是以男性为中心，但若和其他国家比较，就可以知道中国称赞女性聪明的故事特别多。笨妻当然也有，但仅是在跟巧妇对比时才提到。"[1] 这应该是出于对现实中男女不平等状况的一种逆反性的补偿表现。讲述女性蠢笨的故事也有，但是数量很少。

（二）呆女婿故事

呆女婿故事是讲述男人作为丈夫由于蠢笨而在妻子或岳父母面前露丑的故事。主要有四种类型：

第一，媳妇教女婿怎样说话做事，女婿试图照做，却连闹笑话。《借布机》故事，女婿到丈人家借布机，却把"布机"记成"肚饥"，回来的路上又把布机扔掉；妻子教他卖布，他却把布赊给罗汉，回去找布，又错以为出殡的孝子偷了他的布；见到人家办喜事该欢喜他却大哭，见到人家着火该帮助灭火他反大笑，见到人家打铁该帮着打几锤他却泼水灭火，见到人家打架该劝架他却帮着打架，见到两头牛打架该躲开他却上去劝架，结果送命。

第二，学话成功的故事。傻小子为了能娶上媳妇，带上钱出去学话，学了三句话，然后来到已定亲的丈人家机械运用，却侥幸用对，令众人刮目相看，使女方不能退婚。

第三，到丈人家祝寿的故事。一种情节是说话或做事因机械模仿而出洋相，一种情节是三个女婿拜寿，呆女婿虽然粗俗无文却因偶然的因素而占上风。

第四，呆女婿结婚时不懂房事而受别人捉弄。

（三）怕老婆故事

该种类型故事常见的情节有三种：

第一，一群怕老婆的人联合起来，要反抗他们的老婆。他们的老婆闻讯袭击了他们的会议，他们全都逃跑，只有一个原地未动，却是被吓死了。

---

① 丁乃通.中国民间故事类型索引.郑建成，等译.北京：中国民间文艺出版社，1986：25.他说笨妻"只是在跟巧妇对比时才提到"，这么说不够准确，事实上中国专说笨妻的故事也有，只是数量很少。

第二，一个男人看到别人做家务活，就说大话，说他绝不做这种事。话没说完，他的妻子听到并咆哮起来，他马上改口说："那是我心甘情愿做的。"

第三，讲有权威的人如军官、知县、神仙等，在别人面前很威风，但他照样怕老婆。

这种故事一方面是某些现实情况的反映，另一方面也是对夫唱妇随式夫权文化的反讽。这种故事广为传播，也是由于妻子怕丈夫的事较常见，符合传统文化观念，而丈夫怕老婆比较少见，也与传统观念不一致，所以是很好的笑料。

（四）机智人物故事

围绕人物的机智多谋或滑稽幽默的人格特征而展开的故事。一般围绕一个著名的典型人物形成一个故事群，这个人物就成为"箭垛式"人物，他又不断粘连类似的故事。机智人物有劳动者型和文人型，各有特点。有的人物有原型，有的纯属虚构。这些人物的性格特征一般有三个方面：一是足智多谋，能言善辩；二是滑稽风趣，任达不拘；三是敢于傲视权贵，戏弄行恶的豪绅，并扶弱济困。

民间著名的机智人物有汉族的徐文长，维吾尔、哈萨克、柯尔克孜等族的阿凡提，蒙古族的巴拉根仓，回族的阿卜杜与赛里买，藏族的阿古登巴，维吾尔族的毛拉再丁与赛来依·恰堪，满族的二拐子，苗族的老谎，等等。

徐文长是汉族的文人型机智人物，其原型是明代文学家、书画家徐渭，山阴（今浙江绍兴）人，初字文清，后改字文长，号天池山人、青藤居士，其形象特征是才华横溢，性格狂傲，放荡不羁，敢于嘲弄权贵，有时流于风流轻薄，爱搞恶作剧。关于他的故事主要流传于南方的浙江、江苏等地。

第四节
寓言与笑话

一、寓言

寓言是民众以生动简约的情节讽喻某种深刻精警的事理的动物故事或人物故事。好的寓言，故事生动、简单而精粹，寓意鲜明而深刻，富于启发性，使人听后有所感悟。

寓言可分两类：动物寓言与人物寓言。动物寓言是以动物为主角的寓言，如"狐假虎威""兔子判官""鹬蚌相争"等。人物寓言是以人物为主角的寓言，如"守株待兔""刻舟求剑""揠苗助长"等。古希腊的伊索寓言以动物故事为主，中国的寓言主要是人物寓言，动物寓言较少。

寓言的内容是表达民众在生活中体悟和总结出的经验、教训、哲理，或讲述某种道德观念、行为准则等。寓言的特征有二：一是讽喻性，用故事委婉、形象地表达深刻的道理；二是简约性，其故事都是短小的生活片段，情节单纯，叙事简约，意思一经传达出来，故事即告结束。

二、笑话

笑话是民间口头传播的简短而引人发笑的故事。中国的笑话大部分是讽刺性笑话，既有对不合理的甚至丑恶的社会现象的尖锐讽刺，也有对人的智力、性格、世界观等方面的缺点、弱点所进行的善意嘲讽。也有小部分是幽默笑话，是为了活跃气氛或表现个人的幽默素养而讲述的引人发笑的话语。这种笑话巧妙机敏地揭示事物的可笑之处而风格优雅，没有或很少有对别人的攻击性。有些笑话是自嘲的。

中国笑话中有不少庸俗、不健康的笑话，而且这些笑话在某些场合传播很盛，搞笑效果也很强。有些笑话嘲笑、捉弄残疾人、农民等弱势群体或文化差异较大的另一社会群体，来显示自己或周围人们的优越之处，并从中得到乐趣，显示了人的某些刻薄、狭隘之处。有些笑话淫秽、低级，是民众释放压抑情感、在轻松的场合解除禁忌而获得放松和快乐的一种常见现象。这种笑话如果讲述场合得体，就不会引起别人的反感；但是在许多场合是不适宜讲述的。

笑话的特征：一是在内容和表达上巧妙满足搞笑或幽默的原理、技法；二是情节单纯简短，绝不拖沓；三是常用夸张手法突出可笑之处。

第五节
新故事

一、什么是新故事

新故事是以文字媒介为主要创作手段和传播载体，以普通民众为主要受众，以所处时代现实生活为主要内容的一种民间故事体裁。相对于以口传形式为主的传统故事，它是兴起于20世纪现代社会的一种新型故事文体，在内容、艺术形式、创作和传播方式上都有一些不同于传统故事的新特点。尽管"新故事"之"新"表现在其内容、艺术形式、创作和传播方式等多方面，但"新故事"这一名称的由来在历史上主要由于其内容之"新"：相对于主要讲述"古时候""从前""很久很久以前"的"老套"事情的"旧故事"，新故事重在讲述当前的内容或时事。文艺评论家以群在20世纪60年代对新故事的界定就强调其内容之新："新故事是近年来从工农群众的业余文艺创作中涌现出来的文艺体裁的一种，是工农群众适应新时代、新形势的需要，发扬了在群众之中有深厚基础的民间故事和说书的优良传统，而创造出来的一种讲述新人新事、表现新思想新生活的文艺形式。"[1] 同时，新故事又要讲得通俗易懂，方便大众接受和传播，所以特别注重借鉴传统故事的艺术形式及经典母题，与传统故事在根本属性上有许多一致、相通之处。

例如，被誉为"江南故事大王"的吴文昶创作的中篇故事《乡政府里养老虎》讲述了在政府大院里养老虎、老虎帮助人破案和捉奸的传奇故事：张旺在部队里专门驯养军犬，退休后做了乡里的护林员，他带着一条退役的大狼狗巡山，碰到一只已经中枪的猛虎。因为老虎是受保护动物，张旺不能枪击老虎，只好向天鸣枪。而大狼狗为保护主人，与虎搏斗，赶走了老虎，但受了重伤。第二天，张旺巡山碰到了一只小老虎——那只猛虎的幼崽，并把它带回了山间木屋。一周后狼狗因伤势过重死去。张旺饲养并驯服了小老虎，给它起名叫"阿猛"。第二年，阿猛长成大老虎，被调教得特别温顺听话，成为张旺巡山的坐骑和打猎的好帮手。它捉住猎物从不咬死，只是把猎物叼回来交给主人处理。一天，张旺感冒，阿猛代替他巡山，叼回了一向不务正业、进山打猎的华川。老虎巡山捉住华川的消息传开后，没人再敢违反山林规定，也使张旺成为模范护林员和新闻人物。乡政府提拔张旺到乡政府里当林业专管员，他不能再骑虎巡山了，而且要住到政府大院去。张旺把阿猛放归山林。可是阿猛已离不开主人，第二天跑到镇上找张旺，在集市上造成了人群骚乱。张旺赶来，骑上老虎，引起众人围观。洪乡长见到，就想以后也能骑上老虎摆摆威风，就准许张旺在乡政府大院里养老虎。在大院时间长了，阿猛熟悉了院里的每一个人，对进院的陌生人就很提防。一天晚上，阿猛捉住了鬼鬼祟祟进院要给乡长送礼行贿的华川。原来华川就是一开始开枪打伤那只猛虎的人，后来又碰到了跟狼狗搏斗后的猛虎，补了一枪，把老虎打死了，得到了虎皮、虎肉、虎骨等。而另外一个猎人被有关部门冤枉为杀虎凶手。后来华川杀虎的消息传出，被冤枉的猎人四处告状，华川为了不吃官司才来贿赂乡长。他让自己的老婆对乡长使"美人计"，勾搭上乡长。一天晚上，华川的老婆带着要送给乡长的虎皮来到大院，并与乡长在屋里亲热。这时乡长的老婆从乡下来大院看望乡长，阿猛见她面生，就跟踪她。因为正在幽会的乡长很久才开门，老婆与他争吵起来。跟踪到门口的阿猛发现屋里床底下有一只老虎，就冲进去把它叼出来，原来是披着虎皮的华川的老婆。有关部门以这张虎皮为线索，顺藤摸瓜，破了猛虎被杀案。这样一来，阿猛能帮人看门、反腐、破案的事传遍乡里，人们一批一批来看老虎，干扰了乡政府的正常工作。乡政府决定重新起用张旺看护山林。张旺带阿猛离开政府大院，回归大山。[2] 这就是一则个人创作、发表在杂志上的新故事。其题目和情节显得非同寻常，很吸引人，深受读者喜欢。它所写的内容如军人退伍、做护林员、保护动物、反腐等，都是当代社会生活。

怎样理解新故事以文字媒介为主要创作手段和传播媒介？我们知道，口头性、集体性是传统民间文学的基本特征。这意味着，传统民间文学是口头创作、口头传播的，同时也是在口头创作和口头传播的过程中得到集体创作和集体加工的，这样的口头文学也就不会留下作者名字，是无名氏的群众作品。而新故事主要采取书面创作方式，主要是用笔讲故事的，同时也因是书面写作而留下了个人作者的名字。虽然有些新故事经历了口头创作和集体加工的过程，但书面写作和个人创作仍然是其主要创作方式。与传统民间文学的口头性、集体性等基本特征不

①　以群. 浅谈新故事//以群. 以群文艺论文集. 上海：上海文艺出版社，1983：191.
②　吴文昶. 乡政府里养老虎. 故事世界，2006（24）.

一致，这既是认定新故事是民间文学的主要障碍，也是关于新故事归类问题的主要争议所在。这一问题牵涉较多，此处不详论，下文另做讨论。这里仅简要说明：一方面，从新故事的发展史来看，它脱胎于传统故事，与传统故事有不可分割的血肉联系，在各方面的根本属性上也有很多一致、相通之处，因而仍应归属于民间故事，是传统故事在现代社会的创新性发展；另一方面，从民间文学的发展史来看，目前学界所说的以口头性、集体性为基本特征的民间文学应该是指1949年以前传统社会阶段以很少识字的民众为主要作者和受众的口头文学，而1949年以后，我国普及了小学教育，民众普遍识字了，口头媒介的民间文学越来越衰减，文字媒介及其他新兴媒介的民间文学越来越兴盛了，新故事就是基于文字媒介的一种故事样式。在民间文学形态随着社会生活变迁时，民间文学基本特征理论也应随之调整和革新。本教材的整体理论框架仍然主要面向传统时期作为传统文化的民间文学，因而主要讲述、阐释传统民间文学的理论知识和介绍传统民间文学作品，但也用一定篇幅介绍和分析现代社会新兴的民间文学作品，如互联网民间文学以及口头民间文学的新作品，并进行突破传统民间文学理论框架的若干学术探索。本小节关于新故事的部分即属此类创新性、尝试性内容。

新故事以普通民众为主要受众，就要具备符合普通民众阅读趣味的文体特点，比如故事引人入胜、语言通俗易懂、叙事完整连贯等。其中最重要的是，作品要有一个吸引人的好故事。为达到引人入胜的阅读效果，新故事特别讲求情节的奇巧性。其故事不能话题平淡，让人提不起阅读的兴趣；不能情节简单老套、一览无余，让人看了开头就知道结尾。一般新故事追求情节曲折多变，特别是结尾出人意料。比如丰国需的《抓阄》：县政府决定在齐岭山造一座水库，预计水库附近的五六个村庄要被淹没，需要迁移。移民方案是，一批村庄迁移到县东面的临河镇——这里较为富裕；一批村庄移往县西面的石林镇——这里条件差一些。各村都想迁到富裕的地方，都派出代表到乡政府争着去临河镇。乡政府调解不成，决定采用抓阄的方式来决定各村去向。村民们拥到村主任家里，讨论村主任怎样才能有好手气，甚至提出抓阄前要天天用高级肥皂洗手、不能与老婆同房以免坏了手气。村主任压力太大，要求辞职。最后决定改由最近玩麻将手气特别好的前村主任阿三伯去抓阄。抓阄这天，从村里到乡里二十多里山路，每隔一里就站一个村民，以便出来结果后用最快的速度将消息传回村里。阿三伯在去抓阄的路上对村主任交代后事，说如果抓阄结果不好就没脸回村里了，托他照顾家人。结果他抓到了临河镇，好消息迅速传回村里。等阿三伯走出乡政府时，村民们准备了一顶披红挂彩的八人大轿等着他。八个壮汉把阿三伯连着抛到空中三次，才把他扶上轿子回村。每抬一里路，就有八人换班抬轿，一路抬，一路颠，其他村民簇拥着，吹唢呐、放鞭炮、唱山歌、喊号子，像迎接得胜将军回朝。快到村里时，人们越颠越起劲。这时，阿三伯的老婆赶来喊道："颠不得呀，快别颠了……"原来阿三伯有心脏病，不能颠。人们放下轿子一看，老村长已经不省人事了。抬到医院，人没救了。在葬礼上，村民们哭成一片。而刚从乡里开会赶回的村主任却宣布了一个惊人的消息：在乡里刚刚召开的紧急会议上，县长亲自赶来宣布，建造齐岭山水库是上面决策有误，省里发文不同意建造了。[①] 作品绝大多数篇幅都在描写、渲染村民们多么重视这次决定全村命运的抓阄，劳师动众，喧嚷激动了好多天，甚至阿三伯为此搭上了性命，最后一句话却来个大逆转，有很震撼的出人意料效果，并发人深思。新故事作者常用巧合、意外的情节设计来造成故事的奇巧性，但这些巧合、意外应该符合情理和生活逻辑，不

---

① 丰国需.抓阄//丰国需.看一眼一百万.上海：华东师范大学出版社，2009：18-22.

能给人以牵强、生硬、虚假之感。有些作者讲求新故事要写"非同寻常"的内容："非同寻常的事、非同寻常的人、非同寻常的物，非同寻常的情。"①《乡政府里养老虎》就是个非同寻常的故事，里面有非同寻常的人——拿老虎当坐骑的主人公，有非同寻常的事——乡政府里养老虎及老虎破案捉奸，以及非同寻常的物——被驯服的老虎。所以这个故事就很能抓人眼球、引人入胜。

新故事的语言通俗易懂，简要明快。比如吴文昶《乡政府里养老虎》的开头两段写道：

> 玉峰乡地处山区，在那茫茫的林海里有 8 000 亩国有山林，由乡政府经营管理。山上的树林，经多年培育已经成材，正需加强看管，偏偏在这节骨眼上，原来的护林员因病告退了。
>
> 正在乡干部为护林员的接班人问题大伤脑筋时，从部队回来一位退伍军人，他主动请战，要求担任这责任很重而又十分艰苦的护林员工作。这位复员军人名叫张旺，25 岁，父母双亡，又没结婚，可说是无牵无挂。更令人高兴的是：他年轻力壮，在部队里当兵 5 年，专门驯养军犬，这次复员时，还经批准带回一头退役的大狼狗。这一切都是管好山林的有利条件。乡长因此喜上眉梢，当即把那杆护林员专用的猎枪授予张旺。

这样的语言平白如话，只要是识字的人，就能很顺畅地阅读。同时，这种表述又很简洁，对故事的背景做了必要的交代。新故事的语言以叙事为中心，所有语句都致力于把故事交代清楚，没有脱离情节进展的烦言赘语。新故事的叙事也有细节描写，这些细节主要集中于人物对话、场面描写、简要的人物心理和表情的描写等，而既不会进行大段的环境描写和心理描写，也不会进行大段的细腻感受刻画和深刻哲理阐发——即使要写这些方面的内容，也只用一两句话简明扼要地点出来。比如吴文昶《乡政府里养老虎》对张旺遇到猛虎的场面描写：

> 这一天，张旺和往常一样，吃罢早饭便扛起枪，带上狗，出门巡山去了。他沿着山坡一步步朝前走了半个多小时，就听到不远处传来一声低沉的吼声。因为是逆风，张旺听得不太清楚，以为是碰上了什么小野兽，他朝大狼狗打了个呼哨，就径直向那吼声处走去。
>
> 走了没多远，张旺抬头朝前一望，不由得"啊呀"一声，一股冷气从脚后跟升上来。原来，一只斑斓猛虎拦住了去路。
>
> 那老虎本来是坐着的，此刻呼地站立起来，睁大双眼，虎视眈眈地瞅着张旺，摆出一副要弄点人肉尝尝的架势。张旺自打娘胎出世以来还是第一次看到真老虎，不由得心里直打鼓。他知道：逃是来不及了，只有凭手里的猎枪，还有身边的狼狗，和老虎来次死活争斗！可是那也不行，老虎是国家保护动物，而自己却连人身保险都没参加。老虎吃我白吃，我打死老虎却犯法，这真是老战士碰上了新情况，不知如何应付才是。情急之中，他朝天鸣了一枪。

如果没有必要的细节描写，故事就不会生动。这段场面描写就很细致，包括老虎的吼声、姿态，张旺的感受和心理活动等，都做了细节描写。不过这些细节都紧紧扣住情节进展，也很简明。

---

① 宾炜.非同寻常：创作谈//罗杨.中国好故事：第八届、第九届、第十届中国民间文艺山花奖·新故事创作奖获奖作品.北京：中国文联出版社，2013：7.

　　在故事的结尾，作者写道："张旺走了，'阿猛'也走了，他们是在天亮之前悄悄离开的。他们一走，乡政府也恢复了平静，但人们却深深地惦记着这只老虎，至今还经常谈起它。那可决不是'谈虎色变'的谈，而是兴高采烈的谈。"这一段是在主要情节交代完了之后的夹叙夹议，带有作者的一点感受和回味。如果是口头讲故事，那么一般只会说一句："张旺带着阿猛离开了乡政府。"后边两句夹叙夹议的话带有书面语体的特点，但也简明扼要，点到为止。作者吴文昶一向主张新故事要追求口头性，其语言和情节要能很便利地在口头讲出来。上面这篇作品就是能够在口头讲述的。不过，如果这篇作品完全是对口头讲述的记录，那么其语言肯定与此不同，毕竟新故事的语言与口头语言还是有一定差距的。新故事的语言明白如话，有口头性特点，适于口头讲述，但又不完全等同于口头语言，而有书面语言的简洁、准确、讲究，是提炼润饰过的口头语言。也就是说，新故事的语言实际上是口头语言与书面语言的结合体。在此前提之下，不同作者也有一定的语体风格差异。有的作者口头性强一些，有的作者书面语色彩略强一些，有的作者婉转表达和抒情手法略多一点，但只要作品总体上通俗易懂，不妨碍大众读者顺畅快速地了解情节进展，就都是新故事语体所允许的。

　　绝大多数新故事以当代社会生活为题材。口传的传统故事大多是故老相传的讲述"从前"生活的故事，如狼外婆的故事、贪心不足蛇吞象的故事、青蛙王子的故事等，而对当前的身边的生活反映不及时。而新故事除了历史题材的以外，大都是以当代社会生活为背景的，可以给读者以新鲜、亲切的感觉，好像就是发生在自己身边的事情或者是在自己生活的环境里也可以发生的事情。新故事可以反映社会时兴话题、百姓最关心的问题，可以体现政府主流舆论、方针政策，也可以由新故事社团与政府部门合作举办特定话题或主题的新故事征文活动，比如中国民间文艺家协会故事委员会组织过廉政反腐、精准扶贫、保护生态环境等主题的征文活动。近年来，廉政反腐题材的新故事最为多见。例如，中国民间文艺家协会故事委员会副主任、知名故事作者郁林兴的《墙壁为谁留》是获得第八届中国民间文艺山花奖·新故事创作奖的作品，讲述了一位清正廉洁的官员拒绝商人"巧妙"行贿的故事：最近，建设局局长周清的第二任妻子黄晓钰拿到了一套新房的钥匙，准备装修。周清的前妻是一位小有名气的画家，因为车祸去世。周清书桌对面的墙壁上始终挂着前妻画的一幅国画，他常对着这幅画陷入沉思。每当此时，黄晓钰就感到酸溜溜的。现在，她想趁着新房装修的机会，去掉丈夫前妻的这个遗物。但是，周清说，所有的装修都由她说了算，只是他书桌对面的墙壁要空着，由他处理。这让她很伤心。她的老同学张浩是一家建筑公司的老板，建议她用一幅临摹齐白石《茶具梅花图》的国画挂在那片墙壁上，想必喜欢国画的周清会同意的。张浩提供了其朋友的临摹作品，并向黄晓钰收取了 1 000 元的润笔费。黄晓钰把这幅画送到纳宝斋装裱，取回后挂到丈夫书桌前的墙壁上。周清看到这片墙壁挂上了齐白石的画，向妻子发怒。黄晓钰对丈夫解释说只是老同学张浩帮忙搞来的仿作，不是名贵的真品。周清仍然坚持要把这片墙壁空着，并找了几位权威专家鉴定这幅画是否为赝品。鉴定书确认这幅《茶具梅花图》千真万确出自齐白石之手。原来黄晓钰送到纳宝斋的画确实是赝品，但装裱后拿回来的却是真品，是作为建筑公司老板的张浩偷偷调包了。周清向妻子说明：张浩是生意人，不会做赔本生意，他如此费尽心机地送这么贵重的东西，今后一定会提出非分要求，如果我不利用手中的权力为他提供方便，这幅画就成为他要挟我们的筹码。最后，他们退回了张浩的齐白石画作，在那片墙壁上挂上了前妻的那幅《山竹拔翠图》。上面画的是："苍竹郁郁，依山而起，枝直挺拔，叶秀青翠……"在原来的题款边，新添了一个落款"晓钰同勉"，还盖了她的朱红印章。丈夫解释说：挂这幅画，不仅仅是出于对前妻的怀念，更重要的是它能时时提醒我做人要清白，为官要正直，正像你一直告诫我的那样。黄晓钰不好意思地理解和认同了丈夫要留那片墙壁的真正用意。[①]

新故事创作可以举行特定题材或话题的征文活动。2020 年新冠肺炎全球大流行，抗疫成为人们最关心的事情。中国民间文艺家协会适时举办了"2020 中国故事节·抗疫故事会"征文，收到了大批讲述中国人民抗击疫情的感人故事。其中浙江省作者徐永忠创作的《孙猴子和二憨子》获评为最受读者喜爱的 2020 年度"中国好故事"。这篇作品讲述了疫情期间两个性格截然相反的村民之间发生的故事：2020 年春节前，东山村一向脑筋灵活、绰号"孙猴子"的孙有富从疫情重灾区武汉偷偷回到村里，想逃避隔离 14 天的防疫规定。他在门口碰到了总是憨里憨气一根筋的"二憨子"阿苟。孙猴子用微信转给二憨子 300 元红包，想让他隐瞒自己从武汉回村的消息以避免被隔离。而二憨子不为所动，严格遵守防疫规定，同村干部一起对孙猴子施行了居家隔离措施。二憨子用那 300 元钱给孙猴子买了菜，守候在屋外耐心地帮他购买各种生活用品，并识破了孙猴子想找机会溜出屋子的诡计。后来二憨子发现孙猴子病情发作，为他呼叫救护车。但因门前路窄，还有陡坡，救护车进不来。二憨子勇敢无私地背起孙猴子去医院，但途中摔下陡坡，脑袋撞在岩石上。孙猴子被确诊为新冠肺炎患者，进行了隔离治疗。由于事先采取了严格的隔离措施，疫情没有扩散；因为抢救及时，孙猴子春节后就康复出院了。而二憨子却因抢救他失去了生命。

新故事征文活动还可以用于地方社会的文化建设，或发挥其他社会功能。例如，浙江省文成县是刘基故里，拥有"刘伯温传说"与"太公祭"两项国家级非遗项目，刘伯温文化是该县标志性地方文化。2017 年 10 月至 2018 年 6 月，中国民间文艺家协会故事委员会与浙江省文成县政府合作进行了刘伯温新故事征集活动，在《民间文学》杂志刊发征文启事。启事中征集作品的具体要求和体例是笔者所作，其中关于刘伯温传说新创故事的内容要求是："故事主角为刘伯温。故事的情节可以虚构，但历史背景应符合相关的基本历史事实，主角刘伯温应符合一般刘伯温传说中的刘伯温形象特征。"这就保证了刘伯温传说新创故事与刘伯温传说传统民间故事在基本内容上的一致性。最后征集到刘伯温新故事 250 余篇，共计百余万字。2018 年 8 月 29 日举行的"刘伯温传说故事会成果发布典礼"采取腾讯直播方式，在线关注者达到 21 万余人。其优秀作品被汇编为《中国好故事·刘伯温故事新编》（现代教育出版社 2019 年出版）。虽然这些新故事在人物形象、题材、情节模式等方面遵循着刘伯温传说的传统路子，但故事都是新编的，不仅有效增加了刘伯温故事资源，而且探索了一条在现代社会传承刘伯温文化的新路，对该县的刘伯温文化传承与保护有显著的推动作用。虽然这些新故事在基本面目和风格上跟传统的刘伯温传说是一致的，但它们毕竟是由写故事的高手创作的，是经过精心构思、反复修改的书面创作，其故事情节的曲折性、生动性，其语言表述的确切、简洁、流利等，是超过一般口头讲述的民间故事、民间传说的。也就是说，这些刘伯温新故事更好看。比如，《刘伯温巧计救乞丐》是在已有的民间传说基础上重新创作的故事。其基础情节可见于刘宝瑞说的名为《珍珠翡翠白玉汤》的相声作品，但里面没提到刘伯温。这篇新故事借鉴了原故事的部分情节要素，重新构思，把刘伯温放到故事里做了主角，一波三折、悬念迭起，细节生动细腻、真实感强，其中刘伯温富于正义感、同情扶助弱者、足智多谋的形象特征，朱元璋残暴嗜杀而又

① 罗杨. 中国好故事：第八届、第九届、第十届中国民间文艺山花奖·新故事创作奖获奖作品. 北京：中国文联出版社，2013：57-60.

痛恨严惩官员腐败的形象特征，都刻画得很成功，也符合传统刘伯温传说的叙事模式。《刘伯温祈雨斩李彬》的故事，是根据一则历史记载虚构出来的，其情节的曲折多变、引人入胜更胜一筹，故事离奇而事件发展的内在逻辑合情合理，细节描述缜密可信。这次刘伯温新故事的征集成果，不仅在数量上丰富了既有的刘伯温传说故事资源，在质量上也是一次大的提升。近年来，中国民间文艺家协会故事委员会与各地政府部门合作，举办了多次服务于地方文化建设和社会发展的专题新故事征文活动和"中国好故事"系列故事会，并授予新故事创作成绩突出及相关文化建设成效显著的一些村镇以"中国故事村"荣誉称号，探索出一条以新故事创作服务于地方社会的成功路径。

有一部分历史题材的新故事反映了中国历史时期的社会生活，或以故事形式讲述了特定地方的历史人物、历史事件，上述刘伯温新故事征文作品即此类。

二、新故事文体的形成与发展

"新故事"作为学界使用的一个专用名词术语，特指20世纪以来中国现代化进程中适应特定历史阶段社会需要而兴起的主要体现为书面创作的通俗故事。如果就"书面创作的通俗故事"这一含义来谈其源头和发展史，其历史就源远流长了，因为在中国古代文学史上，书面创作的通俗故事在上古时期就有了。本教材所说的"新故事"特指上述专用术语所指称的故事文体，其发展历程可归纳为三个发展阶段：初创时期、确立时期、发展时期①。

（一）初创时期：20世纪30年代抗战时期至1949年解放战争结束

在20世纪30年代新故事正式形成之前，有一个孕育时期，即19世纪末黄遵宪等知识分子提倡"言文一致"、20世纪初新文化运动倡导以白话文创建中国新文学、以辛亥革命为代表的社会大变革的时期。这一时期的启蒙思潮、文化革新、国家制度变革、白话文实践、文艺大众化讨论等为新故事文体的出现奠定了基础。②

1937年抗日战争全面爆发，抗日救亡的社会形势急需知识分子运用通俗易懂的大众化文艺形式来宣传抗战、动员民众，这促成了新故事文体的形成。第一篇表明为新故事的作品，是1938年林柷敔在《文艺》刊物上发表的《一条舌头》③，它标志着新故事的正式诞生。这篇故事的主要内容讲述，日本鬼子杀害了一个17岁农村少女的父亲并奸污了她，她一口咬下了鬼子的舌头，报了大仇。该作品题后特别标注"新故事体"，并在文末注明"故事体也可用于通

① 侯姝慧.20世纪新故事文体的衍变及其特征研究.北京：中国社会科学出版社，2013：2.侯姝慧将新故事的发展历史分为三个时期："第一个时期是新故事的萌芽时期，从20世纪二三十年代至解放战争结束；第二个时期是新故事文体的确立时期，从新中国成立之后至'文化大革命'结束，这个时期分为两个阶段，以'文化大革命'开始为分割点，前一个阶段是文体初步确立阶段，后一个阶段是文体的异化与蛰伏阶段；第三个时期从改革开放至21世纪初，是新故事文体对民间故事叙事传统的回归与发展的时期。"
② 侯姝慧.20世纪新故事文体的衍变及其特征研究.北京：中国社会科学出版社，2013：32-38.毛巧晖，张歆.1949—1966年新故事的通俗化实践.民间文化论坛，2020（6）.
③ 载于《文艺》1938年第4期。故事主要内容为一个17岁的农村少女在老父被日本鬼子杀害，自己也被奸污的情况下，假装亲热，一口咬下了鬼子的舌头，报了大仇。

俗文学，茶后酒余讲讲很好，我就择了这么一段东西——略与事实不符，我认为无妨——来尝试。故事体，除文字通俗外，有三个条件：第一风景的描写不可多；第二对话也不可多，因为故事只在交代情节；第三多放插穿。有人如果感兴趣，也不妨试试"①。这段说明中的主张跟后来新故事的文体特征是一致的。作为宣传抗战的通俗文艺的一个分支，这一时期的新故事创作出现较多，蔚然成风。除了"新故事体"外，这一时期的新故事还被称为"通俗故事""讲演文学"等。何荣的《义训报国》（《抗战文艺》1938 年第 11、12 期合刊）与老向的《李小姐计杀倭寇》（《抗到底》1938 年第 9 期），在刊载时都表明为"抗日通俗故事"。胡考的《陈二石头》（《文艺战线》1939 年第 2 期）则特别标注为"讲演文学"，并解释说："《陈二石头》是为讲而写的一篇故事脚本。——或'讲的小说'。徐懋庸先生特地送了一个名词，称这类东西谓之'讲演文学'，我觉得很是适当。"② 这说明当时的一些故事作者很注重故事要有较大程度的口头性，以利于群众阅读和口头再传播。《通俗文艺》杂志设有"前线故事"和"抗敌故事"栏目，登载了很多宣传抗战的"通俗小说"和真实事迹。③ 钟敬文先生在谈到这一时期的新故事体时说："夏衍的《勇敢的广东兵》、洒家的《渔夫巧计杀倭记》、胡兰畦的《大战东林寺》，在当时已被视为新民间故事而广泛传播，有的地方还配上连环画进行说唱。"④

　　1938 年 10 月，毛泽东在《中国共产党在民族战争中的地位》一文中提出要把国际主义的内容与民族形式结合起来，形成"中国老百姓所喜闻乐见的中国作风和中国气派"⑤。1940 年，毛泽东发表《新民主主义的政治与新民主主义的文化》，提出新文化应当具有"民族的形式，新民主主义的内容"，"革命的文化人而不接近民众，就是'无兵司令'，他的火力就打不倒敌人。为达此目的，文字必须在一定条件下加以改革，言语必须接近民众，须知民众就是革命文化的无限丰富的源泉"⑥。这两篇文章对文艺界的民族形式讨论产生了很大影响，强调了民族形式特别是民间形式在新文艺中的重要位置，进一步推动了文艺大众化。1942 年，毛泽东发表《在延安文艺座谈会上的讲话》，更明确地提出文艺为革命服务，为人民大众首先是为工农兵服务，知识分子和作家要到群众中去，和群众一起生活，学习他们的语言。这也对文艺大众化、文学通俗化提出了更高的要求。在强有力的政治舆论引导下，解放区文艺在利用民间形式创作新文艺以更好地服务于抗战、服务于革命方面，有了质的飞跃，出现了以赵树理《小二黑结婚》为代表的大批通俗故事作品。赵树理从小学会了当地老百姓的吹拉弹唱技艺，熟悉评书、小戏、民歌、鼓词等民间文艺，精通民间语言，这为他创作通俗故事打下了坚实基础。他说："群众爱听故事，咱就得增强故事性，爱听连贯的，咱就不要因为讲求剪裁而常把故事割断了。"⑦《小二黑结婚》首次出版时在封面上标示为"通俗故事"，其扉页上的彭德怀题词也说它是通俗故事："像这种从群众调查研究中写出来的通俗故事还不多见。"⑧ 该作品确实符合新

①　林枫敔．一条舌头．文艺，1938（4）.
②　胡考．写在《陈二石头》前面．文艺战线，1939（2）.
③　毛巧晖，张歆．1949—1966 年新故事的通俗化实践．民间文化论坛，2020（6）.
④　钟敬文．中国抗日战争时期大后方书系·第九编·通俗文学·序言．重庆：重庆出版社，1989：7.
⑤　中国共产党晋察冀中央局．毛泽东选集．张家口：新华书店晋察冀分店，1938：20.
⑥　毛泽东的《新民主主义的政治与新民主主义的文化》，1940 年 2 月 15 日首发于延安《中国文化》创刊号。同年 2 月 20 日于延安《解放》杂志第 98、99 期合刊重新发表时，改题目为《新民主主义论》。
⑦　赵树理．也算经验//赵树理．赵树理全集：第 4 卷．太原：北岳文艺出版社，1990：187.
⑧　《小二黑结婚》由华北新华书店 1943 年 9 月出版。次年 2 月再版，标示为"大众文艺小丛书之八"。上海《新文化》杂志于 1945 年 10 月创刊号全文转载。

故事的文体特征，但后来被归类为小说并以小说闻名后世。

（二）确立时期：1949 年新中国成立至 1976 年"文革"结束

从 1949 年中华人民共和国成立到 1976 年"文革"结束，是新故事文体的确立时期，这一时期又分为两个阶段：新中国成立后十七年（1949—1966）阶段和"文革"阶段。

新中国成立后"十七年"阶段是新故事正式确立的时期。这一时期，在全国范围内出现了以上海为中心的群众性讲故事运动，使新故事成为一种社会影响显著的文艺形式，有效促成了当代社会新故事文体的确立和兴盛。

1949 年以后，新中国文艺延续延安解放区文艺传统，按照毛泽东《在延安文艺座谈会上的讲话》指引的方向发展。作为新文艺的一种，这一时期的新故事以新人、新事、新思想、新风尚为题材，配合不断兴起的重大社会活动，以群众喜闻乐见的表达形式，宣传政府意识形态和方针政策。20 世纪 50 年代初，在上海、抚顺、秦皇岛等城市，工会、团委、文化馆、图书馆等单位组织开展了新故事创作和讲述活动，尝试继承和发展民间故事传统，用社会主义新思想占领群众业余文化生活阵地，抵制一些不健康书刊和故事对青少年的消极影响。[①] 1958 年开始，在社会主义教育运动等社会运动的推动下，出现了"三大"（大唱革命歌曲、大演革命现代戏、大讲革命故事）群众文化活动，以上海为龙头，全国许多省市开展了有组织、有领导的新故事讲演群众运动，到 1963 年、1964 年形成高潮。《人民日报》于 1963 年 1 月 13 日发表社论《用群众喜闻乐见的形式进行宣传鼓动 上海工厂、文娱场所的故事会受到欢迎》，8 月 27 日刊登报道《两千多名业余故事员积极向社员进行阶级教育 上海郊区大讲革命故事》。后者编者按说："社会主义教育和阶级教育是一项长期的、经常性的工作，需要一支相应的宣传队伍。上海郊区把两千多名业余故事员组织起来，运用简便有效的文艺形式——讲革命故事，向广大社员进行阶级教育。这种做法，值得各地参考。"1964 年 1 月到 8 月，《文汇报》连续发表了 7 篇提倡"大讲革命故事"的社论。当时上海市郊农村已有一万多名故事员，上海市区里弄也活跃着三千多名故事员，出现了《李科长再难炊事班》《过壕》《三比零》《插旗》等优秀作品。[②] 故事员又叫"革命故事员""红色宣传员"，大多数是不脱产的工农兵群众，有讲故事的技巧，有的还能自己创编故事。讲故事的场所有故事会场、茶馆、校园、田头等。一些地方的广播电台、广播站也开播"故事员节目"。由于讲故事活动很活跃和频繁，出现了故事脚本不够用的问题。1963 年 7 月，专门登载"为故事员提供的脚本"和"供群众阅读的新故事"的刊物《故事会》应运而生。该刊物第一辑"稿约"中说："凡是宣传社会主义思想和革命传统的故事，不论是根据小说、报道、戏剧、曲艺、电影等文艺形式改编的还是创作的，只要可以口头讲述，适合群众的欣赏习惯，我们都很欢迎。以现代题材为主，特别欢迎歌颂三面红旗的故事，反映社会主义和资本主义这两条道路的斗争的故事，反映革命斗争的故事，揭露和控诉阶级敌人罪恶的故事。"由此可以看出当时新故事的主要内容和风格。从 1963 年 7 月到 1966 年 5 月，《故事会》不定期出版了 24 辑。许多报纸和文艺刊物设有"新故事""故事会""龙门阵""新花朵"等名称的栏目，发表新故事作品及相关文章。一些出版社出版了辑录新故事的专集或

① 金洪汉．现代中国的讲故事和新故事//辽宁省新故事学会，故事报社．辽宁新故事论集．内部印刷物，1988：44.
② 魏同贤．新故事的政治意义和艺术特色．文史哲，1965（5）.

丛书。

"文化大革命"初期，新故事活动终止了。后来，新故事被当作"革命文艺"的一种，被称作"革命故事"，重新得到提倡。《人民日报》于 1970 年 12 月 19 日发表《大讲革命故事，巩固农村文化阵地》和《开展讲革命故事的活动》，《红旗》杂志发表了《开展群众性的革命故事活动》。新故事讲述活动在相关政府部门的组织下重新开展起来。1974 年 3 月，原《故事会》复刊，改名为《革命故事会》，到 1978 年 12 月为止，共出版 39 期。这一时期的新故事以"革命故事"为专名，政治斗争色彩浓郁，作品大多有概念化、公式化的弊病。"文革"时期的另一类新故事是不能公开出版的手抄本故事，内容多为反敌特破案故事和爱情故事，如《一双绣花鞋》《梅花党案》《绿色的尸体》《塔里的女人》等，属于"地下文学"，在熟人间传抄。其中有些故事被定性为反动或黄色故事，被列为查禁、批判的对象，如《龙飞三下江南》《山城雾》《的确良案件》等。[①]

（三）发展时期：20 世纪 70 年代末至 21 世纪初

1976 年"文革"结束后，中国实行改革开放政策，文学艺术出现新局面。新故事进入稳定发展和逐步繁荣时期。

1980 年 1 月，邓小平在《目前的形势和任务》讲话中明确提出："我们坚持'双百'方针和'三不主义'[②]，不继续提文艺从属于政治这样的口号，因为这个口号容易成为对文艺横加干涉的理论根据，长期的实践证明它对文艺的发展利少害多。"[③] 这一讲话对调整当时中国文学文艺与政治的关系起了重要作用。它改变了 20 世纪 50 年代以来新故事过于紧密地配合政治运动和过于直露地进行政治宣传的做法，也基本停止了由政府部门直接组织的新故事讲演活动，改由以新故事刊物及新故事社团为主来组织和开展新故事创作及讲演活动。

1979 年 1 月，《故事会》恢复原刊名，1984 年由双月刊改为月刊，2004 年 1 月改为半月刊。该杂志深受大众欢迎，流传广泛。故事学家刘守华说："上海出版的《故事会》，20 世纪 80 年代每月的发行量就达到 700 多万份，现今则增至 800 余万份，大约超越了全国文学期刊的总和，几乎在中国所有的车船码头，乡野闹市，都有它的足迹，广泛影响着社会大众的生活。"[④] 由此可见新故事在当时的兴盛程度之一斑。

被誉为"革命故事转型期的代表作品"的《三百元的故事》（《故事会》1979 年第 5 期）就是改革开放初期发表的作品。《三百元的故事》是知名新故事家吴伦的处女座，也是其代表作。其故事主要情节是：

（1）下夜班的女工在路上摔倒，一个路过的男子关心地搀扶她回家。（2）在男子还没离开女工家时，她的丈夫贾大叔回来了，就认为这个男子与自己的妻子通奸，于是威胁说：若不想

---

① 侯姝慧.20 世纪新故事文体的衍变及其特征研究.北京：中国社会科学出版社，2013：145 - 156.

② "三不主义"是邓小平在 1978 年提出的关于理论工作和文艺工作应贯彻的重要方针之一，这一方针随后被中共十一届三中全会确认。邓小平指出："无论如何，思想理论问题的研究和讨论，一定要坚决执行百花齐放、百家争鸣的方针，一定要坚决执行不抓辫子、不戴帽子、不打棍子的'三不主义'的方针，一定要坚决执行解放思想、破除迷信、一切从实际出发的方针。"邓小平.邓小平文选：第 2 卷.北京：人民出版社，1994：183.

③ 邓小平.目前的形式和任务//邓小平.邓小平文选：第 2 卷.北京：人民出版社，1994：255.

④ 刘守华.序一//侯姝慧.20 世纪新故事文体的衍变及其特征研究.北京：中国社会科学出版社，2013.

被张扬出去，就拿出三百元钱。（3）男子回家与妻子金梅商量。金梅次日将三百元交给丈夫。那个威胁人的贾大叔顺利地得到了三百元。（4）贾大叔拿到钱后，乘上一辆满载的公共汽车。突然，他身旁的一个女人大喊："有小偷！钱！三百块钱没有了！"并详细讲述了这三百元钱的包装特征。最后，乘客们查出了贾大叔皮包里的三百元。他说不清钱的来路，被当作小偷。三百元也被还给了那个女人。其实，那个女人就是被威胁的那个男子的妻子金梅。

这篇故事发表后，受到读者的喜爱，被当时几乎所有的故事刊物转载，也被人们口头传讲，许多新故事研究者都引用和分析过这篇作品，它成为这一时期的新故事经典作品。这篇故事这么受大众欢迎，跟它原本就是一个口传的故事有很大关系。吴伦当时根据他听到的这个口传故事进行整理加工之后，取名为《圈套》，在新故事家张道余的指点下删去了开头显得拖沓的场景描写。然后，他带着这篇故事参加了在上海金山区举行的故事会，由另一位故事员在会上演讲，听众反响很好，并被参会的《故事会》编辑相中。他按照编辑部提出的修改意见，前后改了 14 稿才定稿。编辑部围绕这篇故事产生了激烈争论。因为这时正处于"革命故事"创作转型期，此前一直强调革命故事要宣传政策，写"高大全"的人物，而这篇作品却是写普通老百姓的，故事中的人物属于此前批判的落后中间人物，而且故事中有设圈套的核心情节。有的编辑认为这是旧社会的"仙人跳"故事，发表出来有不好的作用。最后，解放思想的意见占了上风，这篇作品得以改名为《三百元的故事》发表。① 它写作和发表的过程，既能反映出当时新故事文体在创作过程和流传上所具有的一定程度的集体性和口头性，也能显示出"革命故事"向新时期故事转变初期人们观念存在分歧并终于冲破窠臼的情形。

据中国故事期刊协会统计，到 20 世纪初，中国大陆连续登载新故事作品的报刊约有 150 种，其中以《故事会》《民间文学》《今古传奇故事版》为代表的标准故事类期刊有 47 种，以《故事报》《古今故事报》为代表的标准故事类报纸有 3 种。许多电台、电视台也开设了播放新故事的频道或栏目，如辽宁人民广播电台故事台、上海人民广播电台故事频率、中央电视台经济频道（CCTV - 2）的《财富故事会》等。2007 年，第八届"中国民间文艺山花奖·民间文学奖"开始分设两类——民间文学作品类、新故事创作类，此后历届山花奖都拿出名额来奖励优秀新故事作品。2007 年 12 月，上海金山区举行了"首届中国故事节"，该故事节逐渐发展成中国故事节系列故事会，成为这一时期故事讲述活动的代表性品牌。2010 年 10 月，中国民间文艺家协会故事委员会成立，由《民间文学》杂志社社长、主编白旭旻任主任，汇聚了故事作家、故事表演艺术家、故事报刊编辑、故事活动组织者以及有关专家。该委员会除了组织新故事创作、故事节会、故事作者培训外，还在上海金山区枫泾镇创建了中国故事基地，与地方政府合作开展了"中国故事村""中国民间笑话村""中国新故事创作基地"等故事品牌的培育和建设，对促进新故事创作及推动新故事服务于地方文化建设起了重要作用。

这一时期虽然也有新故事讲演活动，但毕竟不再有 20 世纪 50—60 年代那样大规模的群众性讲故事运动，新故事对能够口头讲述的要求减弱了，集体创作、集体修改的成分减少了，书面语成分和个人创作成分有所增强，但仍保持通俗易懂、故事性强等基本特性。这一时期出现了一批著名新故事家，他们形成了自己较为成熟的个人文体风格："如吴文昶的文体清澈、明丽，看似不经意却是妙手勾连；崔陟的言语幽怨、沉重，总有些含悲带泪；张功升的文体大

---

① 吴伦．我与故事有缘：《三百元的故事》发表经过．（2009 - 09 - 25）［2020 - 12 - 25］．http：//www.storychina.cn.

气、洒脱、不拘一格；吴伦的文体风格严谨、细致。"① 总体来说，这一时期的新故事形成了逐步成熟和较为稳定的叙事模式和语体特征，它既不同于传统的口头故事，也不同于小说，仍然是一种适合于并能吸引大众阅读的通俗故事文类，是传统故事的创新性发展。虽然在不同时期，其内容、艺术形式及创作、流传方式有所变化，但始终保持着通俗故事的根本属性，始终不失其民间文化本色。

三、新故事与传统故事的相近相同之处

关于新故事是不是民间文学，存在很大争议。一般民俗学者按照民间文学的基本特征，特别是其中的集体性、口头性特征，认定新故事不是民间文学。但也有不少民俗学者认为新故事是新民间故事。实际上，新故事虽然大多以个人署名方式和书面形式发表，但在创作及传播过程、文体特征上仍然有一定程度的集体性和口头性特点，在受众范围、思想内容、艺术形式、文化形态等方面与民间文学在根本上是接近、相通或一致的。如果判定新故事不是民间文学，那么把它归为哪种文学类型呢？相关学术逻辑和既有事实已经表明，作家文学、精英文化及其相关学科没有也不会容纳新故事。新故事最接近的还是民间文学，最有可能接纳新故事为研究对象的还是民俗学。那么，如果仅仅因为它不大符合民间文学的两大特征就断然把这个在现代民众中影响广泛的文学形式排除在民间文学之外不予关注，那么是不是民俗学的一个失误、遗憾和损失呢？民间文学基本特征的理论创建和相关阐释是不是有特定的历史条件和适用范围？在社会生活和相关主体已经发生根本变迁的历史条件下，民间文学是否有必要重新审视和适当调整从而可以接纳新故事呢？我认为这是值得讨论的。另外，新故事作者们普遍认为自己所创作的新故事是民间文学，热切希望民俗学界能接纳新故事为民间文学。新故事创作理论研究者一般也把新故事当作民间文学，如蒋成瑀称"江南故事大王"吴文昶的新故事是"当代新民间故事初放的蓓蕾"："这些新故事并不'雅'，没有幽美、缜密的文字，但是上得口，记得牢，说得出，传得开。这是传统民间故事的特色，也是吴文昶新故事创作的主要特色，更是他一生所孜孜追求的目标。"② 迄今为止，以作家文学为研究对象的学科没有容纳新故事，民俗学界也很少关注新故事，从而使这种有着广泛群众基础的故事体裁成了没有学科关注的文学样式和没有归宿的文化现象。

判定新故事是否可归属民间故事，需要客观深入地考察二者各方面的关系与异同，而不能只根据表面的一两项指标就轻下断语。需要考虑的相关情况主要包括：新故事作者队伍构成，新故事文本特征，新故事的创作过程、传播情况等。

（一）新故事的创作主体是民间文化传承人

从作者队伍构成来看，新故事作者是接近于精英作家还是民间艺人呢？精英作家即"纯文学"或"雅文学"作家。我国精英作家的主流是专业作家或职业作家，但也有一些作家从事其

---

① 侯姝慧.20世纪新故事文体的衍变及其特征研究.北京：中国社会科学出版社，2013：229.
② 蒋成瑀.序//《故事会》编辑部.吴文昶故事集.上海：上海文艺出版社，1991：1，5.

他职业。新故事作者中没有完全职业化的写作者或"作家"，他们都是在日常工作的业余时间写作新故事的，他们大部分为生产劳动者、商业经营个体户，小部分为干部、教师、编辑等。虽然从创作主体的职业情况和生存状态，也可以看出新故事作者队伍与精英作家队伍的明显不同，但毕竟各有一部分人员的职业情况和生存状态是相同或相近的，故暂不把这方面情况作为区分二者的重要指标。新故事作者与精英作家的显著区别体现在其主要作品类型、写作技艺习得方式等方面，前者更接近于民间艺人，而后者则有明显不同。

一般来说，新故事作者的创作成果主要是新故事及其他民间文学体裁的讲唱或搜集整理作品，而极少为小说、诗歌等"纯文学"作品。有的新故事作者主要是传统故事的讲述人，同时有少量的新故事作品，如湖北故事家刘德方，其口头讲述的新故事在记录整理后就是本书所说的新故事。有些新故事作者主要创作新故事，但也喜欢讲述传统故事，并参与传统故事的搜集整理工作。应该说，新故事与"纯文学"在思想内容、表达方式、艺术风格、创新要求、发表阵地、读者范围等方面都是迥然不同的，主要从事新故事创作的作者一般驾驭不好"纯文学"创作的路子，"纯文学"作家一般也不习惯新故事创作的写法。

在写作技艺习得方式方面，新故事有一个特别值得注意的地方，就是作者培养可以通过传统的收徒传艺的方式，这是特别注重个人风格和艺术创新性探索的"纯文学"作家不可能采取的成才方式。新故事作者收徒拜师的情况是他们属于民间艺术传承人的典型标志，因为新故事创作技艺可以通过收徒拜师传承，而且可以成批培养创作人才，这正说明新故事创作是可以通过这种方式来掌握创编套路和模式的，而且其拜师仪式一般是按较严格的传统习俗进行的。新故事作者通过拜师或接受培训的方式习得创作技艺的方式比较多见。

上面主要针对书面创作的新故事作者而言，20世纪50年代至60年代还有在故事讲述活动中进行新故事的口头创作和讲述的大量故事员，他们一般文化程度并不高，不善于书面表达，但口头表达才能出众，他们平时就是普通民众的一员，其社会身份的基本情况与传统故事讲述者更为接近。

所以，从总体来说，新故事的创作主体更接近于民间艺人，是以书面方式讲故事的民间技艺高手，应归类为民间文化传承人。

（二）在文本特征上，新故事与传统故事的一致与相通之处

传统故事为口头文本，新故事为书面文本，二者肯定有若干不同之处。但二者同为普通民众喜闻乐见的故事，必定有根本的相同相通之处，同大于异。而且有许多新故事脱胎于传统故事，许多新故事沿用甚至效仿了传统故事的表达方式。许多新故事作者和研究者认为新故事是在传统故事的基础上发展起来的，前者是后者的拓展和蜕变形式。这既肯定了新故事是一种新型故事文学样式，又肯定了它与传统民间故事的一脉相承的关系。丰国需总结了他在这方面的经验和体会："应该说，我们现在的新故事是从民间故事脱胎而来，现在新故事的创作中吸收了很多民间故事的结构技巧，其'三段法''顺序法''误会法'的套路现在还在大行其道。我在初学写故事时，就有许多老师教我从民间故事中吸取些营养。故我在写新故事的同时，也在从事民间故事的搜集和整理工作，从中吸收营养，提高自己的创作水平。"① 这段话很清楚地

---

① 丰国需，郁林兴.推开新故事创作之门.北京：中国文联出版社，2006：239-240.

说明了新故事的叙事方式与传统故事的相通之处。当然,"纯文学"作家也在多方面从民间文学吸取营养,但一般并不会如同新故事这样直接吸收情节、结构、技巧。

日本学者加藤千代认为新故事惯于运用传统故事的母题,新故事作者就是现代的故事家,并对此进行了专门研究。她将现代社会的口头新故事和书面新故事统称为"新故事"。她分析了两篇新故事对传统母题的运用,认为:"在评价故事作者的新故事时,应该重视与当代传说的比较,强调根据民间故事的各种母题来分析。优秀的故事作者使故事的各种母题在现代故事中再生、新生,可以把他们视为现代的故事家,应给予高度评价。"[①] 她分析的一篇新故事就是吴伦的《三百元的故事》。她认为这篇故事交织着三个母题:它以文学作品中常见的"私通禁忌"为背景,把当代传说的"当场捉奸、丈夫大怒"母题、通俗小说的"恐吓"母题、巧女解决难题母题巧妙融合在一起。关于"当场捉奸、丈夫大怒"母题,她举出的例子是美国当代传说《灌满水泥的豪华车》,其故事梗概为:

> 有一个水泥搅拌机车的司机提前回家,家门口停着一辆崭新的高级轿车。他从窗户窥见妻子与年轻男子亲热地说话。丈夫认定妻子与他人私通,大发雷霆,以为高级轿车是年轻男子开过来的,就把自己的搅拌机车的水泥倒入了高级轿车里。妻子发现后大骂丈夫:"这辆车是刚刚给你买的!"其实,年轻男子是高级轿车的推销员。[②]

该母题的基本情节是发现妻子私通的丈夫大怒,立即惩罚私通者。但上面的当代传说却是丈夫不但没能达到惩罚目的,而且招致了自己的不幸,从而具有喜剧效果。《三百元的故事》前一部分与这一母题相似,但并没有结束于丈夫发怒,而是接着发生了丈夫恐吓或敲诈外来男子的情节,这就将"私通"母题与"恐吓"母题相连接,从而构成"仙人跳"或称"美人计"情节。作者吴伦在给蒋成瑀的信里说,作品后半部分的构思是受了《仙人跳》和《智取九龙杯》两个故事的启发。但作者并没有照搬《仙人跳》故事。在《仙人跳》故事里,设计的男女二人都是恶人,受害者可以是无辜者,而如果他与女方发生性关系,那么也会变为犯错人物。而在《三百元的故事》中,女方始终是懦弱的女人,过路男子始终是善良人,只有贾大叔是恶人。故事的后半部分,过路男子的妻子出场,设计惩罚了贾大叔,拿回了三百元钱,这就构成了巧女解决难题、从危机中解救丈夫的情节。整个作品的形态沿袭了传统的巧女故事。[③]

需要说明的是,并非所有的新故事都会运用传统故事母题。而且由于不同作者的文化素养、审美情趣和艺术风格的差异,新故事文体内部在叙事手法上也有不同类型。刘守华说:"民间文艺学家曾于 1964 年赴上海郊区进行考察,发现当时的新故事有三种类型,有的接近评书,有的接近小说,而那些熟悉民间文艺的农民作者编故事,则很自然地借用了传统故事的手法,如《老队长迎亲》《两个稻穗头》等,成为群众喜闻乐见的优秀之作。"[④] 对新故事受到评书、小说叙事手法影响的问题,刘守华认为:"但一定要有独立自主的精神,立足于继承传统民间故事的艺术形式,将其他体裁的优点融化进来,使自己独具的特色越来越鲜明。"[⑤] 也就

① 加藤千代.新故事与当代传说:试论故事作者的功能//吴同瑞,王文宝,段宝林.中国俗文学七十年.北京:北京大学出版社,1994:251.

② 同①249.

③ 同①249 - 251.

④ 刘守华.中国民间故事史.武汉:湖北教育出版社,2012:792.

⑤ 刘守华.故事·小说·评书.故事会,1979(5).

是说，他认为接近小说或评书的作品不是新故事的主流和发展方向。总的说来，叙事"接近小说"的新故事作品的确存在，不过数量很少，而且不为一般新故事作者及研究者所认同。比如在新故事评奖时，多数评委会给叙事接近小说的作品打低分，认为这种作品的新故事资格是有疑问的，因为它们更适合阅读而不便传讲，不符合新故事的叙事特征和普通民众的审美趣味。较为多见的是有些新故事作者会在其作品局部带有小说笔法，但这并不妨碍说新故事在叙事方式上与传统故事在根本上是相同相通的，二者的叙事差异是次要的、局部的。

侯姝慧较为全面地考察了20世纪几个发展阶段的新故事，认为它是一种"口头与书面结合型"的文体，并对其文体特征做了如下表述："新故事是在语言方面以群众口语为蓝本，吸取方言土语、民谣俗谚，同时引入与群众生活密切相关的部分外来语、科学用语等，形成了精炼通俗、明白如话、形象生动、具有时代感和一定思想性的'口头-书面'结合型语体。结构方面，在传统民间故事、现代民间故事的基础上，新故事借鉴我国古代小说艺术、传统说唱艺术、西方小说叙事艺术，形成了既能满足群众的阅读需求，又满足向口头文学的可转化性，也就是以'易讲、易记、易传'为目标的'一过性'结构形式特征。"[1] 这应该是涵盖各种类型的新故事作品的较为客观的表述，既承认新故事在一定程度上采用了西方小说的叙事手法，又肯定它在根本上是与民间口头文学一脉相承的。

（三）新故事在创作和传播过程中具有一定程度的集体性和口头性

这是新故事与传统故事的一致和相通之处。由于新故事以个人署名方式在报刊发表，不熟悉新故事创作及传播过程的人就认为它属于书面化、个人性的文学类型而与集体性、口头性无缘，从而将之断然排除在民间文学范围之外。但实际上，一般新故事的创作、传播过程是具有一定程度的集体性、口头性的。20世纪50—60年代是新故事讲述活动和创作特别兴盛的时期，这时期的新故事主要体现为大批故事员在故事会上口头讲故事，再由文字功底好的人将其中基础好的故事改写成书面故事在杂志上发表出来，也有新故事作者先写出故事，再由故事员讲述，作者根据听众反应再修改的情况。新故事创作的集体性主要体现在两个方面：一是写作过程中经常有多位作者参与策划、修改甚至开会出谋划策的情况；二是新故事往往在开始书面创作之前就有过口头讲述的基础，写成书面故事后又到故事会等场合讲述，根据听众的反应再修改故事，在这一过程中实际上听众也参与了创作，跟传统故事的文本形成过程类似。比如"江南故事大王"吴文昶的创作过程是这样的："吴文昶创编新故事有一个显著特点，就是来自民间，回到民间；来自群众，面向群众。他创编故事的过程，一般是从现实生活中取材，先打腹稿，有了故事胚胎，就利用各种场合开始在群众中进行讲述。一边讲述，一边吸取听众的反应，不断加工、修改和丰富、完善，然后再动笔写定。从讲述到写定，这中间的过程可能有长有短，然而由于有听众参与创造，因此，每一次的讲述，都是一次口头上的集体创作。一旦故事成熟，写定发表，就使这种集体口头创作得以基本成型。"[2]

上述创作过程同时也体现出新故事文本的口头性。而且，无论是新故事作者还是新故事研究者，都一直强调新故事要符合口头性要求。吴文昶在新故事创作和研究中都始终坚持和强调

① 侯姝慧.20世纪新故事文体的衍变及其特征研究.北京：中国社会科学出版社，2013：269.
② 吕洪年.吴文昶新故事道路的现实意义.浙江社会科学，1992（2）.

新故事应有鲜明的"口头性"，认为口头性是新故事的生命力所在，并撰写了《新故事必须坚持口头性》《还是要坚持口头性》《坚持口头性，立足群众性》等多篇理论文章。[①] 他在指导弟子创作时也强调这一点。他的弟子丰国需说到自己讲故事对写故事的影响时说："我讲故事完全是受老师吴文昶先生影响，吴老师要我学学讲故事，说是学会讲故事对写故事有好处。我每次构思故事，他都要我先讲出来，写好的稿子他也要我先讲给他听。就这样，在老师的要求下，我慢慢讲起了故事。我并且学会了有了素材先讲，讲熟了才动手把它写下来。我那个《抓阄》的故事，就是一遍遍地讲给大家听，在讲的过程中丰富了故事的情节，然后再把它写下来的。我觉得老师传授的这个办法真好，在讲的过程中，你可以发现这故事是否受欢迎，还能在讲的过程中发现故事情节的不足，你如果一个故事自己都讲不清楚，那就用不着写了。"[②] 20世纪80年代以后，大规模的新故事讲述活动没有了，只在局部地区还有保持，如2012年开始的"上海故事汇"持续至今[③]；新故事创作形式转为以书面为主，其传播渠道也转为以书面媒体为主，但许多新故事作者和研究者仍然坚持新故事应有必要的口头性。其口头性的要求不仅体现在故事语言方面，而且体现在故事题材及情节等方面。对此，新故事研究者何承伟明确概括："新故事这种文学体裁的口头性特征，具体表现在它的艺术形式以及它所反映的内容上。从艺术形式上来看，它采用了一系列具有口头性特点的语言、结构和表现手法；从内容上看，它则选择了适合口耳相传的题材、主题和情节。"[④] 这既是对新故事口头性的比较全面的概括，也是新故事能为普通民众所喜闻乐见的关键所在。

20世纪80年代以后，学界围绕新故事文类的性质展开了讨论。侯姝慧在总结了这场讨论之后指出："从20世纪70年代末到21世纪初，学者们对新故事性质研究的贡献是明确地提出'口头性'是新故事的基本特征，即使它作为书面创作也要坚持故事的'口头性'。"[⑤] 新故事作者及研究者大都认同好的新故事应达到易讲、易记、易传的标准，或者说应达到"讲得出、听得进、记得住、传得开"。侯姝慧认为新故事在创作和传播两个方面的文体特征是：在创作上"口头与书面相结合"，在传播上"书面传播与转化为口头传播相结合"[⑥]。

由以上考察可知，新故事与传统故事在作者队伍、文本特征、创作及传播等方面有着根本的密切的内在联系，"剪不断理还乱"，确实不能把二者当作没有关联的不同文类，把新故事断然排除在民间文学范畴和民俗学研究之外。

四、新故事在民间文学体系中的定位

本教材认为：新故事是传统故事在现代社会的创新性发展，是有一定个人化和一定专业性的民间文学。

关于新故事与民间故事的关系，总体来说，前人有五种说法。

---

① 蒋成瑀.序//《故事会》编辑部.吴文昶故事集.上海：上海文艺出版社，1991：3.
② 丰国需.我与"故事"的故事.北京：团结出版社，2014：226.
③ 郑土有.都市民间文学的新业态：关于"上海故事汇".民族艺术，2019（2）.
④ 何承伟.新故事的创作//何承伟.故事基本理论及其写作技巧.北京：大众文艺出版社，1993：12.
⑤ 侯姝慧.20世纪新故事文体的衍变及其特征研究.北京：中国社会科学出版社，2013：12.
⑥ 同⑤2.

　　第一种说法，认为新故事不是民间故事，既不是民间文学搜集整理的对象，也不是民俗学的研究对象。这种观点目前尚是民俗学界的主流观点，主要基于新故事为个人署名的书面创作这一印象，认为它不符合民间文学的集体性、口头性特征。笔者认为，持此观点的学者大都是由于对新故事不了解，没有经过调研和慎重考虑，只根据表面现象和初步印象就按民间文学四大特征理论①下了断语。

　　第二种说法，认为新故事就是民间故事，跟传统故事是一样的；或者认为新故事就是新民间故事。如《故事会》原主编何承伟说："新故事是指当代产生的反映现实生活的故事作品。从创作方式上来看，包括个人创作的适合口耳相传的故事和沿用传统民间故事创作方式形成的新的民间传说故事这两部分。新故事是在传统民间故事基础上发展起来的新时期的民间口头文学。"② 他这样说主要是因为他不是狭义的民俗学者，而是新故事从业者和研究者，没有民俗学界关于民间文学的狭义概念，没有在意新故事个人创作和书面创作的形式在界定新故事归属上的重要性，而且由于他强调好的新故事应该具备口头性、应该易于流传，因此忽略了还有一部分口头性不强的新故事。所以，这一说法并不很客观，没有充分考虑民俗学界一段时期以来的相关概念界定。但它反映了新故事界对新故事与民间故事密切关系的强烈认同。其实，笔者关于新故事归属的观点跟他的最后结论是接近或一致的，也认为新故事是在传统故事基础上发展起来的新型民间文学（不宜说是"民间口头文学"了）。但二者对此的论证和阐释有不同之处，笔者是在较充分地考虑了新故事与传统故事的差异之后得出的结论。

　　第三种说法，认为新故事就是通俗文学或者俗文学。这种说法比较含糊，回避了对新故事是不是民间文学的正面回答。因为"通俗文学"或"俗文学"是涵盖面很广的概念，而且人们对它的解释不一致，它既可以包含民间文学或者部分民间文学体裁，也可以把民间文学排除在外。

　　第四种说法，将新故事分类处理，认为口头创作的或口头性强的、运用传统母题或传统故事叙事手法并能口头流传的新故事是新民间故事，其余新故事不是民间文学。刘守华将新故事分为四类——"口头创作的新故事""书面创作的新故事""根据其他文艺作品改编的故事""依据革命史实创作的传说故事"③，并且认为"继承和发扬了传统故事的艺术特色""适于口头讲述，深受群众欢迎"的书面故事"在新故事中占了主导地位"④。他说："总的来说，它属于通俗叙事文学的范围，能够称作新民间故事的只是其中的一部分。它们有两个来源，一是出自民众的口头创作、口头流传，被有心人记录成文。……另一类故事出自个人的书面创作，因为群众所喜爱又在众人口头上流传开来。"⑤ 他的观点还是从民间文学的四大特征出发，将具备口头性并能在民众中流传作为衡量新故事是否是民间文学的尺度。但是这一观点还是对四大特征理论有了突破，对此他说："在现时代划分民间文学与非民间文学的界限，不应再以作者是否属于下层民众和是否采取匿名的集体创作方式而定，应该主要以作品本身是否具有民间口

　　① 民间文学四大特征理论指钟敬文先生提出的民间文学四个基本特征的表述：集体性、口头性、变异性、传承性。参见：钟敬文. 民间文学概论. 上海：上海文艺出版社，1980：24-46.

　　② 何承伟. 故事基本理论及其写作技巧. 北京：大众文艺出版社，1993：22.

　　③ 刘守华. 故事学纲要. 武汉：华中师范大学出版社，2006：160.

　　④ 刘守华. 略谈故事创作. 武汉：长江文艺出版社，1980：36.

　　⑤ 刘守华. 新故事与新民间故事. 高等函授学报（哲学社会科学版），1998（3）.

头文学特征，以及是否在群众中流传为标志，也就是主要看口头性与流传性。"① 虽然这一观点是比较稳妥和严谨的，但是用这种尺度来衡量全部新故事，特别是 20 世纪 80 年代以后书面语体特征逐渐增强、口头性普遍减弱的新故事，却是难以实际操作的。因为用这样的标准逐篇去判断新故事是不是新民间故事，显然是很困难的事，题材、语言、叙事等方面的口头性的具体标准很难把握，一篇新故事是不是运用了传统母题也很难断定，至于新故事是不是先在口头流传过或者是不是发表以后又被民众传讲，则需要调查才能确定。所以，笔者主张不要在给新故事分类后才解决其归属问题，而要就新故事总体来确定其归属。

　　第五种说法，认为新故事是在传统民间故事基础上发展起来的新型故事文学样式，是传统民间故事的继承、发展和转化。持此观点者以侯姝慧为代表。她在对新故事的学术史和文体属性进行了系统深入的研究之后，认为："新故事是在中国民间故事基础上发展形成的，具有民族特色的新型故事文学样式，它与传统民间故事一起构成具有中国特色的故事文学体系。"② 她同时指出，新故事是对民间故事文体的创造性转化，并阐释了这一创造性转化的含义："新故事文体的产生在很大程度上是对民间故事文体的创造性转化。这种转化并不是原有结构的机械延续，也不是原有结构在被转化过程中的消失，而是原有结构有机地融入了新的结构之中。由于语言和结构形式的转化，文体产生了新的特征。新故事继承并发展了民间故事的'口头性特征'。注重在情节结构叙事的纵向发展的基础上，加强了人物塑造的功能，横向扩展了能够丰富情感的描写功能。其中，对描写功能的扩展是建立在'书面性'性质特征的基础上的丰富，是以'口头性'为基本特征的丰富。"③ 她所指的实现了创造性转化的新故事是 20 世纪 80 年代以后不再刻意模仿民间故事、书面化有所增强的新故事。她认为这一阶段口头与书面结合的故事文体，既继承了民间故事"口头性"的基本特征，又在此基础上拓展性地加入了"书面性"的因素，从而使新故事成为比民间故事更具叙事优势的文体："由于新故事拓展了'书面性'，所以它在文学性和思想性的表述上得到比传统民间故事更丰富的表达途径。'文字写作'已成为'新故事'创作的语言特征的重要体现，形式结构发展的基本条件。"④ 她将新故事文体的发展历程分为三个阶段。第一个阶段是"文体复合体的聚集阶段"，指 20 世纪二三十年代的"萌芽期"到五六十年代的"初兴期"；第二个阶段是"文革"后期到 80 年代初期的"明确发展摹本的阶段"，是"将民间文学作为新故事文体发展的基础摹本，精心模仿的时期"；第三个阶段是"创造性转化的阶段"——"它可能是对原有文体规范的转换甚至背离。新故事是新型的'口头-书面'转化型文体，是语体文的当代形态"⑤——她所说的这种转化型文体包括 20 世纪 80 年代以后出现的"能看不能讲"的新故事语体⑥。笔者认为第五种说法对新故事的定性定位是比较客观、全面、合理的，但是侯姝慧的著作始终没有明确说明在民间文学基础上发展起来的这种"新型故事文学样式"到底是否属于民间文学范畴，也没有说明这种创造性转

---

① 刘守华. 新故事与新民间故事. 高等函授学报（哲学社会科学版），1998（3）.
② 侯姝慧. 20 世纪新故事文体的衍变及其特征研究. 北京：中国社会科学出版社，2013：1.
③ 同②275.
④ 同②275.
⑤ 同②273.
⑥ 所谓"能看不能讲"应该是相对于传统故事和模仿传统故事的新故事而言的，应是指不能原样照着这些新故事的语言讲，并非绝对不能讲。事实上 20 世纪 80 年代以后书面性增强的新故事也追求故事性强，将叙事语言调整后是可以讲的。

化的故事文体是否成了一种独立于民间故事之外的通俗文学种类。这未免使热望加入民间文学阵营的众多新故事作者和理论研究者感到不大满足和有些疑惑。

关于新故事的归属和定位问题，笔者的观点接近上述第五种说法，认为新故事是在传统故事基础上发展起来并与传统故事有着密不可分的血脉联系的新型民间故事文体。它是传统民间故事的创新性发展，但并没有脱离普通民众和民间文化而成为精英文学品种，仍属民间文学范畴。不同于传统民间故事的口头创作和传播方式，新故事的创作和传播方式是口头与书面结合的，在文体特征上也由于主要采取书面创作方式而具有不同于传统故事的特点，但仍具有语言通俗易懂、内容故事性强、叙事以展开情节为中心等与传统故事相同的特点。由于新故事主要采取文字表述方式，同时由于一般新故事作者比口述故事的普通民众具有更好的创编故事能力和文字叙事技巧，有些新故事作者还适度采取了一些评书、小说等文体的叙事手法，新故事在保持民间性、大众化的根本特性基础上，其情节往往比传统故事更为曲折完整，其叙事更为细致缜密。

笔者认为侯姝慧提出的"新故事文体是对民间故事的创造性转化"的观点是可以成立的，但是需要进一步明确这种"新型故事文学样式"是不是还在民间文学的范畴之内。因此，笔者认为，与其说新故事是传统故事的创造性转化，不如说新故事是传统故事的创新性发展更为合适与贴切。

鉴于新故事主要采取书面创作和个人署名的方式，在内容和艺术形式上也有不同于传统故事的特点，可把新故事看作民间文学体系中与传统故事并列的一种延伸、发展的新品种。在民间文学的学科体系设置中，可以仿照学界对民间说唱体裁类似情况的处理方式，把新故事看作一种有一定程度的个人化、专业化的民间文学。

鉴定一种文学作品是否为民间文学，学界习惯用民间文学四大基本特征来衡量。新故事作为个人署名的书面创作，显然从表面上看不符合这四大特征，特别是集体性、口头性特征，因而一般民俗学者不认同新故事是民间文学。但民俗学界用这四大特征来认定民间文学时，并不把它们作为绝对标准，在某些体裁上比较宽松，能包容在一定程度上不符合这些特征的一些作品。比如民间说唱（曲艺）类中的快板书、鼓词、相声、评书等体裁中，有不带个人署名的作品，但也有相当大比例的作品是带有个人署名的。特别是那些较为专业、半职业化或职业化的艺人的演唱脚本，大都是带有个人知识产权的作品，这些作品是否归属为民间文学，就有很大争议。以评书来说，刘兰芳、单田芳、袁阔成等著名艺人的作品算不算民间文学？如果按四大特征来衡量，就不应认同它们是民间文学。中国民间文学大系出版工程说唱卷按照严格的传统标准收录作品，强调主要收录没有个人署名的民间说唱作品，但并不把有个人署名的作品绝对排斥在民间文学范围之外："民间说唱虽与作家创作的曲艺存在渊源关系，但仍有很大不同——民间说唱产生并流传于民间，在传承过程中常改常新，并不存在署名权问题（个别的或以家族名义传承的作品除外）。而作家创作的曲艺作品一旦定型，很少有大的改动。强调署名权与著作权是它的基本特征。本丛书所收虽不排斥已经在民间广泛流传的历史上的名人名作（如《车王府曲本》），但更强调那些产生并流传于民间的不带署名权的已经完全民间化的民间说唱作品。凡1949年以后由作家创作的曲艺作品，因不属民间说唱范畴，故不在本《大系》收录之列。"① 这个标准是比较严格地按基本特征确定收录范围的，不过还是允许收录一部分

---

① 中国民间文学大系出版工程编纂出版工作委员会.《中国民间文学大系》工作手册.2020：93.

有个人署名的"名人名作"。至于说不收作家创作的曲艺作品，这个标准执行起来也有含糊之处，因为不好确定"作家"与非作家的区别。民间说唱艺人算不算"作家"？这也会有争议。关于民间说唱在民间文学体系中的尴尬处境，《〈中国民间文学大系〉工作手册·说唱卷编纂体例》谈道："民间说唱的尴尬也许与它'不伦不类'的地位有关——对于从事民间文学研究的专家来说，民间说唱似乎并不属于那种纯而又纯的'民间文学'；对于从事作家文学研究的专家来说，民间说唱似乎又很难进入作家文学行列。故而，地位非常边缘。但客观地说，民间说唱又有许多明显的优势——如从专业程度看，民间说唱的专业化程度，远远高于其他民间文学类型；而从演出成本看，在专业级表演艺术中，民间说唱的演出成本又是最低的。"① 说民间说唱不属于"纯民间文学"，就是指其中有很大比例的作品是个人化、专业化的。民俗学倾向于认定非个人化、非专业化的对象为民俗文化，而各类民间艺人的技艺高到一定程度，就有一定的职业化，其作品就会带有一定程度的个人化、专业化，就很可能被排斥在民俗文化之外，而这些艺人的作品的内容和艺术特色跟"纯民间艺术"并无根本不同。实际上，通常民俗学者对民间说唱艺人的个人署名作品是持比较宽松的衡量尺度的，把那些在传统作品基础上进行再创作的个人署名作品认可为民间文学。比如，率先提出四大特征理论的钟敬文主编的《民间文学概论》就认可有文字底本、有较强个人创作色彩的著名评书艺人的作品是民间文学。说书底本有两类：一类是由师承关系、口传心授得来的"道儿活"，一类是由文学著作发展敷衍而来的"墨刻儿"。评书艺人依据这两类底本进行再创作而成的个人评书作品都既有一定的个人色彩，也有一定的书面性。该教材在举例阐述时说到了这种作品的个人属性："如已故著名扬州评话艺人王少堂的《水浒》，已是四代家传。""天津评书艺人陈士和的《聊斋》也是在蒲松龄的笔记小说《聊斋志异》的基础上，经几代艺人加工创作的。"② 该教材也列举了张寿臣、常宝堃、侯宝林等著名相声艺人，认可他们为民间艺人，举例提到了《夜行记》《买猴儿》，以及《假大空》《如此照相》等相声作品，而这些作品并非传统相声段子，而是反映当代社会生活、个人创作的相声新作③。可见，该教材虽然强调具有集体性、口头性的作品才是民间文学，但是并没把这些标准绝对化，对在传统民间文学体裁基础上发展出来的较为专业化和个人化的作品持包容态度。其他民间文学体裁也有程度不同的个人化问题。在史诗、长诗等篇幅较长的民间文学作品中，既有集体传承的作品，也有带有个人色彩的版本，是不能丢掉讲唱者署名的。以上用与其他民间文学体裁类比的方式说明了对新故事宜采取宽松的认定标准。

　　就传统的民间故事而言，出色的故事家讲故事水平高、能讲的作品多，个人创作能力也强，往往有个人特色或风格，而且有些故事是别人讲不了的，是他独自创编的。这种独自创编的故事也是传统故事风格的并有传统母题，但整体上个人创编成分较大，这种作品如果整理成文字发表，那么应该是有专属于他的知识产权的。研究者发现，越是出色的故事家，其讲故事的个性特征越突出。据王丹调查，湖北故事家刘德方的故事讲述具有鲜明个性，而且他"创作能力惊人"，善于"旧瓶装新酒"、创作新故事："刘德方在继承传统故事的同时，善于结合时代发展和现场情境创作新故事，乡民评价他是'旧瓶装新酒'。也有人认为，这种创作脱离了乡土，没有故事味，没有民间色彩。实则不然，因为民间故事本来就是老百姓现实生活的反映

①　中国民间文学大系出版工程编纂出版工作委员会．《中国民间文学大系》工作手册．2020：91．
②　钟敬文．民间文学概论．上海：上海文艺出版社，1980：369－371．
③　同②360，362．

和思想情感的抒发，刘德方适应社会生活变迁，遵循故事发展规律进行新的创作，这正是民间故事生命力的体现。"[1] 刘德方讲述的新故事，应该接近于笔者讨论的新故事，只不过他是口头讲述的，如果写出来，就是个人署名的新故事了。如果刘德方讲的传统故事就是民间文学，而运用传统故事的基本元素来讲当下生活内容的新故事就不是民间文学，或者口头讲的新故事算作民间文学，用笔写出来就不是民间文学，这在逻辑上讲不通，这种衡量标准过于苛刻了。实际上用笔讲出来的新故事在发表后，会在更大的范围内传播，读者也会把这个故事在口头上讲给别人，产生口头传播链，形成口头故事的多种异文。像刘德方这样既讲传统故事也讲新故事的人还有很多，还有人既爱讲故事，也爱写故事，所写故事既有传统故事也有新故事。所以，传统故事与新故事固然有差异，但也有密切联系，都应被作为民间文学的研究对象，不宜只重视传统故事，而把新故事当作跟民间文学没关系的另类不予关注。

追根究底，民间文学具有口头性特征主要基于两个原因：第一，在传统社会，广大民众的大部分是不识字或识字不多的，不具备写作或阅读书面文字的条件，所以口头传统兴盛。第二，人们在平时休息、娱乐、劳动及教育子女时，口头文学是便利、有效而重要的交流方式。到了现代社会，这两个原因在很大程度上都不存在了。1949年以后，我国社会普及了小学教育，基本上人人识字，都可以阅读文字作品了，能写故事的人也有很多。而且，随着电影、电视、互联网的陆续出现与普及，娱乐与交流的方式越来越丰富，使用口头文学进行娱乐和交流的需求越来越少，民间文学的表达与传播的媒介更多地转变为文字、图像和视频。这样，在现代社会，对民间文学的口头性特征理论应该予以适当调整，不应再作为衡量、鉴别现代民间文学的必要标准。此外，民间文学的集体性或匿名性也是建立在口头性基础上的，因为既然是口头创作，作者的姓名就必然无法保留，因而传来传去，最早的作者姓名丢失，也没法找回，同时在流传中，众人又不断参与创作，就成了集体作品。而在现代社会，民众用文字创作，发表出来以后，名字就不会丢失；或者发布在网络上，别人予以复制粘贴，也常有众人在传播中修改、原创者名字丢失的事，但通常原创者最早发布的版本可以找到，其名字也能找回。所以，面对现代社会的民间文学生态，民间文学的集体性特征也值得反思和调整。在文字传媒时代和网络传媒时代，作品的非匿名性和个人性不应成为认定民间文学的障碍。如果从在现代社会民间文学与民俗学的理论应该予以适度调整和革新的角度讲，新故事的书面创作和个人署名的方式就更不应该成为认定民间文学的障碍。

综上所述，笔者认为，对新故事在民间文学体系中的定位，应该采取较为宽泛的标准，就像包容民间说唱中职业或半职业的艺人的个人作品那样，把新故事当作具有一定个人性和一定专业性的民间故事，是传统故事的一种拓展、变通、发展的品种。在民间文学的学科架构中，应该把新故事设为与童话、生活故事、寓言、笑话等并列的民间故事种类。[2]

【关键概念】

民间故事	类型	AT 分类法
童话	动物故事	生活故事

---

① 王丹. 刘德方故事讲述个性研究. 中南民族大学学报（人文社会科学版），2009（5）.

② 段宝林所著《中国民间文学概要（第五版）》即在"民间故事"一章中设"社会主义新故事"一节。段宝林. 中国民间文学概要. 5版. 北京：北京大学出版社，2018.

巧媳妇故事　　　　呆女婿故事　　　　机智人物故事

寓言　　　　　　　新故事

【思考题】

1. 民间故事与神话、传说的区别是什么？

2. 民间故事的特点是什么？

3. 什么是 AT 分类法？

4. 什么是民间故事的类型、异文和母题？

5. 什么是幻想故事？它有什么艺术特征？它有哪些常见的经典类型？

6. 民间故事的主要价值是什么？

【作品选读】

兄弟分家的故事

（一）狗耕田

从前，弟兄三人分家：大哥分的骡子、马，二哥分的毛驴、小牛，剩下傻三儿没分的，最后分了一只狗。

傻三套上狗去耕田，就说："打一鞭，走三千；扶扶犁，走四十。"

从南边来了个骑马的说："从来没看见过狗耕田，你耕耕我看看，我给你一匹马。"

傻三说："打一鞭，走三千；扶扶犁，走四十。"

骑马的把马给了他，傻三就牵着马回家去了。大哥见了，说："傻三哪里偷来的马？"

傻三说："不是偷的。我套上狗去耕田，从南边来了个骑马的说：'从来没看见过狗耕田，你耕耕我看看，我给你一匹马。'我说：'打一鞭，走三千；扶扶犁，走四十。'他就把马给我了。"

大哥说："把狗借给我罢。"

傻三把狗借给他。他也套上狗耕田去了。从南边来了个骑马的说："从来没看见过狗耕田，你耕耕我看看，我给你一匹马。"

大哥说："打一鞭，走三千；扶扶犁，走四十。"

狗总是不肯走。大哥一生气，就把狗打死了。到家，傻三问大哥："我的狗呢？"

大哥说："埋在柳树下了。"

傻三买了一刀烧纸到柳树下去哭他的狗，说："我那看家的狗哇！"

树上的老鸦把粪门一开，拉了一摊屎，拉出一块金子来，正落在傻三嘴里。傻三拿到家来，大哥见了说："傻三，哪里偷来的金子？"

傻三说："不是偷的。我哭我的狗，树上有只老鸦从粪门里拉出一块金子。正落在我的嘴里。"

大哥也买了一刀纸去哭狗，说："我那看家的狗哇！"

树上的老鸦把粪门一开，拉了一大摊屎，正落在大哥嘴里。大哥生气，把树刨倒烧了。

傻三拾了几根柳条编成一只小筐，挂在屋檐上，说："南来的雁，北来的雁，都来我筐里下个蛋。"

不多时，就来了一群大雁，满满下了一筐子蛋。傻三摘下筐子来，大哥见了说："傻三哪里偷来的蛋？"

傻三说："不是偷的。我把筐子挂在屋檐上，说'南来的雁，北来的雁，都来我筐里下个蛋'。"

大哥说："把筐子借给我罢！"

傻三把筐子借给他，他也挂在屋檐上，说："南来的雁，北来的雁，都来我筐里下个蛋。"

不多时，就来了好些大雁，拉了满满一筐子屎。大哥拿下来一看就生了气，把筐子填到灶里烧了。傻三问："大哥，我的筐子呢？"

大哥说："把它填进灶里烧了。"

傻三蹲在灶火旁边乱掏，想把筐子掏出来。掏了半天，从灰里迸出一颗料豆来，傻三拾起来吃了。"噗"，放了个屁，喷香。傻三到外面大声吆喝说："香香屁，屁香香，我给官家熏衣裳。"

有一家做官的听见了，就叫他到家里熏衣裳去。傻三把官家衣裳熏香了，官家给他好些绸子、缎子。傻三拿到家，大哥见了说："傻三哪里偷来的绸子、缎子？"

傻三说："不是偷的。我到灶火里掏我的小筐子，从灰里迸出一颗料豆来，我吃了，放个屁，喷香。就到外面去吆喝说：'香香屁，屁香香，我给官家熏衣裳。'有一家做官的叫我去熏衣裳。把衣裳熏香了，官家便给我绸子、缎子。"

大哥就炒了一锅料豆，饱吃了一顿，又喝了三大碗凉水。也到外面去吆喝说："香香屁，屁香香，我给官家熏衣裳。"官家也叫他去熏衣裳。他拉了好些稀屎，把衣裳全弄脏了。官家一生气，把他打了一顿木板子。

大哥蹶搭，蹶搭，回到家，傻三说："大哥挣来绸缎了吗？"

大哥说："也没挣那绸，挣那缎，挣了一顿木板子。"

（搜集整理人：顾昌燧。流传地区：浙江武义。载《艺风》四卷一期）

（二）旁㐌兄弟

新罗国有第一贵族金哥，其远祖名旁㐌。

有弟一人，甚有家财。其兄旁㐌因分居，乞衣食。国人有与其隙地一亩，乃求蚕谷种于弟，弟蒸而与之，㐌不知也。

至蚕时，有一蚕生焉，日长寸余，居旬，大如牛，食数树叶不足。其弟知之，伺间，杀其蚕。经日，四方百里内蚕，飞集其家。国人谓之巨蚕，意其蚕之王也。四邻共缫之，不供。

谷唯一茎植焉，穗长尺余，旁㐌常守之。忽为鸟所折，衔去。旁㐌逐之，上山五六里，鸟入一石罅。日没径黑，旁㐌因止石侧。至夜半月明，见群小儿，赤衣共戏。一小儿曰："汝要何物？"一曰："要酒。"小儿露一金锥子，击石，酒及樽悉具。一曰："要食。"又击之，饼饵羹炙，罗于石上。良久，饮食而散，以金锥子插于石罅。旁㐌大喜，取其锥而还。所欲随击而办，因是富侔国力，常以珠玑赡其弟。弟方始悔其前所欺蚕谷事，仍谓旁㐌："试以蚕谷欺我，我或如兄得金锥也。"旁㐌知其愚，谕之不及，乃如其言。

弟蚕之，止得一蚕，如常蚕。谷种之，复一茎植焉。将熟，亦为鸟所衔。其弟大悦，随之入山。至鸟入处，遇群鬼，怒曰："是窃予锥者！"乃执之，谓曰："尔欲为我筑糖三版乎？尔欲鼻长一丈乎?"其弟请筑糖三版。三日饥困不成,求哀于鬼,乃拔其鼻。鼻如象而归,国人怪而聚观之,惭恚而卒。

其后,子孙戏击锥求狼粪,因雷震,锥失所在。

[（唐）段成式:《酉阳杂俎》续集《支诺皋上》]

菜瓜蛇的故事

有一个老头子,生有三个女儿,尚未许给人家。一日,老头子往山里去打柴。菜瓜蛇将皮脱下,变成一个大网,网过往的人们。老头子误被他网住。菜瓜蛇正要吃他,忽听见老头子哭道:"我死不足惜,只是家里有三个女儿,必定饿死,奈何?"菜瓜蛇听了,说:"原来你家还有女儿,你将一个给我做妻子,我便不吃你。"老头子只得答应,回家将这件事对女儿们说了。征求大女儿的意见,大姐说:"情愿叫吃掉了爹爹爷,不愿嫁给菜瓜蛇。"又问二姐,二姐也说:"情愿叫吃掉了爹爹爷,不愿嫁给菜瓜蛇。"问三姐,三姐说:"情愿嫁给菜瓜蛇,不愿叫吃掉爹爹爷。"老头子便将小女儿打扮起来,送往菜瓜蛇家里,与他结为夫妇。菜瓜蛇待他的妻子,甚是恩爱。两口儿极为相得。

过了半年多,三姐想念家里的人,要回去看看,但愁认不得道途。菜瓜蛇便送她,又带一袋芝麻沿途抛掷,嘱咐她待芝麻抽出枝叶,便沿着回来。

三姐回家,与父亲姊妹相见,甚为快乐。三姐自嫁菜瓜蛇后,一切享用,非常奢华。现在回家,头上满插金花、银花,身上穿了绸缎的衣服。大姐见了,不免起了妒忌之心,深悔当时不嫁菜瓜蛇去。便约妹妹去照井,看现在谁比谁美丽。照时大姐见妹子比自己胜过十倍,大不服气,又约她去照河,又是三姐好看。大姐说:"你头上戴的,身上穿的,都是好东西,自然我比不过了。你且将你的东西给我穿戴起来,我们再比比看。"三姐果将穿戴的除下,给她姊妹,她姊妹得了这些东西不去照河,即猛然将她推下河中淹死,假做啼哭回家说:"妹妹失足落水死了。"

大姐每日往大路上看芝麻长出否,一日果见沿途都是碧绿的嫩苗了。大姐大喜,便一路沿芝麻苗而行,到菜瓜蛇家里。菜瓜蛇见伊那些戴的穿的都是三姐临去时穿的,只是面貌不像,便问道:"你去许多时候,在家里做些什么?怎么你似乎变得粗丑了些?"大姐说:"不要说了,自从回去之后,家里人一天到晚逼我做粗活,所以弄成这个模样。"菜瓜蛇说:"那么为何脸上弄了一脸的麻子呢?"大姐说:"这因为我有一天在麦场上晒黄豆,一跤跌在上面,脸被豆子碰伤,所以留下这一脸的疤。""手何以变粗了呢?"说是天天拉磨弄成的。"脚何以变大了呢?"说是天天踏春弄成的。菜瓜蛇听了她一番解说,信以为真。大姐得以冒充为他的妻子。

有一天早晨大姐坐在窗前梳头,忽见树上有一黑毛小鸟向她叫道:"梳我的梳子梳狗头!照我的镜子照狗脸!"大姐知道是三姐魂变的,心中恼怒,用手中梳子猛力向小鸟投去,竟一下将那鸟掼死,跌下来,大姐拾起来,煮在一个罐里,菜瓜蛇回家,便一同吃。不意菜瓜蛇吃时,一口一口都是香喷喷的肉,而大姐吃的都成为骨头。大姐知道妹子作怪,将罐中余肉一起泼去。次日那泼的地方,竟长出一棵枣树,渐渐成荫结实。大姐打下许多枣儿,与菜瓜蛇同吃。菜瓜蛇吃的都是又甜又香的枣,大姐一送进口变成狗屎。大姐怒极,将枣树斫去,却将干子做成一根捣衣杵。捣衣的时候,凡是大姐的衣服,都破成窟洞,大姐便又将那捣衣杵塞进灶里烧了。

隔壁的叔婆闻知此事,私下到厨房里窥探,忽然灶灰中露出一尊金烁烁的金人,就悄悄地用衣襟兜了回去，藏在竹箱中。每日叔婆由外回来总看见未纺成的棉，都变成纱。房门仍然关着，不能有外人进来，叔婆甚是疑惑。一天装作出去，却偷着回来伏在窗下窥视，见竹箱中金人走出，变成一位绝妙的人替他纺纱，叔婆认得她便是三姐，又惊又喜，跑进房一把将她抱住，喊了菜瓜蛇和大姐来，菜瓜蛇虽然认得这是他的妻子，但有大姐在室，心里狐疑不决。叔婆叫她们将头发打开，能互相交纠不脱的，便是结发夫妻。菜瓜蛇和三姐两人的发能交纠，和大姐则否，于是菜瓜蛇知道三姐是他原来的妻子，大姐却是假冒来的，便一口将大姐吞下，和三姐为夫妇如初。

（记录整理人：雪林。流传地区：安徽。见林兰编：
《渔夫的情人》，北京，北新书局，1934）

螺蛳姑娘

从前有一个人，他是一个独子，父母亲死后，在房间床上留下了一件旧衣服，他把那件衣服翻过来看，得一个十二两重的虱子。他拿去给铁匠看，铁匠将虱子打烂，他便哭起来，很痛惜父母给他留下的遗物。铁匠笑道："你不要哭，我帮你打一个钓钩，给你去钓鱼，倒还有用些！"他得了铁匠给他的钓钩后，天天去河边钓鱼，但是每天所钓得的都是螺蛳，他很烦恼，只好拿回来放在家中缸内养。从此以后，他每天清晨去割草，回来却见有现成的饭菜给他吃。又过了一些时候，他很诧异，于是问村中人，村中人都说不出原因来，因此他更奇怪。为了要了解这个秘密，在一个早晨，天刚亮他就起来，假意拿起镰刀，敲着扁担叮当响走出门去，但又偷偷地回到家里厨房角的暗处偷看。等了一会，忽见水缸内跳出一个很美丽的姑娘来，起初梳洗打扮，后来见她吐痰成饭、撒鼻涕成菜。他欢喜极了，怕到时候姑娘又进缸内不见了，于是很快地跳出来把缸打烂，两人相见都哈哈大笑起来。女对男说："你拿锅铲来给我磨一下，我的骨头就会硬起来，我便能帮你做功夫！"从此两个便成为夫妻。

男的因得了这个聪明美丽的妻子，生活很甜蜜，于是草也不割，什么工作都不想做了，天天在家守着他的妻子，妻见她的丈夫不做工，便对他说："你要出去做活呀！不做怎能有饭吃，我们的日子怎能过下去！"丈夫答道："我真不舍得离开你，独自去做工。"因此她便画了一张与自己相貌逼真的画，给丈夫带在身边出去做工。

他妻子的相貌真美丽极了，丈夫经常拿出来观看，在路上忽然被一个国王的臣子看到了，问他："哎呀！你哪里得来的画，这样好看。"他答道："这就是我妻子的画像。"臣问："你妻子在哪里？"于是他便带臣子回去看自己的妻子，到了村边，远远地见到妻子在晒台上，指一下给臣子看便独自去做工了。

臣子见这个人的妻子非常美丽，整天呆呆地站在那里望着，什么都忘记了。螺蛳姑娘便问臣子："你在这里做什么，天晚了还不回去？"臣子支吾答道："皇帝派我出来捉鸟的。"姑娘听了就叫臣子拿泥土和树枝来，帮臣子做了十多只鸟给带回去。皇帝得鸟便杀来吃。吃后问臣子道："哪里得的鸟？真好吃，连骨都没有。"臣子说出详情后，皇帝便派人去调查，准备抢夺美人来做自己的皇后。在抢夺那一天，妻子对丈夫说："我离开你后，你应该努力练习武艺，学会骑射游猎，打得野兽缝皮衣，穿了皮衣进京，便可与我见面。"此后他天天练习骑射，上山打猎，打得许多野兽，制成皮裘，穿进京去，和皇帝见了面。他的妻子当时做了皇后，见他来，故意哈哈大笑。皇帝见皇后笑，问道："我接你来这样久，从未见你笑过，今天才得见你笑一下！"皇后答道："见他穿这些毛衣真是好笑！"于是皇帝就穿起那件毛衣来逗皇后的欢心，皇后忽然放出平日驯养的十二条大恶狗来，狗见毛衣，以为是野兽，都来扑咬毛衣，把皇帝咬死。螺蛳姑娘的丈夫便做了皇帝。

（口述人：广西环江县四区堂八乡上信村毛南族谭顺发。

见广西壮族自治区编辑组：《广西仫佬族毛南族社会历史调查》，145 页，南宁，广西民族出版社，1987）

人心不足蛇吞相

从前，在一个山村里住着一个人，姓张名亮，此人以卖盆为生，日子过得虽不太宽绰，但也凑合得过去。

有一天，张亮推着车去卖盆，路过一个山坡下，见一群小孩正围着打一条小黑蛇，有的用棍儿敲，有的用石头砸，眼看就要把小蛇打死了。张亮看着可怜，赶忙上前把孩子们拦住，说："你们别打它了，我给你们钱买糖吃。"说着从兜里掏出钱来递给一个大一点的孩子。孩子们见了钱，丢下小黑蛇，一蹦一跳地跑着买糖去了。张亮忙把小黑蛇放在盆里，又推出二三里地远，放下车，把小黑蛇取出来放在地上，对小蛇说："小黑蛇快逃个活命吧！"小黑蛇好像知人意，抬头向张亮望了望，慢慢地爬走了。

过了两年，张亮推着车又路过这座山。突然，从路旁爬出一条碗口粗的大黑蛇，挡住了去路。张亮吓了一跳，他定了定神，见大黑蛇向他不住地点头，嘴里还叼着一块大元宝。大黑蛇把元宝放在地上，说："别怕，我是你两年前救的那条小黑蛇呀。我叫乌龙，往后你若有什么为难事，就来找我。你在这山前喊我三声，我就来了。"说完又朝张亮点了点头，爬走了。张亮又惊又喜，拿起元宝，推车上路了。

这一年，皇后得了一种心疼病，御医开了药方，要用三片乌龙甲做药引子，但这种药十分难找，皇帝派人找遍了全国的药铺都没找到。只好贴出皇榜，找到这种药者可赏银千两，治好了皇后的病，还可封官。张亮见升官发财的机会到了，便揭下皇榜。

张亮来到山前，喊了三声乌龙，不一会儿，乌龙爬出来，问他有什么事。张亮说要三片乌龙甲，乌龙说："好。你来揭吧。"于是张亮就在乌龙身上揭下三片麟。乌龙疼得打了一个滚，爬走了。张亮把乌龙甲送到皇宫，治好了皇后的病，皇帝赐给了赏银，还封他做了宰相。

又过了两年，皇后的病又犯了。御医说："这回得用乌龙心做药引子才能把病治好。"张亮见发大财的机会到了，于是对皇帝说："我能找到乌龙心。"

张亮又来到山前，喊了三声乌龙，乌龙出来了。这时的乌龙已长到一搂多粗，张亮把要乌龙心的事说了一遍，乌龙说："你是我的救命恩人，我答应你，你进去取吧！"说完，把口一张，好像开开了两扇门。张亮赶紧爬了进去，他蹬着乌龙的舌头，爬过了咽喉，爬进了一个通道，抬头一看，一颗鲜红的心在眼前抖动，心中一喜，赶忙伸手去摘。乌龙疼得浑身发抖，禁不住闭上嘴巴，身子缩成一团，把张亮给吞到肚里去了。

从此，便有了"人心不足蛇吞相"的说法。

（讲述人：段西行，男，50 岁，高中文化，台城村人。

记录人：路金色。整理人：李兴福。见王敬学主编：《安平县故事歌谣卷》，北京，中国民间文艺出版社，1989）

巧媳妇

从前有个顶聪明的人，名叫张古老。他一共有四个儿子，老大、老二和老三，都已经娶了媳妇，只有老四还是条光棍。兄弟们没有分家。由张古老带着在一起过日子。

说也奇怪，这三兄弟都生得呆头呆脑，一点也不像他的老子；娶进来的这三个媳妇，也是半斤配八两，心里都不大灵活。一家子人没有一个讨得张古老的喜欢。

日子久了，张古老心里发愁。他想：我这块老骨头，总不能老赖在这世上，说不定哪一天，我两腿一伸，看他们这么混混沌沌，怎么过日子啊！于是，他便想替儿子找个乖巧一点的媳妇。现今，能给自己添个好帮手；将来，也好做个自己的替脚人，掌管这份家业。

想想容易，办起来却难了。张古老打听来，打听去，总没有一个合适的。到底老汉是个聪明人，他想了一个巧妙的法子。

这天，他把三个媳妇叫到跟前，说：

"你们好久都没有回娘家了，心里一定很挂念吧！今天，我就打发你们回娘家去。"

三个媳妇一听说回娘家，欢喜得不得了，只问公公让她们住多久。

张古老说："大媳妇住三五天，二媳妇住七八天，三媳妇住十五天。三个人要一同回去一同回来。"

三个媳妇想也没想，便连忙答应了。

张古老又说："往日你们回去，总要带点东西孝敬我，但是，每一次带回的东西都不如我的意。这次你们回去，也少不了要带点东西的，不如我先说出我要的东西来。"

"你老人家只管开口，我们一定带回来就是。"三个媳妇一齐说道。

张古老说："大媳妇替我带一只红心萝卜回来；二媳妇替我带一只纸包火回来；三媳妇替我带一只没有脚的团鱼回来。"

三个媳妇一听，都满口答应了。三个人便一起动身回娘家了。

三个人走呀走的，不一会，便走到了一条三岔路口。大媳妇要往中间那条路去；二媳妇要往右边那条路去；三媳妇要往左边那条路去。三个人正要分手时，才记起公公的话来。

大媳妇说："公公嘱咐，让我们一个住三五天，一个住七八天，一个住十五天，还要同去同回。哎，三个人的日子又不一样，同去还容易，同回多难啊！"

二媳妇说："是呀！同回才难啊！"

三媳妇也说："是呀！同回才难啊！"

"还有礼物呢？一个是红心萝卜，一个是纸包火，一个是没脚团鱼。哎，才一听好像是顶普通的东西，如今一想，都是些从来没有见过的东西啊！"大媳妇着急地说。

"是啊！都是些从来没有见过的东西啊！"二媳妇也着急地说。

"是啊！都是些从来没有见过的东西啊！"三媳妇也着急地说。

"不能同去同回，又没有这些礼物，公公是不会让我们进屋的，这怎么办呢？"大媳妇更是着急了。

"这怎么办呢？"二媳妇也更着急了。

"这怎么办呢？"三媳妇也更着急了。

三个人想来想去，真不知怎么才好。大家都急得不得了，又不敢回去，便坐在路边上哭起来了。

三个人哭呀哭呀，从日出哭到日落，越哭越伤心，越哭越热闹。哭得惊动了住在近边的王屠户。

王屠户带着女儿巧姑，在路边搭了个草棚，摆了张案板，天天卖肉过日子。这天听到了哭声，便向女儿说道：

"巧姑，去看看是哪个在哭？出了什么事情？"

巧姑走了出来，见是三位大嫂在那里哭成一堆。问道：

"三位大嫂，你们有什么心事，为何哭得这样伤心？"

三个人一听有人来问，连忙抹掉眼泪，一看，只见是位大姐站在面前。她们止住了哭声，把事情的原委，一五一十地告诉了她。

巧姑一听，想也没想，便笑着说："这很容易，只怪你们没有想清楚。大嫂，你三五天回来，三五一十五，是十五天回来；二嫂你七八天回来，七八一十五，也是十五天回来；三嫂也是十五天回来，你们不是能同去同回吗？"

巧姑接着又说："三件礼物：红心萝卜是鸡蛋，纸包火是灯笼，没脚团鱼是豆腐，这些东西家家都有，是顶普通的东西呢。"

三个人一想，果然不错，便谢了谢大姐，高高兴兴地分了手，各自回娘家去了。

三个人在娘家，都足足住了半个月。这天，她们一同回来了。见着公公，把礼物也拿了出来。

张古老一看，吃了一惊。原来她们带回来的礼物，一点也没有错。他心里知道，这不是她们自己想出来的，便问她们。三个人也不敢隐瞒，就把实情一五一十地说出来了。

张古老一听，决定要去会会这位姑娘。

这一天，张古老一直走到卖肉的草棚子里，连忙叫老板称肉。

王屠户不在家，巧姑走出来，问道：

"客人，你要称什么肉？"

张古老说："我要皮贴皮，皮打皮，瘦肉没有骨头，肥肉没有皮。"

巧姑听了，一声不响，便走到案板那边去了。一会，就拿来四个荷叶包包，齐齐整整地放在张古老面前。

张古老一看，一样是猪耳朵，皮贴皮；一样是猪尾巴，皮打皮；一样是猪肝，瘦肉没有骨头；一样是猪肚子，肥肉没有皮，一点也没有错。他心里一喜，便想道：这才是我的媳妇啊！

张古老回到家里，马上请了一个媒人去向王屠户说亲。王屠户知道张古老的底细，和巧姑一商量，便答应了。不久，张古老选了个日子，把巧姑接了过来，和满儿子成了亲。

张古老得了这样一个聪明的媳妇，满心欢喜，平日里，特别把她看得重，还有心要她当家。

巧姑见公公对自己这样好，也顶尊敬他。

日子久了，大媳妇、二媳妇和三媳妇便有些不自在了。背地里叽里咕噜地说："公公有私心，只心疼满儿媳妇，嫌弃我们。"

张古老看出了她们的心思，他想："要大家心服，非得想个法才行。"

这天，他把四个媳妇都叫拢来了，对她们说道："我一天天老了，很难管上这份家。我想把这份家交给你们来管，但是家里人口多，事情杂，要有个顶聪明能干的人才管得下。我不知道你们里边哪个最聪明，最能干？"

四个媳妇一齐说："公公，你就试试吧！"

张古老说："好，我就试一下吧！试出来哪个最能干，最聪明，家就让她当。这是你们自己说的，以后不准埋怨啊！"

大家同意了。

张古老说："会居家的人，就知道节省，无的做出有的来。我就在这点上出题目：要用两种料子，炒出十种料子的菜来；要用两种料子，蒸出七种料子的饭来。哪个做得出，就是顶聪明能干的人，家就归她当。"说罢，张古老就转头问大媳妇：

"你做得出吗？"

大媳妇一想：两种料子就只能当两种料子用，哪能当十种料子用呢？便说：

"你别闹着玩了，这哪里做得出来？"

二媳妇一想：平日蒸饭，都只用大米，顶多再加一两种料子，哪来的七八种料子，便说：

"公公，你别逗弄我们了，这哪里做得出来？"

"你做得出来吗？"张古老又回头问三媳妇。

三媳妇心想：两位嫂子都做不出来，我更不用说了，便没有做声。张古老知道三媳妇也做不出来，便说：

"想你也是做不出来。"最后，才问巧姑："你呢？"

巧姑想了想，说："我试试看。"

巧姑走到厨房里，用韭菜炒鸡蛋，炒了一大碗，用绿豆和在大米里，蒸了一大盆，端到张古老面前。

张古老一看，说道：

"我要的是十种料子的菜，怎么只有两种？我要的是七种料子的饭，怎么也只有两种？"

巧姑说："韭菜加鸡蛋，九样加一样不是十样？绿豆和大米，六样加一样，不是七样？"

张古老一听，高兴极了，连声说对，当场就把钥匙拿了出来，交给巧姑了。

巧姑当家以后，把家里的事情，安排得妥妥帖帖，吃的穿的，都是自己做出来的，一家人过得舒舒服服。

有一天，张古老闲着没事做，便坐在大门边晒太阳。突然，他想起自己过去的日子，年年欠债、受气。如今日子过好了，自由自在，真是万事不求人。一时高兴，顺手在地上捡了块黄泥坨坨，在大门上划了几个大字："万事不求人。"

不料，当天知府坐着轿子，从这门前经过。他一眼便看见门上这几个大字，大大吃了一惊，心想：这人好大的胆，敢说出如此大话来，这不是存心把我也没有放在眼里。好吧！我叫你来求求我。便厉声叫道："赶快放下轿，给我把这个讲大话的人抓来。"

衙役们马上凶恶地把张古老从屋里拖了出来。

知府一见，瞪着两眼说道：

"我道是什么三头六臂，原来是个老不死的老头。你夸得出这种大话，想必有大本事。好吧！限你三日之内，替我寻出三件东西来。寻得到，没有话说，寻不到，就办你个欺官之罪。"

张古老说："老爷，是三件什么东西？"

知府说："要一条大牯牛生的犊子；要灌得满大海的清油；要一块遮天的黑布。少一件，便叫你尝尝本府的厉害。"说罢，便坐着轿子走了。

张古老接了这份差使，掏空了心思，也想不出个办法来对付，整日里愁愁闷闷，饭也吃不下，觉也睡不着。

巧姑见了，便问："公公，你老人家有什么心事，尽管跟我们说说吧！"

张古老说："只怪我不该夸大话，和你说了也没有用。"

巧姑说："你老人家说吧，说不定也能想出个办法来的。"

张古老只得把心事对巧姑说了。

巧姑一听，说道：

"你老人家说得对嘛，庄稼人吃自己的，穿自己的，本来是万事不求人。你老人家放心吧，这差使就让我来对付。"

过了三天，知府果然来了。一进门，便叫道："张古老在哪里？"

巧姑不慌不忙地走上前说："禀大人，我公公没在家。"

知府瞪着眼说："他敢逃跑，他还有官差在身哪！"

巧姑说："他没逃，是生孩子去了。"

知府奇怪起来了，说："世上只有女人生孩子，哪里男人也生孩子？"

巧姑说："你既知道男人不能生孩子，为什么又要大牯牛生犊子呢？"

知府一听，没话可说。停了好久，只得说道："这一件不要他办了，还有两件。"

巧姑说："请问第二件？"

"灌海的清油。"

"这好办，请大人把海水车干，马上就灌。"

"海有这么大，怎么车得干？"

"不车干，海里白茫茫的一片水，油又往哪里灌？"

知府一下把脸也羞红了，便叫起来：

"这一件也不要了，还有一件！"

巧姑说："请问第三件？"

知府说："遮天的黑布！"

巧姑说："请问大人，天有好宽呢？"

知府说："哪个晓得它有好宽，谁也没有量过。"

"不晓得天有好宽，叫我们如何去扯布呢？"

这一说，知府再也没有话回了。红着一副脸，慌忙地钻进轿子里，跑了。

本来，张古老就有名，这一来，远远近近的人，更没有一人不知道了。大家都说："这一家子，有个顶聪明的公公，还有个顶乖巧的媳妇。"

（搜集整理人：周健明。见中国作家协会湖南分会编：
《湖南民间故事选集》，长沙，湖南人民出版社，1979）

傻小子的故事

（一）

这么一家啊，有个傻小子，傻小子什么也不干。他娘说："你出去学个话去，到外边看看人家说话，你跟人家学学。"傻小子这一天就出去咧，到外头一个劁猪脬的："劁猪脬——劁猪脬——""等会儿走等会儿走，你说的嘛？""俺说劁猪脬。""噢，劁猪脬。"学会咧。赶回来，一会儿学会咧回来咧。他娘做熟了一锅饭。他来到家弄一锅饭就给他娘倾到地下咧。倾到地下咧——他娘到回来呢一进门一家伙子滑个跟头，骑着他娘："劁猪脬——劁猪脬——"他娘把他打一顿。

（二）

还有一个傻小子。傻小子他娘就给他说："你整天价在家嘛也干不了，你出去做点好事，有娶媳妇的你给人家道个喜儿，人家有死人的你给人家吊个纸儿，人家有个打架的你给人家劝劝架。"这一天傻小子说："噢。"他出去咧。到外边人家一个娶媳妇的，向前抬着轿走着。"等会儿走等会儿走，我给你吊纸儿咧吊纸儿咧。"叫人家打一顿哭着回来咧。人家说："你哭嘛？"他说："有个娶媳妇的，我给他吊纸儿呢他打我。"说"娶媳妇你不给人家道喜儿，你给人家吊纸儿人家不打你啊？你这个行啊？""噢。"到这一回又出去咧。又出去咧——人家一个出殡的，抬着棺材走着。"等会儿走等会儿走，给你道喜咧道喜咧。"人家又站下把他打一顿。打一顿又哭着回来咧。他娘说："哭嘛？""有个死人的我给人家道喜呢他打我。""不是人家有死人的你给人家吊个纸儿啊，你给人家道喜人家不打你啊？""噢。"这一天又出去咧。出去咧到外头一伙子到远处，出去一伙子看见两个牛打架，他就给人家劝架去咧。到那儿两个大牛正打上劲儿咧，到那儿劝架一家伙子叫两个牛给拱死那儿咧。

（三）

说一个傻小子，给他娘说："人家都有包脚布，你也不给我做个包脚布。"他娘说："嗯，做个包脚布还得替样子去，我也不会，你去你大娘那里替个包脚布样子吧。"傻小子就上他大娘那里去咧。到那里，"大娘，我要个包脚布样子。"他大娘说："包脚布样子还用替啊，你就给她照量，这么宽这么长，做这么一块就行。""嗯。"他照量着就回来了。道上一路上他老是招呼着"这么宽这么长，这么宽这么长"。这么走着走着，一家伙子掉井咧。那些人看见他掉井咧就来捞他。他在井里坐着，照量着："这么宽这么长，这么宽这么长。你们捞人只管捞人，可别碍着我这包脚布样子。"这就是傻小子，说的这事儿。

（讲述人：李致芬，女，58岁。整理人：黄涛。
流传地区：河北省景县。根据录音资料整理）

老马虎外婆的故事

从前有这么个老太太上她娘家去，走到半路上呢碰上一个老马虎。老马虎说："大娘，我吃个回篮儿的。""回来再吃吧。"她就去咧。到家过晌午回来，"半道上一个老马虎"，给她娘家的人说。她家里的人，她哥说："我送你去吧。"到回来走到高粱地边，哎，也没出来。没出来就说她哥："你回去吧。荡茫（可能）走咧老马虎。"她哥回去咧。回去咧以后可好，再走了一骨碌（一段），这个老马虎出来咧，说："大娘俺吃个回篮儿的。"扔给他一个馍馍。再走了一骨碌，吃完了以后："俺还吃。"又扔给他一个。扔一个扔一个地，扔一个吃一个扔一个吃一个，把馍馍就吃完咧。吃完咧这个老马虎就说："大娘大娘你这个脖子一个大虱子，我给你捏下来。"一下子就爬到这个脑袋上往那儿咬了一口，这个老马虎就把老太太这个脑袋给咬下来咧。咬下来在这里就吃开咧，把那个老太太就给吃咧。吃咧穿上她那衣裳，就把她那衣裳穿在身上。这就——天也黑咧，跑到她家去咧，说："大妞二妞来开门儿咧！"她闺女就噔噔地跑到门儿间来咧。跑到门儿间来说："俺娘不在前门儿走俺娘在那后门儿走。"噔噔噔又跑到后门儿去咧。她闺女又说："俺娘在那前门儿走俺娘不在那后门儿走。"噔噔噔又跑到前门儿去咧。跑到前门儿去咧给他开门吧，就进来咧。进来咧吃了饭就睡觉。睡觉，他就，老马虎就跟他闺女通脚。到黑下她一踹那个身上，她闺女踹到他身上些个毛，说："娘啊娘啊怎么你那身上净毛啊？"老马虎就说："你姥娘给我一个皮裤叫我穿上咧，怕我道上冷。""噢，皮裤。"一会儿，又听见她娘嘎嘣嘎嘣吃嘛，说："娘啊娘啊你吃的嘛？""你姥娘给我一个小红萝卜叫我压咳嗽。"说："娘啊娘啊我吃一个。"老马虎一扔："给你娘个脚趾头。"她闺女就知道不是她娘，就说，一会儿就说："娘啊娘啊俺尿泡。""上你娘那炕跟儿底下尿去。""炕跟儿底下有炕神。""上你娘那锅台后里尿去。""锅台后里有灶王。""上你娘那南院子尿去。"她听到咧就跑到院子去咧。跑院子去咧，姐妹俩上到树上一个去，那个闺女在树底下就安上一个锅，预备好了绳，上到树上的那个闺女就招呼："花花溜溜真好看！花花溜溜真好看！"老马虎就想上去，他上不去就用绳套着他，底下那个闺女点着火，架上劈柴腾腾烧着。那个闺女给拽到半截里，往下一扔，吭，掉到那个锅里咧。闺女在上头就招呼："婶子大娘来吃虎肉吧，婶子大娘来吃虎肉吧。"煮熟咧就吃咧把它。

（讲述人：李致芬，女，58岁。整理人：黄涛。

流传地区：河北省景县。根据录音资料整理）

破谜打赌

从前有两个秀才，一个穷，一个富。穷秀才有个俊夫人，富秀才有个大金盆。穷秀才爱上了富秀才的大金盆，富秀才爱上了穷秀才的俊夫人。

有一天，两人说闲话，富秀才说："看你多有福气，娶了个好媳妇。"穷秀才说："比不上你呀，你有个大金盆。"富秀才说："还是你好。"穷秀才说："既然这样，我给你出个谜语，如果你猜得着，我把媳妇输给你，如猜不着，就把你的金盆输给我。"富秀才说："行。"于是，两人订好了猜谜的时间。

晚上，穷秀才把白天打赌的事对媳妇一说，媳妇产生了跟富秀才去享福的念头，急忙问道："你打算出什么谜，跟我说说？"穷秀才便把那个谜及谜底告诉了媳妇。媳妇听后记在心里，第二天一早便偷偷将谜底说给了富秀才。

这天，两秀才开始猜谜。穷秀才说："我的谜是，层层叠叠，离离拉拉，两头尖尖，有黑有白。"富秀才听后，暗自高兴，未加思索，脱口而出："层层叠叠是牛粪，离离拉拉是羊粪，两头尖尖是老鼠屎，有黑有白是鸡屎。"穷秀才说："我们都是读书之人，我虽然穷，但也不能给你出四泡粪的谜呀。"富秀才说谜底对，穷秀才说谜底不对，两人争执不下，来到县衙评理。县官升堂问明原因，对穷秀才说："你说他猜的谜底不对，把对的谜底说与老爷我听听。"穷秀才说道："层层叠叠是卷经，离离拉拉是满天星，两头尖尖是天边月，有黑有白是人的眼睛。"县官听完，连说有理，有理。便把富秀才的金盆判给了穷秀才。

穷秀才捧着金盆回到家里，媳妇一看愣了，心想：怎么他赢了？穷秀才也不言语，手里捧着金盆围着媳妇转着看个不停。媳妇被看得心中发毛，说道："你光看我干什么？"穷秀才说："手捧金盆望夫人，知人知面不知心，幸亏没和你说实话，不然你成了人家的人。"媳妇听后，脸腾地一下红了。

（讲述人：李享路，男，47岁，小学文化，何庄乡干部。

整理人：任绍宗。见王敬学主编：《安平县故事歌谣卷》，

北京，中国民间文艺出版社，1989）

三女婿上寿

从前，有一个老汉，养下三个姑娘，大姑娘、二姑娘都配给了读书识字的秀才，唯有三姑娘嫁了个庄稼汉。有一次，老汉过生日，三对女儿、女婿都来拜寿，大姑爷、二姑爷很瞧不起三姑爷。酒席宴前，两个秀才想在人面前显一显自己的才学，也想叫三姑爷出个丑。他们提出来要每人吟诗一首，谁吟不出来，就不准吃肉喝酒。大姑爷先吟道："二八一十六，先吃一块肉。"吟罢，洋洋得意地吃了肥肉一块，满饮美酒一盅。二姑爷又接着吟道："二九一十八，两块一起夹！"吟罢，神气十足地一连吃了两块肉，喝了两盅酒。轮到三姑爷了，他先把菜盘子端起来，吟道："二七一十四，端着盘子吃！"吟罢，把一盘肉全吃了，又拿起酒瓶"咕嘟咕嘟"把一瓶酒也喝了。气得大姑爷、二姑爷都说不出话来。可是，心里总是不服。

等到端上二道菜来，大家刚要动筷子，两个秀才又拦挡住了，他们说还要吟诗，谁吟不上就不让谁吃。三姑爷说："吟什么？你们出题吧。"二姑爷说："这回要吟天上一种飞禽，地下一种走兽，桌子上一件宝贝，桌子旁边一种人。"大姑爷说，我先吟："天上飞禽有凤凰，地下走兽有羚羊，桌上放的是文章，两旁站的是梅香。"二姑爷接着吟道："天上飞禽有鹏鹫，地下走兽有犀牛，桌上放的是春秋，两旁站的是丫头。"三姑爷不慌不忙地吟道："天上飞禽怕鸟枪，地下走兽数猛虎，桌上放着木炭火，两旁站着小伙子。"还没等说完，两个秀才都大笑起来，都说三姑爷吟的太俗气，又没押上韵，不准吃菜。三姑爷说："你们先不要忙，听我说完。"他从头吟道："天上飞禽怕鸟枪，打死你那鹏鹫和凤凰；地上走兽数猛虎，能吃掉你那犀牛和羚羊；桌上放着木炭火，能烧掉你那春秋和文章；旁边站着小伙子，能配上你那丫头和梅香。"说得两个秀才，张口结舌，无话对答了。

秀才想侮辱庄稼汉，结果倒吃了亏。真是"搬起石头，砸了自己的脚"——活该，活该！

（见高等学校民间文学教材编写组编：《民间文学作品选》，上海，上海文艺出版社，1980。
原载甘肃人民出版社编辑：《甘肃民间故事选》，兰州，甘肃人民出版社，1962）

中秋赏月

从前有一家财主，日子过得很富裕，这年中秋节，老财主对三个儿子说："咱们今年的收成不错，我准备了些酒菜，今晚我们喝酒赏月。"

财主家的老三小子有点缺魂，见到满桌子的酒肉，没等父亲说完，端起酒杯就喝。老财主说："小三，你先别喝，今天喝酒赏月，我给你们哥仨出个题，各作诗一首，谁作完诗谁喝酒，作不上诗不让喝。"

老三小子一听，心想："大哥、二哥都读过学堂，只有我大字不识，爹这不是成心给我难堪吗。"

老财主说："我给你们出这么个题：'什么圆又圆，什么缺半边，什么闹哄哄，什么冷清清。'你们谁先说？"

老大抬头望见天上的月亮，说道："十五、十六的月亮圆又圆，十七、十八缺半边，天上的星星闹哄哄，早晨起来冷清清。"

老财主听完说："好！老大先喝。"

老二心想："大哥抢先说了月亮，我说什么呢？"忽然发现桌子上放着的烧饼，便拿起一个烧饼说道："这个烧饼圆又圆，咬它两口缺半边，烧饼上的芝麻闹哄哄，吃完以后冷清清。"

老财主听完说:"行,你也喝。老三说。"

老三憨了半晌想不出词儿,忽然看着父子四人围桌而坐像个圆形,说:"咱们四人围坐圆又圆,爹跟俺大哥一死缺半边,出殡的时候闹哄哄,出殡回来冷清清。"

老财主听完就火了:"混蛋!你他妈的咒我不死呀?"说着拿起棍子追着老三就打。

这时,财主的三个儿媳妇听到嚷声从屋里跑出来,忙问:"爹,你们吃得好好的,怎么打起来了?"老财主便把刚才的事对媳妇们说了一遍。大媳妇说:"小三他不会说话,让你老人家生了气,我看这样吧,你给俺妯娌仨也出个题,各作诗一首,就算圆了今天的场儿。"

老财主一听心想有理,就说:"行,你们每句诗的末尾都带'子'字,图个人丁兴旺。"

大儿媳妇娘家是书香门第,读过几年书,有些学问。作诗道:"我是读书一女子,陪送古书一箱子,不用请教孔子,能写好诗句子。"

二儿媳妇家是裁缝,也读过几年书。作诗道:"我是裁缝一女子,陪送一把剪子,给我一张皮子,给你做条皮裤子。"

三儿媳妇娘家是割猪肉的,家里穷,没上过学,心想:在这个家里,男人窝囊,女人也让人瞧不起。便没好气地说:"我是割猪一女子,陪送一把割猪刀子,你要打你家三小子,割了你这老王八羔子。"

(讲述人:孔树波,男,60岁,初中文化,何庄乡彪塚村。

整理人:任绍宗。见王敬学主编:《安平县故事歌谣卷》,

北京,中国民间文艺出版社,1989)

老雕借粮

有一年冬天,喜鹊和老雕家里都没有了粮吃。喜鹊跑到老鼠家中来借粮,他来到老鼠家的大门口,碰见了两只小老鼠,喜鹊说道:

"小沾光,家去问问老沾光,有粮借几担,小斗借着大斗还,转过年,打下粮来就归还。"

两个小老鼠跑到家中,见了大老鼠说:

"爷爷,门外有人借粮。"

大老鼠说:

"是什么样子人呀?"

"头戴黑褐帽,身穿紫光袍,长得不矮不高。"

"他说的是什么话呀?"

"他说:'小沾光,家去问问老沾光,有粮借几担,小斗借着大斗还,转过年,打下粮来就归还。'"

"借几担给他好啦!"

两个小老鼠,各人都背着一担粮,给喜鹊送了出来。

喜鹊背着两担粮食,正高高兴兴地向家走,半路上碰见了老雕,老雕说:

"喜鹊大哥,你是从哪里背来的粮食呀?"

"我是从老鼠家里借来的!"

"你快快告诉我,是怎样借的呀?"

喜鹊不愿意告诉老雕,可是又怕得罪他,如果得罪他,它便会把自己的粮食抢跑,于是喜鹊便骗老雕说:

"我到了老鼠家的门口，碰见两个小老鼠，我就说：'小猫菜，家去问问老猫菜，有粮借几担，大斗借了小斗还，转过年，打下粮食不定还不还。'"

老雕让喜鹊走后，他自己便到老鼠家里来借粮。

老雕来到老鼠家的大门口，碰见两个小老鼠，便说：

"小猫菜，家去问问老猫菜，有粮借几担，大斗借了小斗还，转过年，打下粮食不定还不还。"

两个小老鼠跑到家中，见了大老鼠说：

"爷爷，门外又有人借粮。"

大老鼠说："是什么样子的人呀？"

"大汉子，戴着黑帽子，穿着黑袍子。"

"他说的什么话呀？"

"他说：'小猫菜，家去问问老猫菜，有粮借几担，大斗借了小斗还，转过年，打下粮食不定还不还。'"

"你就对他说：没有！"

老雕听见小老鼠说"没有"，他便装得像聋子一样，说：

"我还听不见，你再向前靠些。"

小老鼠刚向前一走，老雕把嘴一张，把小老鼠叼起来便飞走了。

大老鼠一见，便慌慌忙忙地喊道：

"雕大哥，雕大哥，放下我儿给你两担谷！"

可是，老雕已经飞得看不见了。

［搜集整理人：刘士圣。流传地区：山东青岛。
载《民间文学》，1956（5）］

老虎学艺

相传，从前的老虎没有什么本领。在弱肉强食的兽国中，常常受害。

老虎决定从师学艺，打听到猫的本领最高，便拜猫为师。老虎跟猫学艺三年，翻山越岭，扑、抓、咬等本领全部学会。可是老虎心胸狭窄，以为自己的本领这样高，师傅却个儿挺小，不光彩。又想，如果将师傅吃掉，自己就可以在山中称王称霸。

这一天，老虎跟着猫学着学着艺，突然向猫扑了过去，猫一见，便蹭蹭上了一棵大树。老虎一见傻了眼，便在树下哀求师傅教它上树的本领。猫在树上说道："喵，喵，喵，上树本领不能教，不是当初留一手，连皮带骨被你嚼。"

（讲述人：徐记清。整理人：任绍宗。见王敬学主编：
《安平县故事歌谣卷》，北京，中国民间文艺出版社，1989）

兔子判官（藏族）

有一只饿狼，在森林里找东西吃，不料一脚踏空，掉进了猎人暗设的陷阱。它在陷阱里转过来转过去，就是没法跳出来，于是它就大声叫唤：

"救命啊！救命啊！"

这时候，恰巧有一只山羊从这里经过，狼一把鼻涕一把眼泪地说："救救我吧，慈善的山羊，我死在这里没关系，家里的孩子们可都要饿死了。"

山羊说："不行，我救了你，你就要吃我！"

狼说："我向你赌咒，只要你救了我，我绝不伤害你。"

山羊经不起狼的再三苦苦哀求，它就去找了一根绳子，把狼从陷阱里拉了出来。

狼得到了自由，就想立刻扑到山羊身上去大嚼一顿，但又觉得应该对山羊说几句话，它说：

"慈善的山羊，你既然救了我的命，现在我饿得快要死了，请你救命救到底吧！"

山羊说："你可赌过咒不伤害我啊！"

狼说："我是天生来要吃肉的，我怎么能饶了你呢？"

山羊正没办法逃脱狼的爪牙时，看见一只兔子走了过来，就说：

"聪明的兔子，请你评判一下这个道理吧！"

兔子听狼和山羊叙述了事情的经过，说："你们两个都有道理，不过，我不相信你们所说的事，请你们把经过的一切表演一次，让我亲眼看一看，我才好下判断。"

狼重新跳下了陷阱，并且叫唤山羊来救。

这时，兔子在陷阱口上说："忘恩负义的东西，你等待着猎人的绳子吧！"

山羊跟着兔子，高高兴兴地走了。

（讲述人：益希卓玛、益希朋措。见高聚成编：《中国动物故事》，北京，中国广播电视出版社，1996）

青蛙和老虎的故事

从前，有一只老虎和一只青蛙相遇在一起。老虎见青蛙长得很小，就要吃掉它。青蛙说：你先不要吃我，我会给你捉虱子呢！说完，青蛙跳到了老虎背上。他一只手捉虱子，一只手从虎身上拔下毛来塞进自己的牙齿缝和肛门里。老虎问青蛙："你这样小，可怎么吃饭喝水呀？""那好办，没有吃的东西时我就吃老虎，如果……"老虎一听大吃一惊，不等青蛙说完就赶紧追问："怎么，你敢吃我？""你不信吗？那么你就看看我的牙齿。"青蛙说着，把嘴巴张大。老虎一瞧，果然他的齿缝中有许多虎毛。老虎有些害怕了，可又不十分相信，就要求青蛙拉泡屎看看。"这还会有假"，青蛙说着就拉了屎，肛门中的虎毛也随大便出来了。老虎瞧得清楚，再也沉不住气，撇下青蛙撒腿逃命去了。

老虎不知跑了多远，一只狗熊看见它问道："虎大哥，什么事让你这样惊慌啊？"老虎把遇见青蛙的事学说了一遍。"虎大哥，你真糊涂，青蛙那么小，怎么能吃你呢！你受骗了！"狗熊说罢，哈哈大笑。老虎听狗熊这样说，自己也感到有点奇怪。可仍旧不敢回去，狗熊说："这样吧，把咱俩的尾巴拴到一块，我帮你吃掉青蛙。"老虎同意了，它俩用绳子把尾巴捆好，一同来找青蛙算账。青蛙看见老虎和狗熊一同来了，知道事情有些不妙，可它没跑，却迎上去高声说："狗熊，你怎么才把老虎送来，我都饿坏了。"老虎一听，以为自己又上当了，掉头就跑。狗熊跑得慢，被老虎拖死了。至今，老虎还是怕青蛙，不敢吃它呢！

（见西藏自治区编辑组：《门巴族社会历史调查》，128 页，拉萨，西藏人民出版社，1988）

猫喇嘛讲经

猫喇嘛把一群老鼠召集来，说要给他们讲经。猫喇嘛说："听讲经要虔诚，有纪律，你们来和去时都要排成队伍，不能回头看。否则是学不好的。"老鼠信仰猫喇嘛，听它的话，每天都到猫喇嘛住处听讲经，并且来和去时都排着整齐的队伍，走路也不回头看。过了段时间，老鼠们发现自己同伴不断减少，谁也不知道它们上哪去了，连个影子都找不到。谁也说不清这是怎么回事。其实，那些失踪的老鼠是被猫喇嘛吃了。每天当老鼠听完讲经回去的时候，猫喇嘛就悄悄地尾随在后面，找机会将排在队伍最后的老鼠逮住吃掉。老鼠走路时都不回头看，所以没有发现这个秘密。老鼠每天仍去听讲经，猫喇嘛每次照例吃一只老鼠。一天，在猫喇嘛处听经回来后，一只上年岁的老鼠说话了："伙伴们，大家不是一直在关心失踪的老鼠吗？我也在琢磨这个事，据我观察，每次咱们听猫喇嘛讲经回来的数目都要比出发时少一只。我敢说，这准是猫喇嘛捣的鬼！""对呀！今天不也是少了一只吗?!"老鼠开始怀疑猫喇嘛了。老鼠们要观察出究竟，几只老鼠壮着胆子偷偷来到猫喇嘛的厕所。果然，猫喇嘛的屎里有许多老鼠毛和骨头。从这以后，老鼠再不去听它讲经了。猫喇嘛知道阴谋被揭露了，羞得不得了，以后它拉过屎就用土盖上，直到今天，猫儿还保留着这个习惯，怕后人知道这不光彩的事呢！

（见西藏自治区编辑组编：《门巴族社会历史调查》，
128页，拉萨，西藏人民出版社，1988）

宋定伯卖鬼

南阳宋定伯年少时，夜行逢鬼。问之，鬼言："我是鬼。"鬼问："汝复谁?"定伯诳之，言："我亦鬼。"鬼问："欲至何所?"答曰："欲至宛市。"鬼言："我亦欲至宛市。"遂行数里。

鬼言："步行太迟，可共递相担，何如?"定伯曰："大善。"鬼便先担定伯数里。鬼言："卿太重，将非鬼也?"定伯言："我新鬼，故身重耳。"定伯因复担鬼，鬼略无重。如是再三。定伯复言："我新鬼，不知有何所畏忌?"鬼答言："唯不喜人唾。"于是共行。

道遇水，定伯令鬼先渡。听之，了然无声音。定伯自渡，漕漕作声。鬼复言："何以有声?"定伯曰："新死，不习渡水故耳。勿怪吾也。"

行欲至宛市，定伯便担鬼着肩上，急执之。鬼大呼，声咋咋然，索下。不复听之。径至宛市中，下着地，化为一羊，便卖之。恐其变化，唾之，得钱千五百，乃去。当时石崇有言："定伯卖鬼，得钱千五。"

（《搜神记》）

古代寓言五则

（一）飞将冲天，鸣将骇人

荆庄王立三年，不听而好隐。成公贾入谏，王曰："不谷禁谏者，今子谏，何故?"对曰："臣非敢谏也，愿与君王隐也。"王曰："胡不设不谷矣?"对曰："有鸟止于南方之阜，三年不动不飞不鸣，是何鸟也?"王射之曰："有鸟止于南方之阜，其三年不动，将以定志意也。其不飞，将以长羽翼也。其不鸣，将以览民则也。是鸟虽无飞，飞将冲天。虽无鸣，鸣将骇人。贾出矣，不谷知之矣。"明日朝，所进者五人，所退者十人。群臣大说，荆国之众相贺也。故诗曰："何其久也? 必有以也。何其处也? 必有与也。"其庄王之谓邪?

（《吕氏春秋·重言》）

（二）上行下效

灵公好妇人而丈夫饰者，国人尽服之。公使史禁之，曰："女子而男子饰者，裂其衣，断其带。"裂衣断带相望，而不止。

晏子见，公问曰："寡人使史禁女子而男子饰，裂断其衣带相望而不止者，何也？"晏子对曰："君使服之于内，而禁之于外，犹悬牛首于门，而卖马肉于内也。公何以不使内勿服，则外莫敢为也。"公曰："善。"使内勿服。不逾月，而国人莫之服。

（《晏子春秋·内篇杂》下）

（三）二人学弈

弈秋，通国之善弈者也。使弈秋诲二人弈，其一人专心致志，惟弈秋之为听；一人虽听之，一心以为有鸿鹄将至，思援弓缴而射之，虽与之俱学，弗若之矣。为是其智弗若与？曰非然也。

（《孟子·告子上》）

（四）不食嗟来之食

齐大饥，黔敖为食于路，以待饿者而食之。

有饿者蒙袂辑屦，贸贸然来，黔敖左奉食，右执饮，曰："嗟，来食！"扬其目而视之，曰："予唯不食嗟来之食，以至于斯也！"从而谢焉。终不食而死。

（《礼记·檀弓下》）

（五）三重楼喻

往昔之世，有富愚人，痴无所知，到余富家，见三重楼，高广严丽，轩敞疏朗。心生渴仰，即作是念："我有财钱，不减于彼，云何顷来而不造作如是之楼？"即唤木匠而问言曰："解作彼家端正舍不？"木匠答言："是我所作。"即便语言："今可为我造楼如彼。"

是时，木匠即便经地、垒墼（jī，砖头）作楼。愚人见其垒墼作舍，犹怀疑惑不能了知，而问之言："欲作何等？"木匠答言："作三重屋。"愚人复言："我不欲下二重之屋，先可为我作最上屋。"

木匠答言："无有是事，何有不作最下重屋而得造彼第二之屋，不造第二，云何得造第三重屋？"愚人固言："我今不用下二重屋，必可为我作最上者。"

时人闻之，便生怪笑，咸作此言："何有不造下第一屋而得上者！"譬如世尊四辈弟子，不能精勤修敬三宝，懒惰懈怠，欲求道果，而作是言："我今不用余下三果，唯求得彼阿罗汉果。"亦为时人之所嗤笑，如彼愚者等无有异。

［（印度）僧伽斯那撰，（南朝齐）求那毗地译：《百句譬喻经》，简称《百喻经》］

古代笑话五则

（一）执竿入城

鲁有执长竿入城门者。初竖执之。不可入。横执之。亦不可入。计无所出。

俄有老父至曰。吾非圣人。但见事多矣。何不以锯中截而入。遂依而截之。

［（三国魏）邯郸淳：《笑林》，见李昉：《太平广记》］

（二）医妒

京邑有士人妇，大妒于夫，小则骂詈，大则棰打，常以长绳系脚，且唤便牵至。

夫密乞巫妪为计，因妇眠，士人入厕。以绳系羊，士人逾墙避。妇人觉，牵绳而羊至，大惊，召问巫妪。巫妪曰："娘子积恶，先人怪责，故郎君变成羊。若能克己改悔，乃可祈请。"妇因悲号，抱羊大恸哭，深自咎悔，誓不复妒。

妪乃令七日清斋，举家大小，悉避于室中，祭鬼，师咒羊还复本形，士人徐还。妇见声问曰："多日作羊，不乃辛苦耶？"答曰："犹忆噉草不美，腹中痛耳。"妇人愈哀，自此不复妒矣。

[（宋）周文玘：《开颜录》]

（三）一钱莫救

一人性极鄙啬，道遇溪水新涨，吝出渡钱，乃拼命涉水。至中流，水急冲倒，漂流半里许。其子在岸旁觅舟救之。舟子索钱，一钱方往。子只出五分，断价良久不定，其父垂死之际，回头顾其子大呼曰："我儿我儿，五分便救，一钱莫救！"

[（明）冯梦龙辑：《广笑府》]

（四）五大天地

一官好酒怠政，贪财酷民，百姓怨恨。临卸篆，公送德政碑，上书"五大天地"。官曰："此四字是何用意？令人不解。"众绅民齐声答曰："官一到任时，金天银地；官在内署时，花天酒地；坐堂听断时，昏天黑地；百姓含冤的，是恨天怨地；如今交卸了，谢天谢地。"

[（清）小石道人辑：《嘻谈录》]

（五）如此懒妇

一妇人极懒，日用饮食，皆丈夫操作，她只知衣来伸手，饭来张口而已。一日，夫将远行，五日方回，恐其懒作挨饿，乃烙一大饼，套在妇人项上，为五日之需，放心出门而去。及夫归，已饿死三日矣！夫大骇，进房一看，项上饼只将面前近口之处吃了一缺，饼依然未动也。

[（清）程世爵辑：《笑林广记》]

张三和李四

这一天大集，李四买了一根大竹竿子，过城门时，立着出不去，横着也出不去，可把他急坏了。这时过来个叫张三的大个子说："你真笨，把它锯断不就行咧。"李四想可不是，反正早晚得锯。就对张三说："大哥，你真行，这下可帮我大忙咧。"说着这两人锯断竹竿子出了城。李四觉得不落意，非拉着张三到小铺喝酒，两人越喝越投脾气，就拜了盟兄弟。张三为兄，李四为弟。

过了半年，李四想张三咧，就跟媳妇说："这么半年咧，我挺想咱大哥，我去看看他。"

等李四一进张三家，见张三正在炕上躺着哩，李四问："大哥，你这是怎么咧？"张三说："唉，别提了兄弟，这不，那回赶集回来，我说垒个炕吧，等垒成了一躺，伸不开腿。我就把脚剁了，这不是才伸开咧。"李四一听："大哥，我算佩服你咧，要让我碰上这事，还不知剁哪头呢。"

（讲述人：刘保利，男，30 岁，高中文化，城关镇文化站。

采录整理人：宋乐君。见王敬学主编：《安平县故事歌谣卷》，北京，中国民间文艺出版社，1989）

世上最恐怖的十个鬼故事

（一）鬼魂索命

从前有一个人，他有一个女朋友。他比世界上任何一个人都爱她。可是有一天，他女朋友无情地离开了他，甚至连一个理由都没给他。看着自己的女朋友被别人挽着手逛街，他痛不欲生，失去了理智。终于有一天他把女朋友杀了。

本来他打算杀了她以后自杀的。可是将死之时才感到生命的可贵。从此以后他天天被噩梦困扰，梦境中他女朋友赤身露体，披头散发，红舌垂地，十指如钩来向他索命。噩梦把他折磨得形如销骨，一天他找来一个道士以求摆脱。

道士要他做三件事：第一，把他女朋友的尸体好好安葬。第二，把他女朋友生前穿的睡衣烧掉。第三，把藏起来的血衣洗干净。所有的事情必须在三更之前完成，要不就会有杀身之祸！

他遵照道士的嘱咐把所有的事情都做得很仔细，可是那件血衣却怎么也找不到了。马上就要三更了，豆大的汗珠从他脸上滴下来把地毯都打湿了。在将要三更的时候他找到了那件血衣，可是不管怎么搓就是洗不掉。这时候忽然狂风大作，电闪雷鸣。窗户被狂风拍打得左右摇曳，玻璃的碎裂声让人更加心惊肉跳，突然所有的灯全灭了，整个屋子一片漆黑。闪电中，只见他女朋友穿着染满鲜血的睡衣，眼睛里滴着血，满脸狰狞地指着他厉声道："你知道为什么洗不掉血迹吗？"他被吓呆了一句话说不出。

女朋友继续道："因为你没有用雕牌洗衣粉，笨蛋。"

（二）夜遇女鬼

夜已经很深了，一位出租车司机决定再拉一位乘客就回家，可是路上已经没多少人了。司机没有目的地开着，发现前面一个白影晃动，在向他招手，本来宁静的夜一下子有了人反倒不自然了，而且，这样的情况不得不让人想起了一种东西，那就是鬼！！

可最后司机还是决定要拉她了，那人上了车，用凄惨而沙哑的声音说："请到火葬场。"

司机激灵打了一个冷战。难道她真是……他不能再往下想，也不敢再往下想了。他很后悔，但现在只有尽快地把她送到。

那女人面目清秀，一脸惨白，一路无话，让人毛骨悚然。司机真无法继续开下去，距离她要去的地方很近的时候，他找了个借口，结结巴巴地说："小姐，真不好意思，前面不好调头，你自己走过去吧，已经很近了。"那女人点点头，问："那多少钱？"司机赶紧说："算了，算了，你一个女人，这么晚了，来这里也不容易，算了！""那怎么好意思。""就这样吧！"司机坚持着。那女人拗不过："那，谢谢了！"说完，打开了车门……

司机转过身要发动车，可是没听到车门关上的声音，于是回过了头……

那女人怎么那么快就没了？他看了看后座，没有！车的前边、左边、右边，后面都没有！难道她就这样消失了？司机的好奇心那他就想弄个明白，他下了车，来到了没有关上的车门旁，"那个女人难道就这么快地走掉了，还是她就是……"他要崩溃了，刚要离开这里，一只血淋淋的手拍了他的肩膀。

他回过头，那女人满脸是血地站在他的面前开口说话了："师傅！请你下次停车的时候不要停在沟的旁边……"

（三）有两个人

在一个偏僻的村庄，一条羊肠小道上有一根笔直的电线杆，说也奇怪，常常有人在那出事。不久前一对年轻男女不小心骑车撞到，当场毙命。

一天晚上，5 岁的小志和他妈妈在回家路上经过那儿，小志突然说："妈妈，电线杆上有两个人……"妈妈牵着他的手快速走开说："小孩子不要乱说！"

但是这件事很快就传开了，有一天，一个记者来采访小志，让他带他去看发生车祸的地方，小志大大方方地领他走到那儿，记者问："在哪？"小志指指上面，记者抬头一看，电线杆上挂着个牌子，上写：交通安全，人人有责。

（四）三个鬼的投诉

有一天三个鬼在逛街的时候遇到了上帝！他们对上帝说，他们都死得很惨，希望让他们上天堂！上帝很无奈地说，现在天堂的住户太多，已经爆满。但现在还有一个名额！你们说吧，看谁死得最惨，就让谁上天堂！

于是，第一个鬼开始说了：

"我生前是一个清洁工。工作很辛苦的！从早忙到晚！有一天，我正在一栋大厦外面擦玻璃！是那种吊在外面的高空危险工作！在第三十多楼！突然，我脚一滑，失足掉下去了！我想，完了！要死了！但求生本能让我在空中无意识地乱抓！很幸运地，我抓住了一个阳台的栏杆，在 13 楼。我想，有救了！于是想等缓过劲后爬上去！哪知，突然有人把我的手一掰，我又掉下去了！我想，这下我真的完了！但是，我命不该绝，底下有一个帐篷接住了我，我庆幸前世肯定积了德，想等缓过劲就下去。谁知，上面掉下来一个冰箱，把我砸死了！"

第二个鬼说：

"我生前是一个文员。什么都还好，我有一个老婆，很漂亮。身材很棒！但就是有点水性杨花。我有轻微的心脏病。有一天上班忘了带药，我回家去拿。一进门，看见老婆头发散乱、衣衫不整。肯定有奸夫。于是我满屋找，厨房也找，厕所也找，都没找到。到了阳台，我发现有两只手扒在栏杆上，我想：奸夫！于是把他的手一掰。心想，13 楼！看摔不死你！结果等我一看，居然没死！被帐篷接住了！我着急，于是满屋找，进了厨房，发现冰箱够大，于是把冰箱扔下去。终于把他砸死了！我当时太高兴了！大笑不止。谁知笑得心肌梗塞，笑死了！"

第三个鬼说：

"我生前是个小混混，但我没做过什么坏事！有一天我到一个女性朋友家里晃！刚刚办完事，她老公突然回来了！我得找地方藏起来。于是厨房也找厕所也找，最后发现他们家冰箱挺大的，于是我就躲进冰箱里去了！我就不明白，她老公怎么知道我在冰箱里，他居然把冰箱从 13 楼给扔下去了！我就这样连人带冰箱摔死了！"

（五）厕所遇鬼

楚阳向去农村串门儿，在和亲戚们聊天时，亲戚告诉他，这里的厕所有鬼，不过，你不接受鬼的东西，鬼就不会伤害你。

可能是水土不服的原因，到了晚上，楚阳向的肚子痛得要命。实在没办法，楚阳向只好怀着恐惧的心理，硬着头皮去了厕所。

楚阳向刚蹲下，便听到鬼的声音："要红色的手纸还是白色的手纸？"楚阳向知道不能接受鬼的东西，便答道："我一直用报纸。"看样子，楚阳向是得了痢疾，过了不一会儿，楚阳向又跑到了厕所，不过，这次，他不再害怕了。鬼看到楚阳向后，又伸出手说道："要《青年日报》还是《中国日报》？""我一直用体育类报纸。"

夜里，楚阳向第三次上厕所。"要《青年体育》还是《中国体育》？"鬼问。"……我……我只想撒尿。"

（六）猛鬼电话

以前打电话，号码不像现在用按的，是用手指插进一个有洞的圆盘用拨的。话说从前……小明家的电话号码是444-4444，常常有奇怪的电话打进来……

某天午夜12点的时候，电话响了，小明拿起话筒。

电话那头用凄惨的声音说："请问这里是444-4444吗？可不可以帮我打119报警？我好惨啊！……"

小明："你去找别人帮你，不要来找我！"

那人："我只能打电话到444-4444，没办法打给别人。"

小明吓死了，赶快挂上电话。只能打到444-4444？难道是鬼？！！

过了一会儿电话又响了，小明不敢接，但是电话一直响……小明只好把电话接起来。

那人："请问这里是444-4444吗？可不可以帮我打119报警？唉，我好惨啊！……我的手指卡在电话拨孔里了！"

（七）见鬼

两位男子在万圣节化装舞会后走路回家。当他们经过一个墓园时，一时兴起，要穿过此墓园。

他们走到一半时，被一声声叩、叩、叩的声音给吓住了。这声音是从某个阴暗处传出的。他们吓得浑身发抖，接着他们发现有位老年人手执凿子正在凿一块墓碑。

其中一位男子便说："我的天啊！先生，我们以为你是鬼耶，这么晚了，你在这做什么啊？"老人骂道："×××，他们把我的名字拼错了！"

（八）鬼火

一个人在漆黑的夜里赶路，途经一片坟地。微风吹过，周围声音簌簌的，直叫人汗毛倒竖，头皮发炸。

就在这时，他忽然发现远处有一点红色的火光时隐时现。他首先想到的就是"鬼火"。于是，他战战兢兢地拣起一块石头，朝亮光扔去。只见那火光飘飘悠悠地飞到了另一个坟头的后面。

他更害怕了，又拣起一块石头朝火光扔了过去，只见那亮光又向另一个坟头飞去。此时，他已经接近崩溃了。于是，又拣起了一块石头朝亮光扔去。

这时，只听坟头后面传来了声音："妈的，谁呀？拉泡屎都不让人拉痛快喽。一袋烟工夫砸了我三次。"

（九）洋娃娃

有一个计程车司机在计程车行工作。有一天的深夜，他正开车经过一片很荒凉的地方，四周一片漆黑。

忽然看见前面荒地里有一座大厦，亮着昏暗的灯。他正在奇怪这里什么时候起了这样一座楼，就看到路边有一个小姐招手要坐他的车回家，那个小姐坐上车后，他就把车门关起来，开始开车。

过了一会儿，他觉得很奇怪，为什么那个小姐一直都没说话，结果他往后照镜一看，哪有什么小姐，只有一个洋娃娃坐在那里。他吓个半死，抓起洋娃娃往窗外丢出去。

回家后就大病了三个月。

等他病好了以后，他回去计程车行工作，结果他的同事对他说："你真不够意思，有一个漂亮的小姐过来投诉说，她上次要坐你的车，结果她刚把洋娃娃丢进去，你就把车门关起来开走了。"

（十）吃苹果

话说在一个夜黑风高的夜晚，就在那条最长……最可怕的路上……

计程车司机开过那里，有个妇人在路旁招手要上车。嗯，一路上蛮安静的，后来那妇人说话了。

她说："苹果给你吃，很好吃的哦。"司机觉得很棒，就拿了，接着吃了一口。

那妇人问："好吃吗？"司机说："好吃呀！"妇人又回了一句："我生前也很喜欢吃苹果啊……"

司机一听到，吓得紧急刹车，面色泛白。

只见那妇人慢慢把头倾到前面，对司机说……

想知道她说什么吗？

"……但我在生完小孩后就不喜欢吃了！……"

（见新华网，2003 - 11 - 06）

对付乱搭讪男子的办法

我有一个同事，人长得美，口才也好，单身女子出行，时常受到一些男子的骚扰，有些女子吓得不敢说话，只顾低头走路。她不，她说她从来都不怕他们，她不会比那些男子少说一句。

一次，她正骑车夜行，一男子靠近搭讪，问她："怎么一个人出来？"

答："没事做。"

男子又问："想到哪儿玩？"

答："随便。"

男子一听觉得"有戏"，信心大增，紧追不舍地问："你干什么工作？"

答："美容。"

男子大喜，又问："在哪个单位？"

答："殡仪馆。"

她轻轻说出的这句话，对那个男子来说犹如炸雷一般，他掉转车头，仓皇而逃。

还有一次，她在暮色中散步。又有一个男子从尾随到凑近，问她："小姐，你是不是有什么心事？"

答："我是有心事。"

男子问："你有什么心事能不能跟我说？"

答："我想死。"

男问："是不是失恋了？"

答："不是。"

男问："是不是缺钱花？"

答："不是。"

男问："是不是工作不称心？"

答："不是。"

男子急了："那为什么呀？"

答："我是肝炎晚期患者。"那男子一听，脸都白了，急急离她而去。

她说："在这种时候我从来不斥责他们，更不会骂他们流氓，我依然是笑模笑样，让他们乖乖地离我而去。"

（见雅虎网，2004 - 01 - 30）

狂人求职简历

当他们看到这位应征者的履历表时，吃着饭的经理吐了出来，董事长更当场晕倒。

姓名：父母取的

年龄：不小了

身高：很高

体重：中等

居住地：家里

电话：在身上

电子邮件：朋友帮我申请的

上班时间：8 小时

应征职位：一位

学历：如果毕业的话有高中学历

语言能力：有

兴趣：很多

生日：还没到吧！

经历：刚来的时候摔了一跟头！

曾任职位：小学时当过纠察队长喔！

已婚未婚：父母已结婚

未来期望：再找好工作

希望待遇：希望大家都很疼我

（见雅虎网，2004 - 01 - 30）

《乡政府里养老虎》《三百元的故事》《看一眼一百万》《尤所长"方便"》《租你一天五千元》《卧底鱼》《老调新腔一声雷》《刘伯温祈雨斩李彬》《孙猴子和二憨子》

扫码阅读上述作品

第六章

民间歌谣

　　民歌是自然成文、淳朴优美的诗篇，演唱时配有流畅动听的曲调，在很多场合又伴随着活泼爽朗的舞蹈，所以它既是一种文学体裁，也是融诗乐舞为一体的综合艺术。它为民众所喜闻乐见，也深受有识之士的关注和青睐。以民歌为精华的《诗经》不仅是中国文学史上最早的诗歌集录，也是以文字为载体的中国文学的光辉起点。中国现代民俗学运动也是从搜集研究民歌开始的。

　　作为现代社会最兴盛的民间文学体裁之一，中国民歌数量浩瀚，样式丰富，并且在社会上有着不容忽视的影响与功能。

　　通过本章的学习，应掌握民间歌谣的概念与艺术特征，熟悉歌谣的各种主要类型及其特点、重要作品，并了解各地重要的歌俗歌节。各种民歌类型的内涵及其相关知识应是本章学习的重点。

第一节
民间歌谣概说

一、民间歌谣的含义

　　民间歌谣是民众创作的可以歌唱或吟诵的短小、抒情性的韵文作品。"歌谣"一词可以统而言之，概称一种民间韵文文体；也可分而述之，分指"歌""谣"两类。《诗经·魏风·园有桃》中有诗句："心之忧矣，我歌且谣。"《毛诗故训传》解释此句说："曲合乐曰歌，徒歌曰谣。"即合于乐章，有一定的曲调、唱腔，并常用乐器伴奏来演唱的是民歌；没有曲调，但词句有较强的节奏感，以吟诵的方式来传播的是民谣。民歌与民谣就可以用是否有曲调、是否歌唱来区分开。当"民歌"与"民谣"相对而言时，"民歌"是狭义的概念。但还有一种情况，将"民歌"用作"民间歌谣"的简称，也包含民谣。这正如古汉语中的"歌"有时也包括"谣"。清代杜文澜在《古谣谚·凡例》中说："谣与歌相对，则有徒歌合乐之分，而歌字究系总名；凡单言之，则徒歌亦为歌。故谣可联歌以言之，亦可借歌以称之。"本章使用的即是广义的民歌概念，在行文中视具体语境使用"民歌"与"民谣"。

民歌篇幅较短，这点是它与史诗、民间长诗、曲艺等韵文体作品的显著差别；它可以歌唱或吟诵、具有曲调或韵律的特点，则使它在形式上与故事、传说等散文体作品相区别。

民间歌谣是一种综合性的艺术形式，它不仅有富于韵律的语言形式，而且合于乐曲，可用来演唱，演唱时还常伴以舞蹈。在古代，诗、乐、舞通常是三位一体的。《吕氏春秋·古乐》记载："昔葛天氏之乐，三人操牛尾，投足以歌八阕。"它所描述的就是融诗、乐、舞于一体的艺术活动。中国古代诗歌的第一部经典《诗经》中的诗原本是综合性的艺术活动，《墨子·公孟》中就提到，在孔子时代，《诗经》有"诵诗三百，弦诗三百，歌诗三百，舞诗三百"。后来，诗、乐、舞逐渐分化成三个独立的艺术门类，虽有相互配合的情形，但其主要格局还是沿着各自独立的方向发展。而民歌不同于文人之诗，它在很多情况下仍然是诗、乐、舞相融合的。

二、民间歌谣的起源与演进

关于民歌的起源有多种说法，其中劳动说和宗教说是最值得重视的。鲁迅在《中国小说的历史的变迁》中说："诗歌起于劳动和宗教。其一，因劳动时，一面工作，一面唱歌，可以忘却劳苦，所以从单纯的呼叫发展开去，直到发挥自己的心意和感情，并偕有自然的韵调；其二，是因为原始民族对于神明，渐因畏惧而生敬仰，于是歌颂其威灵，赞叹其功烈，也就成了诗歌的起源。"[1] 总体来说，民歌的起源应有多种渠道。故除劳动说与宗教说之外，还有模仿说、天性说、梦幻说、灵感说、性欲说、美欲说、感情传达说、精力过剩说等。

民歌随着人类文明的进程而演进。最初是简单的劳动号子等，后来诗律经历了多种形式，其表达功能越来越完善。在漫长的历史过程中，民歌始终是民众表达思想感情的方式之一，只不过在不同的时代有不同的面貌，另外由于其作品的长久留存依赖于文人的记录和整理，不同时期记录整理民歌的工作往往有较大差距，所以各个阶段保存下来的作品也有数量的差异；在有些阶段，其形式的演进状况不能看得清晰。总体而言，文学史上流传下来许多优美、经典的民歌作品，并在很大程度上影响了作家文学的发展。这种文体至今仍活跃在民间，在不同的社区、不同的民族有着不同的表现形式和特点。由于民俗学工作在现代具备了一定规模，民间文学的搜集调查工作卓有成效，中国民歌的现代资料很丰富，我们可以看到现代民歌多姿多彩的面貌。

第二节
民间歌谣的类别、内容与形式

中国民歌流传地域广泛，数量庞大，形式多样，可从多种角度分类。有代表性的是朱自

---

① 鲁迅 . 鲁迅全集：第 9 卷 . 北京：人民文学出版社，1981：302.

清和周作人的分类。朱自清在《中国歌谣》一书中，采用了十五种分类方法，所依据的标准也有十五种：音乐、内容、形式、风格、作法、母题、语言、韵脚、歌者、地域、时代、职业、民族、人数、效用。如按语言分为"吴歌""粤讴"等，按地域分为"长安谣""京师谣"等，按时代分为"周时谣""汉时谣"等，按职业分为"田歌""樵歌""牧歌""渔歌""采茶歌""夯歌"，等等。这些分类当然很有见地和价值，但是用以总括民歌的类型则较为烦琐。周作人在《歌谣》一文中，参照国外的分类法，将民歌分为六大类：情歌、生活歌、滑稽歌、叙事歌、仪式歌、儿歌。这一分类法概括简明而全面，在 1923 年发表时产生了很大影响，后来为多家所采用。钟敬文主编《民间文学概论》即从民间歌谣的内容与用途出发，参照周氏分类法，将民歌分为六类：情歌、生活歌、劳动歌、仪式歌、时政歌、儿歌。

一、民歌的思想内容与分类

从民歌的思想内容角度，可将民歌分为情歌、生活歌、劳动歌、仪式歌、时政歌、儿歌。

（一）情歌

情歌是反映爱情生活的民歌。这类民歌数量最多，也最为优美，最有艺术性。在一些少数民族地区，唱情歌是恋爱的一种手段。在恋爱的各个环节诸如试探、相识、爱慕、赞美、求爱、初恋、热恋、拒绝、离别、留恋、思念、失恋等，都有相应的情歌产生。

试探（江西）：

> 妹在沟南挑青菜，哥在沟北砍野柴；
> 沟深难隔哥妹心，唱个山歌连起来。

应答（陕南）：

> 爬地草来遍地生，浮萍哪有沉根底；
> 只要郎心合妹意，浅水淘沙渐渐深。

赞美（云南）：

> 远看小妹穿身红，眉毛弯弯像条龙，
> 牙齿好像西瓜子，嘴唇好像映山红。

约会（黑龙江，蒙古族）：

> 红茶沏浓了，奶皮烤香了，
> 爱人快来了，我的心跳了！

热恋（西藏，藏族）：

> 两颗心已经连在一块，两颗心已经锁了起来；
> 纵然有金铸的钥匙，也休想将它打开。

誓言（长沙）：

> 讲起连妹就要连，不怕刀枪架屋檐；

杀头好比风吹帽，坐牢好比逛花园。

求婚（云南）：

> 石榴开花叶子青，两家都是苦命人；
> 与其一心挂两处，不如搬来住一村。

传情（广东）：

> 三根丝线一样长，做条飘带送小郎，
> 郎哥莫嫌飘带短，短短飘带情意长。

送别（贵州安顺）：

> 送郎送到花椒林，手摸花椒诉衷情：
> 莫学辣子红了脸，莫学花椒黑了心。

拒绝（湖南）：

> 说稀奇来唱稀奇，橘子树上结肖梨；
> 好吃懒做来连妹，难道跟你啃树皮？

（二）生活歌

生活歌是反映民众的日常生活的民歌。有表现各行各业的社会生活的歌，也有反映家庭生活的歌，咏叹妇女苦难生活的歌，等等。如：

过去咏唱劳动阶层穷苦生活的《不平歌》：

> 泥瓦匠，住草房；纺织娘，没衣裳；卖盐的老婆喝淡汤；种田的，吃米糠；
> 磨面的，吃瓜秧；炒菜的，光闻香；编凉席的睡光床；抬棺材的死路旁。

表现封建家族中媳妇受公婆管制的民歌：

> 蔷薇花，月月开，婆骂新妇死奴才。好吃好穿轮不着，要打要骂不时来。
> 我不是前门跑进来，不是后门溜进来，四人抬顶花花轿，捐旗打伞放大炮。
> 大哥抱上轿，小哥送到城隍庙，今日多冷淡，当时多热闹。

表达童养媳苦处的民歌：

> 十八大姐周岁郎，每天每晚抱上床，睡到半夜要吃奶，
> 劈头脑，几巴掌，"只是你妻子，不是你娘！"

生活歌的内容很广泛。新时期校园里有很多表现学生生活的民谣，如中小学生的民谣：

> 书包最重的人是我，作业最多的人是我，
> 起得最早、睡得最晚的，是我、是我、还是我。

> 少男少女谈恋爱，"琼瑶""德华"随身带，港台歌曲哼起来；
> 人人都会玩雀牌（麻将），书本笔墨到处甩，晚上自习开小差；
> 作业拿钱请人改，错把聂耳当老外，考试犹如吃"冰块"……

再如大学生的《知道歌》：

> 大一不知道自己不知道，大二知道自己不知道，
> 大三不知道自己知道，大四知道自己知道。

需要说明的是，上述学生民谣主要是学生所唱诵的，反映一些学生对学习生活的某个侧面的体验，带有学生的感情色彩，或者是人们针对一些学生的消极行为所编的歌谣，并不是对学生生活的全面反映。

（三）劳动歌

劳动歌是民众为指挥、配合、协助体力劳动而唱的歌。多用于体力负荷很重或者动作重复单调的劳动，而且多为集体劳动。常见的有建筑劳动中的打夯号子、采石号子，农业生产中的薅秧号子、车水号子、打粮号子，搬运劳动中的装卸号子、扁担号子、板车号子，水上劳动用的行船号子、捕鱼号子，作坊劳动中的油坊号子、盐场号子，山上劳动中的伐木号子、拉山号子，等等。

劳动歌有两个特点：一是在内容上配合劳动过程。歌词中通常有较多的协调节奏的呼喊声，如"哎嗨哟""咳！咳！咳！"等；有的歌词是号召大家齐用力；有的歌词不是直接涉及劳动内容，而是用一些大家特别感兴趣的内容调节众人的情绪，营造一种活跃的氛围，使人们在繁重、单调的劳动中不感到乏味，这种歌词往往有一些庸俗甚至淫秽的内容。二是在唱法上，劳动歌的曲调大多有明显的节奏，在干重体力活时音调高亢，近于呐喊。

如河北省枣强县的《打夯号子》：

> 大家一条心哪！唉嗨嗨哟哇！大家齐用力呀！唉嗨嗨哟哇！
> 谁要不使劲啦！唉嗨嗨哟哇！谁就拉驴粪啦！唉嗨嗨哟哇！

广西融水地区苗族的《拉山号子》，是在众人拉大杉木过坳时唱的：

> （领唱）嘿，动起来呀！（合唱）嘿扎拉！（领唱）呵吹！（合唱）嘿扎拉！
> （领唱）木头大！（合唱）嘿扎拉！（领唱）大家扛！（合唱）嘿扎拉！
> （领唱）肩并肩！（合唱）嘿扎拉！（领唱）齐步上呀！（合唱）嘿扎拉！
> （领唱）用力拉呀！（合唱）嘿扎拉！（领唱）过沟坎！（合唱）嘿扎拉！

（四）仪式歌

仪式歌是民众在祈福禳灾、过节贺喜、祭神送葬、迎宾做客等仪式活动中所唱的歌谣。仪式是民众在某些特殊情形下举行的具有法术、通神、转折、过渡等功能的程序化的隆重活动。在仪式中有一些有特定象征意义或文化功能的程序化行为，此时念诵或演唱的套语、歌谣就是具有特定功能的仪式歌。它主要有三种类型：法术歌、节令歌、礼俗歌。

1. 法术歌

法术歌是在巫术或祭神仪式上唱诵的被民众认为具有超自然魔力的歌诀。这些仪式是具有巫术或神灵信仰的民众举办的，目的是祈福禳灾，他们认为这些仪式有助于他们过上幸福、美满、平安的生活或解决某些靠自身能力解决不了的困厄。这些仪式，有的以供奉神灵为主，有

的以施行巫术为主，有的将神灵崇拜与巫术崇拜混合在一起；有的由被认为掌握专门技术的巫师或神职人员主持，有的是普通民众自己操办。在这些仪式上所唱诵的歌谣就是咒语歌或祭祀歌。如 20 世纪三四十年代，河北省景县一带有一种红枪会组织，在举行"求体"仪式时念诵咒语如下："天护身，地护身，今请南方火帝君。头顶火焰山，脚踩火龙门。左边火龙刀，右边火龙绳。护前心，护后心，通身上下护得清。若要有人破我的法，除非数清我头发。"他们相信这种仪式可使自己"刀枪不入"①。福建长汀县流行着"吉祥哥"崇拜，"吉祥哥"是一尊石雕裸体男童神。一些老太太带着久婚不孕的女儿或儿媳妇来神像前礼拜并念祈祷歌："吉祥哥，吉祥哥，聪明伶俐福气多；请你勿在厅中坐，保护伢（我）女生个靓阿哥。"边念边伸手摸"吉祥哥"的生殖器（俗称"雀雀"），刮下一些石粉末，带回去冲茶给女儿或儿媳妇喝，她们相信这样就能求得子女。②

2. 节令歌

节令歌是在与节令有关的节庆仪式活动中所唱诵的歌谣。上古时期的节令歌大都在祭祀仪式上唱诵，是巫术与宗教活动的组成部分，也就是法术歌的一种。后来人们在节庆活动中仍然有巫术与祭祀活动，但许多活动法术色彩已很淡，已经演变为节日里举行的一般习俗行为或文艺活动，有的与舞蹈或游艺相结合。如山东鄄城等地大年三十的下午要洒扫庭院，担满水缸，然后在院子里撒上芝麻秆，叫作撒岁，并且唱着："东撒岁，西撒岁，儿成双，女成对，白妮胖小，都往家跑。"在山东，二月二，按习俗要驱除蝎子、老鼠，老太太们往往敲着破瓢或屋梁、床边，边敲边唱："二月二，敲瓢擦，十个老鼠九个瞎。"③ 在黔北余庆，每年农历九月九过重阳节，三元街的人家都要炒一盘"虫菜"吃，一边炒一边念诵："炒！炒！炒！是虫都炒死，是虫都吃光；来年庄稼长得好，谷吊吊有尺把长。""虫菜"并不是用真的虫子做的菜，而是用糍粑条染成彩色的假虫子，吃起来又脆又香。有一些地方在七月初七"炒蚂蚁"，就是把瓜子、花生、白果放在锅里翻炒，象征着炒蚂蚁，便炒边念诵："炒蚂蚁来炒蚂蚁，千家万户除蚂蚁。七七送你西天去，从此永远莫回乡。"浙江地区流传着许多驱虫的咒语。农历四月初八驱除蚂蚁（当地称毛娘）时念诵："四月初八毛娘杀，家家户户送毛娘。送你毛娘千里去，千年万载莫回乡。"浙江淳安县在端午节驱除蜈蚣、蝎螫，念咒道："石灰撒一撒，蜈蚣蝎螫都死塌。石灰啄一啄，蜈蚣蝎螫不出屋。石灰腌一腌，蜈蚣蝎螫不出现。"④ 这些歌诀在形成之初都是咒语歌，但在现代社会，人们已不再把它们当作咒语。

3. 礼俗歌

礼俗歌是在婚礼、祝寿、待客、送葬等隆重场合唱诵的表示祝福、礼节等意义的歌谣。这些事件在民间生活中都是较为重大的，上古时期都要举行祭祀活动，那时唱诵的歌谣也是法术歌，后来这些歌谣的宗教色彩退去或淡化，成为一般民俗活动中按礼俗诵唱的歌谣。以婚礼上的礼俗歌为例。安徽旌德县偏僻乡村里流传着"哭嫁歌"。新娘在上轿前，一边穿衣服，一边哭唱："脱了蓝衫换红衫；脱了裤，代代富；脱了袜，代代发！"新娘上轿后，母亲哭唱："进

① 黄涛.语言民俗与中国文化.北京：人民出版社，2002：237.
② 林国平，彭文宇.福建民间信仰.福州：福建人民出版社，1993：73.
③ 山曼，李万鹏，姜文华，叶涛，王殿基.山东民俗.济南：山东友谊书社，1988：62，372.
④ 姜彬.吴越民间信仰民俗.上海：上海人民出版社，1992：570.

轿门，等于进宫门。歇轿门，等于出天门，跳起龙门万丈高！进轿子呀，头缩一缩，遍地金水出！进轿子呀，轿子摇一摇，遍地出金条！出门碰见圆桂开花，圆生贵子！出门碰见柿树开花，事事如意！出门碰见桃树开花，桃福双全！出门碰见梅树开花，梅兰竹菊！出门碰见松树开花，层层节节，万世是个状元家！"[1] 在苏北宝应，隔窗扔筷子的节目叫"快捣窗户"，主角是个小男孩。他由家长抱着趴在窗前，拿着红筷子边捣窗纸边唱：

> 我是童男子，手拿红筷子，
> 站在窗台下，捣你窗户纸。
> 一捣一戳，生个儿子上大学；
> 一捣一穿，养个儿子做大官。
> 一双筷子一个洞，生个儿子更有用；
> 筷戳窗纸笑哈哈，养个儿子科学家。

"筷子"与"快子"谐音，寓意"快生贵子"[2]。

（五）时政歌

时政歌是民众从自己的观察和切身感受出发，以歌谣形式对所处时代的政治局势、政治事件、政治人物、社会风气等所做的评价和议论。时政歌实际就是社会上广泛流传、为人们所津津乐道的议论时政的民谣。

民谣的内容本有美与刺两个方面，而评论时事的民谣则以讽刺为主，人们注意的也是刺的一类。历史上流传下来的多是讽刺性的民谣。如夏代诅咒夏桀暴政的"时日曷丧，予及汝偕亡"，汉代讽刺封建官场的"直如弦，死道边；曲如钩，反封侯"，宋代咒骂童贯、蔡京的"打破筒，泼了菜，便是人间好世界"，现代讽刺国民党统治的"养了儿子是老蒋的，喂了猪牛是队长的，有乖婆娘是乡长的，积了钱是保长的"，等等。赞美的民谣也有，比如北宋赞范仲淹的"朝廷无忧有范君，京师无事有希文"（范仲淹，字希文），还有赞包拯、海瑞、林则徐的。

时政歌的特点有三点：一是产生的及时性和传播的迅速性，二是观点的鲜明性和讽刺的尖锐性，三是反映的真实性和评价的权威性。

时政歌侧重表现消极面，但是如果能够理解它在民众生活中发生和传播的实际情形，明了这种民谣在民众心理和情绪上的平衡、宣泄作用，并能通过民谣体察民情，进而着力解决民谣所反映的社会问题，那么就使它起到积极的作用，有益于社会的进步。

（六）儿歌

儿歌又叫童谣，是儿童口头传唱的歌谣。儿歌大部分是成年人根据儿童的心理特点、理解能力和发音习惯等编出来教给儿童唱的，这些儿歌往往体现了成年人的经验与观念，对儿童有

---

① 赵日新. 徽州方言与徽州民俗. 民俗研究，1997（3）.
② 蓝翔. 汉族婚礼筷俗. 民俗研究，1996（1）.

教育意义。也有一些是儿童在游戏时随口编唱的，如："小孩小孩你别哭，前边就是你大姑，你大姑罗圈腿，走起路来扭屁股，扭屁股哎嗨哟哦……""人之初，狗咬猪，性本善，大碗面，师傅吃，我砸蒜，师傅不吃，我不念。"从内容可知这些儿歌是儿童在特定情形下自然而然的"胡诌"式创作。

儿歌的内容很广泛，种类较多，根据儿歌的内容可分为摇篮曲、游戏歌、教诲歌、谶谣、随感谣等。

儿歌的特点：一是在语言形式上适合儿童的说话发音习惯，都用短句，尤其多用三字句，特别顺口；二是内容适合儿童思维特点，单纯、浅显而形象，有些富于魔幻色彩，适合儿童天真好奇、喜欢想象的心理特点。

1. 摇篮曲

摇篮曲又称催眠曲、抚育歌、母歌，是母亲、祖母、外婆等长辈或保姆哼唱给婴儿听的歌。这种歌谣倾注了成人对幼儿的深厚、温柔、爱护的情感，特别是崇高的母爱，音调和谐，旋律舒缓而优美，有显著的安抚、催眠效果。它是一个人在一生中最早接触的文学作品。幼儿虽然不能听懂歌曲的意思，但朦胧之中受到其中蕴涵的情感与韵律的熏陶。这种歌谣，在稍大一些的幼儿口中也有哼唱。

如河北省黄骅市的一首《催眠曲》：

> 噢，噢，别闹了，俺家乖乖合眼睡觉了。
> 狼来了，狗来了，猫儿背着猴来了，
> 猫也睡，猴也睡，老鼠吓得不喘气儿。

湖南隆回地区流传的《摇摇摇，摇到外婆桥》：

> 摇摇摇，摇到外婆桥，外婆买条鱼烧烧。
> 头不熟，尾巴焦，盛到碗里噼啪跳。
> 白米饭，鱼汤浇，吃了宝宝又来摇。
> 摇摇摇，摇到外婆桥，外婆叫我好宝宝。
> 糖一包，果一包，还有团子还有糕。

北京地区的《杨树叶儿》：

> 杨树叶儿哗啦啦，小孩儿睡觉找他妈，
> 乖宝贝你睡吧，蚂虎子来了我打它。

2. 游戏歌

游戏歌是儿童做游戏时所唱，内容配合游戏过程的儿歌。儿童经常做游戏，如踢毽子、拍皮球、跳绳、捉迷藏、追逐等，一边游戏，一边唱与游戏配合的歌谣，可以协调行动、增加趣味。如：

辽宁、山东等地流传的《拍球歌》：

> 俺打一，一不算，俺打两个莲花瓣。
> 俺打三，小镗锣，俺打四个够五个。

一五二五，刮风去土；一六二六，淹淹河谷；

一七二七，谷子大米；一八二八，马兰开花；

爱开不开，一百过来。

贵州贵定流传的《捉迷藏》：

斑斑点点，梅花嗅脸，君子过路，小人蒙脸。

蒙住庄稼李大哥，关门锁屋，钥匙不在家，一把拉住小娃娃。

一颗米，见到底，不是他，就是你。

两个小孩或一个大人同一个小孩，对面坐着，手拉手，模仿拉锯的动作，一来一去，叫"拉大锯"，各地都有这种游戏，也都有相应的歌谣，歌词有多种：（1）"拉大锯，扯大锯，姥姥家，唱大戏。接闺女，叫女婿，小外孙子也要去。"（2）"拉锯，送锯，你来，我去。拉一把，推一把，哗啦哗啦起风啦。"（3）"拉锯，送锯，你来，我去。拉一把，送一把。娃娃快长大，长大骑白马。"同样的游戏，河北景县叫"拉笋笋"："一笋笋，两笋笋，下来麦子蒸馍馍，蒸了馍馍给谁吃，给某某某（人名）吃。"黑龙江叫"扯笋笋"："拉笋笋，扯笋笋，打了麦子蒸馍馍。你一块，我一块。咱俩做个好买卖。你卖针，我卖线，你卖瓜，我卖菜，你上南京，我走口外。"陕西旬邑的儿歌唱道："扯锯锯，罗面面，我是我爷的乖蛋蛋。扯锯锯，打笋笋，请把我蛮蛮叫哥哥。"

3. 教诲歌

教诲歌是大人所编的教给小孩各种知识、做人规范与发音技巧的歌谣。儿歌大多为成年人所编，出于对儿童的关心爱护之情和教育后代成才的责任感，成年人自然要将自己的道德规范、社会经验等融入儿歌里，以形象可亲的形式传授给下一代。这种儿歌不仅可以有效地帮助儿童增长知识、开启智慧、养成正确的观念和习惯，也是文化传承的一种重要渠道。

辽宁儿歌《小耗子，上灯台》："小耗子，上灯台，偷油吃，下不来。叫奶奶，奶奶不来，唧溜咕噜滚下来。"湖北儿歌《小老鼠》："小老鼠，爬竹竿。竹竿滑啦，磕着老鼠的白牙啦；竹竿倒啦，磕着老鼠的光腔啦！"它们都在委婉地教育小孩不要爬到高处。有的儿歌说得较直接："猴女子，上枣树，掉下来，叫表叔。表叔不言传，猴女子气得翻白眼。"

儿歌的教诲作用还表现在它能使儿童练习发音，有助于小儿的语言习得。有些儿歌如绕口令在这方面的作用更为显著。

4. 谶谣

谶谣是小儿传唱的对社会局势、政治事件的走向、政治人物的命运等进行评价和预言的带有神秘色彩的歌谣。"谶"是迷信的人所认为的能够预测未来的图记或文字。"谶谣"就是将谶以谣的形式来传播。虽然谶语也能借助僧道之口、铭文石刻、墙壁题字等形式传播，但童谣是其主要载体。由于人们一般认为小儿天真无知，不会编造谎言，所唱童谣为"天籁之音"，甚至认为体现了天意，一些有政治目的的人便借助小儿之口来传播有政治影响的预言性谶语。当谶谣传播开来以后，从效果上来讲，它被人们看成"天意"与"民意"的结合体，所以政治家或政客就喜欢用谶谣的形式来传达某个社会集团或个人的愿望、政治目标等，造成一种天意如此或民心所向的态势，从而对大众及官府进一步产生舆论性、导向性的影响。有些谶谣与历史事实符合，有些则不符。谶谣在古代长期存在，现代社会已不流行。

据记载，东汉末年，京师出现童谣："千里草，何青青，十日卜，不得生。"隐指奸臣董卓将亡。《南史·张敬儿传》记载，张敬儿小名"猪儿"，其兄小名"狗儿"，家宅前有地方叫"赤谷"，他不自量力要造反，就编造谶谣，使乡里小儿传唱："天子在何处，宅在赤谷口，天子是阿谁？非猪如是狗！"后被齐武帝所杀。

5. 随感谣

随感谣指记载着人们在生活中的各种经验和感受的童谣。人们在日常生活中的许多所见所闻、所想所感，都能被编到童谣里。成人教给小儿的有些儿歌，主要是成人世界的事情，好些是儿童不懂或似懂非懂的。有些是儿童自己的创作，则反映了儿童的某些感受。这类儿歌包括了以上四类不能包括的各种内容的儿歌。

北京童谣《虫虫飞》："虫虫虫虫飞，飞到南山吃露水，露水吃饱了，回头就跑了。"它富于天然韵味，是在生活中所见现象的基础上的想象。《小小子儿》："小小子儿，坐门墩儿，哭哭啼啼要媳妇儿。要媳妇儿，干什么？点灯说话儿，吹灯做伴儿，到明儿早晨，梳小辫儿。"这首童谣将娶媳妇这种成人的事想象成孩子生活中的事。河南登封童谣《小闺女儿》："小闺女儿，十四五，嫁汉子，二百五，进了门，成天哭，公公骂，婆子打。回到娘家哥嘟噜，爹也哭，娘也哭，嫂子美得拍屁股。"它说的是传统社会中媳妇的凄苦。山东泰安童谣《日本鬼儿》："日本鬼儿，卖凉水儿，打了罐儿，折了本儿。坐火车，压断腿儿。坐汽车，翻了滚儿。坐轮船，沉了底儿。打中国，伸了腿儿。"它表达了民众对日本侵略者的愤恨。

二、民歌的形式与分类

根据民歌的句式、章法、韵律、唱法等表现形式方面的特点，可以将民歌分为山歌与小调两大类，每大类之下又有多种具体的民歌样式。

（一）山歌

山歌指在山野间劳动、集会、社交等活动中所唱的形式较为自由、音调高亢悠长的歌谣。主要流传在中国长江以南的广大地区，北方的信天游、花儿、爬山歌等也属于山歌。该术语在唐代已经出现，白居易《琵琶行》中有句"岂无山歌与村笛"。明代冯梦龙所编江南民歌集即名《山歌》。山歌的各种样式大都有一定的章法、句式、韵律、格调等套路，但歌词可即兴创作，根据现场情况和感受现编现唱，音乐节奏较为自由，句式、章法等也可灵活调整，便于感情的抒发和群体的社交。山歌的句式以七字句为多，或以七字句为基础加以变化，歌词中常出现衬字、衬词和衬句。山歌以独唱形式为多，也有一些对唱的形式。

中国的山歌有很多种样式，各地、各民族的山歌都有其独特的风采。一般来说，平原地带的山歌明丽流畅，高原地带的山歌粗犷高亢，草原地带的山歌热烈奔放，山野地带的山歌嘹亮悠扬。并且，各地有丰富多彩的歌节、歌会、对歌、赛歌等习俗。

下面讲述花儿、爬山歌、信天游、打歌、双歌、香哩歌等民歌形式。

1. 花儿

花儿是流传在甘肃、青海、宁夏部分地区，由回、汉、东乡、撒拉、土、保安、藏等族民众用汉语歌唱，以爱情为主要内容的山歌。它的流传地区是西北高原甘、青、宁三省相毗连的多民族聚居区，这些民族大都有自己的语言，却都用汉语唱花儿。"花儿"的命名源于该种山歌以爱情为主要内容，当地将男女情事称为"花事""缠花""花案"，将女情人称作"花儿"。"花儿"作为民歌名称最早出现于清代甘肃临洮诗人吴镇的《我忆临洮好十首》："花儿饶比兴，番女亦风流。"花儿既可以独唱，也可以在庙会、集市等场合对唱、合唱，既可用以表达爱情，也可用以结交朋友、访亲会友，歌唱花儿是当地山区人们的一种独特的社交活动。花儿可分两大流派：河湟花儿和洮岷花儿。

河湟花儿，或称临夏花儿，当地又称这种山歌为"少年"，主要流传在甘肃的临夏、永靖、东乡等地，青海的民和、乐都、湟中等地，宁夏的同心、西吉、海原等县。其形式最常见的是四句一首，每句七字，每句在节奏上分三顿。前两句的内容相当于引言性质，后两句直述本意或实事。在此基础上加以变化，如加衬字等。如甘肃脚夫所唱："黄河沿上水白菜，一天赶一天嫩了；尕妹妹患的相思病，一天赶一天重了。""樱桃好吃树难栽，白葡萄搭着个架来；心儿里有话口难开，旁人上搭着个话来（希望能有人替他传个话）。"

洮岷花儿主要流传在甘肃的临潭、岷县、临洮等县，基本形式是三句一首的单套子和六句一首的双套子，每句七字、三顿，多为三字尾。如："你像园里大丽花，折到我的柜上插，看见花儿忘不下。""想哩想哩实想哩，想得眼泪常淌哩，眼泪打转双轮磨，淌得眼麻心儿破，肠子想成丝线了，心花想成豆瓣了。"

2. 爬山歌

爬山歌是流传在内蒙古西部和晋陕北部的一种山歌，当地叫"爬山调"或"山曲"。它一首只有两行，有时可以将许多首连在一起，组成一个诗篇，表达更为丰富的意思；每句以七字为基础，可以增减，多的可到每句十五六字；两句押一个韵，也可以整篇押一个韵。爬山歌有些句子字数多，结构也复杂，但节奏分明，音韵和谐，多用双声、叠韵、叠音等手法，读起来很上口。如："大青山的老虎砚石山的猴，你要是妹妹的真朋友挎上妹妹走！""歪嘴嘴葫芦秋嘴嘴瓜，千层层毛眼眼左右右花。""太阳落在山畔畔上，眼泪滴在脸蛋蛋上。"篇幅长的山曲最有名的是山西北部汉族人演唱的《走西口》，在思想内容和艺术手法上都很有代表性：

哥哥你走西口，小妹妹也难留，
手拉上哥哥的手，送到哥哥大门口。

送到哥哥大门口，两眼泪长流，
有两句知心话，哥哥你记心头。

走路要走大路，不要走小路，
大路上人儿多，能给哥哥解忧愁。

歇息要平地歇，你不要靠崖头，
恐害怕千年的崖头，单等人来走。

大河水长流，你不要独自走，
不管那水深浅，你和人家手拉手。

坐船要坐船舱，万不要坐船头，
只怕那风摆浪，摆在哥哥你河里头。

吃饭要吃熟，生吃不美口，
你得下那头疼脑热，该叫人家谁侍候？
好话嘱咐够，牢牢你记心头，
你到了十来月里，早早往回走。

3. 信天游

信天游是陕北地区流传的山歌，又称顺天游。这种山歌形式自由，韵律优美，曲调高亢活泼，便于表达内心情感，深受陕北民众喜爱。它流传的地区与爬山歌接近，在传播过程中也互相影响，形式上有共同的地方，但曲调等也有不同。信天游两句一首，也可多首联唱，联唱时也是两句一段。每句的字数不定，七字句较多，上下句字数常有差距。两句一韵，也可多句一韵。如："把住亲人亲了个嘴，肚子里相思的疙瘩化成水。""山连着（那个）山来川连着川，风刮起黄土啊遮满天。""咱二人为朋友往后交，让那些端不死的鬼婆婆、没头鬼男人（指公公、小叔子等）都死尽嘛，亲亲。"也有上下句字数相同、结构规整的，如："听见下川马蹄响，扫炕铺毡换衣裳。/鸡娃子叫来狗娃子咬，当红军的哥哥回来了。"它常用叠音字造成一种独特的韵律美，如："清水水玻璃隔着窗子照，满口口白牙对着哥哥笑。/蛐蛐儿爬在暖炕上叫，哥哥的心崩哟崩崩跳。/你是哥哥命蛋蛋，搂在怀里打颤颤。/鸡蛋壳壳点灯半哟半炕明，烧酒盅盅淘米也不嫌你穷。"

最有代表性的信天游名篇是《蓝花花》（何其芳、张松如辑）：

青线线那个蓝线线蓝格英英的彩，
好一个蓝花花实实的爱死人。

五谷里的田苗子唯有高粱高，
一十三省的女儿呀唯有那个蓝花花好。

正月里那个说媒二月里订，
三月里交大钱四月里迎。

三班子那个吹来两班子打，
撇下我的情哥哥抬进了周家。

蓝花花那个下轿来东望西寻，
寻见周家的猴老子好像一座坟。

你要死来你早早的死，
前晌你死来后晌我蓝花花走。

手提上那个羊肉怀里揣上糕，
冒上性命我往哥哥家里跑。

我见到我的情哥哥呀说不完的话，

咱们俩死活哟常在一搭![1]

4. 打歌

又称"踏歌""跳歌"，是西南地区白族、彝族、苗族等民族中流行的一种民歌。这种民歌在不同地方有不同的名称，但大都有"跳着唱"的意思，如云南洱源西山白族叫"胆歌"，"胆"是跳、踏之意，直译就是踏着脚步唱调子。打歌是一种古老的歌舞形式，唐代裴铏在《传奇·文萧》中说："握臂连踏而唱，其调清，其词艳，惟对答敏捷者胜。"李白有诗《赠汪伦》："李白乘舟将欲行，忽闻岸上踏歌声，桃花潭水深千尺，不及汪伦送我情。"

打歌可在平时的交游活动中演唱，但更多的是在结婚等喜庆的场合演唱。其一般的唱法是边踏步边唱调子，但各地的唱法也有差异。怒江白族的打歌有两种唱法：一种是集体对唱，人数不限，一人领唱，数人伴唱，领唱者先唱第一句的前半句，伴唱者接唱第一句的后半句和第二句，虽唱词无固定的本子，但由于有约定俗成的套路，伴唱者的接唱众口一音，整齐和谐，从不混乱；另一种是男女对唱，一般是在男女之间有了爱慕之情，避开众人在清静的地方对唱谈情，往往通过对歌了解对方，有的由此定下终身。下面是一段节录的怒江地区白族男女对唱歌词：

男唱：你父亲门前有三棵麦子，你母亲门前有三棵青菜。

过来的人拿一叶，过去的人摘一片。

我们想拿拿不着，我们想摘不敢摘。

女唱：我们麦子有三棵，我们青菜有三棵。

过路的人嫌坡陡，走路的人嫌难走。

麦子枯萎了，菜叶变黄了。

一个也不要，一个也不采。

男唱：你父挖了三塘水，你母挖了水三塘。

上去的人打一桶，下来的人舀一碗。

我来时水没有了，我到时水舀干了。

我空来一趟，我算白辛苦。

女唱：我父曾挖三塘水，我母曾挖水三塘。

上面青苔盖三层，下面青草长三层。

过去的人唾一口，过来的人吐一嘴。

谁也不愿打，谁也不愿舀。

在云南巍山彝族地区，打歌是这里分布最广、影响最大、最为普及的一种民间艺术形式，男女老少都会打歌，逢年过节、婚丧嫁娶等场合都要打歌，甚至看完电影、看完戏、开完会也要打歌，差不多凡是人群聚集的场合都会成为歌场，来到歌场的彝家人都会身不由己地加入打歌的行列。打歌的历史很悠久。据说在部落时期就有了。成书于民国初年的《蒙化志稿》记

---

[1] 董森．民间情歌．北京：中国民间文艺出版社，1981：8.

载:"婚丧宴客,恒以笙箫杂男女踏歌,时悬一足,作商羊舞。其一人居中吹笙,以二人吹箫合之,男女百余围绕唱土曲,其腔拍节皆视笙箫为起止。"打歌是歌舞乐三者合一的综合性艺术。彝族的打歌有一定的传统规矩或习惯:

> 踏歌时,人群以点燃的篝火为圆心,根据人数的多少和场地的大小,自然地围成一圈或数圈,在芦笙笛子的指挥下,边唱边跳。打歌的节奏强烈,鲜明而便于合众。传统的打歌(除庙会外)都有一家做东道主。"歌头"是东道主事先邀请的。开始由东道主在歌场中央点燃篝火,再请寨子里比较有声望的老人开场吹响芦笙,向乡亲们发出呼唤。人们围着篝火呼应。"呜哇——喂!"反复三次。紧接着吹响笛子,人们三五做伴,携手搭肩,在芦笙的指挥下,从原地起步缓缓进入歌场,以篝火为圆心,边跳边唱,逐渐形成圆圈。开始人数不多,而且多半是老者,先进入者往往以挑逗的唱词邀集外观者尽快进入歌场,比如唱:"会打歌的来打歌,不会打歌干站着;得以来到歌场上,不跳一阵白来玩。"当打歌开始热闹起来时,老者们便逐渐退出歌场。这时青年们则开始大显身手,尽情地展现自己健美的舞姿和甜润响亮的歌喉。歌场上,男女之间一问一答,一唱一和,显示着自己的才华。随着打歌进入高潮,歌场的人群欢喜若狂,一对对情侣互相试探着吐露心中的爱情,进而如痴如醉。[①]

打歌的歌是男女对唱问答式的,"男子多用假嗓,女声甜润而富有感情"。同时配合舞蹈动作,拍手、扫脚、"拍羊皮",有些地方男子还常耍刀、舞棍棒。各地打歌的舞步,一般是十六步一反复,十六拍为一打歌调,舞者排成圆圈队列按逆时针方向行进,基本步法有多种,如"三步一跺""六步翻花""半翻半转""二翻半转""三翻三转"等。唱打歌调子时,舞蹈动作幅度较小,两脚轻踏,可做小幅动作的"半翻半转";唱完调子后,可跳大幅动作的舞蹈,如"三翻三转"是在十六拍内,向右翻身三圈,向左转三圈。通常打歌队伍的内沿是刀棒等器械的表演。队形的样式有"背对背""心对心""脚勾脚""脚对脚"等。舞蹈还有些模仿禽类的动作,如"斑鸠吃水""苍蝇蹉脚""喜鹊登枝""母鸡蹲窝""阉鸡摆尾"等。[②]曲调与动作的协调、配合和指挥则依靠笛子、芦笙的吹奏。这是各地打歌都大致相同的做法。除此之外,各地的打歌还有不同的流派和风貌,如:

> 五印一带的"打歌",又显得抒情优美。男子的下蹲全转,显得轻捷潇洒,有的如公鸡打架,有的又似野鸡摆尾,有时似雏鹰展翅,有时又如乳燕点水。女子的半转、全转则又那么婀娜迷人,有如金凤亮翅,又似孔雀开屏。
>
> 东山一带的打歌古朴典雅,男女之间动作对比强烈,互相映衬,男的活泼跳跃,弧度较大,犹如出猎擒兽。女的含羞文雅,恰似新娘出阁。特别是在中间的男子的双刀对舞,更显得雄健威风,它既是刚健的武术,又是优美的舞蹈。踏歌时男女都喜欢拿上一条精心刺绣的长毛巾,舞刀者将毛巾围在脖子上。
>
> 清华、中窑一带的"南山弦子歌",又显得别具一格……[③]

---

① 杨光梁．巍山彝族民间歌舞概述//云南省编辑组．云南巍山彝族社会历史调查．昆明:云南人民出版社,1986:163.

② 王典．巍山彝族歌舞"阿刿"//云南省编辑组．云南巍山彝族社会历史调查．昆明:云南人民出版社,1986:168.

③ 同①164.

5. 双歌

双歌是贵州东南部、广西一些地方流传的水族民歌。水族民歌以本族语言演唱，一般每句七个字，中间有停顿，将每句分为前三字后四字；讲究对偶，特别是长诗，句式对偶相当工整，短诗句式虽不十分工整，但基本上也是对偶形式；韵律上，以押腰韵为主，兼押头韵，极少押尾韵。水族民歌分单歌与双歌两种形式。其中双歌结构独特，分"说白"与"吟唱"两部分，说白是散文体的讲述，讲一个以两种动物为主角的小故事，为后面的唱词做好铺垫，相当于引言；吟唱部分以两种动物的口气铺排词句，以此譬喻交际双方的情形和关系等。结尾处以"我的某某友啊"尊称对方。如水族双歌《布谷与阳雀》：

[说白] 阳雀和布谷鸟要分别了。布谷鸟对阳雀说："朋友，你不要走呵，留下来我们两个一起唱歌。农民听了心里快乐。"阳雀说："我叫了一个季节，叫够了，我要走啦，明年开春我再来。"布谷鸟说："留你不住，我唱首歌你听吧。"

[布谷吟唱]
咱从前，双双在海，仙家派，来到人间。
走相会，相互问谈，请留下，一起唱歌。
双双飞，翱游天下，请留下，同我做伴。
树叶落，天寒前走，相陪伴，飞翔有力，
报讯农家。
你何必，急着要走？如缺粮，仙家补助。
同群飞，该有多好。同唱歌，心里快乐。
我的阳雀友呵！
[阳雀吟唱]
普天下，百十种鸟，仙家定，你来我去。
刺泡熟，春天快过，春一过，不能住了。
叫满春，身子要溶，不能留，和你分手。
到明年，樱桃花开，那时节，我又再来，
共同飞，空中游玩。
现在呀，实对你说，叫久了，舌头也辣。
仙王派，二天又来，去不久，冬天一过，
我们俩，后会有期。多谢你，诚心挽留，
我的布谷友呵！

6. 香哩歌

香哩歌是流传在广西瑶族的一种民歌。"香哩"出自瑶语音译，是歌唱者对对方的称呼，其含义随场合不同而有所差异，对朋友唱时，意为"朋友""同伴"，对情人唱时，就是"情哥"或"情妹"。该词作为称呼出现于每一段的首句和尾句之后。香哩歌的句子长短不一，句

数多少也不一定，意尽歌止；不讲究平仄和押韵，但注重对偶和排比。如广西瑶族流传的民歌
《你的话多么甜》（莫义明搜集）：

> 你说的话多么好呃，香哩！
> 它同甜酒那么甜，它同料酒那么香。
> 甜酒吃多还呛喉，料酒喝多还晕人，
> 你的话呀，越听越甜，越想越香呃，香哩！
> 你讲我话好，你的话更加好呃，香哩！
> 它同蜜糖那么甜，它同香草那么香。
> 蜜糖留久还会变酸，香草留久还会走气，
> 你的话呀，甜得更加久，香得更加长呃，香哩！
> 你讲我的话比蜜糖还甜，比香草还香啊，香哩！
> 请你用竹筒装好，用纱纸包好，
> 以后莫倒也莫丢呃，香哩！
> 你讲我的话比甜酒还甜，比料酒还香啊，香哩！
> 请你用坛子封好，用罐子装好，
> 以后莫倒也莫丢呃，香哩！[①]

（二）小调

小调是主要在街巷之中演唱的曲调与词句较为固定的民间小曲。如安徽小调《凤阳花鼓》："左手锣，右手鼓，手拿着锣鼓来唱歌，别的歌儿我也不会唱，单会唱个凤阳歌，凤阳歌唉唉唉呀，得儿另当飘一飘，得儿另当飘一飘，得儿飘得儿飘，得儿飘得儿飘飘一飘，得儿飘飘一飘。"小调的流传往往有一定的传授关系，且常有歌本同时行世，其词句一般不是即兴创作的，其章法与曲调也是较为规整和固定的。小调的句式以五七言为主，常用衬字，曲调多轻快流畅。小调的样式丰富多彩，在各地有不同的形式和名称，如华北、东北的《小放牛》《四季歌》，山西的《绣荷包》，山东的《沂蒙山小调》，安徽的《凤阳花鼓》，江苏的《摇船歌》《采茶曲》《苏武牧羊》等。请看吉林的《小拜年》：

> 正月里来是新年哪，初一那头一天哪，
> 家家那团圆会呀，少的去给老的拜年哪，
> 不论哪男女哎嗨哎嗨哟都把那个新衣裳穿哪哎哎哎哎哎呀。
>
> 正月里到初八呀，新媳妇住妈家呀，
> 带领小女婿呀，果子拿两匣呀，
> 丈母娘啊一见哎嗨哎嗨哟拍手笑哈哈呀哎哎哎哎哎呀。

---

① 董森. 民间情歌. 北京：中国民间文艺出版社，1981：108.

第三节
民间歌谣的艺术特征与功能

一、民间歌谣的艺术特征

民歌有很高的艺术性，其艺术特征主要有三个方面：天机自动，朴素浑成；形式多样，韵律和谐；善用各种修辞手法。

（一）天机自动，朴素浑成

民歌的总体风貌可谓天机自动，朴素浑成。

民歌具有鲜明的率真自然的特点，其含义有两个方面，一是真实，二是具有天然的韵味。对此古已有论。明代冯梦龙在《序山歌》里有名言："但有假诗文，无假山歌。"清代刘毓松在《古谣谚序》里说："谣谚皆天籁自鸣，直抒己志，如风行水上，自然成文，言有尽而意无穷。"民众自己也这样评价民歌。苗族民歌里说："哥一声来妹一声，好比先生教学生。先生教学还有本，山歌无本句句真。"这种特色的形成有四个方面的因素：第一，民歌创作与传播的方式是自然而然的，不是脱离生活的创作，而是民众生活的一部分；第二，民歌所表达的思想感情是真实的，是感受与经验的自然流露，直抒胸臆，没有矫饰；第三，民歌的表达方式率真自然，虽然频繁运用生动巧妙的艺术手法，但都自然成文，往往借助生活环境里的事物来形象地表达思想，这是民间文学的一个特长；第四，民歌的语言都用自然活泼的口头语。

（二）形式多样，韵律和谐

中国地域辽阔，人口众多，各地各族的民歌丰富多彩，成为一个诗歌宝藏。民歌的体式有很多种，各有特色。总体来看，各种民歌在创作和演唱上是有一定的套路可循的。它的创作与传播不是像自由诗那样主要凭个人自由发挥，而是在一定的格式中抒发感情。民歌往往有较固定的章法、句式、套语，有较固定的曲调、韵律等。在形式上最突出的特点就是韵律和谐，这使民歌便于传播，富于音乐性，也是民歌作为诗与歌的重要构成因素。形式上的套路不仅给民众表达感情带来了便利，也使民众的表达受到民歌形式的约束而具有较高的艺术性。民歌的套路约束与情感的自由抒发能够很好地统一起来。这方面的特点可以为新诗的创造、发展与改进提供重要的借鉴资源。新诗固然也有韵律，但一般比较自由，不像民歌那样有严格的程式。

（三）善用各种修辞手法

民歌的一个显著特色是在表达方式上频繁运用赋、比、兴、反复、双关、夸张等艺术手法。

赋即"敷陈其事而直言之者也"（朱熹《诗集传》），就是铺陈其事，如《走西口》《蓝花花》，善于以白描手法提炼典型细节，再如信天游中的片段："白格生生脸脸太阳晒，巧格溜溜手手拔苦菜。清水水玻璃隔着窗子照，满口口白牙对着哥哥笑。白日里想你穿不上针，到夜晚想你吹不下灯。"

比就是比喻，"以彼物比此物也"。民间歌手就在其劳动与生活环境中创作，有丰富的感性知识，善于用客观事象比喻自己的思想感情。如表达男女苦恋之情："入山看见藤缠树，出山看见树缠藤，树死藤生缠到死，藤死树生死也缠。"

兴，即起兴，"先言他物，以引起所咏之词也"。民歌的歌头、韵首常采用起兴的方法，以所见到的景物、所经历的事情来引起下文，使抒情叙事自然便利。起兴句有的与正文内容并无关联，有的则兼有比喻作用，属见景生情、借景抒怀。像一些较固定的歌头，"太阳出来暖洋洋""天上星，亮晶晶""小公鸡，跳花台""花喜鹊，尾巴翘""正月里来是新春"等，往往与后面的内容没有直接的关系。藏族民歌《沉醉》："巴塘的苹果很香很香，金川的雪梨很甜很甜；达娃啊！听到你劳动的歌声，会使人沉醉三年！"前两句是比与兴的结合。

有些其他艺术手法如反复、双关、夸张等的运用也很频繁，一般与民歌创作、传播的特点密切相关。如《诗经》中的《关雎》《采薇》，一些句子、句式的反复与劳动的动作重复有关，同时这种反复咏唱造成回环往复的旋律美，也便于民众按同样的结构、韵律表达多重意思。江苏民歌《好一朵茉莉花》，"好一朵茉莉花"在三段中出现六次，旋律优美动听。双关也是民众惯用的技法，他们常用表示日常事物的字眼来暗谐某种意思，使民歌的表意曲折巧妙，富于机趣，并且有一些字眼形成了相对固定的谐音双关联系，如"晴"与"情"、"丝"与"思"、"藕"与"偶"、"响"与"想"、"莲"与"连"、"芙蓉"与"夫容"等。夸张的手法也常用，如壮族民歌："莫夸财主家豪富，财主心肠比蛇毒，塘边洗手鱼也死，路过青山树也枯。"①

二、民间歌谣的功能

民歌的功能主要有以下四个方面。

（一）抒情娱乐功能

民众可借助民歌抒发、宣泄自己的感情，使平日常处于劳苦、忧虑的内心得到补偿和平衡；民歌那种优美动听的词句和旋律，也使人获得身心的放松和享受。如甘肃青海一带的人们生活中少不得花儿："饭一天不吃，肚子饿了挨住哩；花儿一忽儿不唱，是心慌哩。""山歌本是古人留，留在世上解忧愁，三天不把歌来唱，三岁孩子白了头。"

① 刘守华，巫瑞书.民间文学导论.2版.武汉：长江文艺出版社，1997：355-361.

（二）教育规范功能

民歌里包含着民众各方面的知识，民歌的唱诵与交流，具有传播知识的功效。特别是教诲性的儿歌，对孩子起着重要的教育作用。有些民歌传达着民众的道德观念与行为准则，对人们有着潜移默化的影响。

在瑶族，唱歌是生活中必不可少的一件事。人们从幼年就开始学歌了。过去对着歌本学歌还是人们认字学文化的一种重要途径。许多人没上过学，却能念读歌本。他们把历史、地理、生产等方面的知识编成歌谣，传给下一代。在老人和青年人对歌时，老人就毫无保留地把自己的知识传授给青年人。如老人想了解青年人是否知道一年中有多少个节气，就先唱道："一年四季十二月，何月立春雨水到……"如果青年人答不上来，老人就会用歌的形式唱给他。年龄相仿的人对歌，除了交流感情，也可以测验比试双方的智慧、才情、记忆力，并传授知识。如男女青年对歌，甲方想了解乙方平时对事物的观察能力，就唱道："什么有脚不会走，什么无脚江海游？"对方答："连台（台凳）四脚不会走，大船无脚水中游？"这样一问一答，可以从古唱到今，从天上唱到地下，日常的见闻与设想都可以编唱出来，对歌之中既加深了相互了解，也增长了知识。①

更有一些少数民族，将当地社群的道德规范、行为准则用歌谣的形式固定、传承下来，如瑶族的《石牌话》、苗族的《理词》、侗族的《款词》等，可看作民间的习惯法，对人们的行为有较严格的约束。

（三）实用功能

许多民歌有着更为直接的实用功能。劳动歌可以指挥、协调、鼓舞劳作；祝酒歌是一些地方招待客人的一种礼仪；有些地方的情歌是恋爱求偶的工具。藏族民歌说："蜜蜂和野花相爱，春风就是媒人。小伙和姑娘相爱，山歌就是媒人。"湖南民歌唱道："唱得好来唱得乖，唱得莲花朵朵开，唱得青山团团转，唱得小妹挨拢来。"许多少数民族的青年都把对歌作为结识、了解对方并培养感情的主要方式，当然不同民族或地方的对歌也有不同的习俗或讲究。有些地方的歌主要是已婚男女对唱情歌，表达对婚外异性的爱慕，并倾吐对自己婚姻的不满；而未婚男女则被禁止到歌节对歌。我们来看一段关于广西壮族青年对歌活动的记述：

> 在壮族中以唱歌来表示爱情是很普遍的事，这种风俗在距县城四五十里的乡下较为突出。每逢正月初一至十五，以及每逢三、六、九赶圩之时，男青年常邀女方到山头对唱山歌，有时一连唱一两天。唱歌时，双方的距离逐步地由远而近，直到仅距一丈多时，已算是谈恋爱了，而不是一般的唱歌了，到了这时，双方可以决定另找时间和地点谈唱。谈唱时的情况通常是这样：男方或女方一群人，在远处吹口哨，表示招呼对方，并挥动白手帕，如对方亦挥动白手帕，则表示愿意对唱，反之则系拒绝，双方在唱歌时，是由远及近的。接近时，由男方或女方中的一人问："你喜欢谁？"女方即指她所喜欢的那个人，于是就开始谈唱……

---

① 广西壮族自治区编辑组．广西瑶族社会历史调查：第六册．南宁：广西民族出版社，1987.

　　唱歌的风俗以大才乡最盛行，父母是不大会禁止子女去唱歌的，做母亲的如在夜晚听见男方吹口哨呼唤自己的女儿时，就会对女儿说："叫你了，你快去吧！"因唱歌而发生感情的青年男女，常常互相邀约同赴圩场，去时，打扮得整整齐齐，算是喜日，情深者还互送礼物。

　　这种情形下的壮族男女对歌大都有谈情说爱的动机，如果已婚者瞒着配偶去对歌，就会闹得家庭不和睦，有的偷偷去山头对歌的妇女"被丈夫追得漫山遍野跑"。青年男女虽有对歌恋爱的自由，但要正式结婚还是要遵照习俗经过当地一系列的程序。[①]

　　有些民歌还被用在政治斗争中起舆论宣传作用，特别是谶谣，在封建社会中常被农民起义领袖用作影响民心的工具。

（四）文化资料价值

　　民歌记载着民众的生活与观念，从中可以见到民族文化的某些方面的发展状况，有些资料是文字记载中见不到的。

第四节
歌俗、歌节与歌手

一、歌俗

　　歌俗指民众演唱民歌的习俗。从文学的角度，我们主要关注民歌的歌词与韵律；从民俗学的角度，更加注重民歌的演唱活动，将民歌作为一种民俗现象来看待，关注民歌在民众生活中的各种表现形式和社会文化功能。

　　歌俗在各族各地有不同程度、不同形式的表现。总体来看，民歌演唱活动可以出现在民众生活的各个方面和环节，如劳动、恋爱、婚嫁、丧葬、祝寿、盖房、娱乐、竞技、集会、旅行等。在歌俗发达的社区，民歌演唱活动就更加广泛和频繁。

　　我们来看畲族的歌俗。唱歌是畲族人生活中必不可少的组成部分，青年人尤其热爱唱歌。一个人走路或劳动时可以独自唱歌解闷，多人在一起时就合唱或对唱。路上碰见异性常要对歌，如果对不上来，可是件难堪的事，以至于那些不大善唱的姑娘不敢独自外出，总要与其他姑娘搭伴；如果知道某村有好歌手，自己唱不过人家，就绕道而过。也有人急着赶路，却被人拦住唱歌，又唱不过人家，而生起气来的。有几种大家最感兴趣的唱歌场合：第一种场合是陪来客唱歌。如果村里来了较远处的大家不熟悉的青年客人，异性青年们就活跃起来，晚上找他（她）去对歌，往往一唱就是一个通宵。越是陌生的客人，大家对歌的兴趣越大。因为盘歌的

---

　　① 广西壮族自治区编辑组．广西壮族社会历史调查：第二册．南宁：广西民族出版社，1985：315.

内容很多涉及男女情事，而他们认为本村的人是一家人，不能对唱这些内容；附近村里的人太了解，唱起来也没意思。如果会唱的歌少，做客人就是有点麻烦的事。因为很多主人与一个客人对歌，客人会多会少都得唱，如果一连十来条对答不上，就是输了，会受到主人的讥讽或教训："空长这么大，连歌都没有，回去学好了再来把输在这里的歌担子挑回去！"如果主方输了，就要请客人吃点心。他们把这种带竞赛性质的对歌叫"比肚才"。第二种场合是"做表姐"和"做亲家伯"。"做表姐"，指姑娘在要出嫁的那一年，由母亲陪着到她的舅舅村里去做客对歌。能唱的姑娘人人夸，不能唱的姑娘会遭到讥讽。"做亲家伯"，就是男子在娶亲的第二天，要请一个好歌手代表自己去女方家对歌，由媒人陪着，并挑着礼物。唱歌的对手是媳妇村里的妇女们。如果"亲家伯"歌唱得好，妇女们就不敢为难他，对他很礼貌，第三天回家；如果唱输了，就会被妇女们剥掉衣服，用灶灰抹黑脸，或者让他扛犁扮牛，甚至被连夜赶出去。如果双方的歌都很多，会连唱两个晚上。第三种场合是盛大的节日歌会，每年的农历四月分龙节、六月初一、七月初七、八月十五、九月九都有歌会。参加歌会也是青年们很热衷的事，通常从早上唱到太阳落山。有些离歌会地点远的人要赶两天山路，在前一天夜里赶到山下的村里住下。唱歌如此重要，当地人们对民歌的传授与学习也很重视，用心学歌是从小就开始的①。

汉族一些地方也有很盛的唱民歌习俗。例如据调查资料，武当山下有一个"民歌村"叫吕家河，歌俗相当盛②。

显然要深入民间进行田野调查，才能获得较为完整和生动的资料。这样了解与研究民歌，比仅注重歌词与曲调的研究更加生动，也更有意义。从歌俗的角度看，歌词仅仅是民歌演唱活动的一部分，民歌的实际存活状态有着立体性的更加丰富的内容。

二、歌节

歌节是歌俗的一种，是以歌唱活动命名的节日或以歌唱活动为中心内容的节日，前者是狭义的歌节，后者为广义的歌节。歌节的形成，最早是源于民众为了生产丰收举行的祈祷神灵或酬谢神灵的集会，此时歌舞是祭祀的一种方式；后来求偶与种族繁衍的需要成为歌节形成的主要因素。还有一些地方，歌节的形成有某种特殊因素，如为纪念对地方影响大的人物或事件。

根据歌节的活动内容和活动方式，可将歌节分为四种类型：第一种，以祭祀神灵为主的歌节，歌节活动主要是祭祀，歌舞不与祈神酬神分离。第二种，祭祀神灵与求偶游乐并重，一般是先举行祭祀仪式，然后男女歌舞同欢。第三种，以求偶娱乐为主，祭祀极为简化，或不举行祭祀仪式，只唱祭歌作为序曲，有些歌节则完全与祭祀脱离。第四种，形成于现代社会的新型歌节。新型歌节的形成原因与传统的歌节不同，一般与祈神酬神无关，而与新的社会环境有关，如有的与国庆节、青年节等节日融合，有的出于经济文化交流的需要。传统的歌节大都在山野田间举行，新型歌节则多在乡镇之中。

著名的歌节有壮族的"歌圩"、西北各民族的"花儿会"、哈萨克族的"阿肯弹唱会"、京族的"唱哈节"、傈僳族的"汤泉诗会"、侗族的"赶歌场"、苗族的"坡会"、瑶族的"耍歌堂"等，基本上各族都有自己的歌节。

① 福建省编辑组.畲族社会历史调查丛刊.福州：福建人民出版社，1986：206.
② 刘守华.武当山下民歌村.民俗研究，2000（3）.

三、歌手

歌手是民众中的唱歌能手。在人类社会的早期，巫师往往兼有歌手的身份。那时祭祀常要歌舞娱神，巫师是祭祀仪式的主持者，也是领唱者；此外，巫师还会念诵或歌唱咒语歌诀。现代社会一些保留较多巫术习俗的地区或民族，巫师仍然兼有歌手的角色。虽然巫师应是最早的歌手，但歌手不只是巫师。在丰富多彩的歌唱活动中，由普通的民众中涌现出许多善歌者，他们是歌手的主体。最著名的歌手是传说中的刘三姐。

20 世纪 50 年代末，广西的学者根据刘三姐传说与相关歌谣，创作了新歌剧《刘三姐》，使这一形象变得全国皆知。而在广西、广东一带，刘三姐传说已有很长的历史。最早的文字记载见于南宋王象之所著《舆地纪胜》，其中有简要的《三妹山》："刘三妹，春洲人，坐于岩石之上，因名。"到明末清初，对该传说的文字记述已很详细，大意是说，刘三妹以善歌闻名，千里以内的人们都来与她对歌，后来遇到一个也善歌的秀才，二人对歌七日夜，与旁观的人们都变成了石头。清代的刘三妹已被传说为"歌仙""始造歌之人"。到现代社会，与此相近的传说仍然在广西、广东、湖南、云南等地流传，其情节更加丰富。实际上，刘三姐是传说中的人物，不一定真有其人。不是刘三姐创造了歌圩，而是歌圩造就了刘三姐。

20 世纪 50 年代以后，许多民族都出现了杰出的歌手，如汉族的王老九、蒙古族的琶杰、傣族的康朗甩、藏族的才旦卓玛等。

【关键概念】

民间歌谣	劳动歌	仪式歌	法术歌
节令歌	礼俗歌	时政歌	儿歌
教诲歌	谶谣	山歌	花儿
爬山歌	信天游	打歌	双歌
香哩歌	小调	歌节	

【思考题】

1. 简述民间歌谣的分类法。
2. 民间歌谣有什么功能？
3. 论述民间歌谣的艺术特征。
4. 什么是仪式歌？简述仪式歌的主要形式。

【作品选读】

情 歌

好一朵茉莉花

好一朵茉莉花，　　　　　　　　　　　　好一朵茉莉花，满园花开香也香不过她。

我有心采一朵戴，

又怕看花的人儿骂。

好一朵茉莉花，

好一朵茉莉花，

茉莉花开雪也白不过她。

我有心采一朵戴，

又怕旁人笑话。

好一朵茉莉花，

好一朵茉莉花，

满园花开比也比不过她。

我有心采一朵戴，

又怕来年不发芽。

（江苏民歌）

摘茶歌

正月桃树才开花，山中茶树未含芽。
不能等着摘茶叶，哥妹一同把地挖。

二月惊蛰又春分，甜甜春雨润茶林。
茶树饱喝甜春水，茶枝放出嫩茶心。

三月摘茶时正着，俩人一树挂茶箩。
左手攀枝右手摘，歌满山坡茶满箩。

四月摘茶茶老青，不是谷雨嫩茶心。
立夏小满茶不好，见茶不好待情人。

五月茶林绿荫荫，哥邀情妹进茶林。
泡碗浓茶给哥喝，浓茶苦口甜在心。

六月摘茶红火天，茶叶不细可新鲜。
哥哥莫嫌茶粗口，样子粗来茶味甜。

七月田里禾扬花，有钱难买禾花茶。
泡碗花茶给哥饮，又解口干甜未酣。

八月立秋天转凉，哥陪情妹铲茶山。
妹配哥哥好上好，桂花泡茶香又香。

九月摘茶过了时，空把茶篮挂树枝。
有茶妹说弟来早，无茶妹说弟来迟。

十月茶山老叶落，我寻茶山会哥哥。
泡碗苦茶给哥吃，愿我俩人早配合。

十一月到立冬，快快茶山叶落空。
茶叶落地为霜打，哥不想妹为家穷。

十二月来正过年，浓茶香来果子甜。
妹妹不嫌哥穷苦，哥愿和妹过长年。

（原流传于湖南江华瑶族自治县瑶区，1980 年 5 月搜集。
见广西壮族自治区编辑组：《广西瑶族社会历史调查》，
第七册，21～22 页，南宁，广西民族出版社，1986）

情歌对唱

男：打烂饭碗起花台，砌起花台等妹来。
　　十年不来十年等，不再移花别处栽。
女：树尾摇摇必有风，水里动动必有鱼。
　　情哥见妹眯眯笑，必定有话在心中。
男：情妹生得白台台，高山井眼哪个开，
　　万丈高楼哪个起，江边杨柳哪个栽。
女：情哥生得白台台，高山井眼自己开，

万丈高楼鲁班起，江边杨柳水推开。
男：桐油树上挂银勾，弟打单身实在愁。
　　衣裳烂了无人洗，洗了衣裳无人收。
女：桐油树上挂银勾，弟打单身你莫忧。
　　衣裳烂了我来洗，洗起衣裳我来收。
　　…………

（见广西壮族自治区编辑组：《广西瑶族社会历史调查》，
第七册，262 页，南宁，广西民族出版社，1986）

松花江岸相会情歌

男唱：妹妹呀！

　　　我好像失群的孤雁，
　　　离山的老虎一样，
　　　过着孤单的游散生活；
　　　绕过了乌苏里江，
　　　我俩在此江岸巧遇上；
　　　望着春来秋往的鸿雁，
　　　我也听到了你的音信。

　　　鸟也成双，
　　　兽也有对，
　　　何况咱们人呢？

　　　妹妹呀！

　　　你有那么巧的手，
　　　绣的葡萄鸟来啄，
　　　绣的玫瑰花蝶来飞舞；
　　　你长的又是那样样的漂亮，
　　　你那美丽动人的眼睛像宝石般发光，
　　　你那漂流在地的乌黑头发如同墨染，
　　　你那苹果般的脸蛋像水面一样平静，
　　　你那杨柳般的细腰如随风舞动，
　　　怎能不叫人爱慕和留恋啊！

女唱：哥哥呀！

　　　我也听到你的音信啦！

　　　你是一位生产能手，
　　　跋涉了千里路程到我这里，

你打猎特别勤快，
捕兽常丰收，
打飞禽百发百中，
撵貂有窍门；
越山、穿林、过草甸，
你每天走这么多的路啊！
你的衣服被树枝刮烂了，
也无人给你缝补。

哥哥呀！

你多么魁梧，
你的身长有丈二，
你的膀阔有二尺，
你长的又是那样的俊秀，
你的容貌好像画中人；
你到哪里，
哪里的姑娘们都爱你，
她们会围上你，
不叫你走！

我现在也没有什么好东西赠给你，
你若不嫌弃，
把我这块手绢和绣花烟荷包送给你，
你打猎累了吸袋烟好来解乏，
出了汗好用这块手绢擦一擦，
想起我就看一看这两件，
就如同看见我一样高兴！

　　　　　（见黑龙江省编辑组：《赫哲族社会历史调查》，
　　188～189 页，牡丹江，黑龙江朝鲜民族出版社，1987）

至今还没有得到回音

姑娘那俊美的脸蛋啊！
像初夏的石榴花一样娇嫩；
姑娘那明亮的眼珠啊！
像玉盘里滚动着两滴水银。

姑娘那修长的发辫啊！
像青松枝桠上垂挂的萝藤；
姑娘那窈窕的身姿啊！
像挺拔的赤桦迎着春风。
姑娘那温淑的性格啊！

像东来的和风轻拂着白云；
姑娘那纯净的心地啊！
像深山的水晶石闪光透明。
姑娘那羞涩的笑容啊！
像天火点燃我满腔的忠诚；
姑娘那无语的盼顾啊！
像宝镜摄去我年轻的灵魂。

我心上的那位姑娘啊！
和我一同住在静静的巴里坤，

我借着歌声带去无数问候，　　　　　　　　至今还没有得到回音。

（见新疆维吾尔自治区编辑组：《巴里坤哈萨克族风俗习惯》，
98～99页，乌鲁木齐，新疆人民出版社，1986）

姑娘追

你骑上枣红马奔过牧场，　　　　　　　　请骑上枣红马缓缓下山冈，
我骑上雪青马紧追你身旁；　　　　　　　我陪你游遍鲜花开放的牧场；
你的马儿比鸟快啊，　　　　　　　　　　草原的红花真艳丽，
却追不上心爱的姑娘。　　　　　　　　　美不过我心爱的姑娘。
我输了，请举起皮鞭任你抽打，　　　　　请吐放情丝把我捆住，
热流会暖遍我心房。　　　　　　　　　　情丝会永远网住我的心房。
哟！怎么高举鞭轻轻落下，　　　　　　　哟！你这看不见的情丝是那样的迷人，
这缠绵的鞭子直使我留恋难忘。　　　　　解不开的情丝热透我的心肠。

（见新疆维吾尔自治区编辑组：《巴里坤哈萨克族风俗习惯》，
130～131页，乌鲁木齐，新疆人民出版社，1986）

红豆开花担蔓蔓（信天游）

红豆开花担蔓蔓，　　　　　　　　　　　酒盅盅量米不嫌哥哥穷。
哥哥是我的命蛋蛋。　　　　　　　　　　瓷窑庄来沤麻坑，

叫一声哥哥摸一摸我，　　　　　　　　　沤烂生铁沤不烂心！
浑身上下一炉火。
　　　　　　　　　　　　　　　　　　　为你我身子挨了刀，
谷楂糜楂黑豆楂，　　　　　　　　　　　青刀进红刀出我不怕！
想起哥哥浑身麻。
　　　　　　　　　　　　　　　　　　　手拿铡刀取我的头，
灯锅锅点灯半炕炕明，　　　　　　　　　血身子也和你头对头。

（流传地区：陕北。见何红一编：《唱支山歌做媒人·情歌篇》，
268～269页，武汉，湖北人民出版社，1994）

咱二人死活一条路（爬山歌）

我和哥哥交好心里头爱，　　　　　　　　铁板书造就真夫妻，
哪怕他人头挂在南天门外！　　　　　　　哪怕他天打五雷锥！
你变成个鹞子我变成个鹰，　　　　　　　你和妹子一条道，
你能飞高我能跟。　　　　　　　　　　　哪怕他人头就地抛！
你变成个龙，我变成个凤，
一翅翅飞在半天空。　　　　　　　　　　只要哥哥拷我来，
　　　　　　　　　　　　　　　　　　　钢刀裁妹妹也敢挨。
活的咱二人谁也离不开谁，　　　　　　　东地的糜子西地的豆，
死了咱二人一个墓子里埋。　　　　　　　咱二人死活一条路！

（搜集整理人：韩燕如。流传地区：内蒙古。见董森编：《民间情歌》，
270页，北京，中国民间文艺出版社，1981）

盼你盼得眼干了（爬山调）

高高山上打酸枣，
盼你盼得眼干了。

一出大门两头看，
燕窝好比螺丝转。

一出大门朝东瞭，
大泪蛋蛋撵得小泪蛋蛋抛。

一出大门往西瞭，
下眼皮掉泪上眼皮跳。

听见哥哥马铃铃响，

一头碰烂两眼窗。

听见哥哥拴住马，
心上开了一朵牡丹花。

哥哥白马拴住啦，
妹妹的清茶沏好啦。

小白马马窗棂棂上拴，
知心的话话拉不完。

半山坡坡种豌豆，
见了哥哥说不够。

（搜集整理人：韩燕如。流传地区：内蒙古。见董森编：《民间情歌》，
67～68页，北京，中国民间文艺出版社，1981）

讲起连妹就要连

讲起连妹就要连，
不怕刀枪架屋檐；

杀头好比风吹帽，
坐牢好比逛花园。

（流传地区：长沙。见董森编：《民间情歌》，4页，
北京，中国民间文艺出版社，1981）

如要我俩的婚姻断（花儿）

十冬腊月好寒天，
雪压山，
羊吃了路边的马莲①；

如要我俩的婚姻断，
三九天，
冰滩上开一朵牡丹！

（流传地区：青海。见董森编：《民间情歌》，17页，
北京，中国民间文艺出版社，1981）

妹相思

妹相思，
妹有真心弟也知。

蜘蛛结网三江口，
水推不断是真丝。

（流传地区：广东。见董森编：《民间情歌》，21页，
北京，中国民间文艺出版社，1981）

你生得好啊！（侗族）

男：远路的姑娘啊！

我们住的隔着三座大山，

---

① 马莲：又叫马兰，一种野生植物，嫩叶可食。

我们住的隔着六条大河，
今晚我们得相会了，
今晚的相逢就像龙抢得了宝珠一样珍贵。
我在油柴灯下仔细看你，
看到你脸长得白生生的；
细看清楚，
你的眉毛生得又很秀雅，
你若走在大街上，
就像一件宝贝滚在街上一样，
万条龙都要拼命地抢你。

女：各住各的寨，
　　我们没有见过面；
　　各住各的村，
　　我们没有遇见过；
　　这下会到你，
　　你生得这样好，
　　脸白软得像棉花，
　　脸上像玉石一样细润，
　　眉毛生得秀气，
　　像羊毛丝一样，
　　唉！你把我的魂都勾走了！

男：你生得好，
　　像野菜的嫩叶子，
　　你的肉色就像桃花色一样，

你生得高也不高、矮也不矮，
今晚我看你一晚都很合我的意；
我上坡做活路会把禾苗锄掉的，
因为太想你的狠了！
眼睛看你，
看见你白得很，
白得像兔子毛，
白得像竹鸡①，
我们所有的侗家寨上没有一个姑娘比
得上你。
我只要能看到你一眼，
你对我不讲话我也安逸；
同你在一起，你一首歌也不唱，
让我同你在一起，十个通宵我也不想
睡。

女：你生得好，
　　就像开花的白果树一样：
　　细细看你，
　　实是长得俊，
　　就像小龙王崽一样。
　　你来到我家，
　　你来到我的身边，
　　我的腿就像瘫了一样，
　　一步也不能离开你。

［搜集人：王东、杨过仁。流传地区：贵州黎平。见贾芝主编：
《中国新文艺大系·民间文学集（1949—1966）》，上卷，
558~559 页，北京，中国文联出版公司，1991］

结成终身伴（壮族·勒脚欢②）

（一）

妹妹像荷花一样鲜红，
生长在碧绿的池塘当中；
微风吹来轻轻地舞动，
哥哥一见就爱自心中。

哥哥多次想划船靠拢，

心中又老怕此路不通；
妹妹像荷花一样鲜红，
生长在碧绿的池塘当中。

荷花是这样的鲜艳美丽，
我闭上眼睛还看见你的笑容；
微风吹来轻轻地舞动，
哥哥一见就爱自心中。

---

① 竹鸡：一种小鸟，纯白色，鲜净可爱。
② 勒脚欢：是壮族民歌的形式之一，又名跳脚、马蹄脚或欢三跳。每首三节，每节四句；第二节的三四句与第一节的一二句同，第三节的三四句与第一节的三四句同。

（二）

听见你过分的夸奖，我的脸又热又红，
看见你固执的追求，我的心扑扑腾腾，
你如果真爱我这个笨手笨脚的姑娘，
就把渡船划过来吧，别那么顾虑重重。

那次在劳模会上我已把你看中，

我怕配不上你，才把嘴边的话咽入肚中；
听见你过分的夸奖，我的脸又热又红，
看见你固执的追求，我的心扑扑腾腾。

我家世代耕种在红水河旁的大山冲，
我热爱家乡的水，我热爱家乡的风；
你如果真爱我这个笨手笨脚的姑娘，
就把渡船划过来吧，别那么顾虑重重。

［翻译人：黄德旭。见贾芝主编：《中国新文艺大系·民间文学集（1949—1966）》，上卷，562～563页，北京，中国文联出版公司，1991］

生活歌

小白菜

小白菜呀心里黄，
两岁三岁没了娘，
跟着爹爹还好过，
恐怕爹爹娶后娘。
娶了后娘三年整，
生了个弟弟比我强。
弟弟穿的绫罗缎，

叫我穿的粗布裳。
弟弟上学我受苦，
弟弟吃面我喝汤。
端起碗来流眼泪，
放下筷子想亲娘。
我想亲娘谁知道，
哭着大叫我的亲娘。

（演唱人：杜香玲。采录人：王旭生。整理人：门玉力。见王敬学主编：《安平县故事歌谣卷》，163页，北京，中国民间文艺出版社，1989）

米脂的婆姨绥德的汉

米脂的婆姨绥德的汉，

清涧的石板瓦窑堡的炭。

（陕北民谣）

陕西十大怪

房子半边盖，帕帕头上戴。
面条像腰带，辣子是道菜。
锅盔像锅盖，泡馍大碗卖。

碗盆难分开，姑娘不对外。
不坐蹲起来，唱戏吼起来。

（陕西民谣）

云南十八怪

竹筒当烟袋，

鸡蛋用草串着卖。

草帽当锅盖，
豆腐长毛才出卖。
青菜叫苦菜，
米饭粑粑叫饵块。
蚕豆数堆卖，
三个蚂蚱一盘菜。
草绳当腰带，
脚趾露在鞋子外。

松毛扭着卖，
这边下雨那边晒。
姑娘叫老太，
背着娃娃谈恋爱。
鞋子后边多一块，
四季服装同穿戴。
火车没有汽车快，
不通国内通国外。

（云南民谣）

过新年

正月里是新年儿，
大年初一头一天儿，
家家团圆会儿，
谁家都过新年儿，
不论大姑娘小媳妇，
都把这好衣裳穿。

打春是初八，
姑娘们回娘家，
带着小女婿，

叫了一声丈母妈，
丈母摆摆手。
快把姑爷请到家。

女婿多和顺，
丈母更喜欢，
姑娘虽不俊，

女婿也不嫌，
欢欢喜喜拜个年，
高高兴兴把家还。

（讲述人：崔洛四，男，89 岁，农民，文盲。采录人：李保树。见王敬学
主编：《安平县故事歌谣卷》，164 页，北京，中国民间文艺出版社，1989）

割草歌

哎咳哟，哎咳哟，
草儿青青多肥茂，
羊儿吃了长满膘，
伙伴们哟，快来割草，快来割草。
哎咳哟，哎咳哟，
刀儿飞快像风飘，

草儿堆得比山高，
金山银山比不了。
哎咳哟，哎咳哟，
为使牲畜长好膘，
伙伴们哟，快来割草。

（见甘肃省编辑组：《裕固族、东乡族、保安族社会历史调查》，
33 页，兰州，甘肃民族出版社，1987）

狩猎歌

地封了冻，
雪已飘飘，

狩猎的季节到来啦！
打猎的人们，

准备好了粮食和行李，
装在套好了狗的"拖日乞"上；
一帮一伙地奔向了围场。
拉着"拖日乞"，
越过高岗，
穿过草甸，
急走了三天，
到达了围场。
打猎要勤快，
追踪、穿山不要烦！

下伏弩时高低要找好，
机关线要扎紧，
免得捕兽落空。
打上一冬猎，
春暖花开就返家。
所获皮张收藏好，
准备开江运城去，
换回粮米和布匹，
集体分配给各家。

（见黑龙江省编辑组：《赫哲族社会历史调查》，
37页，牡丹江，黑龙江朝鲜民族出版社，1987）

放羊歌

正月放羊正月正，辞别爹娘要起身，
小羊赶在前面走，奴家收拾随后跟。
二月里来百草生，百草团团在山根，
小羊不吃山百草，要吃河边嫩草心。
三月里来是清明，手提坟标去上坟，
有儿坟头飘白纸，无儿坟头青草生。
四月放羊雨水多，身背罗锅绕山坡。
五月里来是端阳，仓蒲药酒配雄黄，
人人吃的雄黄酒，奴家吃的黑豆汤。
六月里来热洋洋，天上出的大太阳。
晒得小羊咩咩叫，晒得奴家没心肠。
七月里来秋风凉，请个裁缝裁衣裳。

人人穿得两三件，奴家穿的单衣裳。
八月里来是中秋，恼恨山水顺山冲。
早上点羊三百对，晚上点羊差二双。
九月里来九月九，摘朵菊花泡烧酒，
人人吃得浑浑醉，奴家不得半嘴尝。
十月里来十月朝，家家坟前把纸烧，
烧钱化纸风吹去，奠茶奠酒浸草根。
冬月里来下雪大，冻死小羊在山间。
冻死小羊不要紧，可怜奴家放羊人。
腊月里来一年光，收收拾拾上羊前，
大路不走走小路，早早到家过新年。

［见云南省编辑组：《纳西族社会历史调查（三）》，
30页，昆明，云南民族出版社，1988］

牧马歌

天上闪烁的星星多呀，
星星多，
不如我们家乡的羊儿多；
天边飘浮的云彩白呀，
云彩白，

不如我们家乡的羊绒白。
绿色的草原上跑着白羊，
羊群像星星撒在草原上。
巴里坤草原是我的故乡，
我们的生活是那样幸福欢畅。

（见新疆维吾尔自治区编辑组：《巴里坤哈萨克族风俗习惯》，
4页，乌鲁木齐，新疆人民出版社，1986）

牧马歌

自从山上长起草，哎，哎呀！
就有了牧马之歌，哎，哎呀！
自从开始放马起，哎，哎呀！
就有了牧马之歌，哎，哎呀！
同牧马人生死相恋的，
还是我们的牧马之歌，哎，哎呀！

牧马之歌表达了我们的心愿，
唱着歌儿我们守马圈。
为了我们的马群平安，
宁肯坐着过夜晚。
我们唱着牧马之歌，
守护着我们的马群和家园。

（见新疆维吾尔自治区编辑组：《柯尔克孜族风俗习惯》，
17页，乌鲁木齐，新疆人民出版社，1987）

打夯歌

闲来无事上村西哎咳哎咳咿咳，
有一个小庙是新修的哎咳哎咳咿咳，
歇山转角是琉璃瓦哎咳哎咳咿咳，
四根明柱是油漆哎咳哎咳咿嘿。
要问庙内几个尼姑哎咳哎咳咿咳，
一个师傅两个徒弟哎咳哎咳咿咳，
大徒弟就叫人人爱哎咳哎咳咿咳，

二徒弟就叫万人迷哎咳哎咳咿嘿，
大徒弟养了个大胖小哎咳哎咳咿咳，
二徒弟养了个胖闺女哎咳哎咳咿咳，
她师父也有个小外号哎咳哎咳咿咳，
起名就叫烂酸梨哎咳哎咳咿嘿。
师父有心将她们打哎咳哎咳咿嘿，
可自己正在月子里哎咳哎咳咿嘿。

（演唱人：苑海九，男，78岁，农民，文盲。采录整理人：
赵恒瑞。见王敬学主编：《安平县故事歌谣卷》，186页，
北京，中国民间文艺出版社，1989）

快夯歌

叫声老乡们哪嘿嘿，
细听我来说呀嘿嘿，
打好这根桩呀嘿嘿，

不怕大水冲啊咳咳，
要是冲破了呀咳咳，
明年早动工啊嘿嘿。

（演唱人：苑海九。采录整理人：赵恒瑞。见王敬学主编：
《安平县故事歌谣卷》，187页，中国民间文艺出版社，1989）

仪式歌

酒礼歌

一只凶狠的野狼，
在沟边转来转去；
一群小猪在沟边放牧，
自由嬉戏吃野草根；
一只幼弱的小猪，

被豺狼衔走后，
别的小猪伤心极了；
这是一件可怜的事，
这说不出的伤心！

一只可恶的老鹰，　　　　　　　　一个可怜的媒人，
在蓝天里飞来飞去；　　　　　　　在屋前屋后走去走来；
一群小鸡在篱笆下游荡，　　　　　一伙可爱的姑娘，
自由自在地啄虫；　　　　　　　　在家里自由自在地歌唱织布；
一只瘦弱的小鸡，　　　　　　　　一个可爱的姑娘，
被狠毒的老鹰叼去后。　　　　　　被烂舌的媒人说合去了；
小鸡的伙伴痛心极了，　　　　　　余下的姑娘悲痛落泪。
这是一件凄惨的事，
这也是一件说不出的凄凉。

［见云南省编辑组：《云南少数民族社会历史调查资料汇编（三）》，
240～241 页，昆明，云南人民出版社，1987］

聚　　欢

智者贤良啊来自四方，　　　　　　欢乐的歌儿尽情地唱，
今天欢聚啊同坐一堂；　　　　　　心中的话儿尽情地说。
金子灿灿太阳般的美，　　　　　　痛饮美酒吧今晚最香，
聚欢之乐胜过金子闪光。　　　　　倾吐心音吧奉献衷肠；
　　　　　　　　　　　　　　　　有酒不饮又待何日醉？
沸腾的方屋啊火烈情浓，　　　　　有话不说又待何日讲？
欢乐的太阳啊心中升起；
举杯痛饮吧恩重的双亲，　　　　　良辰美景啊何时能再来？
欢歌起舞吧亲密的朋友。　　　　　亲朋挚友啊何地再相聚？
　　　　　　　　　　　　　　　　愿今日相聚永不分离，
高举玉觞吧满饮三杯，　　　　　　愿明年今日重逢此地。
放开音喉吧高唱酒歌；

［搜集人：于乃昌。见钟敬文主编：《中国新文艺大系·民间文
学集（1976—1982）》，548 页，北京，中国文联出版公司，1987］

劝酒歌

南方印度的竹器酒杯，　　　　　　看在松石镶边的面上，
黄铜镶边的竹器酒杯。　　　　　　亲人啊，请你喝上一杯。
看在黄铜镶边的面上，　　　　　　家乡门隅的木器酒杯，
亲人啊，请你喝上一杯。　　　　　银子镶边的木器酒杯。
　　　　　　　　　　　　　　　　看在银子镶边的面上，
北方藏区的瓷器酒杯，　　　　　　亲人啊，请你喝上一杯。
松石①镶边的瓷器酒杯。

［搜集人：于乃昌。见钟敬文主编：《中国新文艺大系·民间文学
集（1976—1982）》，548 页，北京，中国文联出版公司，1987］

---

① 松石：一种宝石。

揭面纱仪式歌

（一）开场白歌

百花齐放，
多么芳香，
百灵歌唱，
多么欢畅，
新娘子来啦，
你是多么漂亮！
美丽动人的新娘哟，
你引我开怀歌唱。
快把门敞开，
香甜的"夏什吾"为你撒下吉祥。

（二）揭面纱歌

啊唔！
新娘子来了，多神气，
看她那如月的美容！
美丽的新娘子来到这里，
人们就不会感到寂寞孤独。

打开门啊！
撒下"夏什吾"，
揭开新娘的面纱，
别吵闹，静悄悄。
啊唔！
驳斯门拉①，揭面纱！
一切妖魔被驱尽。
大家听我唱歌啦，
歌似潮水漫山洼，
欢欢喜喜心花放，
我给新娘揭面纱。

新娘来了大家瞧，
见面礼物准备好，

给多给少不嫌弃，
说说笑笑图热闹，
先向乡亲们行礼。
以后见到了长辈，
要深施礼慢慢行，
你的公婆受过苦，
对待他们要孝敬。
别为小事乱喳喳，
不要见人就吵架，
做事就要做到底，
不要到处留尾巴，
给你公婆行个礼。

美丽的新娘我们欢迎你，
欢迎你的光临，
祝福你的幸福。
请告你的芳名。
（这时，陪伴新娘的嫂子说出新娘的名字）
愿你和新郎亲密相处，白头到老，
愿你孝敬公婆，
尊敬兄长，
爱护弟妹，
和四邻和睦相处。

这是你的家，
今后你就是这个家的主妇，
这个家的好坏你有一份责任。
要勤俭持家，热情待客，
勿讲闲言碎语招惹是非，
勿轻率行动失去理智，
要做一个贤妻良母，
尊老爱幼的好媳妇。
…………

（见新疆维吾尔自治区编辑组：《巴里坤哈萨克族风俗习惯》，54～55页，乌鲁木齐，新疆人民出版社，1986）

---

① 驳斯门拉：以胡大的名义。

新娘的歌

从娘家来到这陌生的村落，
我心慌意乱忐忑不安。
假若我言行有什么不检点，
众乡亲千万莫记在心间。

感谢你们参加我的婚礼，
感谢你们对我的称赞。

我的容颜并非那么美貌，
我的心却像金子一般。
我的毡房在乡亲们毡房中间，
少不了给乡亲们增添麻烦；
为了我们和睦相处亲密无间，
这碗见面酒请众乡亲赏脸。

（见新疆维吾尔自治区编辑组：《柯尔克孜族风俗习惯》，
56 页，乌鲁木齐，新疆人民出版社，1987）

辫子飞飞风筝飘

官衔小，架子老，
穿件马褂当龙袍，
拾根鸡毛赛令箭，

上司喷个嚏，
奔跑断腿折断腰，
辫子飞飞风筝飘。

（搜集人：严金凤。流传地区：江苏南通）

林则徐禁鸦片

林则徐，禁鸦片，
焚烟土，在海边；

开大炮，打洋船，
吓得鬼子一溜烟。

（流传地区：北京）

洪杨到，百姓笑

洪杨到，百姓笑，
白发公公放鞭炮，

三岁孩童扶马鞍，
乡里大哥吹角号。

（搜集人：建宁。流传地区：江苏南京）

一入庚子年

一入庚子年，
起了义和团，
杀了洋教士，

扒了电线杆。
拦、拦、拦，
赶走了外国船。

（讲唱人：曹老太太。流传地区：黑龙江宁安）

十等人

一等人，当书记，孩子老婆有出息；

二等人，当队长，孩子老婆说话响；

三等人，当会计，把着笔杆儿有张椅； 　　七等人，饲养员，每天都有半天闲；
四等人，当保管，出来进去褡裢满； 　　八等人，看水稻，白天黑夜睡大觉；
五等人，跑外交，吃多吃少全报销； 　　九等人，掏大粪，干多干少没人问；
六等人，赶大车，车轱辘一转一块多； 　　十等人，当社员，褡裢不称半分钱。

（口述人：金百柱。搜集人：韩宝华。流传地区：河北省抚宁区）

出　工

出工听钟响，做事问队长。 　　出工像鸭子，收工像兔子。
出工人等人，做事人看人。 　　搞它一大年，工值两角钱。

（口述人：明振华。搜集人：胡俊楚。采录地点：湖北孝感市王店镇）

要开会旮旯里坐

要开会， 　　稀里糊涂，
旮旯里坐， 　　越混越粗；
又背风，又暖和， 　　坚持真理，
少发言，多通过。 　　最后蹲底。

［搜集人：李保祥。采录地点：河北省邢台市。以上 9 首歌谣选自
贾芝主编：《中国新文艺大系·民间文学集（1949—1966）》，上卷，
北京，中国文联出版公司，1991］

鬼子是吃人的狼

鬼子是吃人的狼， 　　背起了刀枪。
杀我兄弟，烧我村庄。 　　离别了家乡，
不分东庄和西庄， 　　参加了八路军，
打狼的责任人人当， 　　上战场、上战场、上战场，
人多心齐才有力量。 　　赶走一群吃人的狼，吃人的狼。
嘿！有力量、有力量、有力量！

（演唱人：耿新光。采录整理人：翟铁侃。见王敬学主编：
《安平县故事歌谣卷》，136 页，北京，中国民间文艺出版社，1989）

儿　歌

哈萨克族摇篮歌

摇摇你啊，摇你睡， 　　麦粒有木碗大，
摇着让你睡得美。 　　望你成为一个好农家。
望你撒下麦种长出来——
麦秆有毡房的"巴汗"长， 　　摇摇你啊，摇你睡，
麦穗有骆驼的腿骨粗， 　　摇着让你睡得美。

望你放牧的马群里，
多出几匹新娘骑的走马，
多出几匹英雄乘的骏马，
多出几匹大风追不到的快马，
望你成为一名牧马姑娘。

摇摇你啊，摇你睡，

摇着让你睡得美。
我的巴郎，
我盼你多少天啊，多少年！
可你的爸爸是个穷光蛋，
连个大布衬衣都没有一件。

（见新疆维吾尔自治区编辑组：《巴里坤哈萨克族风俗习惯》，
105 页，乌鲁木齐，新疆人民出版社，1986）

柯尔克孜族摇篮歌

阿勒德依，阿勒德依！
我的宝宝白又白，
睡到白白的摇床上。
我的宝宝胖又胖，
圆圆的脸蛋赛月亮。

阿勒德依，阿勒德依！
我的宝宝不要哭，
莫使妈妈太辛苦。
等你阿大转回家，
给你杀只大羊羔，
肥肥的尾巴冒着油，
妈妈的宝宝吃个饱。
阿勒德依，阿勒德依！
我的宝宝不要哭，
莫使妈妈太犯愁。
妈妈出门遇喜事，

妈妈把奶带回来。
爸爸出门赴婚礼，
爸爸把肉捎回来。

阿勒德依，阿勒德依！
我的宝宝快长大，
妈妈心里乐开了花。
爸爸盼你当"巴图"（意即英雄），
妈妈愿你成猎手，
乡亲们盼你快快长，
长大赛过马纳斯。

阿勒德依，阿勒德依！
我的宝宝白又白，
睡到白白的摇篮上。
我的宝宝胖又胖，
圆圆的脸蛋赛月亮。

（见新疆维吾尔自治区编辑组：《柯尔克孜族风俗习惯》，
35 页，乌鲁木齐，新疆人民出版社，1987）

大实话

叫老二，喊老三，
俺把实话说一番，
正月初一是头一天，
过了初二是初三，

下了大雪满地白，
下了大雨时有雷闪。
爹的爹就喊爷爷，
娘的娘把姥娘喊。

（见高学增主编：《枣强民俗》，344 页，
石家庄，花山文艺出版社，1994）

织布投梭

织布投梭，王大娘替我，
来得晚了，一大卷了。
你一条，我一条，
拿到家里裹小脚。
裹得脚，怪臭的，
当街来了个卖肉的。
卖的肉，挺香的，
当街来了个卖姜的。
卖的姜，挺辣的，
当街来了个算卦的。
算的卦，挺灵的，
当街来了个卖绳的。

卖的绳，挺好的，
当街来了个卖枣的。
卖的枣，挺甜的，
当街来了个卖镰的。
卖的镰，挺快的，
当街来了个卖菜的。
卖的菜，挺湿的，
当街来了个卖鸡的。
卖的鸡，下蛋哩！
"喷儿，啪儿"两半哩。
你一半儿，我一半儿，
拿到家里馇菜饭儿。

（见高学增主编：《枣强民俗》，339～340 页，
石家庄，花山文艺出版社，1994）

说瞎话

瞎话瞎话一大掐，
锅台上种着二亩瓜。
两个光屁股小孩偷去咧，
一人偷咧一裤兜。
聋子听见了，
瞎子看见了，

哑巴高喊贼来了，
瘫子追去了，
一追追到砖窑里，
使线吊在了房梁上，
掉下来摔死咧。

（讲述人：赵情，女，53 岁，高中，农民。采录整理人：
齐仲欣。见王敬学主编：《安平县故事歌谣卷》，160 页，
北京，中国民间文艺出版社，1989）

长尾巴雀

长尾巴雀儿，
尾巴长，
娶了媳妇忘了娘，
把娘背到山沟里，

把媳妇背到炕头上。
给娘吃了个糊烧饼，
给媳妇吃了个大麻糖。

（讲述人：张二妮，60 岁，女，文盲，农民。采录整理人：
齐仲欣。见王敬学主编：《安平县故事歌谣卷》，157 页，
北京，中国民间文艺出版社，1989）

要媳妇儿

小小子儿，坐门墩，

泣哭吗哭要媳妇儿。

要媳妇儿，干么？　　　　　　　　叠被子暖炕儿。
通脚、说话，

（讲述人：张茂祯，男，65 岁，小学，农民。采录整理人：
齐仲欣。见王敬学主编：《安平县故事歌谣卷》，
154 页，北京，中国民间文艺出版社，1989）

小小儿

小小儿小小儿，　　　　　　　　　小小他娘，哭一大场。
上树够枣儿。　　　　　　　　　　小小他爹，把嘴一噘。
一口一个，噎死小小儿。

海鱼儿

小海鱼儿，嘎巴嘣，　　　　　　　打酒去，打酒做嘛？
骑着大马上北京，　　　　　　　　打酒娶媳妇儿。
北京到，天沿庙，　　　　　　　　谁抬轿，小蚂蚱儿。
天沿天，顶着天，　　　　　　　　谁压轿，小蹦跶儿。
天打雷，狗咬贼，　　　　　　　　谁炒菜，大豆虫。
咬的谁？　　　　　　　　　　　　怎么炒，一骨硬。
咬的张三背李逵，　　　　　　　　谁烙饼，臭蝈蝈。
背李逵，做嘛去？　　　　　　　　怎么炒，一蹦跶。

一箩黄

一箩黄，两箩黄，　　　　　　　　请个大黄狗来，
下来麦子请你丈母娘。　　　　　　大黄狗上桌子，
你丈母娘不来，　　　　　　　　　打你丈母娘个老棵子。

晃荡晃荡车

晃荡晃荡车，姥娘不来接。　　　　姥娘锅里煮着个大公鸡。
接去做嘛去？　　　　　　　　　　咬一口，怪腥气，
接去看戏去。　　　　　　　　　　多咱不吃姥娘的好东西。
看了戏，怪饿的，

拾高粱渣

拾，拾高粱渣，　　　　　　　　　找个座位坐下吧。
拾到黑下怪害怕，

（以上 5 首儿歌采录人：黄涛。流传地区：河北景县）

网络歌曲

英文缩写的趣解

1. Chinese

学这么多年英语，突然发现一个有趣现象：

clever 聪明的
honest 诚实的
intelligent 智慧的
noble 高贵的
excellent 卓越的
smart 机灵的
elegant 优雅的

把以上这些英文字的头一个字母放一起就是：Chinese——中国人

2. 存不存

中国建设银行（CBC）："存不存?"
中国银行（BC）："不存!"
中国农业银行（ABC）："啊? 不存?"
中国工商银行（ICBC）："爱存不存!"
民生银行（CMSZ）："存么，傻子!"
招商银行（CMBC）："存么，白痴!"
国家开发银行（CDB）："存点吧!"
兴业银行（CIB）："存一百!"
北京市商业银行（BCCB）："白存，存不?"
汇丰银行（HSBC）："还是不存!"

提"钱"祝新年快乐!

（见互联网）

各国风情"才知道"

到了日本才知道死不认账还会很有礼貌；
到了泰国才知道见了美女先别忙着拥抱；
到了印度才知道人不得不给牛让道；
到了巴西才知道衣服穿得少也不会害臊；
到了德国才知道死板还一套套；
到了法国才知道"性骚扰"也会很有情调；
到了荷兰才知道男人跟男人当街拥吻也那么火爆；
到了瑞士才知道开银行账户没有10万美元会被嘲笑；
到了丹麦才知道写个童话可以不打草稿；
到了希腊才知道迷人的地方其实都是破庙；
到了冰岛才知道太阳也会睡懒觉；
到了埃及才知道一座塔也能有那么多奥妙；
到了加拿大才知道比中国大的地方人口比北京还少；
到了阿根廷才知道不懂足球会让人晕倒；
到了巴拿马才知道一条运河也能代表主权的重要；
到了西班牙才知道被牛拱到天上还能哈哈大笑；
到了奥地利才知道连乞丐都可以弹小调；
到了俄罗斯才知道这么大块地也会有人吃不饱；
到了撒哈拉才知道节约用水的重要；
到了梵蒂冈才知道从其境内任何一个地方开枪都会打到意大利的鸟。

（见西祠胡同论坛，2008 - 08 - 23）

趣改成语

钱不是问题，问题是没钱。

水能载舟，亦能煮粥。

一山不能容二虎，除非一公和一母。

火可以试金，金可以试女人，女人可以试男人。

喝醉了我谁也不服，我就扶墙。

我就像一只趴在玻璃上的苍蝇，前途光明，出路没有。

避孕的效果：不成功，便成人。

问世间情为何物？一物降一物。

（见互联网）

新民谣

《握手》《夫人语录》《新"三从四德"》《人啊，都不说实话》《工资真的要涨了》

网络歌曲

《教师的一天》、《知道歌》、《你说你买了不该买的股》、《因为爱情》股市版、《来自网络的搞笑短信》

扫码阅读上述作品

第七章

史　诗

　　史诗是一种古老而经典的重大文学体裁。中国有比较丰富的史诗作品，其中三大史诗尤其引人瞩目。虽然史诗在很多地方已不流行，但它以其崇高的主题、庄严的格调、宏伟的气魄等典型的文体特征散发着永恒的艺术魅力。通过本章的学习，我们可以掌握史诗的概念与特征，了解中国史诗的构成与分布特点，并欣赏和熟悉其中的代表作品。学习的重点是三大英雄史诗。

第一节
史诗概说

一、史诗的含义

　　史诗就是讲述天地形成、人类起源或者民族历史、民族英雄等内容的一种规模宏大、自古流传的民间叙事长诗。欧洲只有英雄史诗，故欧洲学者对史诗的界定大多只涵盖英雄史诗。黑格尔（G. W. F. Hegel）在《美学讲演录》中对史诗的定义为："用韵文形式记叙对一个民族命运有着决定性影响的重大历史事件以及歌颂具有光荣业绩的民族英雄的规模宏大的风格庄严的古老文学体裁。"中国既有英雄史诗，又有创世史诗，所以上述定义与黑格尔等西方人所作史诗定义有所不同。史诗篇幅宏大，主要讲述远古时期的生活，并有完整的故事情节和丰满的人物形象，这些都与篇幅较短、以抒发内心感受为主的民歌有显著差别。

　　世界四大史诗为：古希腊的《伊利亚特》《奥德赛》，篇幅分别为 15 693 行和 12 110 行，古印度的《罗摩衍那》和《摩诃婆罗多》，篇幅分别为 24 000 行和 20 余万行。世界著名的其他史诗还有德国的《尼伯龙根之歌》、法国的《罗兰之歌》、芬兰的《凯莱瓦拉》、英国的《贝奥武夫》等。中国的三大史诗中，藏族的《格萨尔》长 50 万行以上，篇幅超过其他世界著名史诗；蒙古族的《江格尔》长 10 多万行；柯尔克孜族的《玛纳斯》长 20 余万行。

二、史诗的特点

史诗主要有四个特点。

(一) 史诗是各民族幼年时期的产物

史诗只能产生于各民族形成的童年时期，它是人类社会早期集体思维的一种表现形式。创世史诗的主要内容讲述天地形成、人类与万物的起源等，与神话内容相近，是人类原始思维的产物，只能是远古时期人类创作而成的；英雄史诗讲述民族早期的历史，虽内容不如创世史诗古老，但也是远古时期形成而后代代传承下来的。当然这两类史诗在传承的过程中不可避免都会加上一些后世的内容，但其主体仍然是远古形成期的风貌。

史诗是一种具有重大意义而只能形成于特定文化史阶段的经典文学体裁，现代人不管有多高的艺术天赋，都不能创作史诗。对此，马克思曾在《〈政治经济学批判〉导言》中指出："关于艺术，大家知道，它的一定的繁盛时期决不是同社会的一般发展成比例的，因而也决不是同仿佛是社会组织的骨骼的物质基础的一般发展成比例的。例如，拿希腊人或莎士比亚同现代人相比。就某些艺术形式，例如史诗来说，甚至谁都承认：当艺术生产一旦作为艺术生产出现，它们就再不能以那种在世界史上划时代的、古典的形式创造出来；因此，在艺术本身的领域内，某些有重大意义的艺术形式只有在艺术发展的不发达阶段上才是可能的。"[1] 在个人从集体中分离出来单独进行艺术创作以后的时期，就不会产生史诗了，所以近代以来产生的歌唱历史内容或英雄人物的长篇叙事长诗如蒙古族的《嘎达梅林》、苗族的《张秀眉之歌》就不能被看作史诗。

就像产生史诗的社会条件和文化环境不能复返一样，史诗也不能再为现代人所创作，但是，这并不妨碍现代人领略史诗的艺术魅力。对此，马克思在《〈政治经济学批判〉导言》中有精彩的论述：

> ……困难不在于理解希腊艺术和史诗同一定社会发展形式结合在一起。困难的是，它们何以仍然能够给我们以艺术享受，而且就某方面说还是一种规范和高不可及的范本。
> 一个成人不能再变成儿童，否则就变得稚气了。但是，儿童的天真不使成人感到愉快吗？他自己不该努力在一个更高的阶梯上把儿童的真实再现出来吗？在每一个时代，它固有的性格不是以其纯真性又活跃在儿童的天性中吗？为什么历史上的人类童年时代，在它发展得最完美的地方，不该作为永不复返的阶段而显示出永久的魅力呢？[2]

---

① 马克思，恩格斯. 马克思恩格斯选集：第2卷.2版. 北京：人民出版社，1995：28.
② 同①29.

（二）以神话世界观为基础，又有逐渐增强的现实性

由于史诗产生于民族文化的童年时期，它同神话、传说有着天然的联系，甚至早期的史诗，就是用诗的形式表述的神话和历史传说。有的角色是神格与人格交融在一起的，很多情节体现了原始思维的特点，如英雄常有变形的神奇行为。现在一些创世史诗的部分内容，也常被当作神话来提及。但从整体上看，创世史诗与神话还是有差别的，除了在形式上是韵文体以外，创世史诗在内容上还有民族形成、迁徙等现实性内容。从史诗的演变过程来看，史诗在早期与神话更为接近；在史诗的长期流传过程中，随着人的观念的逐渐科学化，神话色彩逐渐减弱，现实性逐渐增强，加入了很多后世的内容，与神话的差别逐渐增大。

（三）史诗是民族的特殊的知识总汇

史诗记述了一个民族早期的各种社会生活状况以及人们的经验与观念，包含着丰富的知识。首先，史诗里包含着形象化的历史知识。史诗特别是英雄史诗所讲述的事件，很多是本民族发生过的重大历史事件。如史诗《格萨尔》与历史的关系。虽然尚存争议，但大部分学者倾向于认为，《格萨尔》中的主人公原型就是历史上吐蕃由原始社会向奴隶社会过渡时期的岭国君主岭·格萨尔，在《敦煌藏文历史残卷》《柱下遗教》等藏文史籍中都有关于格萨尔的记载，而且关于其他主要人物，史籍的记载也与史诗有惊人的相似之处。史诗所描述的大部分部落战争，在史籍中也有记载。史诗所描述的岭国的地理位置、时代与社会背景，与史籍记述的情况也大体相符。在德格、玉树、果洛等地，至今还保存着若干与史诗情节有关的遗址、遗物。一些在前期没有自己文字的民族，就用讲唱史诗这种形式来向后代传授本族历史。当然这种内容不是确凿的历史知识。其次，史诗中包含着大量的古代社会生活的图景，如战争、祭祀、议事、选举、竞赛等重大社会活动，衣食住行、婚丧嫁娶等古代习俗，以及古代的地理、天文、体育、音乐、农业、手工业等各方面的状况，都在史诗中有生动的描述。所以，史诗是了解、研究先民文化的宝贵资料，甚至被称为以形象思维为表现方式的"百科全书"。

（四）风格崇高，叙述庄严，具有较高的权威性

史诗题材重大，主题严肃，讲述民族历史、祖先功业，往往被看作民族的历史或祖先的遗教，被当作民族文化的"根谱"、教育后代的重要形式，在重大活动、重要节日的庆典、祭仪上请有专长的艺人演唱，再加上某些神话、宗教的观念，史诗的演唱成为庄严、肃穆的仪式色彩的活动。史诗的叙述形式与演唱风格也很庄重、严整，令人肃然起敬。在后世的传唱中，由于人们观念的变化，人们对史诗讲述的庄严感逐渐减弱了，但作品本身的风格仍然是庄严的。①

---

① 钟敬文. 民间文学概论. 上海：上海文艺出版社，1980：282 - 285.

第二节
史诗的类型与代表作品

中国的史诗可分为两大类：创世史诗和英雄史诗。

一、创世史诗

创世史诗又称作"原始性"史诗或神话史诗，主要讲述一个民族在远古时期所想象的创世过程以及本民族的历史大事。它反映了人类童年期对客观世界的看法和对自然现象的解释，充满了神奇美妙的想象，也对人类创造世界、征服自然的精神、气魄予以热情赞美。中国的创世史诗主要分布在西南地区的多民族聚居区，这里一些民族保存着较多的古老风俗与传统，史诗的讲述是仍然活跃的一种口头文艺活动。

创世史诗的主要作品有苗族的《苗族古歌》，彝族的《梅葛》《阿细的先基》，纳西族的《人类迁徙记》《祭天古歌》，白族的《开天辟地》《刀薄劳古与刀薄劳胎》，哈尼族的《奥色密色》，拉祜族的《牡帕密帕》，阿昌族的《遮帕麻与遮米麻》，等等。

创世史诗的主要情节一般由三部分组成：自然万物的创造，人类自身的创造与文化发明，民族历史大事。如《苗族古歌》共8 000余行，分为四大组：第一组《开天辟地歌》，讲述天地日月、山川河流的形成过程，其特点是由男性巨人神集体创造世界。第二组《枫木歌》，讲述物种起源和人类起源，显示出苗族的枫树崇拜：从枫树生出来的"蝴蝶妈妈"与水上的泡沫结合，生了12个蛋，这些蛋又孵化为人、神和动物。第三组《洪水滔天歌》，讲述兄弟俩即姜央与雷公的争斗、世界遭受洪灾濒临毁灭、兄妹结婚再造人类的故事。第四组《跋山涉水歌》，讲述原住中国东部的苗族祖先向西（贵州）迁徙的过程。

二、英雄史诗

英雄史诗是产生于古代社会的歌唱英雄、描写战争、记述民族历史的长篇叙事诗。它的题材重大严肃，场面恢宏壮阔。英雄史诗的故事常以历史事件为基础，有一定的历史性，所塑造的英雄一般是民族精神的化身。故事内容一般是讲述英雄如何率领本民族的民众抗击侵略、保家卫国并征服分散部落、完成统一大业的。在情节上有神话色彩、传奇内容。它以宏大的结构与篇幅叙述本部族历史上的重大事件，表现正义战胜邪恶、分裂归于统一的主题。

英雄史诗与创世史诗是史诗的两大组成部分，二者既有作为史诗的共同特点，也有不同：在产生时期上，创世史诗要早于英雄史诗，前者产生于神话时代稍后的原始社会野蛮期的中高级阶段，后者产生于原始社会解体，正进入奴隶社会或封建制社会的军事民主制时代即英雄时代。在内容上，创世史诗以创世过程为主体，再加上民族的起源、迁徙等内容，英雄史诗则以英雄率领部族民众抗击侵略、完成统一为主体；前者的神话因素更多，后者的历史性更强。在结构上，创世史诗大都没有完整具体的事件线索，没有贯穿始终的人物；英雄史诗则以英雄业绩、民族的重大历史事件为中心线索，由一个或几个有密切联系的英雄人物贯穿始终。

中国有一个引人注目的英雄史诗带，分布于北部、西北部的以森林、草原地貌为主的民族聚居区，东起黑龙江，西到新疆南北，北抵蒙古高原，南至青藏高原，这些地区生活的民族大都是马上民族，常年的游牧狩猎生活与寒冷严酷的自然环境培育了他们粗犷剽悍、崇武尚勇的民风，使得歌唱英雄、宣讲战争的史诗久盛不衰①。这一史诗带活跃着大批英雄史诗，有代表性的是享誉世界的三大英雄史诗：藏族的《格萨尔》、柯尔克孜族的《玛纳斯》、蒙古族的《江格尔》。

（一）《格萨尔》

《格萨尔》又称作《格萨尔王传》，主要流传于青藏高原地区的藏族，描写了英雄格萨尔大王率领岭国人抗击侵略、征服邻国、降魔除暴、完成西藏统一的历史过程。它共有 100 多部，50 余万行，是世界最长的史诗。现已出版藏文版 70 余部。它在蒙古族中也广泛流传，蒙古族译作《格斯尔传》，属"同源分流"，故事框架相近，情节有所变化。该史诗在土族、纳西族、裕固族中也有流传。

《格萨尔》的基本情节为：很久以前，人间灾祸连年，妖魔横行，白梵天王得到观音菩萨授意，派小儿子下凡拯救人类。神子投胎到岭国国王的第二个妻子的腹中，孕妇受三妃子的妒忌与排挤，被放逐到远方的荒野，过着穷苦的生活。神子出世后，从小即有非凡的本领。在他12 岁时，岭国以王位和美女珠牡为奖品举行赛马盛会，神子一举夺魁，登上国王宝座，并娶珠牡为妻，正式取名为"世界雄狮大王格萨尔"。此后，他率领部族先后征服了抢走他的次妃梅萨的北部的魔国、侵入岭国并掠走珠牡的东北方的霍尔国、强占岭国地盘的南面的紫姜国、世代为仇的南方的门国，其后又经历许多战争，皆以岭国胜利告终，岭国日益强盛。最后，格萨尔下地狱救回母亲与爱妃，并把她们送进天堂。至此他下凡的任务宣告完成，便重返天界。

《格萨尔》中影响大的名篇有 30 多部，其中《霍岭战争》最为精彩。该部史诗情节紧张曲折，人物形象鲜明丰满，描写气势浩大，有很高的艺术性。其中王后珠牡、内奸晁同的形象塑造得很成功。

《格萨尔》在中国民间相传已有千年，它主要以原始的"口耳相传"方式存活在民间艺人的讲唱中。中国现有格萨尔说唱艺人大约 140 多位，其中多为藏族艺人，另有几十位蒙古族艺人和少量土族艺人。许多艺人生活在偏僻的牧区，文化程度不高，甚至目不识丁，却能记住、讲唱十几部甚至几十部史诗，合计几百万到上千万字，堪称奇迹。而这些艺人对自己是怎样学会讲唱史诗的这一问题，有各种说法：有的说自己得自神授，是神托梦传授自己的，称为"托梦艺人"；另外还有"圆光艺人"（看着镜子说唱的艺人）、"闻知艺人""口传艺人""掘藏艺人"（看着文本说唱的艺人）等。藏族著名说唱艺人桑珠老人出生于藏北丁青县琼部的一个小村子中，到 2003 年已是 81 岁高龄。他一字不识，却是说唱《格萨尔》部数最多的民间艺人，说唱字数达两千万字。按照他自己的说法，是"天神授予法力"让他说唱《格萨尔》的。他说

---

① 吴同瑞，王文宝，段宝林. 中国俗文学概论. 北京：北京大学出版社，1997：82.

在 11 岁那年做了一个梦，"在梦中，有天神告诉我如何说唱《格萨尔》"。按照藏族的说法，桑珠属于"托梦艺人"。① 2009 年 5 月，桑珠老人被推选为第三批国家级非物质文化遗产项目代表性传承人。

（二）《玛纳斯》

《玛纳斯》是在新疆柯尔克孜族聚居区流传的英雄史诗，讲述英雄玛纳斯及其子孙共八代反抗卡勒玛克人入侵的故事。据史载，柯尔克孜族自古以来屡受异族的侵略与奴役，契丹、蒙古等族都曾劫掠、征服过该部族，史诗中反抗卡勒玛克人入侵的故事就是历史上该族人民反抗外来侵略的反映。柯尔克孜族是一个拥有古老文明、在多次迁徙和与外族入侵者斗争中历经磨炼的民族，该族人这样描述自己：

> 他是一个在山尖上赛跑的民族；
> 他是一个在冰河中沐浴的民族；
> 他是一个用坚冰割断脐带的民族；
> 他是一个射杀猛虎的民族。
> 用婉转的歌喉交换感情，
> 他是一个有着奇妙之口的民族；
> 用流畅的琴弦传递心声，
> 他是一个有着灵巧双手的民族；
> 用激昂的诗句记载历史，
> 他是一个有着文学天赋的民族。②

正是这样英勇豪放的民族风尚孕育了英雄史诗《玛纳斯》。

在《玛纳斯》的众多异文中，以新疆阿合奇县居素甫·玛玛依演唱的《玛纳斯》最为优秀，该版本有 23 万行，共分 8 部，每部的篇名均采用玛纳斯家族各辈英雄的名字：第一部《玛纳斯》，第二部《赛麦台依》，第三部《赛依铁克》，第四部《凯涅尼木》，第五部《赛依特》，第六部《阿斯勒巴恰与别克巴恰》，第七部《索木碧莱克》，第八部《奇ă台依》。《玛纳斯》有广义与狭义之分，广义的概念指八部的总和，狭义则仅指第一部。在八部史诗中，第一部《玛纳斯》最长，共 5 万多行，也最为成熟，艺术成就最高，流传最为久远和广泛。

《玛纳斯》的基本情节为：玛纳斯在母腹中就不同寻常，神早已赋予他将来领导本族人民推翻侵略者统治的使命。卡勒玛克汗王从占卜者那里得知有这样一位英雄将要诞生，就派人将所有孕妇都抓来剖腹检查，但在本族人的掩护下，玛纳斯平安出世。他幼年即具异能，11 岁时便率 40 名柯尔克孜族勇士为推翻异族统治而征战，终于赶走了卡勒玛克人，并成为部落联盟的首领。晚年，玛纳斯征讨劲敌昆吾尔，夺了昆吾尔的王位，实现了统治卡勒玛克人的愿望，但因放松警惕而死于昆吾尔的毒斧之下。在其他几部史诗中，虽玛纳斯已去世，但他的灵魂仍然佑护着子孙，在子孙遇到危难祈祷祖先帮助时，玛纳斯便带领 40 名勇士显灵，总能使

---

① 杨俊江，裴立华.《格萨尔》传承之谜至今未解.（2003 - 12 - 16）［2021 - 02 - 10］. http：//www. chinatibetnews. com/wenhua/2003 - 12/16/content _ 20101. htm.

② 新疆维吾尔自治区编辑组. 柯尔克孜族风俗习惯. 北京：民族出版社，1997：1.

子孙创造奇迹。

（三）《江格尔》

《江格尔》是流传于新疆阿尔泰山区和额尔齐勒河流域的蒙古族聚居区的英雄史诗，它描写了宝木巴国同周围各汗国之间的多次战争和冲突，描述了江格尔、洪古尔等英雄的征战业绩，并宣扬了一种建立和平幸福的理想国的理想。该史诗最初产生于蒙古卫拉特部族，经过了400多年的流传演变。《江格尔》由70余部相对独立的篇章组成，各部由以江格尔为首的英雄担任主角，可串联为统一的故事。

《江格尔》的基本情节为：在古老的年代，江格尔两岁时，他的家乡宝木巴地方遭到了魔王蟒古斯的侵袭，父母被害，他成了孤儿，饱尝人间痛苦。但他自幼神勇不凡，3岁时就跨上骏马出征，冲破三大堡垒，征服了恶魔。从此屡建战功，7岁时已英名远播，威震四方，被宝木巴的臣民推举为圣主、可汗。他率领手下12位"雄狮"大将、8 000个勇士、500万部众，长期奋战，荡平了伺机进犯的蟒古斯，征服了周围42个可汗的国土，建立并保卫着天堂一样的宝木巴王国。《江格尔》在内容上和其他史诗的显著差别，是它描述了宝木巴理想国的灿烂图景和江格尔率领人民对这种理想社会的追求，表现了广大民众对和平、统一和美好生活的向往。这使得该史诗有一种"独特的思想光辉"[1]。对于这个理想的国度，史诗中描写道："江格尔的宝木巴地方，是幸福的人间天堂。那里的人们永葆青春，永远像25岁的青年，不会衰老，不会死亡。"这里不但国家强盛，社会安定，生活富足，人人长生不老，就连天气也极理想：没有冬天和酷暑，永远像阳春和金秋一样温度适中，"微风习习，细雨绵绵"。

对于《江格尔》在内容、情节结构上的特色，有学者评述说：

> 《江格尔》的整个内容虽然庞大而众多，但其基础却很单纯，甚至单纯得就像孩子从老祖母口中听来的故事一样，梗概简单，用一句话就可概括起来：为保卫和发展宝木巴的繁荣富强而战，死而无怨。《江格尔》故事的波澜壮阔，它的天马行空、变化多端的幻想，鲜妍明亮、斑斓壮丽的色彩，辽阔高远、苍茫溟蒙的天地，悲壮豪迈、丰富多彩的生活，都是从这棵大树上产生的；《江格尔》各章各具独立性，合在一起又是一个浑然整体，仿佛一串古老而又晶莹闪亮的明珠，贯穿着它们的就是这根主线。[2]

第三节
口头程式理论与史诗研究

20世纪中期产生于美国、21世纪之初引入我国的口头程式理论是对口头诗歌特别是史诗

---

① 吴同瑞，王文宝，段宝林．中国俗文学概论．北京：北京大学出版社，1997：94.
② 刘岚山．论《江格尔》//色道尔吉．江格尔·汉译本代序．北京：人民文学出版社，1983：9.

的研究具有强大解释力的学说①。

一、口头程式理论的代表人物与创建过程

口头程式理论（Oral-Formulaic Theory），又称"帕里-洛德学说"（The Parry-Lord Theory of Oral Composition），是 20 世纪美国古典学、斯拉夫学、民俗学等领域的重要理论方法之一。其代表人物及其代表作为：（1）米尔曼·帕里（Milman Parry），美国哈佛大学古典学助理教授，该理论创始人。（2）阿尔伯特·贝茨·洛德（Albert Bates Lord），美国哈佛大学教授，南斯拉夫史诗和"口头文学"领域的著名学者，帕里的学生和助手，口头程式理论的创立者之一。其代表著作为《故事的歌手》②，是口头程式理论的奠基之作，被尊为该理论的"圣经"。（3）约翰·迈尔斯·弗里（John Miles Foley），洛德去世之后口头程式理论研究的领军人物。美国密苏里大学教授，在该大学开创了"口头传统研究中心"，并于 1986 年创办了刊物《口头传统》，代表作为《口头诗学：帕里—洛德理论》③。

20 世纪 20 年代，帕里对著名的"荷马问题"产生了浓厚的兴趣，他通过分析荷马史诗中的"特性形容词"，发现荷马史诗是高度程式化的，这种程式化只能来自口头传统。有了这样基于语文学分析的假设，还要想法来证实它。他计划到有活史诗流传的地方去做田野调查，研究史诗创作、演唱的过程和规律。④ 1933 年夏季，帕里带着他特意从音响公司定制的录音设备到前南斯拉夫的塞尔维亚-克罗地亚地区进行调查，获得了一些他所要的文本。这一地区保存着比较"纯粹"的史诗口头传统。1934 年 6 月到 1935 年 9 月，帕里又带着洛德等助手来到南斯拉夫，获得了 12 500 个文本，大量的录音资料，录制了歌手阿夫多（Avdo Mededovic）的英雄史诗演唱，他们称他为"我们南斯拉夫的荷马"。1935 年帕里回到美国后突然辞世。洛德继承其师的未竟事业，多次到巴尔干地区调查。到 1951 年，他成功地完成了帕里的研究设计。1960 年，《故事的歌手》出版，其中"几乎囊括了帕里当初写作他的'歌手'时所要论述的全部议题"，也引用了帕里 20 世纪 30 年代所搜集的大量资料，这是师徒二人的共同成就。同时，哈佛图书馆建立了举世闻名的口头传统资料库"米尔曼·帕里口头文学特藏"，汇集了帕里搜集的南斯拉夫史诗资料。1971 年，帕里的论文集《荷马诗歌的形成》出版。洛德在《故事的歌手》和接下来的研究中，都接续帕里的比较研究的方法，证明《伊利亚特》和《奥德赛》是程式化的口头即兴创作，荷马是一个杰出的口头诗人。⑤

---

① 口头程式理论的译介者是中国社会科学院民族文学研究所的朝戈金、尹虎彬等，下文内容只是对该理论做一简要介绍。这些介绍文字主要采自他们翻译成汉语的两本经典著作和系列评介文章，读者如欲详细了解该理论，应进一步阅读这些论著。

② 洛德. 故事的歌手. 尹虎彬，译. 北京：中华书局，2004.

③ 弗里. 口头诗学：帕里—洛德理论. 朝戈金，译. 北京：社会科学文献出版社，2000.

④ 朝戈金，巴莫曲布嫫. 口头程式理论. 民间文化论坛，2004（6）.

⑤ 米切尔，纳吉. 再版序言//洛德. 故事的歌手. 尹虎彬，译. 北京：中华书局，2004.

二、口头程式理论的主要内容与学术影响

口头程式理论的主要内容可概括为三个方面。

第一，口头程式理论有三个关键概念：程式（formula）、主题或典型场景（theme or typical scene）、故事范型或故事类型（story-pattern or tale-type）。在口头程式理论体系中，"程式"常指在相同的韵律条件下，用来表达多次重复提及的意思而经常使用的一组词语或句式。较宽泛的含义还包括口头长诗中具有稳定性的主题和故事范型。程式具有重复性和稳定性，有利于口头诗人在演唱中快速流畅地叙事。"主题或典型场景"指口头叙事长诗中重复出现的情节单元或常见场面的铺叙模式。"故事范型或故事类型"指口头叙事长诗的基本而稳定的故事框架。① 它们是口头诗歌由小至大的三个结构单元，基于三者的严谨分析方法构成了口头程式理论体系的基本框架。

第二，口头程式理论的核心思想是"表演中的创作"（composition in performance）。认为口头诗歌传统"诗即歌"，"每一次表演都是一次创作"。同一首诗歌的不同次的表演既有程式化的稳定性，又有歌手不同以及语境不同等造成的变异性，因而造成不同的文本。按传统的文学批评概念，文本（text）指书面形式的文学作品。而口头程式理论体系中的文本，是"表演中的作品"，即口头演唱和创编过程中的动态作品，每次演唱都造成不同于其他任何一次的特定文本。② 史诗歌手表演中的创作则被称为"史诗创编"（epic compose），指口头诗歌的歌手在演唱时运用既有程式进行即兴发挥的创作与编排。其要点一是即兴的口头艺术活动，二是这种活动介于个人独创与编排既有材料之间。口头诗人既享有利用程式的便利、受到稳定性程式的限制，也具有即兴创作、表现个人特色的自由表达空间。③

第三，口头程式理论除了采用田野作业方法研究活态口头文本的基本方法外，还注重比较研究方法：用活态的口头诗歌传统与古典文本相比较，将不同地方、不同歌手、同一歌手的不同次演唱等相比较，以发现口头诗歌创编与传播的形态、规律等，并对古典文本的问题做出解释。帕里、洛德用南斯拉夫的口头史诗传统与荷马史诗文本相比较，令人信服地解决了"荷马问题"。④

口头程式理论将语文学与人类学的学术传统相结合，是研究口头诗歌的具有很大阐释力的理论方法。该理论代表作《故事的歌手》被翻译成多种文字，其分析框架被运用到150多种语言的口头传统研究之中。该理论在古典学、民俗学、斯拉夫学、比较文学、传播学、文化研究等领域都有影响。《故事的歌手·再版序言》做了如下评述：

> 大量的民间文学样式和各种传统的研究，直接受到帕里和洛德工作的影响，不仅如此，民俗学的重要理论方法——民族志诗学和表演理论，也孕育于帕里—洛德的学说中。民族志诗学注重文化背景中的艺术性表演，表演理论高度重视创作的富于活力的过程，将

---

① 朝戈金. 口传史诗诗学：冉皮勒《江格尔》程式句法研究. 南宁：广西人民出版社，2000：16 - 18.
② 朝戈金，巴莫曲布嫫. 口头程式理论. 民间文化论坛，2004（6）.
③ 同①13.
④ 尹虎彬. 荷马与我们时代的故事歌手：洛德《故事歌手》译后记. 读书，2003（10）.

表演者与听众联系起来进行研究。实际上，理查德·鲍曼在其有影响力的著作《作为表演的语言艺术》（1977 年）中声明：《故事的歌手》是第一个将民俗学文本当作"自然发生的结构"的著作之一。他接着说："洛德的重要贡献在于他展示了口头文本的必然的和独特的本质，即表演中的创作。他对于史诗传统活力的分析，确立了史诗表演的一般模式。"①

21 世纪初该理论被引介到我国之后，引起民俗学、民族文学、文艺学等领域学者们的密切关注，并对中国少数民族口传史诗的研究产生了实际影响。比如朝戈金运用该理论对《江格尔》部分口传诗篇的研究。过去对《江格尔》的研究主要是进行书面文本分析，如对其叙事结构、情节、人物、母题等的研究。朝戈金的《口传史诗诗学：冉皮勒〈江格尔〉程式句法研究》运用口头程式理论，对歌手冉皮勒所唱《江格尔》的一个诗章进行了研究。该书也是国内系统运用口头程式理论的第一部专著。1999 年，朝戈金到新疆巴音郭楞和博尔塔拉两个蒙古族自治州进行田野调查，收集歌手创编、演唱史诗的状况、文本等资料。他以冉皮勒所演唱的一个诗章《铁臂萨布尔》为样例，细致分析了其程式句法，并结合已出版的《江格尔》作品、别人记录的冉皮勒演唱的文本资料，深入讨论了蒙古英雄史诗口头传统的若干问题。他在书中总结说："通过对样例的语词、片语、步格、韵部、句法、程式和程式系统的层层递进的分析，我们得出的结论是：样例的句法核心就是程式。这一基本的属性，深刻地决定了蒙古口头史诗的形态和面貌。诚然，口头史诗是以口头的方式传播的，但是，任何种类的诗歌也都可以口头传播，所以，对我们所探讨的口头诗学而言，重要的并不是口头传播，而是在口头传播中进行'创编'。因而说到底，口头诗学的问题，在很大的程度上是史诗怎样被创作出来的问题，是这种创作遵循着怎样的规律的问题。"② 朝戈金对蒙古族史诗传统的研究计划分作三个层次：程式句法研究、母题或典型场景研究、故事范型研究。《口传史诗诗学：冉皮勒〈江格尔〉程式句法研究》一书是其中的第一步工作成果。

【关键概念】

史诗　　　　创世史诗　　　英雄史诗
《格萨尔》　《玛纳斯》　　《江格尔》
口头程式理论　史诗创编

【思考题】

1. 史诗的基本特征是什么？
2. 创世史诗与英雄史诗的区别是什么？
3. 简要介绍中国著名史诗《格萨尔》。
4. 简要介绍中国著名史诗《玛纳斯》。
5. 简要介绍史诗《江格尔》。
6. 阐述口头程式理论的主要内容与学术影响。

① 米切尔，纳吉.再版序言//洛德.故事的歌手.尹虎彬，译.北京：中华书局，2004.
② 朝戈金.口传史诗诗学：冉皮勒《江格尔》程式句法研究.南京：广西人民出版社，2000：229.

【作品选读】

人类迁徙记（节选）

　　《人类迁徙记》是纳西族的著名创世史诗。原名音译为《崇搬图》，意译为《人类迁徙记》。整理者题名为《创世记》。它是根据丽江地区民间艺人的口头说唱与《东巴经》图画文字资料整理而成的。全诗约 3 000 行，共分四章：《开天辟地》《洪水翻天》《天上烽火》和《迁徙人间》。这里选录第一章的第一部分。

第一章　开天辟地

（一）

很古很古的时候，
天地混沌未开，
东、瑟神①在布置万物，
人类还没有诞生。
石头在崩裂，
树木在走动，
混沌未开的天地，
摇晃又震荡。
天地还未分开，
先有了天和地的影子；
日月星辰还未出现，
先有了日月星辰的影子；
山谷水渠还未形成，
先有了山谷水渠的影子。

三三变九，
九九生万物，
万物有"真"有"假"，
万物有"实"有"虚"。

真和实相配合，
产生了光亮亮的太阳；
假与虚相配合，
出现了冷清清的月亮。

太阳光变化，

产生了绿松石；
绿松石又变化，
产生一团团的白气；
白气又变化，
产生美妙的声音；
美妙的声音又变化，
产生依格窝格②善神。

月亮光变化，
产生黑宝石；
黑宝石又变化，
产生一股股的黑气；
黑气又变化，
产生噪耳的声音；
噪耳的声音又变化，
产生依古丁那③恶神。

依格窝格作法又变化，
变出一滴白露，
白露变成一个白蛋，
白蛋孵出一个白鸡，
白鸡没人取名字，
自己取名为"恩余恩曼"。

恩余恩曼高飞啊，
飞不上天，

---

①　东、瑟神：阴阳善神。东是男神，全名为米利东阿普；瑟是女神，全名为勒金瑟阿仔。
②　依格窝格：是《东巴经》里地位最高、世代最早，管理天地的善神。
③　依古丁那：是恶神中地位最高者，是依格窝格的对敌。

恩余恩曼低飞啊，
飞不遍大地，
飞不上天啊，天不能开，
飞不遍大地啊，地辟不完。

恩余恩曼开不了天，
恩余恩曼辟不了地，
恩余恩曼栖息在恒依窝金河上游，
恩余恩曼到"精肯司美柯"寻找食粮。

恩余恩曼心不甘，
扯来了三片叶子铺地上，
采来了三丛青草做垫窝，
摘下了三朵白云做蛋篮。

恩余恩曼生下九对白蛋，
一对白蛋变天神，

一对白蛋变地神，
一对白蛋变成开天的九兄弟，
一对白蛋变成辟地的七姐妹。

依古丁那作法又变化，
变出一个黑蛋，
黑蛋孵出一个黑鸡，
黑鸡没人取名字，
自己取名为"负金安南"。
负金安南生下九对黑蛋，
九对黑蛋又孵化，
孵化出九种妖魔，
孵化出九种鬼怪。
……………

（搜集整理人：云南省民族民间文学丽江调查组。流传地区：云南丽江、
宁蒗两县。见《创世记》，昆明，云南人民出版社，1960）

梅葛（节选）

彝族创世史诗《梅葛》，全诗约 3 000 行，共分四部：《创世》《造物》《婚事和恋歌》和《丧葬》。这里选录第一部关于人类起源和再生的部分诗行。这部分讲，格兹天神造好天地、万物，分开昼夜以后，就开始造人。他从天上撒下三把雪，造了三代人。但是前两代人造得不成功，都被日月晒死了；第三代人是眼睛朝上生的直眼人，心不好，懒惰、糟蹋粮食，天神派一个天将下凡，要把第三代人换掉，寻找好人种，留下传人烟。该天将变成一只老熊，跟第三代人捣乱，被一家五弟兄捉住。五弟兄中背着小妹的小儿子很善良，将老熊放走了。走时老熊送给这小儿子三颗葫芦籽，并嘱咐他栽种，以获得葫芦，发洪水时藏在里边。洪水泛滥后，地上人烟灭绝，天神到处找人种，找到了葫芦里的兄妹俩，授意兄妹结婚传人烟。该部分关于兄妹结婚过程和九个民族出自一个葫芦的描写值得注意。

第一部 创世

…………

（二）人类起源

天神找人种，
来到大海边，
海边有个乌烟雀，
嗟嗟地叫着飞过来，
嗟嗟地叫着飞过去。

天神好生气：
"我找人种找不着，
心里好着急；
你这个乌烟雀，
还有什么喜欢的？"
拉弓来射乌烟雀，
一箭射去射不着，
射中海边葫芦壳，

葫芦里头叫起来：
"已经五天没有人来打墙，
已经十天没有人来打墙，
今天哪个乱打我的墙？"

人种找到了，
天神好喜欢，
吩咐兄妹俩：
"世上人种子，
只剩你两个，
兄妹成亲传人烟。"

兄妹两个忙回答：
"我们两兄妹，
同胞父母生，
不能结成亲。"
说了很多，
比了很多。
兄妹在高山顶上滚石磨，
哥在这山滚上扇，
妹在那山滚下扇，
滚到山箐底，
上扇下扇合拢来。

"你们两兄妹，
学磨成一家。"

"人是人，
磨是磨，
我们兄妹俩，
同胞父母生，
怎能学磨成一家。"

说了很多，
比了很多。
兄妹高山顶上滚筛子，
兄妹高山顶上滚簸箕。
哥在山阳滚筛子，
妹在山阴滚簸箕，
滚到山箐底，
筛子垒在簸箕上。

"你们两兄妹，

学筛子簸箕成一家。"
"筛子是筛子，
簸箕是簸箕，
我们兄妹俩，
同胞父母生，
怎能学它成一家。"

说了很多，
比了很多。
天神指着说：
"箐底两只鸟，
一只是雄鸟，
一只是雌鸟，
雄的飞过来，
雌的飞过去，
雌鸟雄鸟在一起，
兄妹学鸟成一家。"

"人是人，
鸟是鸟，
不能学它成一家。"

说了很多，
比了很多。
天神指着说：
"这边一棵树，
那边一棵树，
一棵是公树，
一棵是母树，
东风吹来公树摇，
西风吹来母树摇，
摇着摇着挨拢来，
挨拢成一家，
兄妹学树成一家。"

"人是人，
树是树，
不能学它成一家。"

说了很多，
比了很多。
兄妹二人来吆鸭。

兄妹二人来吲鹅；
哥在河这边，
妹在河那边，
哥哥吲公鸭，
妹妹吲母鸭；
哥哥吲公鹅，
妹妹吲母鹅；
"你们兄妹俩，
要学它们成一家。"

"人是人，
鸭是鸭，
鹅是鹅，
不能学它成一家。"

"兄妹不愿结成亲，
世上怎能传人烟？"

"我们两兄妹，
同胞父母生，
成亲太害羞。
要传人烟有办法，
属狗那一天，
哥哥河头洗身子，
属猪那一天，
妹妹河尾捧水吃，
吃水来怀孕。"

一月吃一次，
吃了九个月，
妹妹怀孕了；
怀孕九个月，
生下一个怪葫芦。
哥哥不在家，
妹妹好害怕，
把葫芦丢在河里边。

天神知道了，
急忙顺着河水找，
找到东洋大海边，
葫芦漂在水里面。

天神请来三对野猪，
拱开了海埂；
天神请来一对獭猫，
打了三个洞。

海埂拱开了，
洞子打开了，
海水还不落。
再请三对黄鳝，
请来钻海底。
海底钻通了，
水倒淌干了，
葫芦陷在泥浆里，
还是出不来。

天神请来三对兔鹰，
天神请来三对虾子，
兔鹰抓着葫芦飞，
虾子顶着葫芦走，
葫芦放在沙滩上，
金索银索拴葫芦，
金杆银杆抬葫芦，
抬到南京应天府①，
大坝柳树弯，
弯腰树下面。

葫芦找到了，
葫芦放好了，
天神用金锥开葫芦，
天神用银锥开葫芦。
戳开第一道，
出来是汉族，
汉族是老大，
住在坝子里，
盘田种庄稼，
读书学写字，
聪明本事大。

戳开第二道，

---

① 云南汉族都说是由应天府迁来，这是将后来的事掺入诗中。

出来是傣族，

傣族办法好，

种出白棉花。

戳开第三道，

出来是彝家，

彝家住山里，

开地种庄稼。

戳开第四道，

出来是傈僳，

傈僳气力大，

出力背盐巴。

戳开第五道，

出来是苗家，

苗家人强壮，

住在高山上。

戳开第六道，

出来是藏族，

藏族很勇敢，

背弓打野兽。

戳开第七道，

出来是白族，

白族人很巧，

羊毛赶毡子，

纺线弹棉花。

戳开第八道，

出来是回族，

回族忌猪肉，

养牛吃牛肉。

戳开第九道，

出来是傣族①，

傣族盖寺庙，

念经信佛教。

出来九种族，

人烟兴旺了。

（搜集整理人：云南民族民间文学楚雄调查队。流传地区：云南楚雄地区。

见《梅葛》，昆明，云南人民出版社，1959）

苗族古歌（节选）

此处选录《苗族古歌》第一部《开天辟地》中第四章"铸日造月"的部分诗行。

铸日造月

天已撑稳了，

地已支住了，

白天没太阳，

夜里没月亮，

天是灰蒙蒙，

地是黑漆漆，

牯牛不打架，

姑娘不出嫁，

田水不温暖，

庄稼不生长，

饿了没饭吃，

冷了没衣穿。

哪个好心肠？

想出好主张，

来铸金太阳，

太阳照四方；

来铸银月亮，

月亮照四方。

宝公和雄公，

且公和当公，

---

①　原文第二和第九都是"出来是傣族"，今仍照原文。

他们好心肠，
想出好主张，
来铸金太阳，
太阳照四方；
来铸银月亮，
月亮照四方。

现在有太阳，
现在有月亮，
再想造日月，
有样子模仿。
回头看古时，
没有圆簸箕，
没有圆水缸，
他们四个公，
用啥做模样？
铸成圆太阳，
造成圆月亮。

以前造日月，
没样子模仿，
宝公和雄公，
且公和当公，
出门找模样，
来到大河旁，
踏翻大石块，
滚进深水潭，
一轮圆水圈，
荡漾水中央。
他们四个公，
见了喜洋洋：
"那个大水圈，
又圆又好看，
我们照水圈，
铸造金太阳，
我们照水圈，
铸造银月亮。"
样子找好了，
要造日月了。
拿到寨子造，

就要烧死人；
拿到坡上造，
就要烧山林；
拿到河边造，
也要死浮萍；
拿到哪里造，
才不出事情？

远古那时候，
有个大岩脚，
周围没寨子，
到处是石槽。
宝公和雄公，
且公和当公，
他们把日月，
拿到那里造。

地点找好了，
要造日月了。
我们看现在，
铁匠造犁耙，
黄泥做炉子，
桐木做风箱，
牛角做手把，
竹子做拉条。
回头看古时，
宝公和雄公，
且公和当公，
炼金又炼银，
什么当炉子？
什么当风箱？
什么当铁锤？
什么当砧磴？
什么当木炭？
什么当硼砂？
什么当拉条？
什么当手把？
回头看古时，
宝公和雄公，
且公和当公，

炼金又炼银，
九岭当炉子，
九冲①当风箱，
岩包当铁锤，
山头当砧磴，
石头当木炭，
栀子当硼砂，
山梁当拉条，
山坳当手把。

炉子找好了，
风箱找好了，
锤子找好了，
样样都有了。
宝公和雄公，
且公和当公，
忙把金银挑，
一步跨九坡，
两步翻九坳，
流汗像下雨，
出气像雾罩。
金子挑来了，
银子挑来了，
要炼金银了，
哪个来加炭？
哪个来鼓风？
月黛来加炭，
月优②来鼓风。
一股风进去，
变成三股风，
沙泥吹离地，
飞到半空中，
火焰比山高，
烧得满天红。

风箱响嘟嘟，
炉火燃熊熊，
宝公和雄公，
且公和当公，

拿根长铁条，
来回往前冲，
金银咚咚响，
炉里一片红。
金子熔化了，
银子熔化了，
宝公和雄公，
吃九条牯牛，
吞九槽粑粑，
周身是力气，
一跳九丈高，
拿把大锤子，
举齐杉树梢，
猛地打下来，
金银满地跑。
哪个看见了？
跑来一阵叫。
且公和当公，
跑来一阵叫：
"你俩真是傻，
一对大憨包！
这样用锤子，
金银溅光了。"

说罢抢锤子，
做个样子瞧：
"开始要轻打，
以后才重敲，
这样用锤子，
金银才不跑。"

宝公和雄公，
听了哈哈笑：
"刚才太高兴，
开点小玩笑，
赶快造日月，
别再噜嗦了。"

你把袖子绾，

---

① 九冲：九个山沟或山谷。
② 月黛、月优：均系天上女子。

我把裤脚捞，
锤子轻轻打，
半空起风暴；
锤子狠狠打，
山山岭岭跳；
惊得雷公吼，
惊得龙王叫。

你累我来接，
我累你来敲，
水也忘记喝，
饭也忘记刨①，
越打越起劲，
汗珠颗颗掉。
造了多少天？
造了多少宵？
日月多少个？
一下造成了。

造了十二天，
造了十二宵，
造了十二对，
一下造成了。
放在广场上，
个个像山包，
大地一片红，
照亮九重霄。

太阳造好了，
月亮造好了，
哪个拿剪刀？
哪个拿推刨？
来回刨日月，
人影都看到？

月优拿剪刀，
月黛拿推刨，

来回刨日月，
人影都看到。

太阳造好了，
月亮造好了，
日月十二双，
名字怎么叫？
太阳造好了，
月亮造好了，
一个名叫子，
一个名叫丑，
一个名叫寅，
一个名叫卯，
一个名叫辰，
一个名叫巳，
一个名叫午，
一个名叫未，
一个名叫申，
一个名叫酉，
一个名叫戌，
一个名叫亥。
日月十二双，
名字都有了。

太阳造好了，
月亮造好了，
还有满天星，
由啥来变成？
以前造日月，
举锤打金银，
银花溅满地，
颗颗亮晶晶，
大的变大星，
小的变小星。

（演唱人：台江县宝九老、施秉县岩公、剑河县嘎里交等 12 位歌手。
搜集人：唐春芳。流传地区：贵州省东南部。见贵州省
民间文学组搜集整理：《苗族古歌》，贵阳，贵州人民出版社，1979）

---

① 刨：方言，用筷子扒饭入口。

《格萨尔王传·门岭大战》（节选）

这部《门岭大战》，说的是：昔日，在今西藏所辖南方门域辛赤王的两个老臣，率兵十五万，在格萨尔王降世之前、晁同当政之时，南门国曾无端侵犯朵康岭尕国，消灭了岭尕十八个部落的军队、毁掉所建城堡、杀害所养人马、抢走所积财产，掳去岭尕最珍贵的宝物——六匹汉皇御用蟒龙缎。岭尕遭到灭顶之灾，血海深仇长期未报。羌岭战争结束不久，上界白梵天王向格萨尔王授计，方知岭尕诸遗老匿门国犯岭一事不报。格萨尔王便征调所辖四邦兵马，亲征南门，威镇辛赤魔王，将南门国归为治下，赐福于民。

这本《格萨尔王传·门岭大战》，是根据扎巴老艺人说唱记录整理，于 1980 年 12 月由西藏人民出版社出版的藏文版译成汉文的。本书为《格萨尔王传》分部本中的第六部。全文首尾连贯，不分章节。译者为了保持其原貌和风格，清晰易读，将全文分为二十一回，每回都加了小标题。其唱词按情节分成段落。唱词大部分是七字句和少量的八字句，不押韵，但读起来很顺口。译者在翻译过程中，对说词和唱词中的颠倒处和重复语，进行了一些修正和删节；其余全部不但保持了原貌，而且是逐句直译。①

第十九回　自在魔搭梯救主　格萨尔征服门国

岭尕大将神子扎拉、察香丹玛、羌子玉拉和红辛巴为首的岭军部众，占据了南国东西南北四大城堡后，按战略攻势，马不停蹄前去攻打南国辛赤王宫。岭军砸开东日朗宗宫堡的两道城门，门子伦青吉美和门子达贡巴则二将，披挂各种兵器，冲入岭尕军中，大杀一阵，将岭尕许多人马砍杀遍地。噶伦丹玛见此情景怒不可遏，遂向南门两个大臣各射一箭，二臣各负重伤败逃回宫。岭尕众巴图鲁趁机攻破了宫堡四面的所有城门，杀伤南国士兵不知其数，遂一窝蜂冲入宫内。

南国大力士阿鲁玉本据守东日朗宗宫堡的一处险要之地，正在驱兵呐喊砍杀。岭尕勇士们见是阿鲁玉本，便来捉拿。只见一座高大玉梯，被南门军把守很紧，岭尕众勇士谁也攀它不上。正当为难之际，大力士阿鲁玉本挽弓搭箭唱道：

阿啦嗒啦嗒啦哞， 高天祥云无量宫， 欢喜自在天神呵， 今日起驾保佑我。	该死岭尕巴图鲁， 胆敢逞勇冲进宫， 气势汹汹欲擒我。
若不认识这地方， 它是东日朗宗堡。	你若有胆攀玉梯， 你若神通架天梯， 不然休想把我擒。
绿色南国先锋将， 阿鲁玉本大力士， 开年阳寿四十五， 获够勋章九百枚。	我这福弓连珠箭， 将你岭尕众英雄， 射出脑浆祭苍天。

---

①　摘自嘉措顿珠译《格萨尔王传·门岭大战》的"译者前言"。译者作于 1984 年 12 月 10 日。

歌罢，连续射出一阵箭，一箭射中阿秀恩，负了重伤。一箭射中绷本的战马，翻身倒地。这一下激怒了神子扎拉，大叫道："若不强夺玉梯，难克恶敌！"说着就要攀登玉梯。这时，丹玛拉开神子扎拉，争论道："此人老奸巨猾，还是让我上去捉他。"迅速攀上玉梯。阿鲁玉本立即转移对手，用石头砸丹玛。丹玛来回避开飞石，快速登上玉梯。两位好汉来不及械斗，便赤膊扭斗臂力。来回摔打了三次，结果大力士阿鲁玉本把丹玛摔倒在地上。丹玛无计可施，顺手抓起一把灰土，撒在大力士阿鲁玉本的眼里。阿鲁玉本只得松手，搓揉眼睛。丹玛趁机拔出腰间匕首，猛力刺入阿鲁玉本的胸部，大力士阿鲁玉本死于非命。其余岭尕众巴图鲁冲入宫内，将辛赤王的亲信近臣全部杀绝。

岭军冲进宫大杀权臣之时，辛赤王朗卡坚村和他的王妃达瓦则登、公主墨朵拉则，急得不知所措，攀到宫楼顶上，来回奔跑。这时，南国欢喜自在大神从高空的彩路上，向辛赤王授记道：

阿啦嗒啦嗒啦哞，　　　　　　顺着无形五彩路，
身居上界无量宫，　　　　　　到我欢喜自在界。
我是欢喜自在神，
上等好汉的首领。　　　　　　岭尕觉茹那恶贼，
　　　　　　　　　　　　　　千变万化神通广，
南方门国辛赤王，　　　　　　他是当今神变王，
自在天神来救驾，　　　　　　世上无人敢作对。
莫滞留呀快上天，
我已架好厉妖梯，　　　　　　辛赤国王快登梯，
　　　　　　　　　　　　　　莫让觉茹追上来。

歌罢，半空中现出一架彩虹梯子。辛赤王紧握公主墨朵拉则的手，将欢喜聚福宝贝和红色珍珠串放在墨朵手中道："今日你母后同我暂往欢喜自在界，三年以内，我定要来报仇雪恨，你且不要悲伤呵！"遂对墨朵拉则唱道：

阿啦嗒啦嗒啦哞，　　　　　　汝被岭军擒获后，
欢喜自在大神呵，　　　　　　如何应敌自安排。
保佑公主得平安。　　　　　　觉茹郭查神通广，
南方门国辛赤王，　　　　　　摸清幻术破绝招。
朗卡坚村隐悲痛，　　　　　　岭尕英雄三十个，
留下墨朵拉则儿，　　　　　　其中三个超群将，
暂往天界避灾难。　　　　　　巴拉、丹玛和噶德，
墨朵拉则公主呵，　　　　　　号称岭尕鹞、狼、雕，
你且投靠岭尕军，　　　　　　探听谁任先锋将。
弱女无依迫降敌，　　　　　　等到父王三年内，
不必灰心丧志气。　　　　　　前来杀贼报仇时，
女儿日后往他乡，　　　　　　里应外合破岭国。
保持贞洁暂周旋，
切莫倾心信赖贼，　　　　　　公主暂居人下时，
父王训诫牢记心。　　　　　　莫将欢喜聚福宝，
　　　　　　　　　　　　　　拿给凡胎人眼看，

它能满足你心愿，　　　　　　　　　三宝墨朵保存好。
所求必应世无双。　　　　　　　　　门妃达瓦作婢女，
琼浆玉液饮料精，　　　　　　　　　服侍公主莫出岔。
劈天宝剑和甘露，

　　歌罢，墨朵和辛赤王紧握住手，不忍分离，哭声震天，泪珠如珠玉下滚。正当哽咽悲切之际，无敌威王格萨尔预知辛赤朗卡坚村靠妖梯逃往天界。格萨尔王的千里赤兔马，狂似飞幡被风卷，鬃毛高耸如火山，白螺鼻管喷气如吹唢呐、翘尾摆动似流水，四蹄跃空如旋风。这时便立即备上帝青宝金鞍，笼上彩边五宝辔，系上八吉祥玛瑙绊胸带，罩上青龙含珠镶红宝石后鞧。真是前鞍桥灿烂如日出，后鞍桥明晃晃如新月。格萨尔王踏住繁星般闪烁的玉镫，飞身上马。他头戴一顶三部主环绕万道金光盔，身着一领千佛围坐威镇三界甲，手持岭尕战神环立金盾牌、右边虎皮箭筒盛满九十九只神箭，左边豹皮弓袋插上一只野羊蟠大宝弓，横挂一把助亲灭敌剑，剑上刻有救世战神环绕像。手握威镇三界矛、矛杆悬挂胜利幡。神子骑神马驶向高空彩虹路。神马在空中对格萨尔王唱道：

阿啦嗒啦嗒啦哞，　　　　　　　　　环绕八十得道者。
哈哈呼呼是马语。　　　　　　　　　尾似河水缓缓流，
印度法身神圣地，　　　　　　　　　十万飞天嬉戏水。
玛巴寿马请助我。
东方汉地五台山，　　　　　　　　　右胸侧面肋骨上，
年青智慧佛法马，　　　　　　　　　长有九痣如九眼。
请为我歌来领唱。　　　　　　　　　左胸侧面肋骨上，
　　　　　　　　　　　　　　　　　自现花纹八卦图。
若不认识这地方，
它是高空彩虹道，　　　　　　　　　胜妙佛堂般体内，
大鹏神鸟展翅处，　　　　　　　　　会聚世尊千佛像。
白腹兀鹫盘旋处。　　　　　　　　　快如风轮般四蹄，
　　　　　　　　　　　　　　　　　具有百鸟腾空力。
若不认识神马我，
毛色深红非浅红，　　　　　　　　　四大部洲任我游，
玛瑙色的赤兔马，　　　　　　　　　踏平世上妖魔鬼。
光泽美如红宝石。
两耳形如五佛冠，　　　　　　　　　雄狮威王天喇嘛，
能听十万空行语。　　　　　　　　　全神贯注莫疏忽。
鬃毛好似丰年禾，　　　　　　　　　欢喜自在大魔君，
犹如万亩麦浪翻。　　　　　　　　　把住神变彩虹梯，
左右两面长鼻孔，　　　　　　　　　妖魔鬼怪绕四周，
好像喇嘛唢呐管。　　　　　　　　　辛赤攀登无形梯，
妙似海螺般身躯，　　　　　　　　　准备逃往自在界。
就像白业传道场。
四十九节脊椎骨，　　　　　　　　　雄狮威王格萨尔，
　　　　　　　　　　　　　　　　　你我立即到现场，
　　　　　　　　　　　　　　　　　莫让自在魔救驾，
　　　　　　　　　　　　　　　　　定要降服辛赤王。

　　格萨尔驾神马沿着彩虹大道继续向前飞行。这时，众妖魔鬼怪簇拥辛赤王匆忙登上彩虹梯。格萨尔王骑千里赤兔马飞驰而至，见欢喜自在魔君救得辛赤，正收起彩虹梯。神王格萨尔连射两箭，将彩虹梯的两边扶手射断，差点坠落了下来。辛赤见格萨尔王骑神马飞来，吓得魂不附体，颤抖着唱道：

阿啦嗒啦嗒啦哞，
自在大神请救我。
若不认识这地方，
它是厉妖彩虹道。

若不认识我是谁，
南谷十八部落长，
辛赤国王便是我，
好汉队中威名扬，
曾获勋章九百枚。

岭尕恶魔觉茹儿，
我自登梯上天界，
碍你啥事阻我路？
我没吃你爸孙伦的肉，

我没喝你妈郭查的血，
我没盗你岭尕祖传宝，
我没掳你爱妃孙珠姆，
我没毁你所筑大城堡，
我没夺你所积岭财产，
拦我道路为哪般？

今日太阳光照下，
晴天霹雳宝弓上，
共有五支自在箭，
一一射你这恶贼。
叫你人马脚朝天，
外毁护命骨架子，
内灭灵魂如熄灯。

　　歌罢，遂连射五支箭。顿时，白梵天王的十八亿天兵、念青古拉佐的九百九十万妖兵、祖腊仁青的龙兵虾将如海溢，四方战神密密麻麻如雪花，全都赶来护卫格萨尔。辛赤的箭射倒天丁七百余。无敌格萨尔王从右边虎皮箭筒抽出一支灭敌神箭，从左边豹皮弓袋取出野羊蟠大宝弓，搭上神箭作歌道：

阿啦喏啦喏啦哞，
格格呼声把神唤，
索索呼声把神迎，
格格索索请诸神，
协助英雄把敌灭。

三十三天最高处，
父神白梵天王呵，
戴上白色海螺盔，
身挂刀箭三兵器，
手握飞幡白长矛，
骑上浅灰大神马，
前来保佑岭尕王，
降伏南国老魔君。

世间八峰大雪山，
黄金宝座顶上的，
古拉格佐厉妖呵，

头戴罗刹红妖盔，
身穿罗刹红妖甲，
手持罗刹红缨枪，
坐骑罗刹红妖狗，
手握罗刹红旌旗，
牵着白腹黑狗熊，
前来征服老魔君。

大海深处龙坛中，
如意宝树根旁边，
绿色松石宝座上，
祖腊仁青龙王呵，
头戴绿色松石帽，
身穿绿色松石甲，
手持绿色长套索，
骑上绿色大海马，
虾兵蟹将跟在后，

前来降服老魔君。

若问这是啥地方，
上界空中彩虹道。
若问我是何许人，
无敌威王格萨尔。

若问我歌是啥曲，
白业天神远扬调，
平时随地不乱唱，
今日唱给辛赤听。
往日花岭守本土，
辛赤无故来侵犯，
杀我许多巴图鲁。
娃娃你还记得么？
上部阿绷乱石山，
夜派古拉窃岭寨。
噶瓦曲达巡边臣，
被你贼臣古拉杀，
杀他等于杀我父，
他与孙伦无二样。
加噶玛尼帕拉一个，
日巴普益阿郭一个，
甲司达孜敏珠一个，
死在古拉刀箭下。
失我岭尕三贤臣，
如失加查一个样。

唐孜玉竹英雄将，
南赡部洲英名扬，
他是岭王一只臂，
被你辛赤老魔君，
使用红缨旃檀枪、
活活刺死归天界。
唐孜玉竹被杀害，
犹如杀我郭查母。

加腊查松上沟内，
觉安巴萨达瓦一个，
羌古久长官玉曹一个，
死在门将兵器下，
杀人罪魁就是你，
今日你可知罪否？

岭尕六匹蟒龙缎，
那是加查拉噶母，
汉地带来陪嫁奁。
被你门军强夺去，
犹如夺我祖传宝。

今日太阳光照下，
辛赤娃娃难逃命。
你欲逃往自在界，
空间彩路被我阻。
哪还有你脱生路？

昔日上界梵天王，
曾与大士把记授，
命我降服辛赤王。
我这豹皮弓袋内，
野羊蟠身大宝弓，
赤面厉妖赐与我。
我这虎皮箭筒内，
空中灭敌神变箭，
是天神的附魂箭，
莲花生的密藏箭，
修行母的长寿箭。
今日射你老魔君，
临死快把喇嘛念，
你若不会默念神，
嗡嘛呢叭咪吽，
一箭让你归阴司。

歌罢，格萨尔王射出一支神箭，正中辛赤胸部两乳之间，将他射得尸碎万块，从彩虹梯上滚落下来。这时，岭尕众勇士地上点起篝火，火光熊熊照遍天际，辛赤碎尸散落在篝火上，化为灰烬。

《玛纳斯》（第一部 上卷）

序　诗

哎……哎……哎呢！
我要唱雄狮般的英雄玛纳斯；
但愿玛纳斯的灵魂保佑，
使我唱得动听而且真挚。

一半是真，一半是假，
谁也没有亲眼见到；
只求大伙听了欢乐，
是真是假，有谁去计较！

哪一半是真，哪一半是假，
谁也没有亲身经历，
只求大伙听了欢喜，
增添了多少，有谁去算计，
为了满足大伙的心愿，
请让我纵情地歌唱吧！

这是祖先留下的故事，
我不唱它怎么行呢？
这是先辈留下的遗产，
代代相传到了如今。
倘若不唱英雄的故事，
何以解除心中的苦闷？
演唱祖先留下的故事，
现在正是大好时辰！
它是我们祖先留下的语言，
它是战胜一切的英雄语言；
它是难以比拟的宏伟语言，
它是繁花似锦的语言；
它是我们先辈传下来的语言，
它是后人荟萃起的精美语言；
它是像种子能够繁衍的语言，
它是让人们钦慕喜爱的语言；
它是代代相传的语言。

它是人世间最壮丽的语言；
它是不会被淹没的语言，
它是比太阳还光辉的语言，
它是比月亮还明媚的语言，
它是绵延不断、滔滔不绝的语言，
玛纳斯的故事啊，谁也唱不完。

父亲是阿达木，
母亲是阿巴①，
一辈又一辈过去多少代，
从古到今经过了多少岁月年华。
骑大象的英雄消失了，
力大的壮士逝去了，
英雄玛纳斯的故事，
依然在人们心中流传。
从那个时候到现在，
高山倒塌夷为平地，
岩峰风蚀变成尘雾；
大地龟裂成了河川，
河谷干涸变成荒原，
荒滩变成了湖泊，
湖泊变成了桑田，
山丘变成了沟堑，
冰川变成了河湾，
一切的一切都在变幻，
雄狮玛纳斯的故事，
却一直流传到今天。

英雄玛纳斯的故事，
与人民紧紧相连。
它是风暴凶猛的嘶吼，
它是百灵动听的歌喉；
它是惊雷洪亮的巨响，

---

① 阿达木、阿巴：传说柯尔克孜人的始祖是阿达木和阿巴。

它是洪水汹涌的狂澜；
它是划开天宇的雷电，
它是震耳欲聋的呐喊。

它是胜利者骄傲的语言，
它是飞越高峰的语言，
它是涉过江河的语言，
它是彩云追不上的语言，
它是蜜汁般香甜的语言，
它是歌者珍珠般的语言，
它是能压倒一切的语言。

英雄玛纳斯的故事，
幻术多，壮士多，
说不完的习俗多；
金子多，银子多，
跃马扬鞭的征战多；
人们承受的苦难多，
伤残致死的苦痛多；
大山般的巨人多，
被戳翻的勇士多；
箭射不穿的战袍多，
含剑结盟的誓言多；
断枝①起誓的规矩多，
赛过飓风的骏马多；

战盔多，铠甲多，
说不上名字的武器多；
智者多，楷模多，
占卜师和识相者多；
贤能者多，巧言者多，
婉转如百灵的歌手多；
仙女多，美人多，
绝代佳人更加多；
人间难容的财富多，
变化无穷的事儿多。

这是一代代传下的故事。
人们把它珍藏到今天，
五十年，人事变换，
一百年，大地更颜，
不论经历多少岁月，
英雄的故事永远流传。
人们越听越想听，
越听觉得越新鲜。
亲爱的听众们啊，
言归正传别的且不表，
雄狮玛纳斯的故事现在唱开篇！
⋯⋯⋯⋯⋯

第五章　玛纳斯征战空托依

广阔的阔克奥依墩草场，
鲜花儿盛开，绿草如茵。
玛纳斯率领自己的人马，
在此和空托依对阵。
柯尔克孜的众多兵马，
聚集在阔克奥依墩草原上。
人流滚滚像湖水掀起波浪，
个个斗志旺盛，情绪激昂；
人喊马嘶，震耳欲聋，
人人忙于备战，个个摩拳擦掌。
老年人英姿焕发跃跃欲试，

银白的胡须在风中飘扬。
年轻人虎背熊腰胆大气壮，
都要在战斗中显示力量。

巴卡派、巴里塔、加木额尔奇，
看着众多兵丁精神抖擞，
三位老英雄聚首一起商量。
年迈的巴卡依神采飞扬，
他首先开言语意深长：
"常言道，设宴请客要有主人，
千军万马需要一个首领；

---

① 断枝：柯尔克孜人起誓，常常折断柳枝，谁若违背誓言，就会像柳枝一样被折断。

军队如若没有统帅，
就像是一只无头蚊蝇。"
"是呀，这是实情，
我们推举巴卡依当最高首领！"
人们异口同声地表示赞同，
从此巴卡依有了汗的称号，
从那时一直流传到今。

卡里玛克英雄空托依，
得到了敌人到来的音讯。
当即结集了手下的兵马，
镶金的黑旗在风中飘动。
空托依站在牙帐之前，
威风凛凛地发布命令：
"卡里玛克的好汉们！
如今敌人已向我们逼近。
铺满大地的兵丁们！
你们要千人组成一营。
战斗中定要坚守阵地，
要把敌人活捉生擒。
倘若敌人不屈膝投降，
就用他们的鲜血把战刀染红。
我要砍下加木额尔奇的脑袋，
我要让什阿依头枕大地，送了老命！"
空托依发布完命令，警觉地窥伺着作战
时辰。

请看这触目惊心的战斗吧！
双方的战旗迎风飘动。
卡里玛克人布满了草原，
黑压压一片像潮般汹涌。
看到卡里玛克人多势众，
柯尔克孜人吓得胆战心惊，
他们一个个唉声叹气：
"我们为什么来到这里？
不幸之人将枉送性命！"

说这道那的一刹那时辰，
卡里玛克英雄塔塔依披挂上阵。
这个寄生在卡里玛克中的狂徒，
他的老祖宗原是满洲人。

他身材高大如大山巍巍，
面目狰狞要把对方生吞。
骄横跋扈的塔塔依，
是空托依最器重的英雄。
大力士加木额尔奇飞身上马，
请求去迎战狂徒塔塔依。
巴卡依上前阻拦加木额尔奇，
让年轻人楚瓦克去决一雌雄。
年轻的英雄楚瓦克呀，
跃马扬鞭，冲上阵去。
你看他头戴金盔，身披银甲，
胸前的护心镜光耀熠熠；
腰间的战斧闪着寒光，
手中的长矛直插天际；
胯下骑着青野羊骏马，
青色的雕鞍多么华丽。
看到楚瓦克的勃勃英姿，
卡里玛克人惊叹不已。

塔塔依瞧见楚瓦克上阵，
他不屑一顾地拨转马头，
冲着站在身后的空托依，
怒气冲冲，大发脾气：
"哎，我尊贵的大人空托依，
我是举世无双的英雄塔塔依，
我的英勇战绩世人皆知；
今天，我若打死这个毛小子，
岂不让人们咒骂我没本领。
空托依，请你另派别人吧！
让我还是回到自己队伍里去！"

听到塔塔依的恶言秽语，
楚瓦克气得浑身战栗。
他扬鞭跃马挺起巍巍长矛，
朝塔塔依的臀部狠狠戳去。
只顾自吹自擂的塔塔依，
屁股在马鞍上歪斜下去。
塔塔依恼怒，破口大骂：
"他妈的，这个该死的布鲁特！
寻死的山羊专找牧人的棍子！"

趾高气扬的塔塔依口吐狂言，
手挥矛枪朝楚瓦克猛刺。
面对强大的敌人塔塔依，
楚瓦克像一名身经百战的勇士；
他将戳来的矛尖轻轻一拨，
把狂徒塔塔依戳翻倒地。

瞧见塔塔依滚鞍落马，
卡里玛克兵丁惊骇不已。
满洲人的英雄阔别拐，
狂犬似的扑上阵地。
他连声高喊塔塔依的名字，
要将英雄塔塔依搭救出去。
沉着冷静的雄鹰楚瓦克，
紧握矛枪等待合适时机。
恼羞成怒的阔别拐，
横冲直闯忘乎所以。
年轻的雄鹰楚瓦克，
竭尽全力向阔别拐刺去。
当矛枪戳进腰间之时，
阔别拐脸色苍白浑身战栗，
他顾不得还手招架，
翻身落马，拥抱了大地。

两个英雄接连死在战场，
汗王空托依万分悲伤。
空托依跃马上阵，
威风凛凛，势不可当。
蛮横逞强的空托依呀，
直欲把柯尔克孜人一口吞光。
你看他手握巍巍长矛，
骑在高大的骏马背上；
身后站着一排排兵丁，
威武的阵势令人恐慌。
兵丁们身穿黑铁铠甲，
有的持刀，有的握枪。
空托依脸色惨白，
是一个杀人不眨眼的魔王。
谁若去和他对阵交锋，
就会在他刀下死亡。

年轻的英雄楚瓦克呀，
看到这情景心头火起，
只听他大吼一声，山摇地动，
扬鞭催马，迎了上去。
楚瓦克拦住了空托依的去路，
互相通报了自己的名字。
两位好汉纵马厮杀，
举起长矛相互猛刺。
楚瓦克转身绕了个圈子，
从身后向敌人猛力刺去。
狡猾的空托依眼尖手快，
把对方的矛尖轻轻挑起。
矛杆相击叮叮当当，
矛头相撞火花飞溅；
你戳我挡，你刺我闪，
矛头断损，只剩了矛杆。
两个好汉愈战愈勇，
毫无倦意。
好一场惊天动地的恶战啊，
看得人一个个眼花缭乱！

两位好汉又操起战斧，
互不相让，要决一雄雌。
战斧在头盔上溅起火花，
一片片铁屑纷落如雨。
空托依奋力挥动战斧，
把楚瓦克从马上击落在地。

趾高气扬的空托依，
在阵前大叫，声震天外：
"喂，加木额尔奇滚出来，
要让你尝尝我的厉害！
我要挖掉巴里塔的双眼，
我要砍掉什阿依的脑袋，
我要让柯尔克孜人血流成河，
让血水淹没你们坐骑的膝盖！"
这头狂吼乱叫的野猪啊，
他怎能想到玛纳斯已经到来！
老英雄加木额尔奇出阵迎战，
年轻勇士玛吉克赶上来相劝：

"亲爱的大伯加木额尔奇呀，
你年事已高，体弱多病。
这场险恶的战斗呀，
应该让年轻的勇士出阵。"
老英雄不顾年迈，豪爽地说道：
"你们这些年轻人呀，
刚刚第一次穿上战袍；
你们没有冲杀过敌人，
也没有经过战争的洗礼。
空托依是个凶恶敌人，
还是由我来将他击毙！"

加木额尔奇一言未了，
跃马扬鞭，高举起长矛。
身材高大的青花马呀，
在英雄的怒吼声中向前奔跑；
四蹄腾空的青花马呀，
扬起的尘埃直冲云霄。
加木额尔奇和空托依相遇，
两杆长矛交叉在一起；
一个猛戳，一个躲避，
一直拼搏到太阳偏西。
加木额尔奇年老体弱，
轮番的厮杀使他筋疲力尽。
正当这十分危急的时刻，
老英雄巴里塔冲上阵来。
巴里塔骑着枣骝神驹，
全身穿着铁甲铁衣；
眼睛里喷射着愤怒的火焰，
大喝一声，向空托依冲去。
阴险狡猾的空托依，
对老英雄巴里塔不屑一顾；
拼命地追赶加木额尔奇，
企图将老英雄置于死地。

英雄玛纳斯见此情景，
好似巨龙般大吼一声，
坐下的阿克库拉骏马扬起尘埃，
雷鸣电闪般冲入战阵。
正当空托依抡起战斧，

向着加木额尔奇砍去的一刹那；
机灵勇敢的玛纳斯呀，
挥矛挡住了有力的战斧，
使老英雄加木额尔奇脱离险境。
无所畏惧的玛纳斯呀，
躬身抓住楚瓦克的腰带，
把他轻轻地提在手中；
好似从地上捡了个苹果，
轻轻地安放在马背之上。
恼羞成怒的空托依，
犹如一头发狂的野猪，
忘乎所以地横冲直撞。

天仙佑护的英雄玛纳斯，
你看他这会儿的威仪：
雄狮玛纳斯的前额，
显示着蛟龙的勇猛；
雄狮玛纳斯的头顶，
好像神鸟似的庄重；
雄狮玛纳斯的前身，
有豹子般的威风；
雄狮玛纳斯的后身，
有猛虎般的神勇。
一条席筒般粗的巨蟒，
在英雄的马前飞行；
一个赤身裸体的男神童，
额心上有一颗红痣，
为英雄牵着骏马缰绳；
一对相似的斑斓大虎，
一左一右地紧紧相跟；
两只嬉戏的小灰兔，
在垂挂马鞍两边的金蹬上攀登；
六十只健壮的羚羊，
在骏马的左右跳跃驰骋；
雄狮玛纳斯的身后，
端坐着一个美丽佳人；
头戴嵌金挂珠的绒帽，
闪烁着耀眼的熠熠光辉。
你听阿克库拉骏马的蹄声，
赛过六十四骏马奔腾，

你听雄狮玛纳斯的呐喊，
赛过四十头猛虎的吼声。

百战不殆的英雄玛纳斯，
策马直奔空托依面前。
雄狮般的英雄玛纳斯，
挥动战斧向空托依劈砍；
当战斧穿过头顶之时，
空托依浑身索索抖颤。
他急忙举起战斧拦挡，
斧刃相击，火星闪闪。
两位好汉，你劈我砍，
整整激战了一顿饭时间。
斧背已经震裂，
斧刃已经倒卷，
谁高谁低，还难以判断。
万能的造物主啊，
造化得英雄们本领非凡！

玛纳斯绕了一个圈子，
像只山鹰从天而降。
只见他手中握着长矛，
矛头闪烁着逼人的寒光。
长矛在英雄的手中抖动，
像一道电光刺进敌人胸膛。
不可一世的空托依呀，
像一棵无根草飘落在地上。
雄狮般的英雄玛纳斯，
苍狼般的英雄玛纳斯，
他有猛虎般的臂力，
他有豹子般的胆量。
一斧砍掉了敌人的脑袋，
"玛纳斯，玛纳斯！"
呼声雷动，在草原上震荡。

英雄玛纳斯率领四十位勇士，
跃马扬鞭，冲进了敌群。
卡里玛克人乱了阵脚，
好似受惊的牛群东突西奔。
战场上杀声震天，刀光闪闪，
碧绿的草地被鲜血染红。

年轻英雄楚瓦克、色尔阿克，
如入无人之境愈战愈勇。
卡里玛克人的英雄好汉们，
丢盔弃甲，狼狈逃遁。

足智多谋的老人巴卡依，
当即对加木额尔奇吩咐：
"大力士加木额尔奇啊！
前边不远是布都尔奥山口，
大山那边住着阿牢开。
肖茹克和多鲁斯汗，
如若有人给他们报去消息，
我们的处境将会十分艰难。"
听完老人巴卡依之言，
加木额尔奇跃马扬鞭，飞奔向前。
当他来到布都尔奥山前时，
两位年轻英雄已来到这边。
英雄色尔阿克把守山口，
楚瓦克英雄守护着碱滩。
威武的英雄像两座大山，
胯下的骏马像两团火焰。
加木额尔奇惊喜万分，
连声称赞两位青年智勇双全。
加木额尔奇激动不已，
向着布都尔奥山祈求膜拜：
"神圣的布都尔奥大山呀！
我们生存在你的博大胸怀，
愿你巍峨俊秀的山峰，
成为玛纳斯的英武姿态。
撒马尔罕大海子呀！
你像母亲的乳汁给我们恩泽，
愿你汹涌澎湃的波涛，
成为楚瓦克的英雄气概。
愿你奔腾不息的激流，
成为色尔阿克的英雄情怀。
让那凶残的卡里玛克望而却步，
让疯狂的敌人血洒大地！"
加木额尔奇为年轻英雄祝福，
将九匹牝马作为大山祭礼。

逃遁的敌人找不到路径，
个个心惊胆战，面如土色。
有的卷起战旗，有的放下武器，
纷纷下马向英雄求饶叩拜。
昔日飞扬跋扈的威风不见踪影，
一个个垂着脑袋祈求饶命。
柯尔克孜勇士冲进空托依的宫廷，
把金银珠宝掳掠一空。
牵走了拴马绳上的母马，
赶走了卡里玛克人的羊群。
妇女和姑娘们哭天抢地，
老汉、老太婆哭得眼睛通红。
富裕的人吓得东躲西藏，
贫苦的人也遭到株连迫害。
谁若胆敢起来反抗，
当即捆绑起来重重地鞭挞。
草原上一片嚎哭声哀，
血腥的恐怖将大地覆盖。

英雄玛纳斯眺望远方，
纷乱的思绪难以慰平。
玛纳斯来到巴卡依面前，
陈述自己见到的凄惨情景。
加木额尔奇看见玛纳斯脸色阴沉，
走上前来，细说分明：
"英雄玛纳斯呀，我明亮的眼睛！
雄狮玛纳斯呀，我心爱的亲人！
卡里玛克人霸占我们的草场，
让我们无家可归四处飘零；
敌人抢走我们的羊群和骏马，
逼迫我们在荒野上餐露宿风。
玛纳斯呀，你是我们的明灯，
率领我们打败了强大敌人；
玛纳斯呀，你是幸福的庇荫，
你为柯尔克孜人报仇雪恨。
让那些黄头魔鬼去哭泣吧！
别理睬他们虚伪的求情！"

听完加木额尔奇的话，
英雄玛纳斯急忙开言：

"我敬爱的大伯加木额尔奇，
掳掠人民的财产，
那是暴君们干的事情；
凌辱可怜的百姓，
那是空托依汗王的本领。
空托依汗王下了命令，
卡里玛克人谁敢不听？
不要说抢劫牲畜财产，
就是征收孩子谁敢不从？
我尊贵的大伯加木额尔奇，
果敢的人捉拿敌酋寇首，
愚蠢的人祸害百姓黎民。
智慧的加木额尔奇、巴里塔，
快去劝阻我们的兵丁，
不要阻拦他们的百姓自由来往，
不要虐待黎民，让他们安居乐业！"

听完玛纳斯明智之言，
老人巴卡依连声称赞。
巴里塔、加木额尔奇
却紧锁眉头，唉声叹气：
"哎，这是什么好主意，
没有战利品，算得什么胜利？"
几个长者挤眉弄眼嘀咕一阵，
纷纷跨马，离开阵地。

机敏的年轻英雄色尔阿克，
向人们宣布了玛纳斯的命令：
"卡里玛克的众兄弟们，
再别相信你们汗王骗人的旨令；
快赶上你们的牲畜、羊群，
愿你们全家团聚幸福安宁。"
命令像一声惊雷响彻草原，
震撼着千家万户的毡房。
卡里玛克人奔走相告，
齐声把英雄狮纳斯颂扬：
"英明的雄狮玛纳斯呀！
真正有英雄的胸怀和胆量；
贤明的君王玛纳斯呀！
真正是世间少有的汗王！"

神力无边的英雄玛纳斯，
明智盖世的英雄玛纳斯，
拯救了苦难的柯尔克孜人民，
赢得了别里撒孜①人的崇敬。
草原上举行了四十天喜庆，

庆贺玛纳斯带来了幸福安宁。

现在让我放下这一段故事，
讲讲盛大的庆典吧！

（演唱人：居素普·玛玛依。翻译整理人：刘发俊、朱玛拉依、尚锡静。见《玛纳斯》第一部，上卷，1～6、111～129页，乌鲁木齐，新疆人民出版社，1991）

《江格尔》（节选）

序　诗

（一）

在那古老的黄金世纪，
在佛法弘扬的初期，
孤儿江格尔②，
诞生在宝木巴③圣地。
江格尔是塔海兆拉可汗的后裔，
唐苏克·宝木巴可汗的孙子。
乌琼·阿拉达尔可汗的儿子。
江格尔刚刚两岁，
蟒古斯④袭击了他的国土，
江格尔成为孤儿，
受尽了人间的痛苦。

江格尔刚刚三岁，
阿兰扎尔⑤骏马也只有四岁，
小英雄跨上神驹，
冲破三大堡垒⑥，
征服了最凶恶的蟒古斯——
高力金。

江格尔刚刚四岁，

冲破四大堡垒，
使那黄魔杜力栋改邪归正。

江格尔刚刚五岁，
活捉了塔海地方的五个魔鬼，
使他们不再作恶生非。

就在江格尔五岁那一年，
摔跤手蒙根·西克锡力克把他活捉，
孤儿江格尔做了大力士的俘虏。

江格尔刚刚六岁，
冲破六大堡垒，
打断千百支刀枪，
降服了显赫的阿拉谭策吉。

阿拉谭策吉的宫殿，
像画儿一样美丽。

他在江格尔的手下，
做了右手头名勇士⑦。

孤儿江格尔刚刚七岁，
打败了东方的七个国家，
英名传遍四方，威震天下。

---

① 别里撒孜：地名，在撒马尔罕地方。
② 江格尔：在蒙古语中与"主人"或"强者"是同义词。波斯语中也有此词，是"征服者"的意思。
③ 宝木巴：大洋、山川的名称，有圣地、福地、仙境、乐园或极乐世界的意思，是古代人民的理想国。
④ 蟒古斯：蒙古族英雄史诗中的主要反面形象，是恶魔、巨魔，相当于汉语中的魔王、魔鬼等。
⑤ 阿兰扎尔：江格尔的骏马，是江格尔心爱的坐骑，是他生死相依的战斗伙伴。
⑥ 三大堡垒：三大关卡、要塞。相当于汉族演义小说中的关口。地势险要，重兵把守，难攻之地。
⑦ 右手头名勇士：右贤王。

江格尔的阿兰扎尔骏马
跑得飞快的时候，
江格尔的金柄长枪
无比锋利的时候，
江格尔雄姿英发，
正当青春年少，
他拒绝了周围四十九个可汗的美女，
从东南方，
聘娶了诺敏·特古斯可汗的女儿。

江格尔牧养的骏马，
个个飞快无比；
江格尔招募的勇士，
人人英勇无敌；
周围四十二个可汗的国土，
都被荣耀的江格尔征服。
江格尔的宝木巴地方，
是幸福的人间天堂。
那里的人们永葆青春，
永远像二十五岁的青年，
不会衰老，不会死亡。

江格尔的乐土，
四季如春，
没有炙人的酷暑，
没有刺骨的严寒，
清风飒飒吟唱，
宝雨纷纷下降，
百花烂漫，
百草芬芳。
江格尔的乐土，
辽阔无比，
快马奔驰五个月，
跑不到它的边陲，
圣主的五百万奴隶，
在这里繁衍生息。

巍峨的白头山拔地通天，
金色的太阳给它撒满了霞光。

苍茫的沙尔达嘎海，
有南北两个支流，
日夜奔腾喧笑，
闪耀着璀璨的光芒！

江格尔饮用的奎屯河水，
清冽甘美，汹涌澎湃，
不分冬夏，长流不竭。

宝木巴的主人，
是孤儿江格尔。
他权掌四谛①，造福人民，
英雄的业绩，
光照人间，
勇士的美名，
遐迩传诵。

（二）

在那洁白的毡房，
六千又十二名勇士纷纷喧嚷：
"要为江格尔建筑一座宫殿，
这宫殿要巍峨壮丽，举世无双！"
周围的四十二个可汗议论：
在何等吉庆宝地，
建筑这座宫殿？
要向着光明，向着太阳，
在芬芳的大草原南端，
在平顶山之南，
十二条河流汇聚的地方，
在白头山的西麓，
在宝木巴海滨，
在香檀和白杨怀抱的地方，
建筑这座奇迹般的宫殿最为吉祥。

最好的日子，
最好的时辰，
四十二位可汗
率领六千又十二名能工巧匠，
破土动工。

---

① 四谛：佛教的四真谛——苦、集、灭、道。

珊瑚玛瑙铺地基，
珍珠宝石砌墙壁，
北墙上嵌镶雄狮的獠牙，
南墙上嵌镶梅花鹿角。

阿拉谭策吉老人，
洞悉未来九十九年的吉凶，
牢记过去九十九年的祸福，
他用洪亮的声音宣布：
"这宫殿要庄严雄伟，
比青天低三指；
要是筑到九重天上，对江格尔并不吉利。"

六千又十二名能工巧匠，
先筑中间的主殿，
再建五个高大的角楼。
宫殿的入口，
嵌镶明亮的水晶石，
宫殿的出口，
装饰火红的玻璃。
祝福北方的人民奶食丰富，
北墙上裱糊斑鹿皮；
祝福南方的人民肉食充裕，
南墙上裱糊梅花鹿皮。

宫殿外面的四角，
镶上火镜；
宫殿里面的四角，
镶上金刚。

江格尔的这座宫殿，
高十层，
光华四射，五彩缤纷，
矗立在绿色的草原上，
雄伟，庄严，美丽，辉煌。
周围四十九种魔王，
望而生畏，不敢前来侵犯。

宫殿的前面，悬挂着一面金光灿灿的黄旗。
这黄旗在套子里，

发出艳艳红光；
抽出了套子，
放射出七个太阳的光芒。

（三）

万有的至高主宰者，
是孤儿江格尔。
他坐在四十四条腿的宝座上，
光辉灿烂，好像十五的月亮。
江格尔披着黑短外衣，
这外衣是阿盖夫人用金剪细心剪裁，
众勇士的夫人精心缝制。
江格尔端坐在宝座上，
捻着燕翅般的胡须，
向勇士们讲述治国的哲理。

如果有人问：
江格尔的阿兰扎尔骏马
跑得飞快的时候，
江格尔的"阿拉牟"①长枪
锋利无比的时候，
江格尔雄姿英发，
正当青春年少，
他拒绝了周围四十九个可汗的美女，
从东南方聘娶的夫人——
诺敏·特古斯可汗的女儿，
永远像十六岁的少女般的
阿盖·莎布塔腊是什么模样？

阿盖向左看，左颊辉映，
照得左边的海水波光粼粼，
海里的小鱼欢乐地跳跃。
阿盖向右看，右颊辉映，
照得右边的海水浪花争艳，
海里的小鱼欢乐地跳跃。
阿盖的脸，白皙如雪，
阿盖的双颊，鲜红如血。
阿盖的帽子，洁白美丽，

---

① "阿拉牟"：江格尔使用的武器。

巧手的"额吉"① 精心剪裁，
众大臣的夫人亲手缝制。

阿盖的长发，
乌黑、芬芳、光泽，
套着黑缎的"西伯日格勒"②，
随着她的脸左右摇摆。
阿盖的银耳坠，
大如驼粪，在耳下闪烁。

阿盖的银胡，
有九十一根琴弦，
弹奏出十二支曲调。
琴声悦耳悠扬，
好似苇丛中生蛋的天鹅在欢唱，
好似湖畔生蛋的绒鸭在欢唱。
阿盖演奏银胡的时候，
世间又有谁能伴着琴声歌唱？
只有江格尔的"颂其"③ ——
美男子明彦，
随着银胡唱出感人的诗章。

江格尔的左手头名勇士④，
名叫巴彦胡恩格·阿拉谭策吉。
千里眼阿拉谭策吉端坐在黑缎垫上，
他掌管宝木巴七十个属国的政教大权。
无论遇到什么疑难的案件，
他都能迅速无误地勘破、裁断。

江格尔的左手头名勇士，
是淳厚朴实的雄狮洪古尔。
他是大力士特布新·西鲁盖的后裔，
摔跤手西克锡力克的独生子，
贤淑的母亲姗丹格日乐夫人
二十二岁那年所生的爱子。

洪古尔是江格尔的手足，
是七十万大军的光荣；

洪古尔是宝木巴的擎天柱，
是千百万勇士的榜样。
洪古尔在战斗中，
从不知后退，如虎似狼！
洪古尔豁出宝贵的生命，
单人独马征服了七十个魔王。

洪古尔的下席，
坐着一位山岳般的巨人，
他是顾哲根·库恩伯诺颜⑤。
他舒展款坐，
独占五十二人的位置；
他蜷局而坐，
也占二十五人的位置。
他的膂力惊人，
武艺超群。
他手中的铁叉，
是魔鬼的镇器。
他的高头乌骓，
体大力强，
四蹄粗壮，
宛如大象的四蹄。
库恩伯口若悬河，
谈论一千又一年的政教哲理。

阿拉谭策吉的下席，
是人中的鹰萨布尔，
号称铁臂力士。
幼年的萨布尔，
用一万户奴隶，
换来一匹栗色马，
栗色马飞快又美丽。
他那八十一庹⑥长的巨斧，
片刻不离肩头。

---

① "额吉"：母亲或老人的意思。
② "西伯日格勒"：发袋、发筒，女人保护头发用的装饰品。
③ "颂其"：古代官职。由能歌善舞、善于辞令的人担任。颂其的职务是陪伴主子，向客人敬酒。
④ 左手头名勇士：左贤王。
⑤ 诺颜：敬语。相当于汉语中的"主人""老爷"的意思。
⑥ 庹：量词。成人左右两臂平伸的距离，约为五尺。

萨布尔有超人的膂力，
不管遇到多么强壮的对手，
都被他一手拎过马背。

右手第三名勇士，
是喀拉·萨纳拉，
他有一匹美丽的红沙马。
他离开了福德双全的父亲，
让父亲失去了福祉；
他离开了菩萨般慈善的母亲，
让母亲没有了儿子；
他抛弃了亿万户奴隶，
让他们没有了主子；
他撇下了红花般艳丽的妻子，
让她失去了丈夫；
宝林格尔的儿子，
坚毅的勇士萨纳拉，
只跨着红沙马，
跟随了江格尔来到宝木巴。

这些无畏的勇士们团团坐了七圈，

席间还坐着一圈须发银白的老人。
慈祥和蔼的老太婆红光满面，
白皙美丽的夫人温柔端庄，
窈窕雅致的姑娘双颊绯红，
她们各坐了一圈，
还有一席是天真可爱的儿童。
席间有饮不尽的乳汁和马奶酒，
有吃不完的鲜美的鹿肉。
勇士们酒醉半酣，热血沸腾，
笑语喧哗，欢乐满堂。

勇士们互相拍着臂膀高唱：
"世界上的国家，
哪个像宝木巴这样富强！
世界上的勇士，
哪个像宝木巴的勇士这样雄壮！
我们什么时候遇到较量的对手？
我们什么时候遇到猎获的野羊？"
…………

第三章　洪古尔和萨布尔的战斗

（一）

从前，有一个男儿，
名叫萨布尔。
父亲是大无畏的英雄，
母亲是海洋般富有的女人，
他号称铁臂力士，
人中的鹰隼。

三岁时母亲去世，
四岁时父亲病故。
不论是父亲还是母亲，
在离开人世的时候，
都对萨布尔谆谆叮嘱：

"亲爱的儿子，你要牢记：
在这阳光灿烂的大地，
江格尔主宰万物。
他有八十二个变化，
他有七十二种法术。

他是宝木巴的圣主，
他为民造福。

江格尔的宝木巴地方，
是人间天堂。
孤独的人到了那里，
富庶隆昌。
那里没有骚乱，
永远安宁，
有永恒的幸福，
有不尽的生命。

我们一旦离开人世，
你赶快奔向宝木巴乐土。
白天不要停步，
黑夜不要住宿，
你要找到江格尔，
与他会晤！"

童年的萨布尔，
失去了父亲，

他悲伤痛苦，
把"江格尔"错听为"西拉·蟒古斯"。

萨布尔跨上他心爱的栗色马，
不住地鞭打，
不停地奔驰，
去找西拉·蟒古斯。
萨布尔来到荒凉的旷野，
这里没有人烟，
只有蜿蜒的沙丘。
他来到一棵孤独的香檀树旁，
迷失了方向，
不知奔向何方。

(二)

这时，在十层九彩的宫殿，
江格尔正在举行圣大的酒宴。
筵席上，右手第一名勇士
阿拉谭策吉突然提醒江格尔：

"人中的鹰隼，
铁臂力士萨布尔，
他有八十一庹长的月牙斧，
片刻不离他的肩头。

无论多么强悍的勇士，
都经不住他的利斧一砍；
无论怎样骁勇的骑士，
都被他一手拎过马背。

萨布尔少年时为了上进，
用一万户奴隶
换来了线脸栗色马。
栗色马是千里宝驹，
跑起来，
不论什么样的快马，
都不能超越它。

萨布尔年幼，
听错了父母的遗嘱，
去寻找西拉·蟒古斯。
他来到荒凉的旷野，

迷失了方向，
不知奔向何方，
在一棵香檀树下彷徨。

萨布尔如果再向前奔驰，
只有半天的路途，
就可飞到西拉·蟒古斯的国土。
萨布尔和洪古尔，
力量同等巨大，
武艺同样娴熟。
如果萨布尔归服了蟒古斯，
如虎添翼，
你休想把他降服。"

荣耀的江格尔问道：
"阿拉谭策吉老人呵，
八千名宝通，十二位勇士里，
派谁去把萨布尔捉来？"

阿拉谭策吉老人回答：
"你有一个摔跤名将，
在千百个国家里他技能出众；
你有一个独胆英雄，
在千百万勇士中他百战百胜。

在东方，
他是人民的梦想，
在西方，
他是人民的希望，
他，不就是你的洪古尔吗？

冲进敌群勇猛厮杀，
好像灰狼冲进羊群，
他，不就是你的洪古尔吗？

在六万名敌将云集的战场，
他英勇地徒步鏖战，
把那高大的香檀连根倒拔，
捋了枝杈扛在肩上，
猛力一击，
把五十名好汉打得肢体断碎，
信手扫去，
把五六名勇士打得血肉飞迸，

他，不就是你的洪古尔吗？

他的盔甲腐蚀了，
刀伤化脓了，
脓血流淌了，
香檀似的腰杆弯曲了，
光彩焕发的面孔灰土似的暗淡了，
这时六千支枪尖向他刺来，
他纵身一跳，
四肢不碰枪尖，
像火星一样跃到高山顶上，
他，不就是你的洪古尔吗？

八千名宝通钦佩洪古尔，
纷纷敬酒，热情赞美，
洪古尔频频干杯，
直喝得天旋地转，沉沉酣睡。

有嘴的人不能信口议论，
有舌头的人不能鼓舌摇唇，
号称铁臂力士的萨布尔，
他是一位了不起的男儿。
八千名宝通必须全体出征！"
荣耀的江格尔，
跨上阿兰扎尔骏马，
手里拿着祖传的长枪。

阿拉谭策吉的儿子，
勇士阿里亚·双合尔，
把那金光灿灿的黄花旗，
插在马鞍右侧，走在最前头。

江格尔率领八千名宝通出征，
浩浩荡荡，烟尘滚滚。

（三）

他们策马飞奔，
来到荒凉的旷野，
远远看见铁臂力士萨布尔，
右手提着月牙斧，
站在孤独的香檀树下，
树上拴着栗色马。

江格尔举目观看，
他那明亮的黑眼睛炯炯有光。
江格尔仔细端详，
看出萨布尔超众非凡，
是个好儿男。

不要以为他多日饥渴，
断炊绝粮，
不要认为他单人独马，
孤立无援，
八千名勇士不能轻敌，
要全体出战！

江格尔命令：
"勇猛的喀拉·萨纳拉！
你跨上灵敏的红沙马，
去把栗色马牵来！
八千名勇士全体出动，
去把萨布尔擒拿！"

江格尔一声令下，
八千名勇士顿时催动战马，
争先恐后，踊跃冲杀。

人中的鹰隼，
铁臂力士萨布尔，
突然看到蜂拥的人马要同他厮杀，
他顿时神志不清两眼昏花。

他右手拿起锋利的月牙斧，
紧紧握着八十一庹长的斧柄，
扔下栗色马，抢斧迎战。

迅猛非凡的骏马，
也不敢跑到他的面前；
狮子般强悍的勇士，
都经不住他的利斧一砍。

八千名宝通，
一个个被他打伤，
肩上的双重甲环，
都被萨布尔打断。
如狼似虎的勇士们，
揪着马鬃逃窜，

马鞍在马腹下翻滚，
战马向白头山狂奔。
只见那烟尘滚滚，
勇士们直杀得不辨方向。
八千名勇士和萨布尔混战，
一个个被打得人仰马翻。

趁这混战的当儿，
红沙马的主人萨纳拉，
牵来了栗色马，
把它拴在江格尔身旁的黄花旗下。

萨布尔看见栗色马被夺走，
他满腔怒火，
暗暗思量：
我遭遇了多么可怕的恶魔！

突然，从黄花旗那边，
荣耀的江格尔在呼喊：
"在这荒凉的旷野，
如果我有幸看到，
洪古尔和萨布尔交锋搏斗，
该令人多么惬意，何等快乐！"

江格尔的吼声，
吓得山沟里三岁熊黑，
胆破血流，
江格尔的吼声，
传到金宫，
传到阿盖夫人的耳中。

（四）

阿盖来到洪古尔酣睡的金宫，
用她纤细柔软的十指，
在洪古尔箭筒似的两耳中间，
挠了二十三次，
洪古尔咬着牙睁开了眼睛，
洪古尔从酣睡中惊醒。

阿盖夫人对洪古尔说道：
"高尚的洪古尔呵，

你不是瞬间就能十二变吗？
你不是为了守卫江格尔而生吗？
你不是为江格尔飞跑的野兔吗？
你不是为江格尔攫取猎物的雕鹰吗？
你不是搏击长空的鹰隼吗？
你不是完美无缺的勇士吗？
你不是亿万勇士的先锋吗？
你不是万千勇士的屏障吗？
战场上，你不是无畏的英雄吗？
危难时，你不是宝木巴的擎天柱吗？
去征服'舒牟那斯'① 的时刻，
要你这酒醉的男儿又有什么用场？

江格尔出征已有四十九天，
还没有一点音讯。
我忽然听到江格尔的喊声，
高尚的洪古尔呵，
你可有什么办法取胜？"

洪古尔的膂力非凡，
十指的每个关节上，
都有熊狮和大象的力量。
他对阿盖夫人说：
"去征讨蟒古斯的时候，
为什么没有告诉我？"

洪古尔命令马夫，
快快套来铁青马。
马夫从那青翠的山坡，
套来了线脸铁青马。
它力大无比能驮载山岳，
它飞快神速能遨游宇宙。
铁青马鞴好鞍鞯，
它昂头扬鬃，精神抖擞。

洪古尔把阴阳宝剑，
佩在右股上，
右手紧握钢鞭。

① "舒牟那斯"：蒙古语，妖精。

洪古尔足踏银镫，
翻身跃上雕鞍，
他稳坐在雕鞍上，
跃马飞翔。

洪古尔跨着铁青马，
来到荒凉的狂野——
没有人烟的僻壤，
蜿蜒的金色沙丘前。

洪古尔睁大两眼向前眺望，
碗大的两眼炯炯有光。
在那金光灿灿的黄花旗旁，
是分别多日的江格尔可汗，
还有八千名宝通，
他亲爱的伙伴。
洪古尔向前望去，
看到一个男儿嶙峋瘦骨，
腿肚上只有一层皮，
大腿上只剩一把骨，

右肩扛着锋利的月牙斧。
"在这荒凉的旷野，
江格尔率领八千名勇士，
二十一个日夜马不停蹄，
都是为了寻找你！
我如果不活捉你这个魔鬼，
今生违犯江格尔的命令，
死后看守阎罗的地狱，不得再生！"

高尚的洪古尔厉声怒吼，
这吼声震得山石翻滚。
他右手紧握着阴阳宝剑，
剑柄滴落着液浆。
他高呼宝木巴的战斗口号，
催动铁青马冲向敌人。

（五）

江格尔看到洪古尔来临，
兴高采烈，热情欢呼：
"洪古尔，寒冷的时候，
你是我御寒的皮外套呵！

洪古尔，紧急的时候，
你是我嘹亮的海螺！

洪古尔，战斗的时候，
你是我坚固的盔甲！
洪古尔，奔驰的时候，
你是我飞快的骏马！
我要活捉的敌人，
你给我手到擒来呵！
我要降服的魔鬼，
你给我马到征服呵！

当我说起你的时候，
说得我舌焦口干呵！
我的好兄弟，
洪古尔来了！
人中的鹰隼，
铁臂力士萨布尔，
淳朴的雄狮，
高尚的洪古尔，
两位英雄相会，
看你们谁能胜利？"
江格尔这样叨念着的瞬间，
洪古尔跨着铁青马飞来。
洪古尔挥舞阴阳宝剑，
向萨布尔用力猛砍，却砍了空地。

萨布尔右手举起月牙斧，
左手勒住铁青马的偏缰，
向高尚的洪古尔劈砍，
砍断了洪古尔肩上的甲环，
斧刃陷进肉里三指深。

洪古尔大声呼叫：
"玉石的阿尔泰山呵，
荣耀的江格尔可汗呵，
亲爱的各位勇士呵！"
洪古尔从铁青马背上，
拔出插在地上的三十三度长的金枪，
那是江格尔祖传的武器。

洪古尔挺枪跃马，

刺向铁臂力士萨布尔，
萨布尔躲过长枪。

洪古尔向左一闪，
揪住萨布尔的甲绦，
那甲绦上的三个铁环，
大如三岁的绵羊，
洪古尔把萨布尔拎过鞍鞒，
萨布尔的嘴角鲜血流淌。

洪古尔拎着萨布尔，
扔到金光灿灿的黄花旗旁。
他曾折磨得江格尔心神不安，
他曾把八千名宝通打得人仰马翻。
江格尔给萨布尔的伤口敷药，
涂上"威音"白药①的伤口，
不到半天就愈合。
涂上"浩音"白药②的伤口，
不过当夜就愈合。
江格尔又让那圣水般的甘霖降落，
把大地清洗，给人类带来快乐。

萨布尔立即苏醒起立，
八十一庹长的巨斧，
闪射出十五道火光。

"我把生命交给你高尚的洪古尔，
我把力量奉献给荣耀的江格尔！"
萨布尔向江格尔说了三次誓言。

荣耀的江格尔说：
"高尚的洪古尔，
你也理当发誓！"

"把黄金的生命交给刀枪，
把赤诚献给江格尔可汗。
不怕那熊熊的烈火燎原，
不怕那咆哮的海洋波浪滔天，
我们永远团结向前！"
洪古尔庄严宣誓。
洪古尔和萨布尔结为兄弟，
江格尔率领八千名勇士凯旋。

荣耀的江格尔说：
"人中的鹰隼，
铁臂力士萨布尔，
坐在美男子明彦的下席！"

大宴进行了八十天，
那达慕举行了七十天，
幸福的酒宴又继续了六十天。

（选自色道尔吉译：《江格尔》，1～14、50～67页，
北京，人民文学出版社，1983）

---

① "威音"白药："威音"，蒙古语，白药的名称。
② "浩音"白药："浩音"，蒙古语，白药的名称。

本章学习民间长诗的两种类型及其代表作品。应掌握民间叙事长诗和民间抒情长诗的概念、类别和艺术特点，熟悉其代表作品《阿诗玛》、哭嫁歌等。

第一节
民间叙事长诗

一、民间叙事长诗的概念、特点与类别

民间叙事长诗又称长篇叙事诗或故事歌，是民众创作和传唱的一种篇幅较长的叙事性歌谣。它是阶级社会的产物，形成时期晚于史诗，既没有远古时期的生活内容，也没有庄严的风格和宏伟的篇幅，这使它与史诗区分开来。它篇幅较长，有完整的故事情节，并致力于刻画人物形象，这使它与抒情诗区分开来。

民间叙事长诗主要有两种类型：第一类是爱情婚姻叙事诗，通过爱情婚姻故事特别是悲剧故事的讲唱，反映封建社会婚姻制度的不合理性，并通过主人公对封建礼教的反抗和对爱情、如意婚姻的追求，塑造出感人的艺术形象。如古代著名的汉族叙事诗《孔雀东南飞》、傣族的《娥并与桑洛》、彝族的《阿诗玛》等。第二类是社会斗争叙事诗，反映社会矛盾、民族矛盾引发的斗争与反抗，如《钟九闹漕》写湖北崇阳县农民由抗粮到武装起义的过程，《嘎达梅林》讲述蒙古牧民武装起义反抗达尔汉王的黑暗统治与军阀暴政的故事。

二、中国民间叙事长诗概况

中国民间叙事长诗的演进过程可分为三个阶段，每个阶段都有一些代表作品。

（一）先秦时期的雏形阶段

先秦时期的一些诗篇，如《诗经》中的《谷风》《静女》《氓》等已有简单情节的叙述，但格调仍以抒情为主，它们可说是叙事诗的雏形。

（二）汉代以后趋向成熟的时期

汉乐府时期流传下来的叙事诗，如《妇病行》《东门行》《十五从军征》《孤儿行》《陌上桑》等，已初具叙事诗的规模，并有生动的细节描写。东汉末年至南北朝是叙事诗趋于成熟的时期，其标志是产生于建安年间的乐府民歌《孔雀东南飞》和北朝乐府民歌《木兰辞》。其后较长的一段历史时期内，歌唱形式的叙事诗出现或流传下来的较少，而说唱形式的叙事诗成绩较多，如唐代民间小赋《燕子赋》《韩朋赋》，金代董解元《西厢记诸宫调》，等等。

（三）明清至现在的繁荣时期

明清以来，各民族的叙事诗出现了繁盛的局面，汉族有湖北地区的《崇阳双合莲》《钟九闹漕》和"四游八传"等。所谓"四游"，指《东游记》《南游记》《西游记》《北游记》，分别讲唱王母、观音、唐僧和真武到远方取经的故事；所谓"八传"，指《黑暗传》《封神传》《双凤奇缘传》《火龙传》《说唐传》《飞龙传》《精忠传》和《英烈传》。其中曾在 20 世纪 80 年代引起轰动的《黑暗传》长达 5 000 余行[1]，分为开场歌、歌头、天地玄黄、黑暗混沌、日月合明、人祖创世等几部分，以盘古开天辟地、结束黑暗混沌为主要内容，融合了汉族古代关于盘古、女娲、伏羲、炎帝、黄帝等的神话故事。该长诗流传于鄂西南神农架一带，为该地区民众在打"丧鼓"时所唱，由神农架林区文化局干部胡崇峻搜集、整理，2002 年长江文艺出版社正式出版。虽然它的内容与神话接近，但因为发现时间晚，一般认为形成时间也在后世，所以它不是严格意义的神话或史诗，而是民间叙事长诗，或可称"汉民族广义神话史诗"。蒙古族有《嘎达梅林》等，傣族有《娥并与桑洛》《召树屯》等，彝族有《阿诗玛》等。[2]

三、彝族叙事长诗《阿诗玛》

《阿诗玛》是在云南彝族支系撒尼人中间流传的一部优秀长篇叙事诗。该长诗在撒尼人中脍炙人口，撒尼男女青年多以阿黑、阿诗玛自居。长诗的基本情节为：给路日明家的女儿阿诗玛美丽聪慧，能歌善舞，被财主热布巴拉家看中，要娶阿诗玛给儿子做媳妇，托哥敌海热做媒人。媒人说服了给路日明夫妇，但阿诗玛坚决拒绝。财主家趁阿诗玛的哥哥阿黑外出放羊时，以抢婚的方式"拉"走了阿诗玛。阿黑回来后追上抢婚队伍，与阿诗玛同到财主家，以与财

---

① 1986 年湖北省民间文艺家协会内部印发的汇编本为 3 000 余行。

② 刘守华，巫瑞书. 民间文学导论. 2 版. 武汉：长江文艺出版社，1997：300 - 302.

父子比赛竞技，展示自己出众的武艺、勇力的方式迫使他们放走阿诗玛。但财主央求岩神迫害阿诗玛，阿诗玛回家的路上被岩神扣住，阿黑不能解救她，阿诗玛回不了家，变成了"回声"，在阿黑喊她吃饭的时候应答。

1953 年，云南省人民文工团组织了包括文学、音乐、舞蹈和资料等方面工作人员在内的圭山调查组，到路南县圭山区搜集、记录了《阿诗玛》的原始作品 20 份，以及其他民间故事和民歌，同时调查了撒尼人的政治、经济、文化生活、风俗习惯等方面的情况。先由黄铁、刘绮、杨知勇等分头整理这些资料，又由公刘总体加工润饰，于 1954 年 1 月发表整理本，在全国范围内产生了重大影响；接着出版了单行本，并被改编成戏剧、电影等多种形式，后又用多种文字翻译介绍到国外。1960 年和 1979 年又分别出版了重整本和再整本。另外还有不公开出版的内部资料版本，收有原始资料多种。整理本在推广方面有很大功绩，但有个人再创作的痕迹，整理的科学性方面稍有欠缺。①

这部长诗情节曲折生动，人物性格鲜明，阿诗玛、阿黑的形象深受人们喜爱，他们执着追求自由、不为富贵所动、不屈服于强势压迫的反抗精神有积极的思想意义。

第二节
民间抒情长诗

一、民间抒情长诗的概念

民间抒情长诗就是民众创作并传唱的一种用于抒发感情的较长篇幅的歌谣。它和民间叙事长诗的区别主要在于，前者注重感情的抒发，一般没有完整的故事情节，也不注重刻画人物形象，后者则相反。它与一般民歌的区别在于，后者是抒情的短歌，而民间抒情长诗篇幅较长。当然抒发感情不可能与具体事情毫无关系，而是指其着重点和基本格调是抒情，抒情过程中的叙事成分较少，不能形成完整的故事情节。

民众运用抒情长诗这种形式可以将生活中的喜悦或悲苦之情进行充分的宣泄，以获得心理上的平衡和安慰。传统社会里由于民众生活普遍较为贫困，抒发悲情的长诗居多。有的抒情长诗的演唱是习俗规定的程序，并不一定代表演唱者的真实感情，如哭嫁歌。

二、民间抒情长诗的类别与内容

民间抒情长诗在内容上可以分为三种类型②。

① 孙剑冰.《阿诗玛》试论//中国民间文艺研究会上海分会.中国民间文学论文选（1949—1979）.上海：上海文艺出版社，1980：410.

② 刘守华，巫瑞书.民间文学导论.2 版.武汉：长江文艺出版社，1997：321.

第一种，配合和赞颂劳动的长诗。民众在劳动时喜欢以唱歌的方式抒发感情，以调节情绪，减轻劳作的单调感与辛苦感，如《盖房调》《牧羊调》《薅草锣鼓》等。

第二种，用于礼俗活动的长诗。在婚嫁、丧葬、节庆、祝寿等场合，有些地方就有抒情长诗的演唱，以抒发欢乐或悲哀的情绪，但在注重礼俗的一些场合，用什么样的歌表达何种感情是习俗规定好的，个人须依俗而行，如哭嫁歌与哭丧歌等。

第三种，反映爱情婚姻生活的长诗。指婚嫁仪式以外的场合所唱的表达爱情感受的诗，这些诗一般都是真实感情的自然流露。如纳西族殉情男女所唱的《游悲》片段：

> 我悲哀地坐在树下，
> 树木流泪落叶纷纷；
> 我悲伤地走到河边，
> 河水痛哭，呜呜咽咽；
> 我悲哀地坐在石上，
> 石头难过，冷冷清清。
> 这么大的世界啊，
> 哪里可以安身？

在云南白地纳西族，殉情调（当地称"游实"）是情歌的三种主要内容之一，主要反映男女相爱而终不成眷属，于是双双相邀殉情而死的感情和过程。白地吴树湾老歌手和玉才所唱的《游悲》，长达 390 行，分为三大部分：第一部分是相邀，第二部分是做准备，第三部分是情死。三个部分内容相连，也可各自独立成篇。丽江地区殉情的地方一般在玉龙雪山腹地的大草甸云杉坪，相传在这儿灵魂能升到纳西人的理想国——"玉龙第三国"。而在白地殉情调中，男女相邀去情死的地方在拉伯或拉萨。[①]

三、哭嫁歌与哭嫁习俗

哭嫁歌是一些地方的姑娘在出嫁时所唱的告别娘家亲人并倾诉自己即将成为别人家媳妇的悲怨之情的民歌。唱哭嫁歌的习俗在中国广泛流传，而在华南、华东、中南地区尤盛，在土家族、汉族、哈尼族、土族、柯尔克孜族等民族中都流行过，其中土家族的哭嫁最为典型。

(一) 哭嫁习俗

哭嫁通常在新娘出嫁前半月甚至一个月就开始了，一边准备嫁妆，一边哭嫁。湘西土家族一般哭七到十天，长的要哭一两个月。起初是隔夜哭，后来就连夜哭，越到婚期临近，哭的时间越长，哭声越悲切。婚礼的前一晚，则要哭个通宵。哭的状态，有时掩面而泣，有时号啕痛哭，越到后来哭声越大。有的独自哭，有的则父母、姐妹或兄嫂陪同哭。歌也是哭着唱的。土

---

① 云南省编辑组．纳西族社会历史调查（三）．昆明：云南民族出版社，1988：20．

家族一般由九个与新娘要好的姑娘陪哭，称为"陪十姊妹"。新娘哭嫁的题目有哭爹娘、哭兄、哭嫂、哭姊妹、哭弟、骂媒、哭上头、哭穿衣、哭辞祖先、哭席、哭上轿等。陪哭者则就婚仪中的礼物、器具、事项等唱陪歌，母亲、嫂子则唱劝慰性的陪哭辞。湖南嘉禾县等地的哭嫁，则是一种融歌、舞、戏剧于一体的大型表演活动，不仅有哭有歌，还有舞有剧。在土家族、傣族等流行哭嫁习俗的地方，人们把是否会哭嫁作为衡量女子才德的标准，或由此看她对亲人长辈是否尊重和爱恋。

各地的哭嫁歌已记录、整理出来多种，其中较为完整、篇幅较长的有两种：一种是湘西土家族的《哭嫁歌》，1959年由上海文艺出版社出版，由武汉大学中文系、中央民族学院（现为中央民族大学）分院中文系组成的调查队搜集整理而成；一种是上海奉贤县（现为奉贤区）、南汇县（现为南汇区）的《哭出嫁》，1961年由上海文艺出版社出版。

哭嫁习俗的源流是很古老的。在上古的母系氏族制过渡到父系氏族制以后，女性作为婚姻制度的失败者即备受冤抑，自然要以哭诉来发泄心中的悲苦。其冤苦之情可归结为三个方面：一是在从夫居婚制下，要离别亲人与从小生存的环境，而去一个陌生的环境跟一群陌生人一起生活；二是在包办婚姻及一些婚配陋习如姑舅亲、姨表亲等制度中，所嫁的男人往往不是自己的意中人；三是在父系家长制度下，媳妇在丈夫家族以附庸、贱人的身份存在，不仅要勤苦操劳，还要忍气吞声，遵守各种戒律。

（二）哭嫁歌的思想内容

哭嫁歌的结构一般由两部分组成，一部分是新娘以向各种亲人告别和骂媒人为题进行哭诉，一部分是以婚仪中的具体项目为题哭诉。各地哭嫁歌的组成部分的数量多少不一，完整的土家族的哭嫁歌由二十多个部分组成，有"哭爹娘""母女哭""父女哭""哭哥嫂""姑嫂哭""兄妹哭""哭伯叔""姑侄哭""哭舅爷""舅甥哭""哭姊妹""堂姊妹哭""表姊妹哭""亲姊妹哭""骂媒人""哭上头""哭戴花""哭穿衣""辞祖宗""哭背亲""哭上轿"等。其中最重要的几节是"哭爹娘""哭哥嫂""骂媒人"等。

在"哭爹娘"一节中，出嫁女将自己与弟兄在家中的地位做了对比，埋怨爹娘重男轻女，最后又将她丢出门。在"哭哥嫂"一节中，她埋怨自己与哥哥虽然本是同娘生，却"生来贵贱不相同"："下贱妹妹送出去，哥哥在家好做人。"当嫂嫂用礼教和世俗道理来劝说她甘心出嫁时，她加以反驳，并说出："前朝有礼也可灭，前朝无礼也可兴！"在"骂媒人"一节中，出嫁女将媒人说成是"懒""馋""骗"的丑角，并咒他"瞎眼睛""烂嘴角""千牛万马踩不断的桥，媒人过时就断了"等。哭嫁歌的中心内容是哭别，形式上是向亲属邻友等告别，实际上也是向自己的童年与姑娘的幸福时代告别，这种告别自然要表达她对男权文化和父系婚姻制度的憎恶与反抗。[①]

哭嫁歌生动而深切地反映出男权中心制度对女性的压抑和父系家长制度对媳妇的奴役，表现了妇女的痛苦、不平与反抗，以及对婚姻自由和爱情美满的渴望。

① 天鹰.《哭嫁歌》的思想性与艺术性//中国民间文艺研究会上海分会.中国民间文学论文选（1949—1979）.上海：上海文艺出版社，1980：527.

（三）哭嫁歌的艺术特色

哭嫁歌的艺术特色主要有两个方面：

（1）哭嫁歌既有浓郁的抒情基调，又有生动形象的细节描写。如土家族《哭嫁歌》第九章表达要上轿时的感受：

> 灯笼火把两边排，人家的轿子闯进来；
> 灯笼火把两边分，人家的轿子闯进门。
>
> 爹呵，娘呵，人家的轿子我不坐，
> 坐在上面像刀割，人家的轿子我不上，
> 人家的奴才我不当！……

这种表述方式使得哭嫁歌既有感情的抒发和见解的倾泻，也有事件的叙述和人物形象的塑造。

（2）哭嫁歌的语言具有浓郁的生活气息，并善于运用比喻、夸张、反复、排比等多种修辞方式。如土家族"哭爹娘"，用比喻和对比的手法讲儿子与女儿在家中的不同命运：

> 是你贵气的儿子，好像十五、十六的月亮呵，
> 月团圆；
> 是你下贱的冤家女，好像初三、初四的月亮呵，
> 缺半边！

讲自己被父母抛弃到别人家受苦，用排比句式和比拟、夸张的手法：

> 你们把女儿丢下九重岩，
> 丢在海内水不涨，
> 丢在高山树不青，
> 丢在塘中不起泡，
> 丢在河中水不浑，
> 丢在岩脚不见响，
> 丢在天坑无影踪，
> 丢在青草坪，
> 青草也不生！

在"骂媒人"中，形容媒人的"花言巧语，东瞒西骗"，用夸张：

> 你做媒人想穿鞋，
> 树上鸟雀你都哄得来，
> 你做媒人想喝酒，
> 山上猴子你都哄得走。

【关键概念】

民间叙事长诗　　　　　民间抒情长诗

《阿诗玛》　　　　　　　哭嫁歌

【思考题】

1. 什么是民间叙事长诗？它有哪些主要类型？
2. 民间抒情长诗与民间叙事长诗、一般民歌的区别是什么？
3. 举例说明中国民间叙事长诗的演进过程。
4. 举例说明民间抒情长诗的主要内容。
5. 简述彝族叙事长诗《阿诗玛》的基本情况。
6. 简析哭嫁歌的思想内容。
7. 简析哭嫁歌的艺术特色。

【作品选读】

阿诗玛（彝族）

（记录稿，撒尼文原诗译本）

破竹响篾①多，	"苦荞没有棱，
破竹破四块，	甜荞三棱子②。"
捏竹捏八捏，	兄弟民族山垒山，
响篾的声音。	我们爷三个，
山区的好响篾，	我们弟兄啊，
坝区找不到响篾，	我们郎舅啊，
响篾当宝贝。	河边三棵树，
不是爹娘教，	我们来商量。
子孙没有听见过。	青年人不吃酒，
现在子孙的故事，	讲起话来如同酒醉人讲话一样。
要想诉伤心苦，	树老不好栽，
给父母听见又不好意思。	要栽滕篾；
母鸡要下蛋，	青年不会唱，
要如何理窝呢。	瞧瞧世间上。
像小牛找妈的脚迹，	青年来开口，
三岁的小水牛，	是不是也不知道。
四只脚落地，	会说的人家听着说好听，
后脚踏前脚，	道理说得好的人家成为能手。
踏着妈的脚迹走。	雁鹅不长尾，
俗话说：	伸脚当尾巴。

---

① 响篾：又叫口弦，用竹子做成，两寸长、一指宽，当中有一小齿，两头系有线，弹一端的线震动小齿发出声音，用以传情。

② 甜荞每颗都有三面三棱。

尼米阿着底①，
阿着底的上边，
哪个地方没有人，
只有一家人——
给路日明②家。
花开蜜蜂采，
嗡嗡地叫嚷，
日日来采花。
给路日明家，
有四棵树如同桂花样，
生下姑娘如桂花。
阿着底的下边，
热布巴拉③家，
家就住在那里。
花开蜂不来，
花开蜂不采。
热布巴拉家，
家里最有钱，
生下小儿子。
给路日明家，
生女到世上，
囡看妈的脸，
妈喜欢了一场。
生囡有三天，
要给囡取名字。
给囡取名那天，
搓了九十九盆面，
蒸了九十九甑子，
旋碗④牛身大。
莫恩赖石山⑤，
请了九十九桌客。
妈妈说：
"我礚消给她取个名字呢？"
客人说：

"不消了，
大家给她一个名字就得了——
给名阿诗玛。"

生囡三个月，
就会一纵一纵的笑嘻嘻，
妈妈喜欢了二场。
生囡七个月，
囡会坐着团团转了，
妈妈喜欢了三场。
生囡八个月，
囡会像耙齿一样的爬了，
妈妈喜欢了四场。
生囡九个月，
囡就会说话了。
说话像蜜蜂叫，
说话像弹月琴一样的清楚，
妈妈喜欢了五场。
生囡有五年，
囡会挂线⑥帮妈苦，
妈妈喜欢了六场。
生囡满七岁，
囡会织纬线，
囡苦得衣裳给爹爹穿了，
妈妈喜欢了七场。
生囡满九岁，
囡会帮妈煮饭了，
妈妈喜欢了八场。
生囡满十五岁，
名马厩里关，
名誉世上传；
有名的阿诗玛在家里，
名誉世上扬。
阿着底的下边，

---

① 尼米阿着底：地名，阿诗玛家住的地方，传说在大理。
② 给路日明：人名，即阿诗玛的父亲。
③ 热布巴拉：人名，即阿诗玛的公公。
④ 旋碗：装饭的碗。
⑤ 莫恩赖石山：地名，取阿诗玛名字时请客吃饭的地方。
⑥ 挂线：织布前把线挂在织布机上。

热布巴拉家。
热布巴拉听见了，
阿诗玛的影子映在热布巴拉家院子里。
影子是碧母①老倌看见，
热布巴拉与碧母商量。
别的人他不去请，
去请哥敌海热。
别的地方他不要去，
就是要去阿着底上边。
阿着底下边，
找着了哥敌海热。
媒人海热说一句：
"给路日明家，
你家有个好姑娘，
热布巴拉家有个儿子，
你家喜欢给？
你家喜欢给了，
他家样样有。"
给路日明老倌，
说出一句来：
"不嫁，不嫁！
九十九不嫁！"
哥敌海热说出一句来：
"热布巴拉家，
银子做门抱柱②，
金子做门枕头③，
门扇上用金子银子做成龙，
门槛用铜做，
金银过斗量。
牛羊关满四房子，
放牛占九山，
放绵羊占七坡，
放山羊占九山。
这些都是巴拉家的牲口，

这些都是巴拉家的房子，
他家有那么多的东西。"
哥敌海热又说：
"合嫁的时候嚜要嫁了，
合给的时候嚜要给了。"
给路日明说：
"我的因不比粮食，
我的因不比牛，
我舍不得嫁。
牲口是我的，
卖不卖由我；
粮食是我的，
卖不卖由我；
因是我的，
给不给由我。"
给路日明，
又说出一句来：
"他家咋个有钱我都不给；
我家再穷也不嫁给他家。
不给就不给！
给了就是他家的因。"
哥敌海热说出一句来：
"放牲口的找牲口养，
放羊的找羊养，
放牛的找牛养。
直绕④阿爷这个人，
头三年找牛养。
后三年牛养大了，
要卖牛了。
牛卖得掉，
担子卖不掉，
看见担子想起牛，
想起牛来好伤心。

---

①　碧母：巫师，主持撒尼人的祭祀，但不取报酬，多数掌握撒尼的文字。
②　门抱柱：门两边的柱子。
③　门枕头：门上边和下边的木头。
④　直绕：是个放牛的人名。

母绕阿曹①这个人，
那一年找绵羊养。
养绵羊满三年，
绵羊卖掉了，
剪羊毛的剪子没卖掉。
看见剪子想起羊，
想起羊来好伤心。
南边三里街②，
有一家黑彝在那里住，
因也有，儿子也有。
儿子饱饿都在家里，
因再穷再有也要嫁出去。
养因搁在一边，
我的因如花一样，
只得看一眼。
因背下一缸水，
因噻嫁出去了，
水噻吃不完。
吃水时候想起我的因，
见着水缸娘伤心，
瞧着水缸过日子。
天晚下露水，
下霜鸡要叫，
姑娘出嫁的日期要到了。
到嫁的时候还是要嫁，
合给的时候还是要给，
合回去的时候还是要回去。"
给路日明老倌，
说出一句来：
"我嫁我的因，
嫁得一罐酒。
一罐酒吃不得一辈子，
我的因一辈子成人家的因了，
爹爹伤心一辈子。
妈妈来嫁因，
嫁得一卜箩饭。

一卜箩饭吃不得一辈子，
我的因一辈子成人家的因了，
妈妈伤心一辈子。
姐姐来嫁妹，
嫁得一绕麻。
一绕麻织布成衣裳，
穿不得一辈子，
我的妹一辈子成人家的因了，
姐姐伤心一辈子。
二哥来嫁妹，
嫁得一条牛，
一条牛使不得一辈子，
我的妹一辈子成人家的因了，
哥哥伤心一辈子。"
独牛换独因，
独牛关在厩，
独牛叫哇哇，
姑娘哭啼啼。
独牛还站在那里，
独因在不住了。③
哥哥如同帽子一样，
妹妹在哥哥旁边，
样样有哥哥挡着。
哥哥说：
"如果妹子不嫁掉，
如同拿着一朵花一样。
不是哥哥要嫁你，
怪哥敢海热，
他说出一句来：
'一统天下，
嫁人的不是你一个。
地上宇宙间，
几千几百万姑娘都要出嫁，
几千几百万家都嫁姑娘请客吃饭。'"
给路日明，

---

① 母绕阿曹：是个放羊的人名。
② 三里街：地名。
③ 此句是指独牛叫一下还在，阿诗玛嫁到婆家就不在了的意思。

说出一句来：

"爹嫁出去的囡呵，
一天去找柴，
找柴不给刀，
用手搬三背，
朽柴有一背。
朽柴烧完了，
馊话听不完。
公婆使了去找落花菜，
找菜三衣兜，
黄菜一衣兜。
黄菜吃完了，
馊话听不完。
公婆使了去挑水，
舀水不给瓢，
挑水不给罐。
用酒坛子装水，
用手捧三坛，
浑水有一坛。
浑水吃不完，
馊话听不完。"
哥敌海热，
说出一句来：
"给路日明家，
这样子受罪。
碱是你家不嫁？
碱是让她养到婆婆那样老？
碱是让她养到你嫂嫂那样大？
碱是让她养到你妈那样老？
山上的老树好意思站着，
姑娘大了不好意思在父母旁边了。
十五岁的姑娘，
人家来说不给，
二十岁的姑娘，
给人家人家也不要了。"
阿诗玛的妈，
听见这句话，

妈妈想一想。
媒人来说两回，
妈妈想嫁了。
媒人来说三回，
妈妈要给了。
妈妈说：
"胆量放大点，
辣辣的①就嫁了，
到嫁的时候，
不嫁不行了。
嫁也嫁了，
给也给了，
到成一家的时候了。"
哥敌海热，
说出一句来：
"人家说成的媳妇会变掉，
我们这个嘿不要变。"
哥敌海热又说一句：
"嫁掉你也不要心慌，
我也不会变。
吃掉酒就抵得赌过咒，
就像几千年以前成立天地一样。"
阿诗玛的妈妈，
说出一句来：
"要办这样大的事情，
酒要蒸十坛子，
丝罗锻九十匹，
用来陪嫁阿诗玛；
要九双手镯，
九双戒指，
用来陪嫁阿诗玛。"
阿着底的上边，
吃过早饭后，
来决定这事情。
决定了的话，
阿诗玛要约姑娘伴；
大伙来送送。

---

① 辣辣的：心里舍不得，又不得不如此，只有狠狠心的意思。

阿着底上边，
热布巴拉家起身了，
来到给路日明家。

阿黑去放羊，
放到大江边上，
半夜做了一个梦。
梦见大麻蛇在他家院子里，
圈成圆圈，
洪水把院子淹起来。
哥哥就回来了，
走了三天才到家。
哥哥回到家，
老远就瞧见，
院子里坐着很多人在吃饭。
哥哥问妈妈：
"家里整哪样事情？"
妈妈说：
"打发你妹子。"
阿黑说：
"咋个不给我一个信？"
妈妈说：
"哥敌海热说：
树老了好意思站着，
姑娘老了不好意思养着，
就是这样子给吓住了，
我就连信都忙不及给你。
荞杆垫牛圈，
让牛踩的踩，
踏的踏，
院子里这些人，
是这样糟蹋法。
十个骨头十个狗，
十个草堆十个猪。"
儿听见妈的话说：
"是什么客人来？
吃的是什么骨头？"
妈妈教儿子一句：
"直狗不咬贼，
直人不听闲话，

碜是你没有听见？"
有名的阿诗玛，
嫁出去三天了。
二哥阿黑，
备起飞龙马，问：
"骑鞍碜在家？"
"骑鞍在家的。"
"弓箭碜在家？"
"弓箭在家的。"
弓箭背着背脊上，
一跳跳在马上，
铃子敲在马脸上，
这山跑到那一山。
一趟跑两山，
两趟跑三山，
三趟跑四山，
没有见过的人也见了——
见着一个拾粪的老人。
"拾粪的老大爹啊，
你碜见着做客的一党人？
来过的你碜有看见？
来过的你碜有听见？"
"丫口的路人像蜂子一样多，
来过我也不晓得，
不来过我也不晓得。
是不是不知道，
郎伴一百二十个，
穿着绸缎衣，
仿似一堵云，
去了一蓬人，
去了有三天。"
阿黑又备起飞龙马，
一跳跳在马上，
一趟两座山，
两趟三座山，
没有见过的人也见了——
见着一个放牛的老人。
"放牛的老人啊，
你在这点嚸，

碜有见着郎家的客？
来过你碜有看见？
来过的你碜有听见？"
"丫口的路人像蜂子一样多，
来过我也不晓得，
不来过我也不晓得。
仿似一堵黑云，
穿着绸缎衣，
头上戴红花，
你妹阿诗玛，
是不是不知道，
过去了一蓬人。"
"碜还撵得着？"
"若是得力的马，
还是撵得着，
不是得力的马，
就撵不着了。"
二哥阿黑，
一跳跳在马上，
一趟跑了三四座山，
没有见过的人也见了——
见着一个放绵羊的。
"放羊的小娃娃，
你在这点嘞，
碜见着郎家的陪伴？
来过你碜有看见？
来过你碜有听见？"
放绵羊的小娃娃说：
"过了也晓不得，
过了我没看见。
好像一堵黑云，
去了一蓬人。"
二哥阿黑，
一跳跳在马上，
一趟跑了四五座山，
没有见过的人也见了——
见着一个放山羊的。
"你在这点放羊嘞，
碜见着那些陪郎的？"

"来过我没有看见，
来过我没有听见。
我只会望着羊，
来过也晓不得，
没有来过也晓不得。
是不是不知道，
过去了一党人，
头上戴红花，
一百二十个穿绸缎，
好像一堵黑云。"
二哥阿黑，
一跳跳下马来，
到了嗑松树下，
一叫叫三声。
能爱阿诗玛听见了，
听见二哥阿黑叫。
"咦！仿似我二哥的声音，
我听见了一声。"
热布巴拉说：
"不是，不是，
不是你二哥的声音，
是山头的'知了'叫，
是'知了'的声音。"
能爱阿诗玛说：
"不是'知了'叫，
相仿我二哥的声音。"
热布巴拉说：
"黄花树脚嗡嗡嗡，
是蜂子叫的声音。"
到了大嗑松树下，
阿诗玛望着爹爹住的方向，
看见哥哥骑着大马，
铃子响来蜜蜂叫，
这样来到了。
赶了千里路，
哥说妹伤心，
二人淌眼泪。
他们两兄妹，
哥哥对妹妹说：

"你不要伤心，
你不要哭，
我一年来瞧你三回。"
阿诗玛说：
"哥哥，
你骑马来见我，
来到大嗑松树下见面。"
又说：
"二哥阿黑，
大山黑黝黝，
是哪样山？"
阿黑说：
"在前三十年，
巴拉家兴旺的时候，
是巴拉家的放马山；
后来三十年，
是巴拉家挖山薯的山。"
又走了一节，
到了塘子边。
阿诗玛问：
"二哥阿黑，
这是哪样塘子？"
"在前三十年，
巴拉家兴旺的时候，
是巴拉家的洗衣塘，
洗荞子的塘子；
后来三十年，
巴拉家要穷了，
是巴拉家洗山药、土瓜的塘子。"
又走了一节，
没有到过的地方也到了，
到了大石岩。
阿诗玛问：
"这是哪样石岩？"
"在前三十年，
巴拉家兴旺的时候，
是巴拉家放祖宗的地方；

后来三十年，
巴拉家要穷了，神祖也没有了，
是老虎、豹子在的地方。"
走到十二平地，
阿诗玛问：
"十二平地咋个说？"
"在前三十年，
巴拉家兴旺的时候，
是巴拉家晒好衣裳的地方，
晒粮食的地方；
后来三十年，
巴拉家要穷了，
是巴拉家晒山茅野菜的地方。"
阿黑喊一声妹夫巴拉家：
"竹雀歇在树枝多的地方，
一枝一枝地跳上去。
麻团放在簸箕里，
滚得团团生。
线头挂在簸箕边，
你要走大路还是走小路，
随便你选择。"①

到了巴拉家了，
巴拉家最好住了。
陪郎九十九个，
阿诗玛的姑娘伴九十九个，
献饭九十九处。②

这样献阿黑还是不喜欢。
早早晚晚，
早上献一回，
晚上献一回，
阿黑还是不喜欢。
这样也没办法，
那样也没办法，
请阿黑去房间里睡。
巴拉家商量：
养着三只老虎……

---

① 这句是告状的意思，即告到哪里随便你。
② 献饭：用饭祭的意思。九十九：形容多。

阿诗玛告诉哥哥：

"他家在商量：

半夜三更，

他们咋个整呢？

他们要放三只老虎来咬你。"

阿黑说：

"不怕，妹妹不要怕，

我有弓箭在身。"

夜里，巴拉家放进了三只老虎去，

三只老虎都被阿黑打死了。

阿黑夜里把大虎的皮剥好了，

又套在虎身上。

阿黑把虎尾夹在脚趾间，

一摇一摇的。

早上他们来瞧，

还以为老虎把阿黑吃掉了。

热布巴拉家说：

"站着，站着，

我们悄悄的，

老虎正在吃着阿黑呢。"

热布巴拉又说：

"啊！舅舅家，这三只老虎吵扰你了。"

阿黑把老虎掀开说：

"没有，没有，

没有吵扰，

扎实好玩呢。"

阿黑又说：

"跟你淘了有老虎毛那样多①，

该放阿诗玛回去了。"

热布巴拉说：

"跟你淘不得了，

放阿诗玛回去了。"

阿黑兄妹回去了，

铃子响来蜜蜂叫。

阿诗玛兄妹去了以后，

热布巴拉家就商量了。

想来想去，

想不出办法，

想到"应山歌"②，

跟"应山歌"商量。

十二岩子脚，

"应山歌"等阿诗玛，

等到半夜三更也等不来。

松树尖上蜜蜂不做窝，

松树脚蜜蜂闹嚷嚷，

"应山歌"等着了阿诗玛。

"应山歌"说：

"哥哥阿黑，

你要妹子的话，

要一对白猪、白羊，

你妹子就可以还你。"

哥哥阿黑，

左找右找，

没有到过的地方也到了。

苦荞没有棱，

甜荞三棱子。

彝族地区山垒山，

找完山垒山，

找不到白羊。

没有到过的地方也到了，

到了十二大街子，

买着了白羊，

买不着白猪。

回到家里来，

左想右想，

想不出办法，

想给黑猪白衣穿。

白衣找不到，

十二大街子，

白纸那里买，

拿回到家里，

白纸裹在猪身上，当做白毛猪。

---

① 你给我的麻烦像老虎毛那么多的意思。

② "应山歌"：传说是个受苦的姑娘，被公婆虐待跳河而死，后成为应山歌（回声）。

十二条大路上，
没有通大路，
没有到过的地方也到了。
走到河对面，
能爱阿诗玛说：
"二哥阿黑啰，
吆的牲口白晃晃的。"
白猪白晃晃，
白羊白晃晃，
妈妈有名的姑娘啊，
耳环亮堂堂的，
阿诗玛笑眯眯的。

哥哥阿黑说：
"大江过不来。"
阿诗玛说：
"哥哥阿黑，
你的有名①咋个整?"
阿诗玛又说：
"不怕，不怕，
每天到吃饭，
吃饭一喊我，
我就答应你。"
从此阿诗玛就变成"回声"了。

[讲述人：何中法。翻译人：虎占林。记录人：杨瑞冰。见《云南民族文学资料》，第三辑，1957。原载高等学校民间文学教材编写组编：《民间文学作品选（下）》，41～56 页，上海，上海文艺出版社，1980]

召树屯（傣族）

（一）诗人的歌

太阳从树林里伸出头
呆呆地望着我写这个故事
公鸡也朝我扇开翅膀
我的故事正在金色的天空中飞翔

美丽的故事像一片艳丽的彩霞
纯洁的爱情就像并蒂开放的鲜花
真心相爱的青年人啊
请把这份礼物收下
我要用最诚实的心
描下他们的欢乐和痛苦
让我的歌啊
像一棵绿茵茵的菩提树

请四面八方飞来的鸟群
都停下翅膀
请会唱的"托朗"②
绕着菩提树歌唱

从远方来的客人
带来他们的歌声
使各村各寨来的男女
带来他们的爱情

常青的菩提树啊
每一片叶子都是有情人的心
那蒙蒙的大雾啊
它夜夜来滋润

（二）王子召树屯

在古老的勐板加地方
住着皇后玛茜娜
她梦见老鹰落在屋顶上
过了十个月，生下了一个男孩
为了孩子的命运
国王请来了"摩古拉"③
摩古拉翻开了历书
在四十六个格子④里寻找幸福

① 有名：指阿诗玛自己。
② "托朗"：是一种在夜里唱歌的鸟，声音婉转动人。
③ "摩古拉"：是傣族卜卦算命的人。
④ 四十六个格子：是傣族卜卦算命的根据，在傣族经书中相传有 46 种野兽，前一种野兽管辖后一种。

天空中最能飞的是老鹰
地上跑得最快的是金鹿
孩子的名字啊
应该叫作"召树屯"①

最好看的玉石常常有斑痕
生得最直的树容易遭受风吹雨淋
幸福的王子
他会遭到爱情的折腾

十六年的幼苗长成树
十六年的召树屯长成英俊的青年
他的容貌像熔金般闪光
他的心肠像麂子般善良

他像一条神龙
在勐板加地方造下湖水
勐板加的百姓
就像开在湖里的金莲
英俊的召树屯
常常骑着马带着弩箭
在森林里追逐金鹿
在高空中射落飞雁

他也按照风俗
领着百姓赕佛②
祈求"灭巴拉"③
给勐板加带来风调雨顺

（三）七个姑娘

离勐板加很远很远
在那云雾缥缈之间
有一个奇妙的地方
它的名字叫勐董板

勐董板是个好地方
遍地开鲜花
满山是牛羊

来往的人都骑着大象
勐董板的国王叫作叭团④
他有七个一般模样的姑娘
她们像七只飞雁
披上孔雀的羽毛
就能在天空飞翔

七个公主啊
七朵海棠
花中有花王
最鲜艳的花朵
要算喃婼娜第七个姑娘
密密丛丛的树林里
有一个镜子般的金湖碧波荡漾
美丽的凤凰在那里栖息
多情的金鹿来来往往

湖边有一座古寺
古寺里住着一个叭拉纳西⑤
他像蜜蜂一样日夜念经
古寺里的钟声悠悠扬扬

每隔七天
七个美丽的姑娘飞到湖旁
每隔七天
湖边的花都为她们开放
雀鸟悄悄飞来偷看
只见千万层白花花的水浪中
七朵鲜花一晃一晃

············

（五）告　别

召树屯按照神龙的话
用长刀砍了许多竹子
在大树上搭起了竹棚

---

① "召树屯"：是坚决勇敢的王子的意思。
② 赕佛：献佛、敬佛之意。
③ "灭巴拉"：是管理雨水的神。
④ 叭团：直译为魔鬼的头人，在此当"孔雀国王"解释。
⑤ 叭拉纳西：据说是佛教传入中国初期在森林中修行的和尚。

他就躲在那里等候
过了一天又一天
月亮在湖里洗了七次脸
凤凰飞来饮了七次水
召树屯在湖边等了七夜又七天

那一天无风无云
蓝空里飞来七只孔雀
她们轻轻地落在湖边
又像花一样飘落到水面

笑声泛起波纹
花朵漂向湖心
召树屯悄悄爬到湖岸
拿走了喃婼娜的孔雀衣

召树屯回到了竹棚
便放声歌唱
七个姑娘慌忙回到岸上
喃婼娜不见了衣裳

没有翅膀的鸟不会飞
没有鱼鳍的鱼不会游水
没有衣裳的喃婼娜
无法向天空追她的姐妹

歌声越来越近
喃婼娜急忙躲进花丛
喃婼娜的手啊
被谁轻轻的牵动

六只孔雀在空中徘徊
她们看见猎人拉住了妹妹
像有六把刀砍在她们的身上
像有六只箭射进她们的肝肺

十二只翅膀
一齐扑向猎人
六个姐姐啊
一齐冲向召树屯

情人不会吐掉嘴里的槟榔
姑娘不会轻易拔下头上的金簪
召树屯不愿放走心爱的喃婼娜

六个姐姐的眼泪雨滴般洒在湖上

"再见啊,可怜的喃婼娜
我们向你告别了
要是以前我们做错了什么事
妹妹呵,请你原谅我们"

"当我们飞下来的时候
我们总是把你围在中间
现在你竟被猎人捉去
这一切都是命中注定"

"我们赶回去告诉爹妈
阿妈会很伤心
阿妈会请求阿爹
赶快派兵来救你"

喃婼娜的眼睛望着天空
眼泪遮住了姐姐们的身影
她低下头说不出话
只向姐姐们合掌①

"从今以后我们恐怕不能相见
请把我的话
转告父母和头人
喃婼娜啊永远想念他们"

(六)爱 情

湖水一片平静
喃婼娜微微打战
就像风雨飘到她的身上
她不知道猎人将对她怎样

召树屯轻轻脱下自己的衣裳
把它披在喃婼娜的身上
然后他跪在姑娘的面前
嘴里又轻轻唱歌

"美丽的姑娘啊
我像一只粗野的狼
我像无礼的暴君
我的心啊,却像金鹿一样善良"

---

① 合掌:傣族的一种礼节,表示对对方的尊敬和诚意。

"请雪白的云朵给我作证
请微风表白我的心情
粉团花啊
我只是一只平常的蜜蜂"

"请你不要用双手遮住脸
只求你轻轻看我一眼
我知道，只要你看我一眼
你就会看穿我的心"

喃婼娜依然一声不响
就像含羞草被人触动
但是她的眼睛
却像湖水一样波动

椰子树没有他英俊
天上的星星比不上他的眼睛
哪里来的小伙子呀
菠萝的滋味也比不上他的歌声

召树屯恨不得拔出长刀
掏出自己的心
他不知道该用什么方法
才能表白他的爱情

"多兰嘎①啊"
请你打开谷仓
请你把爱情的种子
播在姑娘的心上

"姑娘啊
我不是狐狸
不会吃小鸡
我不是老虎
不会伤害人"

"我是勐板加的一只丑鸭
我是猎人的一支秃箭
我是田野上能望的鹭鸶②
我的名字叫作召树屯"

喃婼娜听见这个名字
不觉吃了一惊
摩古拉曾经预言
她将嫁给一个勇敢善良的人
她的心里暗暗喜欢
恰恰遇到了心上的人

召树屯目不转睛地望着喃婼娜
召树屯的嘴没有停止歌声
在喃婼娜没有对他回答之前
他决心一辈子歌唱不停
"可爱的姑娘啊
我爱你是真情
不管天崩地裂
鱼儿在水里才能生存"

"我只要每天看见你一眼
没有吃的我也心甘
请你这朵花开在我的园里
让我变成浇花的水"

母鸡听见公鸡的叫唤
会扇开翅膀
召树屯的歌声
像一只蜜蜂落在喃婼娜的心上
她望着湖水
又羞又喜，低声歌唱

"热辣辣的太阳
会使鲜花枯黄
你过热的爱情啊
叫我的心跳荡
一棵芭蕉只结一次果
懂得修剪花蕊的人啊
芭蕉果会愈结愈多"

"一棵香瓜只抽一次藤
会种香瓜的人啊
一棵香瓜爬满瓜棚"

_____

① 多兰嘎：傣族传说中的爱神。
② 相传，鹭鸶与孔雀恋爱，因孔雀飞进森林里，鹭鸶等待孔雀，脖子都望长了。

"愿你像一棵椰子树
树高根深
我会天天坐在树下
觉得快活凉爽"

召树屯的两颊发烫
心里像煮开的水一样
接着他站起身
继续放声歌唱

"姑娘啊
你的歌声像湖里的清水
让我洗了一次澡
我感到我是一个骄傲的国王
湖边的花为我们开放
林中的鸟也为我们歌唱"

召树屯轻轻拉起喃婼娜
像一对恩爱的凤凰

[翻译整理人：岩叠、陈贵培、刘绮、王松。流传地区：云南西双版纳。
见贾芝主编：《中国新文艺大系·民间文学集（1949—1966）》，上卷，
北京，中国文联出版公司，1991]

嘎达梅林（蒙古族）

序　歌

南方飞来的小鸿雁哪，
不落辽河不起飞；
要说起义的嘎达梅林①，
是为了蒙古人民的土地。

北方飞来的海力色②雁哪，
不落辽河不起飞；
要说造反的嘎达梅林，
是为了蒙古人民的土地。

滚滚的西拉木伦河③岸旁，
达尔汗旗④啊，富饶宽广；
美丽的浩林毛道九间房啊，
就是嘎达生长的地方。

阴森森的达尔汗旗王府，
是一座充满血腥的魔窟，
嘎达就在这吃人的虎口，
当差做事日夜地忙碌。

鸿雁飞往遥远的天南，
忘不掉西拉木伦河河畔；

嘎达虽是王府的梅林，
热爱家乡的无边草原。

鸿雁飞往遥远的地北，
忘不掉哈拉木伦河流水；
嘎达虽是官兵的梅林，
热爱家乡的父老乡亲。

执政的达尔汗王淫逸成性，
把张作霖的妹妹娶做福晋；
自从新福晋迎进了王府，
达尔汗旗就落得日益贫困。

掌权的达尔汗王残暴成性，
和军阀狼狈勾结任意横行；
自从新福晋迎进了王府，
达尔汗旗就落得灾难重重。

要说宽广辽阔的地方啊，
一望无际就数科尔沁草原，
腐败的达尔汗王公贵族啊，
一片一片把它典尽卖完。

要说富饶美丽的地方啊，

---

① 梅林：职位较低的官衔名称。
② 海力色：一种黄带黑斑的颜色。
③ 西拉木伦河：辽河，系哲里木盟（今通辽市）境内的一段。
④ 达尔汗旗：哲里木盟（今通辽市）的一个旗，现改称科左中旗。

遍地珍宝就数达尔汗旗牧场，
万恶的军阀张作霖啊，
一块一块把它霸占侵吞。

天上的鸿雁从北往南飞啊，
是为了寻求太阳的温暖；
要说起义的嘎达梅林啊，
是为了蒙古人民的草原。

天上的鸿雁从南往北飞啊，
是为了迎接春天的降临；
要说造反的嘎达梅林啊，
是为了蒙古人民的利益。

…………

（九）

嘎达梅林率领众人，砸烂了王府监狱，解救了受难的奴隶，分了达尔汗王的财产，然后浩浩荡荡离开了王府。

路上，嘎达梅林向牡丹问起家中情形。

嘎达梅林：

"离家三个月了，牡丹，
老家二龙山是不是平安？
牛羊牲畜谁来料理，牡丹，
孩子天吉良何人照看？
分别三个月了，牡丹，
老家九间房是不是平安？
房舍庭院谁来看护，牡丹，
孩子天吉良谁来照管？"

牡丹：

"为了营救你呀，我的嘎达，
牛羊牲畜都分给了乡亲；
为了劫狱呀，我的梅林，
二龙山老家已焚为灰烬。

为了救出你呀，我的嘎达，
金银财产全置了枪马；
为了造反呀，我的梅林，
杀死了孩子我才离开了家。"

听到家中不幸的消息，
嘎达禁不住一阵昏迷；

牡丹两手扶住丈夫，
伤心的泪水滴落大地。
听到孩子不幸的消息，
嘎达猛然间一阵昏迷；
牡丹双手抱住丈夫，
悲痛的眼泪沾满征衣。

牡丹：

"儿是娘的心头肉啊，嘎达，
不杀死孩儿我难闯虎口；
砸牢劫狱是灭门罪啊，嘎达，
我怎忍心把孩儿丢给敌手！

家是人的暖窠窠啊，嘎达，
人也没有了，家还有何用？
宁可亲手把它烧毁啊，嘎达，
我怎能让官兵来抄家灭门？"

嘎达梅林：

"别难过了，牡丹啊，
无家可归的不只咱一家，
如今的世上有理难说啊，
和大伙一起奔走天涯吧！

别伤心了，牡丹啊，
家破人亡的不只咱一家，
如今的天下有冤难伸啊，
无牵无挂跟敌人拼命吧！"

嘎达梅林造反的消息，很快传遍达尔汗旗，众乡亲捐枪献马，纷纷前来参加。这时，柏赉老汉领着天龙、天钢、洪顺、靠山虎等弟兄都率部来到。

带火药的土炮啊，
收拾齐了，老嘎达！
集合来的朋友啊，
都是胳膊粗来力气大！

带子弹的洋枪啊，
收拾齐了，老嘎达！
集合来的弟兄啊，
都是天不怕来地不怕！

全鞍的战马啊，
都备好了，老嘎达！
一个个的兄弟啊，
都是善骑能战的老行家！
收来的武器啊，
都背好了，老嘎达！
一个个的朋友啊，
都是百发百中的好枪法！

聚集来的众弟兄，一致推举嘎达梅林为首领，他推辞不过，便在众人面前报字宣誓：

"收了王府的财宝，
不是为了装进私人腰包；
反抗达尔汗旗王公，
是为了全旗的弟兄父老。

"收了王府的枪马，
不是为了个人逞威称霸；
和军阀强盗们拼命，
是为了全旗的万户千家。

"达尔汗王是旗里的坐地虎，
勾结军阀出卖祖先坟墓；
王府里二十四个扎赫勒格其，
个个靠穷人血汗发家致富。

"达尔汗王是旗里的'马哈禽'，
娶来的福晋好比妖精狐狸；
掌权的内外勾结欺压黎民，
逼得咱贫苦百姓造反起义。

"起义的弟兄推我为首领，
嘎达我报字'保民托天'，
生生死死和弟兄们同心，
若是叛离了众人遗臭万年！

"造反的乡亲推我为统领，
嘎达我报字'保民托天'，
苦乐福祸和乡亲们相共，
若是叛离了大家遗臭万年！"

嘎达梅林报字宣誓之后，牡丹也报了字：
"靠着乡亲们的帮助，

从难中救出我的丈夫，
嘎达他报字'报民托天'
牡丹我报字'双阳公主'。

"靠着弟兄们的帮助，
从死里救出我的丈夫，
嘎达他做了众人首领，
牡丹我生死不离弟兄！"

嘎达梅林和牡丹向众人发了誓言以后，起义队伍就开始了行动。众人商议，先把旗内的军阀屯垦军打出去。从此，嘎达梅林的队伍到处捣毁屯垦局，打击屯垦军，黎民百姓人心大快，到处夸赞着嘎达梅林。

在杜钦庙的周围呀，
有着震天动地的老嘎达！
见了开地的屯垦军呀，
不留情地打呀，老嘎达！

在汤干庙的附近呀，
有着神出鬼没的老嘎达！
碰上丈地的屯垦军呀，
狠狠地打呀，老嘎达！

亲人来到了都沁庙哪，
敬你一杯清凉茶，老嘎达！
香茶里面情意深呀，
称赞你勇敢打敌人，老嘎达！

马队来到了唐嘎拉嘎庙哪，
敬上一杯浓香酒，老嘎达！
醇酒杯杯情意深呀，
夸赞你衷心为百姓，老嘎达！
⋯⋯⋯⋯⋯

（十二）

日子像水一样地流逝，好几个年头过去了。
嘎达梅林的队伍一天天困难起来，装备和弹药缺乏来源，四处征战，人马疲劳，日子一久，内部也渐渐起了变化。一次，数量众多的敌兵，在奸细的向导下，把嘎达梅林的起义队伍包围在西拉木伦河畔。

像闪电似的战马啊，
突然打起了前失；
握在手中的盒子枪啊，
只剩下了子弹两三颗。

像流水似的骟马啊，
显得这样的困乏；
身背的大盖长枪啊，
只剩下了子弹两三发。

军阀杨大马棒子的军队，
黑压压一片冲杀到近前；
嘎达倚着倒下的弟兄，
一枪枪把敌人射落在路边。

奸贼李守信的军队，
密麻麻一片逼近了眼前，
嘎达拾捡着地上的子弹，
一枪枪把敌兵射落在岸边。

勇士们心中充满愤怒，
英雄们决心硬似金刚，
嘎达掩护弟兄撤退，
坚守在西拉木伦河岸上。

弟兄啊，一个个倒下，
子弹啊，一颗颗打光，
嘎达誓不屈服投降，
连人带马投入了西拉木伦河激浪。

西拉木伦河穿过万山丛林，
河水啊，日夜不停地奔腾，
咱们的嘎达梅林哟，
离开了全旗的起义弟兄。

西拉木伦河穿过万里草原，
河水啊，昼夜不歇地翻腾，
咱们的嘎达梅林哟，

离开了全旗的父老弟兄。

（十三）

嘎达梅林和起义的弟兄们战死在西拉木伦河以后，人们到处传说着他们的故事，歌唱着他们的英勇事迹。

天上的鸿雁从南往北飞啊，
是为了迎接春天的来临；
反抗王爷的嘎达梅林啊，
是为了蒙古人民的利益。

天上的鸿雁从北往南飞啊，
是为了寻求太阳的温暖；
反抗军阀的嘎达梅林啊，
是为了蒙古人民的草原。

乌蒙蒙的云雾啊，
遮住了升起的太阳；
残暴的达尔汗王啊，
夺去了嘎达的生命。

呼啦啦的风暴啊，
刮昏了晴朗的天空；
凶恶的军阀刽子手啊，
杀害了嘎达的性命。

严冬的草原虽然寒冷，
接着就是温暖的春天；
嘎达梅林啊，虽然倒下了，
他的英名永传人间。

隆冬的草原虽然阴沉，
跟着就是明媚的春天；
嘎达梅林啊，虽然死去了，
坏人的天下不会久远。

（翻译整理人：陈清漳、赛西、芒·牧林。翻译、整理时间：1963年。流传地区：内蒙古。见上海文艺出版社编：《中国民间长诗选》，上海，上海文艺出版社，1980）

哭嫁歌（哈萨克族）

婚宴第三天早晨是出嫁姑娘的时候了。新娘回忆在娘家生活时的欢乐情景，哭泣着低声哀唱，往往把自己比喻为离开湖水的天鹅：

> 难道说门前是悬崖，
> 崖边都生柳树，
> 我被人拿去换牛羊，
> 有谁比女孩儿命更苦？
>
> 舍不下毡房里的花毡子，
> 舍不下手上的花戒指。
> 舍不下我那家里的
> 可爱的小弟弟（哟）。
> 我手捧红苹果，
> 眼望牛羊遍野绿色的草原。
> 可爱家乡的亲人们，
> 不忍心离开你们（哟）。
>
> 门前的小山坡啊，
>
> 牛羊离不开你。
> 可爱的故乡亲人们，
> 我怎能忘记你们的情义。
>
> 门前的柳树林啊，
> 我常在你的绿荫下乘凉。
> 我的好哥哥呀，
> 你怎么忍心让我离去。
> 天鹅被驱逐巴里坤湖，
> 马儿被赶离了苏吉草原。
> 我的父兄们啊，
> 怎么狠心用我换取金钱。
> ……………

出嫁姑娘唱完《哭嫁歌》，离别时，还要唱《离别歌》：

> 当着乡亲们的面，
> 再说几句祝福的话，
> 愿你们都平安，
> 不知哪天再见到大家，
> 乡亲们，再见吧。
>
> 我要离开生长的故乡，
> 白吃妈妈的奶水长大，
> 为啥姑娘就非出嫁，
>
> 我不愿离开爹妈，
> 乡亲们，再见吧。
>
> 哥哥为啥留在家里，
> 为啥他不出嫁？
> 我不愿远走高飞，
> 离开这可爱的家，
> 乡亲们，再见吧。

姑娘被领到门口，向门框告别，临出门框时唱道：

> 门前是绿色的大草原，
> 我家的门框，请不要放走我，
> 我不哭泣怎能支撑，
> 悲伤快要碾碎了我的心。
> 空中飞翔的是云雀，
> 它的绒毛松软似绵，
>
> 想自己就要离开这里的草原，
> 心里是多么悲伤。
> 再见了，我家的门框，
> 祝你平稳，我亲爱的故乡。
> ……………

然后与父母、哥嫂、弟妹以及和自己一块长大的姑娘们拥抱哭别。向母亲告别的歌词是：

> 你从小娇生惯养了我，
> 未让流言飞语沾过我哟；
> 女儿要离开你啊，
>
> 今后怎样才能锻炼自己成人哟。
> 登上山顶赏风光，
> 山窝里嬉戏的是马鹿；

降生时我成女性，　　　　　　　　　今日成了别人的猎获物。

向父亲告别时的歌词是：

马群里有奔驰的千里马，　　　　　　爸爸！
铜丝把马鞭沉重难提拿；　　　　　　请不要把我出嫁，
降生时假如我是男孩，　　　　　　　请不要把我出嫁，
我就和你在一个阿吾勒嘛。　　　　　我在你身旁再生活一年哟！

向哥哥告别时的歌词是：

我亲爱的兄长哟，　　　　　　　　　亲爱的兄长哟，
你的身体壮实高大；　　　　　　　　我扬鞭去放马群，
我们是同胞骨肉，　　　　　　　　　将是在陌生的人家，
兄妹之情难舍难分哟。　　　　　　　我不知怎样才能取得众人的欢心。

向嫂嫂告别的歌词是：

"毕斯木拉"是话之头，　　　　　　　我穿上了百褶裙，
满脸满腮是泪珠；　　　　　　　　　裙边上绣的是鹰嘴花；
过去说永不离开你，好嫂嫂　　　　　我喜欢你，好嫂嫂，
哟，　　　　　　　　　　　　　　　你从未皱着眉头给我讲过话。
如今就要与你分别了。

向弟弟告别的歌词是：

我愿化只小鸟在你头顶上飞翔，　　　市场上的灯芯绒是佳品，
让你的头发永久乌黑发亮；　　　　　父亲的宝贝是男儿郎。
我怎能舍得把你留在家里，　　　　　愿你做父亲的好儿子，
你的身影跟随在我的身旁。　　　　　这是我对你的希望。

在出嫁的路上要唱极其悲凉的曲调：

我骑在马上懒挥鞭，　　　　　　　　像被出卖的牛羊。
泪珠儿滚滚滴胸前，
像个撵出门的长工，　　　　　　　　哭别我的亲人，
从此离家走天边。　　　　　　　　　泣不成声泪如雨下，
我停在巴里坤湖畔啊！　　　　　　　我是你们亲生的骨肉，
高声呼唤着爹娘，　　　　　　　　　为何却不能留在自己的家乡？
骑在马上的女儿，

（见新疆维吾尔自治区编辑组：《巴里坤哈萨克族风俗习惯》，
48～53 页，乌鲁木齐，新疆人民出版社，1986）

第九章

谚语、谜语、歇后语

　　民俗生活的海洋孕育、淘洗了璀璨绚烂、丰富多样的语言化石。谚语、谜语和歇后语是民间语言宝藏中三种常见的品种，可以被看作精美的民间文学短章。通过本章的学习，应掌握谚语、谜语、歇后语的界定、类型和特色等，并注意搜集自己家乡或生活区域流行的同类作品，能考察其使用状况和社会功能，用第一手材料来说明理论问题。

第一节
谚　语

一、谚语的界定

　　谚语是民众口头流传的具有一定的认识和教育作用的通俗而精辟的定型化语句。比如在昆明一带，流传着这样的俗话："狗不嫌家贫，儿不嫌母丑""山高压不倒太阳，官高压不倒爹娘""为人不孝，不打交道"。它们都是关于儿女应该孝敬父母的谚语，说理生动、形象、精辟、透彻，用词通俗，且朗朗上口，在长期的流传过程中起着教育民众遵行孝道的作用。

　　在古人那里，关于民间的口头语，有多种指称的名词，"谚语"或"谚"只是其中的两个说法，其他相近的说法有"俗谚""谣谚""俗言""俗语""俚语""俚言""野语""常言""常话""恒言"和"土语"等。也就是说，古人将民间语汇看作一个大类，并无固定的名称来概括它，对这个大类中的各种小类如谚语、歇后语、俗成语、方言词等也不在概念上加以进一步的区分。实际上，谚语是可以与其他俗语分开的。它以成句的形式区别于俗语词、惯用语、俗成语、俗短语这几种形式短小的俗语，它的定型化和艺术性的特点使它区别于一般的言语，它的口语性特点使它区别于格言和成语。它与歇后语的区别也很明显，后者是可以分成类似于谜面与谜底的两部分的。

　　谚语可以说是各种俗语的核心，这是由于谚语是俗语的几个类型中篇幅最长、意思最完整的，它所包含的民众知识最丰厚，常被人引用为说话时的论据，所以它就格外引人注意。古人文章中引用的"俚言""俗语"等大多指谚语，现在人们说到"俗话""常言"等时也都是在指谚语；同时由于同样的原因，它也是最受研究者关注的一类。当然，说它是俗语的核心，并不是说它是俗语各类中数量最多的，也不意味着它是最常用的，"核心"在这里的意思是"历来关注的焦点"。吕叔湘先生说："俗语，或者俗话，是一种广泛的名称，典型的俗语是所谓谚语，这是各国语言里都有的一种东西，英语里的名称是 proverb。"[①] 他说谚语是"典型的俗语"，也是说谚语在俗语里是最受注意的。

二、谚语的类别

谚语由于内容庞杂、数量繁多，分类很困难。可从不同角度进行分类。

从产生和流传的时代分，有古谚和今谚；从地域分，有普通话谚语和各地方谚语；按民族分，有汉族谚语和各少数民族谚语；从行业分，有农谚、林谚、渔谚、工商谚、艺谚等各行业的谚语；从谚语的作用划分，又有"讽喻性谚语""训诫性谚语""经验性谚语""哲理性谚语"等。较常用的分类法是从内容划分。

由于谚语内容极丰富，各种著述的内容分类在着眼点、详略、措辞等方面也各有不同。人们采用较多的是《中国谚语集成编辑细则》的分类，它将谚语归为八大类若干目：

（一）时政类：祖国，家乡，阶级，敌我，抗争，政策。

（二）事理类：思维，真理，实践，知识，是非，爱憎。

（三）修养类：理想，德行，胆识，学习，智能，谨慎。

（四）社交类：集体，个人，团结，工作，谈吐，教训。

（五）生活类：幸福，勤俭，婚恋，卫生，医药，保健。

（六）自然类：时令，天文，气象，物候，山水。

（七）生产类：农，林，牧，副，渔，园艺，管理。

（八）其他：不能列入以上各类的谚语。

这个分类法是比较细致的，可见谚语内容所涉范围之广。即使这样，还有许多内容没列出名目，归在"其他"项下。有些谚语类型包含谚语数量很多，如反映各地风土的谚语，是应该在类目中体现出来的。

现代汉语词汇学家武占坤、马国凡将谚语分为如下八类及细目：

（一）讽颂谚：(1) 歌颂、赞扬的；(2) 暴露、批判的。

（二）规诫谚：(1) 教人敢于斗争的；(2) 教人坚持气节的；(3) 教人坚持立场的；(4) 教人发扬风格的；(5) 教人树雄心、立壮志的；(6) 教人勤奋学习的；(7) 教人忠于职守的；(8) 教人谦虚谨慎、朴质廉洁的；(9) 教人勤俭持家的。

（三）事理谚：(1) 说明认识与实践关系的；(2) 说明相反相成的道理的；(3) 说明因果的必然联系性的；(4) 说明条件的必要性的；(5) 说明处理问题要抓关键、抓要害的；(6) 说明具体问题具体对待的；(7) 反对形而上学、绝对主义的；(8) 好事可能变成坏事；(9) 个体和整体关系；(10) 有比较才能有鉴别；(11) 强调内因的决定作用；

---

① 见吕叔湘为温端正主编《中国俗语大辞典》所作的序（上海：上海辞书出版社，1989）。

（12）其他。

（四）生产谚：（1）农谚；（2）林业谚；（3）畜牧谚；（4）副业谚；（5）渔业谚。

（五）天气谚：（1）季节气候气象谚语；（2）近期气候气象谚语；（3）远期气候气象谚语。

（六）风土谚：（1）江山多娇；（2）物产丰饶；（3）乡土特产；（4）乡土习俗和自然环境特点。

（七）常识谚：（1）有关天文的；（2）有关地理的；（3）有关年节时令的；（4）有关岁时、节气、时间的；（5）有关鸟兽虫鱼的；（6）有关花卉的生长栽植的；（7）有关衣食住行生活常识的；（8）有关医药卫生保健及其他。

（八）修辞谚：指那些无法分属于上述各类的谚语，主要是对事物的特点、性状、程度等的描绘或渲染，如"按下葫芦起来瓢""山中无猛虎，猴子也称王""吃着碗里的，看着锅里的""这山望着那山高""糖霜嘴，砒霜心"等。①

这个分类法是比较全面的。其中的"修辞谚"实际上可归入俗成语和俗短语，因为它们单独来看一般不构成一个意思完足的句子，而是以短语的形式起形容性的作用。

上述两家的分类都较为细致，如果做一个比较简明的分类，可在内容上将谚语归为三大类：（1）认识自然和总结生产经验的谚语，如"长虫过道，大雨要到""东北有三宝：人参、貂皮、乌拉草""深榜棉花浅榜瓜，不深不浅榜芝麻"。（2）认识社会和总结社会活动经验的谚语，如"官不贪财，狗不吃屎""人敬富的，狗咬破的""放虎归山，必有后患"。（3）总结一般生活经验的谚语，如"寒从脚起，病从口入""早晨起得早，八十不觉老""吃不穷，喝不穷，算计不到才受穷"。②

三、谚语的特点

谚语都是一些在民间经过千锤百炼而流传开来的"炼话"，它在形式上具有口语性、精练性、定型性和艺术性；它在内容上是民众丰富智慧和普遍经验的规律性总结，富有经验性、哲理性，部分谚语还有阶级性、时代性；它在使用上具有实用性、俗传性、奉劝性或训诫性。

谚语最显著的特点，可概括为三个方面：意味深长、表述巧妙和形式精练。意味深长，指谚语是民众集体经验和智慧的结晶，往往包含着深刻、丰富的道理，耐人寻味，引人深思。表述巧妙，指谚语是艺术性很强的语言，常运用比喻、拟人、夸张、对比、对偶等修辞手法，表意鲜明、形象、生动，音韵和谐，朗朗上口，易于传诵，有的还幽默风趣。形式精练，指谚语是在众口传诵过程中千锤百炼过的，都用词精当、语句简短，在短小的语言形式中浓缩了丰富的内容。

在谈到谚语的特点时，著名语言学家吕叔湘先生引用了19世纪英国的一位语言学家特伦奇（Richard Chenevix Trench）的话，因很精彩，特在这里抄录。特伦奇是一位教士，曾做过都柏林大主教，爱好研究语言，最出名的事是提议按历史的原则编一本英语词典，使英国人编出了有

---

① 武占坤，马国凡. 谚语. 呼和浩特：内蒙古人民出版社，1997：156-242.
② 钟敬文. 民俗学概论. 上海：上海文艺出版社，1998：314-320.

名的《牛津英语词典》，并出版了《谚语及其教训》。他在这本书里说，谚语据说应具备三个 S，即 shortness（短小）、sense（意味）、salt（风趣），又引用罗马诗人马提阿尔（Martial）讲的警句诗的特点："警句像蜜蜂，三件东西不能少：得有刺，得有蜜，身子还得小。"谚语像警句诗一样，也得有这三个特点。吕叔湘先生解释这三个特点说：

> 这跟前边讲的三 S 的说法意思差不多，只是更加形象化。"得有刺"，就是说得有机锋，带三分俏皮，能搔着痒处，无动于衷，那就不是警句。"得有蜜"，就是说得有智能，得有人情世故，让人从正面或反面受到教育。不能光有机锋，光是俏皮，一笑拉倒。"身子还得小"，就是说得像一把匕首，不能是丈八蛇矛。话一多，内容就冲淡了，棱角也没有了，智能变成说教，机锋变成贫嘴。①

吕叔湘先生所谈的谚语的三 S，也正是上面所说的三个最显著的特点。

四、怎样完整理解谚语的文化内涵

谚语数量庞大，涉及民间生活和民众精神的方方面面和各种细微之处，其文化内涵无疑是博大精深的。一些关于谚语文化内涵的论著，一般是将内容相近的谚语归结到一起，并分析这些谚语所反映的民俗文化，这种分析方法的长处是考察谚语的数量多，对谚语反映的中国文化论述较全面；不足之处是将不同地方的谚语汇集到一起，忽略了谚语的地域性、使用情境及相关的民俗知识等内容。

中华民族各地方的文化有其共同性，也有很多相同或相近的谚语，但文化也有很大差异，也有很多表现各地或各民族文化差异的谚语。所以结合地域文化来看待、记录和研究谚语是必要的。比如西双版纳傣族有男人文身的习俗，一些谚语就是对这种特定地方或族群的解释或反映：

> 奢乃黑滚者黑乃。（大意是：豹子、老虎都有花纹，男人没有花纹怎么行呢？）
> 没有本事男人，连花花也没有。
> 有花是男人，无花是白水牛。②

以上谚语都表现了特定地方的族群的审美观念和文化习俗，如果不将这些语言片段与它们流传的环境相联系，就让人感到莫名其妙，难以理解。

完整地理解谚语的文化内涵，应该考虑到两个方面：一方面，谚语本身就是一种民俗文化现象；另一方面，谚语是民俗文化的载体。这两个方面往往是密不可分地联系在一起的。

从这两个方面着眼，可以看到谚语的丰富、生动的文化内涵，而仅仅将谚语看作文化的载体，则涉及的内容往往单薄。目前，结合谚语的地域性、使用情境、生活功能等内容的细致研究是比较缺乏的，而这种研究，就不仅是将谚语看作文化载体，而且将它本身也看作民俗文化现象，故而是一种较为完整和生动的研究。

对谚语的完整研究需要进行田野调查，并全面记录相关的资料。虽然目前收录谚语的集子

---

① 见吕叔湘为温端正主编《中国俗语大辞典》所作的序。
② 云南省编辑组. 傣族社会历史调查（西双版纳之十）. 昆明：云南民族出版社，1987.

很多，但是大都只收录语言形式，或者不加以解释，或者只有简单的注解，将那些生动鲜活的内容都舍弃了，完整记录谚语相关知识的资料很少。

其实，在民众那里，谚语原本是与他们的生活密切联系在一起的，民众脑中的谚语绝非一句干巴巴的话，而是关联着活生生的事件和使用情境。笔者曾于1998年在河北省景县黄庄进行关于语言民俗的田野调查。在请村中一位有威望的黄姓老人讲述语言风俗时，他举出这么一则"老俗话"（即谚语）："生点气，得点济。"单看这一语言形式，我们难以明白它的实际意义。而仅知其字面意义对在这个特定环境中与民众生活紧密关联的谚语而言是无济于事的。实际上这则谚语的意义就是民众对它的理解，或者民众所约定俗成的它的用法或功能。

下面我们照录音带记下围绕这一谚语的讲述的原始材料：

黄××：这个事啊是这样的。这个婆媳和的少，在咱这儿来说，婆媳一般都有点不和。我呢，算是半截媒人似的，我管这个事呢，他这个家庭不好咱不管。

调查者：王军他娘（即黄××在20世纪50年代做媒，给王玉成介绍的媳妇）是哪儿的人？

黄××：是冯沙丸的。她是冯沙丸的青年团的团支书。那阵儿不是有管区嘛，我是管区团支书。当然管区团支书那时候不脱产。

调查者：管区是一个乡吗？

黄××：比乡小，小乡。这样呢，长期在一堆儿。玉成（即王玉成，"王军他娘"的丈夫）那时候也不在家，在天津造船厂里嘛，我说我给你找个对象，他说我不管，我说你不管不要紧，给你拿个相片你看看吧。就这样呢，看看反正是一个妇女，他也没表示什么，他说你给俺娘说去吧。（给他娘）说说看着呢没多大意见。是这样，你只要一家人同意了，我就不管了，我就找个人来管这个事。我跟她村里（冯沙丸）有个亲家，（让他）就这么管着往咱这儿来了。他这个婆媳不和呢，我劝劝老妈妈（老太太）去吧。到了老妈妈那里我跟她说甭跟他们生气，（她）年轻，总有些不周，上上年纪就好了。唉，老妈妈答复得呢挺痛快，老妈妈说："嗨，你哥呀，你甭劝我，我懂这些事，生点气，得点济，没儿的你想叫他生这个气还没有咧。"嗨，当时闹得我倒连话也没有咧。这个老妈妈呢还是不错。就这么个事。

上面讲述的内容是村民认为的关于这次语言活动的完整事件。这一事件可以分为现场之外的活动和现场活动两部分。前者是后者发生的背景和条件中的一部分。正由于黄姓老人是"半个媒人"的身份，他才会主动去调解这场婆媳不和的纠纷，才有这次"老妈妈"说出谚语的活动。现场部分的核心是"老妈妈"所说的。"生点气，得点济"的上下文，即这句话的前后两句话已经给出了谚语的意义。这种意义就是贯注在这一语言形式中的"老妈妈"的精神活动，也就是她对与晚辈（常指儿媳妇）不和导致生气这种事件的看法：与儿女生气固然不好，但从另一方面看，生气是有儿女造成的，而有儿女本身就是一种"福"，既有儿女，平日相处免不了磕磕绊绊的，生点气是不可避免的，正常的；没气可生意味着没儿女，在黄庄称"绝户"，那才是真正的没福。这一谚语体现着黄庄民众多子多福的观念和遇事想得开的旷达精神。

从这位农民的讲述可以看出，谚语作为一种完整的民俗现象，在其字词形式之外，还有着更为丰富、生动的内容。

第二节
谜　语

一、谜语的含义

　　谜语是由谜面、谜目与谜底三部分组成的具有知识性和趣味性的民间韵文作品。如一个谜语的谜面为"黑船装白米，送进衙门里。衙门八字开，空船转回来"，谜目为"打一动作"，谜底是"嗑瓜子"。我国古代文艺理论家刘勰将谜语看作文学体裁的一种，并在《文心雕龙》中专设"谐隐"一章，对它解释说："谜也者，回互其辞，使昏迷也。或体目文字，或图像物品，纤巧以弄思，浅察以炫辞。义欲婉而正，辞欲隐而显。"

　　谜语要巧设机关，不能让人一下子看穿，又要提供一定线索，使人猜测。它的特点是对事物不做直接描写，而是通过比喻、拟人、谐音等修辞手法去暗示，让人根据暗示提供的线索，开动脑筋猜出这个事物。它是由谜面、谜目、谜底三部分组成的。谜面是谜语对目的物的暗示性描述部分，是提出问题的部分。谜目是对谜底的基本性质或范围所做的简单说明，如"打一物""打一动物"等。谜底是谜语的题旨，即问题的答案。底、面之间由巧妙的暗示、隐喻相联系。

　　谜语是通过隐喻和暗示的手法对事物的某种特征进行巧妙描述，让人思索猜测的艺术作品，是民众智慧的产物，是锻炼思维、增长知识的艺术工具，也是民众娱乐的一种方式。朱自清先生将谜语列为诗歌的一种，赞赏它说："皆体贴入微，情思奇巧。幼时知识初启，索隐推寻，足以开发其心思，且所述皆习见事物，象形疏状，深切著明，在幼稚时代，不啻一部天物志疏。"这段话对谜语的特点和功能概括得很精当。

　　中国猜谜活动的起源和历史是很悠久的。周作人认为远古时期的《弹歌》可能是中国口头流传下来的最早的谜语："断竹，续竹，飞土，逐肉。"谜底是"打猎"。而一般认为《周易·归妹·上六》中的爻词"女承筐，无实；士刲羊，无血"是文字记载中最早的谜语，谜底是"剪羊毛"。这两首诗歌在意思上是对劳动场面的描述，很像是谜语，但是因为没有相关的记录，还不能确证它们是谜语。春秋战国时代流行的"隐语""廋辞"，汉代的猜物游戏"射覆"都跟猜谜有渊源关系或比较接近。而汉末流传的民谣如"千里草，何青青，十日卜，不得生"影射董卓将亡，其拆字手法跟后来的字谜相仿。

　　据资料记载，三国时期谜语正式形成。刘勰在《文心雕龙·谐隐》中认为谜语是魏代时由"嘲隐"（以嘲戏、讽刺、劝诫等为目的的隐语）转化而来的："自魏代以来，颇非俳优，而君子嘲隐，化为谜语。"《世说新语》与《三国演义》中都记录了曹操与杨修猜字的传说：相传年轻文人邯郸淳曾作《曹娥》碑文，蔡邕读后在石碑后面题写了八个字"黄绢幼妇外孙齑臼"。"黄绢"即"色丝"，合为"绝"字；"幼妇"即"少女"，合为"妙"字；"外孙"即"女子"，合为"好"；"齑臼"即"受辛"，合为"辞"字。这样，八个字的谜底是"绝妙好辞"，曹操与杨修同时猜出了。这个字谜的构成手法已经很曲折，说明当时的字谜已较成熟。后到南朝刘宋时作家鲍照有《字谜三首》，这是第一次明确地出现字谜的记录。据《魏书》记载，北朝的北魏咸阳王拓跋禧在谋反之事败露后，仓皇出逃。逃跑途中请随从龙虎出个谜语来消愁解闷：

> 禧自洪池东南走，僮仆不过数人，左右从禧者，唯兼防阁尹龙虎。禧忧迫不知所为，谓龙虎曰："吾愦愦不能堪，试作一谜，当思解之，以释毒闷。"龙虎欸忆旧谜云："眠则俱眠，起则俱起，贪如豺狼，赃不入己。"都不有心于规刺也。禧亦不以为讽己，因解之曰："此是眼也。"而龙虎谓之是箸。

刘勰也为谜语立论。这些资料都说明南北朝时猜谜已是很兴盛的游艺活动。[①] 此后该活动一直不衰，唐时称为"反语"或"歇后"等，五代叫"覆射"，宋代叫"地谜""诗谜""戾谜""社谜"等。南宋时有了灯谜游戏。据南宋周密《武林旧事》记载，在南宋的杭州，"有以绢灯剪写诗词，时寓讥笑，及画人物，藏头隐语，及旧京浑语，戏弄行人"。元代叫"独脚虎""谜韵"等，明代叫"商谜""猜灯""弹壁""灯谜""春灯谜"等，此时猜灯谜的活动已很兴盛。清代叫"谜子""谜谜子""文虎""灯虎""春谜""灯谜"等。

二、谜语的类型

根据谜底所指向的对象，可将谜语分为三类：物谜、事谜和字谜。

物谜，就是以固体形象的事物为谜底的谜语。民众在日常生活中接触到的各种物体，如各种自然物、动植物、劳动工具、产品、生活用具、人体器官等，都可能成为谜语的描绘对象。这类谜语是数量最多的。如：

> 远看是点心，近看是点心，
> 虽然是点心，充饥却不行。

谜底是"蜡烛"。该谜语是围绕"点心"与"点芯"的谐音关系来设计的。

事谜，是以人的行为、动物的活动或运动中的自然现象为谜底的谜语。这类谜语描述民众的各种活动，如生产劳动、家庭生活、社会活动中的各种行为，以及人们见到的自然界的各种动态的现象。如：

> 朝南朝北朝西东，将军出马喜冲冲，
> 败阵回来就有赏，得胜回来没有功。

谜底是"猜拳"。

字谜，就是以汉字为谜底的谜语。字谜的制作可从字的偏旁、笔画、读音、字义等多方面入手。字谜一般为单字，也有多字的。如：

> 一个人，他姓王，
> 兜里装着两块糖。

谜底是"金"。

---

① 吴同瑞，王文宝，段宝林. 中国俗文学概论. 北京：北京大学出版社，1997：321.

> 天下第一家，出门先用它，
>
> 人人说他小，三月开白花。

谜底为四个字："赵""钱""孙""李"。

字谜中有一种扩展的特殊形式"灯谜"，在民间游艺活动中很盛行，其谜面多为单字、词或短语，而跟谜底的关联方式更为曲折难猜。

三、谜语的艺术特点

谜语虽短小，但都是精美的艺术品，其主要特色可概括为三个方面。

（一）谜面与谜底结合奇巧

谜语不是一般地描述事物特点，而要选择一个别致的角度，采用巧妙的辞令，使谜面与谜底有某种联系，既不至于隐晦难解，又不至于一目了然，所以要有高超的技巧，绕着弯子说话，将人引入迷途，但又不离谜底的某种特征，"词欲显而隐"。奇，使人不易想到；巧，使聪敏的人有猜到的机会，给人以思维的训练和艺术美的享受。如同一个谜底"眼睛"，可从下列多种角度入手描述，各有其奇巧性：

> 青橄榄，两头尖，当中一个活神仙。
>
> 上边毛，下边毛，日里毛打毛，夜里毛对毛。
>
> 黑线球，白绒裹，猜不出，看看我。
>
> 日里开窗望远，夜里茅草盖满。
>
> 姐妹两个隔一条堰，望死望煞望不见。

（二）善用比喻、拟人、谐音等修辞手法

在谜语这种文体中，各种修辞手法的运用极频繁，这是造成谜语构思的奇巧性和描述的生动性的重要因素。如：

> 圆，圆如鸡蛋鸭蛋，
>
> 黄，黄如黄胖鼓胖，
>
> 黑，黑如乌煤黑炭，
>
> 甜，甜如蜜菊白糖。（打一植物）

谜底为"桂圆"。该谜语连用四个比喻。再如：

> 兄弟七八个，围着杆儿坐，
>
> 一时分了家，衣服都扯破。（打一植物）

谜底是"蒜头"。该谜语运用了拟人的修辞手法。再如：

四面四堵墙，当中一根梁，

一宅分两院，关猪不关羊。（打一用具）

谜底是"算盘"。谜面中"猪"与"算盘珠"的"珠"谐音。

（三）音韵和谐，朗朗上口

谜语是一种口头韵文作品，富于韵律美，易于传诵。民众在创造谜语时，已习惯成自然地要编出顺口押韵的短诗，而不会用拗口或松散的话语来表达。

第三节
歇后语

一、歇后语的含义

歇后语，又叫俏皮话，是为民众所喜闻乐见的一种俗语形式，它轻松活泼，幽默俏皮，在民间的社交场合广泛使用，表达着民众旷达乐观的胸怀，有着强烈的喜剧性交际效果。它是一种由近似于谜面、谜底的两部分组成的较为定型的趣味性语句，如"王奶奶和玉奶奶——差一点""旗杆顶上绑鸡毛——好大的掸（胆）子"。前一部分，说出一个譬喻性的语言片段，是起语、引子，以让人猜测的方式引出后一部分，我们称之为逗引部分；后一部分是目的语，既是对前一部分的字面解答、注解，也是说话人的真意所在，我们称之为注解部分。这种"歇后"的形式在表达效果上不仅幽默风趣，而且使说出真意的后半部分得到强调，使说话人的意思得到听话人的高度关注和浓厚兴趣，并给听话人留下深刻印象。

虽然名为歇后语，但是一般的歇后语并不是将后一部分歇去不说，而是说了前一部分后，稍作间歇，再说出后一部分。只在很少情况下才只说前一部分，将后一部分隐去不说。隐去后一部分的原因一般是所说的歇后语是大家都很熟悉的，不说出目的语别人不用猜也能确知，如"小葱拌豆腐——一清二白""骑驴看唱本——走着瞧"等。

"歇后语"之名在中国古代早已有之，唐朝就出现了"歇后"这一名称，《旧唐书·郑綮列传》中提到"郑五歇后体"，指一种诗体。"歇后"开始并不是指现在的这种俗语形式，而是指一种文字游戏或说话爱好，做法是将一些固定短语的后一部分词语省略。陈望道先生在《修辞学发凡》中称之为"歇后藏词语"（他将歇去短语前一部分的称为"抛前藏词语"，这两种形式统称为"藏词"）。我们来看一个出现"歇后语"提法的例子。清代褚人获《坚瓠二集》（卷一）记载：

吴中黄生相掀唇，人呼为"小黄窍嘴"。读书某寺中。一日，寺僧进面，因热伤手忒地，黄作歇后语谑之曰："光头滑——，光头浪——，光头练——，光头勒——。"谓"面汤抻戌"也。僧亦应声戏曰："七大八——，七青八——，七孔八——，七张八——。"盖隐"小黄窍嘴"四字。黄亦绝倒。

该段引文中的"歇后语"就是指一种文字游戏。再举几个相近的例子。明代冯梦龙编《古今谭概·巧言》有一个故事说：有一位士人家贫，与朋友祝寿，买不起酒，就拿一瓶水倒入酒杯说："君子之交淡如。"朋友则应声说："醉翁之意不在。"这是文人之间利用歇后形式所作的巧妙对答。"君子之交淡如"是"君子之交淡如水"（出自《庄子·山木》）的藏尾，"醉翁之意不在"是"醉翁之意不在酒"（出自欧阳修《醉翁亭记》）的藏尾，两句原话都是人们熟悉的名句，歇掉一个对方能够意会的字增添了交谈的情趣。类似的常见例子还有以"友于"代"兄弟"（出自《书经·君陈》"友于兄弟"）、以"居诸"代"日月"（出自《诗经·国风·邶风·柏舟》"日居月诸，胡迭而微"）等。这种"歇后"形式与今天的歇后语显然不是一回事。

歇后语这种俗语形式在古代也早已有之。《战国策·楚策四》中有一句"亡羊补牢，未为迟也"。这句话和今天的歇后语有点像，但是有一些差距，它的前半部分没有让人猜测的意味，更像是在打比方。比较合乎今天的歇后语标准的较早的例子是元曲《东堂老》里的"筛子喂驴——漏豆"，和明代顾元庆《夷白斋诗话》记载的"长老种芝麻——未见得"。温端正认为歇后语在金元时期就已经盛行了，因而可以确信唐代李义山《杂纂》、宋代王君玉《杂纂续》所收的相当一部分俗语就是当时流行的歇后语。但是古人却不将这种俗语称作歇后语，而是归入谣谚类，称作"俏语""鄙语""方语""市语"等，有时也笼统地称作"谚语""俗谚""鄙谚"等，没有专门的名称。[①]

现代人将这种俗语形式称作歇后语当始于20世纪20年代的白启明，他在《心声报》第六、第七两期发表《民众文艺中歇后语的研究》，这是20世纪研究歇后语的首篇论文。1924年2月，他又将之增订后发表在《歌谣周刊》第44号上，改题为《采辑歌谣所宜兼收的——歇后语》。1924年3月，《歌谣周刊》第46期刊登的北大歌谣研究会的《本会启事》明确地将歇后语列为民间文艺的一种，号召人们采集和研究。20世纪30年代，受"大众语运动"的影响，歇后语的研究受到重视，围绕其名称、性质、构成等问题展开了热烈的理论探讨。关于歇后语的名称也展开了争论，有些人认为歇后语名实不符，它早已另有所指，且通常并不"歇后"，应该改称"譬解语""缩脚语""俏皮话""解后语"等，但因为歇后语的名称已经为大部分人所接受，就沿用下来。

歇后语在各地方言里，又有不同的叫法：山东叫"坎子"，河南叫"窍儿"或"局调"，重庆叫"言子"，浙江杭州叫"歇后喻语"，义乌叫"譬语"，其他地方还有"厥语""缩脚语""独脚语""谜语""俏皮话"等叫法[②]。

二、歇后语的类型

根据歇后语的后一部分注释前一部分的方式，可将歇后语分为两大类：谐音歇后语和喻义歇后语。

---

① 温端正，周荐.二十世纪的汉语俗语研究.太原：书海出版社，2000：134，171.

② 林丁.歇后语的名称.世界日报，1937-02-06.

谐音歇后语是歇后语里较特殊的一类，就是后一部分在意思上能解释前一部分，同时利用音同或音近现象表达作者的真意。如"河里摸不着鱼——抓虾（瞎）""上鞋不用锥子——针（真）好""梁山上的军师——吴（无）用""外甥打灯笼——照舅（旧）""旗杆顶上绑鸡毛——好大的掸（胆）子""孔夫子搬家——净是书（输）""下雨出太阳——假晴（情）""窗口吹喇叭——鸣（名）声在外""膝盖上钉掌——离题（蹄）太远""公共厕所扔炸弹——激起公粪（愤）""公鸡戴草帽——冠（官）上加冠（官）"。

喻义歇后语就是不利用谐音关系来表示说话者意思的歇后语，这类歇后语在数量上占多数，如"公公背媳妇过河——出力不讨好""公安局门口打警察——没事找事""河里尿尿——随大流""耗子戴笼头——充大牲口""耗子给猫拜年——拼命讨好""懒老婆坐轿——愿上不愿下""老太太的鞋——前紧后松""冷水烫猪——一毛不拔""轮胎上的气门芯——里外受气"。

三、歇后语的特点

（一）海阔天空的内容

海阔天空的内容，指从总体上看，歇后语的措辞所涉及的内容十分丰富、广泛，五花八门，无所拘束。这一特色突出表现在其逗引部分。歇后语表达意思的基本原则就是不直接说出真意，而要绕一个弯，玩弄点花样，从别的事情引起。其逗引语既要与真意有某种角度的联系，又要有较大的差距，而且这种差距越大、越离奇，表达效果越好。这就促使民众充分调动他们的想象力和语言才能，在他们所熟悉的广阔无边的民间知识海洋里自由选取适合真意的素材，巧妙构成逗引的语句。在歇后语里可以见到各种人物，各种动物、自然物、人工物，各种社会活动和事件。这些内容既有客观存在的真实情况，也有历史掌故，也有长期传承的文学故事中的内容，也有大量的随意想象和编造的情况。

以人物形象作为逗引素材的歇后语占有很大比例。出现在歇后语里的人物都是民众耳熟能详且具有生动典型特征的形象，因为这种人物形象不仅表意鲜明，而且适于作为大众话题，能够引起人们的浓厚兴趣。这些人物可分为两类：一类是各种名人，包括文学故事中的人物、历史人物、当代社会名人等；另一类是无名无姓的类型化人物，其中占较大比例的是常遭人嘲笑的弱势群体，如残疾人、乞丐、穷人、蠢笨的人等，他们是最易于被人拿来取乐的对象，也有生活中常见的其他人物类型。

歇后语中出现的文学故事中的人物，多取材于古典文学名著和传统评书等，其中的一些生动典型的人物在歇后语中出现的频率最高，这些人物有《西游记》中的猪八戒、孙悟空、唐僧、沙和尚等，《三国演义》中的张飞、关羽、诸葛亮、曹操、刘备、周瑜等，《水浒传》中的李逵、武大郎、武松、鲁智深、吴用、宋江等，这几部作品中的人物在歇后语中是出现得最多的。《杨家将》《岳飞传》《隋唐演义》等脍炙人口的评书中的人物形象也常在歇后语中出现。

歇后语中的人物形象还有一些是神话、民间传说、民间故事中的。以各种神仙鬼怪为主角的歇后语数量不少，这些人物是民间信仰中的虚构人物，也可以被看作神话或民间故事中的人物，如王母娘娘、观音菩萨、佛爷、罗汉、土地爷、城隍、财神爷、灶王爷、马王爷、阎王爷、小鬼等。民间传说人物，如以《白蛇传》中的人物为主角的歇后语"白娘子喝了雄黄酒——要现原形""许仙要宝剑——瞎（吓）摆（白）设（蛇）""法海和尚度许仙——拆家"。

歇后语中的历史人物、社会名人都是有真名实姓的人物，但是这种歇后语的内容大都来自民间传说或文学作品，与准确的历史记载、人物真事在取材、评价等方面都可能有所差别。如民间传说中的人物姜太公即周代曾辅佐周武王灭商纣王、后封王于齐国的历史人物吕尚，又称姜尚、姜子牙。歇后语中讲的都是关于他的生活逸事，而不是他的主要历史事迹。如"姜太公钓鱼——愿者上钩""姜太公封神——没有自己的位置""姜太公在此——百无禁忌""姜太公做买卖——样样赔本""姜子牙买白面——正是倒霉的时候"。姜太公的这些事迹为百姓所熟知，不是由于历史记载的传播，而主要是由于《封神演义》在民间的广泛影响。《三国演义》中的人物在歇后语中的角色也与此类似。

以上所举是歇后语中的有名有姓的个性化的人物形象。还有占很大比例的一部分人物形象是无名无姓的类型化的。类型化的人物形象包括社会生活中常见的具有典型特征的各类人物。有从年龄与性别角度出发的类型：老头儿、老太太、大姑娘、小孩、小寡妇、小媳妇、小老婆、王奶奶、王老大、王大娘、王二小、寿星老儿等；有从职业与社会身份角度出发的类型：皇上、娘娘、太监、县太爷、判官、和尚、王道士、尼姑、秀才、打铁的、赶脚的、泥水匠、吹鼓手、打鱼的、放羊的、妓女（婊子）、叫花子、强盗、小偷、刽子手、乡下人等；有从人的生理或智力状况出发的类型：大胖子、傻小子、傻子、瞎子、哑巴、瘸子、矮子（武大郎）、麻子、聋子、秃子、驼子；等等。

以上是说，从歇后语中出现的各种人物形象，可见歇后语的内容十分丰富、花哨。取材于其他事物的歇后语也都有着多姿多彩的内容，这里由于篇幅所限，不一一列举。

歇后语海阔天空的内容，还在于歇后语的逗引语所讲的事情有很大一部分是民众充分发挥其想象力构拟出的滑稽离奇甚至不可能发生的事。如以老鼠为题材的歇后语，"老鼠给猫拜年——送货上门""老鼠给猫刮胡子——拼命地巴结""老鼠和猫睡觉——练胆""老鼠跟猫亲嘴——找死"与此类似的意思，新时期又有了"老鼠给猫当三陪——玩命地巴结（或挣钱不要命）"。

（二）幽默诙谐的风格

歇后语的另一个显著的特色是幽默诙谐，引人发笑。这是歇后语最显著的语体风格。人们说歇后语，在很大程度上就是为了使说话风趣，制造轻松快乐的交际氛围。人们喜欢听歇后语，也是因为它让人发出爽朗的笑声，能够一时缓解、忘却生活的劳累与重负。

一般而言，幽默的构成方式有三种主要类型：心理期望的突然扑空、经验与现实的矛盾冲突、情感郁积的巧妙释放。

人的心理期待突然扑空，转而发笑，这是幽默构成的基本原理之一。对此，德国哲学家康德（Immanuel Kant）有经典的论述："笑是一种从紧张的期待突然转化为虚无的感情。正是这一对于悟性绝不愉快的转化却间接地在一瞬间极活跃地引起欢欣之感。"① 在语言交际中，听话人在理解了说话人的意思时，也暂时进入了说话人的思路，并自然地对说话人下一步要说的

---

① 康德.判断力批判：上卷.韦卓民，译.北京：商务印书馆，1964：180.

话有一种判断或预期，这就是语言交际情境的逻辑线索。如果这一语义逻辑的发展线索突然中断，并且出现一种与原来的预期有关但是又差异很大的意外话语，那么猛然扑空又忽有所得的心理期待就在一瞬间转化为笑。在一段相声里，甲夸乙说："你这手，挺好。"乙说："哪儿好？"到这儿形成一种语义的流向，即听众会期待甲接着指出乙手的优点，但是甲说："指头分得开。"这种答案就使前边的期待化为乌有并转而发笑。乙又加上一句："分不开我成鸭子啦。"将原来的可笑之处加以强化，并且巧妙地贬低自己以取悦于听众，从而使听众开怀大笑。

利用经验与现实的矛盾冲突来使人发笑，也是构成幽默的常见方式。违背常理的事情通常是滑稽可笑的。当人们突然发现，他所联想到或听到的一件事情与某种观念之间缺乏一致性时，就会产生一种强烈的乖讹感，这种乖讹感出乎意料、令人惊奇，这种感受瞬间无以化解，就转化为笑。人们对客观世界的各种事物的正常状态及其基本运行规律都有一定的经验性认识，并且有一定的稳固的审美观念，这些是人类的常识、常规惯例、常情常理。当一件事情违背人们根深蒂固的经验性认识时，人们就认为这件事情是可笑的；不合乎人们的审美经验，也被认为是一种缺陷，缺陷也是对人们的惯常认识的一种违背，也是可笑的。

压抑的情感巧妙释放，可以形成幽默。民众在日常生活中，虽然不受严格的纪律约束，但是仍然要受特定群体内的道德、礼仪等各方面规范的约束。这些规范使社会稳定而有序地运行，但是也使人们的一些出乎自然的欲望、情感受到压抑。在某种条件下，平素郁积的情感忽然得到巧妙的释放，是产生幽默的一个重要途径。一是通过贬低、嘲笑别人，突然发现自己的优越而发笑；二是通过解放某种禁忌，突然获得解禁的快感而发笑。[①]

歇后语作为一种幽默效果特别显著、总体数量又很庞大的语言形式，其幽默技法丰富多彩，上述三种幽默的构造原理都有充分的体现。总的来说，歇后语的幽默技法主要有四种类型。

1. 岔断型幽默

歇后语的两分式结构与间歇式表达法具有使人的心理期待突然扑空的效果，造成岔断型幽默。

歇后语的引语部分较短，既不能形成一般连续话语所带有的较显著的语义逻辑流向，也不能将某一个意思进行充分的铺垫，但是歇后语的"歇"的结构多少弥补了这一不足。一般在说完引语部分后有一个短暂的停顿，在停顿时，交际中的听者头脑不会毫无想法，一般会顺着说者的前一句话延伸其思路，或者像猜谜一样做出某种猜测，不管怎样，都会形成某种期待。这时，谜底突然揭出，目的语说出来了，通常这目的语都与引语有巧妙的关联，又出乎听者的期待，这时，听者就会扑哧而笑。歇后语的间歇使人思索、猜测和期待，其目的语越是出人意料，越是新奇巧妙，就越引人发笑。

歇后语两部分之间的逻辑关系都是经过精心构思的，都有一定的奇巧性、含蓄性。正因如此，人们才不容易想到。比如引语为"和尚庙里借梳子"，其目的语如果是平淡无奇的"梳头"，就没什么奇巧性，就不会引人发笑；而接下来是"摸错门了"，就有了幽默效果，因为它的意思是绕了弯的，比较含蓄，中间隐藏的一层意思是：和尚是光头，不会有梳子，向他们借梳子，真傻。别人悟到这层意思，就笑了。同样，引语是"豆腐炖骨头"，目的语不能是"真

---

① 胡范铸. 幽默语言学. 上海：上海社会科学院出版社，1987：90-98.

好吃"，因为太直露，而接下来是"有软有硬"，是着眼于这两样东西的特征来说的，让人想了一下，而且这两样特征能凑在一起，比较巧，就有幽默效果。引语"猫不吃鱼"，与人的经验相矛盾，让人想象其原因，目的语"假斯文"，揭出猫是假装的。歇后语"筛子装黄鳝——走的走，溜的溜"，其含蓄性在于让人想到筛子是有眼的工具，而黄鳝细长而滑溜，这两样凑在一起真是巧。"现摘的黄瓜——新鲜"，意思上本无出奇之处，但是它让人联想到生活中拿着现摘的黄瓜时那种切身感受，让人生发出会心的同感。"喇叭花出墙——对外开放"，其巧妙处在于目的语抓住了喇叭花的形状特征和它开放的位置。这些歇后语两部分之间的联系都有新奇巧妙之处，能让听者开动一下脑筋，随即悟出其妙处，转而发出会心的微笑。有些歇后语的引语部分本是常见的生活现象，平淡无奇，但是其目的语设计得奇巧别致，就有了幽默效果，如"半夜掉雨点——下落不明""抱着孩子看电视——一举两得""鼻子里长包——气不顺"。

歇后语后一部分的意外效果，多是由于前一部分所讲的事物都有多方面的特征，而后一部分的内容并不顺着前面的逻辑顺序讲，而是着眼于其某一方面的特征来说，这些特征都是隐含的，不加提示和略作考虑，一般想不到，目的语突然点出，两部分之间的意思有跳跃性，就有了程度不等的意外效果。而目的语并不是直露地说出这一特征，而是针对某一隐含的特征，从一个别致的角度加以点拨，引发听者的短暂思考，瞬间领悟，智慧之光一闪而过，就有了源于机智的笑。

没有意外效果的歇后语通常有两种情况：一种情况是该歇后语常挂在人们口头，太熟悉了，如"小葱拌豆腐——一清二白""黄鼠狼给鸡拜年——没安好心""丈二的和尚——摸不着头脑"等。另一种情况是歇后语的后一部分顺着前一部分说，目的语的意思是前一部分意思的语义流向发展的自然结果，直露而平淡，如："办喜事请客——吃吃喝喝"，办喜事大吃大喝是常见的事；"薄冰上走路——提心吊胆"，在薄冰上走路，当然会害怕、小心，不用考虑就知道这个意思，何况还有"如履薄冰"这个成语，运用这个歇后语来说其他事情是比喻，有了一点含蓄性，但还说不上幽默效果。

2. 乖讹式幽默

歇后语引语部分的奇异构想往往违背常理，使经验与语言事实发生冲突，造成乖讹式幽默。民众有着无穷无尽的想象力，这种才能在歇后语里得到了充分的发挥。有很大一部分的歇后语，其引语的内容属于奇思异想，提出现实生活中不可能发生的、千奇百怪的事，如：

> 板凳上玩麻将——扒拉不开。
> 半夜下饭馆——有什么就端什么吧。
> 饿汉抱住了胖刺猬——抱着扎手，扔了舍不得。
> 抱着地雷睡大觉——活够了。
> 鼻孔喝豆浆——够呛。
> 鼻梁上骑自行车——走投（头）无路。
> 肚子里开飞机——内行（航）。
> 老鼠给猫刮胡子——拼命地巴结。

以上歇后语的引语内容，都是违背人们的生活事理或逻辑常识的，是滑稽可笑的，单单说出这些引语就能造成一定的幽默效果。所以，引语内容属于奇思异想的歇后语，其幽默效果也更强些。其幻想色彩越强，构想越奇特，就越可笑。

3. 干涉型幽默

歇后语的目的语以双关的形式构成干涉型幽默。

所谓干涉型幽默，就是以某种巧妙的方式，将两个在人们的经验里本不相干的事物联系在一起，使二者相互干涉，造成违背人们日常经验的矛盾感和错讹感，并有一种因联系方式的奇巧而造成的谐趣美，从而引人发笑。法国哲学家柏格森（Henri Bergson）指出："当一个情景同时属于两组绝不相干的事件，并可以用两个完全不同的意思来解释的时候，这个情景就必然是滑稽的。"[①] 这种幽默原理在如下事例中可看得清楚：法国路易十五宫廷中的一位侯爵从外地旅行回府，撞见主教正与自己的夫人在卧室里通奸。这位侯爵稍稍犹豫了一会儿，就平静地走到临街的窗前，向窗外探出身，做出一副为街上的人群祝福的姿态。"你这是干什么？"狼狈的妻子喊道。他回答："主教阁下正在履行我的职责，所以我就要履行他的职责。"这个故事的可笑性在于：同一个情节被纳入了两个参照系，本是适合两性道德的事情，却被侯爵纳入了分工准则，这两个准则被牵连到同一件事情上，互相干涉，因为矛盾、错讹而引人发笑。干涉型幽默也是经验与现实相矛盾而构成的一种幽默方式。

歇后语的干涉型幽默主要表现为双关型的语言幽默，就是同一组语言形式，表达两套本来互不相干的意思，由于两套意思相联系的方式富于奇巧性而引人发笑。歇后语的目的语在字面上是呼应引语部分的意思的，实际上却另有所指。比如"三九天穿裤头——抖起来了"，表面上是讲寒冷的三九天冻得穿裤头的人发抖，实际上却是指人家穿戴阔气或派头十足，两个意思本来毫无联系，这里就靠"抖"字的多义性将二者给扭结在一起，两个意思相互干涉而具幽默之效。这是一种语义双关。另一种双关类型是谐音双关，如：

飞机后面挂口袋——装疯（风）。

屁股后面挂暖瓶——有一定（腚）的水平。

腿肚子绑暖壶——水平（瓶）比较（脚）高。

嫩豆腐做凉菜——好办（拌）。

酱豆腐拌凉菜——有言（盐）在先。

猫儿见了鱼——求婚（荤）。

半夜看天——没量（亮）。

冬天穿凉鞋——自动（冻）自觉（脚）。

谐音歇后语因为比喻意歇后语多了一层谐音关系，也就是多了一层双关结构，而更为含蓄、巧妙，其幽默效果也就更强。

4. 情感释放型幽默

与构成情感释放型幽默的两种途径相对应，属于这种幽默方式的歇后语也有两种：贬低、嘲笑别人的歇后语和解放禁忌、格调粗俗的歇后语。

---

① 柏格森.笑：论滑稽的意义.徐继增，译.北京：中国戏剧出版社，1980：59.

（1）贬低、嘲笑别人的歇后语。

为人处世的一般准则要求人们要尊重别人，以礼待人；要谦虚谨慎，不要骄傲自大；要多看别人的长处，讳言别人的短处；要同情弱者，不能恃强凌弱；等等。这些都是做人的美德，是一种崇高的东西。平时人们也多注意用这些准则约束自己，但是这种约束毕竟是严肃、沉重的。而在某种特别放松的场合，在对别人不造成实质性伤害的情况下，人们忽然放松自己，用歇后语或其他方式贬低、嘲笑别人，同时自己获得了一种荣耀感、优越感。这种荣耀感、优越感来得如此突然和意外，而且与自己的平时经验相矛盾，因为在平时，人们多以为自己是很平常的人，这时突然发现别人是如此之蠢，如此之不完美，如此之鄙俗、低贱、软弱等，就在瞬间发现了自己的优越，而喜气洋溢心间，这种突然的放松和喜悦就转化为笑。这一笑的原理就是17世纪英国哲学家霍布斯（Thomas Hobbes）提出的"突然荣耀说"。

歇后语很少以表达崇敬、颂扬的情感为内容，而贬低、嘲笑别人的歇后语比比皆是。就拿以人物形象为话题的歇后语来说，在知名度相仿的人物中，越是缺点多的，讲到他的歇后语越多；而缺点很少的英雄人物、崇高形象，则较少出现在歇后语里。在《西游记》人物中，民众最感兴趣的是集众多缺点于一身的猪八戒，在《歇后语大全》中，以他打头的歇后语有279条之多，而英雄盖世的孙悟空有233条，英俊善良的唐僧只有35条，老实勤快的沙和尚则极少出现在歇后语里。[①] 在表示人的褒贬态度上，可以说，歇后语主要是用来表示对其他的人和事的贬的态度的。这些表示贬的态度的歇后语有以下几种常见的类型：

其一，讲述别人品质、性格、能力、见识、习惯等方面的弱点的。如：

笨媳妇纳鞋底——凹凸不平。
笨媳妇画眉——高一道，低一道。
乡下人进城——花了眼。
鼻涕流嘴里——自产自销。

其二，以人生理上的缺点、残疾为题材的。按照民间的礼仪规范，对别人的生理缺陷应持同情、照顾的态度，在同这样的人说话时要尊重他，不能伤害其自尊心，忌讳提到对方的缺陷。但是在很随意的场合，民间又毫不顾忌这种礼仪和道德的规范，对人的生理缺陷尽情挖苦以制造笑料。这方面的歇后语也很多，甚至在单个品种的歇后语数量上远远超过了其他素材的歇后语。《歇后语大全》收录以"瞎子"打头的歇后语有732条之多，远远超过了以"猪八戒"打头的歇后语的数量。

其三，将人比作动物，以贬低、嘲弄别人。

以动物为素材的歇后语是很多的，而且这些歇后语一般都用于评说人。把人比作动物，往往带有贬低、嘲弄的意味。当然也有一些带有褒义色彩的动物，如龙、凤、虎、豹等，但是以这些动物为话题的歇后语很少。以龙而言，《歇后语大全》里只收录了6条关于龙的歇后语（以"龙王爷"等为题的除外）："龙背上放茶壶——一张好嘴""龙背上放茶壶——嘴向上""龙虎相斗——必有一伤""龙下蛋——稀罕""龙尾巴上的虾——混着上天了""龙行雨——本职"。没有一条是可以用来赞扬人的。而那些以带贬义色彩的动物为话题的歇后语很多，如狗在汉族人的眼里是一种低贱因而受人蔑视的动物，把人比作狗就是对人的侮辱，关于狗的歇后

---

① 原中国民间文艺出版社资料室，北京大学资料室. 歇后语大全. 北京：大众文艺出版社，1997.

语就有很多，在《歇后语大全》里有 765 条之多，把这些关于狗的歇后语用来形容人，都是对人的贬低或嘲弄，竟然没有一条是可以用来褒扬人的。

当表达对人的否定性评价时，常用关于动物的歇后语，如：

黄鼠狼给鸡拜年——没安好心。

癞蛤蟆想吃天鹅肉——妄想。

老虎的屁股——摸不得。

秋后的蚂蚱——蹦跶不了几天了。

狗拿耗子——多管闲事。

鸡屁股拴绳——扯淡（蛋）。

猫哭老鼠——假慈悲。

猴子戴草帽——看人干吗它干吗。

老鼠逗猫——没事（死）找事（死）。

老鼠嫁女——讲吃不讲穿。

老鹰叼小鸡——一个喜，一个愁。

老牛吃草帽——一肚子歪道道。

懒驴上磨——屎尿多。

长虫戴草帽——细高挑儿。

癞蛤蟆吃骰子——一肚子点子。

屎壳郎打哈欠——一张臭嘴。

蚂蚁打哈欠——好大口气。

蚊子放屁——小气。

萤火虫的屁股——没多大亮。

半天空里吊母猪——不知把自己提多高了。

苍蝇的世界观——哪臭往哪里钻。

即使不是有意地贬低别人，用关于动物的歇后语来形容人，也往往带上嘲讽的意味，如说一对男女互相看中了："王八瞅绿豆——看对眼了。"

（2）解放禁忌、格调粗俗的歇后语。

受道德观念和礼仪规范的限制，一些不文雅的话在许多场合是不能说的，而在可以放松地开玩笑的场合，说起一些粗俗的歇后语就使人被压抑的欲望得到发泄而感到快意，在郑重的场合需要避讳的一些身体部位、生理现象等就无所顾忌地出现在歇后语中。虽然这些歇后语难登大雅之堂，但它们在适当的场合出现却无伤大雅，其数量也是较多的，而且由于冲破了在许多场合下的禁忌，往往有很强的幽默效果。但使用这一类歇后语一定要慎重，注意它们所使用的特定场合，在很多关系、活动和场所中是不宜运用这类歇后语的。

【关键概念】

谚语	谜语	物谜	事谜
字谜	歇后语	谐音歇后语	喻义歇后语

【思考题】

1. 什么是谚语？谚语与其他俗语形式怎样区分？
2. 举例说明谚语有哪些基本类型。
3. 怎样完整理解谚语的内涵与功能？
4. 举例说明谜语有哪些主要类型。
5. 谜语有什么艺术特色？
6. 歇后语的内容在取材上有什么特点？
7. 简要说明歇后语中常见的人物形象。
8. 举例说明什么是歇后语的乖讹式幽默。
9. 举例说明什么是歇后语的干涉型幽默。
10. 举例说明什么是歇后语的情感释放型幽默。
11. 论述歇后语幽默效果的构成原理与方式。
12. 怎样看待那些格调"粗俗"的歇后语？

【作品选读】

《谚语选》《谜语选》《歇后语选》

扫码阅读上述作品

第十章

民间说唱

　　民间说唱即曲艺是当代最贴近生活、最为大众所喜闻乐见的艺术形式之一，理应受到充分的重视。本章学习民间说唱的概念、源流、特点与类型等，并学习几个常见的说唱体裁：评书、快书与快板、相声。要掌握这些基本理论知识，并能够用所学知识赏析其代表作品以及在生活中听到的民间说唱作品。

第一节
民间说唱概说

一、什么是民间说唱

　　民间说唱，俗称"曲艺"，是以口头叙事为基础、以说唱艺术为主要表现手段的民间文学形式。现在一般人都很熟悉和喜欢的评书、大鼓、相声、快板等都是民间说唱。

　　民间说唱在表达方式上主要是一种口头叙述体的艺术形式，艺人以口头语言为主要表达工具，说唱是口头叙述的具体形式和手段。说与唱作为同一种叙事艺术的两种表达形式，在相互关系上，说是根本，唱是说的变形和延续，是说的音乐化形式，所以，民间说唱主要是一种叙事性的说话艺术。说唱不是说与唱的简单相加，而是以说话为根基的有机统一体。

　　民间说唱或曲艺是一种包容甚广的概念，它是各种说唱曲种的总称，它以说说唱唱的形式，在众人集聚的场合说故事、唱故事、说笑话等，表现民众的思想感情和艺术才能，并给人们带来欢乐与快慰。

　　民间说唱一般是集文学、音乐、表演于一体的综合性艺术，但以文学手段为主。它作为一种文学样式，首先，是一种口头文学作品；其次，当它以记录说唱语言的抄本与印本的形式流传时，就表现为书面文学作品，但这种书面作品是以口头作品为基础和蓝本的。说唱艺术常有书面作品作为底本，在说唱的同时往往有书面作品的保存与传播，这是它与其他民间文学样式的不同点之一。

二、民间说唱的源流

说唱是为民众所喜闻乐见的传统艺术形式，在中国有着悠久的历史传统。

说话是人际交往的一种主要形式，当一些人将自然的说话加以提升和艺术化时，就出现了说话艺术。一些以说唱为能事的人的口头表演就是最早的说唱作品雏形。殷商时期就有了以滑稽、歌舞、竞技、音乐娱人的"奢侈奴隶"。春秋战国时期出现了职业、半职业的说唱艺人，称为俳优，为帝王、诸侯、富贵人家所豢养，其言语一般以机智巧辩见长，其言语可称为俳优说唱文学。《史记·滑稽列传》记载了楚国的优孟、齐国的优施、秦国的优旃，以及汉武帝的近臣东方朔、郭舍人，他们的机智幽默的言谈与后世的滑稽、相声等曲艺节目有相似、相通之处。这是见于文字记载的说唱性质的活动，早期的民间应有更多说唱活动，只是当时的此类乡野事迹极少见于记载。

直到唐代，才开始有了完整的较成规模的说唱文学的记载。此时的俗讲、变文是后世弹词、鼓书等说唱兼有的说唱文学的前身，话本作品是后世评书等以说为主的说唱文学的雏形，俗赋是后世的快板、快书等韵诵体说唱文学的早期形态，各种滑稽表演活动则与后世说笑话类说唱文学有历史渊源。

宋代出现了某种程度的城市经济，市民阶层有了一定规模，勾栏瓦肆等场所的说话艺术盛行，"诸宫调"等以唱为主的说唱文学也很丰富。故两宋时期是说唱文学的成型、兴旺时期。元代的说唱文学在宋代的基础上发展，并出现了弹词、鼓词等形式。

明清时期是说唱文学的成熟期和繁荣期。说书艺术与话本文学获得大发展，诸宫调文学与散曲文学也有较大的成就。特别是清代，说唱文学空前繁荣，后世的三百多个曲艺品种大多形成于清代。[①]

民国以后，说唱文学继续发展，并成为民众普遍喜爱的文艺形式，其品种与内容也随着现代社会的各种情况而不断调整和演变。

说唱艺术在当代社会已很发达，并深受民众欢迎。对民间说唱的研究也有一定成果。影响较大的是侯宝林、高元钧等艺术家从自己的实践经验出发所做的研究，也有一些学者做了有成效的探讨。但跟民间说唱在当代社会的巨大影响相比，这些研究在规模上是远远不够的。特别是民俗学的专业探讨更为少见。故对民间说唱的研究亟待加强。[②]

三、民间说唱的特点

民间说唱主要有三个特点。

第一，叙述为主，表演为辅。说唱是由传说、故事、叙事诗等语言叙事体的文学形式演化而来的，保存了这些叙事文体的基本特点，说唱艺人以第三者的身份说唱故事，故叙述是说唱

① 吴同瑞，王文宝，段宝林．中国俗文学概论．北京：北京大学出版社，1997：138-142．
② 刘守华，巫瑞书．民间文学导论．2版．武汉：长江文艺出版社，1997：399．

艺术的主要表达方式，是表演的基础。但说唱又不同于一般的叙事文体，它在叙事的同时，要适当加入模拟性的表演成分，以使说唱活灵活现，尽量使受众获得更多的直觉印象。而这种表演又不同于戏剧表演。说唱是以说书人的身份与观众直接交流，其表演是插在叙述中的，即"说法中的现身"，虽也要"装龙像龙，装虎像虎"，但毕竟"众生万相，皆备于我"，生旦净末丑，老虎狮子狗，全由一人一张嘴说学唱，而且艺人要时而进入故事模拟角色，时而退出故事还以说书人的身份。概而言之，说唱中的表演是"一人多角""跳进跳出"。戏剧表演则按故事情节的要求分工配置各个角色，一人一角，始终直接通过情节的演示再现生活，是"现身中的说法"。这种特点，一方面使说唱有独特的灵活性：它可突破时空限制，自由便捷地叙事状物，上下五千年，远近几万里，都"说到就到"；而且艺人在叙述故事时可随意地评点议论，也可站在观众的角度发问或评议，便于和观众交流思想感情。另一方面，它的模拟性表演具有较强的表现力，能够更有效地引发观众的想象，创造一种活灵活现的意境。说唱艺术也有其局限性：一是主要诉诸听觉，不能直观地表演艺术形象；二是单线叙述，不能全方位地展开情节。[1]

第二，传播范围以城镇为主，也扩散到乡村。说唱艺术是在宋代城市经济发展到一定规模以后才成熟起来的，其内容和情趣受市民文化影响较大，其受众也以市民为主体。同时，它也进入农村，为农民所喜闻乐见。南宋诗人陆游《小舟游近村舍舟步归》之四吟咏一个盲艺人在农村讲述蔡伯喈与赵五娘的故事："斜阳古柳赵家庄，负鼓盲翁正作场。死后是非谁管得，满村听说蔡中郎。"说明在那时说唱艺术已经在农村有很大的影响。

第三，有不同程度的专业性和职业化。说唱在成为一种成熟的艺术样式之后，由于它的演出需要较强的技术性和专业性，同时也有旺盛的市场需求，其演唱者虽然也有出于自娱目的的各阶层民众，但以靠此谋生的艺人为主，故比其他民间文学样式更为商业化和职业化。另外，在它发达到一定程度后，出现了许多署名的个人化的作品。

四、民间说唱的类型

中国各地区、各民族的说唱艺术品种繁多，常见的有三百多个，且不断出现新的品种。根据表现形式的特点，可将说唱艺术分为十大类：评书、相声、快书快板、大鼓、弹词、渔鼓道情、琴书、牌子曲、时调小曲、走唱等。这种分类仍较烦琐，我们根据表达形式是说还是唱，将说唱艺术分为三大类。

第一，说故事类：其表达方式以散文叙事性的说为主，如北方的评书、相声，南方的评话，等等。这种类型的曲艺也常夹有一些韵文，并辅以演唱，有的还配有简单的乐器或道具，但都以说为主。

第二，唱故事类：其表达方式以韵文叙事性的唱为主，有腔有调，有辙有韵，并有乐器伴奏，如大鼓、坠子、琴书、弹词、牌子曲、杂曲小调、二人转、莲花落等。该类包含曲种较多，还可进一步分为三类：一类是板腔式，以鼓板为伴奏乐器，演唱底本的句式为上下句，两句一组，七字句为主，偶数句押韵，单数句可不押韵。如京韵大鼓、湖北大鼓、梨花大鼓、梅

---

[1]　钟敬文．民间文学概论．上海：上海文艺出版社，1980：342.

花大鼓、乐亭大鼓、道情、渔鼓等。另一类是联曲式，使用固定曲牌，演唱底本的句式为长短句，各曲牌都有固定的句数、字数和韵辙要求，如山东琴书、四川清音、湖北小曲、恩施扬琴、常德丝弦、大调曲子等。还有一类以成套唱词为主，但也有大段无乐器伴奏的说白，如苏州弹词。

第三，韵诵类：其表达方式为韵文叙事性的念诵，它的脚本，有韵辙和节奏的要求，是一种半说半唱、似说似唱的诗体念诵表述方式。其品种以打着板数唱的各种快书快板为主，如北京数来宝、山东快书、天津快板、陕西快板，还有吟诵体、韵说体、朗诵体的其他形式。

第二节
评　书

一、评书的概念与源流

评书，是由一位艺人以散文叙事语言为主要表述方式向众人讲说故事的说唱艺术。讲述时既可以只说不唱，也可以有说有唱，如弦子书、鼓书、弹词、琴书、坠子书等，只要以说为主，就是说书。说书常用醒木、折扇、手帕做道具。北方及湖北、四川等地叫"评书"或"说书"，江浙一带称"评话"，江南又称"说大书"。

说书是一种历史悠久的说唱艺术。据四川成都天回镇出土的东汉墓穴中的"说书俑"，早在汉代就有了说书艺术。隋唐时期称为"说话"，隋代侯白《启颜录》中记载了众人希望侯白"说一个好话"的事情（据《太平广记》引述），唐代元稹在诗歌《酬白学士代书一百韵》中说"翰墨题名尽，光阴听话移"，元稹自注，"听话"指听《一枝花话》，即《李娃传》的故事。宋代城市经济发展，市民阶层扩大，说书成为一种发达的艺术活动，在孟元老《东京梦华录》等书里记载了当时汴京的说书场合勾栏瓦肆林立的情况。在两宋的汴梁、临安等大城市里，职业、半职业的说书艺人大量出现，并分为四种家数："小说""讲史""说经"和"说铁骑"。"四家说"首见于耐得翁的《都城纪胜》《瓦舍众伎》条："说话有四家：一者小说，谓之银字儿，如烟粉、灵怪、传奇、说公案，皆是搏刀赶棒及发迹变泰（态）之事。说铁骑儿，谓士马金鼓之事。说经，谓演说佛经；说参请，谓宾主参禅悟道等事。讲史书，讲说前代书史文传兴废争战之事。"元代由于异族统治，讲述现实生活的评书不多，偏于讲史。明代说书活动复兴，达到成熟阶段，出现了柳敬亭这种大说书家。清代说书也盛极一时。现代说书一直是受民众欢迎的曲艺活动，新中国成立后出现了不少新评书。

说书的底本是话本。话本在古代文学史上是一种重要的文学样式，出现了不少经典作品，并对白话小说的形成与发展起过重大作用。

二、评书的类型

评书可从四个角度进行分类。

一是从题材上，可将评书分为四类：（1）袍打书，又称"大件袍打书""袍带书""长枪书"，讲述历史上以攻伐征战事迹闻名民间的帝王、将领平定天下、抗击外侮的金戈铁马类故事，如《三国》《杨家将》《岳飞传》《隋唐演义》《列国志》等。（2）短打书，又称"小件短打书""侠义公案书"，讲述绿林英雄行侠仗义、除暴安良、比武打擂、拜山攻寨等内容的故事，或讲述清官秉公破案、惩恶扬善的故事，如《水浒》《三侠五义》等。（3）神魔书，或称"灵怪书"，讲述以神仙、妖怪、魔法等事迹为主要内容的故事，如《聊斋》《西游记》《济公传》等。（4）世情书，讲述现实生活特别是市民生活中的人情世态、悲欢离合等内容，如《啼笑姻缘》等。以上主要是传统评书的几种题材。新中国成立后出现了一些新评书，讲述现代战争故事、社会生活故事等，如《林海雪原》《烈火金刚》《平原枪声》《贾科长买马》《山猫嘴说媒》等。

二是从评书的语言形式上可分为散说体与说唱体两类。散说体是只说不唱的说书形式，过去被称为"说话""评书""平话""评话""评词"的说书形式，都是散说体。北京评书、湖北评书、四川评书、扬州评书、苏州评书、福州评书等十几个曲种是散说体。说唱体则又说又唱，唱时以弦鼓等乐器伴奏。这种形式以说为主，交代基本情节，又以唱为辅，对某些内容加以强调或做激动人心处的渲染，过去的"变文""俗讲""词话""弹词""鼓书""弦子书""坠子书""琴书""宝卷""道情书""木鱼书"等都是说唱体。城市里的艺人说书多取散说体，在农村说书的艺人多取说唱体，两种形式又在某些情况下相互借鉴和转化。

三是从创作主体的区别上可分为"墨刻儿"与"道儿活"。前者又称"墨书"，先有文人创作的话本小说，在此基础上加工、再创作而成口头形式的评书；后者又称"路子书""条书"，指纯靠艺人口传或依据艺人留下的底本来说书。在评书的发展史上，两者常互相交叉、转化，文人在艺人"道儿活"的基础上加工为话本小说，又被艺人拿来加工为评书，再由文人加工为新的小说，这一过程可以多次反复。有些艺人文化水平较高，也可自己在说书的基础上创作话本小说。

四是从评书的篇幅上分为大书与小书，篇幅长的称为大书，短的是小书。北方称大书为"蔓子活"，称中篇书为"八大棍儿活"。南方一般篇幅长的为散说体的评话，多讲历史故事、英雄故事，篇幅短的为弹词，多讲爱情故事、世俗故事。[①]

三、评书的艺术特征

（一）内容入情入理

评书内容入情入理，指评书艺人将故事讲得不仅要在实质上合于情理，而且要使书情书理

---

① 吴同瑞，王文宝，段宝林．中国俗文学概论．北京：北京大学出版社，1997：146．

通达透彻，听众在现场就能明白其中情理，不存疑惑困顿。书情，一方面指书中人物的心理与情感，一方面指说书过程中听众接受故事时所产生的心理与情感反应。书理，就是故事的情节逻辑与人物的性格逻辑。要做到说书的入情入理，艺人不仅要讲清楚故事的基本情节，而且要边说边评，不断对故事加以解释和评说，这样不仅使故事"通情达理"，而且加强了艺人与听众的交流和沟通。入情，则动人心；入理，则使人信。

说书艺人很注意书情书理的通达，强调"说透人情，论透书理"。传统评弹艺人讲究评弹要具备"理、味、细、趣、奇"五个方面，"理"居于首位①。对情理通达的重视主要是由评书表演的现场性决定的。听评书不能像看小说那样慢慢体会，或返回去复读，它是在现场"一过性"的欣赏活动，需要当时听清楚并获得感情共鸣和审美愉悦。而评书主要靠嘴说，没有丰富的画面、音响等更直接的表现手段，需要把情理解说明白、可信，才能把听众吸引住。听众一边听评书，一边调动自己的经验、知识、观念等储备，在艺人的引导下投入情节中去，如果不能明了书中情理，就会失去兴味。同时，说书人走南闯北，饱经磨难，对人生世态有着丰富、透彻的经验和见解，在说书时自然就把这些融汇其中，与听众随时进行思想感情的交流。所以，艺人不但交代基本情节，而且以讲述人的身份加以穿插和说表，在许多地方都要特意说明人物为何这样说、这样做，或事情为什么成了这样子，也对人物和故事加以合乎人情事理的评判，这些评判往往与听众的观点打成一片。

要使内容入情入理，在讲述时要特别注意描述清楚人物活动的环境和行为细节，一般乍听起来不可思议的事情只有放在具体环境中、放在事情发展的细节性进程中才显得合理、可信。讲究内容入情入理并不排斥故事的传奇因素和浪漫主义创作手法，书情书理与故事的传奇性通常可按一定规律自然地结合起来。

（二）情节曲折连贯

评书的表达方式主要是艺人的叙说，需要靠曲折生动的传奇性情节来吸引听众。如果故事平淡无奇，缺乏视觉形象表达手段，说书就会变得索然无味。同时，这种口述的艺术形式在交代复杂曲折的故事情节时又要注意情节叙述的连贯性，不能使人感到头绪纷乱，所以既不能有过多的倒叙、插叙，也不能将多种故事线索交叉叙述，而要"花开两朵，各表一枝"。

故事的曲折性是评书的显著特征，在评书内容的五种特色"理、味、细、趣、奇"中，"奇"是一个必要因素。曲折性也就是故事要有尖锐、剧烈的戏剧性矛盾和冲突，并且有若干情节高潮。曲折性主要由三种因素造成。一是丰富的悬念。悬念在评书业又叫"扣子"，南方艺人叫"关子"，北方艺人叫"馈头"，它是艺人设计的扣人心弦的评书结构的一种重要技巧。评书艺人都善于设计扣子，往往在情节进展到关键之处时打住，暂时悬置起来，或者想将某些重要内容提示给听者，却不马上讲出，令听者欲罢不能，急切期待艺人讲述下文，这就是"卖关子"。民间有"看戏看轴，听书听扣"的说法。二是巧合。说书艺人经常用巧合来营造离奇的故事，故有"无巧不成书"之说。三是意外性情节。评书不能使人听了上段就猜出下段，而要设计既在情理之中，又出意料之外的情节和结局。评书里常有的以少胜多、以小胜大、以弱

① 左弦．说"理"：评弹的现实主义传统//中国曲艺论集：第一集．北京：中国曲艺出版社，1984．

胜强的情节，就能收到出人意料之效。①

（三）形象鲜明特异

　　评书吸引人的内容主要在两个方面：一是生动离奇的情节，二是鲜明特异的人物。听众对评书的难忘印象，除了其中的故事，就是其中的人物形象了，而且人物形象往往比情节更能给人留下较长久的记忆。听过一段优秀的评书如《岳飞传》，多年之后，情节可能都已模糊，但对书中的主要正反人物还保留着鲜活的记忆。所以评书设计好主要人物形象也是至关重要的。

　　评书主要面向普通民众，人物塑造要符合国人爱憎分明、好奇尚异等传统审美心理；评书"一过性"的口头讲述方式，也不容许对人物做十分全面、细腻的描画，必须抓住一个或几个突出的并能打动人心的特征，加以集中、夸张、渲染性的描绘，使人物具有很强的吸引力，并在听众心目中留下深刻印象。这样，评书人物一般具有鲜明的个性特征，而且许多有特异过人之处，是传奇性人物。这些人物的性格往往是类型化的，或者智慧过人，或者武艺超群，或者至忠至义，或者至善至贤，或者大奸大恶，或者憨态可掬，或者美如仙子，等等。同时，人物又有较强的个性特征，类型化与个性化是和谐统一的。人物性格的塑造，主要通过生动的情节来完成，也得力于艺人富于感情色彩的渲染和评说。

（四）语言生动多姿

　　评书是一种语言表演艺术，其语言表现力极强，主要在于以下五个方面：（1）评书的语言是通俗易懂、口语化的，并运用许多生动传神的口头词语，易于为广大民众所接受。（2）评书的表述常使用各种浅显而极形象化的修辞手法，如比喻、夸张、对比、拟人等。（3）评书艺人擅长拟声的表达技巧。一是人物的嗓音、说话腔调的个性化，二是善于模拟风声雷声、车声马蹄声等各种音响。（4）在以散说为主的叙述中，不时穿插韵文以做渲染和调节，如人物出场时常用"赞"来描写人物的相貌、穿戴等。（5）评书语言往往庄谐并出。艺人常用紧张情节的渲染调动听众的情绪，紧紧抓住听众的注意力，又不断穿插诙谐俏皮的语句和笑料使讲述妙趣横生，让观众获得放松。请看四川评书《心心咖啡店》里反面人物徐中玉的出场：

　　　　正在这时，只听大厅的玻璃弹簧大门"哗"开了，"噔、噔、噔"地走进来一个人。由于这个人把门推得特别响，皮鞋在地上踩得特别重，大厅里头的人，都掉过头把他盯着。只见这人：三十多岁，长得伸伸展展，真是"一根葱"的人才，浑身上下除了肚脐眼，没有一个节疤。面孔，刮得干干净净；头发，梳得油光水滑。穿一套"麦尔登"的中山服。大多数的人都认不得这个人。是谁呢？这人是重庆市警察局的局长，姓徐，叫徐中玉。

　　这段描写能较好地体现评书语言的特点：都用口头词语，修辞、成语的字眼都是口语化的；"'一根葱'的人才，浑身上下除了肚脐眼，没有一个节疤"，这几句话表现力很强，用了比喻和夸张的手法，而且诙谐俏皮；对面孔和头发的描述是对偶句，可看作简短的韵语。传统评书对人物出场往往用一大段韵文的"赞"来描述，上段评书是现代的段子，故不宜用大段的韵文。

---

　　①　李慧芳．中国民间文学．武汉：武汉大学出版社，1996：251-256.

第三节
快书与快板

一、快书、快板的概念与源流

快书、快板，是用竹板、铜板或骨板等伴奏，词句合辙押韵、节奏较快的一种叙事性说唱形式。一般来说，快书指篇幅较长的快板书，有较强的故事性，有人物形象；快板指篇幅较短的快板书，不注重故事、人物，而以叙事、抒情或议论见长。有时也将二者混用，或在某地依当地的命名习惯而定。快书，以山东快书为代表。快板，有北京数来宝、天津快板、陕西快板等，以北京数来宝为代表。快书与快板的语言一般通俗易懂，刚健明快，风趣活泼，朗朗上口，节奏感强。

山东快书源于鲁西南一带，传说有百年以上的历史，传统上主要讲述英雄武松的故事，曲目名为《武松传》，从武松大闹东岳庙开始，到蜈蚣岭遇见宋江为止，共12个段子。其内容与《水浒传》有较大差异，有些回目是后者所没有的。它塑造了一个勇敢侠义、武艺过人的英雄形象，深受人们喜爱。

《东岳庙》是山东快书《武松传》的第一部分。《武松传》是评书艺人在《水浒传》里相关内容的基础上加工、再创作而成的，增加了一些原著没有的情节。根据高元钧等演唱的快书整理而成的《武松传》分为12部分，29个段子，长达数千行。《东岳庙》讲述好汉武松在东岳庙庙会上剪除恶霸的故事。快书共分四段。第一段，讲武松在少林寺学武八年后返回故里，听武大郎说起李家五兄弟在庙会上欺男霸女、为非作歹的恶迹，义愤填膺，决心到庙会上为民除害。第二段，讲武松奔赴庙会，描绘盛况。第三段，讲武松见到李家第五虎瞎小五调戏、霸占民女，与瞎小五展开打斗，不小心让瞎小五溜走、去搬救兵。第四段，讲武松勇战李家五虎，打死四虎后，瞎小五又叫来众多打手，与武松交战，武松打散众打手，又打死了瞎小五。该段评书以生动曲折的情节塑造了武松疾恶如仇、好打抱不平、刚直强硬、武艺超群的英雄形象。故事情节紧张，冲突激烈，并时有喜剧诙谐之语，有较强的艺术感染力。[1]

山东快书也有其他题材，但以说武松为主，故原名"说武老二的"（因武松行二）或"说大个子的"（因武松个子大），也叫"竹板快书""滑稽快书"。新中国成立后，评书家高元钧在上海用山东语音演唱、录制快书，定名为"山东快书"，后沿用至今。山东快书后来成为全国性曲目，并出现了许多新曲目。

数来宝流行于北方，由一人或两人说唱，用竹板或系以铜铃的牛髀骨拍打作为节奏，内容以见景生情、即兴编演见长，常见句式是"三、三"六字句和"四、三"七字句，隔句押韵，可两句、四句或六句换韵。起初数来宝是被乞丐沿街行乞使用的一种唱诵形式，原名"善人

---

[1] 刘守华，巫瑞书．民间文学导论．2版．武汉：长江文艺出版社，1997：403．

知"，在要行乞的店铺或人家门前即兴编词，念诵吉利话，如"老爷您，发善心，买卖好，获千金""叫声太太赏俩钱，福寿康宁万万年"。后来，出现了以此为艺者，在固定场地演出以谋生，讲唱内容也转变为民间传说、历史故事等，并出现了北京天桥的"曹麻子"这样的著名艺人。解放战争时期，数来宝曾被部队文艺工作者作为一种用于鼓动宣传的艺术形式，新中国成立以后作为一种轻便快捷的艺术形式在全国流行。

二、快书、快板的特点

快书、快板的主要特点主要有三个方面。

第一，表述紧凑，叙事精练。快板书的讲述是随着快板击打的节奏吟诵的，节奏较快，语速匀称，不能有较大的停顿，因而快板书的表述显然比有唱腔的鼓词、曲词等节奏快，也比散说体的评书紧凑，在同样长的表演时间里，快板书所传达的内容含量要大得多。快板书艺人一般口齿特别伶俐，舌如利剑，话似连珠，语言明快酣畅，造成快板书表述的"快"。相应地，快板书的叙事也很精练。它的内容都集中在关键的故事情节上，没有枝枝蔓蔓的内容，一般故事沿着一条线索叙述，结构单纯；它的语言是韵文体的，经过艺人演出生涯中的长期磨炼，字字珠玑，句句精粹，每句话的意思都是相对完整的，一个意思不多作演绎。但叙事精练的同时，快板书也有较多的细节描写。

第二，情节紧张，冲突激烈。快板书的主要魅力除了其语言的明快动听以外，就在于其情节的生动精彩。每一段讲故事的快板书都有吸引人的情节，通常以讲述有紧张激烈的矛盾冲突的故事见长。它所讲的故事都有一个完整、曲折的发展过程，经过起承转合的几个阶段，高潮过后迅速煞尾，显示出快板书干净利落的特点。

第三，张弛有致，庄谐并出。快板书讲故事虽比其他文体更注重紧张的情节，但也不能自始至终都紧绷着，也要有较轻松的内容和节奏来调节，所以优秀的艺人编创和表演快板书都讲究急速与舒缓相搭配，使张弛有致，说到紧张时如同疾风骤雨，说到舒缓处仿佛流水潺潺。同时，快板书很注意在紧张的情节和讲诵中穿插轻松的笑料和俏皮的语言，富于幽默情调和喜剧风格，故快板书又称为"滑稽快书"。

第四节
相　声

一、相声的概念与源流

相声是以具有显著谐谑效果的说学逗唱等语言技艺来描绘、讽刺社会生活、世俗百态的一种说唱艺术。"相声"的字面意义，按艺人世代相传的解释，"相"是"相貌"之"相"，"声"是"声音"之"声"，据此强调相声是讲究表情与说唱的艺术。学者持另一种见解。侯宝林、薛宝琨等认为相声的名称经历了"像生—像声—相声"的演变过程。"像生"又叫"学像生""乔像生"，是宋代的一种说唱艺术，该词首见于宋代《东京梦华录》等风俗志书中，主要是活灵活现地模拟一些声音或形态，包括农民的样子及土语，"以资谈笑"，相当于今天相声"说学逗唱"的"学"。明清时期文献记载里出现了"像声"或"象声"的说法，表演者用青绫围住自己，让顾客听他学各种声音，类似于今天的口技。清代乾隆年间翟灏《通俗编》中有"相声"的记载，"以一人作十余人捷辨而音不少杂"，仍是一种口技。1908年，英敛之《也是集续编》记载："其登场献技，并无长篇大论之正文，不过随意将社会中之情态撷拾一二，或形相，或音声，模拟仿效，加以讥评，以供笑乐，此所谓相声也。"[①]

相声的源头可追溯到春秋战国时期优孟、优旃、淳于髡等俳优的滑稽言谈和民间笑话；唐代的参军戏跟相声有更紧密的关系，它有两个角色——"参军"和"苍鹘"，以滑稽对话为主，偶有唱腔，与今天的相声很相似，故一些学者认为相声是由参军戏发展演变而来的。宋代百戏中的说书、诸宫调、像生等形式也对相声的最后形成有一定影响。到清末民初，已有了相声正式形成的文献依据。中华人民共和国成立前，出现了以张三禄、朱少文等为代表的一批著名相声艺人。

二、相声的类型

根据相声的表现形式，可将相声分为四种类型：单口相声、对口相声、"群活"和新型相声。

单口相声是一个人说的相声。单口相声的传统段子较多，如《珍珠翡翠白玉汤》《连升三级》《贾行家》《画扇面儿》等。新创作的单口段子较少，主要由于这种形式很难说好。一个人自逗自捧，不像对口相声那样灵活热闹，容易流于单调板滞。所以单口相声特别讲究有一个生动有趣的故事，通常单口相声篇幅较短，整段就是一个组织严密的大包袱，包袱抖响之后就迅即收束。有些单口相声还很注重以吸引人的细节刻画典型化的人物形象。

对口相声，就是由甲乙两人合说的相声，通常甲逗哏，乙捧哏。这种形式最常见，可分为"一头沉""子母哏"两种。"一头沉"指相声的对话以逗哏的角色为主，以捧哏的为辅，内容和表演的分量偏重于逗哏的一方。但一方偏重的程度多少也有差别，演员的表演水平也会影响到两个角色分量的分布。"子母哏"指甲乙双方以争辩的方式展开内容，角色的分量也偏重于逗哏方，但角色双方的差距不很显著。

"群活"指三人或三人以上合说的相声。如传统相声《扒马褂》《训徒》《敬财神》，新编相声《五官争功》等。

新型相声指近年来在表现形式上比传统相声有所突破的相声，主要有化妆相声、小品相声等。这些新型相声更多地加入了戏剧表演的成分，这应该跟相声常在电视上播出有关，这样能更好地满足电视观众的视觉欣赏的需要。

---

① 汪景寿，藤田香. 相声艺术论. 北京：北京大学出版社，1992：3-4.

三、相声技艺四要素

相声技艺四要素指说相声的四项基本功——说学逗唱，也是相声的四种表达方式。相声演员常说："相声离不开说学逗唱，一个好的相声演员，必定是说学逗唱样样都好。"可见说学逗唱在相声艺术中占据重要地位。

"说"有两种含义。一是指相声是以口说为基本表达方式的，逗、学、唱都离不开说，必以说为基础，演员必须具有卓绝的口头表达才能；二是艺人所指的狭义的"说"，指相声里穿插的各种引人发笑或富于趣味的"小段子"或语言游戏，如传统相声《打灯谜》中所列举的："十回八回的大笑话儿、三回四回的小笑话儿，说个绷绷绷儿、蹦蹦蹦儿、憋死牛儿、绕口令儿，说点反正话、颠倒话、俏皮话、字义儿、灯谜，吟诗，答对儿。"说常与逗、学结合、混同在一起，有时难分彼此。相声的说也不同于评书或一般的说话，要"诨"说，有逗、有"包袱"，才是相声的说。

"学"，就是模拟，主要是模拟各种声音，包括自然界和社会环境中的各种声响，人的方音叫卖声，等等。相声的学类似口技，但与口技不同的是，相声的学要为组织包袱服务。相声的学有正学歪学之分，正学要乱真，让人佩服演员口技的高超；歪学既有真声的影子，又有滑稽可笑的歪曲或夸张，与逗有更紧密的关系。

"逗"，就是抓哏、逗乐、取笑，是构成相声幽默效果的主要因素。但从表现形式上说，逗并不是独立存在的，而是借助、结合其他表达形式，有"说逗""学逗""唱逗"之分。"逗"集中体现了相声的幽默特色。

"唱"，包括两种：一是本属相声艺术里的唱功，称"太平歌词"；二是学唱各种戏剧、歌曲等。唱太平歌词曾是传统相声演员的基本功，后因其曲调单调，表现力不强，渐为艺人所放弃，现会唱的艺人已很少。"学唱"也可视为"学"，也有正唱歪唱之分。[1]

相声技艺的四要素在相声里是密切配合、水乳交融的，特定段子不一定各种形式都具备，而以某种或某几种技艺为主。在四要素中，说与逗是最基本、最重要的。

四、相声的"包袱"

"包袱"就是相声里精心组织的笑料。这是一个比喻性的说法：创作者设计好一个具有幽默效果的相对完整的叙事单元，就像铺设了一个包袱皮，然后不露声色地往里面放种种可笑的东西，包好系紧，条件成熟时再突然抖开，造成强烈的喜剧效果。

"包袱"可分为两类："肉里噱"和"外插花"。"肉里噱"指构成相声基本内容和框架的"包袱"。"外插花"指在相声骨干内容的基础上生发和插入的"包袱"。"外插花"在相声思想内容的表达上不是必不可少的，但它丰富了相声的内容。"肉里噱"是相声的骨架，"外插花"是相声的骨肉。"现挂"是构成"外插花"的一种主要方式，指相声演员在表演时见景生情，

---

① 汪景寿，藤田香．相声艺术论．北京：北京大学出版社，1992：74-85.

临时抓哏，现场"挂"上的"包袱"，这种"包袱"称"挂口"。"现挂"体现了相声演员与观众的密切交流和频繁互动的关系，也是民间文学变异性的典型表现。旧时的相声表演"现挂"占据着重要位置，一段相声里"挂口"很多，后来逐渐减少，特别是当相声以电台、电视为传播媒体后，"现挂"更少了。

"包袱"的内容要符合"情理之中，意料之外"的基本规律。不管怎样夸张、滑稽、荒诞，都要合乎一定的情理逻辑，不能不着边际地胡侃；但如平淡无奇也没有幽默效果，所以还要出人意料。构成"包袱"的手段多种多样，有运用夸张、谐音、双关、曲解、绕口令等语言手段构成的"包袱"，有靠情节的巧合、意外等构成的"包袱"，有靠人物性格的滑稽可笑构成的"包袱"，有靠演员滑稽的表情、动作、模拟、学唱构成的包袱，有靠对话的机智巧辩构成的"包袱"，等等。

"包袱"的组织要注意铺垫的严密性和抖落的突发性。"包袱"开始后都有一个稍长的铺垫过程，要把各种细节交代清楚，使情节具有很强的合理性，并具备情节转折出奇、矛盾爆起的条件。这个过程叫"铺平垫稳"。铺垫好以后还要暂时转移观众的注意力或视线，叫作"支"或"描包袱口"。最后突然抖落"包袱"，要干脆、利落、明确。整个组织过程常为"三翻四抖"，即有三步铺垫，第四步抖落。过去艺人通常这样组织"包袱"，后来随着生活节奏加快，"两翻""一翻"即抖甚至随翻随抖的包袱增多。[①]

五、相声的艺术特征

（一）幽默滑稽

相声是笑的艺术。把人们逗笑是说相声的直接目的，不能逗人笑的相声肯定不是好相声。而且，相声的幽默要有强烈的喜剧效果。一般的笑料进入相声都要经过夸张、渲染等加工而增强其可笑性。相声的内容既不能平淡无奇，也不能强调、铺陈悲戚、忧愁等情感，即使是悲剧性的事件，也要在其中的可笑性上做文章，如：《日遭三险》涉及孩子夭折之不幸事件，但相声却着眼于讽刺县官的精明和管家买棺材时的贪小便宜；《贼说话》讲人的生活穷困，却着重渲染贼说话的稀奇细节。

相声的幽默搞笑有多种手段，但应避免庸俗下作等倾向。写过《买猴》的相声作家何迟列举了相声的种种不健康内容：

> 以歌颂军阀镇压农民起义与暴动为内容的：如《打白朗》（过去丑化为白狼）。
> 以崇洋媚外并讽刺劳动人民为内容的：如《卖五器》等。
> 以侮辱劳动人民为内容的：如《豆腐房》等。
> 以鼓吹今不如昔为内容的：如《老老年》等。
> 以宣扬封建迷信为内容的：如《拴娃娃》等。
> 以嘲笑人们生理缺陷为内容的：如以聋、哑、瞎、傻、瘸、秃、麻等为笑料。
> 以占大辈的便宜为内容的：如《洪洋洞》等。

---

① 汪景寿，藤田香.相声艺术论.北京：北京大学出版社，1992：86-96.

以打人来逗笑的段子：如《拉洋片》等。

以宣扬封建夫权思想、侮辱妇女为内容的：如《牛头轿》等。

以占对方的便宜为内容的：如《托妻献子》等。

以提倡乱搞男女关系为内容的：如《姐夫戏小姨》等。

以渲染色情为内容的：如《打砂锅》等。

以"不离脐下三寸"为内容的：如《直脖》和整理改编前的四段旧《灯谜》。[①]

（二）通俗易懂

相声是面向大众的艺术，一定要通俗易懂，其幽默内涵才能更好地为大众所理解，其"包袱"才更响亮。过去相声主要在城市发端和表演，主要是一种市民艺术。在现代社会，相声借助电台、电视等传媒，传播到国家的每一个角落，成为全体国民喜闻乐见的艺术形式。它的通俗性主要表现在三个方面：一是语言的口语化，二是贴近民众的日常生活，三是反映民众的观念、情感、趣味等。如单口相声《请洗澡》：

有一次，我去一位朋友家串门儿，出了一个笑话儿。

朋友一见我去，心里高兴，非要留我吃饭不可。这位朋友正赶上手头儿紧，一个子儿没有，怎么办哪？他把他媳妇叫到屋外头，小声说："哎，我们先说话儿，你去借点儿钱，捎点肉来，快回来。"这位朋友一边儿和我说话，一边儿在炉子上坐了个大锅，倒了半锅水，说："你嫂子买肉去了，等她回来咱包饺子。"一会儿的工夫，水开了，他不好意思说借钱去了，在锅里添点儿水，接着说话儿，水又开了，他媳妇还是没回来。连着续了几次水，锅都满了，这位朋友心里着急呀，说了一句话，我们俩都笑了。什么话？"兄弟，咱甭吃包饺子了，我请你洗澡得了。"

这个段子的语言都是大白话，非常好懂，有些词语是纯属于口头的语汇，如"手头儿紧""子儿""得了"等。串门、借钱、包饺子，是人们熟悉的日常生活题材。亲密互助的邻里、朋友关系，爱面子、热情好客的风尚，体现了人们的传统观念或美德。这些，使这个段子听起来亲切自然，深入人心，也有很强的幽默效果。

（三）地域风情

相声在发展史上有很长一段时期主要在北京地区流传，使这种艺术形式在一定程度上带有北京的地域风情。当然并非每一段相声都带有明显的北京风情，但总体来看，相声艺术还是有某种程度的北京地方特色的。这种地方特色主要体现在三方面：一是北京话在相声语言里占有重要地位。许多演员操一口京片子，有些演员主要说普通话，但也带些北京腔，说些北京口头语。由于北京话是普通话的基础方言，因此演员的京腔京调不仅为北京听众所接受，而且使其易于得到其他地方人们的喜爱。二是很多相声的内容体现了北京的风物和生活。一些相声借用北京的地名表示某事是"某地方"发生的，一些相声讲到北京的建筑、景物、特产等，许多相

① 何迟.关于相声艺术问题三谈//中国曲艺论集：第一集.北京：中国曲艺出版社，1984：237.

声表现了北京人的生活习俗。三是不少相声表现了北京人的观念、趣味等，比如老北京人的重视礼俗、爱好京剧、喜欢遛鸟侃大山等，有些相声如《学京话》《怯进京》则流露出"天子脚下"臣民的优越感。随着新相声在全国范围内的传承，相声的北京味逐渐减弱，但也还有不少演员和段子带有京味儿。如《化蜡扦儿》里的一段：

> 先说这个吃饭，没有一天吃到一块儿的。厨房那个大灶啊，一年四季昼夜不停，老生着火，干吗呀？做饭！他们吃饭不统一啊！老大早晨起来，想吃炸酱面；二爷哪，吃烙饼；三爷想吃米饭汆丸子；大奶奶吃花卷；二奶奶吃馒头；三奶奶想吃包馄饨。那怎么做呀?！一个大灶，一天到晚忙。这妯娌仨又不和美，吃饱了，喝足了，老实待着吧，不价！妯娌仨坐在屋里甩闲话，骂着玩，有孩子骂孩子，没孩子的骂猫。您说这猫招惹谁了？

这段话从词句上与普通话没有大的差别，但艺人表演起来仍有很浓的京腔，原因在于有些演员的嗓音语调是京口儿，有些短语是北京的土语，如"二爷""不价""招惹谁"等。"炸酱面""烙饼""汆丸子""花卷""馄饨"等都是北京人的日常食物，这些表现了北京人的吃俗。该段相声的其他段落还体现出别的方面的北京风土民情。

（四）讽刺为主

相声总体来说有三种功能：讽刺、歌颂、娱乐。其中以讽刺为主。这是由于讽刺一方面有益于社会进步，一方面有很强的幽默效果，兼有显著的娱乐功能。而虽然以歌颂为主题的内容也能紧密结合社会现实，且更能迎合主流文化，但是这种内容很难有较强的幽默效果：有缺点的人物可以用可笑的情节来塑造，这样的人物带有强烈的喜剧性；而先进模范人物令人敬仰，不能成为可笑的人，这种题材就要很费力地从其他方面加进笑料，有时只好另外设计一个缺陷型人物来制造笑料。所以传统相声大都是讽刺性的，极少以颂扬为主题。新中国成立以后出现了一些颂扬新人新事新社会的相声，但数量仍然很少。有些相声以娱乐为主，不具讽刺或歌颂功能，数量也很少。

有些相声将讽刺的矛头指向封建社会的统治阶层：皇帝、官僚、地主等。如《珍珠翡翠白玉汤》讲洪武皇帝和文武大臣都喝了两个乞丐做出的馊泔水；《改行》鞭挞皇帝专横霸道，无视天下百姓的人身权利和基本利益；《连升三级》中的张好古目不识丁，却以对联侥幸获得九千岁魏忠贤和崇祯皇帝的赏识，步步高升；《属牛》《糊涂县官》《日遭三险》《全上来》《守财奴》等讽刺封建官僚、地主的腐败、贪婪、昏庸。在新社会，也有不少相声讽刺某些领导干部的贪污腐化、官僚主义，如《开会迷》。20世纪70年代末80年代初，相声异军突起，出现了一批尖锐讽刺"文化大革命"时期极左文化的相声，如《如此照相》《假大空》《帽子工厂》《特殊生活》等。相声作为一种重点面向市民的曲艺形式，不仅重点反映市民的思想感情，而且重点讽刺市民的种种弱点和不良习气，如势利、自私、油滑、懒惰、贪婪、虚伪、迷信、好吹牛、爱撒谎、爱面子、爱占便宜等，如《打牌论》《钓鱼》《化蜡扦儿》《扒马褂》《财迷丈人》等。

相声的讽刺是尖锐、不留情面的，并且常运用夸张、荒诞的手法将社会的黑暗面、不正之风或人的弱点、不良习气极端放大，使人们对黑暗、错误或不良现象认识得非常清楚，从而收到有力鞭挞、批判、批评、奉劝的效果。但相声讽刺并非直露、简单的揭批和谩骂，而是一种艺术的形象的表达，其尖锐性和含蓄性是统一的。相声的讽刺是通过生动的故事和典型的形象表现的，是以丰厚的生活功底和逼真的细节描写为基础的。侯宝林先生说："讽刺不是谩骂，不是罗列一堆假、恶、丑现象，让人们堵上鼻子不能呼吸。而是要给人信心，给人力量，给人方向。""讽刺的最大一个特点就是含蓄，它靠'形象'而不靠'现象'说话。"有些讽刺性相声塑造了家喻户晓的典型形象，如《买猴儿》中的"马大哈"、《不正之风》中的"万能胶"、《教训》中的"坐地泡"、《钓鱼》中的"二儿他爸"等。[①]

【关键概念】

民间说唱	评书	袍打书
短打书	神魔书	世情书
墨刻儿	道儿活	快书、快板
山东快书	数来宝	相声
"一头沉"	"子母哏"	"包袱"
"肉里噱"	"外插花"	"现挂"
"三翻四抖"		

【思考题】

1. 简述民间说唱的源流。

2. 民间说唱的主要特点是什么？

3. 简述民间说唱艺术的主要品种。

4. 评书内容要做到入情入理，简要说明其含义、意义与要求。

5. 简要说明评书的语言表现力。

6. 快书、快板的主要特点是什么？

7. 简要说明相声技艺四要素。

8. 什么是相声的"包袱"？怎样制造和组织相声的"包袱"？

9. 举例说明相声讽刺艺术的特点。

10. 评书故事情节的主要特点是什么？

【作品选读】

《掏老鸹》（鼓词小段）、《东岳庙》（山东快书）、《送煤》（单口相声）、《画扇面》（双口相声）、《为人应报父母恩》（太平歌词）、《小两口斗嘴儿》（太平歌词）

扫码阅读上述作品

---

① 汪景寿，藤田香．相声艺术论．北京：北京大学出版社，1992：15－43．

第十一章

民间小戏

通过本章的学习，应掌握民间小戏的概念、类型与源流，结合具体作品理解小戏的主要思想内容与艺术特色，并初步了解几种常见的道具戏：木偶戏、皮影戏、面具戏。

第一节
民间小戏的概念、类型与源流

一、什么是民间小戏

民间小戏是流传在村镇间的一种由农民在闲暇时间创作、演出和观赏的小型戏曲，如东北的二人转、贵州的花灯戏、长江流域的花鼓戏、北方的秧歌戏等。它的表现形式较简单，是农民的一种自娱自乐形式，演员一般是非职业化的。戏中一般有两个或三个角色，两个角色的由小生、小旦或小旦、小丑演出，称"两小"戏；三个角色的由小生、小旦、小丑演出，称"三小"戏。小戏内容主要反映农民的日常生活，情节单纯，多为单场独幕。小戏的表现方式歌舞成分较重，表演时多载歌载舞，欢快活泼。演员持些简单的道具，如手帕、伞、扇子等，有的以锣鼓等乐器伴奏。小戏的语言多用方言土语，曲调多为民间小曲、乡村唱腔。

中国戏曲中更受舆论关注的是那些地方大戏（如京剧、越剧、粤剧、豫剧、川剧、秦腔等）和古典戏剧（如宋元南戏、元杂剧、明清传奇剧等）。作为中国戏曲的一个分支，民间小戏是与正统戏曲或地方大戏相对而言的。小戏与大戏既有显著的区别，又有密切的联系。大戏主要反映社会上层和市民生活，以及历史故事、神话传说，篇幅长，结构也较复杂；大戏的角色较多，行当分工细致，有生、旦、净、末、丑等；大戏的语言常用文言韵白，唱曲多用宫调连曲、成套板腔。这些地方都与民间小戏形成鲜明的对比。二者的联系在于：从根源上讲，大戏也是由小戏发展而来的，并且仍在不断从民间小戏汲取养料，借鉴小戏的素材、剧目、唱腔、曲调、语言等；小戏也常受大戏的影响，汲取大戏的长处来丰富、提高自身的水准，有些小戏进入城市后转化为大戏。民间小戏遍布祖国各地，种类繁多，剧目丰富，是中国戏曲的重要组成部分，若从数量上看，小戏可说是中国戏曲的主体部分。

小戏与说唱的区别主要在于，说唱是艺人以局外人的身份、第三人称的口气来叙述故事的，是以"说法"为主的艺术；小戏是演员以局内人的身份、第一人称的口气来表演、再现故事的，是以"现身"为主的艺术。

二、民间小戏的类型

民间小戏种类繁多，根据小戏表现形式的特点，把它归纳为六大类。

（一）秧歌戏

秧歌本是农民插秧时的一种歌唱活动，后来发展成为一种表演性游艺活动，在北方尤盛。北方的秧歌在农闲或节日里举行，演出者要化妆，重舞不重唱，舞蹈时身体扭动幅度很大，它有两种形式：徒步表演的地秧歌和踩着高跷表演的高跷秧歌。在秧歌的基础上扮演生活故事，就形成了秧歌戏，其舞蹈与唱腔都有秧歌的特点。秧歌戏的唱腔、曲调大多是各地的民歌小调，也有板式唱腔。秧歌戏是北方小戏的一大系统，主要分布地区为东北、河北、山东、山西、陕西、内蒙古等。

（二）道情戏

是在道情说唱基础上发展起来的民间小戏。道情原本是古代道教在讲经、传教、祈禳等活动中由道士所唱的一种宣扬教义的歌曲。起于唐代，初为诗赞体，以上下句组成五言或七言诗，篇幅为四句、八句、十句至十几句，最多达二十二句。到宋代，道情吸收词牌、曲牌的特点，演变为民间说唱。明代时开始流行叙事道情，讲述道教故事。诗赞体的道情流布于南方，成为民间说唱的一个曲种。曲牌体的道情流布于北方的陕西、山西、河南、山东、甘肃，以及湖北、江西等地，成为民间戏曲的一种。道情戏演唱时用渔鼓、简板以及竹笛、四胡、板胡等乐器伴奏。

（三）花鼓戏

是在中国南部地区流传广泛的一种民间小戏，有时用以统称各种小戏，其特点是演唱时有人帮腔，用花鼓、锣等乐器伴奏。花鼓戏中影响较大的有湖南花鼓戏、湖北花鼓戏、皖南花鼓戏等。

（四）采茶戏

主要流传于江西和两广地区的一种民间小戏，它最早源于茶农的采茶歌，又配以舞蹈，后来吸收地方戏曲成分，用以演出生活故事，成为带有浓郁歌舞色彩的小戏，表演时用茶灯、扇子、花篮等做道具。

（五）花灯戏

是主要流传于中国西南地区，在形成、发展与形式方面与闹灯活动密切相关的一种小戏。它起源于民间广泛存在的赏灯、赛灯等灯俗，在花灯歌舞的基础上演出生活故事，成为花灯戏，常与闹灯活动结合在一起。较重要的品种有四川花灯戏、贵州花灯戏和云南花灯戏。

（六）其他形式的小戏

除以上五个系统以外，各地还有很多种类的小戏，如五音戏、柳琴戏、二夹弦、诗赋弦、丁丁腔、哈哈腔、罗罗腔、庐剧、锡剧、睦剧等，此处不一一介绍。[①]

三、民间小戏的源流

民间小戏属于民间戏曲。戏曲是一种高度综合性的艺术，既要有代言体的故事扮演，又要有歌唱、舞蹈、科白。正如王国维在《戏曲考原》中所说："戏曲者，谓以歌舞演故事也。"在中国，戏曲这门综合性很强的艺术形式出现较晚，但是，在完整的戏曲形式正式出现之前，它的各种构成要素早已在孕育和发展之中。作为一种综合性的艺术，小戏不只源于一种艺术形式，而是在多种艺术形式的基础上经过多种渠道发展而成的。概而言之，民间小戏的形成主要沿着两种途径：一是由歌舞形式发展为以歌舞为主的小戏，二是由叙事体的民间说唱演进为代言体的故事表演。

民间小戏的源头可以追溯到远古时期的日常生活和宗教仪式中的原始歌舞。先民在劳动时有歌唱，在闲暇时有模仿劳动、狩猎等事的歌舞，在巫术、祭祀等宗教仪式中也有歌舞活动，而且那时人们的艺术活动往往是诗乐舞歌等各种艺术要素综合在一起的。春秋战国时期俳优的滑稽言谈及模仿行为也与戏曲的产生有一定关系。这些形式在后来较长的历史时期中都沿着各自的方向发展着，都为戏曲的产生奠定了基础，但还不是正式的戏曲形式。到隋唐时期，中国戏曲出现了萌芽形式，隋末出现了两个人物（相当于后来的旦角和丑角）歌唱和表演的小歌舞剧《踏摇娘》，它有歌、有舞、有对白、有故事，而且是代言体的表演，具备了戏曲的各要素，标志着中国戏曲的初步形成。唐代有两个角色表演的以滑稽对白为主的小型喜剧——参军戏，开始参军戏仅有科白，后来加入歌唱，并有乐器伴奏，这时也可以将其看成戏曲形式。

民间小戏的成熟与发展时期是宋元时期，并出现了戏曲史上第一批剧种，如温州杂剧，福建的梨园戏、莆仙戏、老白字戏等。明末清初时期则是民间小戏的大崛起时期，这时形成了大量的小戏剧种，出现了民间小戏的繁荣局面。晚清和辛亥革命前后，是古代小戏繁荣期的后期，又出现了一批剧种，如华东一带的一些小剧种和稍后出现的花鼓戏、采茶戏、道情戏等。[②]

---

① 张紫晨. 中国民间小戏. 2版. 杭州：浙江教育出版社，1995：39-54.

② 同①.

第二节
民间小戏的思想内容与艺术特色

一、民间小戏的思想内容

民间小戏是民众自编自演自赏的艺术形式，真实生动地表现了自己的生活状况、思想感情和审美趣味。其内容可概括为三个方面。

(一) 日常生活中生动有趣的故事

这些故事以日常生活片段和富于情趣的情节体现民间社会的喜怒哀乐、世态人情、伦理道德等。这些小戏反映了民间生活的各个方面，有农民、小手工业者、小商贩等各职业民众的生活状况，有家庭、邻里、亲友间的交往趣事，等等，这些内容的展示富于淳朴自然的生活美。

(二) 反映民众的爱情生活

爱情故事为百姓最感兴趣的题材之一，小戏里的爱情故事是很多的，这种题材的小戏在数量上占到小戏总数的一半以上。小戏以率真的风格表现男女间的相互爱慕和情感交流，也有一些是非爱情关系的异性间的调情、逗趣。值得注意的是，小戏中不仅有大量的表现人们大胆追求自由爱情、冲破各种礼教规范的内容，也有一些涉及性欲的稍嫌直露和粗俗的表演。[①]

(三) 表现社会矛盾与冲突

有些小戏讲述社会下层人物与官僚、财主、恶霸等的矛盾冲突，有些小戏描写平民百姓间的纠葛与争端，小戏总是用生动曲折的故事赞美善良正义的一方如何不畏权势、机智巧妙地在冲突中获胜，或者有些小矛盾的双方在经过较量和争执后又重归于好皆大欢喜。

二、民间小戏的艺术特色

民间小戏的艺术特色可归结为四个方面。

---

① 钟敬文.民间文学概论.上海：上海文艺出版社，1980：382-384.

（一）具有浓郁的喜剧色彩

小戏是民众在忙碌操劳之余用以放松娱乐身心的，都以活泼欢快为基调，不仅情节富于喜剧性，而且人物的语言也有很多幽默逗趣、插科打诨之处，唱腔曲调也大都喜气洋洋。

（二）情节集中，结构单纯

由于篇幅所限，小戏往往截取生活中的一个横断面，展现一个包含着生动有趣故事的生活片段，并在短小的片段中浓缩进丰富的生活文化内涵和对社会人生的深切感悟。因而小戏都有情节集中、结构单纯的特点。

（三）人物形象简约而鲜明

小戏出场的人物一般为两三个人，人物在生动的故事和细节中大都能展现出某种鲜明的个性或性格特点。限于篇幅，人物一般是单线勾勒的，不能进行多方面的刻画。

（四）使用口语化、生活化的乡音土语

小戏的对话、唱词都是日常生活中的口头语言，充满生活气息浓郁的方言土语，也有不少通俗易懂、幽默风趣的惯用语、俏皮话、歇后语等的灵活运用，甚至有一些百姓习用的粗口。①

第三节
民间道具戏

道具戏就是用人工制作的偶形人来表演故事的戏曲形式，主要有木偶戏、皮影戏、面具戏等形式。

一、木偶戏

木偶戏，又称"傀儡戏"，是传统道具戏的一种。木偶戏是通过艺人操纵木制偶人并口唱

---

① 钟敬文. 民间文学概论. 上海：上海文艺出版社，1980：387 - 398.

曲词来表演的道具戏。按着木偶的制作方式和操作方式的不同，木偶戏可分为杖头木偶戏、提线木偶戏、布袋木偶戏等。

（一）杖头木偶戏

这种戏的木偶形体约二尺，一般只有上半身，没有腿足，艺人用三根棍杖举起木偶并操纵其动作，一根主棒操纵头，两根细棒操纵两肢。木偶多为戏剧人物，演古装戏。演出时需要搭一个戏台，并在四周围起一人多高的帷帐，演员隐身舞台下面，高举木偶，做出"整冠""理髯""抖袖""亮相"等程式性动作和剧情规定的各种动作，还要边操纵边唱戏文，艺人操作起来是很紧张、很劳累的。一个艺人操纵一个木偶，故这种木偶戏需要人手较多，舞台也较大。该形式唐代已出现，宋代发展完备，称"杖头傀儡"。

（二）提线木偶戏

又叫"悬丝傀儡"。该戏的木偶为全身形象，形体一般在一尺上下，关节部分缀上丝线，艺人在舞台上方拉动丝线操纵木偶，一般八根线提动一个木偶，故有"八线班"之称。木偶在丝线的提引下活动自如，表演栩栩如生。技艺高的提线木偶，面部的眼球、嘴巴都可以活动。该形式，北宋时已出现，据《东京梦华录》记载，当时在开封有著名的悬丝傀儡艺人张金线。

（三）布袋木偶戏

又称"指头木偶戏"。将木偶的头挖空，用食指支撑、操纵，并用大拇指、中指操纵衣袖。该种木偶可做各种动作，进退旋转都十分灵活。这种木偶班子一般只需师傅与徒弟两个艺人。据推断，该木偶戏源于清代中叶，盛于辛亥革命以后。在地域分布上，中国南方的布袋木偶戏最为成熟，其中又以福建的最为著名。

（四）药发傀儡

用火药引发木偶的动作。有的将木偶与烟火结合，在烟火中发射出各种人物鸟兽。可演出借东风火烧战船、宫廷烟花庆典等。

（五）水傀儡

用水力冲引木偶动作。或指在水上表演的一种木偶戏，将木偶安在木板上，下端浸入水池中。

（六）肉傀儡

指大人托举着穿戏装的小孩表演故事的木偶戏。

木偶戏受表演方式的限制，内容比较简单，但多以剧情、动作、配音的夸张、幽默取胜。木偶戏的表演需要有制作、操纵木偶的高超技巧，这种技艺既是该戏种的特色，也是它最吸引观众的地方。[1]

二、皮影戏

皮影戏就是用兽皮或纸板剪成人像，用灯光映在帷幕上表演故事的戏曲。演出时艺人用杖头操纵皮制人形，在灯光映射下，影像的衣纹须眉都能清楚地显示在帷幕上；影像动作灵活，能够跌扑摔打。一人操纵一影，另有人配唱，演唱的艺人将声调拔得很高，听来尖厉激越，并有锣鼓管弦伴奏，其声势不亚于一般戏曲。皮影戏的唱腔，一般借用地方戏曲。其剧目，多取材于小说、鼓词、弹词等俗文学，也有的演唱神话、传说、故事里的内容。影戏的脚本，有的全凭口授，有的依据底本传承。影戏的底本称"影卷"，有小戏大戏之分。小戏多讲述短小的生活故事。大戏篇幅较长，可用以连续演出，有利于保持和增加上座率，故职业影戏班以演大戏为多。

皮影戏在北宋时期已经兴盛。南宋耐得翁《都城纪胜·瓦舍众伎》中记载说："凡影戏乃京师人初以素纸雕簇，后用彩色装皮为之，其话本与讲史书者颇同，大抵真假相半，公忠者雕以正貌，奸邪者与之丑貌。"明清时期滦州影戏很兴盛，影戏被称为"滦州戏""乐亭影"。清代北京影戏也较发达，《燕京岁时记》记载说："影戏借灯取影，哀怨异常，老妪听之多能下泪。"中国皮影的发源地，一说为陕西，一说为滦州、乐亭，一说为漳州、泉州。后流布范围很广，较有影响的有陕西、河北、北京、河南、山东、东北、山西、湖北、湖南、广东等地的影戏。[2]

三、面具戏

面具戏是戴着面具歌舞并表演故事的戏曲。面具戏起源于巫术和宗教仪式中的傩舞，这是一种戴着面具所跳的用以驱鬼辟邪的歌舞形式。面具所画脸谱多为鬼神或人格化的动物的图案，具有原始信仰的人们认为这些图案有驱鬼辟邪作用。当傩舞用来表演故事时，就成为傩戏。到清末民初，傩戏仍然在湖南、广西、贵州、安徽等地流传。直到新中国成立前夕，湖南许多地方还流行傩戏。湖南傩戏的剧目在中原和江南各省傩戏中是最丰富的，它可归为三类：第一类，被称为傩戏中的"正本戏"，是巫师还傩法事中的程序之一，戴面具表演，情节很简单，只是初具戏曲行当雏形，剧目有《发功曹》《白旗仙娘》等；第二类，是小型戏曲，其剧本、人物已基本脱离还傩法事，有一定故事情节，演唱也脱离师公腔，变得性格化、板式化，重要剧目有《划干龙船》《走南山》《梅香办货》等；第三类是戏剧化程度很高的大型剧目，已没有宗教仪式的明显痕迹，此类傩戏在湖南有四大本：《孟姜女》《龙王女》《庞氏女》《大盘

① 钟敬文. 民间文学概论. 上海：上海文艺出版社，1980：399.
② 张紫晨. 中国民间小戏. 2版. 杭州：浙江教育出版社，1995：163-169.

洞》。从这三类傩戏可以看出面具戏的大致演化过程。

【关键概念】

民间小戏	秧歌戏	道情戏
花鼓戏	采茶戏	花灯戏
木偶戏	皮影戏	面具戏

【思考题】

1. 民间小戏与地方大戏的区别和联系是什么?
2. 简要说明民间小戏的形成与演进过程。
3. 民间小戏有哪些常见内容?
4. 民间小戏有什么艺术特色?

【作品选读】

《郭老幺借妻回门》

扫码阅读上述作品

本书参考文献

钟敬文．民间文学概论．上海：上海文艺出版社，1980.

钟敬文．民俗学概论．上海：上海文艺出版社，1998.

钟敬文．钟敬文学术论著自选集．北京：首都师范大学出版社，1994.

高等学校民间文学教材编写组．民间文学作品选．上海：上海文艺出版社，1980.

刘守华，巫瑞书．民间文学导论．2版．武汉：长江文艺出版社，1997.

李慧芳．中国民间文学．武汉：武汉大学出版社，1996.

吴同瑞，王文宝，段宝林．中国俗文学概论．北京：北京大学出版社，1997.

陶立璠．民族民间文学理论基础．北京：中央民族大学出版社，1990.

段宝林．中国民间文学概要．北京：北京大学出版社，1998.

刘魁立．刘魁立民俗学论集．上海：上海文艺出版社，1998.

黄涛．语言民俗与中国文化．北京：人民出版社，2002.

丁乃通．中国民间故事类型索引．郑建成，等译．北京：中国民间文艺出版社，1986.

艾伯华．中国民间故事类型．王燕生，周祖生，译．北京：商务印书馆，1999.

刘守华．中国民间故事类型研究．武汉：华中师范大学出版社，2002.

程蔷．中国民间传说．杭州：浙江教育出版社，1995.

贺学君．中国四大传说．2版．杭州：浙江教育出版社，1995.

吴超．中国民歌．杭州：浙江教育出版社，1995.

杨恩洪．中国少数民族英雄史诗《格萨尔》．杭州：浙江教育出版社，1995.

郎樱．中国少数民族英雄史诗《玛纳斯》．杭州：浙江教育出版社，1995.

仁钦道尔吉．中国少数民族英雄史诗《江格尔》．杭州：浙江教育出版社，1995.

中国曲艺论集：第一集．北京：中国曲艺出版社，1984.

汪景寿，藤田香．相声艺术论．北京：北京大学出版社，1992.

张紫晨．中国民间小戏．2版．杭州：浙江教育出版社，1995.

鲍曼．作为表演的口头艺术．杨利慧，安德明，译．桂林：广西师范大学出版社，2008.

弗里．口头诗学：帕里—洛德理论．朝戈金，译．北京：社会科学文献出版社，2000.

洛德．故事的歌手．尹虎彬，译．北京：中华书局，2004.

侯姝慧．20世纪新故事文体的衍变及其特征研究．北京：中国社会科学出版社，2013.

第四版后记

本教材第一版于 2008 年 1 月入选普通高等教育"十一五"国家级规划教材，第二版于 2014 年 11 月入选"十二五"普通高等教育本科国家级规划教材，第三版于 2017 年 5 月入选"十二五"浙江省高校优秀教材。这些荣誉是对本教材编写工作的肯定和激励。自 2018 年以来，中国人民大学出版社多次要求我按照更高的质量标准修订第三版教材，推出反映新的学术进展和新近民间文学创作的新版教材。对此，我既欣喜，又感肩负重任。

从 1997 年秋季我在中国人民大学开始承担民间文学概论课程，到现在已经 24 年了。在多年的教学实践中，我逐渐形成了自己的讲授体系。这本教材就是在我的讲义的基础上加以丰富深化而成的。2002 年秋季，我与中国人民大学出版社签订了《中国民间文学概论》出版协议。我决心写出一本对得住自己、能得到同行肯定的教材。当时我给自己定下了这样的写作目标："本人的教材不仅要知识全面，面目新颖，还要有自己的特色，特别是在语言上要有自己的叙述语体，要追求生动、优美的文风，使人看起来轻松。要想到面前有学生，叙述要语气亲切。语言不妨口语化，内容要有引导性、将读者带入讲述情境……"2002 年年底，我开始动笔。在写作中途的 2003 年 3 月到 2004 年 2 月，我到韩国首尔女子大学任客座教授一年。我是带着非常沉重的行囊到韩国任教的，一个大木箱和一个手提包里满满装着我写教材用的参考资料。在异国的教学任务较为繁重，但是也无其他杂事，我把几乎所有的课余时间都用在编写教材上了。结果，我在韩国苦热的这一年成为参加工作近 20 年中最愉快也最有收获的时光，回国前夕我的教材完稿了。我在初版后记中写道："独处异国的生活本来是孤单寂寞的，但是紧张艰苦的写作任务使我无暇体验孤寂。虽然写作占去了许多本应用于观光的时间，但在交稿的时候，一种收获的欣慰感充溢胸间，挤走了这种遗憾。"

在教材写作过程中，我一直是按照自己确定的写作目标来笔耕的。虽然由于学力所限，最终成品有很多不足，但我感到自己当初所设定的目标基本达到了。《中国民间文学概论》出版几年来已经多次加印，得到了许多民俗学同行的肯定，不少普通高校、师范院校、民族院校等把它定为授课教材或考研参考书，在此向肯定、使用本教材的师生表示由衷谢意，更要向对本教材提出批评意见或修订建议的同行表示感谢。2005 年，中国人民大学出版社相关部门出于对它实际质量的肯定，把它纳入"21 世纪中国语言文学系列教材"，使它的发行范围更宽了些，我对此鼓励措施也表示深深的谢意。

前些年各高校使用最多的民间文学教材是被称为"中国民俗学之父"的钟敬文先生主编的《民间文学概论》。现在我还很喜欢这本教材的表述风格。但是结合学科发展现状来看，由于它出版时间早，内容确实有陈旧之处。早在 2000 年夏季，我陪同钟老在北京八大处疗养时，就向恩师提起此事，问他何不组织修订。钟老也说这本教材出的时间太久了，出版社都不愿意再印它了，有些高校只好自己复印装订给学生用，但是他表示暂时没有精力管它。2001 年下半年，我已跟中国人民大学出版社联系好，要出版钟老主持新修的《民间文学概论》。当时钟老已在病床上，精力还很好，兴致勃勃地表示等出院后即着手此事。不料钟老病情没有好转，新修教材的事也成为未竟功业之一，对此我深以为憾。后来我在写作本教材时，在努力创新的同时，也有意识地继承钟老教材的基本框架和学术思想，学习其表述风格。虽然仅凭我微薄之力，不能有太大的造就，但是竭尽全力，也算多多少少弥补了一些憾恨，以慰藉钟老在天英灵。

承蒙教材审评专家和教学管理机构的首肯，教育部把它选入普通高等教育"十一五"国家级规划教材、"十二五"普通高等教育本科国家级规划教材，这是对我更大的肯定、鼓励和鞭策。2009 年上半年，我对这部教材做了第一次修订。第二版印出后，我又陆续发现了一些问题，也有几位同行为我贡献了修改意见。2013 年年初，我再次认真通读教材，校订错漏不当之处，删繁去旧，并根据近年来民俗学领域的学术发展和新时期民间文学创作的日新月异，也着重考虑了抬爱使用这本教材的教师们的教学便利，增添了部分新内容，改换了部分作品，并在中国人民大学出版社有限公司网站上增设了一些供课堂使用的教学资料。2013 年 5 月，本教材第三版得以出版。

相对于初版教材，第三版教材的改动之处主要有：

其一，在"绪论"中，将"民间文学的价值"改为"民间文学的社会功能"，并对相关内容做了相应调整；增加了一部分新内容"作为非物质文化遗产的民间文学"。

其二，在第一章第一节，增加了"表演性"这一民间文学基本特征，并做了相关阐述。

其三，在第二章，增补了对民俗学学科发展近况的一些叙述。

其四，在第七章，增加了第三节"口头程式理论与史诗研究"。

其五，改正了初版教材的少量文字错误，删除了若干重复烦冗之处，对一些地方的说法做了改动。

其六，淘汰了部分较显陈旧的作品，置入了近几年出现的反映崭新社会生活的若干民间文学作品，着重增加了互联网以及手机短信中流传的一些新故事、新民谣。

其七，在中国人民大学出版社有限公司网站上，为使用本教材的教师增设了 PPT 讲义、教案、课程大纲、各章概念、模拟题及答案解释等课堂教学资料，欢迎教师们到该网站"资源中心"下载使用。

相对于第三版教材，现在推出的第四版教材的改动之处主要有：

其一，增加了"前言"。

其二，对"绪论"中关于非物质文化遗产保护的内容进行了更新和修改。

其三，对第一章中关于"口头性"和"集体性"这两个基本特征的内容做了补充说明。

其四，在第二章第一节，补充了关于《中国民间文学大系》编纂出版工程的内容。

其五，在第五章第二节，修改和补充了关于童话的概念和类型的内容。

其六，在第五章，增加了第五节"新故事"。

其七，在第五章作品选读部分，增加了 9 篇新故事作品。

其八，尝试性地增加了一些民间文学展演的照片和视频资料，放在数字资源平台上，供读者观看。

其九，做了其他一些较为零散的更新、修改和补充。

进入 21 世纪以来，由于社会发展和国际学术创新的推动，在诸多优秀同行的努力下，国内民俗学学科在民间文学的科研教学上正在进行学术取向的探索和调整，本教材本应更好地反映甚至推动这种新探索，但由于本人学识有限，在民间文学领域研究涉猎也少，虽然沿着上述方向尽量做了更新和增补，但仍有很多不足和遗憾，希望将来将本教材能修订成基于新的田野调查成果和学术研究进展的更好版本。

本教材在写作过程中参考和借鉴了许多已发表的相关教材和论著，选录了民间传承人讲唱并由前人先贤采录和编辑的一些民间文学作品，除个别地方不能查找到确切出处外，都在脚注或作品尾部及参考文献中做了说明。在此，谨向这些成果的作者表示感谢。

该教材自2004年出版以来，被国内一百余所本科及高职高专院校选用为汉语言文学、旅游管理、民族学、社会学等专业的课程教材及研究生入学考试参考教材，印数已达8万余册。在这里对使用和支持本教材的师生表示衷心感谢！有一些使用该教材的教师来信指出本教材存在的错误、不当之处，热情无私地提出修改意见，在此表示诚挚谢意！这次修订，特别要感谢武昌理工学院的李华清教授，他给中国人民大学出版社写了一封长信，奉献了他多年间使用本教材积累下来的不少宝贵意见，本次关于童话、寓言、谜语、说唱等部分的修订主要参照了他的意见。

衷心感谢在中国人民大学出版社辛勤工作、支持帮助本教材各项事宜的徐晓梅、李颜、李丽虹、赵福琪、翟江虹、黄海飞、刘静、岳娜等诸位编辑。

黄涛

2021年3月8日于温州大学北校区

图书在版编目（CIP）数据

中国民间文学概论：数字教材版/黄涛著．-- 4 版
．--北京：中国人民大学出版社，2021.7
新编 21 世纪中国语言文学系列教材
ISBN 978-7-300-29661-6

Ⅰ．①中… Ⅱ．①黄… Ⅲ．①民间文学理论-中国-
高等学校-教材 Ⅳ．①I207.7

中国版本图书馆 CIP 数据核字（2021）第 137542 号

"十二五"普通高等教育本科国家级规划教材
新编 21 世纪中国语言文学系列教材
中国民间文学概论
第四版·数字教材版
黄涛 著
Zhongguo Minjian Wenxue Gailun

出版发行	中国人民大学出版社				
社　　址	北京中关村大街 31 号		邮政编码	100080	
电　　话	010 - 62511242（总编室）		010 - 62511770（质管部）		
	010 - 82501766（邮购部）		010 - 62514148（门市部）		
	010 - 62511173（发行公司）		010 - 62515275（盗版举报）		
网　　址	http://www.crup.com.cn				
经　　销	新华书店				
印　　刷	北京七色印务有限公司		版　　次	2004 年 6 月第 1 版	
				2021 年 7 月第 4 版	
开　　本	787 mm×1092 mm　1/16				
印　　张	24 插页 1		印　　次	2025 年 7 月第 6 次印刷	
字　　数	599 000		定　　价	59.90 元	

关联课程教材推荐

ISBN	书名	作者	单价（元）
978-7-300-27217-7	马克思主义文艺论著选讲（第六版）	陆贵山	59.80
978-7-300-14072-8	新编马克思主义文论	冯宪光	38.00
978-7-300-24495-2	新编文学理论（第二版）	童庆炳	45.00
978-7-300-24346-7	文学理论实用教程（第二版）	杨守森 周　波	34.00
978-7-300-27216-0	新编西方文论教程（第二版）	杨守森 孙书文	48.00
978-7-300-16758-9	西方文论概览	杨慧林 耿幼壮	39.80
978-7-300-22528-9	美学概论（第四版）	牛宏宝	32.00
978-7-300-21232-6	中国现当代文学（第三版）（数字教材版）	刘　勇	69.80
978-7-300-22348-3	中国现当代文学史（1898—2015）（第三版）	曹万生	89.00
978-7-300-27600-7	中国文学史（第三版）（上下）	袁世硕 张可礼	99.00
978-7-300-20316-4	外国文学简编（欧美部分）（第七版）	朱维之 赵　澧 黄晋凯	45.00
978-7-300-15854-9	中外现代诗歌导读	王家新	28.00
978-7-300-19270-3	中国当代文艺思潮（第三版）	陆贵山	55.00
978-7-300-17231-6	中国民间文学教程（第三版）	黄　涛	49.00
978-7-300-19996-2	比较文学概论（第二版）	曹顺庆	35.00
978-7-300-22350-6	儿童文学概论	谭旭东	28.00
978-7-300-16168-6	影视文学教程	陈　阳	35.00
978-7-300-24379-5	电影导论	陈　涛	65.00
978-7-300-20878-7	中文学科论文写作（第二版）	卢卓群	39.00

配套教学资源支持

尊敬的老师：

衷心感谢您选择人大版教材！相关的配套教学资源，请到中国人民大学出版社官网（www. crup. com. cn）下载。部分教学资源需要验证您的教师身份后，才可以下载。请您登录出版社官网后，点右上角"注册"，填写"会员中心"的"我的教师认证"项目，等待后台审核。我们将尽快为您开通下载权限。

如您急需教学资源或教材样书，也可以直接与我们的编辑联系。

联系人：龚洪训　　电话：010 - 62515637　　电子邮箱：6130616@qq.com

欢迎加入全国汉语言文学教师群（QQ 群号：1062057602），交流教学心得，分享教学资源。

全国汉语言文学教师群
扫一扫二维码，加入群聊。

俯仰天地　心系人文

www. crup. com. cn

中国人民大学出版社

欢迎登录浏览，了解图书信息，下载教学资源